문흥도 장편소설

밤에만 짖는 개

한누리미디어

성남에는 개만도 못한 놈들이 참 많다.

개만도 못한 놈들은 개를 잡아도 좆부터 먼저 먹는다. 그리고는 개 같은 소리를 씨부렁거리고 다니며 개지랄을 떤다.

하기야 생각해 보면 개만도 못한 놈이란 말이 욕도 못되는 세상이다.

맹인 인도견이나, 군 수색견이나, 마약 탐지견이나, 고급 애완견 따위에 비하면 어차피 개만도 못한 인생을 내가 살고 있는 것은 아닌가.

분당의 고층 아파트 지하실 위치쯤에서 개를 목매달던 기억은 이미 역사의 무게에 짓눌려 추억으로 남는다.

그러나 지난 날의 추억은 감추어진 미래를 비추는 데 있어서 우리가 얻을 수 있는 유일한 빛이다. 그리고 우리가 말하는 역사란 보통 인류 경험의 총체를 지칭하지만 우리들 한 사람 한 사람이 평생을 살아가면서 쌓아올리는 개개인의 경험 또한 역사임을 어찌하랴.

분당개발이 붐을 이루던 90년대 초 세입자 대책본부라는 게 있었다.

그리고 그곳을 열심히 드나들던 한 친구가 이런 말을 했다.

"분쇄기에 갈아서, 개밥으로 던져 줄 놈들!"

그의 그 처절한 분노는 어디로 향한 것이었을까.

가진 자와 못 가진 자의 명암이 극명하게 교차되는 개발의 현장에서 못 가진 자의 절규 같은 이야기를 글로 옮기고 싶었다.

「도시신문」에 연재를 시작한 지 3년. 그러나 써 나가는 동안 작가의 의도는 많은 궤도 수정을 하지 않을 수 없었다. 그러나 그것은 자의가 아니었다. 그로부터 10년 김상철을 분쇄기로 갈아서 개밥으로 던져버린 천달수의 거침없고 당당한 행동만이 분당을 버리고 떠나간 모든 이의 울분으로 남는다.

그리고······.

개는 왜 밤에만 짖는가.

2000년 7월

저자 문 홍 도

문홍도 장편소설 / **밤에만 짖는 개**

차 례

□ **책머리에**

새벽에 안 서는 놈 돈도 꿔주지 말랬지

"너, 바지 쪼깬 벗어 봐야 쓰겄다."

방안으로 들어서자 숨이 콱 마쳐 왔다. 개 비린내와 발가락 냄새와 곰팡이 냄새가 한 데 어울린 듯한 끈적끈적한 방안 공기가 짓누르듯 전신을 엄습해 왔다.

개천 쪽으로 뚫린 신문지만한 크기의 창문을 통해 무쇠라도 녹일 듯한 불볕이 쏟아져 들어오고 있었다.

"지금 뭐라고 말씀하셨습니까?"

경민은 햇빛을 등지고 선 천달수를 향해 조심스레 입을 열었다. 방금 달수가 내뱉은 말을 행여 잘못 들었는가 싶어서였다.

"바지 쪼깬 벗어보랑께 귓구멍이 먹어버렸나?"

웃통을 벗은 채 햇빛을 등지고 서서 자신을 노려보는 달수의 모습은 마치 지난 봄 상미와 함께 갔던 절 입구에서 본 금강신장을 방불케 했다. 경민은 가급적 숨을 조금씩 들이쉬었다. 크게 숨을 쉬면 금방 질식해 버릴 것 같았다. 어느새 등줄기를 따라 땀이 도랑물처럼 흘러내리고 있었다.

경민은 눈살을 오무리며 달수를 올려다보았다. 그러나 달수의 꿰뚫는 듯한 눈빛을 정면으로 바라보지는 못했다. 땀이 배어나와 구릿빛으로 번들거리는 달수의 가슴패기 부근을 올려다본 게 고작이었다. 무의식중에 경민은 허리띠를 움켜쥐고 있었다.

"아, 뭣 허냐 바지 벗어보랑께!"

달수의 음성이 한결 높아져 있었다.

"아 예……."

경민은 아직 달수의 의중을 파악하지 못한 채 엉겁결에 허리띠를 풀고 바지를 내렸다.

"빤쓰도 벗어야 내가 니 밑천을 볼 것 아니냐."

바지를 흘러내린 채 엉거주춤 서 있는 경민을 향해 우렁우렁한 목소리로 달수가 명령했다. 경민이 듣기에 그건 분명히 명령이었다.

경민은 비로소 달수의 의사를 어렴풋이 짐작할 수 있을 것 같았다. 하지만 좀 너무하다 싶은 생각도 들었다. 평소 상미로부터 아버지 천달수의 괴팍한 성격은 어느 정도 듣고 있던 경민이었다. 그러나 오늘 경민의 입장에선 상미 아버지에게 첫 선을 보이는 날이 아닌가.

그런데 달수는 댓바람에 골방으로 끌고 들어와 밑천을 내보이라는 것이다. 경민은 물론, 상미로서도 이런 첫 대면이 있으리라곤 상상도 못했던 일이었다. 어젯밤 헤어질 때 상미가 그냥 지나가는 말처럼 '내일 낮에 아버지 한 번 찾아뵈어'라고 했을 때만 해도 이런 난처한 장면이 있으리라곤 상상도 못했던 일이었다. 경민의 자존심이 꿈틀머리를 들었다.

"야, 이놈아, 물건 쪼깨 보자는디 뭣을 고르콤 딸막딸막하고 앉았냐. 설마 고자는 아니겠지야?"

그러나 경민의 자존심 따위는 알 바 아니라는 듯 달수의 걸걸한 목소리가 고막을 왕왕 울려대고 있었다. 달수가 경민 앞으로 성큼 한 발 다가섰다.

"예 좋습니다."

어차피 피할 수는 없는 노릇이라고 경민은 체념했다. 두 눈을 질끈 감으며 팬티를 무릎 아래로 걷어 내렸다.

"됐다! 그만허면 우리 상미 고생은 안 시키겠다……."

경민이 두 눈을 질끈 감고 서 있는 동안 아랫도리를 유심히 살펴 보고 난 달수가 탕 소리를 내며 방문을 발길로 차서 열었다.

"더운께 밖으로 나와!"

경민이 팬티를 치켜올리며 눈을 떴을 때 달수는 이미 번들거리는 우람

한 등짝을 흔들며 방을 나서고 있었다. 바지를 추슬려 입고 허리띠를 매며 경민은 난감한 기분이었다. 갑자기 담배 생각이 났다. 주머니를 뒤져 담배 한 개비를 뽑아 무는데 가게쪽에서 달수의 목소리가 넘어왔다.

"아 빨리 나오랑께 뭣허냐?"

"아, 예, 지금 나갑니다……."

경민은 입에 물었던 담배를 황급히 뽑아내며 밖으로 나왔다.

"돈은 월매나 저축해 됐냐?"

경민이 가게 안으로 들어섰을 때 달수는 경민에게 등을 보인 자세로 쭈그리고 앉아 산소용접기를 만지고 있었다. 팍 소리를 내며 새파란 불꽃이 솟아올랐다.

"부모님 모시고 동생 학비 대느라고 아직 저축을 못했습니다……."

손등으로 이마에 땀을 닦으며 경민은 솔직히 대답했다.

"워매, 이 오살헐놈 좀 보소……."

달수가 오른손에 불꽃이 솟는 용접기를 든 채 튕기듯 일어섰다.

"야, 이놈아, 돈도 한 푼 없는 놈이 남의 귀한 딸을 꼬셔냈냐?"

달수가 휙 돌아서는 서슬에 용접기의 불꽃이 파르륵 소리를 내며 길게 늘어났다가 다시 움츠러들었다. 불길을 피하듯 경민은 한 걸음 주춤 물러섰다.

"너 우리 상미 이미 배려놨지야?"

달수의 관자놀이에 벌레가 기어가는 듯 핏줄이 꿈틀거렸다. 달수가 삿대질을 했다. 쉬쉬식 소리를 내며 산소용접기의 불꽃이 경민의 턱 밑에서 춤을 추었다.

"절대로 그런 일 없었습니다."

경민은 단호한 목소리로 대답하며 달수의 이글거리는 눈빛을 정면으로 바라보았다. 더 이상 뒷걸음질 쳐서는 안 된다고 경민은 속으로 다짐하고 있었다.

"고것이 참말이냐?"

픽 소리를 내며 산소용접기의 불꽃이 꺼졌다.

"맹서할 수 있습니다. 상미씨와 저는 아직 순결한 사이입니다."

경민은 달수의 눈빛에서 시선을 돌리지 않았다. 차돌맹이처럼 단단한 느낌을 주는 달수의 턱이 희미하게 움직였다고 생각하는 순간 달수가 씨무럭하고 웃었다.

"술 쪼께 할 줄 아냐?"

노려보는 눈빛은 여전했으나 얼굴 전체는 웃고 있었다.

"예 소주 한 병쯤은 먹습니다."

경민은 자신이 마치 전입신고를 하는 신병같다고 생각한다. 부동자세를 취한 채 큰 소리로 대답했다.

"나 귀 안 먹었응께 살살 말히여……."

경민의 머리끝에서 발끝까지를 눈으로 훑어 내리고 달수가 돌아섰다.

숨을 길게 내쉬며 경민은 가게 안을 들러보았다. 3단으로 된 철제 선반 위에 새까맣게 끄슬린 크고 작은 개새끼들이 열 마리쯤 대가리를 바깥쪽으로 향해 나란히 누워있었다. 선반 옆에 2층으로 쌓아 놓은 쇠창살로 만들어진 개 우리 속에서는 길게 혀를 빼어문 채 침을 흘리며 어슬렁거리는 다섯 마리의 개가 있었다. 비닐장판을 씌운 평상 위에는 앉은뱅이 저울이 놓여 있고 평상 오른쪽에는 소형 냉장고가, 왼쪽으로는 산소통, 들통, 빗자루 등이 널려 있었다.

냉장고 앞에서 허리를 굽힌 달수가 노란 알미늄 주전자를 꺼내 평상 위에 올려놓았다.

"가게 안 무너징께 이리 와서 앙거……."

턱으로 평상을 가리키고 달수는 다시 냉장고를 향해 돌아섰다.

경민은 평상 앞으로 다가섰다.

"앙그랑께 뭣허냐."

냉장고에서 소주 한 병과 은박지로 만든 접시 두 개를 꺼내들고 허리를 펴며 달수가 다시 말했다.

"아 예……."

평상 모서리에 엉거주춤 엉덩이를 내려놓으며 경민은 접시를 내려다보았다.

접시 하나에는 시들시들해진 풋고추 서너 개와 깐 마늘 몇 개가, 또 다른 한 개의 접시에는 고추장이 담겨 있었다. 접시와 소주병을 주전자 옆에 내려놓고 다시 돌아섰던 달수가 이번에는 냉장고 위에서 부엌칼을 들고 와 평상에 퍼질러 앉았다.

"뒤에 찬장 있는데 가서 곱뿌 두 개만 가꼬 오니라!"

손등으로 이마에서 뚝뚝 떨어지는 땀을 닦으며 달수가 말했다.

"예."

경민은 벌떡 일어서 방금 전 달수에게 신체검사를 당하고 나온 골방 쪽으로 가는 통로로 향했다. 통로 끝, 오른쪽 골방 문 앞에 놓여 있던 찬장이 쉽게 생각났기 때문이었다. 찬장 앞에 다가서자 파리떼가 날아올랐다. 찬장 속에는 스텐레스 밥그릇과 대접이 두 개, 작은 냄비 두 개와 접시 서너개, 그리고 컵 세 개가 전부였다.

경민은 찬장 옆에 매달려 있는 수도꼭지를 틀어 놓고 컵을 깨끗이 헹궜다.

컵의 물기를 털며 평상 앞으로 돌아왔을 때 달수는 평상 위에 신문지를 깔고 그 신문지 위에서 시커먼 고깃덩어리를 칼로 숭덩숭덩 썰고 있었나.

"요것이 뭔지 아냐?"

"개고깁니까?"

울컥 구토가 치미는 걸 가까스로 억제하며 경민이 물었다.

"물론, 개고기는 개고기제……."

경민으로부터 컵 하나를 받아들며 달수는 다른 한 손으로는 소주병을 들어 이빨로 병마개를 땄다.

"요것이 개신이네……."

딸딸 소리를 내며 달수는 컵 가득히 소주를 따랐다.

"신이라고 하셨습니까?"

달수의 말을 미처 알아듣지 못한 경민이 반문을 했다.

"개좆도 모르나?"

달수가 아까처럼 씨무럭하고 웃었다.

"아 예……."

당황한 경민은 시선을 둘 곳을 찾지 못하고 두리번거렸다. 울컥 또 구토가 치솟았다.

"아냐, 잔 받아라."

소주가 가득 담긴 글라스를 달수가 왼손으로 불쑥 내밀었다.

"이렇게는 못하는데요……."

두 손으로 글라스를 받으며 경민은 전신에 식은땀이 흐르는 걸 의식한다.

"진말 안헐팅께. 내 사위 될 생각 있음사, 쭉 한 잔 마시고 요놈 한 점 묵어보소."

고추장을 찍은 풋고추 한 개를 한 입에 넣고 으적으적 씹으며 달수는 턱으로 경민을 재촉했다.

술잔을 내려다보며 경민은 잠시 생각하는 얼굴이 됐다. 상미의 얼굴이 떠올랐다. 평소에 애기로만 듣던 상미 아버지는 이런 이미지가 아니었다. 세 살짜리 상미를 초등학교 4학년까지 업어서 재웠다는 상미 아빠가 아닌가. 20년 세월을 자기 하나만을 위해서 재혼조차 마다하고 살아온 아빠라고 상미가 입버릇처럼 말해 온 그 인정 많고 자상한 아빠의 이미지를 경민은 지금 천달수에게서 찾아보려고 안간힘을 쓰고 있는 것이다.

"못 마시겠냐?"

달수가 감정 없는 목소리로 묻고 있었다.

"마시겠습니다."

경민은 잔을 들어올렸다. 비스듬히 돌아앉으며 마시기 시작했다. 목젖에서 두 번 꿀꺽 소리가 났다. 입에서 컵을 떼는 순간 가까스로 목구멍을 넘어갔던 술이 왈칵 다시 넘어왔다. 그러나 눈을 질끈 감고 다시 목구멍을 넘겨 보냈다. 이번에는 꼬르륵 소리가 났다. 눈알이 맵싸해지며 눈물이 돌았다.

"소금 찍어서 요놈 한 점 묵어라."

달수가 명령하듯 말했다. 쏘는 듯한 시선이 경민의 동작 하나하나를 지켜보고 있었다. 다섯 토막으로 잘라져 있는 것 중에서 가장 작아 보이는 두 번째 토막을 손가락으로 집어 소금에 찍었다. 입 속에 떨어뜨리고 질끈 깨물었다. 씹음질을 계속하면 소주까지 그대로 토해낼 것 같았다. 오른쪽 어금니로 지그시 문 채 침을 삼켰다. 달수의 시선이 화살처럼 얼굴로 날아와 꽂히는 걸 경민은 분명히 느끼고 있었다.

서너번쯤 질겅질겅 씹다 말고 꿀꺽 삼켜버리고 말았다.

"속이 니글거릴팅께 마늘을 한 쪽 먹어보드라고……."

경민이 비상이라도 삼키는 듯한 얼굴로 신 한 도막을 목구멍으로 넘기는 걸 확인하고야 달수는 자신의 글라스에 소주를 따랐다.

경민도 그럴 생각이었다. 달수의 말이 떨어지기가 무섭게 마늘 한 쪽을 냉큼 집어서 고추장에 찍었다가 입 속에 떨어뜨리고 으석으석 깨물었다. 입안이 얼얼해 오면서 또 눈물이 돌았다. 그러나 느글거림은 훨씬 가라앉는 듯했다. 경민의 그런 동작을 하나도 놓치지 않고 바라보면서 달수는 소주 글라스를 단숨에 비워냈다. 커 소리를 내며 빈 글라스를 평상 위에 내려놓고 달수는 은박지 쟁반 위에 남아 있는 개신 네 도막 중 두 개를 닝큼 집어먹었다.

"우리 상미허고는 원제부터 알게 되었는고……."

씹음질을 계속하면서 하는 말이라 발음이 정확하지 못했다.

"제가 상미씨보다 대학 2년 선배가 됩니다."

씹어 삼킨 통마늘은 뒷맛이 더욱 매웠다. 입전장이 화끈거려 입김으로 혓바닥을 후후 불며 경민은 더듬거리며 대답을 했다. 그 순간 천달수의 두 눈에 섬광 같은 번쩍임이 확 지나갔다고 경민은 의식했다.

"뭣이여?"

달수가 씹고 있던 신 두 도막을 꿀덕 삼켰다.

"그렇께 자네도 바로 그 뭣이냐 운동권인가 뭣인가 허는 출신이겠구만?"

경민을 노려보는 달수의 표정이 험상궂을 정도로 일그러져 있었다. 상미가 대학 3학년 때 제적당한 것은 순전히 '운동권인가 뭣인가 하는 나뿐 놈들' 꾀임에 빠진 때문이라는 확고부동한 신념을 가지고 있는 천달수였다. 지금도 학생 시위라면 무조건 곱지 않은 눈으로 보는 달수가 상미의 대학 선배라는 경민에게 우선 경계의 눈초리를 보이는 것은 당연했다. 그러나 경민은 상미로부터 아버지 천달수에 대한 그런 예비지식을 갖지 못하고 있었다.

"꼭 무슨 운동권이라기보다는, 학교시절 제가 회장을 맡고 있던 써클에서 같이 활동하면서 서로를 이해하게 되었습니다."

비교적 솔직한 대답을 경민은 했다.

"그 써클인가 뭣인가가 바로 운동권하고 같은 거 아닌가배?"

천달수의 추궁은 경민이 숨 돌릴 틈도 주지 않았다.

경민은 비로소 잡히는 게 있었다. 상미의 말처럼 오직 상미의 행복 하나만을 위해 20여년을 재혼조차 하지 않고 살아온 상미 아버지의 입장에선 상미가 재학중 시위주동 학생으로 지목되어 제적당한 사실이 가슴에 커다란 멍으로 남아 있을게 틀림없었다. 가급적 상미 아버지와의 충돌은 피해야 한다는 계산이 머리에 왔다.

"운동권과 써클 활동은 전혀 다릅니다. 저희들은 순수한 학구적 차원에서 뜻을 같이하는 선후배끼리 모임을 갖고 의견도 발표하고 했을 뿐입니다."

"고것이 데모하자는 모임이 아니고 학교 공부허고 상관 있는 그런 모임이다. 그런 말인가?"

달수의 기색이 약간 누그러지는 것 같았다.

"쉽게 말씀드리면 그렇습니다."

"어렵게 말해도 말은 같은 말이겄재?"

경민은 갑자기 취기가 오르는 것을 의식한다. 얼굴과 목덜미가 화끈거리며 관자놀이가 지끈거렸다. 천달수는 취기가 오르는 것 같았다. 이글거리는 눈빛에 가늘게 핏발이 서고 있었다. 다짐을 받듯 계속 경민을 응시하고 있었다.

"결국은 그렇습니다."

경민은 한시 바삐 자리를 뜨고 싶었다.

"절대로 데모 같은데 앞장 선 적은 없다 그 말이재?"

"네."

경민은 간단히 대답했다.

"우리 상미년이 싸가지 없이 허라는 공부는 안 허고 데모질이나 허고 댕기는 줄 알았드람사 내가 진작에 다리몽댕일 뿐질러 버렸을 것이여…"

달수는 소주병을 글라스 위에 거꾸로 세웠다. 그러나 이미 병은 비어 있었다. 벌떡 몸을 일으킨 달수가 냉장고 문을 열어 새로 소주 한 병을 꺼냈다.

"전 그만 가봐야 되겠습니다."

이때다 싶어 경민이 평상에서 궁둥이를 들었다.

"일간 내가 상미하고 의논해서 자네 어르신네를 한 번 찾아뵈어야 쓰겠네……."

이빨로 깐 소주병 뚜껑을 퉤 소리가 나게 내뱉고 나서 달수는 병째로 소주를 세 모금쯤 마셨다.

"그럼 안녕히 계십시오."

경민이 허리를 굽혔다.

"우리 상미가 시방 회사에서 노동조합 부위원장인가 뭣인가 허는 모양인디 나는 그것도 못마땅허다 그 말이여……."

혼잣말처럼 중얼거리는 달수의 이야기가 채 끝나기 전에 경민은 등을 돌렸다.

경민이 가게를 나서며 뒤를 돌아보았을 때 달수는 고개를 하늘로 향한 채 소주를 입에 들이붓고 있었다.

난내전변은 흐느적거리는 인파로 가득했다. 그 인파 속으로 섞여들며 경민은 시계를 들여다보았다. 여섯시가 방금 지나고 있었다. 상미와의 약속은 여섯시 삼십분이었다. 약속장소까지 천천히 걸어가면 알맞을 시간이었다. 닭장사와 개, 고양이들을 파는 노점들이 나름대로 질서를 이루며 나란히 서 있는 곳을 빠져나오자 한 떼의 인파가 둥그런 원을 그리며 모여 있었다. 경민은 인파의 어깨 너머로 발돋움을 해보았다.

쇠창살로 만든 사과 궤짝 두 개만한 크기의 상자 속에 2미터쯤 되는 구렁이 한 마리가 들어 있었다. 떠돌이 약장사 그룹이었다. 경민은 이내 발길을 돌려 다시 걷기 시작했다.

'썩을 놈, 진땀깨나 뺏겠다…….'

입에서 소주병을 뽑아내며 천달수는 혼잣말로 중얼거렸다. 인파 속으로 섞여들며 힐끗 뒤를 돌아보는 경민의 모습이 눈에 들어왔다. 까닭 모를 미소가 입언저리로 삐져나왔다.

'놈이 물건 하나는 실헌디. 대가 약하게 생겼어…….'

경민의 모습이 완전히 인파에 가려 보이지 않을 때까지 달수는 서 있었다. 점심나절부터 봉고차에 확성기를 매달아 놓고 사람을 끌어 모으던 약장사 패들도 그만 파장이 돼가는 모양이었다. 땡볕 아래서 둥그런 반원을 그리며 모여 섰던 사람들이 하나 둘 흩어지고 있었다. 달수는 생각난 듯 은박지 쟁반 위에 남아 있던 개신 두 도막을 냉큼 집어 먹었다. 방금 전 마치 비상이라도 먹는 듯한 얼굴로 한 도막을 집어 먹던 경민의 모습이 떠올랐다. 마늘 한 쪽을 집어 입에 털어 넣고 달수는 주섬주섬 접시며 컵들을 챙겼다.

'쓰벌 놈의 날씨가 요렇게 덥다냐……'

평상 위에 털석 주저앉으며 수화기를 집어들었다. 다이얼을 돌리는 팔뚝에서 땀방울이 뚝뚝 떨어져 내리고 있었다.

가게 안에는 별로 손님이 많을 시간이 아닐 성 싶은데도 신호가 길게 너댓번쯤 울린 후에야 함평댁의 목소리가 들려왔다.

"손님 많은가비네?"

머리꼭대기에서부터 흘러내린 땀이 눈으로 들어간 모양이었다. 눈알이 따끔거렸다. 두 눈을 껌벅거리며 달수가 물었다.

"오늘은 그작저작 괜찮은갑소. 네 마릴 치웠응께…… 헌디 워쩐 일이다요?"

수화기를 통해 들려오는 함평댁 목소리에 생기가 돌았다. 눈가에 잔주름을 잠으며 새실새실 웃는 함평댁의 모습이 눈에 선했다.

"일찍 가게 좀 닫어야 쓰것는디. 댓 마리 보내줄까?"

"뭣헐라고 안직 해가 동동헌디 가게를 닫는다요?"

"서울 좀 갔다 올라고……."

달수의 목소리가 갑자기 어눌해진다.

"또 상미 엄니헌티 갈라요?"

함평댁의 금방 새초롬해지는 모습이 눈에 잡히는 것 같다.

"상미년헌티, 머스매가 생겼는디, 내가 봉께 아가 참허드라고……."

"그래서 시방 사람도 못알아 본다는 상미 엄니헌티 가서 당신이 사위 보게 생겼오 하고 고하고 올 참이라요?"

함평댁이 종주먹을 대듯 달수의 말을 자르고 나섰다.

"고런 것까지 함평댁이 알 것은 없고, 명식이 놈 들어오는 대로 다섯 마리만 올려보낼팅께……."

"참말로 성남 땅에 열부났네……."

계속해서 달수의 말을 자르며 쌍지팡이를 집고 나서는 함평댁의 얘기를 더 이상 듣고 싶지 않았다. 달수는 슬그머니 수화기를 내려놓고 말았다. 그대로 퍼질러 앉은 자세로 멍하니 하늘을 바라보았다. 소나기라도 한 줄금 뿌릴 성 부른 검은 구름이 산등성이에서 느릿느릿 움직이고 있었다.

"썩을 년!"

자신도 모르게 욕설이 튀어나왔다. 연실이의 일만 생각만 하면 울화가 치솟았다.

세 살짜리 상미와 달수 자신을 내팽개치고 집을 나간 연실이의 소식이 바람처럼 들려오기 시작한 것은 이미 십여년 전부터였다. 성남 시내 어느 술집에서 작부 노릇을 하고 있더라는 소문이었다. 모란시장에서 연실이를 직접 만났었다는 얘기도 들려왔다.

달수가 신안군 수협에서 빌린 영어자금 천오백만원을 받아들고 고향에서 도망을 친건 순전히 연실이를 찾아내겠다는 일념에서였다. 그러나 분당에 거처를 마련한 후 만 석달동안 히는 일없이 성남 시내 술집이란 술집은 모두 뒤졌지만 연실이의 행방은 묘연했다.

모란시장이 서는 단대천변에서 노점상을 벌인 것도 내심으로는 언젠가 모란시장에서 연실이를 보았다는 강형만의 말에 한 가닥 기대를 걸었기 때문이었다. 그러나 성남에서 10년 세월을 보내면서 이럭저럭 뿌리를 내리도록 연실이의 소식은 들려오지 않았다.

"썩을 년이 어디 가서 뒈졌겠지……"

울화증도 어지간히 사라져 가는 듯했다. 그러나 술이라도 한 잔 들어가는 날이면 불쑥 생각이 나곤 했다. 그럴 때면 억지로라도 가래를 돋궈 침을 칵 뱉으며 썩을 년, 어디 가서 뒈졌겠지, 하고 내뱉듯 중얼거리며 잊으려고 애를 썼다. 그러나 쉬운 일은 아니었다. 중학교를 졸업하고 고등학교에 입학할 무렵부터 상미가 제 에미를 꼭 찍어낸 듯 닮아가고 있었기 때문이었다.

이따금 술에 만취되어 밤늦은 시간에 집에 돌아와 잠들어 있는 상미의 모습을 보고는 마치 연실이가 돌아와 누워 있는 듯한 착각에 흠칫 놀란 적이 한 두 번이 아니었다.

그런대로 가물가물 잊혀져가던 연실이의 기억을 되살리는 계기가 된 것은 바로 지난 해 봄이었다.

　가게로 낯선 젊은이 하나가 찾아왔다. 천달수씨가 맞느냐고 다짐을 두 듯 묻고 난 젊은이가 긴히 할 말이 있다면서 달수를 밖으로 불러냈다. 스무살이 채 될까 말까 한 젊은이었다.

　"이연실씨를 알고 계십니까?"

　다방에서 자리를 잡고 나자 젊은 사내가 조심스레 말문을 열었다.

　"시방 이연실이라고 했는가?"

　달수는 자신의 귀를 의심하듯 사내에게 되물었다.

　"예 이연실씨가 제 모친이 되십니다……."

　달수의 시선을 피하듯 고개를 숙인 채 사내가 말했다.

　"뭐시여?"

　달수는 한 번 더 놀랐다. 고개를 떨어뜨리고 있는 젊은 사내의 얼굴을 좀더 자세히 보려는 몸짓으로 허리를 꺾으며 고개를 치켜들었다.

　"자네가 긍께 연실이 아들이다. 그 말이여?"

　자신도 모르게 목소리가 후들후들 떨려나오고 있었다.

　"예, 제 이름은 박정수라고 합니다……."

　정수가 고개를 들었다. 이빨로 아랫입술을 지근지근 깨물고 있었다.

　"그래, 느그 엄니는 시방 워디 있냐?"

　찬찬히 바라볼수록 연실이를 닮은 데가 많았다. 특히 입모습과 서글서글한 눈매는 상미와도 영판 닮은 얼굴이었다. 달수는 당장 정수의 멱살을 잡아 니어미한테 가자고 앞장세우고 싶은 충동을 억누르며 정수를 노려보았다.

　"청량리 정신병원에 입원중이십니다…… 벌써 3년째입니다."

　팽팽하게 당겨졌던 신경줄이 탱, 소리를 내며 끊어져 나가는 것 같았다. 정수의 말이 끝나는 순간 달수는 엉거주춤 들어올리던 엉덩이를 털썩 도로 내려놓았다.

　"정신병원이라니…… 그러면 느그 엄씨가 미쳐번졌다 그 말이냐?"

　이미 맥이 빠진 질문이었다.

　"4년 전 아버님이 교통사고로 돌아가신 후 조금씩 이상해지시다가 재작년 봄부터는 사람을 전혀 못 알아보십니다."

더 이상은 물어 볼 말이 없었다. 그냥 멍한 기분이 되어 얼마동안을 앉아 있었다.

정수가 메마른 목소리로 이야기를 계속했다.

"……어머니께선 입원하시기 직전, 어쩌다 제정신이 드실 때면 아저씨 말씀을 하시며 우시곤 했습니다. 그때 전 아저씨가 성남에 계시다는 걸 알았습니다……."

정수로부터 듣는 아저씨라는 호칭이 묘한 느낌으로 전해져 왔다.

"사실 제가 아저씨를 찾아올 만한 이유는 없었습니다. 어머님의 과거가 어떠하셨든 간에 저에게는 한 분뿐인 세상에서 가장 귀하신 분이니까요……."

정수의 얘기를 여기까지 듣고 있는 동안 까닭 모를 노여움 하나가 불끈 치솟아 올랐다.

"그런디 뭣하러 왔나?"

정수에게로 향하는 까닭 모를 노여움을 지그시 깨물며 달수가 물었다.

"한 달에 한 번씩 면회를 가보면 어머니는 늘 울고 계셨습니다. 울면서 헛소리로 상미 아버지가 날 잡으러 온다. 상미 아배가 날 죽이러 온다 하시면서 자꾸만 구석으로 피해 달아나시려고 하십니다…… 어머님께서 아저씨에게 얼마나 큰 죄를 지셨는지는 모르지만 전 어머니가 돌아가시기 전에 우선 아저씨로부터 용서를 받게 해드려야 한다고 생각했습니다……."

정수는 잠시 말을 끊었다. 정수의 말을 듣고 있는 동안 달수는 가슴 깊은 곳에서 응어리를 틀고 있던 커다란 분노의 덩어리가 조금씩 녹아내리는 것을 의식했다.

"그리고 사실은 제가 며칠 후면 중동으로 취업을 하러 갑니다. 만 2년 계약으로 떠나는데 그 안에 어머님께 무슨 일이 생길지도 모르는 노릇이고 해서……."

더 이상은 들어보나 마나였다. 그러나 한 가지 궁금한 게 있었다. 한때 성남의 유흥가에서 술집 작부 노릇을 했다는 연실이가 언제 이런 장성한 아들을 두었는가 싶은 의문이었다. 달수의 이런 궁금증을 유리알처럼 들여다보기라도 한 듯 정수가 말을 계속했다.

"한 때 저와 어머님은 성남에 산 적이 있었습니다. 저를 낳아 주신 아버님께서는 또 한 분의 어머니가 계셨습니다. 제가 철이 들 무렵 이따금씩 어머니와 제가 사는 집에 술이 취해 나타난 아버지는 저와 어머니를 밤새도록 두들겨 패는 게 일이었습니다. 참다 못한 어머님께서 저를 데리고 이곳 성남으로 피해 오셔서 제가 중학교를 졸업할 때까지 여기서 살았었습니다……."

연실이가 고향에서 밤 도망을 친 후 20년 세월이 한 눈에 보이는 것 같았다. 정수의 메마른 목소리를 듣고 있는 동안 공연히 코끝이 시큰해 왔다.

"썩을 년이……."

정수가 알아듣지는 못할 정도로 달수는 중얼거렸다.

정수가 뒷주머니에서 저금통장 한 개를 꺼내 놓았다.

"아저씨! 제 어머님을 용서해 주십시오."

정수의 목소리에서 비로소 울음기가 묻어나왔다. 눈물이 그렁한 눈으로 달수를 응시하며 정수는 저금통장을 달수쪽으로 밀어놓았다.

"뭣이여?"

목소리가 자꾸만 목에 걸린다. 꺼끌꺼끌한 목소리로 달수가 물었다.

"제 어머님을 용서해 주신다는 뜻으로 이 통장을 받아주십시오…… 이 돈으로 가끔 어머님을 찾아가실 때 약값에라도 보태셨으면……."

마침내 울컥 치솟는 울음을 정수는 어깨로 참아내고 있었다.

"이놈아, 누가 그따위 돈받겠다드냐……."

달수도 눈시울이 화끈해 왔다. 공연스레 목청을 돋궈 봤을 뿐 소리엔 노여움이 없었다.

"아저씨, 제가 대신 무릎을 꿇고 빌겠습니다…… 제 어머님을 용서해 주십시오……."

이제 정수의 어깨는 크게 흔들리고 있었다. 목에서 끼룩소리를 내며 정수가 손등으로 눈물을 닦아냈다.

"그깐 돈 없어도 내가 느그 엄니 들여다 볼팅께 그만 가봐!"

달수가 먼저 자리를 차고 일어섰다. 다방을 나서자 쩽한 햇살이 눈물처럼 번지고 있었다. 곧장 가게로 돌아온 달수는 냉장고에서 소주병을 꺼내

거푸 두 병을 냉수 마시듯 들이켰다. 까닭 모르게 가슴이 얼얼해 왔다.

"아저씨! 주무세유?"

배달갔던 명식이가 어느새 돌아와 있었다. 달수는 흠칫 놀라며 눈을 떴다.

"나 서울 좀 갔다 와야 쓰겠응께, 성호시장에 다섯 마리만 가져다주고 일찍 가게 닫아부러라……."

달수는 부스스 일어나 벽에 걸어두었던 남방셔츠를 떼어 입었다.

"함평댁 아주머니네 말입니까?"

명식이가 앵글 선반 위에서 까맣게 그슬린 개 한 마리를 번쩍 들어내려 저울에 올려놓으며 물었다.

"그래."

명식에게 건성으로 대답하며 달수는 손금고에서 돈을 챙겼다.

여섯시가 넘은 시간인데도 해는 아직 중천에 있었다. 정수리로 모닥불을 쏟아붓는 듯 이글거리는 햇실이 내려꽂혔다. 그러나 자신도 모르게 발걸음이 빨라졌다. 횡단보도를 건너 모란삼거리에서 버스를 기다리는 동안 전신은 이미 후줄근하게 젖어내렸다.

버스에 흔들리면서 달수는 다시 또 생각에 잠겨들었다. 연실이의 일을 상미에게 얘기해줘야 할 것 같았다. 지난해 느닷없이 정수가 찾아와 자신이 연실이의 아들이라고 하면서 대신 무릎이라도 꿇고 빌 테니 어머니를 용서해달라고 했을 때부터 줄곧 생각해 온 문제였다. 그동안 상미에게 에미는 죽은 것으로 되어 있었다.

사실 정수의 출현만 아니었던들 달수의 가슴 속에서도 연실은 이미 죽어 가고 있었다. 중학교 3학년 때인가 상미가 단 한 번 정색을 하고 '엄마는 분명히 돌아가신 거죠?'라고 물은 적이 있었다. 초등학교 때는 수시로 엄마는 언제 오느냐고 묻던 상미였다. 그러나 그때마다 달수는 '느그 에미는 뒈져 버렸어'라는 말로 상미의 입을 틀어막곤 했었다. 그러나 중학교 3학년 때 상미가 정색을 하며 '엄마는 분명 돌아가신 거죠?'라고 물었을 때에는 예전처럼 '느그 에미는 뒈졌어'라는 소리가 쉽게 나오질 않았다.

"뭐땀시 심심허면 엄니 얘기는 꺼내가꼬 속을 뒤집어 놓냐?"

상미의 집요한 눈빛을 피하며 이렇게 얼버무리려 했으나 상미도 만만치는 않았다.

"아버지, 나 다시는 엄마 얘기 꺼내지 않을게요. 그 대신 마지막으로 한 번만 더 분명히 말씀해 주세요. 분명히 제 어머니는 돌아가신 거죠?"

상미는 울먹거리는 것도 아닌, 그렇다고 똑 떨어지게 따져 묻는 것도 아닌 극히 담담한 목소리로 물었다.

"그래, 느그 엄니 죽었다. 아주 오랜 옛날에 죽었어……."

상미의 눈길을 피해 달수는 어눌한 대답을 해주고 자리를 피했었다. 그 날 이후 상미는 단 한 번도 연실의 얘기를 입에 올린 적이 없었다. 그러나 상미가 분명히 제 에미가 죽었다고 믿고 있는 것 같지는 않았다. 그러고 보면 두 사람은 결국 의식적으로 연실의 얘기를 피해오고 있었다는 결론이었다.

정수가 다녀가던 날 밤, 엉망으로 술에 취해 돌아와 쓰러져 자고 난 달수가 눈을 떴을 때 주방쪽에서 구수한 북어국 냄새가 풍겨 왔다. 상미가 해장국을 끓이고 있는 모양이었다.

'저것이 나이가 벌써 스물 다섯인감네……'

상미의 나이를 생각하자 혼사를 서둘러야겠다는 생각이 문득 들었다. 상미의 혼사를 생각하면 연관지어지는 사람이 있었다. 함평댁이었다. 가게를 닫고 수금이라도 하려고 성호시장엘 내려가면 가게 안에 사람이 있건 없건 간에 만사 제쳐놓고 마치 제 서방 대하듯 살뜰하게 다가앉는 함평댁이었다. 상미를 치우고 나면 그만 두 집 살림을 합쳐 버릴까 하는 생각도 이따금 해 본 적이 있었다.

방문 밖에서 상미가 인기척을 냈다.

"아버지 일어나셨어요?"

방문을 빼꼼히 열고 고개를 들이민 상미는 이미 출근채비를 끝내고 있었다.

"오냐, 그래."

달수는 이불을 차고 벌떡 일어서려다가 다시 털썩 주저앉았다. 오줌이 마려운 탓인지 아랫도리가 뻣뻣하게 차일을 치고 있었기 때문이었다. 상미가 돌아선 후에도 아랫도리는 가라앉지 않았다. 쉽게 삭아들 것 같지 않았다. 달수는 바지를 챙겨 입었다. 바지 주머니에 손을 넣어 탱탱 부어

오른 아랫도리를 움켜쥐고 방을 나서서 곧장 화장실로 뛰어들었다.

오줌 뿌리를 뽑아들고 시원하게 내쏟았는데도 탱탱하기는 마찬가지였다. 달수는 내친 김에 용두질을 쳤다. 양다리에 힘을 주고 개운하게 뽑아내고 나자 여느때처럼 몸이 한결 개운해지는 것 같았다.

"해장국 드세요. 아버지."

화장실에서 나오자 상미가 이미 상을 봐 놓고 있었다. 이따금 하는 짓이지만 용두질을 치고 난 아침엔 상미 얼굴을 마주보기가 어쩐지 면구스러웠다.

"그래, 북어국이냐?"

상미의 시선을 피하며 식탁에 퍼질러앉아 국물을 한 모금 마셨다.

"저 먼저 출근할게요."

상미가 백을 챙겨들고 자기 방에서 나오며 말했다.

"너 혹시 니 엄니 얼굴 기억하겠냐?"

알맞게 따끈한 북어국을 내집째 들이 훌훌 마시던 달수가 현관으로 내려서는 상미에게 불쑥 물었다.

"네?"

상미가 후딱 돌아서며 달수를 바라보았다.

"아니다. 어서 가봐라."

달수는 공연한 소리를 꺼냈다 싶어 얼른 얼굴을 북어국 대접에 처박았다.

무언가 한 마디 할 것 같은 표정이던 상미는 그러나 조용히 돌아섰다.

"다녀오겠습니다."

상미의 발자국 소리를 들으며 달수는 결국 대접을 비워냈다.

"썩을 년! 차라리 뒈지지."

그렇게 중얼거리면서도 머릿속에는 정신병원에 갇혀 있다는 연실의 모습이 떠올랐다. 마치 죄수복 같은 입원복을 입은 연실의 앙상한 몰골이 눈에 어른거렸다.

버스가 어느새 종로 5가 종점에 도착하고 있었다. 달수는 서둘러 버스를 내렸다.

"천상미씨, 상무님 방으로 가보세요."

상미가 옷을 갈아입고 나오는데 탈의실 앞에서 기다리고 있던 과장이 말했다. 언제나처럼 떨떠름한 얼굴이었다. 상미가 노동조합 부위원장에 선출된 후부터는 계속 곱지 않은 눈으로 상미를 대하는 과장이었다.

"무슨 일인데요, 과장님?"

상미는 의식적으로 밝은 표정을 지어보였다.

"무슨 일인지 나도 몰라요. 방금 인터폰으로 연락을 받았으니까……."

과장은 지극히 사무적인 어조로 용건만을 전달해 주고 돌아섰다.

상미는 손목시계를 들여다보았다. 여섯시 십 분을 가리키고 있었다. 경민과의 약속장소인 시청앞까지는 버스로 십분이면 갈 수 있다는 계산이 머리에 왔다. 상미는 공장을 나와 사무실이 있는 본관 건물을 향해 광장을 가로 질렀다.

정면에서 쏟아붓는 햇살에 눈이 부셨다. 콘크리트 광장의 오른쪽 코트에서는 십여 명의 생산직 사원들이 땡볕 아래서 함성을 울리며 배구에 열을 올리고 있었다.

"상미씨 이리 와요!"

남자 사원 한 사람이 상미를 향해 커다랗게 소리를 질렀다. 소리가 들려온 쪽을 향해 상미는 웃는 얼굴로 손을 한 번 흔들어 주었다. 방금 전에 갈아입은 블라우스가 어느새 등에 찰싹 달라붙을 정도로 땀이 흐르고 있었다. 본관 건물로 들어서며 상미는 손수건으로 이마에 땀방울을 찍어냈다.

방지환 상무의 방은 3층이었다. 상무실이라고 쓰여진 아크릴 간판 앞에서 상미는 노크를 했다.

"들어와요."

귀에 설은 목소리였다. 당연한 일이었다. 창업주인 방희영 회장의 둘째 아들인 방지환 상무가 미국 유학에서 돌아와 극동전기의 상무이사로 출근한 지는 아직 한 달이 채 안 되기 때문이었다. 먼 발치에서만 두어 번 얼굴을 대했을 뿐 직접 만나는 건 오늘이 처음이었다.

"생산과에 천상미입니다."

상무실 안으로 들어선 상미는 가볍게 목례를 보냈다. 카페트가 깔리고, 에어컨이 쾌적한 실내온도를 유지해 주고 있는 방에 들어서자 금방 땀이 가시는 듯했다.

"어서 와요, 천상미씨."

서른 하나 아니면 둘 쯤일까. 하얀 얼굴에 눈썹이 유난히 검고 굵어보이는 방지환 상무는 신경질적인 첫인상이었다. 쇼파에 앉은 자세로 고개만을 돌려 상미에게 자리를 권했다.

방지환 상무가 앉아 있는 헤드 쇼파의 왼쪽으로 쇼파 하나를 건너 상미는 자리를 잡고 앉았다. 상무가 뒤적거리다가 쇼파 옆 작은 탁자에 밀어 놓은 서류들이 직원 신상카드라는 걸 상미는 한 눈에 알아보았다.

"차 한 잔 마실까요?"

인터폰의 수화기를 들며 방 상무가 물었다.

"괜찮습니다. 실은 약속이 있어서요……."

상미는 또 시계를 들여다보았다.

"아, 그렇다면 미안하게 됐군요……."

인터폰 수화기를 제자리에 다시 내려놓으며 방 상무가 상미를 바라보았다.

"지금 우리 회사 노조 부위원장직을 맡고 있으시다지요?"

윤기 없는 메마른 목소리였다. 왼손으로 안경을 벗어들고 오른손 엄지손가락과 가운데 손가락으로 눈두덩을 맞사지하며 방 상무가 느릿느릿 물었다.

"예."

얘기가 어쩌면 쉽게 끝날 것 같지 않다는 느낌이 머리에 왔다. 지금쯤 다방에 와 있을 경민의 모습이 떠올랐다.

"대학에선 제적을 당하셨드군요…… 시위주동 학생이었습니까?"

다시 안경을 쓰며 방 상무는 담배를 뽑아 물었다.

"알고 계신 대로입니다."

상미는 자신도 모르게 도전적인 자세가 되어 가고 있었다.

"학력으로 봐서는 당연히 사무직 근무를 택했을 텐데 처음부터 생산직 근무를 지원한 것은 노동운동을 주도하기 위해서였습니까?"

방 상무의 메마른 목소리도 어느새 심문조로 바뀌고 있었다.

"처음부터 의도했던 바는 아닙니다."

"그렇다면 내일이라도 사무직으로 발령을 낸다면 노조에서 손을 뗄 생각은 없습니까?"

방 상무의 졸리운 듯하던 눈빛이 그때 섬광처럼 번쩍하고 빛나는 것을 상미는 놓치지 않았다.

"그런 생각을 해 본 적은 없는데요."

방 상무의 눈빛을 정면으로 응시하는 상미의 시선에서도 파란 불꽃이 튀는 듯했다.

"좋습니다. 그 얘긴 없던 걸로 합시다…… 삼광전기의 이경민군과는 어떤 사이이십니까? 나한테는 고등학교 후배가 되는데……."

방 상무의 입가에 알 듯 모를 듯한 미소가 떠올랐다. 상미는 내심 놀라고 있었다. 방 상무의 입에서 경민의 이름이 튀어나오리라고는 상상도 못했던 일이었다. 그런데 방 상무는 지금 경민이가 자신의 고등학교 후배라고 하지 않는가. 방 상무가 어쩌면 자신에 대해서 자신이 생각하는 것보다 많은 것을 알고 있는지도 모른다는 생각이 문득 머리에 왔다.

"결혼을 약속한 사이입니다."

상미는 방 상무의 얼굴에 나타나는 작은 표정 하나도 놓치지 않을 생각으로 상무의 얼굴을 똑바로 바라보며 분명한 대답을 했다.

"아, 그랬었군요. 이군 만나시면 선배 방지환이를 한 번 찾아오라고 전해 주십시오. 술 한 잔 톡톡히 사겠다고 하더라구요."

방 상무의 얼굴에는 좀처럼 표정이 없다. 웃지도 않고 방지환은 말했다.

"그만 가봐도 되겠습니까?"

상미가 물었다. 방 상무의 뒤편에 걸려 있는 벽시계가 여섯시 삼십분을 가리키고 있었다.

"그래요 약속시간 빼앗아서 미안했습니다……."

방 상무가 눈짓과 턱짓으로 그만 가봐도 좋다는 시늉을 했다.

"그럼……."

상미는 앉은자리에서 방 상무에게 목례를 보내고 일어섰다.

"미스 천의 아버님께선 모란시장에서 개 잡는 일을 하신다지요?"

상미가 상무실 문 앞에서 손잡이를 돌리려는 순간이었다. 방 상무의 목소리가 뒷덜미를 긁어줘었다. 획 소리가 나도록 신경질적인 반응을 보이며 상미가 돌아섰다. 쏘는 듯한 상미의 시선을 정면으로 받으며 그러나 방지환의 얼굴엔 표정이 없다.

"별다른 의미가 있어서 물어 본 건 아닙니다. 그냥 가보세요."

옆으로 밀어 놓았던 인사기록카드를 뒤적거리며 방 상무가 상미의 시선을 피했다.

십초가량 방 상무를 노려보던 상미는 아랫입술을 꼬옥 깨물며 돌아섰다. 천천히 손잡이를 돌려 방문을 열고 복도로 나섰다. 금방 끈끈하고 무더운 공기가 전신을 휩싸 안았다. 자신의 발자국 소리를 헤아리며 상미는 천천히 걸었다.

"상미씨, 그냥 갈 거야?"

현관을 빠져나와 공장 정문을 향해 걷고 있는 상미의 등 뒤로 귀에 익은 목소리가 날라왔다. 그러나 상미는 돌아볼 기분이 아니었다. 정문 쪽을 향해 설음을 빨리 했다.

경민과의 약속시간은 이미 20분이 지나고 있었다.

"언니 빨리 와요……."

공단입구 버스정류장 앞에서 생산과의 여사원 두 명이 막 떠나려는 버스에 오르며 상미를 손짓해 불렀다. 상미는 그들에게 먼저 가라는 손짓을 해보이며 조금 웃어주었다. 약속시간이 늦기는 했지만 뛰어가 버스를 탈 기분은 아니었다. 한 블록 쯤 걸어가서 버스를 타려고 마음먹었다. 떠나는 버스 차창에서 두 여직원들이 살랑살랑 손을 흔들고 있었다. 상미도 그들을 향해 손을 흔들어 주었다.

이미 블라우스는 등에 찰싹 달라붙어 있었다. 등줄기를 타고 땀이 흐르고 있었다. 이마에도 송글송글 땀방울이 배어나왔다. 얼마쯤 걷고 있는데 등 뒤에서 경적소리가 들려왔다. 누군가 분명 자신을 의식하고 눌러대는 경적소리라고 생각한 상미가 뒤를 돌아보았다. 그랬저 승용차의 차창을 반쯤 열고 방 상무가 상미를 바라보고 있었다.

"어디까지 갈 건지 태워드리지요."

방 상무의 하얀 와이셔츠가 햇살을 받아 눈이 부셨다.

"사양하겠습니다."

상미가 고개를 돌리는 것과 동시에 방 상무는 가속 페달을 밟았다. 매캐한 가솔린 냄새를 남기고 방 상무의 차는 금방 멀어져갔다.

"택시!"

마침 지나가는 빈 택시를 향해 상미는 황급히 손을 들었다. 냉방차였다. 뒷좌석에 올라앉으며 손수건으로 이마의 땀방울을 찍어냈다.

다방에 들어서자 어항 옆에 무료하게 앉아 있던 경민이 왼손을 반쯤 들어올렸다.

"미안해요 늦어서……."

비로소 평온을 되찾으며 상미가 웃어보였다.

"난 또 혹시 잔업이 있어 못 나오는 줄 알았지."

경민의 목소리는 언제나 상미에게 편안함을 느끼게 했다.

"경민씨 선배 때문에 늦었으니까 일단 내 책임은 아니야."

방지환 상무가 어쩌면 자신에 대해 의외로 많은 것을 알고 있는지도 모른다는 불쾌감이 되살아났다. 그 얘기를 풀어가려면 당연히 방 상무의 얘기를 해야 할 것 같았다.

"무슨 소리야. 내 선배라니?"

경민이 등받이에서 몸을 조금 일으켜 세웠다.

"방지환이란 선배 몰라요?"

"방지환…… 알지. 근데 그 선배가 어쨌길래?"

경민은 상미의 이야기에 관심이 가는 모양이었다.

"우리 회사 상무야, 아주 기분 나쁜……."

"그으래?"

"막 퇴근하는데 날 보잔다지 뭐예요. 그래서 방으로 갔더니 관리직으로 자리를 옮겨줄 테니 노조에서 손 떼겠느냐구 묻는 거 있지요……."

상미는 방 상무와의 첫 대면에서 있었던 일들을 경민에게 상세히 들려주었다.

"경민씨 한 번 찾아오래요. 자기가 술 한 잔 톡톡히 산다구……."

상미는 그러나 자신이 방 상무의 방을 나서기 직전 아버지의 일을 물었던 데 대해서는 말하지 않았다. 아버지 생각이 떠오르자 이번에는 오히려 경민의 일이 궁금해졌다.

"아버지 만났어요?"

경민이 시켜준 사이다를 빨대로 한 모금 빨아먹고 상미가 물었다.

"대단한 분이시더군 생각보다……."

한 시간쯤 전의 일이 생각났다. 경민이 빙그레 웃었다.

"그 대단한 분의 뜻 어떤 의미예요?"

상미는 궁금해서 죽겠다는 표정을 했다.

"좋은 의미야. 상미에 대한 아버님의 넘치는 애정을 확인했다고나 할까… 하지만 좀 당황했어. 댓바람에 아버지가 뭐라구 그러셨는지 알아, 너바지 좀 벗어봐야 쓰겠다, 그러시는 거 있지……."

경민이 쿡쿡 웃음을 깨물었다.

"무슨 얘기예요 바지를 벗어보라니?"

상미는 이미 방 상무와의 불쾌했던 기억에서 까맣게 달아나고 있었다. 어깨로 웃는 경민을 향해 뒷말을 재촉했다.

"상미가 들으면 얼굴이 빨개질 테니까 자세한 얘기는 다음에 하기로 하고……. 두 번째 질문은 돈은 얼마나 저축했냐 하는 말씀이셨어. 동생들 치다꺼리 하느라고 아직 저축을 못했습니다, 그랬지. 그랬더니……."

경민은 다시 또 어깨를 들썩였다.

"그랬더니?"

상미가 경민의 말꼬리를 물었다.

"돈도 한 푼 없는 놈이 남의 귀한 딸을 꼬셔냈냐, 너 이놈 우리 상미 배려놨지야? 하시는 거 있지……."

경민은 이번에는 흐흐흐 소리내어 웃었다.

"어쩌면 아버지두……."

상미는 그러나 경민을 따라 웃을 기분은 아니었다. 아버지의 성격을 누구보다 잘 아는 상미였다. 아버지 앞에서 곤혹스러운 표정으로 진땀을 빼며 어쩔 줄을 몰라 했을 경민의 모습이 눈에 선했다.

"절대로 그런 일은 없습니다. 우린 아직 순결한 사이입니다 라고 정색을 하고 말씀드렸지. 그랬더니 표정이 좀 누그러지시더군. 그런데 지금 생각해 보니까 아무래도 잘못 말씀드린 것 같아……."

경민은 여전히 빙글거리는 얼굴이었다.

"무슨 소리야 그건 또?"

"차라리 예 그렇습니다. 우린 이미 갈 데까지 다간 깊은 사이입니다. 그럴 걸……."

"어머, 순 엉터리……."

팔을 둘러메며 상미가 눈을 흘겼다.

"사실 그동안 상미를 고스란히 보고만 있었다는 게 약간은 억울한 생각이 들 때도 있다니까."

경민의 얼굴에서 후딱 웃음이 사라졌다. 깊고 맑은 경민의 눈빛이 상미의 얼굴로 뜨겁게 쏟아져 왔다.

"어머머, 점점 더……."

말은 그렇게 하면서도 상미는 경민의 눈빛을 정면으로 바라보지 못했다. 귀밑이 화끈거려 왔다.

"나가자 그만, 그 정도 농담 좀 했다고 그렇게 얼굴까지 붉히니 원……."

경민이 먼저 일어섰다.

"나 생맥주 한 잔 사줘요."

거리로 나와 얼마동안 걷던 상미가 불쑥 말했다.

"좋지, 사실은 나도 아까부터 속이 느글거리던 참이라구."

경민이 돌아보았다. 희고 쪽 고른 정갈한 치아에 낙조가 부서져 반짝였다.

"속이 왜?"

경민과 어깨를 나란히 하며 상미는 경민의 팔을 꼈다.

"아버님 하사주를 마실 때 생전 처음 희한한 안주를 먹었거든……."

치킨 센타 앞이었다. 상미를 앞세우며 경민은 또 빙글빙글 웃었다. 경민의 그 빙글거리는 미소 앞에서 상미는 늘 마음이 편안해진다.

"아빠가 개고기를 먹으랬어요?"

상미는 내심 짐작 가는 일이었다.

"응, 그것도 아주 중요부분을 말이야……."

경민은 상미에게는 5백CC짜리를 그리고 자신의 몫으로는 1천CC짜리 생맥주와 통닭 한 마리를 주문했다.

상미는 더 이상 묻지 않았다. 두 손으로 생맥주 컵을 들어올려 단숨에 두 모금쯤 마셨다. 경민도 말 없이 컵을 들어 올렸다. 마치 갈증난 사람들처럼 두 사람은 컵이 절반 이하로 비워질 때까지 맥주를 마셔댔다.

"아까 한 말 어디까지가 진심이예요?"

5백CC가 거의 바닥이 났을 때쯤 상미가 정색을 하며 물었다.

"무슨 얘기?"

"조금은 억울하다는 얘기 말이예요."

취기가 오르고 있었다. 눈자위가 화끈거리며 조금씩 숨이 가빠졌다.

"그 얘기가 그렇게 부담스럽니?"

경민이도 1천CC를 거의 비워가고 있었다.

"바른 대로 말해 봐요. 나 안아줄 용기 있어요?"

상미는 공연히 경민에게 투정을 부리고 싶다.

"용기라고 했니 지금?"

"그래요, 용기 있으면 날 여관이건 호텔이건 끌고 가봐요. 당장……."

"벌써 취한 거니 고거 마시구?"

상미가 사뭇 도전적인데 반해 경민의 목소리는 점점 더 차분히 가라앉고 있었다.

"얼버무리는 건 싫어. 나 술 안 취했단 말야……."

상미는 5백CC 한 컵을 더 주문했다.

"상미, 오늘 암만해도 안 되겠다… 그만 마시고 일어서자."

경민이 만류했으나 상미는 막무가내였다. 새로 주문한 5백CC 한 컵을 단숨에 절반이나 비워냈다. 평소의 주량으로는 5백CC 한 컵이면 얼굴이 새빨개지는 상미였다.

"오빠 겁쟁이야, 날 어째 볼 용기도 없는 비겁한 겁쟁이라구……."

다시 또 컵을 들어 올리려는 상미의 손을 경민이 붙잡았다. 상미의 손쯤은 손아귀에도 안 차는 크고 따뜻한 손이었다. 상미는 다른 손을 들어 경민의 손가락을 펴려고 했다. 그러나 경민의 또 다른 손이 상미의 두 손을 자신의 두 손으로 꼬옥 감싸쥐며 경민은 도리 도리를 하는 상미의 얼굴을 그 깊은 눈빛으로 올려다보았다.

"상미, 올 가을엔 결혼하자, 우리……."

천천히, 그러나 분명하게 경민이 말했다. 갑자기 목이 부러진 마네킹처럼 상미는 고개를 꺾었다. 이유를 알 수 없는 말간 슬픔 조각 하나가 어디서부터인가 강물처럼 밀려왔다.

"네 말처럼 난 용기가 없는지도 몰라, 하지만 너에게 무책임을 나눠줄 수는 없었다. 물론 널 안아보고 싶다거나 갖고 싶다는 생각은 늘 하고 있었지. 그러나 널 아끼고 싶다는 생각이 항상 먼저였어. 너두 알잖니. 지금 내 형편을…… 5년째 중풍으로 누워 계시는 아버지와 세 명의 동생들, 그리고……."

"그런 것들이 우리 결혼하고 무슨 상관이야. 파출부로 나가시는 어머니. 2천만원짜리 방 두 칸, 그런 이유가 우리 결혼을 방해하는 어떤 조건도 될 수 없다고 난 생각해요……."

눈물이 그렁한 눈을 들어 상미는 경민을 봤다. 경민의 눈빛에도 축축한 물기가 괴어있었다.

"고맙다 상미야……."

경민의 손에서 힘이 왔다. 상미의 작고 가느다란 손가락들이 저려오도록 경민은 힘을 주었다.

"제로에서 출발해요. 우리……."

"그래, 빈 주먹으로 시작하는 거다. 우리는……."

탁자 위로 톡 소리를 내며 상미의 눈물방울 하나가 떨어져 내렸다.

"천달수씨!"

병원 복도에서 서성거리고 있는 달수를 원무과 쪽에서 누군가 부르고 있었다. 달수는 피우던 담배를 황급히 비벼 끄고 원무과 앞으로 다가섰다.

"이리 좀 들어오세요."

원무과 안에서 허리를 굽혀 바깥을 살피던 40대 초반쯤의 사내가 웃는 얼굴로 달수에게 손짓을 했다. 지난 달에 왔을 때 인사를 한 적이 있는 원무과장이었다. 달수가 연방 허리를 굽신거리며 원무과 안으로 들어섰다.

"이리 오세요……."

과장은 원무과 안에 간이 칸막이로 가려져 있는 과장 책상 옆 쇼파로 달수를 안내했다.

"미스 리, 여기 음료수 한 잔 주지. 시원한 걸루……."

달수에게 자리를 권하며 과장은 원무과 여직원에게 마실 것을 주문했다. 전에 없는 일이었다.

"이연실씨 경과가 많이 좋아졌어요……."

묻지도 않았는데 과장은 연실이의 병세를 입에 올렸다.

"아 그렇습니까……. 모든 게 다 선생님들 덕분입니다."

달수는 공연히 황송하다. 두 손을 비비며 고개를 굽신거렸다.

"오늘은 면회도 가능할 것 같습니다……. 이따 한 번 만나보십시오."

과장은 달수에게 담배까지 권했다.

"아이구 고맙습니다."

과장이 내미는 담배를 달수는 두 손을 내밀어 뽑아 들었다.

"태우세요……."

과장은 라이타까지 켜서 내미는 친절을 베풀었다.

"천 선생, 성남에 사시는 시 오래 되셨습니까?"

자신도 담배를 붙여 들며 과장이 물었다.

"예 한 15년 됐습니다."

과장과 맞담배를 피우기가 어려운 달수가 비스듬히 외면을 한 채 코로 담배연기를 내뿜으며 대답했다.

"15년 전부터 분당에서 자리를 잡으셨습니까?"

원무과 아가씨가 쟁반에 사이다 두 컵을 받쳐들고 왔다.

"예. 그랬습니다."

반쯤 피우고 만 담배를 달수는 서둘러 껐다.

"이번에 보상 많이 받으시겠군요."

"아 예……."

어쩐지 얘기가 이상한 방향으로 흐르는 것 같다. 그러나 달수는 과장이 묻는 대로 대답했다.

"부럽습니다. 우리 같은 월급장이에 비하면 천 선생은 재벌이시니까. 핫하……."

과장이 큰 소리로 웃었다. 어딘가 공허하게 느껴지는 웃음이었다.

달수는 묵묵히 컵을 들어 사이다를 절반쯤 마셨다.

"천 선생, 사실은 제가 부탁드릴 게 한 가지 있어서 이렇게 좀 뵙자고 했는데……."

갑자기 은근한 목소리가 되며 과장이 달수의 표정을 살폈다.

"저 같은 사람한테 무슨 부탁이……."

전혀 감을 잡을 수가 없는 달수는 말소리가 자꾸만 꼬리를 사린다.

"사실 저희 병원 입장에서 이연실씨 같은 환자가 장기 입원을 해 있는 건 바람직한 일이 아닙니다. 어지간하면 강제로 퇴원을 시켜야 하는 건데 아드님이나 천 선생의 정성이 워낙 눈물겨워서 퇴원하시란 소리를 못했던 거지요. 그나저나 입원 3년 만에 병세가 호전되리라곤 저희도 생각지 못했던 일입니다. 원장님이나 담당의사 선생님도 무척 반가워하고 계십니다."

과장의 얘기는 갈수록 종잡을 수가 없었다. 달수는 그저 예, 예 소리만 연발하며 듣고 있을 수밖에 없었다.

"제 부탁이란 다른 게 아니고 말입니다……."

본론이 나올 듯하면 과장은 뜸을 들였다. 컵을 들어 사이다로 입을 축이고 나서도 한참을 생각하는 얼굴이다가 다시 또 입을 열었다.

"이런 말씀드린다고 절대로 오해는 하지 마십시오. 부탁이란 다른 게 아니고 천 선생 댁에다 제 주민등록을 좀 옮겨놨으면 해서 하는 얘긴데요……."

달수는 비로소 약간 감이 잡히는 듯 했다. 입은 다문 채 크게 고개만 끄덕거렸다.

"분당지역 세입자들한테도 그 뭣이냐 아파트 입주증이 나올 예정이라면서요?"

과장은 약간 낯이 간지러운 듯 바튼 기침을 했다.

"아직 확정된 건 아니지만 세입자들이 그런 요구를 하고 있기는 있는 모양이더군요……."

더 이상 벙어리 시늉을 하고 있을 수도 없어 달수가 한 마디 했다.

"마, 그렇게만 해주신다면 여기 병원에 부인 일은 천 선생께선 아주 마음놓고 잊고 있으셔도 됩니다. 제가 다 알아서 성심성의껏 돌보아 드릴 테니까요……."

연실을 인질로 과장은 본격적인 홍정을 시작하고 있었다. 달수는 갑자기 울컥 하는 심정이 됐다. 그러나 어금니를 지근거리며 지그시 참아 넘겼다.

"지금 면회가 되겠습니까?"

달수가 과장을 정면으로 바라보며 물었다.

"물론이지요. 지금 만나보시겠습니까?"

과장이 먼저 자리에서 일어섰다.

"내일이라도 일단 제 쪽에서 퇴거신고를 하겠습니다."

달수의 확실한 언질을 받아두어야겠다는 계산으로 과장이 못을 박았다.

"일단 그렇게 해 보시지요."

결국 달수는 승낙하는 수밖에 없었다.

원무과를 나와 입원실이 있는 병동 쪽으로 과장의 뒤를 따라 걸으며 달수는 평정을 찾으려고 안간힘을 썼다. 연실과의 상면은 생각해 보면 23년만의 일이 아닌가. 그 23년을 헤아리듯 세단을 하나씩 헤아리며 달수는 천천히 2층으로 올랐다.

2층 입원실 입구에는 쇠창살이 달린 튼튼한 철문이 있었다. 그 문안으로 들어서자 통로 중앙 철제 책상에 앉아 있던 30대 초반의 제복을 입은 건장한 병원 직원이 일어나 원무과장에게 거수경례를 보냈다.

"이연실씨 식사 끝났는가?"

사내의 목소리를 등뒤로 흘리며 원무과장은 214라는 아크릴 숫자가 붙어 있는 병실을 향해 돌아섰다. 과장은 아크릴 숫자 한 뼘쯤 윗 부분에 있는 문패 크기 만한 감시구를 열었다. 감시구를 통해 입원실 안을 잠깐 들여다본 원무과장이 말 없이 천달수에게 손짓을 했다. 감시구 앞으로 다가서며 달수는 마른 침을 삼켰다.

먼저 눈에 들어온 것은 쇠창살이었다.

감시구가 달려 있는 입원실 문 안쪽은 아파트 현관을 연상케 하는 사방 한 평 남짓한 공간이 있고 그 공간 안쪽으로 다시 쇠창살이 달린 철문이 있었다. 쇠창살 너머가 입원실이었다. 외국 영화 속에서 본 감방과 같은 느낌이었다. 1인용 작은 철제 침대 위에 무릎을 모아 팔로 끌어안고 앉아 있는 여자의 옆모습이 보였다.

'……이 여자가 과연 연실이란 말인가?……'

달수는 눈을 부릅뜨며 여인의 모습을 바라보았다. 산산이 흐트러진 머리, 섬뜩한 느낌을 보여주는 핏기라고는 찾아볼 수 없는 하얀 얼굴, 처음에는 하늘색이었던 듯 싶은, 그러나 지금은 칙칙한 회색빛이 도는 후줄그레한 입원복 밖으로 나와 있는 파리하게 야윈 손등에는 시퍼런 핏줄이 불거져 나와 있었다.

"천 선생, 안으로 들어가 보시겠습니까?"

원무과장이 달수의 등을 두드렸다. 달수는 감시구에서 한 걸음 뒤로 물러서며 과장에게 고개를 끄덕였다.

"열어 드리게."

과장이 제복의 사내를 돌아보며 명령하듯 말했다.

"알겠습니다."

제복의 사내가 손에 들고 있던 열쇠 꾸러미에서 한 개를 찾아내 문을 열었다.

"들어가 보십시오."

과장이 달수에게 턱짓을 했다. 문안으로 들어서자 철창은 바로 코앞이었다. 인기척을 느낀 연실이 고개를 돌려 달수 쪽을 바라보았다. 비로소 연실의 옛 모습을 느낄 수 있었다. 연실이 분명 웃고 있었기 때문이었다. 그러나 다음 순간 달수는 연실의 그 웃음이 미친 사람들의 아무 의미없는 미소라는 걸 깨달았다.

초점이 없는 퀭한 눈빛이 달수의 얼굴을 향하고 있었지만 백치 같은 웃음 외에는 별다른 표정이 없었다. 달수의 가슴 깊은 곳에서 뜨거운 응어리 하나가 왈칵 치솟았다. 가슴이 얼얼해 왔다.

"썩을 년이……"

철창을 두 손으로 지그시 힘주어 잡으며 달수는 부르짖듯 중얼거렸다. 그 순간 연실의 얼굴에서 웃음이 후딱 사라졌다.

연실이 침대에서 마루로 내려섰다. 달수는 숨을 죽인 채 연실의 갑작스러운 변화를 지켜보고 있었다. 연실이 철창 앞으로 다가오기 시작했다. 마치 허깨비가 걸어오는 듯한 쓰러질 듯 휘청거리는 발걸음이었다. 철창을 사이에 두고 달수 앞으로 약 1미터쯤 가까이 온 연실이 갑자기 마루 위에 무릎을 꿇었다. 그와 동시에 연실은 합장하듯 두 손을 모아 싹싹 비벼대기 시작했다. 손바닥을 비벼대며 연실은 고개를 조아렸다. 이마가 마루바닥에 닿도록 무수히 고개를 조아리며 연실은 손을 비볐다. 연실의 그런 연속적인 동작은 비록 초점이 없는 눈빛, 표정이 없는 얼굴이었지만 달수에게는 진지한 느낌으로 다가왔다.

"이년아, 인제 와서 빌면 뭣할 것이여……."

달수는 자신도 모르게 소리를 버럭 질렀다. 그러나 그 소리 뒤끝에는 자신도 모르는 사이에 울음이 묻어 나고 있었다. 목구멍이 얼얼해 왔다.

달수는 버럭 소리를 지른 것과 동시에 연실은 벌떡 일어섰다. 그리고는 아까와는 정반대로 마치 날쌘 암표범 같은 동작으로 침대 위로 뛰어올랐다. 그러나 침대 위에 뛰어오른 연실은 고슴도치처럼 웅크리며 머리를 무릎 사이로 쑤셔박았다. 그러면서도 팔꿈치는 침대에 붙인 채 팔을 세워 아까보다 더 빠른 동작으로 비벼대고 있었다. 무어라고 중얼거리는 것 같기도 했다. 달수가 귀를 기울이고 있는 동안 연실이의 중얼거림은 분명 '살려 주세요 살려 주세요' 하는 소리로 바뀌고 있었다.

"천 선생 오늘은 그만 보시죠……."

언제부터인가 등 뒤에 다가 서 있던 원무과장이 가볍게 달수의 등을 두드렸다.

"아, 예……."

마치 꿈을 꾸고 난 듯한 기분이었다. 엉덩이를 하늘로 향한 채 머리를 처박고 계속 손을 비벼대는 연실의 모습을 한 번 더 바라보고 달수는 뒷걸음질로 철창 앞을 떠났다.

"최근 들어 상태가 아주 좋아지고 있는 중이라고 담당의사가 말하는 걸 들었습니다. 머지않아 사람을 알아보게 될 거라고 하드군요……."

멍한 기분이 되어 계단을 내려오는데 원무과장이 말했다.

"아, 예……."

달수는 과장의 말에 건성으로 대답했다. 일주일 후 전입신고를 하러 분당엘 오겠다는 원무과장의 배웅을 받으며 달수는 병원을 나섰다. 이미 거리에는 가로등이 켜지고 있었다. 몇 개의 버스 정류장을 지나치면서도 달수는 한동안 걸었다. 자신이 어디쯤 걷고 있는지를 의식하지 못한 채 한 시간쯤 발길 닿는 대로 걸었다.

"아저씨, 한 잔하고 가세요. 노팬티 아가씨가 즉석에서 끝내 줍니다……."

어디선가 불쑥 튀어나온 젊은 사내 하나가 빙글거리며 달수의 팔을 잡았다.

"뭐야?"

꿈에서 깨어나듯 달수가 사내를 바라보았다.

"끝내주는 노팬티 아가씨 있습니다……."

20대 초반쯤의 사내가 어둠 속에서 허연 이빨을 드러내며 묘하게 웃었다.

사내의 어깨 넘어 저만큼에서 붉고 푸른 네온사인이 빙그르 돌면서 켜졌다가는 꺼지고 꺼졌다가는 다시 켜지고 있었다.

달수는 순간 심한 갈증을 느꼈다.

"자네 시방 뭣이라고 했는가?"

갑자기 아무데고 좀 앉아서 쉬고 싶다는 생각이 들었다. 시원한 맥주 몇 병쯤 마시며 생각을 정리해 보고 싶었다.

"삼삼한 영계 아가씨들이 끝내준다 이겁니다……. 열일곱살 짜리도 있어요……."

사내가 달수의 팔을 잡은 채 다른 한 손으로 등을 밀었다.

"아가씨는 필요 없고 맥주나 몇 병 해야 쓰겠다……."

달수는 주위를 두리번거리며 네온사인 아래로 들어섰다.

칙칙한 붉은 색 카페트를 밟고 2층으로 올라가자 음악 소리가 들려왔다.

"어서 옵쇼……."

홀 문 앞에서 서성거리던 다른 젊은 사내의 안내를 받아 안으로 들어서자 홀 안에 미로 같은 좁은 통로가 나타났다. 왼쪽 오른쪽으로 몇 번을 꺾어 돌아서 안내된 방은 탁자 하나와 2인용 작은 소파 두 개가 마주 놓여 있는 작은 방이었다.

"사장님 술은 뭘로 드시겠습니까?"

젊은 사내가 손을 비비며 물었다.

"맥주나 몇 병 주소, 마른안주하고……."

테이블을 앞쪽으로 밀어내고도 다리를 펴기가 옹색할 만큼 방은 작았다. 털썩 주저앉자, 전신에 나른한 피로감이 밀려왔다.

"고맙습니다, 잠시만 기다려 주십시오……."

사내가 허리를 굽신해 보이고 돌아섰다. 사내가 돌아서 나가고 난 후에야 달수는 비로소 합판으로 칸막이가 된 옆방에서 들려오는 야릇한 숨소리를 의식했다. 별로 주위에 신경을 쓰는 것 같지도 않은 목소리들도 들려왔다.

"빨리 해……."

"야, 좀 가만 있어봐……."

앳된 여자의 음성과 30대쯤의 사내 목소리가 들려오고 나자 얇은 합판 칸막이가 음찔음찔 흔들리기 시작했다. 듣고 있는 사이에 달수의 거시기가 맹렬한 기세로 대가리를 치켜들었다. 갑자기 바짓가랑이가 좁아진 듯 아랫도리가 뻐근해 왔다. 옆방의 사내가 숨을 몰아쉬고 있었다. 벽의 흔들림도 한결 빨라지고 있었다.

노크 소리가 들려왔다. 달수가 대답할 겨를도 없이 문이 열리고 나비넥타이를 맨 또 다른 젊은 사내가 들어왔다.

달수를 향해 꾸벅 고개를 숙여보인 나비넥타이의 사내가 스텐레스의 작은 쟁반을 테이블 위에 내려놓았다. 물수건 한 장과 포켓용 성냥갑 크기 만한 작은 종이갑 한 개가 달랑 놓여있었다.

"잠시만, 기다려 주십시오, 술하고 아가씨 곧 대령하겠습니다……."

사내는 한 번 더 고개를 꾸벅 숙이고 난 뒤 달수의 대답을 기다리지도 않고 돌아서 나갔다.

달수는 테이블 위에 쟁반을 내려다보았다. 작은 종이갑 속에는 콘돔이 들어 있다는 것쯤 달수도 쉽게 알 수 있었다. 사실 지난 20년 동안 달수는 본능적인 배설행위를 위해 많은 콘돔을 소모한 셈이었다. 이불 속에서 거시기가 차일을 치는 아침에는 손쉬운 방법으로 용두질을 쳤지만 저녁 늦은 시간 술이라도 취해 계집 생각이 날 때는 손쉽게 돈을 주고 여자를 사는 방법을 택했다. 50을 눈앞에 둔 근년 들어서도 한 달에 두 번 꼴로 여자를 샀다.

마음만 먹으면 아무 때고 옷을 벗길 수 있는 함평댁을 비롯해서 모란시장 주변에서도 달수에게 해롱대는 그렇고 그런 여자들이 있었지만 달수는 가장 손쉬운 방법을 택해 오고 있었다. 입버릇처럼 내뱉는 말은 '우리 상미년 여월 때까진 지집헌티 정 안 줄끼여'라는 거였지만 따지고 보면 달수의 마음 깊은 곳에 자리하고 있는 연실이 때문이었다.

20년 동안 그야말로 개처럼 벌어 모은 재산 때문이기도 했다. 주위에서 추파를 던지는 그렇고 그런 여편네들이 모두 한결같이 알부자로 소문나 있는 달수 자신의 재산을 노리고 있는 거라고 지레 생각해 오고 있었기 때문이었다.

옆방의 계집과 사내는 일을 끝마친 모양이었다. 부스럭거리며 일어서는 기척이 들려왔다.

"닦아줄게요."

"필요 없어."

계집과 사내의 말소리가 들려오고 일분도 채 안 되어 드륵 문 열리는 소리가 들려왔다. 그리고 옆방은 곧 잠잠해졌다.

달수는 바지 속에서 차일을 치고 있는 거시기를 손바닥으로 지그시 눌러보았다. 욕정이 갈증처럼 배꼽 부근에서 머리 위로 치솟고 있었다. 노크 소리가 들려왔다. 이번에도 달수의 대답을 기다리지 않고 문이 드륵 소리를 내며 열렸다.

맥주 세 병과 마른안주 한 접시를 쟁반에 받쳐든 나비 넥타이의 사내 뒤로 스커트가 허벅지 위로 한 뼘이나 올라간 여자의 하체가 들어서고 있었다.

"청에 55번입니다."

여자의 목소리가 무척이나 귀에 익다고 생각하면서 달수가 고개를 들었다.

"어머!"

소스라칠 듯 놀란 목소리는 여자 쪽에서 먼저 튀어나왔다.

"아니 이게……."

어떻게 된 일이냐고 달수는 묻지 못했다. 여자가 두 손으로 얼굴을 가리며 뒷걸음질을 쳤다. 여자는 분당 집 아래채에 세들어 사는 여자였다.

남편이 리비아인가 어디 해외 공사현장에서 왼쪽 팔 하나를 잃고 돌아와 빈둥거리며 놀고 있는 걸 달수는 알고 있었다.

"미스 김, 아는 손님이야?"

나비 넥타이의 사내가 비로소 여자와 달수의 심상찮은 분위기를 눈치챈 모양이었다.

그때였다.

"안녕하세요?"

여자가 아랫입술을 지그시 깨물며 안으로 들어섰다.

오히려 당황한 것은 달수였다. 여자가 비좁은 탁자와 의자 사이를 달수 쪽으로 밀며 맞은편 자리에 와 앉았다.

"사장님, 파트너 바꿔 드릴까요?"

당황한 달수의 기색을 눈치챈 나비넥타이의 사내가 물었다.

"아, 뭐 그러지……."

여자와 사내를 번갈아 쳐다보며 날수가 어쩡쩡한 대답을 했다.

"웨이타씨, 걱정 말구 나가봐요……."

달수의 말을 여자가 가로막고 나섰다. 턱짓으로 사내에게 나가라는 시늉을 하며 여자가 맥주병을 집어들었다.

"한 잔 받으시죠, 천 사장님!"

그러면서 여자는 달수를 정면으로 바라보았다. 엉겁결에 달수는 글라스를 들어 여자 앞으로 내밀었다. 맥주병 주둥이가 글라스에 부딪치면서 다르륵 소리를 냈다. 여자의 손길이 가늘게 떨리고 있었다. 나비넥타이의 사내가 고개를 갸우뚱하며 돌아서 나갔다.

"저두 한 잔 따라주시죠"

이번에는 여자가 빈 글라스를 들어 달수 앞으로 내밀었다. 달수는 천천히 맥주병을 집어들었다. 그러나 달수의 시선은 마른안주 접시와 나란히 놓여 있는 콘돔 쟁반으로 떨어져 있었다. 콘돔에서 시선을 들어 여자를 바라본다는 일이 달수는 숨이 막히도록 부담스러웠다. 들어 올렸던 맥주병을 탁 소리가 나게 탁자 위에 도로 내려놓았다.

그런 달수의 표정을 노려보는 눈초리로 보고 있던 여자가 스스로 맥주병을 들어 자기 컵에 맥주를 따랐다. 거품 반 맥주 반이 되어 넘쳐 흐르는 잔을 냉큼 들어 여자는 단숨에 잔을 비워냈다. 그 빈 잔에 여자는 또 맥주를 부었다. 거푸 세 잔을 들이키고 여자는 헛구역질을 했다.

달수는 참으로 난감한 기분이었다. 묵묵히 잔을 들어 반쯤 비우고 다시 잔을 내려놓았다.

"나 팬티 벗을까요?"

네 번째 잔에 병을 기울이며 여자가 물었다.

"이거 봐요. 나 사실 그런 생각이 있어서 들어온 게 아닌데……."

달수는 얘기를 어디서부터 풀어나가야 할지 두서가 잡히지 않았다. 여자의 시선을 피해 가며 반이나 남아 있는 글라스에 맥주를 채웠다. 그 사이에 여자는 네 번째 잔을 비워 내고 있었다. 꽤나 술이 취해 있는 상태였는데도 여자는 계속 술을 마셨다.

"어차피 아저씨한테 들통난 거 아저씨 입 틀어막으려면 연애 한 번 해야지, 안 그래요? 아저씨!"

다섯 번째 잔을 채워들고 여자가 일어섰다. 그리고는 게걸음으로 테이블과 의자 사이를 빠져나와 달수의 옆자리로 옮겨앉았다. 끈끈한 살냄새가 왈칵 풍겨 왔다. 여자가 스커트를 걷어올렸다.

"이거 봐요. 새댁……."

적당한 호칭을 찾지 못한 달수가 불쑥 새댁이란 말을 썼다.

"이 아저씨, 새댁 좋아하시네…… 시시한 소리 하지 말고 아저씨도 어서 바지나 벗어요……."

여자의 손이 달수의 허벅지께를 더듬으려고 했다. 달수는 질겁을 하며 뒤로 물러앉았다. 그러나 물러나 앉아봤자 한 치 두 치 상관이었다.

"이거 안 되겠군…… 나 가야겠소……."

달수가 벌떡 일어섰다.

"이리 내놔봐요. 내가 장화 신켜 줄 테니……."

그러나 여자는 한 술 더 떠서 손으로 달수의 거시기를 움켜잡았다.

"이게 무슨 짓이야!"

순간 달수는 여자의 얼굴을 손바닥으로 확 밀어냈다. 여자의 상반신이 오른쪽 벽에 쿵 소리를 내며 부딪쳤다. 그와 동시에 맥주병과 글라스가 쓰러지며 시멘트 바닥으로 떨어져 내렸다. 질펀하게 맥주가 쏟아진 테이블 위로 여자가 풀썩 엎으러졌다. 여자의 어깨가 크게 흔들리기 시작했다.

그런 여자를 내려다보며 달수는 망연히 서 있었다. 여자는 이제 소리를 내어 울고 있었다.

"이거 봐요, 나 가야겠으니 계산서 좀 가져다 달라구 해요……."

우선 이 난처한 자리에서 벗어나는 게 상책이다 싶어 달수가 말했다.

여자의 울음소리가 끊어졌다. 그리고 약 1분쯤 뜸을 들이고 난 여자가 천천히 고개를 들었다. 달수를 외면한 자세로 여자가 출입문 옆에 붙어 있는 초인종 벨을 눌렀다. 문밖에서 기다리고 있기라도 한 것처럼 노크소리를 내고 나비넥타이의 사내가 들어섰다.

"여기 계산서하고 내 빽 좀 가져다 줘요."

"알겠습니다."

말을 한 것은 여자였는데도 나비넥타이의 사내는 달수를 바라보며 뒷걸음질로 방을 나갔다.

"담배 한 대만 주세요."

시선은 출입문 쪽을 향한 채 등뒤의 달수를 향해 여자가 말했다.

"난 담배를 안피우는데……."

달수는 갑자기 여자가 측은한 생각이 들었다. 참으로 기묘한 침묵이 흘렀다.

노크소리에 이어 나비넥타이의 사내가 들어섰다. 먼저 빽을 여자의 무릎에 올려놓아 주고 사내는 달수에게 계산서를 내밀었다.

"3만 7천 5백원입니다."

달수는 계산서는 보지도 않고 주머니에서 4만원을 꺼내 사내에게 내밀었다. 그리고 달수는 웨이터를 뒤쫓듯이 방에서 빠져나오려고 했다. 그러나 통로 쪽으로는 여자가 가로막혀 있었다. 여자는 빽을 열어 조그마한 손거울을 꺼내들고 화장을 고치고 있었다.

"좀 비켜 주지……."

달수가 말하는 것과 여자가 냉큼 일어선 것은 거의 동시였다.

"저두 같이 가요."

달수는 금방 또 난감한 기분이 됐다.

달수를 곁눈질로 바라보고 여자가 먼저 복도로 나섰다. 미로처럼 좁고

꼬불꼬불한 통로를 달수는 결국 여자의 뒤를 따라가는 형국이 되고 말았다.

"안녕히 갑쇼……."

현관문을 밀치고 나서자 여자와 달수를 빙글거리는 얼굴로 바라보며 젊은 사내가 큰 소리로 외쳤다.

생각했던 대로 여자는 몹시 취해 있었다. 계단을 내려가며 여자는 두 번이나 벽에 기대며 비척거렸다. 그러나 부축해 줄 기분은 아니었다. 그렇다고 여자를 모른 채 내버려두고 혼자서 걸음을 빨리 할 수도 없었다. 거리에 나와서도 그런 심정은 마찬가지였다. 참 지랄 같은 기분이었다.

"아, 그래가꼬 집에까지 어찌코롬 갈 거여?"

비척거리면서도 기를 쓰듯 뒤를 따라오는 여자를 돌아보며 볼멘 소리를 내질렀다.

"아저씨 나 좀……."

달수가 잠시 걸음을 멈춘 사이에 휘청거리며 다가선 여자가 달수의 팔을 붙잡았다.

"이기지도 못하는 술을 뭣헐라고 고로콤 퍼 마신당고……."

차마 여자를 뿌리칠 수가 없어 혼잣말처럼 투덜거리며 달수는 천천히 걷기 시작했다. 지나가는 사람들이 달수와 여자를 곱지 않은 눈으로 힐끔거렸다. 여자는 달수에게 매달리듯 기댄 채 이따금 발을 헛딛곤 했다. 여자의 중심이 달수의 왼쪽 어깨로 크게 실려 왔다.

"아, 정신 좀 차려요……."

달수는 그때마다 걸음을 멈추며 여자의 어깨를 흔들었다. 길거리에 그대로 여자를 팽개쳐 두고 혼자서 가고 싶은 충동을 달수는 지그시 억눌렀다. 가까스로 청계천 5가까지 걸어왔다.

마침 떠나려는 성남행 버스에 달수는 여자를 뒤에서 안 듯이 떠밀어 올렸다. 빈 자리를 찾아 여자를 안게 하고 달수는 그 옆에 앉았다. 버스가 출발하고 채 5분도 안 되어 여자는 자기 시작했다. 제멋대로 흔들리던 여자의 머리가 달수의 어깨로 쓰러져 왔다. 달수는 아예 눈을 감아 버리고 말았다. 금방 소나기라도 퍼부어 댈 것 같았다. 눅눅한 밤바람이 차창을 통해 목덜미께로 끈끈하게 휘감겨 왔다.

"아저씨! 그림 참 좋습니다……."

깜박 졸았던 모양이었다. 누군가가 무릎으로 허벅지께를 툭툭 치는 느낌에 달수는 눈을 떴다. 버스 안은 만원이었다. 오른쪽 어깨에 둔중하게 실려있는 무게를 의식하며 고개를 들었다.

"김씨!"

달수는 자신이 생각하기에도 이상할 정도로 당황했다. 여자의 남편이었다. 한쪽 팔만으로 손잡이에 매달린 여자의 남편이 충혈된 눈빛으로 달수를 내려다보고 있었다. 마늘 냄새와 소주 냄새가 왈칵 풍겨 왔다.

"이리 앉으시게…… 아주머니가 워낙 많이 취했드랑께……."

달수는 튕긴 듯 자리에서 일어섰다. 그 바람에 그때까지 달수에게 기댄 채 잠들어 왔던 여자가 옆으로 폭삭 고꾸라지는가 싶었으나 용케도 다시 중심을 잡으며 흔들렸다.

"여기가 워디다냐?"

달수는 공연히 허둥대는 심정으로 차창 밖을 내다보았다. 어느새 버스는 수진리 고개를 넘고 있었다.

"나 여기서 내려야 쓰겄네. 이리 앉아가소……."

달수는 입가에 야비한 미소를 흘리며 충혈된 눈빛으로 노려보는 여자의 남편을 피해 서둘러 차를 내렸다. 경찰서 앞이었다. 제법 굵은 빗방울이 하나 둘씩 떨어지고 있었다. 얼굴과 목덜미로 떨어지는 빗방울의 촉감이 사뭇 상쾌했다.

비로소 길게 심호흡을 하듯 긴 숨을 내쉬며 달수는 걷기 시작했다. 어둠의 저쪽에서 쏴아 소리가 밀려왔다. 소나기가 몰려오고 있었다. 가로등 불빛을 뚫고 빗줄기는 장대처럼 아스팔트 위로 내려 꽂혔다. 달수는 그러나 뛰지 않았다. 눈 깜짝할 사이에 몸 전체가 후줄근하게 젖기 시작했다. 때마침 길거리에 불빛을 흘리고 서 있는 포장마차가 눈에 뜨였다. 머리를 크게 흔들어 빗물을 털어내며 달수는 포장마차 안으로 들어섰다. 갑자기 시장기가 밀려왔다. 우동 한 그릇과 소주 한 병을 주문해서 게눈 감추듯 비워냈다. 나른한 피로가 밀려왔다.

달수는 오늘 하루동안에 일어난 일들을 곰곰이 더듬어봤다. 가게로 찾아온 경민에게 억지로 개 신을 잘라 먹인 일을 생각하면 자신도 모르게 웃음이 났다. 그러나 꼭 유치장 같은 병원 침대 위에 웅크리고 앉아 있던 연실이의 기억을 떠올리자 착잡한 심정이 됐다. 병원 원무과장의 교활해 보이는 웃음도 생각났다. 청량리에서 청계천까지 걸어와서 어쩌자고 그런 델 따라 올라갔단 말인가…… 셋방 여자와 콘돔과 외팔이 남편의 살기가 번득이는 눈빛을 떠올리자 술기운이 싹 가시는 듯 싶었다.

달수는 소주 한 병을 더 청해 마시고 포장 마차를 나왔다. 어느새 비는 개어 있었다. 구름 한 점 없는 하늘엔 별이 총총하게 떠 있었다.

달수는 시계를 들여다보았다. 10시가 조금 지난 시간이었다. 함평택 가게엘 들러볼까도 생각했으나 상미가 기다릴 것 같은 생각이 들었다. 어차피 상미에게는 오늘 내일 사이에 제 에미 얘기를 해줘야 할 일이었다. 달수는 분당까지 걷기로 마음먹었다. 상미에게 에미 얘기를 들려주려면 어디서부터 어떻게 얘기를 꺼내야 할지 생각을 정리해 볼 심정이었다.

여수동 입구까지 걸어오자 점점 다리가 무거워졌다. 이쯤에서 버스를 탈까 생각하며 좌우를 둘러보았다. 자가용 승용차 두 대와 트럭 한 대가 지나가고 있었다. 두리번거리며 다시 걷기 시작하는데 어둠 속에서 불쑥 앞을 가로막는 사람이 있었다. ·

"누구요?"

달수는 후딱 걸음을 멈췄다. 어둠 속 사내의 왼편 남방셔츠 팔소매가 바람에 흔들리고 있었다.

앞을 가로막는 남자가 한 시간쯤 전에 버스에 두고 내린 여자의 남편이라는 것을 확인하는 순간 달수는 자신도 모르게 당황했다. 그 당황함은 어쩌면 예기치도 않았던 귀찮은 일에 휘말리게 될지도 모른다는 느낌과도 상통하는 것이었다.

"안즉, 집에 안 갔는가비네……."

사내의 눈길을 피하며 달수는 어눌한 소리를 냈다. 그러면서 달수는 옆으로 한 걸음 물러섰다.

"아저씨, 나하고 얘기 좀 합시다."

사내가 달수를 흉내내듯 옆으로 한 걸음 옮겨 서며 계속 앞을 가로막았다.

"그렇께 지금 나를 기다리고 있었다. 그런 말인감?"

사내의 기색이 심상치 않았다. 달수는 비로소 사내의 얼굴을 정면으로 마주보았다.

"내가 아저씨를 기다린 이유를 모른다고는 하지 않을 테고, 우리 사내답게 확 까놓고 얘기합시다."

달수의 등 뒤에서 헤드라이트를 번쩍이며 자동차가 다가오고 있었다. 헤드라이트 불빛을 받아 허연 이빨을 드러낸 사내가 일그러진 웃음을 흘렸다.

"이 사람이 지금 뭣인가 오해를 해도 단단히 하고 있는 감만…… 도대체 뭣을 까놓고 얘기하자는 것이여?"

달수로서는 물론 집히는 게 있었다. 사내가 자기 아내와 달수와의 관계를 넘겨잡고 있는 게 틀림없는 것 같았다.

"오해 좋아허네!"

사내의 얼굴에 빈들거리던 미소마저 사라졌다. 어느새 말투마저 반말로 바뀌고 있었다.

"남의 여편네 붙어먹고도 오해?"

사내가 달수 앞으로 한 걸음 더 바짝 다가섰다.

"움마, 이 싸가지 없는 놈 말하는 것 좀 보소……."

달수의 입에서도 마침내 욕설이 튀어나왔다. 사내가 이렇게 단도직입적으로 나오리라고는 생각도 못했던 때문이었다.

"뭐여, 이 더러운 개백정놈아!"

사내의 하나뿐인 오른팔이 달수의 멱살을 움켜잡았다.

"얼래, 이거 못 놓겠나?"

달수도 주먹을 치켜들었다. 이미 오십줄에 들어선 달수였지만 아직 완력이라면 자신이 있었다. 40여년을 바닷가에서 칠성판지고 다닌다는 뱃놈소리를 들으며 뼈가 굵은 달수가 아닌가. 자신의 멱살을 움켜쥔 사내의 손목을 잡아 지그시 힘을 주며 비틀었다. 사내의 관자놀이에 지렁이가 기어가는 듯한 핏줄이 일어서고 있었다.

사내가 고통을 참고 있는 게 역력했다. 달수는 다른 한 손으로 사내의 가슴패기를 쿡 쥐어박으며 동시에 비틀었던 손목을 뒤로 밀어부쳤다. 사내가 비척대며 허깨비처럼 뒤로 자빠졌다. 달수는 손바닥을 툭툭 털며 길게 늘어져 있는 사내를 내려다 보았다. 사내가 꿈틀거리며 신음소리를 내고 있었다. 달수는 순간 겁이 덜컥났다. 사내가 그처럼 무기력하게 나가 떨어지리라고 생각 못했던 일이었다. 달수는 황급히 다가가 사내를 일으켜 세웠다. 넘어지면서 하나 뿐인 팔로 땅을 헛짚은 모양이었다.

사내는 오른쪽 손목을 팔꿈치 아래가 잘려나간 왼팔 겨드랑이에 끼며 고통스레 얼굴을 찡그렸다.

"많이 다쳤는가?"

사내를 부축한 채 천천히 걷기 시작했다.

"우리 어디 가서 술 한 잔 하세……."

사내는 대답이 없었다. 마침 맞은편 분당쪽에서 빈 택시 한 대가 달려오고 있었다.

"가까운 갈매기살 집까지만 태워주소"

달수가 차를 세워 운전사에게 부탁하자 운전사가 고개를 끄덕거렸다.

잠시 후 두 사람은 여수동 갈매기살 집에서 마주앉았다. 사내는 계속 고통을 참는 듯 얼굴만 찡그린 채 말이 없었다.

"자 어서 한 잔 드소"

사내의 잔에 먼저 술을 채우고 달수는 자신의 잔에도 술을 채웠다.

"어쩌코 생각하면 자네가 오해를 하게도 생겼네만 자네 부인하고 나하고는 아무런 상관도 없네. 나가 오늘 심정이 쪼개 복잡한 일이 있어가꼬 청량리에 갔다 오는 길에 딱 한 잔 할 생각으로 들어갔는데 그런 술집인지는 몰랐고, 거기서 자네 부인을 만나리라고는 꿈에도 생각 못헌 일이였제……."

단숨에 한 잔을 비워 내고 나서 달수가 먼저 말문을 열었다. 딴에는 자초지종을 설명할 요량이었다. 달수의 말에 귀를 기울이며 사내도 잔을 비워냈다.

"자네 부인도 물론 많이 당황했제……. 그래서 나가 먼저 나올라고 형께 같이 가자고 따라 나서둥만 헌디 워낙 많이 취했드라고……."

달수가 장황하게 설명을 하는 동안 사내는 묵묵히 세 잔을 비워냈다.

"아저씨!"

달수가 소주 한 병을 더 시키려고 사람을 부르려는데 사내가 입을 열었다.

"아저씨 말씀 그대로 믿기로 하지요. 그대신 부탁이나 하나 들어주십시오."

"뭔 부탁인디?"

달수는 사내의 잔에 다시 술을 채웠다.

"내 예편네는 아저씨가 가지고 나 5백만원만 빌려 주시오."

"뭣이여?"

달수는 탁자를 치며 벌떡 일어섰다. 그런 달수를 사내는 눈 한 번 깜짝하지 않고 올려다보고 있었다.

"예끼, 더러운 놈, 옛말에 새벽좆 안 서는 놈헌티 돈도 꿔주지 말랬다는디 지 여편네 술집에 내돌리는 것도 부족혀서 인자는 마누라 잡히고 돈을 꿔 쓰겠다고…… 에익 썩을 놈……."

달수는 사내를 때려죽일 듯 노려보다가 휙 돌아섰다. 주머니에서 만원짜리 한 장을 꺼내 계산대 위에 올려놓고 휑하니 술집을 나서고 말았다.

"세상에 살다 살다 저러콤 더러운 놈 보기를 처음 보겄네……."

달수는 힘껏 가래를 돋구어 카악 소리와 함께 내뱉었다.

무는 개는 돌아본다

설핏 잠이 들었던 모양이었다. 화드득 창문을 때리는 비 소리에 상미는 눈을 떴다. 쇼파에서 등을 일으키며 마당을 내다보았다. 제법 굵은 빗줄기가 뜨락 가득히 내려꽂히고 있었다. 녹슬어 구멍이 뚫린 처마끝 물받이에 선 빗물이 수돗물처럼 댓돌 위로 떨어지고 있었다.

아버지가 아직 돌아오지 않았다는 생각이 들자 상미는 벽시계를 쳐다보았다. 시계 바늘이 새벽 한 시를 가리키고 있었다. 전에 없는 일이었다. 약주를 좋아하는 아버지였지만 상미의 기억으로는 늦어도 밤 아홉시를 넘긴 적이 없는 아버지였다.

상미는 우산을 챙겨들고 마당으로 내려섰다. 절대로 택시를 타는 법이 없는 아버지가 빗속을 걸어오고 있을 것 같은 생각에서였다.

대문을 나와 큰길을 향해 걷고 있는 동안 비는 거짓말처럼 멎었다. 하늘엔 하나 둘 별들이 깨어나고 있었다. 찢겨진 비닐하우스 조각들이 이따금 바람에 펄럭일 때면 아무렇게나 자란 잡초들 위로 빗물이 후드득 떨어져 내릴 뿐 주위는 쥐죽은 듯 조용했다.

우산을 접어들고 상미는 천천히 걸었다. 서현동 쪽에서 갑자기 자동차 불빛이 나타났다. 택시였다. 상미가 잠시 걸음을 멈춘 채 바라보고 있는 사이에 택시는 상미 눈 앞으로 다가와 멎었다. 뒷좌석에서 등을 일으키는 건 아버지였다. 상미가 뒷좌석의 문을 열었다.

"안 자고 뭣 헐러고 나왔냐……."

말을 그렇게 하면서도 달수는 퍽이나 반가운 기색이었다. 차에서 내려서는 아버지를 상미가 부축했다.

"내가 오늘 호사헌다……. 택시도 타고, 우리 상미 부축도 받고……."

걸음걸이는 휘청거렸지만 정신은 말짱한 듯 싶었다. 상미는 달수와 어깨동무를 하고 걷기 시작했다.

"그 경민인가 허는 머시매 쓸 만허드라……."

달수가 발을 헛딛는 바람에 상미마저 덩달아 넘어질 뻔했다.

"웬 술을 이렇게 많이 잡수셨어요……."

상미는 자신의 목 뒤로 돌려진 달수의 팔 한 쪽을 잡고 다른 한 손으로 달수의 허리를 끌어안은 채 안간힘을 썼다. 육중하게 실려오는 달수의 무게로 인해 금방 숨이 가빠졌다.

"내가 오늘 심정이 쪼개 사나운 일이 있어가꼬 나도 모르게 많이 마셔 뿌렸는갑다……."

휘청거리면서 달수는 상미의 볼에 뺨을 부볐다.

"아랫방 여자 들어왔드냐?"

대문을 들어서다 말고 달수가 걸음을 멈췄다.

"오늘은 다른 날보다 일찍 들어오는 것 같던데요……."

상미도 잠시 숨을 돌리며 아래채 쪽을 바라보았다. 대낮에도 폐가처럼 우중충하게 보이는 아래채는 거대한 주검처럼 엎드려 있었다. 풀이 멋대로 자란 지붕 위에 하얀 달빛이 내려앉아 있었다.

상미와 달수는 마당을 가로질러 마루로 올라섰다.

"꿀물 타드려요?"

쇼파 위에 길게 누워 버린 달수에게 상미가 물었다.

"오냐, 한 그릇 마셨으면 쓰겠다……."

달수는 눈을 감은 채였다. 그러나 상미가 서둘러 꿀을 한 대접을 타 들고 주방 쪽에서 나왔을 때 달수는 일어나 앉아 있었다. 상미가 내미는 대접을 받아 달수는 단숨에 비워냈다.

"너 잠 안 오면 나하고 얘기 좀 허꺼나?"

빈 대접을 챙겨 들고 돌아서려는 상미를 달수가 불러세웠다.

"네, 아버지."

상미는 달수가 경민이의 얘기를 하려는 것이라고 생각하며 쇼파에 마주 앉았다.

"피곤하게 생겼으면 내일 얘기허꺼나?"

달수가 뜸을 들이는 폼으로 보아 어쩌면 경민의 얘기가 아닌지도 모른다는 생각이 들었다.

"아버지 좋으실 대로하세요……."

상미는 다소곳한 표정으로 달수를 바라보았다. 달수는 눈을 감고 있었다. 뜨락 한 구석에서 풀벌레 울음소리가 들려왔다.

"내가 지금까지 너한테 거짓말을 해 온 것이 한 가지 있었다……."

달수가 무겁게 입을 열었다.

"느그 엄니가 죽었다고 했었다마는 실은 안즉까지 살아있어야……."

단숨에 여기까지 얘기하고 달수가 눈을 떴다.

상미는 놀라지 않았다. 자신이 생각하기에도 신기할 정도로 어떤 충격 같은 것도 느껴지지 않았다. 어린 시절 아버지의 품속에 안겨 옛날 얘기를 듣던 때와 비슷한 느낌이었다.

자기 자신의 얘기가 아니라 그저 지나가는 말처럼 들어 넘길 수 있는 남의 얘기 같았다. 오히려 당황한 것은 달수인 것 같았다. 좀더 빠른 속도로 아버지가 말을 이어나가고 있었다.

"…… 그렇께 나가 느그 엄니 소식을 처음 들은 것이 벌써 10년 전이었제, 그때 소문에는 느그 에미가 성남에서 술집을 한다고 허드라, 긍께 내가 너를 대꼬 목포에서 떠난 것도 실은 느그 에미를 찾아야 쓰겄다는 일념에서였는디 10년을 수소문해도 소식이 묘연허두만…… 진작 내가 확실한 소식을 들은 것은 지난 4월이었다. 느그 엄니가 딴디로 시집을 가가꼬 머시매를 낳았는갑드라, 그 머시매가 봄에 나를 찾아 왔드랑께."

아래채 지붕 위에 방금 전까지도 보지 못했던 박꽃 한 송이가 하얗게 피어 있었다. 상미는 아버지의 얘기를 꿈결처럼 들으며 아래채 쪽을 바라보고 있었다.

달빛을 흠뻑 뒤집어쓰고 외롭게 피어 있는 박꽃 한 송이가 마치 상여 뒤를 따라가는 청상같다고 상미는 생각한다.

달수의 말소리가 점점 빨라지고 있었다.

"…… 차라리 죽어가꼬 송장이 되어서 내 눈 앞에 나타났다면, 인생이 불쌍헌께 눈물이라도 나졌드라만은 눈 멀거니 뜨고도 송장만도 못헌께 욕도 못허고 참말로 속이 지랄같드라…… 이래저래 생각이 많아지다 본께 내가 좀 취했는갑다……."

이야기를 하던 달수가 비스듬히 쓰러졌다.

상미는 소리를 죽이며 일어섰다. 안방에서 홑이불과 베개를 챙겨들고 나와 아버지의 머리에 베개를 베어드렸다. 홑이불까지 덮어주고 상미는 뜨락으로 내려섰다. 뜨락을 서성대며 상미는 아버지가 들려준 말들을 차분히 정리해 보았다.

20여년 간 세상에 없는 것으로 되어 있던 엄마가 살아있다는 얘기에 전혀 충격이나 실감이 느껴지지 않았다. 살아 있느냐 이미 돌아가셨느냐는 아무런 문제가 되지 않을 것 같았다. 상미에게 있어 어머니란 극히 관념적인 단어일 뿐이었다.

어린 시절 어머니에 대한 기억은 없있다. 스스로 철이 들었다고 생가하기 시작한 이후 단편적으로 떠오르던 어머니에 대한 기억들은 아버지에 의해 의식적으로 지워져야 했었다. 그리고 다시 오랜 세월을 어머니라는 허상은 상미의 관념 속에서마저 사라져 있었다. 그런 어머니라는 극히 관념적인 단어가 20여 년의 세월을 단숨에 뛰어넘은 하나의 실체가 되어 눈 앞에 다가선 것이다.

그러나 그 실체란 단순한 관념의 형상화를 의미하는 것일 뿐 어머니의 실체는 아니라고 상미는 생각한다. 핏덩어리나 다름이 없는 자신의 분신을 내동댕이치고, 남편과 가정을 팽개치고, 자신의 행복만을 위해 다른 사내를 따라갔던 피가 뜨거운 분방한 여자, 아버지의 설명 그대로라면, 다만 방탕한 한 늙은 여자의 귀향일뿐인 현실 앞에서 어머니의 실체를 실감한다는 것은 극히 어려운 일이었다.

'……그 여자는 내 어머니가 아니야…….'

상미는 커다랗게 고개를 흔들며 소리내어 중얼거려 보았다. 아프도록 입술을 깨물며 어둠의 저 편을 응시했다. 어둠 속에서 전혀 낯설은 추하게 일그러진 늙은 여인의 모습 하나가 음각되어 떠올랐다.

그 생소한 모습 위에 어머니라는 시리도록 서러운 이름을 붙여보려고 상미는 안간힘을 썼다. 그러나 자신의 그런 노력이 얼마나 허망한 일인가를 상미는 알아차렸다. 거실 쪽에서 어머니의 기억만큼이나 낡고 오래된 괘종시계가 느릿느릿하게 세 번을 울리고 있었다. 으스스한 한기를 느끼며 상미는 몸을 떨었다.

달수가 쇼파 위에서 눈을 뜬 것은 여덟시가 넘어서였다. 관자놀이가 지끈거리고 시야가 어질어질했다. 상미는 아침 준비를 해 놓고 이미 출근을 한 후였다.

냉장고를 열어 시원한 보리차를 찾아 거푸 두 컵을 들이켰다. 정신이 돌아오는 것 같았다. 가스렌지 위에서 북어국이 구수한 냄새를 풍기며 끓고 있었다. 달수는 서둘러 세수를 끝냈다.

술을 마신 후에도 반드시 식사를 거르는 법이 없는 달수였지만 어젯밤에는 저녁을 먹었다는 기억이 나지 않았다. 대접 가득히 북어국을 퍼들고 식탁으로 와 앉았다. 수저를 드는데 마당 쪽에서 인기척이 났다. 아래채 남자가 횡하니 대문을 빠져 나가는 뒷모습이 보였다.

'별 볼 일도 없는 놈이 뭣헐라고 아침부텀 나가는고……'

어젯밤 갈매기 집에서의 기억이 떠올랐다. 옷핀으로 접어맨 한 쪽 소매를 펄럭이며 걸어가는 사내의 뒷모습을 보자 공연히 또 부아가 끓어올랐다. 사내를 불러 세워 뭐라고 한 마디 해주고 싶은 충동을 참으며 달수는 국물을 마셨다. 후후 불어가며 한 대접을 다 비우고 나자 속이 시원해지는 것 같았다. 상미의 북어국 솜씨 하나는 일품이란 생각이 들자 입가에 대견한 미소가 번져올랐다. 그러나 달수는 웃음을 걷었다.

어젯밤 상미에게 연실이 얘기를 해준 기억이 가물가물 떠올랐다. 그러나 그 얘기를 듣고 있던 상미의 표정은 좀처럼 생각나지 않았다.

'공연히 쓰잘데 없는 얘기 해가꼬 아한테 충격이나 준 것 아닌가 모르겠네……'

이런 생각과 함께 어쩌면 상미가 밤을 새웠는지도 모른다는 느낌이 들어 상미의 방을 열어보았다. 모든 게 제자리에 자로 재듯 정리되어 있었다. 이부자리를 내려 제대로 편한 잠을 잔 것 같지는 않았다.

무겁고 찝찝한 기분으로 달수는 집을 나왔다. 아래채 쪽 여자에게 자신도 모르게 신경이 쓰였으나 의식적으로 외면하며 걸음을 빨리했다.

"아저씨, 경찰서 이 형사라는 사람이 찾든디요······."

가게 안으로 들어서는데 명식이 마중나오며 두 눈을 크게 떴다.

"이 형사가 누구다냐?"

별 생각없이 명식의 말에 반문했다.

"나도 모르지라우 방금 와서 천달수씨 나왔냐 그라면서 자기가 이 형사라고 한께 그런 줄 알았지라우, 조까 있다 또 온다고 했어라우······."

"알았다······."

명식의 의아한 시선을 피해 가게 안으로 들어서는데 명식이 호들갑을 떨었다.

"저기 또 오누만이라우 이 형사가······."

달수는 걸음을 멈췄다.

"철달수씨 나 좀 봅시다."

달수가 바라보고 있는 사이에 이 형사가 성큼성큼 다가왔다. 꽤나 면이 있는 형사였다.

"뭣 할라고 나를 찾었습디여?"

이 형사에게 고개를 끄덕여 보이고 달수가 물었다.

"경찰서까지 좀 갑시다."

이 형사가 담배를 뽑아 물며 달수를 위 아래로 훑어내렸다.

"먼 일이다요?"

달수는 도무지 영문을 알 수가 없었다. 모란 시장에서 개를 끄슬려 잡는 행위가 사람들에게 혐오감을 준다는 이유로 지난 몇 년 동안 두어 차례 경찰 출입을 한 적이 있긴 했지만 그때마다 별 일 없이 풀려나오곤 했던 달수였다. 또 예의 그 여름철 거리질서 단속인가 뭔가가 시작되는 모양이라고 지레 짐작해 볼 뿐이었다.

"나이 값도 못하고 무슨 쌈질을 다 하고 그래?"

이 형사의 말투가 어느새 반말조로 바뀌어 있었다.

"뭔 소리여 그게?"

반문하는 달수의 말꼬리가 자신도 모르게 속으로 기어들어 가고 있었다. 비로소 집히는 게 있었기 때문이었다.

"김상철이가 폭행혐의로 당신을 고소했어, 진단이 4주나 났던데······."

이 형사가 달수를 노려보며 반쯤 탄 담배를 발끝으로 뭉개고 있었다.

"4주 진단이 났다고?"

달수는 혼잣말처럼 중얼거렸다. 빈 왼편 남방셔츠 팔 소매를 펄럭이며 아침나절 휭하니 대문을 빠져나가던 사내의 뒷모습이 눈에 선했다.

"좌우지간 가서 얘기합시다."

이 형사가 턱짓으로 달수에게 앞장서라는 시늉을 했다.

"전화 한 통만 허고 갑시다……."

달수는 이 형사에게 양해를 구하고 가게 안으로 들어섰다. 두 사람의 대화를 겁먹은 얼굴로 듣고 있던 명식이 울상을 하고 다가섰다.

"아저씨 어쩐대유?"

"걱정 안 해도 된다……. 너 은행문 열리는 대로 통장 가지고 가서 2백만원만 찾아가꼬 경찰서로 오니라……."

달수는 바지 속에서 도장을 찾아 명식에게 내밀었다. 그리고는 전화 수화기를 들고 다이얼을 돌리기 시작했다. 그러나 다이얼을 세자리까지 돌리다 말고 달수는 수화기를 내려놓았다. 아직 상미에게 알릴 필요는 없다는 생각에서였다.

"너 싸게싸게 은행에 갔다 오니라……."

명식에게만 한 번 더 다짐을 두고 달수는 가게를 나섰다.

"갑시다……."

달수가 앞장을 섰다.

"당신, 피해자 와이프하고 재미도 봤다며?"

이미 이 형사는 김상철의 진술조서를 받아낸 모양이었다. 경찰서 정문을 들어서며 이 형사가 비시시 웃었다.

"워매, 저 던지러운 놈! 김상철이가 그럽디여?"

달수가 펄쩍 뛰는 시늉을 하며 걸음을 멈췄다.

"간통죄 고소는 안 했으니까 걱정 말고……."

여전히 비웃는 듯한 얼굴로 이 형사가 달수의 등을 밀었다.

형사과 안으로 들어서자 한 쪽 구석의자에서 김상철이 벌떡 일어섰다. 하나뿐인 팔목에 그는 깁스를 하고 있었다. 상철과 눈이 마주치는 순간 달수는 시퍼런 가래침을 얼굴에 칵 뱉어 주고 싶은 충동을 느꼈다.

"앉아요, 거기."

자신의 책상 맞은편에 달수를 앉게 한 후 이 형사는 타자기를 앞으로 끌어당겼다.

취조가 계속되는 동안 달수는 쉽사리 빠져나가기는 어렵게 됐다고 느끼기 시작했다. 이유야 어쨌든 간에 상대방은 팔목 골절로 4주 진단이 나 있는 상태였다. 김상철이 합의를 해주지 않는 한 구속영장이 떨어질 건 분명했다. 한 시간쯤 조사가 진행됐을 때 명식이 신문지에 돈 뭉치를 싸들고 나타났다.

"함평댁 아줌마한테라도 연락을 할거라우?"

돈 뭉치를 건네주며 명식은 걱정스런 얼굴이었다.

"뭔 일 있으면 내가 연락할팅께 너는 가게에 가 있거라……."

"천 사장, 어차피 합의를 봐야 할 것 아니요?"

달수가 돈 뭉치를 바지 주머니에 챙겨 넣는 것을 보며 이 형사가 은근한 목소리로 물었다. 호칭도 전날수에서 천 사장으로 바뀌어 있었다.

"영장 떨어지면 변호사 사고도 한 서너 달 고생해야 할 텐데……."

이 형사는 달수에게 담배까지 권했다.

"김상철이가 얼매나 내놓으래요?"

고개를 저어 담배를 사양하며 달수가 물었다.

"김상철이 저 친구도 문제가 많은 걸 알고 있어요 분당 세입자 대책본부가 뭔가에 가입해 가지고 보통 골치 아프게 구는 치가 아니라니까."

구석자리의 김상철을 곁눈질로 돌아보며 이 형사의 목소리가 점점 은근해지고 있었다.

"좌우지간 내가 보기에도 천 사장이 재수 없게 걸려든 거 같애요……. 이 거야말로 송장치고 살인내는 격이지 툭 밀었는데 제풀에 쓰러지며 팔목이 부러졌으니 원……."

이 형사는 사뭇 달수가 안 됐다는 얼굴이었다.

"이 형사님이 쇼부좀 봐주소, 인사는 내가 따로 톡톡히 헐팅께……. 나는 저놈 얼굴 쳐다보면 구역질이 날 것 같은께……."

달수는 별수 없이 이 형사와 흥정을 시작했다.

"알았어요, 내가 최소한도 금액으로 저 친구 합의서를 받아 볼 테니……."

이 형사가 달수에게 한 눈을 찡긋해 보이고 자리에서 일어섰다. 상철에게 다가가는 이 형사의 뒷모습을 달수는 물끄러미 바라보고 있었다.

이 형사가 다가서자 상철이 일어섰다. 그리고 두 사람은 형사과를 빠져나갔다. 가까운 다방에라도 가는 모양이라고 달수는 생각했다. 그 순간 달수는 심한 요의를 느꼈다. 화장실엘 다녀올 생각으로 달수가 엉거주춤 일어섰다.

"소변 쪼깨 보고 올랍니다……."

이 형사 옆자리에서 십 칠팔세 정도의 소년을 앞에 앉혀 놓고 열심히 타자기를 두드리는 다른 형사에게 달수가 말했다. 그러나 그 형사는 담배 연기가 눈으로 들어갔는지 왼쪽 눈을 찡그려 인상을 쓰며 대꾸도 하지 않았다. 형사의 표정을 살피며 달수는 지축지축 형사과를 나왔다.

달수가 예상했던 바와는 달리 이 형사와 김상철은 복도 한 구석에 놓여 있는 커피 자동판매기 앞에 마주 서 있었다.

다행히 화장실 쪽과는 반대방향이었기 때문에 달수는 금방 시선을 거두고 화장실 쪽으로 돌아섰다.

오줌뿌리를 뽑아 들고 시원하게 배설하고 나서 지퍼를 올리며 돌아섰다. 복도를 꺾어 돌아서는데 자판기 앞에서 이 형사가 손짓으로 불렀다. 상철의 모습은 보이지 않았다.

"이짜식 아주 악질인데……."

다가서는 달수를 향해 이 형사가 혼잣말처럼 내뱉었다. 예상했던 일이었다.

"뭣이라고 합디여?"

대답 대신 이 형사가 손에 들고 있던 종이컵을 내밀었다. 사이다였다. 달수가 컵을 받아들자 이 형사는 동전 두 개를 집어넣고 다시 자판기를 작동시켰다.

"평소에 천 사장한테 유감이 많은 모양이던데……."

사이다 한 잔을 뽑아 들고 이 형사가 허리를 펴며 물었다.

"좋고 나쁠 것이 뭐 있겠소? 지는 세 사는 사람이고 나는 집주인이고 그것뿐이제……."

사이다를 한 모금 마시고 달수가 대답했다. 절대로 이 형사의 페이스에 말려들어서는 안 된다는 계산을 달수는 하고 있었다. 억지로 태연한 척 심드렁한 목소리를 만들어냈다.

"합의를 안 하겠다는 걸 가까스로 달래서 승낙을 받아냈는데……."

이 형사는 종이컵을 비우며 달수의 표정을 살폈다.

"5백만원 달래지라우?"

이 형사의 시선을 정면으로 받으며 달수가 앞질러 말했다.

"천 사장도 알고 있었네?"

이 형사가 눈을 크게 떴다.

"그 썩을 놈이 즈그 마누래를 낼 보고 5백만원에 사가라고 헌 놈이 요……."

어젯밤 여수동 입구에서의 기억이 되살아났다. 달수는 빈 종이컵을 손아귀 속에서 부숴뜨렸다.

"무슨 얘기야. 그건 또?"

달수를 응시하는 이 형사의 시선이 새로운 호기심으로 번뜩였다.

"아 내가 아까 얘기 안 합디여……. 즈그 마누래가 술집엘 나가는지도 나는 어제사 처음 알았는디. 그 술집이란 것이 거 뭣이냐 즉석에서 그런 짓을 하는 술집이드라 그 말이어라우. 내가 아무리 계집에 걸신이 들렸기로 하필이면 우리 집에 세 사는 너무 여편네하고 그 짓거리를 할 것이요? 여자가 오히려 무안헌께 술을 병째로 들어마시고 엉망으로 취해부렀다 고것이지라우 잉. 근께 어쨌겠소? 어차피 같은 방향인께 버스를 같이 타고 오는디 그 썩을 놈이 즈그 마누래하고 나를 오해헌 모양입디다. 느닷없이 길을 막고 서서 즈그 여편네를 나가 갖고 5백만원만 꿔주라고 안 합디여. 하도 얼척이 없어가꼬 내가 예끼 던지러운 놈하고 밀어 부친께 팍 주저앉아 버리드랑께요……."

달수는 단숨에 어젯밤의 상황을 이 형사에게 다시 설명했다.

"어쨌거나 오해를 허기는 허게 생겼구만 그래……."

이 형사는 달수의 말을 반신반의하는 눈치였다. 입가에 빙글거리는 미소가 번지고 있었다.

"좌우지간 더러운 오해까지 받아감서 5백만원씩 주고는 합의 못보겠소”

달수가 단호하게 결론을 맺었다.

"합의 못하면 당장 구속영장 떨어질 텐데?"

이 형사가 다구치듯 물었다.

"몇달 썩고 나오지라우."

달수가 사뭇 당당하게 나왔다.

"천 사장, 뭔가 잘못 생각하는 거 아니야?"

이 형사의 표정에 얇다란 실망의 그림자가 지나가는 걸 달수는 놓치지 않았다.

"5백만원이 누구집 아 이름이다요? 또 돈도 돈이지만 내가 5백만원을 주고 합의를 봤다고 칩시다. 그놈이 동네방네 댕김서 나가 즈그 마누래 붙어먹었다고 광고를 허고 댕길 턴디 나도 딸자식을 키우는 놈이 그런 우세를 당하고 자식 얼굴을 어쩌코럼 볼 것이요?"

"그럼 얼마나 낼 생각이요?"

달수의 말에 이 형사도 일면 수긍이 가는 모양이었다. 고개를 크게 끄덕이며 달수의 뒷말을 재촉했다.

"치료비야 어차피 내가 물어줄 것잉께……. 돈 백만원이나 받고 지가 합의서에 도장을 찍는다면 모를까……."

자신의 말이 채 끝나기도 전에 자신이 너무도 턱없는 흥정을 하고 있다는 것을 달수는 이 형사의 표정으로 금방 알아챘다.

"차라리 남는 돈을 이 형사헌티 수고비로 드리는 게 낫지……."

뒷말의 효과는 금방 나타났다.

"천 사장 기분 잘 알았어요. 하지만 백만원은 어려울 것 같고 내가 기왕에 합의를 봐주기로 마음을 먹었으니까 한 번 더 설득을 해보지……."

이 형사가 그때까지 들고 있던 종이컵을 쓰레기통에 던져버리며 돌아섰다.

"안에 들어가 있어요."

이 형사가 턱으로 달수에게 말했다.

"이 형사님. 나 쪼께 봅시다!"

정문 쪽으로 걸어가는 이 형사를 달수가 불러세웠다.

돌아서는 형사 앞으로 달수가 다가갔다.

"우선 점심때도 되고 했응께……."

달수는 복도의 좌우를 두리번거리며 바지주머니에서 돈 뭉치를 뽑아냈다.

"지금 뭐하는 거요?"

이 형사가 질겁을 하며 한 걸음 뒤로 물러섰다. 수사과 쪽에서 형사인 듯 싶은 두 사내가 나와 달수와 이 형사쪽을 힐끔 바라보고 나서 화장실 쪽으로 돌아서고 있었다.

"우선 쪼께……."

그러나 달수는 아차 싶었다. 말끝을 삼키며 이 형사와 화장실 쪽으로 돌아가는 두 사람의 뒷모습을 번갈아 바라보았다.

"이따, 얘기합시다……."

이 형사가 잽싸게 몸을 돌이켜 출입문 쪽으로 걸음을 빨리 했다. 그런 이 형사의 뒷모습을 바라보나가 달수는 돌아서서 수사과 안으로 걸어 들어왔다.

"야, 이 개새꺄!"

수사과 안에서 누군가가 버럭 소리를 지르고 있었다. 이 형사 옆자리에서 열일곱이나 여덟쯤으로 보이는 소년을 앞에 앉혀 놓고 타자기를 두드리던 그 형사였다. 벌떡 일어서며 형사는 소년의 뺨을 철썩 소리가 나게 내려갈겼다.

"…… 그래 이미 여자가 기절해 있는 걸 알고도 그 짓을 할 맘이 생기드냐?"

형사가 이번에는 주먹으로 소년의 머리통을 쥐어박았다. 두 팔로 머리를 감싸 안으며 소년은 책상 밑으로 머리통을 쑤셔박고 있었다.

"똑바로 앉아 이 새꺄!"

형사가 다시 털썩 주저 앉으며 담배를 찾아 물었다.

달수는 쭈빗거리며 이 형사의 맞은편 자리에 와 앉았다.

"너 별이 몇 개야?"

형사가 계속 눈을 부라리며 소년에게 묻고 있었다.

"없어요."

"이 새끼 없는 거 좋아허네……. 너 이따 조회해서 전과기록 나오면 나한테 반쯤 죽을 줄 알아!"

"집행유예 먹은 거 하나 있어요……."

"그거 말구?"

"정말 없다니까요……."

소년과 형사의 대화를 달수는 흥미롭게 듣고 있었다.

소년은 강간범인 모양이었다. 사기막골 유원지에서 데이트중인 남녀에게 달려들어 남자를 때려 눕힌 뒤 세 명이 번갈아가며 여자에게 성폭행을 가한 모양이었다. 형사는 달아난 나머지 두 명의 집과, 주소를 대라고 소년을 다그치고 있는 중이었다. 우두커니 앉아 무료를 달래기엔 무척 흥미 있는 사건이었다. 소년은 일행과 함께 한 차례씩 폭행을 가한 후 기절한 여자를 유원지 골짜기에 버려두고 내려오다가 혼자서 다시 여자 생각이 들어 여자에게 접근했던 모양이었다. 한 번 더 그 짓을 하다가 마침 순찰중이던 방범대원에게 체포된 듯했다.

형사가 소년에 대한 심문을 통해 사건의 진상을 달수가 대충 알고 났을 때쯤 이 형사가 돌아왔다.

"아무래도 내 힘으론 안 되겠어……."

이 형사는 자리에 앉아 타자기부터 끌어당겼다.

"우선 조서부터 끝내고 봅시다."

달수는 갑자기 돌변한 이 형사의 태도에 은근히 겁이 났다.

"그러니까 김상철이가 먼저 멱살을 잡은 걸 이 손 못놓겠냐고 하면서 상철이의 손을 비틀었다. 이거지?"

처음 시작 때처럼 이 형사의 말투도 다시 반말로 바뀌고 있었다.

"내가 상철이 보고 이 사람 자네 뭣을 오해했는갑다 그렇게 상철이가 다짜고짜로 남의 여편네 붙어먹은 놈이 오해 좋아하네 함시롱 대번 멱살을 움켜쥐드랑께요……."

"그래서?"

이 형사는 손으로 타자기를 두드리며 입으로는 계속 심문을 했다.

"상철이 얘기로는 당신이 한 손으로는 상철의 손을 비틀며 왼손으로 가슴을 한 방 쳤다든데……."

"쳤다기보다 약간 힘을 주며 밀었지라우……."

"그게 바루 친 거 아냐?"

타자기를 멈추고 이 형사가 달수를 바라보았다.

"그놈이 죽어도 5백만원 받아야 쓰겄답디여?"

이때다 싶어 달수가 이 형사의 반응을 살폈다.

"5백에서 한 푼이라도 깎으면 법대로 하겠대"

이 형사는 곁눈질로 상철의 표정을 살피며 담배를 찾아물었다.

"썩을 놈이……."

어금니를 지근지근 깨물며 달수는 주먹을 불끈 쥐었다.

"자자! 어서 조서나 끝내자구……."

반도 채 안 탄 담배를 재떨이에 비벼 끄고 이 형사는 타자기를 다시 조작하기 시작했다.

달수는 이 형사가 묻는 대로 순순히 모든 것을 시인했다. 30분쯤 지나자 심문이 끝났다.

"읽어보고 나서 여기다 서명해."

이 형사가 심문조서를 달수 앞으로 내밀었다.

달수는 대충 읽어보고 나서 이 형사가 찍으라는 대로 손도장을 꾹꾹 찍었다.

"나 좀 나갔다 와야 하니까 당신 잠깐 좀 들어가 있어야겠어."

달수가 지장 찍기를 기다려 자리에서 일어선 이 형사는 달수에게 턱으로 보호실을 가리켰다.

"그놈 지금 어디 있다요?"

보호실 철창 앞에서 달수가 물었다.

"그걸 내가 어떻게 알아?"

철창문을 열고 이 형사가 달수의 등을 밀었다.

등 뒤에서 철컹 소리를 내며 철문감기는 소리가 들려왔다.

보호실에는 얼른 보기에 십여 명쯤의 사람들이 웅크리고 앉아 있었다. 달수는 빈 자리를 찾아 딱딱한 나무 의자에 엉덩이를 내려놓았다.

"모란시장에서 전화왔었는데……."

오전 근무를 끝낸 상미가 구내식당으로 가기 위해서 동료 사원들과 생산과를 나서는데 과장이 말했다.

"급한 일이 생겼다고 전화 해달라드만……."

"아버지가요?"

반문하면서 상미는 고개를 갸우뚱했다.

전에 없는 일이었기 때문이었다.

"아버님 같지는 않고 젊은 남자 목소리던데……."

늘 그랬던 것처럼 상미를 곱지 않은 시선으로 훑어보고 과장은 돌아서 걷기 시작했다.

"너희들 먼저 가봐, 나 전화 좀 해보고 갈게……."

너댓 발자국 앞에서 자신을 기다리고 서 있는 동료 사원들에게 먼저 가라는 손짓을 해보이고 상미는 돌아섰다. 공중전화 박스는 구내식당과는 반대쪽인 정문 옆에 있었다.

동전을 넣고 버튼을 누르자 신호가 한 번도 채 가기 전에 수화기를 드는 기척이 들려왔다. 아버지의 목소리는 아니었다.

"상미 누님이세요?"

수화기의 목소리는 명식이었다.

"그래, 난데 아버지 계시니?"

모란에서 전화가 있었다면 당연히 아버지였으리라는 상미의 예상은 그러나 빗나가고 있었다.

"누나, 큰일났어요…… 아저씨가 경찰서에 붙잡혀 가셨어요……."

명식의 말끝에는 울먹울먹한 울음기가 묻어 나오고 있었다.

"명식아, 무슨 일인데?"

상미는 자신도 모르게 목소리를 높였다.

"나도 잘은 모르겠는데요, 아저씨가 누굴 때려서 4주 진단이 났대나 봐요……."

상미로서는 상상도 할 수 없는 얘기를 명식은 하고 있었다. 평소에 술을 좋아하는 아버지였지만 상미 스스로가 철이 들었다고 생각한 이후 누구와 언성을 높여 싸우는 것 한 번도 본 적이 없는 아버지였다.

"누나가 빨리 경찰서로 좀 가보세요. 어쩌면 구속이 될지도 몰라요……."

울먹거리는 명식이 발을 동동 구르는 모습이 눈에 잡힐 듯했다.

"그래, 알았다."

공중전화 수화기를 제자리에 내려 놓고 돌아서며 상미는 멍한 기분이 됐다. 어젯밤 근래없이 만취가 되어 택시까지 타고 돌아온 아버지의 기억이 되살아났다. 그리고 상미 자신에게 어머니의 얘기를 들려주던 어딘지 모르게 쓸쓸해 보이던 아버지의 목소리도 귓가에 떠올랐다. 아버지가 누군가와 싸웠다면 그것은 어머니의 일과 무관하지 않으리라는 짐작은 쉽게 할 수 있었다.

상미는 일단 조퇴를 해야겠다고 생각했다. 그러나 다음 순간 마음을 달리 먹었다. 식당으로 과장을 찾아가서 사유를 이야기하고 조퇴서를 제출해서 부장결재까지 받으려면 한 시간 이상 걸려야 조퇴가 가능하리라는 계산이 앞섰기 때문이었다. 그러기에는 마음이 너무나 급했다. 상미는 탈의실로 돌아와 옷만 바꿔입고 그 길로 정문을 나섰다.

수위실 근무자가 황급히 뛰어나가는 상미를 향해 뭐라고 큰 소리로 외쳤지만 못들은 척 그대로 정문을 빠져나왔다.

버스 정류장 부근에서 택시를 잡으려고 서두르는데 등 뒤에서 클랙슨 소리가 들려왔다. 화들짝 놀라 돌아보니까 방 상무의 차가 다가오고 있었다. 일이 자꾸만 귀찮게 되어간다고 생각하면서도 상미는 인사를 하지 않을 수 없었다.

"우리 회사 규정상 사원들의 점심시간 외출은 금지돼 있을 텐데요."

말은 그렇게 하면서도 방지환은 빙글거리는 얼굴이었다.

"집에 좀 급한 일이 생겨서……."

방 상무에게 말대답을 하면서도 상미의 눈길은 지나치는 택시를 뒤쫓고 있었다.

"어지간히 급한 모양인데 타요."

방 상무가 조수석 문을 열어주었다.

"경찰서까지 가야 하는데요……."

성큼 옆자리에 올라탈 수도 없었다. 그렇다고 거절하기엔 마음이 급했다.

"마침 서울 나가는 길이니까 걱정 말구 타요."

방 상무의 두 번째 제의를 상미는 받아들였다.

"죄송합니다."

상미가 옆자리에 오르기를 기다려 방 상무는 바로 차를 출발시켰다.

"경찰서엔 무슨 일이예요?"

방 상무가 지나가는 말처럼 물었다.

상미는 다급한 마음에 방 상무의 차에 올라탄 자신을 금방 후회하기 시작했다.

"누구 좀 면회를 할 사람이 있어서요……."

입은 봉하고 있을 수만은 없었다. 마지못해 대답을 얼버무렸다.

"혹시 어려운 일 생기면 나한테 연락하세요. 도움이 될지도 모르니까."

다행히도 방 상무는 누구를 면회가느냐, 무슨 일이냐 하고 꼬치꼬치 묻지는 않았다.

"며칠 내로 저녁 식사나 한 번 했으면 싶은데……."

상대원 로타리를 지나면서였다. 시선은 앞으로 향한 채 방 상무가 말했다.

상미는 대답을 하지 않았다.

"우리 회사 노조 부위원장 자격으로 만나겠다는 얘기니까 다른 부담은 갖지 마십시오."

상미의 의중을 읽고 있다는 것처럼 방지환은 상미를 돌아보았다.

"공적인 용건이라면 회사에서 뵙도록 하지요."

비로소 분명한 대답을 상미가 했다.

"역시 예상했던 대답이군요……. 좌우지간 안에서건 밖에서건 한 번 조용히 만나도록 합시다."

두 사람의 대화는 거기서 끊어졌다. 경찰서 앞에서 상미를 내려주고 방지환은 수진리 고개를 넘어갔다.

"상미 니가 뭣하러 이런 델 왔냐?"

보호실 철창을 마주하고 서자 상미보다 더 당황한 것은 달수였다.

"어떻게 되신 거예요 아버지?"

조심스레 주위를 살피며 철창 앞으로 다가선 상미가 물었다.

"별 일도 아닌디 뭣땀시 가시나가 경찰서 출입을 헌다냐……."

철창 속에 갇혀 있는 자신보다도 상미의 경찰서 출입이 더욱 못마땅한 달수였다. 상미를 내다보며 달수는 혀부터 찼다.

"여자라고 경찰서에 오지 말란 법 어디 있어요. 제 걱정을 하실 일이 아니라 어떻게 되신 거냐구요?"

상미는 발이라도 동동 구르고 싶은 심정이었다. 시간은 이미 오후 한 시가 가까워 오고 있었다.

"설명을 헐라면 좀 긴께 내가 잠깐 나가야 쓰겠는디······."

달수는 보호실 출입문 옆 책상에 앉아 있는 형사에게 들으라는 듯 약간 음성을 높였다. 그러나 보호실 근무자인 형사는 타자기만 두드리고 있을 뿐 들은 척도 하지 않았다.

"너 기왕 왔응께 수사과에 좀 가보고 오니라. 거기 가서 이 형사를 찾아가꼬 나를 잠깐 꺼내주라고 해라······."

내키지 않는 노릇이었지만 어쩔 수 없었다. 달수는 상미에게 이 형사를 만나보도록 시켰다.

"알았어요 아버지."

상미가 대답하고 철창 앞에서 돌아섰다.

그러나 채 2, 3분도 안 되어 상미 혼자만 다시 돌아왔다.

"이 형사라는 분 지금 외근 중이래요······."

달수는 비로소 약간 초조한 생각이 들기 시작했다. 이 형사가 쇼부를 봐 주기는 고사하고 그대로 구속영장을 신청하는 게 아닌가 싶은 걱정이 앞섰다. 그러나 상미 앞에서 내색을 할 수는 없는 일이었다.

"내가 엊저녁에 느그 엄니 얘기를 했었지야······."

공연히 주위를 두리번거리며 달수가 서두를 꺼냈다.

어머니의 일과 무관하지 않으리라고 생각했던 짐작이 그대로 맞아 떨어지는 것 같았다. 상미는 말없이 아버지의 얼굴을 주시했다.

"어제도 얘기를 했다만 20년 만에 처음으로 반 송장이나 다름없는 느그 에미를 만나고 낭께 속이 하도 지랄 같아서 청량리에서 청계천까지 한없이 걸어왔는디 그러다 봉께 갈증이 나길래 암데나 가서 술 한 잔 할라고 맥주집엘 안 들어갔겄냐······."

달수는 맥주집에서 뜰아랫방 여자를 만난 경위와 그 술집의 분위기가 대충 어떠했는가를 비교적 상세히 들려주었다.

"그래서 할 수 없이 함께 버스를 타고 오는디 복정동 검문소에서 그 남편이 버스에 올랐는갑드라……. 즈그 마누라가 내 어깨에 고개를 기대고 잠이 들어있는 것을 보고는 눈이 뒤집혔던 거여……."

달수는 계속해서 상미에게 자신이 먼저 버스에서 내렸던 일, 비가 멎기를 기다리며 포장마차에서 소주를 마시고 나오다가 다시 사내를 만나서 시비가 벌어지게 된 자초지종을 담담한 목소리로 설명해 주었다.

"아버지 무조건 달라는 대로 5백만원 줘버리죠."

달수의 얘기가 끝나기가 무섭게 상미가 결론부터 내렸다.

"절대 안 된다. 그런 더러운 놈한테는 치료비 외에는 한 푼도 줄 수가 없어."

그러나 달수의 결심은 이미 요지부동으로 굳어 있는 것 같았다.

"차라리 그 돈으로 변호사를 사서 내 결백을 증명하는 게 났지, 그런 놈 공갈에 돈을 줘봐라 그 놈이 온 동네방네 뭣이라고 소문을 내고 댕기겄냐?"

달수는 고개까지 설레설레 흔들며 단호하게 말했다.

상미는 아버지의 말에도 수긍이 가기는 했다. 그러나 현재의 상황으로선 우선 피해자의 합의를 얻어 아버지를 경찰서에서 나오게 해 놓고 볼 일이었다.

"하여간 제가 아랫방 아저씨를 만나보겠어요."

한 번 안 된다고 하면 목에 칼을 들이댄대도 안 되는 아버지의 황소 고집을 잘 아는 상미였다. 아버지를 설득하기보다는 우선 아랫방 남자를 만나는 게 일처리가 빠를 것 같았다.

"쓸 데 없는 짓 하지 말어야!"

큰 소리로 말리는 달수의 목소리를 등 뒤에 남기고 상미는 경찰서를 빠져나왔다.

택시를 기다리며 상미는 핸드백 속에서 저금통장을 찾아냈다. 근 이년 동안 차곡차곡 저금해 논 돈이 4백만원을 조금 넘는 액수였다. 우선 돈을 찾아가지고 김상철을 만나야겠다는 생각을 하며 상미는 차도로 내려섰다. 빈 택시가 쉽게 눈에 뜨이지 않았다. 서성거리던 상미는 다시 인도로 올라와 눈에 뜨이는 공중전화 박스로 들어섰다. 아무래도 혼자서 상철이를 만나기보다는 경민의 보호를 받는 게 낳을 것 같다는 생각이 들었기 때문이었다.

"이경민씨는 지금 통화가 불가능한데요……."

교환양에게 생산과를 부탁한다고 얘기했을 때부터 약간 이상한 느낌이 있었다. 그리고 생산과 직원인 듯 싶은 남자의 목소리가 들려왔다.

"무슨 일이 있나요?"

어쩌면 삼광전기가 파업을 시작했는지도 모른다는 생각이 문득 들었다. 며칠 전 경민으로부터 그런 암시를 받았었기 때문이었다.

"삼광전기는 오후 한 시를 기해 무기한 파업에 돌입했습니다."

예상했던 대로였다. 생산과 직원은 그렇게 말하고 일방적으로 전화를 끊었다.

상미는 순간적으로 막막한 기분이 들었다. 그러나 미적거리고 있을 시간이 없었다. 공중전화 박스를 뛰쳐나온 상미는 다시 차도로 내려서서 택시를 잡았다. 합승이었지만 가릴 게재가 아니었다. 은행에서 상미는 통장에 있는 전액을 찾아냈다.

"아저씨 분당이요."

은행 앞에서 상미는 다시 택시를 탔다.

여수동 입구에서부터 차가 밀리기 시작했다. 택시는 시속 10㎞도 못되는 속도로 굼벵이처럼 움직였다.

"에이 씨팔……."

30대 초반쯤의 택시 운전기사는 운전석 창문으로 머리를 내밀고 가래침을 칵 내뱉었다.

"아저씨 무슨 일이예요?"

마음이 한없이 다급한 상미였다. 운전기사의 신경질까지 받게 되자 한층 더 불안하고 초조했다.

"철거지역 세입자들이 또 길을 막고 데모하는 거지요……."

상미를 힐끗 돌아보며 운전기사가 내뱉듯 말했다.

상미는 그 시위중인 세입자들 사이에 어쩌면 김상철이가 끼어 있을지도 모른다는 생각을 문득했다. 상미는 택시 뒷자리에서 길게 목을 뽑아

보았다. 꼬리를 물고 이어진 몇 대의 자동차 뒷모습만이 보였다. 택시가 다시 움직이기 시작했다. 그러나 10m도 못가서 다시서고 말았다.

상미는 시계를 들여다보았다. 이미 세시가 가까워 오고 있었다. 이런 식으로는 한 시간이 걸려도 분당까지 갈 수 없을 것 같았다.

"아저씨, 샛길로 돌아가면 안 될까요…… 돈은 더 드릴게요……"

상미의 제안은 금방 효과가 나는 것 같았다. 차창 밖으로 상체를 드러내어 전방을 살피던 운전기사가 차를 갑자기 U자로 턴시켰다. 오던 길을 되돌아 택시가 속력을 냈다. 모란시장 네거리에서 좌회전을 받은 택시는 공단로를 질주하기 시작했다. 상미는 비로소 가슴 한 구석이 조금 틔어오는 듯한 느낌을 받았다.

"얼마 드려요?"

택시 미터요금은 2천 3백원이 나와있었다. 상미가 지갑을 열며 물었다.

"5천원만 주쇼"

상미는 말없이 만원짜리 한 장을 내밀었다. 거스름 돈을 받아들고 상미는 종종걸음으로 대문 앞까지 달려왔다.

"아줌마 계세요?"

뜰 아랫방 방문 앞에서 상미가 인기척을 냈다.

두 번쯤 불렀을 때야 방문이 열리며 아랫방 여자가 아직 세수도 하지 않은 부스스한 얼굴을 내밀었다.

"아가씨가 웬 일이야?"

표정으로 보아 여자는 아버지와 그 남편의 일을 모르고 있는 모양이었다.

"아저씬 안 계세요?"

여자에게 물어보면서 상미는 방안의 기척을 살폈다.

"안 계신데…… 우리 집 양반은 왜?"

여자가 비로소 심상치 않은 상미의 기색을 눈치챈 모양이었다.

여자에게 남편 이야기를 해야 좋을지 말아야 좋을지를 상미는 잠시 생각했다.

"무슨 일 있어요? 우리 집 주인한테?"

여자가 갑자기 눈빛을 빛내며 물었다.

"잠깐 들어가서 말씀드릴게요……."

여자에게 알려주는 것도 나쁘지 않을 것 같았다. 상미는 신발을 벗고 방안으로 들어섰다.

"혹시 어젯밤에 저희 아버님 만나신 일 있으세요?"

얘기를 어떻게 풀어나가야 할까를 정리하며 상미가 조심스럽게 입을 열었다. 여자의 표정이 조금 흔들렸다고 상미는 생각한다.

"나나, 아가씨 아버님이나 모두가 우연이었지…… 근데 그 게 우리 그 이하고 무슨 상관이 있는 거예요?"

여자는 얘기를 하면서 담배갑을 찾아 한 개비 빼어 물었다. 무언가 집히는 데가 있는 기색이었다. 길게 담배연기를 내뿜고나서 여자가 얘기를 계속했다.

"내가 술집엘 나간다는 것쯤, 아가씨나 아가씨 아버지도 알고 있었겠지만 막상 내 영업장소에서 마주치게 되니까 당황하게 되드군…… 이래저래 심사가 뒤틀려서 많이 마셨지, 아가씨 아버시한네 주정도 좀 했을 걸 아마?"

여자의 입가에 자조적인 미소가 떠올랐다.

"저희 아버님하고 버스 타고 오시다가 아저씨를 만나셨나요?"

얘기가 생각보다 쉽게 풀려나간다고 상미는 생각한다.

"난, 아가씨 아버님이 버스에서 내리시는 줄도 몰랐어, 골아 떨어졌으니까. 그런데 눈을 떠보니까 우리 그 이가 나를 노려보며 서 있드라구, 그래서 당신 어디서 탔느냐고 물었더니 대답도 없이 다음 정류장에서 내려 버리드라구…… 그 후의 일은 난 아무것도 몰라……."

여자의 얘기는 이렇다 할 꾸밈이 없어 보였다. 잠시 전에 경찰서에서 들려준 아버지의 얘기와 거의 같은 얘기였다.

"아저씨가 저희 아버님을 경찰에 고소하셨어요."

상미는 여자의 얼굴을 정면으로 응시하며 말했다. 여자의 얼굴에 나타나는 작은 표정 하나도 놓치지 않으려는 생각에서였다.

"아니. 이 이가 미쳤나? 무슨 이유루다 아가씨 아버지를 고소했다는 거야?"

상미가 예상했던 대로 여자는 아무것도 모르고 있는 게 분명했다. 펄쩍 뛰듯이 놀라며 여자가 무릎걸음으로 상미 앞으로 다가앉았다.

"아저씨가 아줌마와 저희 아버님 사이를 오해하신 모양이예요, 길에서 저희 아버님과 만나 좋지 않은 얘기가 오고 갔나 봐요, 그 과정에서 아마……."

잠시 틈을 두어 가며 상미는 아버지에게 들은 대로를 여자에게 전했다. 그러나 아줌마를 우리 아버지가 책임지고 5백만원을 꿔 달랬다는 얘기는 차마 하지 못했다.

"미쳤군, 이 작자가 정말 미쳐 버렸어!"

여자는 어이가 없다는 얼굴이었다. 입가에 경련 같은 미소가 스쳐갔다.

"그래, 난 미쳤다 이년아!"

그 때였다. 방문이 벌컥 열리며 상철이가 얼굴을 들이밀었다. 아직 대낮이나 다름 없는데도 얼굴이 벌개져 있었다. 독한 술 냄새가 확 풍겼다.

"귀하신 아가씨께서 웬일이신가?"

상철이가 방문턱에 궁둥이를 털썩 내려놓았다.

"당신, 주인 아저씨 고소했다는 게 정말이예요?"

여자가 발딱 일어서서 상철을 내려다보며 물었다.

"그래, 했다 왜? 그새 정분이 나서 면회라도 갈 생각이면 당장 가보지 그래!"

여자를 올려다보는 상철의 눈에 핏발이 서 있었다.

"정분이 나다니?…… 당신 지금 무슨 소리하고 있는 거예요?"

여자가 상미를 돌아보고서 상철에게 따지며 대들었다.

"왜 내 말이 틀렸냐? 개백장 영감 후취자리로 들어앉으려면 시방부터 옥바라지나 잘 해두는 게?"

상철은 이미 상미쯤은 안중에도 없는 것 같았다. 한 쪽뿐인 팔로 삿대질을 해가며 여자에게 거침없이 퍼부어대고 있었다.

"예끼 이 짐승만도 못한……."

전신을 파들파들 떨며 어깨로 숨을 쉬던 여자가 갑자기 노란 알미늄 주전자를 들어 상철을 향해 집어던졌다. 그러나 상철은 재빨리 몸을 피했고 주전자는 벽에 부딪쳐 방바닥으로 굴러 떨어졌다. 방안 가득히 물이 쏟아졌다.

"아저씨, 저희 아버님을 모욕하는 말씀은 삼가주세요."

상미도 마침내 발딱 일어섰다. 그리고 상철을 향해 단호하게 말했다. 핏기가 가신 상미의 하얀 얼굴에선 싸늘한 냉기마저 풍기는 듯했다.

"모욕 좋아하시네……."

상미의 서릿발 같은 기세에 상철은 다소 주춤하는 기색이었다. 남방셔츠 주머니에서 담배를 꺼내 물며 혼잣말처럼 중얼거렸다.

"여기 아주머니나 저희 아버님은 아저씨한테 그런 모욕을 받을 만한 아무런 이유도 없어요. 오히려 아저씨가……."

상미는 피가 맺히도록 아랫입술을 깨물며 뒷말을 참았다. 더 이상 상철의 비위를 건드려서 좋을 게 없다고 생각했기 때문이었다. 안간힘을 쓰며 가까스로 감정을 누그러뜨린 상미가 핸드백을 열었다.

"아저씨가 요구하신 5백만원 제가 드리겠어요. 얼른 합의서나 써 주세요."

상미가 논 다발을 방바닥에 내려 놓았다.

상철의 눈빛이 광기 같은 섬광으로 번쩍였다.

"경찰서에선 5백만원이라고 했지만 지금은 생각이 달라졌지……."

상철의 말은 의외였다. 충혈된 번들거리는 눈빛으로 상미를 올려다 보고 나서 상철은 피우던 담배를 문지방 한 구석에다 문질러 껐다.

"무슨 얘기죠?"

상미는 긴장할 수밖에 없었다. 간교한 미소가 번지는 상철의 얼굴을 쏘아보며 상미가 물었다.

"5백만원은 내 정신적 위자료이고 육체적 위자료와 치료비는 따로 받아야겠어."

상미의 쏘는 듯한 시선을 정면으로 받으며 상철은 낯색 하나 변하지 않고 말했다.

"뭐라구요?"

상미는 기가 막혀 말이 나오지 않았다.

"아주 돈에 환장을 했군!"

상미와 상철의 대화 속으로 여자가 끼어들었다. 팔장을 낀 채 여자는 눈을 감고 있다.

"이거봐, 아가씨 어차피 난 돈만 손에 쥐면 성남을 뜰 거야. 그 편이 나나 아가씨 아버지한테 두루 이로울 테니까 말이지. 그럴려면 생판 낯선 고장에 가서 돈 5백만원으로 뭘 하겠나. 안 그래 아가씨……"

상철은 이제 느물느물 웃고 있었다. 상철의 그 웃는 얼굴을 향해 가래침이라도 칵 뱉어주고 싶은 충동을 상미는 가까스로 억누르고 있었다.

"그래 얼마를 더 받겠다는 거죠?"

분노를 삭이기에 숨이 차오른다.

"3백만원만 더 가져오면 합의서에 도장을 찍어주지."

상미의 어깨에 경련 같은 떨림이 왔다. 상철은 새로운 담배에 라이터를 켜대고 있었다.

"좋아요. 그렇다면 이 돈으로 차라리 변호사를 사겠어요."

마음은 한없이 초조했지만 가슴 속에서 끓어오르는 오기 같은 게 있었다. 상미가 방바닥에 내려놓았던 돈 뭉치를 집어 다시 핸드백 속에 집어넣었다.

"좋으실 대로 하시지……"

상미의 마지막 카드는 들어맞는 것 같았다. 말은 그렇게 하면서도 상철의 얼굴엔 낭패스러운 기색이 역력했다.

"아주머니 실례했어요."

상미는 여자에게 깍듯이 목례를 보내고 방문을 열었다.

"이거 봐 아가씨!"

상철의 허둥대는 듯한 목소리가 튀어나왔다.

"뭐죠?"

상미가 싸늘한 눈길로 돌아보았다.

"어차피 치료비는 있어야 할 테니까 백만원만 더 받기로 하지……"

상철의 얼굴에서 비굴한 미소가 꿈틀거렸다.

"좋아요. 합의서에 도장 찍어놓고 기다리세요. 시내에 갔다 올 테니까."

상미의 머릿속이 재빠른 계산을 했다. 어차피 칼자루는 상철이 쥐고 있는 셈이고 보면 이쪽에서 한 발 물러서는 수밖에 없다고 생각했다. 뒤도 돌아보지 않고 상미는 방을 나왔다. 은행 마감시간인 네 시가 가까워오고 있었다. 큰길을 향해 종종걸음을 쳤다.

"누나 어떻게 됐어요?"

아버지의 가게로 들어서는데 명식이 울먹이며 마중 나왔다.

"너 혹시 아버지 통장하고 도장 어디 있는지 아니?"

상미는 또 팔목시계를 들여다보았다.

4시 10분이었다.

"제가 가지고 있어요."

명식이 주머니에서 통장과 도장을 꺼내밀었다.

상미는 명식이 내미는 아버지의 저금통장과 도장을 받아들고 돌아섰다. 이미 은행 마감시간은 지나 있었다.

"상미 누나!"

가게를 빠져나와 종종걸음을 치는데 명식이 뒤따라 오며 불렀다.

"왜?"

상미가 걸음을 멈추며 돌아섰다.

"삼광전기라는 데서 전화가 왔었는데요…… 이경민이리는 분이 경찰에 연행되어 갔다구요……."

명식의 얘기는 상미에겐 또 하나의 충격이었다.

"전화 온 게 몇시쯤이었니?"

예상하지 못했던 일은 아니었다. 며칠 전 경민은 파업에 돌입하게 될 거라는 얘기를 하면서 공권력 투입이 있을 거라는 예상도 하고 있었다. 그러나 막상 경민이 경찰에 연행되어 갔다는 소식을 듣게 되자 상미는 너무도 갑자기 모든 일들이 밀어닥치는 것 같아 잠시 난감한 기분이 되었다.

"30분쯤 됐어요."

"알았어."

일의 선후를 어떻게 찾아야 할지를 당장은 결정할 수가 없었다. 그러나 머리를 싸매고 생각을 정리해 볼 시간적 여유도 없었다. 쫓기는 듯한 기분으로 상미는 총총히 걷기 시작했다.

마감시간이 지난 은행에서 사정사정해서 2백만원을 찾아냈다. 마침 손쉽게 빈 택시를 잡을 수 있었다. 별도의 대기요금을 주기로 하고 분당까지 왕복해 줄 것을 제의해서 개인택시 기사와는 쉽게 합의를 봤다. 그러나 분당 집에 상철은 없었다. 뜰 아랫방 방문 앞에는 자물쇠가 굳게 잠겨 있었다.

상미는 갑자기 맥이 탁 풀렸다. 상철의 그 비굴하게 웃던 얼굴이 떠올랐다. 상미를 우롱하고 있는 것 같았다. 아니면 철저하게 계산된 간교한 계획으로 상미를 초조하게 만들려는 의도가 분명했다.

역시 아버지의 판단이 옳았던 게 아닐까 하는 생각을 상미는 했다. 상철의 요구대로 돈을 주는 것보다는 차라리 일찌감치 변호사를 찾아가 상의하는 게 현명한 방법이 아니었겠는가 싶기도 했다.

일단 경찰서로 가보는 길밖에 없었다. 아버지의 일도 다급했지만 경민의 일도 궁금했다. 대기시켜 두었던 택시에 올라 다시 경찰서로 향했다.

형사과 안으로 들어서자 상미는 보호실부터 살펴보았다. 보호실 안은 아까보다 훨씬 많은 사람들이 들어가 있었다. 그러나 경민의 모습은 물론 아버지의 모습도 눈에 띄이지 않았다. 상미는 공연히 가슴 한 구석이 철렁 내려앉는 것 같았다. 보호실 철창 앞으로 다가서서 안을 살펴보았지만 아버지의 모습은 없었다.

"말씀 좀 묻겠습니다……."

보호실 근무 형사 앞으로 다가서며 상미가 물었다.

"천달수씨라고 혹시 어떻게 되셨는지 좀 알려주십시오."

상미의 물음에 1분쯤 뜸을 두고 형사가 고개를 들었다.

"천달수씨 구속영장 집행됐어요."

지극히 사무적인 어조로 형사가 말했다.

"예? 구속영장이 집행됐다구요……."

상미는 혹시 자기가 잘못 들었는가 싶어 숨가쁘게 되물었다.

"면회하려면 유치장으로 가봐요."

여전히 표정 없는 얼굴로 상미를 힐끗 울려다 보고 나서 형사는 타자기를 두드리기 시작했다.

"상미씨 아니세요?"

완전히 넋 나간 사람처럼 멍한 기분이 되어 서 있는 상미의 등 뒤에서 누군가가 아는 체를 했다. 안면은 많은데 얼른 생각이 나지 않았다.

"삼광전기 생산과의 미스터 칩니다……."

"아 네⋯⋯."

비로소 생각이 떠올랐다. 언젠가 경민과의 데이트 중에 우연히 다방에서 함께 자리를 했던 사람이었다.

"죄송합니다. 얼른 알아뵙지 못해서⋯⋯."

상미는 지금 자신이 굉장히 허둥거리고 있다고 생각한다. 그러나 좀처럼 냉정을 되찾기가 어려웠다.

"이 형 소식 듣고 오셨군요, 하지만 면회가 안 될 겁니다⋯⋯."

미스터 최는 상미의 경찰서 출입을 당연한 듯 경민의 일과 연관지어 생각하고 있는 듯했다.

"최 선생님도 면회를 못하셨나요?"

상미가 자연스럽게 경민의 소식을 물었다.

"지금 노조원들이 수사과장에게 왜 면회를 안 시키느냐고 항의중입니다만 오늘 중에는 면회가 어려울 것 같습니다."

"어디 다친 사람들은 없나요?"

사실은 경민의 안부가 궁금했지만 그렇게 묻는 수밖에 없었다.

"우리 모두가 아무런 저항없이 연행에 응했기 때문에 이렇다 할 피해자는 없습니다. 위원장의 경우는 사전에 구속영장이 발부되어 있었던 모양입니다⋯⋯."

미스터 최의 얘기가 마치 꿈결처럼 멀리서 들리는 것 같았다. 귓속이 갑자기 멍해지면서 가벼운 현기증이 일었다.

"안색이 무척 나쁘신데 오늘은 그냥 돌아가시지요. 어차피 면회하기는 틀린 것 같으니까⋯⋯."

미스터 최가 사뭇 진지한 얼굴로 상미의 표정을 살폈다.

"실은 제 아버님도 여기 와 계시기 때문에⋯⋯."

내키지 않는 일이었지만 어쩔 수 없었다. 상미는 두 눈을 크게 뜨며 놀란 표정을 짓는 미스터 최에게 간단히 목례를 보내고 이 형사인 듯 싶은 형사 옆으로 다가섰다.

"천달수씨 면회를 좀 하려는데요⋯⋯."

"따님이요?"

이 형사가 맞는 모양이었다. 대뜸 상미에게 딸인가를 물었다.

상미는 대답 대신 고개만 끄덕였다.

"앉아봐요 이리."

이 형사가 옆 자리에 비어있는 의자를 턱으로 가리켰다.

"당신 아버지 고집 한 번 대단하두만……."

상미가 자리에 앉기를 기다려 이 형사는 담배를 피워물었다.

"구속이 집행됐다면서요?"

상미는 이 형사를 노려보았다. 상철이와 이 형사가 이미 한 통속이 되어 아버지를 협박하고 있다는 느낌이 강하게 들었다.

"난 처음부터 피해자하고 합의를 시켜보려구 당신 아버지를 설득했는데 완전 황소고집이드라구…… 차라리 변호사에게 두 배, 세 배로 돈을 쓰더라도 피해자 요구조건을 못들어주겠다니 난들 별 수가 없었지. 아가씨가 아버지 만나면 잘 말씀드려봐요, 지금이라도 합의서가 있어야 정상참작이 된다구……."

상미의 시선이 조금쯤 불편한 듯 이 형사는 상미를 정면으로 바라보지 않고 책상 서랍을 뒤적거리며 말했다.

"면회신청서 내 줄 테니까 저 뒤로 가서 면회해 봐요."

이 형사가 책상 앞으로 돌아앉아 볼펜을 찾아들더니 손바닥만한 종이 쪽지를 내밀었다.

상미는 말없이 면회신청서를 받아들고 일어섰다.

유치장 담당 경찰관에게 신청서를 접수시키고 약 10분쯤 지나서 상미는 달수와 마주섰다.

"뭣헌다고 왔냐……."

달수는 낮에 보호실에서 만났을 때보다 훨씬 풀이 죽어 있었다.

"아버지……."

말이 이어지지 않았다. 시야가 갑자기 뿌옇게 흐려 왔다.

"내 걱정일랑 하들 말고 내일이라도 적당한 변호사나 찾아봐라, 기껏해야 한 두 달 고생하면 뭐 별 일 있겠냐……."

달수의 말 꼬리에서도 눅눅한 물기가 묻어 있었다.

"제가 뭐랬어요. 요구대로 5백만원 주자고 그랬잖아요……."

달수는 기껏해야 한 두 달이라는 표현을 했지만 그 시간의 무게가 상미에게는 백 배 천 배 쯤의 중압감으로 어깨를 짓누르는 것 같았다.

"쓰잘데 없는 소릴랑 하덜 말아, 김상철이란 놈은 개만도 못헌 놈이여. 그런 놈헌티 줄 돈이 있으면 차라리 오갈 데 없는 우리 동네 철거민한티 주겄다……."

아버지는 이미 모든 마음의 준비가 되어 있는 것 같았다. 상미의 말을 중간에서 뚝 자르며 손을 내둘렀다.

"하지만, 아버지 제 생각도 해주셔야지요……. 그 넓은 집에서 저 혼자 어떻게 지내요……."

말을 끝맺지 못하고 상미는 고개를 꺾었다. 어깨가 크게 흔들리고 있었다. 상미의 그 한 마디에는 달수도 잠시 말문을 잊은 듯했다. 달수는 고개를 외로 꼬고 잠시 생각하는 듯한 얼굴이 됐다.

"안 그래도 니가 걱정이다……."

말문이 열리는 듯했으나 달수는 다시 또 뜸을 들였다.

"…… 함평댁 아주머니를 내가 나갈 때꺼정민 집에 외서 같이 자자고 하면 어떻겄냐?"

달수의 말씨는 평소와 달리 느릿느릿했다. 한 마디 한 마디를 신중히 생각하며 상미의 의사를 묻고 있었다.

"그 문젠 제가 알아서 할게요."

상미에게도 생각할 시간이 필요하기는 마찬가지였다. 청량리 정신병원에 입원해 있다는 어머니의 기억이 머리에 왔다. 지극히 관념적인 이미지로서의 어머니였다.

"뭐 필요하신 건 없으세요?"

상미는 의식적으로 얼굴 표정을 바꾸려고 애썼다.

"돈을 가지고 있응께 아무것도 필요한 것 없다. 자주 올 생각 말고 네 일이나 충실하게 혀라……."

"속옷하고 한복 챙겨가지고 내일 또 들를게요."

"뭐 그럴 것도 없다만은……."

달수가 그만 가보라는 턱짓을 했다.

"지금 나가는 길로 변호사 사무실에 가 볼게요……."

"그래라."

달수가 먼저 돌아섰다.

경찰서를 나서면서도 상미는 방향을 정하지 못했다. 변호사를 만나는 일이 급선무일 것 같기는 했지만 머리에 떠오르는 변호사가 없었다. 모란 방향으로 상미는 한참동안 걸었다. 문득 방 상무의 얼굴이 떠올랐다. 그러나 금방 고개를 흔들었다. 일단 법원 앞까지 가보기로 생각을 굳혔다. 시간은 이미 여섯시가 가까워오고 있었다.

법원 입구에서 눈에 뜨이는 변호사 간판을 찾아 건물로 들어섰다. 그러나 예상했던 대로 변호사는 자리에 없었다. 두 번째 찾아간 변호사 사무실에서 사무장에게 사건의 내용을 얘기했다.

"전과가 없으면 집행유예로 풀려나겠지만 합의서만 받아내면 적부심사로 나올 수도 있습니다."

변호사 사무장은 자신 있게 말했다.

가능하면 상철에게서 합의서를 받아 내는 게 가장 빠른 길이라는 결론만 확인한 채 상미는 변호사 사무실을 나왔다.

러시 아워의 만원 버스를 타기엔 너무 피곤했다. 상미는 택시를 탔다.

뜰아랫방은 아직도 자물쇠가 잠긴 채로였다.

상미는 집 안으로 들어서자마자 쇼파에 털썩 주저앉았다. 나른한 피로감이 전신을 엄습해 왔다. 비로소 점심도 굶었다는 생각이 들었다. 라면이라도 끓여 먹어야겠다고 생각하면서도 손끝 하나 까딱하기가 싫었다. 땅속으로 가라앉는 듯한 나른함 속에서 상미는 가물가물 잠이 들었다.

전신에 징그러운 벌레가 스멀스멀 기어다니는 듯한 느낌 속에서 상미가 눈을 떴다. 어느새 방안에까지 들어왔는지 상철의 번들거리는 얼굴이 눈 앞에 있었다.

"지금 뭐하는 거예요?"

상미는 소스라칠 듯 놀라며 상체를 일으켰다. 깜박 잠들어 있는 사이에 상철에게 입술이라도 도둑맞은 듯한 느낌이 들었다. 손등으로 입술을 닦아내며 상미는 상철을 노려보았다.

"보시다시피 아가씨가 깨어나기를 기다리고 서 있었지……."

느물거리는 말소리처럼 상철의 충혈된 끈끈한 눈빛은 상미의 전신을 핥듯이 더듬고 있었다.

"허락도 없이 왜 남의 집엘 함부로 들어오는 거예요?"

상미는 쇼파에서 발딱 일어섰다. 그러나 상철의 입김을 피하듯 뒤로 한 발자국 물러섰다.

"얘기를 듣고 보니 그렇게 된 셈인가?……. 나는 오히려 아가씨가 나를 기다리고 있을 줄 알았는데……."

상철의 입 귀퉁이에 경련 같은 미미한 미소가 떠올랐다.

상미는 잠시 대꾸할 말을 찾지 못했다. 어차피 상철로부터 합의서를 받아내야 한다는 건 이미 마음 속으로 결정한 일이 아닌가.

"나한테 별 볼 일이 없으시다면 그냥 물러가지."

상철은 상미의 마음 속을 손바닥처럼 읽고 있는 것 같았다.

"아버진 이미 구속이 집행됐어요."

빈정거리는 듯한 상철의 얼굴을 손톱으로 확 긁어주고 싶은 충동을 상미는 가까스로 참고 있었다.

"그래서 이제 합의서는 필요 없다는 얘긴가?"

상철은 상미에게 다짐을 주듯 물었다.

"5백만원을 다 드릴 수는 없어요."

상미의 야무진 계산이 다부진 안간힘을 썼다.

"결국 흥정을 처음부터 다시 하자는 얘긴가 본데……."

상철이 상미쪽으로 한 걸음 다가섰다. 반사적으로 상미는 뒷걸음질을 쳤다.

"어디, 그럼 얼마를 주시겠다는 말씀인지 흥정을 시작해 보시지 그래?"

상철이가 쇼파에 털썩 주저앉았다.

"3백만원 드리겠어요."

상미는 마치 계산하고 있었던 것처럼 빠른 말투로 대답했다.

"좋아요 3백만원, 어차피 흥정이니까."

상철은 예상 외로 순순히 상미의 제안에 동의했다.

"잠깐 기다리세요."

내친 김에 빨리 합의서를 받아내는 게 상책이다 싶어 상미는 서둘렀다. 방으로 들어가 핸드백과 백지 몇 장을 찾아들고 나왔다.

"여기다 영수증하고 합의서 써 주세요."

백지를 상철 앞으로 밀어 놓고 상미는 핸드백을 열었다. 백 속에는 6백만원이 들어있어야 했다. 그 속에서 3백만원을 헤아려 꺼내들었다. 상철이 마치 사슴이나 노루새끼를 덮치는 표범처럼 상미에게 왈칵 달려든 것은 바로 그때였다.

하나뿐인 그러나 완강한 느낌을 주는 상철의 팔이 상미의 허리를 나꾸어챘다. 그와 동시에 상철은 상미의 다리를 걸어 쓰러뜨렸다. 그야말로 눈 깜짝할 사이의 일이었다. 불의의 습격을 당한 상미는 소리를 지를 겨를도 없었다. 사람살리라고 소리치려는 순간 이미 상미를 깔고 엎드린 상철의 입술이 상미의 입을 틀어막았다.

"반항하면 아예 죽여버릴 거야!"

상철은 손으로 상미의 목을 죄었다.

"사람살려요!"

상미의 날선 손톱이 상철의 멱살을 파고들었다. 상철이 잠시 주춤거리는 사이에 상미는 젖먹던 힘을 다해 소리를 내질렀다. 그러나 다음 순간 상미의 두 눈에서는 파란 불똥이 튀었다. 상철의 무자비한 주먹이 관자놀이께를 내려친 것이다.

"쌍년! 아주 죽여버리겠어!"

산짐승처럼 으르렁거리며 상철은 상미의 목을 졸랐다. 목구멍에서 끼룩끼룩 소리를 내며 상미는 정신을 잃고 말았다.

상미의 저항이 완전히 사라졌다고 느끼자 상철은 비로소 팔에서 힘을 뺐다. 상미를 말처럼 타고 앉은 채 상미 가슴에 귀를 대보았다.

"죽진 않았군……."

허연 이빨을 드러내며 상철은 귀신처럼 웃었다. 상철은 일어서서 바지를 벗었다. 원피스의 치맛자락이 허리까지 밀려 올라간 상미는 손바닥만한 하얀 팬티 하나만으로 아래가 가려진 상태였다.

그 순결의 상징과도 같은 하얀 팬티를 상철은 거침없이 아래로 잡아당겼다. 쉽게 벗겨지지 않았다. 상철은 상미의 사타구니 사이로 손을 넣어 히프를 받쳐들 듯하며 이번에는 뒤에서부터 팬티를 밑으로 잡아당겼다.

툭툭 실밥이 터져나가고 고무줄이 끊어지면서 마침내 상미의 아랫도리가 고스란히 드러났다.

"호호호호……."

윤기 흐르는 검은 계곡 사이로 아직 남자를 모르는 상미의 문은 수줍은 듯 열려 있었다.

상철은 서둘러 자신의 팬티마저 벗어던졌다. 그리고 상미의 깊은 곳을 겨냥하며 덮쳐눌렀다.

상철은 원피스의 단추를 풀어 상미의 젖무덤도 헤쳐냈다. 희고 탐스러운 젖무덤이었다. 앵두알 만한 자주빛 유두가 하르르 하르르 떨리고 있었다. 유두와 젖무덤을 한 입에 삼키기라도 할 듯 상철은 덥석 물었다. 두 개의 젖무덤에서 번질번질한 침이 흐르기 시작했다

상철은 개처럼 상미의 전신을 핥았다. 상미의 가슴과, 겨드랑이와 배꼽 부근의 솜털 하나 하나를 혀끝으로 헤아리듯 구석구석에 침을 발랐다. 주검처럼 반응이 없는 상미의 육체에 생명을 불어넣으려는 듯 입술을 빨고 배꼽을 불고 계곡을 핥았다. 그러면서 상철은 상미의 더 깊은 곳을 향하여 풀무질을 계속했다. 형용하기 어려운 쾌감이 등줄기를 누비며 지나갔다. 그 쾌감이 절정을 향해 치닫는 동안 상철은 다만 굶주린 한 마리 산짐승이었다. 포효하고 으르렁대며 상철은 상미의 25년을 송두리째 무너뜨렸다. 긴 터널을 빠져나온 증기기관차처럼 숨을 몰아쉬던 상철은 깊은 나락 속으로 떨어지듯 후줄근하게 젖어 널브러져 있던 몸을 일으켰다. 상체를 일으켜 다시 상미를 말처럼 타고 앉아 아래를 내려다보았다. 그러다가 상철은 흠칫 놀랐다. 상미의 우유빛 허벅지 안쪽에서 눈부시게 선명한 주홍빛 선혈이 흘러내리고 있었다. 상철은 무릎에 힘을 주며 히프를 뒤로 뺐다. 자신의 흉기에도 피는 묻어있었다.

'……이게 처녀였잖아…….'

이런 생각과 함께 비로소 자신이 저지른 행위에 대한 죄책감이 가슴 한 구석에서 슬며시 고개를 들었다.

상철은 서두르기 시작했다. 욕실로 뛰어들어 아랫도리를 헹궈내고 나와 팬티와 바지를 챙겨 입었다. 그리고는 상미의 핸드백을 뒤져 눈에 뜨이는 대로 현금을 챙겨 주머니에 쑤셔넣었다. 상미를 돌아보았다. 비로소 상미의 양미간에 고통스러운 표정이 떠오르고 있었다. 곧 정신을 차릴 것 같았다. 상철은 그대로 치부가 드러나 있는 상미의 아랫도리를 원피스 자락

을 당겨 가려주었다. 황급히 거실을 나서려던 상철은 생각난 듯 걸음을 멈추고 바지 주머니를 뒤져 자신의 도장을 찾아냈다. 그 도장에 입김을 불어 탁자 위에 놓여 있는 백지 아랫부분에 도장을 찍어 놓았다.

거실에서 마당으로 내려서며 상철은 자신도 모르게 상미쪽을 돌아보았다. 상미의 두 눈에서 파란 불꽃이 튀는 듯했다. 납인형처럼 핏기라곤 없는 얼굴에서 인광처럼 타오르는 상미의 눈빛은 귀기를 느낄 만큼 처연했다.

"아가씨한텐 죄가 없어, 미친 개한테 물린 셈 치라구!"

상철은 방금이라도 벌떡 일어나 자신의 덜미를 나꿔 챌 것만 같은 상미의 모습을 향해 내뱉었다.

상철은 돌아섰다. 돌아서는 것과 동시에 대문을 향해 몸을 날렸다. 큰길을 향해 총알처럼 달리기 시작했다.

상미는 의식을 되찾았다. 그러나 깊은 수렁 속에서 천근의 무게에 짓눌리기라도 한 것처럼 손가락 하나 까딱할 기력이 없었다. 길고도 깊은 악몽을 꾸고 난 것 같았다. 하복부 쪽에서 둔중한 통증이 느껴졌다. 분하고 억울하다는 생각마저 들지 않았다. 지구상의 모든 만물이 성장과 움직임을 정지해 버린 것 같은 깊고 암담한 적막감이 전신을 엄습해 왔다. 이유를 분명히 알 수 없는 말간 눈물이 소리없이 뺨을 타고 흘러내렸다. 뜨락의 저쪽에서 눅눅한 밤바람이 밀려왔다. 상미는 눈을 감았다. 그러나 다음 순간 자신의 전신에 수천 수만 마리의 흉측한 벌레가 기어다니는 듯한 강한 전율에 몸을 떨며 눈을 떴다. 일어나야 한다고 일어서서 전신을 기어다니는 수천 수만 마리의 벌레를 떨어내고, 이 어둠 속에서 뛰쳐나가야 한다고 안간힘을 썼다.

어둠의 저편에서 누군가 자신을 부르고 있었다.

"상미야!…… 상미 안에 있니……."

환청처럼 느껴지던 목소리가 차츰 현실로 느껴지기 시작했다.

상미는 튕기듯 벌떡 일어났다. 아랫도리에 에이는 듯한 에리한 아픔이 느껴졌으나 이를 악물며 일어섰다.

"상미 자냐?……"

목소리의 주인공이 함평댁이라고 깨닫는 순간 상미의 머리에는 이 치욕의 현장을 재빨리 수습해야 한다는 계산이 왔다. 찢겨진 팬티를 재빨리 움켜쥐고 발딱 일어선 상미는 앞가슴을 여미며 마당을 내려다보았다.

"피곤해서 잠이 들었던 개비네……."

외등 아래로 다가서는 것은 함평댁이었다.

"욕실에 있었어요. 목욕을 하려구……."

애써 침착함을 잊지 않으려고 상미는 억지로 웃어보였다.

"아버지가 너 혼자 이 넓은 집에서 어찌 자겠냐고 해서 왔다만서두 이게 웬 날벼락이다냐……."

함평댁은 주먹으로 자신의 가슴을 쾅쾅 쥐어박으며 거실로 들어섰다.

"아줌마 우선 저 목욕부터 좀 하구요……."

그대로 함평댁을 마주하기엔 아무래도 께름칙했다. 상미는 재빨리 욕실로 몸을 숨겼다.

"에그머니 이게 웬 피냐?…… 상미 너 코피 터졌구나……."

욕조에 물을 틀어 놓고 옷을 벗는데 함평댁의 호들갑스런 목소리가 들려왔다. 상미는 아차 싶었다. 그러나 함평댁에게 행여라도 자신의 약점을 드러내 보일 수는 없었다. 욕실에서 걸레를 챙겨들고 다시 거실로 나왔다. 함평댁의 놀란 얼굴이 상미와 거실의 핏자국을 번갈아 바라보는 동안 상미는 바닥에 핏자국을 걸레로 말끔히 닦아냈다.

"아줌마, 잠깐만 앉아계세요. 저 얼른 목욕 좀 하구요……."

상미는 욕실로 다시 돌아오면서도 함평댁을 정면으로 바라보지는 못했다.

"저녁도 안 챙겨 먹었지야?"

상미의 등 뒤에서 함평댁의 목소리가 날라왔다.

"…… 내 그럴 줄 알았다. 호랑이한테 물려가도 정신을 차려야 산다는디 먹을 것 먹고 정신차려야재……."

씽크대에 물 떨어지는 소리가 들려왔다. 함평댁이 저녁 준비를 하는 모양이었다.

상미는 욕실 샤워 아래서 무려 한 시간 이상을 서 있었다. 물줄기를 전신으로 받으며 몸의 구석구석을 피부가 아리도록 닦고, 문지르고 또 닦았다. 전신을 되풀이해서 닦아 내면서 상미는 몇 번인가 부르르 몸을 떨었다. 솜털 한 오라기라도 빠뜨리지 않고 상철의 체취가 남아 있을 만한 곳이면 그 소름끼치는 기억을 떨어내기 위하여 안간힘을 쓰며 피부를 문질러댔다. 피부를 문지르며 상미는 하염없이 눈물을 흘렸다. 샤워의 물줄기처럼 눈물은 쉴 새 없이 흘러 내렸다. 욕실 안의 자욱한 수증기로 인해 거울은 이미 그 기능을 상실하고 있었다.

그러나 그 뿌우연 거울 속에서나마 자신의 전신을 드러내 놓기가 상미는 두려웠다. 아무리 닦아내도 상철의 그 더러운 이빨자욱과 지문이 전신에 상흔처럼 얼룩져 있을 것만 같았다.

"상미야, 웬 목욕을 그렇게 오래 해?……"

벌써 몇 번째인가 거실쪽에서 함평댁은 같은 소리를 반복하고 있었다.

상미는 거울을 향해 천천히 돌아섰다. 거울 속에서 자신의 나신은 마치 잿빛원경처럼 음울한 윤곽만을 드러내고 있었다. 일렁거리는 그 음울한 윤곽을 향해 한 걸음 다가섰다. 희뿌연 음영이 약간 흔들렸을 뿐 자신의 모습은 커지지도 작아지지도 않은 그대로였다. 상미는 눈을 감았다. 손을 들어 거울의 중심부분을 손바닥으로 휘젓듯 닦아냈다. 그리고는 호흡을 가다듬으며 천천히 눈을 떴다. 거울 속에 클로즈업되듯 투영된 것은 두 개의 희고 탄탄한 젖무덤이었다.

상미는 두 손으로 젖가슴을 감싸쥐었다. 그 순간 눈에 뜨이는 상흔은 보이지 않는다는 생각을 상미는 재빨리했다. 천천히 젖무덤에서 손을 내렸다. 언제 보아도 탄력있게 탐스러운 우유빛 예쁜 자기 두 개를 엎어놓은 듯 싶은 뽀얀 유방에는 아무런 상처도 없었다. 수줍은 듯 반짝이며 아래로 약간 처진 초컬릿 빛깔의 유두에서도 달라진 느낌을 발견할 수는 없었다. 상미는 거울 앞으로 더 가가서며 거울 전체를 손바닥으로 닦아냈다. 매끈한 허리의 선과 둔부, 그리고 배꼽 아래가 영롱한 질감으로 드러났다. 그러나 허리, 힙, 배꼽 아래 어느 곳에도 달라진 느낌은 찾아낼 수 없었다.

'……그래, 난 아무렇지도 않아 조금도 구겨지거나 상처난 데는 없는 거라구……'

상미는 입 속으로 이렇게 종알거려 보았다. 거울이 뚫어지도록 그림 같은 자신의 알몸을 들여다보았다.

'아가씬 아무 죄도 없어. 그저 미친개한테 물린 셈만 치라구……'

상철이 거실을 뛰쳐나가며 내뱉듯 중얼거린 마지막 말이 생각났다. 그러자 자신은 정말 미친개에게 물렸다는 느낌이 가슴에 왔다.

'……그래 난 개한테 물린 거야…… 미친개한테 물린 거라구. 하지만 난 이렇게 말짱해. 조금도 상처받지 않은 거야 조금도……'

상미는 이번에는 입밖으로 소리내어 종알거려 보았다.

"상미야, 찌개하고 밥 다 식겠다……."

함평댁이 욕실 문을 두드리고 있었다.

"나가요, 아줌마."

상미는 거울을 바라보면 뒷걸음질을 했다. 걸음을 옮길 때마다 아랫도리에서 둔한 아픔이 느껴졌다.

"……하지만 금방 괜찮아질 거야. 그리고 그때쯤 나는 건강해질 수 있어……."

속으로 종알거리며 상미는 마른 타올로 정성늘여 몸의 물기를 닦아냈다.

"웬 목욕을 한 시간두 넘게 한다냐……."

욕실문을 열고 나서자 함평댁이 혀를 찼다.

대답 대신 상미는 억지로 조금 웃어보였다.

"어서 밥 먹어라. 생각이 없어두 억지로라도 먹어야 한다……."

함평댁은 식탁 앞에서 의자를 당겨주며 상미의 등을 토닥거렸다.

'엄마가 있었음…… 함평댁이 엄마라면 뭐든지 다 얘기할 수 있을 거야……'

의자에 앉으며 상미는 문뜩 그런 생각을 했다.

마지못해 수저를 들었지만 밥이 넘어가질 않았다. 또 자신도 모르게 목구멍이 얼얼해지면서 뜨거운 응어리가 가슴이 메이도록 치솟아 왔다. 욕실에서 그만큼이나 울어버렸는데도 끈질기게 눈물이 배어 나왔다.

"입맛 없으면 물 말아 묵어라……."

함평댁이 권하지 않았더라도 그럴 생각이었다. 시원한 보리차를 부어 모래알 같은 밥알을 억지로 입 속으로 밀어 넣었다.

수저를 놓기가 무섭게 식탁에서 일어섰다.

아버지의 일에 대해서 함평댁은 상미가 밥을 먹는 동안에도 이것저것 여러 가지를 물어왔지만 상미는 건성으로 대답했다. 식사가 끝나기와 동시에 함평댁은 또 처음부터 다시 시시콜콜하게 물어올 게 틀림없었다. 일일이 대답해야 하는 일이 상미는 너무 피곤할 것 같았다.

"아줌마, 전 너무 피곤해서 좀 쉬고 싶어요……."

그 한 마디로 상미는 함평댁의 두서없는 질문에 대답했다.

방으로 들어선 상미는 안으로 문을 잠갔다. 책상을 마주하고 의자에 걸터앉자 어디서부터인가 또 걷잡을 수 없는 슬픔에 밀려왔다. 불도 켜지 않은 채 책상 위에 얼굴을 묻고 상미는 소리를 죽이며 울었다. 유장한 강물의 흐름처럼 슬픔은 한도 끝도 없이 밀려오고 또 흘러갔다. 몸 전체로 상미는 울었다. 참으로 긴 울음이었다.

멀리서 개 짖는 소리가 들려왔다. 여느 때처럼 평범한 개 울음소리가 아니었다. 바람에 실려 들판을 건너오는 개소리는 사나운 이리떼들의 울부짖음처럼 상미의 가슴을 저미며 흩어져 갔다.

아우성 같은 울부짖음 속으로 몇 개의 얼굴이 떠올랐다. 그 얼굴들 속에서 경민의 얼굴이 점점 뚜렷하게 확대되어 왔다.

어둠을 박차듯 상미는 발딱 일어섰다.

개발에 짚신

"······결코 만만한 상대는 아니야······."

경찰서 앞에서 상미를 내려주고 수진리 고개를 넘으며 방지환은 입 속
으로 중얼거렸다.

며칠 전 상무실로 불러 처음 만났을 때부터 지환은 상미에게서 얼음으
로 만든 조각 같다는 인상을 받았었다. 비록 노조 부위원장이라는 직책을
갖고 있기는 했지만 방지환의 상식으로 상미는 공순이였다. 그런 공순이
에겐 어울리지 않는 분위기가 있다고 느끼기 시작한 것은 상미와 몇 마
디 대화를 나누면서부터였다.

입을 꼭 다물면 싸늘한 냉기마저 풍기는 단아한 인상은 길고 흰 목과
어울려 형용하기 어려운 기품 같은 것을 느끼게 했다.

비록 대학 물은 먹었다지만 그 애비는 고작해야 개 백정이 아닌가 라
는 선입관으로 의식적으로 무시해 보려고 했지만 잘 되지 않았다.

방금 전 회사 앞에서 택시를 잡으려고 차도로 내려서서 서성대던 상미
를 발견했을 때에도 상대가 다른 여직원이었다면 근무시간에 회사 밖으
로 나왔다는 사실 하나만으로도 소속과 성명을 물어 담당 과장에게 사유
를 물었을 일이었다. 그러나 지환은 자신도 모르게 상미 옆에 차를 세우
고 친절하게 문까지 열어주며 타기를 권했었다. 그리고는 한다는 말이 고
작 '우리 회사 규정상 점심시간 외출은 금지되어 있을 텐데요······' 아니었

던가. 그리고는 상미의 대답을 듣기도 전에 빙글거리며 웃고 말았지 않은가. 경찰서에 누군가 면회할 일이 있다는 상미의 한 마디에 아무말 못하고 경찰서 앞에서 그녀를 내려놓고 차를 출발시키면서 기껏 한다는 생각이 결코 만만치 않은 상대라는 생각을 하고 있는 것이다. 지환은 자신의 생각의 분명한 방향을 가늠하기 어려워 화가 치솟았다.

왼손만으로 운전을 하면서 카폰으로 회사를 불렀다. 교환에게 생산2과장을 대라고 했다.

"나, 방지환입니다……."

카폰 상태가 좋지 않았다. 지환은 큰 소리로 과장에게 지시했다.

"삼광전기 파업 현장에 공권력이 투입됐는지 알아보고 노조위원장 이경민이는 어떻게 됐는지도 알아서 즉각 연락해 주시오"

상미가 경찰서로 누군가를 면회 갔다면 이경민의 일과 무관하지 않으리라는 생각을 지환은 아까부터 하고 있었다. 카폰을 내려놓고 지환은 기어를 5단으로 변속하고 액셀레이터를 힘주어 밟았다. 복정동 검문소를 지나 양재동 쪽으로 접어드는데 카폰이 울렸다. 생산과장이었다.

"약 한 시간 전에 공권력이 투입되어 근로자들을 해산시키고 노조위원장은 경찰에 연행되었답니다……."

예상했던 대로였다. 간단하게 '알았어요'라고 대답하고 카폰을 내려놓았다. 한 시간 전에 연행된 이경민을 면회하기 위해 천상미가 근무시간에 회사를 뛰쳐나왔다……. 생각이 여기에 미치자 지환은 천상미의 일을 그대로 넘길 수는 없다고 마음을 다져먹었다.

이경민과 천상미는 개인적으로 사랑하는 사이이기 이전에 노동운동으로 보다 밀접하게 연관지어진 사이라는 느낌이 더 강하게 머리에 왔다. 그렇다면 상미의 행동 하나 하나는 우리 회사의 노조 부위원장이라는 차원에서 보아야 하기 때문이었다.

영동의 N호텔 주차장으로 들어서면서 지환은 시계를 들여다보았다.

약속시간은 10분쯤 지나고 있었다. 특별한 약속은 아니었다. 가까운 고등학교 동창 4~5명이 한 달에 한 번씩 모여 포카판도 벌이고, 이런 저런 루트를 통해 손에 넣은 여자 애들과 어울려 술도 마시고 적당히 나쁜 짓도 하는 그런 모임이었다. 지환의 입장에선 두 번째 모임이었지만 지환이 귀국하기 이전부터 계속 되어온 모임이었다. 호텔 5층의 지정된 방에서는 이미 포카판이 벌어져 있었다. 동창생 세 명과 주간잡지 표지 모델쯤은 되어 보이는 여자들 네 명이 어우러져 있었다.

"지환이 어서 와라……."

동창들은 누가 먼저랄 것도 없이 눈짓으로만 아는 체를 했다.

"어서 오세요."

여자 애들 중에서 한 명이 발딱 일어서서 지환 앞으로 다가섰다. 이미 지환의 몫으로 정해진 여자인 모양이었다.

"씨발, 난 엎었어……."

동창중에 하나인 김재명이가 들고 있던 카드를 테이블 위에 엎어 놓으며 고개를 들었다.

"지환아, 네 파트너다 많이 사랑해줘라……."

"문상미예요……."

여자애가 어설프게 웃으며 고개를 까딱해 보였다.

"상미라구?"

지환은 자기도 모르게 반색을 했다.

"네, 문상미요……."

많아야 스물 하나 쯤으로 보이는 아직 솜털이 보송보송한 여자애였다.

"지환이 넌 텔레비를 안 보니까 잘 모를 테지만 욕망의 계절이라는 주말 연속극에 나오는 탈렌트다 잘좀 봐줘라……."

'하필이면 상미람…….'

그런 생각을 하며 지환은 피식 웃었다.

"야, 카드 받을래?"

다른 동창 하나가 카드를 섞으며 지환을 올려다 보았다.

"그냥 해 난 조금 있다 들어갈게……."

건성으로 대답하며 지환은 저고리를 벗었다.

"짜식, 문상미를 보더니 더 급한 게 있는 모양이구나……."

카드를 돌리며 동창녀석은 의미있는 웃음을 날렸다.

"야, 지환아 너 참 신현수 검사 성남지청으로 발령난 거 알아?"

재명이가 카드를 들여다보며 물었다.

"신현수가 성남으로 발령났어?"

지환은 반색을 했다. 고등학교 동창생인 신현수가 자신의 사업체가 있는 성남지청으로 발령이 났다는 건 반가운 일이었다. 그 반가움은 막연하게나마 권력을 등에 업을 수 있다는 어떤 기대 때문이었다. 머지않아 발생할지도 모르는 회사의 노사분규 해결에, 좀더 구체적으로 설명하면 노조의 주동자들을 쥐도 새도 모르게 연행하도록 부탁한다거나 노조활동을 사전에 봉쇄하는데 어쩌면 일조를 얻을 수 있을지도 모른다는 그런 생각이었다.

"오늘 부임했을 걸……."

재명은 그러나 카드를 들여다보며 심드렁한 목소리로 대답했다.

"그래?……."

지환은 저고리를 벗어 문상미에게 건네주며 생각하는 표정이 됐다.

천상미와 이경민의 얼굴이 떠올랐다.

"샤워 하셔야죠?"

잽싸게 저고리를 옷걸이에 걸고 돌아선 문상미가 가슴에 찰싹 안길 듯 다가서서 지환의 넥타이를 풀어내려고 했다.

"그럴까……."

지환은 문상미가 넥타이를 풀어내기를 기다려 와이셔츠를 벗었다.

"미스 문, 기왕이면 방 상무 등도 좀 밀어 주지 그래……."

동창생 중 누군가 낄낄거리는 목소리를 냈다.

"자긴 그런데 신경 쓰지 말고 어서 콜이나 해요……."

방금 낄낄거린 동창생의 옆에서 핫팬티 차림의 아가씨 하나가 오금을 박는 소리를 내고 있었다.

지환도 침실 쪽으로 옮겨 바지마저 벗어던졌다. 팬티 바람인 지환 앞에서 상미는 부끄러운 기색도 없이 지환이 벗어던진 바지를 챙겨 옷걸이에 걸고 있었다.

성큼 다가선 지환은 등 뒤로부터 상미를 끌어안았다. 기다리고 있었던 것처럼 상미가 돌아섰다. 희고 매끈한 상미의 팔이 지환의 목덜미에 찰싹 감겨 왔다. 강열한 터부 향 냄새가 코를 자극했다. 지환은 한 손으로는 상미의 허리를 감고, 다른 한 손으로는 엉덩이를 더듬으며 상미를 지그시 앞으로 잡아당겼다. 이미 상미의 입은 열려 있었고 매끄러운 혓바닥이 지환의 입 속으로 물뱀처럼 미끄러져 들어왔다.

'…… 나이도 어린 게 보통이 넘는군…….'

그런 생각을 하는 동안에 지환의 심벌은 이미 기를 쓰며 고개를 치켜들고 있었다.

지환은 뒤를 돌아보았다. 포카에 열중해 있는 친구 녀석들이나 그 파트너들은 이미 한 차례씩 사랑놀음을 끝낸 후인 모양이었다. 아무도 침실쪽으로 신경을 쓰는 사람은 없었다.

"옷 좀 벗겨줘……."

상미를 침대 앞으로 밀어 부치려 하자 마치 오랜 연인 사이나 되는 것처럼 상미가 콧소리를 냈다.

"상미라는 이름 본명이야?"

선 자세에서 원피스가 발 아래로 흘러내리자 상미는 쉽게도 손바닥 보다 작은 팬티 하나만 남긴 알몸이 됐다.

"예명……."

상미는 짧게 대답하고 그 물뱀 같은 혓바닥으로 지환의 젖꼭지를 핥았다. 소름 같은 자지러들 듯한 간지러움에 지환은 몸을 떨었다. 상미를 끌어 안은 채 침대 위로 쓰러졌다. 상미의 팬티는 이미 지환의 발가락에 걸려 위치를 벗어난지 오래였다. 지환은 자신의 팬티마저 벗어 던졌다.

"싫어, 나 애무해 줘……."

자신도 모르게 서두르며 덮쳐 누르려 하자 상미에게서 작은 저항이 왔다. 그러나 지환은 그럴 여유가 없었다. 스스로 생각하기에도 난폭할 정도로 지환은 서둘렀다. 상미라는 똑같은 이름 때문인 것 같았다. 마치 천상미를 강간이라도 하듯 지환은 문상미를 내리 눌렀다.

"아이, 매너 없어……."

몸으로는 능숙하게 지환을 받아들여 리드해 나가면서도 문상미는 못마땅하다는 듯 중얼댔다.

"어머머…… 벌써 끝났어?"

상미가 작은 주먹으로 지환의 옆구리를 콩콩 쥐어박았다.

참으로 어이없는 일이었다. 그리고 전에 없는 일이었다. 크기로만 따진다면 중간쯤 밖에 못가는 심벌이었지만 이렇게 맥없이 무너져 버리긴 처음이었다. 상미의 깊은 곳으로 빨려 들어갔다고 생각하는 순간 미처 서너 차례 풀무질을 하기도 전에 사정을 해버리고 말았다. 약간은 낭패스러운 기분으로 지환은 잠시동안 상미의 배 위에 엎드려 있었다.

"뭐예요, 시시하게……."

하얗게 눈을 흘기며 상미가 종알댔다.

"네까짓 게 뭐 알기나 해……."

무안한 기분을 달래기 위해 상미의 볼을 꼭 쥐어 흔들어주고 지환은 상미의 배 위에서 반 바퀴를 빙글 돌아 내려왔다.

"가만 누워계세요……."

상미가 먼저 발딱 일어섰다. 침대에서 내려선 상미가 욕실로 사라지는 뒷모습을 지환은 물끄러미 바라보았다. 욕실에서 샤워를 뒤집어쓰는 소리가 들려왔다.

지환은 담배를 찾아 물며 침대에서 일어나 앉았다.

타월로 아랫도리만 가리운 상미가 욕실에서 걸어나왔다.

"닦아줄게요……."

상미는 지환의 무릎 사이에 꿇어앉으며 물수건으로 닦아주었다.

"이따 다시 한 번 하자구……."

꼭 그럴 생각도 아니면서 지환이 말했다.

"몰라요……."

상미는 또 하얗게 눈을 흘겼다.

상미를 밀어내고 지환은 욕실로 들어섰다. 더운 물이 섞이지 않은 찬물을 머리 위에서부터 뒤집어썼다. 한참 물을 뒤집어쓰다가 지환은 문득 생각이 난 듯 맥없이 무너진 심벌을 내려보았다. 위에서 내려다보는 심벌은 더욱 왜소해 보였다. 문상미와의 관계에서 맥없이 무너져 버린, 그래서 더욱 볼품 없이 느껴지는 심벌을 내려다보자 공연한 짜증이 치밀었다. 그러나 짜증스러운 감정이 문상미 때문이 아닌 것만은 분명했다.

지환은 자신이 왜 그처럼 서둘렀는지를 생각해 봤다. 평소의 지환은 여자들과의 관계에서 비교적 매너가 좋은 편이었다. 충분히 분위기가 무르익기 전에 여자의 깊은 곳을 공략해 본 적이 없었다. 고등학교 동창들과의 이런 모임에 어울리기 전까지는 나름대로 여자를 선택하는 기준도 있었다. 양보다는 질을 택하는 편이었다. 뒤처리도 깨끗했다. 속된 말로 계집년에게 욕먹으면 재수가 없다는 원칙을 철저히 지켰다. 대개는 돈으로 해결하는 뒤처리였지만 몇 번 데리고 논 여자들을 떼어버릴 때는 화끈할 정도로 돈을 집어 던졌다.

자신이 생각하기에도 여자에게 강한 편은 되지 못했다. 아무리 마음에 드는 여자애라도 첫날 관계에서 2회전을 넘어본 적이 없었다. 그러나 자신의 기교와 세련된 매너로 충분히 여자를 만족시킬 수 있다고 생각하고 있었다. 그런데 오늘은 그게 아니었다. 문상미에게 난폭하게 덤벼들었다가 너무도 쉽게 무너져 버린 것이었다. 문상미가 첫눈에 마음에 드는 욕심나는 그런 스타일도 아니었다. 그런데도 자신이 그처럼 서둘렀던 것은 순전히 천상미의 이미지가 자신의 잠재의식 속에 너무 강렬하게 심어져 있었던 때문인 것 같았다.

단지 이름이 똑같은 상미라는 이유만으로 자신도 모르게 서두른 것 같았다. 그러나 문상미를 천상미로 생각하고 덤벼들었던 그 첫 번째 게임에서 지환은 보기 좋게 넉 아웃을 당한 셈이 아닌가.

씁쓸한 기분이 좀처럼 쉽게 가셔질 것 같지 않았다. 차라리 포카판에 어울려 짜증스런 기분을 빨리 전환시키고 싶었다.

타월로 대충 물기를 닦아내고 욕실을 나왔다.

맨몸으로 욕실을 나서는 지환을 문상미는 침대에 앉아 배실배실 웃으며 바라보고 있었다.

"야, 뭘 그렇게 쳐다보냐?"

상미의 시선이 자신의 아랫도리에 머물고 있다고 지레 짐작으로 느끼며 지환은 침대 앞으로 다가서며 상미의 머리통을 콕 쥐어박았다.

팬티만 찾아 입고 그 위에 가운을 걸친 채 지환은 포카판으로 끼어 들었다. 재명이가 딜러였다. 카드가 나눠지기 시작했다. 지환은 방금 전 상미와의 짜증스러운 감정에서 쉽게 벗어나 카드에 빠져들기 시작했다.

예상 외로 카드가 잘 됐다. 첫 판에 다이어먼드 후레시로 쉽게 승부를 낸 후 계속해서 페이스는 지환의 편이었다.

"야. 미스 문 그게 재수가 좋은 거냐, 아니면 지환이 포카 실력이 갑자기 늘어난 거냐?"

내리 다섯판을 지환이가 위너가 되자 그예 동창들이 이죽거리기 시작했다.

"안마, 다 평소 실력 아니냐……."

지환은 조금씩 기분이 좋아지기 시작했다. 카드는 계속 잘들어 왔다. 처음 석장에서부터 높은 숫자의 페어가 붙어 다녔다. 석장 만으로도 트리플이 되는 경우도 많았다. 넉장 때엔 투 페어 아니면 후레시 가능성이 보였다. 예정했던 대로 메이드가 되는 데는 여섯장이면 충분했다. 마지막 한 장은 숫제 볼 필요도 없었다. 지환 앞으로 수표와 고액권이 수북이 쌓이기 시작했다. 손뼉을 치며 신바람이 나는 건 문상미였다.

"야, 웬 끗발이 그렇게 쎄냐?"

오픈 카드만 보고도 상대방은 기가 죽었다. 하이 카드로 스트레이트나 트리플이 오픈되기도 했다. 상대방의 카드쯤 신경 쓸 필요도 없었다. 적당히 배팅만 하면 돈은 눈덩이처럼 불어나 지환 앞으로 쌓여져 갔다.

상대가 스트레이트면 후레시로, 또 후레시에는 풀 하우스로, 풀 하우스에는 포 카드로 내리 눌렀다.

"쓰벌, 이건 완전히 기 죽어서 못하겠네……."

동창생중 하나가 풀 하우스를 잡고도 지환에게 포 카드로 당하자 옆에 있는 아가씨를 끌어안으며 벌렁 뒤로 자빠졌다.

"오늘은 지환이 쟤한테 못당하겠는데……."

재명도 떨떠름한 얼굴로 카드를 엎었다.

"야, 우리 이딴 거 말구 뭐 좀 새로운 거 없겠냐……."

지환의 일방적인 페이스가 계속되자 포카판은 금방 시들해졌다. 포카 테이블 앞에서 아가씨를 끌어안고 자빠졌던 동창 녀석이 몸을 일으키며 좌우를 둘러보았다.

"야, 우리도 그 대마촌가 히로뽕인가 하는 거 딱 한 번씩만 해보는 게 어때?"

지환의 마지막 상대였던 친구마저 카드를 덮으며 크게 기지개를 켰다.

"느딜 생각은 어때?"

대마초 얘기를 꺼낸 친구가 여자애들을 번갈아 바라보며 의사를 물었다.

"어머머, 누구 쇠고랑 채워서 밥통마저 끊어 놓을 일 있어요?"

여자 애들은 모두 펄쩍 뛰는 시늉을 했다. 지환은 자신이 딴 돈을 대충 계산해 보았다. 7백만원쯤 되는 것 같았다.

"오늘 페이는 내가 하지."

한껏 기분이 좋아진 지환은 우선 백만원권 자기앞 수표를 골라 여자애들 4명에게 한 장씩 나누어주었다.

"이제부터 뭘 할 건데?"

재명이 심드렁한 얼굴로 물었다.

"우선 난 미스 문한테 재도전을 할 일이 있지……."

지환이 상미를 바라보며 한 눈을 찡긋해 보였다.

지환은 3백만원 쯤 돼 보이는 고액권 지폐를 까운 주머니에 쑤셔 박으며 일어섰다.

"야, 방 상무!"

상미의 어깨를 감싸 안으며 침실쪽으로 들어서려는 지환을 재명이 불러세웠다.

"왜?"

고개를 돌려 재명을 바라보며 지환이 한 쪽 눈을 꿈쩍 해 보였다.

"미스 문께 아주 재수가 좋은 모양인데……."

말은 지환에게 하면서 재명의 눈길은 상미의 허리 아래쪽을 훑어내리고 있었다. 얼굴 전체에 음흉한 미소가 꿈틀거렸다.

"그래서?"

지환은 재명의 속셈을 읽었다. 그러나 짐짓 모른 체 딴전을 부렸다.

"내 파트너하고 교환 좀 하지……."

재명은 웃지도 않는 천연덕스런 얼굴로 말했다.

"어머머, 말도 안 돼……."

"미쳤어 정말!"

상미와 재명의 파트너가 동시에 자지러들 듯한 소리를 질렀다.

"아얏!"

그와 동시에 재명의 입에서도 약간은 엄살 섞인 비명이 터져나왔다. 재명의 파트너가 재명의 어딘가를 세차게 꼬집은 모양이었다.

"정말 너무 했어요!"

상미가 재명에게 하얗게 눈을 흘겼다. 그리고 발딱 몸을 돌이킨 상미가 침실쪽으로 먼저 들어섰다.

"미안하지만, 그 제안은 나도 사양하겠어……."

지환은 재명을 향해 어깨를 한 번 들썩해 보이고 돌아섰다.

"야 임마, 귀한 걸수록 친구하고 나눠 먹는 거야……."

등 뒤에서 계속 이죽거리는 재명의 목소리가 들려왔다.

"이번엔 정식으로 하자구."

지환은 까운을 벗어 던지고 팔을 벌렸다. 그러나 상미의 반응은 의외로 새침했다.

"정말 너무들 해요. 마치 창녀들 대하듯 그럴 수 있어요?"

팔장을 끼고 선 채 상미는 어깨로 숨을 쉬고 있었다. 파트너를 바꿔 보자던 재명의 애기가 딴에는 제법 거슬렸던 모양이었다.

"농담 한 걸 가지고 뭘 그래?"

지환이 성큼 다가서며 상미의 나긋한 허리를 나꿔챘다. 이미 침실 바깥쪽 카페트 위에서 게임을 시작한 커플도 있는 모양이었다. 여자 애들의 충치를 앓는 듯한 신음 소리가 들려왔다. 산 마루를 올라가는 증기기관차처럼 헉헉 숨을 몰아 쉬는 동창놈들의 가쁜 숨소리도 들려왔다.

지환은 이번에는 서둘지 않았다. 처음과는 달리 약간은 뾰루퉁해진, 그래서 수동적인 자세로 돌아서버린 상미에게선 새로운 분위기가 느껴졌다. 이미 충분한 공격자세가 갖추어져 있었지만 지환은 급소 공격을 억제했다. 상미의 알몸 구석구석에 침을 바르기 시작했다. 지환의 혓바닥이 상미의 귀구멍에서부터 목덜미, 겨드랑, 빳빳해진 유두, 배꼽과 둔부를 스쳐 허벅지 사이사이까지 침을 발랐을 때 쯤 상미는 서서히 뜨거워지기 시작했다. 지환이 느끼기에도 그것은 첫 번째와는 다른 뜨거움이었다. 발가벗은 상미의 솜털 하나하나를 헤아리듯 천천히 움직이면서 지환은 상미의 신음소리를 들었다. 마침내 상미가 부르짖기 시작했다.

"해줘……."

상미의 하체가 등나무 넝쿨처럼 뒤틀렸다.

"해줘 자기……."

두 눈을 감은 채 상미는 열병 환자처럼 중얼거렸다. 지환의 얼굴에 회심의 미소가 떠올랐다. 이만하면 1회전에서 상미에게 진 빚을 충분히 갚을 수 있다는 계산이 왔다. 상미의 마지막 급소를 공략하려는 순간이었다. 누군가 지환의 등을 손가락으로 가볍게 찔러댔다.

재명이었다. 지환이 돌아보자 재명은 손가락을 입에다 대며 조용하라는 시늉을 했다. 그러면서 재명은 다른 한 손으로 지환의 어깨를 잡아당겼다. 상미로부터 비켜나라는 의사가 분명했다. 지환은 고개를 가로 저었다. 그러나 알몸인 재명의 아랫도리에 시선이 머무는 순간 지환은 자신도 모르게 상미에게서 떨어졌다.

재명은 자신의 그것과는 비교도 안 될 정도의 우람한 심벌을 달고 있었다. 그것은 마치 피가 튕기는 흉기처럼 번쩍거리며 지환을 내려다보고 있었다. 지환이 상미에게서 떨어져 나오자 재명은 마치 산사태가 덮치듯 상미를 덮쳐 눌렀다. 그러나 덮치는 순간 상미가 눈을 떴다.

"안 돼!"

강열한 거부의사를 나타내는 상미의 날카로운 비명이 터져나왔다. 재명이 악소리를 지르며 튕기듯 일어난 것은 거의 동시였다. 재명의 입술에서 피가 흐르고 있었다. 침대 위에 발딱 일어나 앉은 상미가 벗어 던져진 누군가의 까운 자락으로 아랫도리를 감쌌다.

"이 쌍년이……."

손등에 묻어난 피를 바라보며 재명이 으르렁거렸다. 상미가 두 손으로 얼굴을 감싸쥐며 앞으로 폭삭 엎드렸다. 침대 시트 위에 검붉은 핏방울이 후두둑 소리를 내며 떨어졌다.

"야 재명아 너무하는 거 아니냐?"

지환이 재명이 앞을 가로막고 나섰다. 옆방에서 남은 두 녀석과 여자들이 몰려왔다.

"그렇게 떫은 얼굴 하지 마……."

재명이 지환의 어깨를 툭치며 비껴나갔다.

"이럴 순 없어요, 이건 완전히 인격적인 모독이라구요……."

재명의 파트너였던 여자가 양손으로 허리를 짚고 서서 하얗게 눈을 흘겼다.

"인격 모독 좋아하네……."

파트너였던 여자애를 가소롭다는 얼굴로 훑어내리고 재명은 어슬렁 어슬렁 거실 쪽으로 걸어갔다.

이래 저래 오늘 모임은 파장이 되는 것 같았다. 새파랗게 독이 오른 여자애들은 서둘러 화장을 고치기 시작했다. 그 사이에 다시 볼품없이 축 늘어져 버린 심벌을 내려다보며 지환은 주섬주섬 옷을 주워 입었다.

"야! 문상미하고 장신애만 가구 느이덜은 가지 마."

네 여자가 한꺼번에 핸드백을 챙겨들고 나서려는 것을 누군가가 불러 세웠다. 재명의 파트였던 애가 장신애였던 모양이었다. 나머지 두 여자애가 난처한 표정으로 쭈빗거렸다. 그 사이에 문상미와 장신애는 이미 호텔 방을 빠져나갔다.

"재명씨, 오늘 왜 그래요. 재명씨 답지 않게……."

남은 두 여자 중 한 여자가 백을 내동댕이치며 털썩 주저앉았다.

"성희야, 딴 애들루다 두 명 불러내, 오늘밤엔 청평 가서 올나이트다!"

재명이 백을 내동댕이치고 주저앉는 여자애에게 명령하듯 말했다.

"애들이 무슨 콜걸이예요? 전화 한 통으로 오구 가게?"

자세히 보니까 성희라는 여자애는 지금까지의 네 명 중 가장 나이가 들어 보였다. 스물 여섯, 일곱쯤 들어보이는 성희는 한물 간 영화배우쯤 되는 것 같았다. 재명이들 모임에 말하자면 여자를 끌어들이는 역할을 맡고 있는 모양이었다.

"잔소리 말고 어서 전화나 해봐!"

재명이 발로 전화기를 성희 앞으로 밀어 놓았다. 재명은 그때까지 알몸이었다.

"아이, 저질……. 팬티나 좀 입어요……."

말은 그렇게 하면서도 성희는 수화기를 들었다.

"야, 파트너 한 사람만 불러라, 난 아무래도 가봐야 되겠다……."

재명과 성희 중, 누구를 지칭한 것도 아닌 채 지환이 손을 저었다.

"넌 또 왜 그래 김새게?"

재명이 못마땅한 얼굴로 지환을 바라보았다.

"사실은 아까 너한테서 신 검사 얘기 듣고 나서부터 마음이 급해서 그 런데 우리 회사 요새 노조 문제 때문에 좀 골치가 아프거든……."

지환은 자신의 생각을 솔직히 털어놓았다.

"지금 신현수를 만나러 가겠다는 말야?"

재명이 확인이라도 하려는 듯 지환의 표정을 응시했다.

"우리 회사 노조 부위원장 계집애가 운동권 출신의 아주 골수분자거 든……."

"야, 짜샤! 계집애라면 적당한데 끌구 가서 한 방 쑤셔주면 되지 뭘 걱 정이야?"

"혹시, 지환이 재가 그 계집애한테 푹 빠진 건지도 모르지……."

재명과 지환의 대화를 듣고 있던 동창녀석 하나가 불쑥 끼어들었다.

"에라, 인마!"

지환은 동창 녀석에게 크게 인상을 쓰며 감자를 먹였다.

"어떻게 해요?"

성희가 수화기를 든 채 재명에게 물었다. 파트너를 몇 명 불러야 할까 를 묻고 있는 모양이었다.

"오래간만에 영란이나 불러내라."

재명은 금방 심드렁한 말투가 됐다.

"그럼 재미있게들 놀아라, 나 먼저 갈게……."

저고리를 챙겨들며 지환이 손을 내밀었다.

"야 임마, 딴 돈은 내놓고 가."

재명이 반은 장난섞인 표정으로 눈을 부라렸다.

"참 그렇지……."

바지 주머니에서 지환이 돈 뭉치를 꺼냈다.

"나도 일당은 제껴야 하니까……."

그러면서 지환은 돈 뭉치의 삼분의 일쯤은 다시 주머니에 챙겨 넣고 나머지를 거실 바닥에 집어던졌다.

"다음 모임때 꼭 나와."

"현수 만나거든 소식이나 전해라……."

재명과 다른 동창 녀석들의 목소리를 등 뒤로 흘리며 지환은 호텔방을 빠져나왔다. 다섯시도 채 안 된 시간이었다. 주차장에서 차를 끌어내며 하늘을 바라보았다. 해는 아직 중천에 있었다.

신현수를 만나기 위해 다시 성남으로 돌아오면서도 지환은 계속 천상미를 생각하고 있었다. 이미 문상미의 기억은 남아있지 않았다. 문상미에게서 천상미를 연관지으려 했던 좀 전의 사랑놀음이 얼마나 부질없는 일이었는가 실감있게 느껴졌다.

'……혹시 지환이 쟤가 그 계집애한테 푹 빠진 건지도 모르지……'

호텔을 빠져나오기 전, 동창생 녀석이 이죽거리던 한 마디가 자꾸만 신경에 거슬렸다.

지환은 회사로 전화를 걸었다. 통화중 신호가 들려왔다.

"에이 씨……."

공연한 짜증이 또 울컥 목구멍을 넘어왔다. 롯데월드 부근에서 차는 심한 정체현상에 걸려있었다. 잠실에서 복정동 검문소를 통과하는 데만 30분 이상이 걸렸다.

신현수 검사는 다행히 아직 자리에 있었다.

"오래간만이군……."

지환이 들여보낸 명함을 들여다보며 신현수가 다가왔다.

"성남에 잘 왔네."

현수와 악수를 나누며 지환은 현수가 때맞춰 잘 와줬다고 생각했다.

"귀국했다는 소식은 듣고 있었지. 그래 미국 생활은 어땠나?"

방금 인수인계가 끝난 듯 현수의 사무실은 아직 어수선했다. 담당 서기와 여직원이 있는 사무실 안쪽으로 별도의 책상과 쇼파가 놓여 있는 방이었다. 그 방으로 안내하며 현수는 지환의 등을 두드렸다.

"자넨 아주 영감 티가 몸에 배었군……."

현수와 마주앉자 지환은 자신도 모르게 어떤 중압감 같은 것을 느꼈다. 어느새 현수의 검은 뿔테 안경이 흰 머리에 썩 잘 어울렸다.

"그래?……."

현수가 가볍게 어깨를 들었다 놓았다.

"퇴근시간인데 나가서 저녁이나 하지……. 자네 성남 부임을 축하하는 뜻으로 내가 한 잔 사겠네."

지환은 얘기를 하면서 자신도 모르게 짜증이 났다. 오래간만에 만난 고등학교 동창생이 아닌가. 그런데도 '야, 나가서 한 잔 빨자!' 이런 식으로 쉽게 말이 나오지 않았기 때문이었다. 현수에게 똑 떨어지게 해라를 할 수 없는 것은 순전히 현수가 풍기는 분위기 때문이었다.

같은 동창이면서도 재명이들과 어울릴 때면 쉽게 씨팔 야 따위의 육두문자를 써도 부담이 없었다. 그런데 현수에게는 자네 어쩌구 하면서 호칭부터가 달라지고 있었다. 이런 것들이 모두 '검사, 신현수'라는 명패를 등지고 앉아있는 현수의 분위기 때문이라고 생각되자 공연스레 짜증스러워지고 있는 것이다.

"자네 호의는 고맙지만 오늘은 안 돼 회식이 있거든."

현수가 시계를 들여다보았다.

"그래?……."

지환은 한결 더 떱떠름한 기분이 됐다. 부임 첫날이니만큼 당연히 회식이나 선약이 있을 거라고 생각하면서도 현수의 거절 앞에 자존심이 꿈틀거렸다.

"뭐 특별한 얘기가 있는 건 아니지?"

현수가 먼저 엉덩이를 들었다.

"응, 뭐 그런 건 아니구……. 여기 성남에도 우리 동문들이 10여명 들어와 있거든, 모두 연락해서 함께 얼굴들이나 보려구 했는데……."

지환도 자리에서 일어설 수밖에 없었다.

"며칠 지나서 한 번들 만나지……."

현수가 손을 내밀었다.

"그래, 내 전화할게……."

현수의 손을 마주 쥐면서 지환은 억지로 웃었다.

"당분간, 성남 분위기도 알고 하려면 방 상무 자네가 많이 좀 도와줘야겠네……."

복도까지 배웅해 주며 현수는 아까처럼 또 지환의 어깨를 토닥거렸다.

검찰청 마당에서 차를 빼내면서도 지환은 어디로 갈까를 정하지 못했다. 해는 아직 산마루에서 한 뼘 이상 남아있었지만 시간은 이미 여섯시가 지나고 있었다. 회사는 이미 퇴근시간이 지난 후가 아닌가. 차라리 재명이들과 어울려 청평에서 올나이트를 하는 건데 싶은 후회가 들었다. 지환은 다시 서울쪽으로 차의 방향을 잡았다.

워커힐을 지나 교문리 쪽으로 접어들었을 무렵 주위는 어두워져 있었다. 평일인 탓으로 도로는 과히 붐비지 않았다. 교문리 쪽으로 접어들었을 무렵 주위는 어두워져 있었다. 교문리 검문소를 통과하여 한 시간이 채 못되는 시간에 청평에 도착했다. 재명의 별장을 찾아올라가자 일행들은 다시 포카판을 벌이고 있었다. 여자 애들은 물론 동창 녀석들도 멤버가 바뀌어 있었다.

"신현수는 만나봤냐?"

재명은 이미 많이 취해 있었다. 팬티 차림으로 앉아 포카를 하던 재명이 카드를 엎으며 물었다.

"잠깐 얼굴만 보고 왔지……."

저고리를 벗어 아무렇게나 던져놓고 지환은 포카판으로 다가앉았다.

"너 파트너는 현지 조달해야겠다 임마……."

재명의 가슴에서 배꼽 부근으로 위스키가 줄줄 흘러내렸다. 글라스를 비우고 난 재명이 게슴츠레한 눈으로 지환을 건너다보았다.

"여자는 필요없어……."

재명이 내미는 글라스를 받아 지환은 단숨에 들이켰다.

"너, 아까 싹쓸이했다며?"

이름이 얼른 생각나지 않는 동창 녀석이 카드를 돌리며 물었다.

"껌값이지……."

가볍게 응수하며 카드를 펴보았다. 신통치가 않았다. 그러나 객기를 부려 배팅을 했다. 포카판은 밤이 깊어 가면서 점점 액수가 늘어났다. 그러나 지환의 페이스는 이미 아니었다. 계속 돈이 나갔다. 낮에 땄던 돈은 물론이고 백만원권 자기앞수표가 이미 다섯 장쯤 나가고 있었다.

자연히 무리한 배팅을 하게 됐고 새벽이 가까울 때쯤 지환은 깨끗이 천만원을 날리고 말았다.

"고만 끝내지……."

누군가가 먼저 그런 제안을 했다.

"쓰벌, 오늘 피봤네……."

빈 지갑을 털어보이며 지환이 쓰게 웃었다.

"나 먼저 일어서야겠다……."

개평으로 받은 백만원 수표 두 장을 지갑에 챙겨넣고 지환이 먼저 일어섰다.

가랑비가 내리고 있었다. 별장을 빠져나온 지환은 기어를 5단으로 변속하고 액셀레이터를 밟기 시작했다. 청평 읍내를 막 빠져 나오는 순간 헤드라이트 속으로 뛰어드는 허연 물체가 있었다. 지환은 급브레이크를 밟았다. 앞 범퍼에 가벼운 충격을 느끼며 차가 멎었다.

순간적으로 자신이 누군가를 차로 치었다는 느낌은 들지 않았다. 그러나 그런 가능성마저 배제할 수는 없었다. 지환은 차창밖을 내다보았다. 스카이라인이 분명하게 드러나면서 희붐하게 트여오는 거리에는 아직 인기척이 없었다. 밤을 새운 피로와 몽롱한 취기로 인해 헛것을 본 게 아닌가 싶었다. 그것은 지환의 무의식적 바램이기도 했다. 자신의 마음을 정리하면서 지환은 천천히 도어를 열고 차에서 내렸다.

그러나 다음 순간 지환은 숨을 급히 들이마시며 한 걸음 뒤로 물러섰다. 약 5미터쯤 전방에서 한쪽 다리를 끌며 비척거리고 다가오는 사내가 있었다. 지환이 뒷걸음질을 칠 때쯤 사내는 차 앞으로 다가와 본네트 위에 털썩 엎어졌다. 얼핏 보기에 30대 중반쯤의 사내는 왼쪽 팔이 팔꿈치 밑에서 뭉청 잘라져 나간 불구였다.

"여보세요, 정신차리세요……."

지환은 황급히 다가가서 본네트 위에 엎드러진 사내의 한쪽 어깨를 흔들었다. 사내가 신음소리를 내며 하나뿐인 손으로 본네트를 짚고 천천히 몸을 일으켰다. 사내의 오른쪽 이마 위에서 한 줄기 피가 흘러내리고 있었다.

"어서 병원으로 갑시다……."

지환은 사내의 한쪽뿐인 팔을 부축해서 차에 태웠다.

"이 동네 분이시면 어디 가까운 병원으로 갈까요?"

자동차 뒷좌석에 사내를 태우고 운전석으로 돌아와 앉으며 지환이 물었다.

"당신 술 먹었군……."

뒷좌석 시트에 비스듬히 몸을 기댄 채 사내가 지환을 노려보았다.

"친구들하고 모임이 있어서 조금……."

생각보다 일이 귀찮게 될 것 같았다. 그러나 딱 잡아 뗄 수는 없었다. 지환은 순순히 자신이 술을 마신 사실을 시인했다.

"서울로 가!"

사내의 말투는 이미 명령조였다. 지환은 묵묵히 차를 출발시켰다. 다시 속력을 내면서 지환은 룸 밀러로 뒷좌석의 사내를 살펴보았다. 사내는 이마에서 흐르는 피도 닦지 않고 있었다. 핏줄기는 사내의 관자놀이 부근을 지나 턱밑에서 목덜미께로 흘러내리고 있었다. 없어진 한 쪽 팔만 아니라면 사내의 이목구비는 번듯했다. 옷차림도 제법 깨끗했다. 서른 일곱이나 여덟쯤으로 보이는 사내는 막노동자 같지도 않고 그렇다고 농부도 아닌 듯했다. 괴로운 듯 이따금 이맛살을 찡그릴 때면 눈매가 약간 불량스러워 보였다.

"종합병원 응급실로 가!"

교문리로 들어설 때쯤 사내가 지시했다.

아니꼽다는 생각이 고개를 들었다. 그러나 룸 밀러를 통해 곱지 않은 눈길을 보냈을 뿐 내색은 하지 않았다. 지환은 E대학부속 병원을 떠올렸다. 고교 동창 하나가 외과 전문의로 있었기 때문이었다.

서울 시내도 아직은 차가 붐비지 않았다. 망우리에서 동대문까지도 10분도 채 안 걸렸다. 사내가 응급실에서 치료를 받는 사이에 지환은 사내의 입원수속을 밟았다. 입원실이 없다던 원무과 직원은 지환이 명함 한 장과 10만원권 수표 한 장을 내밀자 금방 반색하며 입원실을 알아보겠다고 했다.

"입원 수속을 밟아야겠는데 당신 이름이나 압시다."

지환의 불편한 심사는 고분고분한 말투가 되어주질 않았다. 응급실에서 외상치료를 끝내고 링겔 주사를 맞고 있는 사내에게 지환이 명함 한 장을 내밀었다.

"이 회사 성남에 있는 거 아뇨?"

지환의 명함을 들여다보던 사내가 알 듯 모를 듯한 미소를 떠올렸다.

"우리 회사를 아쇼?"

지환은 사내의 표정에서 어떤 움직임 같은 것을 발견하려는 듯 사내를 내려다보았다.

"나도 성남서 한 10여년 살았시다……. 나 김상철이요."

김상철은 뭔가 생각하는 얼굴로 눈을 감은 채 말했다.

"그렇다면 잘됐어요, 입원수속은 다 취해 놨으니까 다른 일이 있으면 나한테 연락을 하기로 합시다. 지금 급히 회사로 가봐야 되기 때문에 ……."

지환은 말을 마치지 못했다. 김상철이 그 불량스러워 보이는 두 눈을 번쩍 뜨며 노려보았기 때문이었다.

"여보슈, 당신 지금 내가 병신이라고 사람 우습게 보는 모양인데……."

엄살인지. 정말 통증 때문인지는 모르지만 상철은 말을 멈추고 어금니를 깨물며 크게 인상을 썼다.

지환은 아무래도 잘못 걸렸구나 싶었다. 그리고, 그런 지환의 예상은 들어맞았다.

"당신, 음주운전에 인사 사고면 당장 구속되는 거 알아?"

지환의 명함을 꼬깃꼬깃하게 비틀며 상철은 지환을 노려보았다.

지환은 대답 대신 어금니를 주근주근 씹었다.

"물론, 상무님 정도 되시면 바쁘시겠지……."

상철은 계속 빈정거리는 투로 말했다.

"일단, 가시고 싶으시면 자인서나 한 장 써 놓고 가슈."

어떻게 하겠느냐는 투로 상철은 지환을 올려다보았다.

"얼마를 요구하는 거요?"

지환은 단도직입적으로 물었다. 어차피 합의를 봐야 할 일이라면 빠른 게 좋다는 생각을 했다.

"당신 같은 돈 푼 깨나 있는 사람들, 매사를 돈으로 해결하려는 그 태도가 난 비위에 안 맞아."

상철은 이제 완전한 시빗조였다. 지환은 조금씩 초조해지기 시작했다.

"내가 자인서를 못 쓰겠다면 어떻게 하겠다는 거요?"

"그야, 당장 경찰에 신고하는 수밖에……."

상철은 다시 또 슬그머니 눈을 감았다.

"당신 말대로 합시다."

짧은 침묵을 사이에 두고 지환이 말했다.

"그렇게 하는 게 신상에 이로울 거예요……."

상철은 정말 고통스러운 듯 얼굴을 찡그리며 눈을 감았다.

지환은 주머니를 뒤져보았다. 마땅한 필기 도구가 있을 리 없었다.

"매점에 가서 종이하고 볼펜을 사와야겠소"

상철의 대답을 기다릴 필요도 없이 지환은 입원실을 나왔다. 심한 갈증이 느껴졌다. 우선 매점에서 음료수 캔 하나를 뜯어 마셨다. 백지와 볼펜을 사들고 상철의 방으로 돌아가려던 지환은 그럴 필요가 없다 싶었다. 병원 복도의 딱딱한 나무의자에 앉아 자인서를 썼다. 자신이 생각하기에도 한심한 생각이 들었다. 그러나 급한 발등의 불은 끄고 보아야 할 일이었다.

'8월 14일 새벽 5시 40분경 경춘국도 상행선 청평 부근에서 본인의 승용차로 김상철씨를 부상케 한 사실이 있음'이라고 쓰고 서명 날인을 했다.

"자인서 여기 있소"

병실로 돌아온 지환이 상철의 눈앞에 자인서를 펴보였다.

"당신 안 되겠구만……."

자인서를 읽어보고 난 상철이 흰 자위가 많은 눈을 치켜 떴다.

상철이 무엇을 말하는지를 지환은 알고 있었다. 자신이 술에 취해 있었다는 사실을 지환은 의식적으로 자인서 속에서 밝히지 않았기 때문이었다. 지환은 말없이 상철을 내려다 보기만 했다.

"이걸, 자인서라고 쓴 거요?…… 가장 중요한 건 당신이 술에 취해 있었다는 사실이야, 그걸 빼고는 자인서가 안 돼……."

상철은 다시 스르르 눈을 감으며 아예 고개를 돌려 버렸다. 쓰기 싫으면 그만두라는 투였다. 여유가 만만해 보였다.

지환은 시계를 들여다보았다. 9시가 다 되어 가고 있었다. 병원 복도도 이미 아까보다 훨씬 수선스러워지고 있었다.

지환은 손에 들고 있던 자인서를 꾸겨 쥐었다. 자신이 느끼기에는 취기는 완전히 가신 것 같았다. 적당히 조금만 더 시간을 끈다면 비록 김상철이 경찰에 신고를 한다고 하더라도 음주 사실이 체크될 것 같지는 않았다. 지환은 잠시 망설였다.

"당신이 지금 적당히 시간을 끌어서 술이 깨기를 기다리고 있다는 걸 알아……. 정각 9시면 난 경찰에 신고를 할 거야."

상철은 생각보다 훨씬 교활했다. 지환의 속셈을 손바닥처럼 읽고 있었다. 눈도 뜨지 않은 채 그런 말을 했다.

얄팍한 계산을 지환은 금방 포기했다.

상철의 머리맡에 놓여 있는 환자용 소탁자 위에 허리를 굽혀 다시 자인서를 쓰기 시작했다.

'본인은 술에 취한 상태에서……'

자인서를 다 쓴 후 도장을 찍었다.

"이만하면 됐소?"

지환은 다시 자인서를 상철의 눈앞에 펼쳐 보였다.

"접어서 내 머리맡에 넣어두쇼"

베개 위에서 상철이 머리를 약간 들어보였다. 불끈 또 배알이 뒤틀렸다. 그러나 지환은 꾹 눌러 참았다. 자인서를 4등분으로 접어 상철의 베개 밑에 넣어주었다.

"난 이만 가보겠소"

지환이 돌아섰다.

"방 상무님, 용돈이라도 좀 내놓고 가시지……."

병실 문 앞에서 지환이 홱 돌아섰다. 그러나 상철은 태연히 눈을 감고 있었다.

"개새끼!"

상철에게는 들릴 듯 말 듯 지환은 부르짖었다. 주머니에서 지갑을 꺼냈다. 두 장 뿐인 백만원권 수표 중에서 한 장을 꺼내 상철의 침대 위로 집어던졌다.

"잘 먹고 잘 살아라……."

병실을 나서며 지환은 소리내어 중얼거렸다. 성남까지 오는 데는 한 시간 이상이 걸렸다. 열 한시가 가까워서야 사무실에 들어섰다.

"생산2과장 올라오라고 해요……."

천상미의 출근 여부부터 알아보기 위해 생산2과장을 불러 올렸다.

5분쯤 지나자 생산2과장이 결재판을 들고 나타났다.

"천상미씨 출근했습니까?"

지환은 우선 상미의 일부터 물었다. 자신이 생각하기에도 뭔지 모르게 서두르고 있다고 지환은 알고 있었다.

"그렇지 않아도 천상미씨 일 때문에 아까부터 상무님을 기다리고 있었습니다만…… 천상미씨가 휴가원을 냈습니다……"

생산과장은 지환의 책상 앞으로 다가서며 결재판을 펼쳐 보였다.

"천상미씨 지금 아래 있습니까?"

까닭을 분명히 알 수 없는 노여움이 관자놀이로 치솟았다.

"예, 아직 있습니다."

"당장 올려 보내세요."

지환은 과장에게 소리를 벌컥 질렀다.

"알겠습니다."

과장이 물러가고 10분쯤 지나서 노크소리가 들려왔다.

"들어와요."

빙그르 회전의자를 돌려 출입문 쪽을 등지며 지환이 대답했다.

"부르셨습니까? 상무님."

차분하게 가라앉은 천상미의 목소리가 들려왔다.

"천상미씨, 연차휴가는 다 이용하지 않았나요?"

고개만 돌려 지환이 물었다.

"집에 급한 일이 생겨서요……"

"이경민군의 일이 집안 일입니까?"

지환은 비로소 상미를 향해 빙글 의자를 돌려 앉았다.

"이경민씨 일과는 상관없는 일입니다."

상미의 도전적인 눈빛이 지환의 시선을 정면으로 받았다.

"그래요?"

지환은 상미의 위 아래를 훑어보았다.

"이경민군의 구속사건과 천상미씨의 휴가원은 무관하다 이겁니까?"

"그렇습니다."

분명한 대답이었다. 상미의 자세에선 추호의 허점도 찾아 볼 수 없었다.

"그렇다면, 그 집안 일이라는 걸 구체적으로 설명해 줄 수 있나요?"

지환은 자꾸만 상미 앞에서 조급해지려는 자신을 한 템포 늦추며 담배를 피워 물었다.

입술을 꼭 다물며 상미는 뭔가 골똘히 생각하고 있었다. 시선을 발등으로 떨어뜨린 상미의 양미간에 잔잔한 주름살이 그려졌다.

'분명한 이유 없이는 난 이 휴가원에 결재를 할 수 없어요.'

억지로 느긋해지려고 안간힘을 쓰지만 마음대로 되지 않았다. 지환은 상미의 대답을 기다리지 못하고 또 조급해지고 있었다.

"아버님이 경찰에 구속 되셨습니다……."

아랫입술을 재근재근 깨물던 상미가 고개를 들어 정면으로 지환을 바라보았다.

지환으로서는 전혀 예기하지 못했던 대답이었다.

"그래요? 무슨 일로요?"

지환의 말은 거기서 끊어졌다. 비서실 아가씨의 목소리가 인터폰에서 들려왔기 때문이었다. 그 인터폰 목소리를 들으며 상미는 흠칫 놀랐다. 비서실 아가씨는 분명히 '김상철이라는 분에게서 급한 전화가 와 있습니다'라고 말하고 있었다. 그러나 상미는 금방 속으로 고개를 흔들었다. 설마 그 김상철이 아닌 동명이인일 것이라는 생각이 들었기 때문이었다. 남자 이름으로 김상철이라면 흔하고 흔한 이름 아닌가……. 그러나 상미는 자신도 모르게 방 상무의 전화에 신경을 곤두세웠다.

"진단이 4주나 났단 말이요?"

지환은 약간 격앙된 목소리로 전화를 받고 있었다.

"그래서요?"

상미가 들을 수 있었던 대화 내용은 그것뿐이었다. 역시 동명이인인 모양이라고 상미는 편하게 생각하기로 작정했다. 그러나 어젯밤 그 악몽 같은 기억이 주마등처럼 되살아났다. 그 치욕적인 기억을 떨어내기 위해 상미는 크게 고개를 흔들었다.

"알았소, 8시까지 병원으로 가겠소."

전화 통화가 끝나자 방 상무는 마치 집어던지듯 거칠게 수화기를 내려놓았다.

"나가 봐도 되겠습니까?"

상미가 약간은 조심스럽게 지환에게 물었다.

"아버님이 정식으로 구속이 되셨나요?"

지환은 상미가 생각할 때 의외일 정도로 집요하게 관심을 보였다.

"네."

상미는 극히 사무적인 대답을 했다.

"그런 일이라면 진작 나한테 얘기했드라면 좋았을 텐데 그랬군요……."

지환은 자리에서 벌떡 일어나 뒷짐을 진 채 방안을 거닐기 시작했다.

"……."

상미는 더 이상 대답하지 않아도 좋다고 생각했다. 실은 아버지의 일 못지 않게 경민의 일도 궁금했다. 변호사 사무실에 들러 경찰서도 가봐야 하고 경민의 소식도 수소문해 봐야 할 일이었다. 마음이 한없이 초조했다.

"우선, 마음이 급할 테니까 휴가원은 결재를 하지요……. 경찰관계 일 이라면 언제든지 나한테 직접 상의해 주시오……."

상미의 마음 속을 읽은 것 같았다. 더 이상 상미를 붙잡아 두어야 할 명분이 없는 지환은 상미에게 나가도 좋다는 눈짓을 보냈다.

혹시 김상철이라는 분 왼쪽 팔 하나가 없는 분 아닌지요 라고 묻고 싶 은 것을 상미는 참는다.

"그럼……."

가벼운 목례를 보내고 상미는 지환의 방을 나왔다. 생산과로 내려와 옷 을 갈아입고 나오면서 상미는 별 수 없이 과장에게도 간단히 아버지 얘 기를 했다. 정문 앞에서 택시를 탔다. 그러나 운전기사가 어디로 가느냐고 물었을 때 상미는 망설였다. 아버지의 일도 급했지만 상미가 서두른다고 될 일이 아니었다. 경찰서나 변호사를 만나는 일보다 지나치는 길이라면 삼광전기엘 들러 경민의 안부를 알아보는 일도 급한 일이었다.

"4공단 쪽으로 가주세요……."

택시가 이미 4거리 한 개를 지났을 무렵에야 상미는 행선지를 말했다. 운전기사가 노골적으로 화난 얼굴을 하며 차를 급히 우회전시켰다.

삼광전기 노조 사무실은 텅 비어 있었다. 운동장 한 구석 나무 그늘 밑에 삼삼오오 모여서서 얘기를 나누고 있는 직원들 쪽으로 걸어가는데 누군가가 반색을 하며 마중나왔다.

"이경민 위원장 만나러 오셨군요……."

한 두 번쯤 안면이 있어 보이는 남자는 삼광의 노조 간부였다.

"네 수고들 많으십니다……."

상미는 대뜸 경민의 소식을 묻기가 쑥스러워 인사치례부터 했다.

"이 위원장은 어젯밤 모처에서 철야로 조사를 받고 조금 전 경찰서로 넘어왔습니다."

상미가 묻고 싶은 말들을 그 노조 간부가 먼저 들려주었다.

"네, 그렇게 됐군요…… 같이 연행됐던 다른 분들은……."

역시 인사치례였다. 마음 같아선 후딱 발길을 돌리고 싶었지만 건성으로 상미는 노조의 일을 물었다.

"경찰서로 가 보시겠습니까?"

정문 앞까지 따라나오며 노조 간부는 친절을 베풀었다.

"네 지금 그리 가보겠습니다……."

"면회가 되는지 모르겠습니다만 조금 있다 저도 경찰서로 갈 겁니다."

그는 친절하게 택시를 잡아 문까지 열어주었다.

"아저씨 경찰서로 가주세요."

택시 뒷좌석의 문을 닫으며 상미가 말했다.

경찰서에서 우선 상미는 아버지부터 면회를 신청했다.

아버지는 하룻밤새 얼굴이 꺼칠하게 수척해 보였다.

"뭣헐러고 또 왔냐……."

그러나 목소리만은 아직 살아 있었다.

"식사는 제대로 하셨어요?"

흰 수염이 더 많이 섞인 아버지의 턱수염을 바라보자 상미는 공연히 콧날이 시큰해 왔다.

"맘 편케 묵고 있으랑게 뭣헌다고 잠도 못잤냐? 얼굴이 많이 상했다……."

달수는 오히려 상미의 까칠해진 얼굴을 나무랐다. 그 소리에 목구멍마저 얼얼해 왔다. 꿈틀거리며 되살아나려는 어젯밤의 악몽 같은 기억들을 상미는 기를 쓰며 억눌렀다.

"변호사 얘기로는 구속적부 심사가 가능할 거라고 했어요…… 빠르면 2, 3일 안으로 나오실 수 있을 거라구요……."

말끝에 자꾸만 울음이 묻어 나오려고 했다.

"조급허니 서둘 것 없다. 나는 편케 있응께……."

달수는 헛기침을 했다. 상미 앞에서 의연하게 보이려는 허세라는 것쯤 상미가 모를 리 없었다.

"참, 그나저나 그 경민인가 허는 놈 혹시 뭘 잘못 저지른 건 아니냐?"

달수가 문득 생각난 듯 상미의 얼굴을 똑바로 바라보며 물었다.

"왜요, 아버지?"

상미는 우선 그렇게 반문하는 수밖에 없었다.

"내가 잘못 봤는가도 모르겠다만은 여기 나옴서 본께 방금 유치장으로 들어오는 놈이 꼭 경민인가 그놈 같드만……."

달수의 얼굴에 놀라움과 의혹이 반반씩 섞인 긴장된 표정이 떠올랐다.

"경민씨네 회사에서 노사분규가 있었어요……."

경민이 어차피 경찰서에 수감된 이상 아버지의 눈에 뜨일 것은 당연했다. 아버지가 경민을 오해하기 전에 차라리 전후사정을 아버지에게 얘기하는 게 낳을 것 같았다. 상미는 경민의 구속된 사실을 아버지에게 솔직히 시인했다.

"허면, 그놈이 바로 주동자란 말이냐?"

달수의 놀라움은 이미 노여움으로 변하고 있었다. 얼굴이 달아오르면서 목소리도 한 옥타브쯤 높아졌다.

상미는 난감해졌다. 아버지에게 노동운동을 이해시키는 일은 결코 쉬운 일이 아니라는 생각이 들었기 때문이었다.

"경민씨가 회사 노조위원장이거든요, 위원장은 노동자를 대표해서 회사 측에……."

상미의 말은 중간에서 잘려나갔다.

"듣기 싫다!"

달수가 별안간 쾌액 소리를 질렀다.

"위원장이나 주동자나 그 소리가 그 소리 아니겠냐? 지 배때지 따뜻하도록 월급주는 회사에 돌맹이 던지고 불지르는 놈헌테 너를 줄 수 없응께 그리 알어."

아버지의 불 같은 성미를 누구보다 잘 아는 상미였다. 지금 당장 아버지를 설득시키기는 돌 부처를 돌아앉게 만들기보다 어려울 것 같았다. 상미는 아무 말도 하지 못하고 고개를 떨어뜨렸다.

"이 놈이 우리 방으로 들어와 있기만 해봐라, 내 당장 너한테서 손을 떼도록 모가지를 비틀어 놓기여!"

말을 끝내기도 전에 달수는 획 돌아섰다. 그뿐이었다. 상미는 더 이상 어째 보지도 못하고 면회실을 물러서는 수밖에 없었다. 그러나 경민의 면회 가능여부라도 알아볼 생각으로 다시 조사계 사무실로 들어서는데 조금 전 경민의 회사에서 만났던 노조 간부 한 사람이 50대 중반 쯤의 중년부인을 앞세우고 조사계 사무실에서 나오고 있었다. 상미는 직감적으로 그 중년 부인이 경민의 어머니라고 알아차렸다.

"아, 마침 오시는군요……."

노조 간부가 상미에게 반색을 했다.

"어떻게 됐나요?"

경민의 어머니라고 짐작되는 중년 여인에게 가볍게 목례를 보내고 상미는 노조 간부를 바라보았다.

"면회 허가를 받았습니다……. 참 인사하시지요. 이경민 위원장 모친 되십니다."

노조 간부가 상미와 경민 어머니를 번갈아 보며 소개시켰다.

"미스 천은 이경민 동지와는 뜻을 같이 하는 가까운 사입니다. 어머니……."

상미가 사뿐히 허리를 굽혔다.

"처음 뵙겠습니다……."

"색시가 바로 상미라는 그 색시로군……."

경민 어머니가 스스럼없이 상미의 손을 덥썩 잡았다.

"경민씨가 집에서 제 얘기를 했나요?"

마디가 굵은 나무토막 같은 손이었다. 그러나 그 투박한 손길에서 상미는 경민의 체취를 느낄 수 있었다. 경민 어머니의 손을 두 손으로 포개

쥐며 상미가 물었다.

"그럼 하다마다……. 어찌나 입에 침이 마르도록 자랑을 하는지 원…….
내가 진작부터 한 번 보고 싶었다오……."

경민 어머니가 콧물을 들이마셨다.

"말씀 낮추세요. 어머님……."

상미는 공연히 자꾸만 목이 메인다.

"자, 말씀들은 이따 나누시고 우선 면회부터 하시죠"

경민 회사의 노조 간부가 상미와 어머니의 주위를 일깨웠다.

"이쪽으로 들어가세요. 어머님……."

경민의 어머니를 어머님이라고 자연스럽게 불러지는 자신에게 상미는
흠칫 놀라고 있었다.

면회실로 들어서서 1분쯤 지나자 철창 저쪽에서 경민이 나타났다.

"죄송합니다. 어머니……."

어머니를 향해 경민은 밝게 웃었다. 상미에게는 눈빛으로만 인사를 보
냈다.

"경민아!"

그 한 마디뿐 어머니는 말을 잇지 못했다. 손수건으로 얼굴을 가리며
어머니의 어깨가 크게 출렁거렸다.

"어머니 아무 걱정 마세요. 잘못한 게 없으니까 곧 나가게 될 거예
요……."

경민의 얼굴에서 어느새 웃음이 사라져 있었다.

"배는 안 고프냐?"

손수건에서 얼굴을 떼며 어머니가 입을 열었다.

"이 안에서두 먹을 건 다 먹으니까 걱정하지 마세요."

어머니에게 말하면서 경민은 웃고 있었다. 상미가 늘 좋아했던 희고 정
갈한 이를 드러내며 중학생처럼 순진하게 웃는 그 미소였다.

"어디 아픈 데는 없구?"

경민의 티없는 미소가 어머니에겐 그래도 미덥지가 않다. 말 꼬리에선
여전히 물기가 묻어나왔다.

"아프긴요……. 보시다시피 이렇게 멀쩡하지 않아요 엄마."

상미는 자신도 모르게 쿡쿡 웃음을 깨물었다. 양 팔을 구부려 알통을 만들어 보이는 경민의 모습도 우스웠지만 말 끝에 엄마라는 호칭이 딸려 나오는 데도 웃지 않을 수가 없었다.

"상미씨. 우리 엄마 어때? 첫인상은 좀 무서워 보이지만 젊으셨을 땐 대단한 미인이었다구…… 안 그래요. 엄마?"

경민은 계속 빙글거리는 웃음을 지어내고 있었다. 상미와 어머니를 번갈아 보며 경민은 유치원 어린이 같은 몸짓과 말투를 흉내냈다.

"네가 나를 웃기려는구나……."

경민의 대견한 몸짓과 말투가 어머니를 조금은 편안하게 하는 것 같았다. 어머니의 입가에도 작은 웃음조각 하나가 보일 듯 말 듯 떠올랐다.

"한 부장!"

경민은 어머니와 동행한 노조 간부를 그렇게 불렀다.

"동료들한테 내 걱정은 하지 말라고 전해 주십시오. 그리고 늘 하는 애기지만 절대로 과격한 행동들은 사세하도록 일러주세요. 우리의 시위는 어떤 일이 있어도 비폭력 무저항의 원칙을 철저히 지켜야 합니다……."

한 부장에게 얘기할 때의 경민은 이미 엄마를 부를 때의 경민이 아니었다. 고집스레 뻗어내린 콧날과 잘 어울리는 유난히 숱이 많은 검은 눈썹이 미간으로 모아지는 진지한 표정에서는 결연한 의지마저 엿보였다.

"시간 다 됐습니다."

경민의 옆에 서 있던 입회 경찰관이 시계를 들여다보며 말했다.

"상미, 우리 엄마 가끔 찾아 뵙고 위로 좀 해 드려……."

돌아서기 직전에 경민은 상미를 바라보았다. 많은 말들이 담겨 있는 눈빛이었다. 상미는 말없이 고개만 끄덕였다. 입을 열면 걷잡을 수 없는 울음이 봇물처럼 터져나올 것 같았다.

"아버지가 무슨 말을 하시더라도 이해해요…… 오빠."

이미 돌아서버린 경민의 등을 향해 상미는 가까스로 한 마디했다. 그러나 경민은 아무런 반응도 없이 면회실을 빠져나갔다.

"가세요 어머니!"

어느새 또 손수건으로 눈물을 찍어내는 경민 어머니의 손을 상미가 가만히 잡아 끌었다. 고맙다는 뜻일까. 어머니는 천천히 고개를 끄덕였다.

"아야 상미야!"

복도를 마악 돌아나가려는데 누군가 호들갑스럽게 상미를 불렀다. 함평댁이었다.

"아줌마……."

상미는 공연히 약간 난처한 기분이 되어 경민 어머니의 손을 놓고 돌아섰다.

"아버지 면회는 했냐?"

함평댁이 수다스런 몸짓으로 다가섰다. 상미보다는 경민 어머니에게 더 관심이 가는 듯한 눈빛이었다.

"예, 방금 만나뵈었어요."

"헌디 저 아줌씨는 누구다냐?"

함평댁이 경민 어머니 쪽을 힐끔거리며 물었다.

"제가 잘 아시는 분 어머님이세요."

상미는 우선 그렇게 설명하는 수밖에 없었다.

"허면, 니 시어머니 될 사람인가베?"

"나중에 말씀드릴게요."

"그래. 느그 아부지를 이런 데서 만나서 쓰겠냐? 초대면일 것인디?"

함평댁은 경민 어머니에 대해 상미가 짜증스러울 정도로 관심을 나타냈다.

"전 지금 변호사도 만나봐야 하고 바쁘거든요……. 아버지 면회 하실려면 하시고 뒤에 나오세요."

함평댁의 말대꾸를 하고 있으려면 한이 없을 것 같았다. 상미는 함평댁에게 고개를 숙여보이고 돌아서서 빠른 걸음으로 복도를 걸어나왔다.

"어머님은 댁으로 가셔야죠?"

경찰서 정문 앞에서 상미는 경민 어머니를 위해 택시를 잡으려고 했다.

"아니야, 난 주공아파트로 가야 해……."

경민 어머니가 한사코 거절하는데도 상미는 택시를 세웠다.

"어머님 타고 가세요, 그리고 이건……."

떠다밀듯 경민 어머니를 차에 태우고 난 상미는 급히 핸드백을 열어 만원권 지폐를 있는 대로 빼들었다.

"며칠 있다 댁으로 찾아뵈올게요……. 마음 편히 잡수시고 입맛 당기는 대로 뭐든지 사서 드세요……."

막무가내로 손을 내젓는 경민 어머니 손아귀에 돈을 쥐어드리고 상미는 잽싸게 택시 문을 닫았다. 짜증스런 얼굴로 두 사람의 실갱이를 지켜보던 운전기사가 문이 닫히기 무섭게 출발했다.

"미스 천은 어디로 가실 겁니까?"

노조의 한 부장이 상미에게 물었다.

"전 또 다른 일이 있어서 시청앞까지 가야 해요."

이미 열두 시가 가까워오고 있었다.

"그럼 전 먼저 실례하겠습니다."

한 부장은 상미에게 목례를 보내고 방금 떠나려는 버스 위로 뛰어올랐다. 상미는 버스정류장 부근에서 한참을 서 있었다. 어디로 가야 할지가 얼른 생각나지 않았다. 갑자기 방향감각을 상실해 버린 것 같았다. 무척 할 일이 많은 것 같기도 하고 또 어찌 생각하면 자신이 할 수 있는 일은 아무것도 없는 것 같기도 했다.

정수리로 내려꽂히는 햇살이 아리도록 따가웠다. 전신에 후줄근한 땀이 흐르기 시작했다. 방향을 정하지 못한 채 상미는 무턱대고 걷기 시작했다.

"현금으로 5백만원만 준비해줘요."

지환은 인터폰으로 경리과장에게 지시했다.

"현금입니까?"

경리과장이 확인하듯 물었다.

"그래요."

인터폰의 수화기를 내려놓으며 지환은 김상철의 그 야비한 미소를 떠올렸다. 놈에겐 역시 수표 따위보다는 현찰이 더 어울릴 거라는 생각을 했다.

경리과로 내려와 과장이 전해주는 현금 봉투를 받아들고 지환은 차에 올랐다.

'……개자식, 아예 그냥 밀어버릴 걸…….'

성남 시내를 빠져나오며 지환은 문득 그런 생각을 했다. 자신의 실수라기보다는 김상철이 마치 신문지상에 오르내리는 자해공갈단 같다는 생각이 들었기 때문이었다. 커브 길도 아닌 쭉 뻗은 국도에서 길을 건너려던 김상철이 헤드라이트의 불빛을 못 봤을 리 없을 것 같았다. 자신이 시속 1백 킬로미터 정도의 과속으로 달리긴 했지만 다가오는 불빛을 봤다면 상철이 횡단을 중지할 시간적 여유는 충분히 있었을 것 아닌가. 생각은 엉뚱한 비약을 했다.

청평 호반의 별장 쪽에서 새벽에 내려오는 고급 승용차라면 으레 술기운이 있는 운전자일 경우가 많다는 치밀한 계산을 한 김상철이 타이밍을 맞춰 차에 뛰어든 것은 아닐까? 생각이 여기까지 미치자 김상철이 틀림없는 자해공갈배라는 느낌이 굳어졌다. 그러나 증거는 없었다. 심증만으로는 김상철을 몰아부칠 수는 없는 노릇이었다. 그리고 이미 칼자루는 상철이가 쥐고 있는 형편 아닌가. 결국 5백만원쯤 던져 주는 수밖에 없다는 마음을 굳혔다.

지환이 상철의 병실에 들어섰을 때 상철은 침대 위에서 통닭을 뜯고 있었다.

"어서 오슈."

손등으로 입언저리를 쓰윽 닦아내며 상철은 느글느글한 미소를 그려냈다.

"나, 바쁜 사람이요, 단도직입적으로 얘기를 끝냅시다."

상철의 여유만만한 표정에 지환은 배알이 뒤틀리는 것 같다. 그런 불편한 심기가 말투에 나오고 있음을 지환은 안다.

"화끈한 건 나도 좋아하는 놈이요."

지환의 못마땅한 심사를 상철은 한눈에 느낀 모양이었다. 도전적인 눈빛이 되어 상철은 지환을 올려다보았다.

"얼마에 합의를 하겠소?"

"얼마를 내놓겠다는 건지 댁에서 먼저 말해 보슈."

지환의 말투를 상철은 그대로 흉내내고 있었다.

"5백."

지환이 짧게 응수했다.

"농담이시겠지."

혓바닥으로 이빨 사이에 닭고기를 훑어내던 상철이 '퉤' 소리를 내며 입 밖으로 닭고기 부스러기를 뱉어냈다.

"내 말이 농담으로 들린다?"

지환의 인내는 이미 무너지고 있었다. 반말이 튀어나왔다.

"진담이었다면 얘기는 끝난 걸로 합시다."

여유가 있는 건 역시 상철이 쪽이었다. 그때까지 침대 위에 풀어져 있던 비닐봉지 속에서 닭다리 한 개를 찾아냈다. 앞에 지환이 서 있다는 것쯤 아랑곳 할 바 아니라는 듯 상철은 맛있게 닭다리를 뜯었다.

"당신 자해공갈범 아니야?"

어금니를 깨물며 지환이 주먹을 불끈 쥐었다.

"그렇게 생각하는 게 편하다면 차라리 경찰에 신고를 하시지 그래?"

상철은 지환을 가들떠 보려고도 하지 않았다. 살점을 다 뜯어먹은 닭다리를 으드득 소리까지 내며 열심히 깨물고 있었다. 이미 상철과의 승부에서 자신이 한 수 늦고 있다는 설 시환은 깨달았다.

"얼마를 요구하는 거요?"

지환이 한 걸음 물러섰다.

"큰 거루 두 장만 주쇼."

"2천?"

'야, 이 도둑놈아' 소리가 목구멍까지 기어오르는 걸 지환은 가까스로 참는다.

"물론 당신이 다 내놓으리라곤 생각하지 않지…… 어차피 흥정이라면 그쯤에서부터 시작해보자는 거요."

상철은 지환을 손바닥 속의 공기돌처럼 가지고 놀고 있었다. 느긋한 표정으로 담배까지 피워물었다.

"당신 완전히 상습적이군……."

지환은 기껏해서 그런 정도의 대꾸 밖에 할 수 없는 자신에게 화가 났다.

"분명히 말하겠습니다. 난 상습법도 아니고 자해공갈범도 아니요. 따라서 이런 기회가 자주 있는 것도 아니고, 난 단지 내 불행을 전화위복의 계기로 삼아서 당신에게 최대한의 액수를 받아내야 하겠다고 생각하고 있는 것만은 틀림 없소.”

지환은 한 방 더 얻어맞은 느낌이었다. 상철은 아주 당당한 얼굴로 자신의 속셈을 툭 털어 놓고 있는 게 아닌가.

“결국 천만원쯤은 받아내겠다는 계산이군······.”

지환은 혼잣말처럼 중얼거리고 어금니를 주근주근 깨물었다.

“흥정이란 원래 그런 거 아니요?”

상철이 오히려 반문까지 해왔다.

이미 처음부터 한 수 지고 들어가는 싸움이었다. 더 이상의 줄다리기는 신경만 피로하게 할 것 같았다.

“합의서 쓰시오.”

지환은 그때까지 들고 있던 돈 봉투를 상철의 침대 위로 집어 던졌다.

“단 오백만원은 오늘 이후 아무때고 당신 통장에 입금시켜 주겠소.”

“지금은 5백만원 뿐이라는 얘긴 모양인데······.”

상철이 봉투를 잡아다녀 안을 들여다 보았다.

“영수증만 씁시다. 어차피 나도 성남엘 가야 할 일도 있고 하니까 퇴원하고 내가 찾아가서 합의서를 쓰리다.”

돈 뭉치를 이불 밑으로 끌어넣으며 상철은 비실비실 웃음을 터뜨렸다.

상철의 철저하게 계산된 행동 앞에서 지환은 다시 한 번 강한 분노를 느꼈다. 상철의 얼굴에 가래침이라도 칵 뱉어주고 싶은 충동을 지환은 지그시 참는다.

상철은 이미 준비라도 해두었던 모양이었다. 환자용 탁자에서 볼펜과 백지를 꺼내 영수증을 쓰고 있었다.

지환은 그런 상철의 모습을 물끄러미 내려다보는 수밖에 없었다.

“입원비는 보험처리하시겠지?”

왼손 글씨 치곤 잘쓴 글씨였다. 영수증을 내밀며 상철이 물었다.

“왜, 그것도 못마땅한가?”

바지 주머니에 양 손을 찌르고 서서 지환도 반말로 물었다.

“물론이지. 기왕이면 일반환자 대우를 받는 게 편하거든.”

마치 친구에게라도 이야기하듯 상철도 지환에게 반말을 썼다.

“당신 도대체 직업이 뭐야?”

의식적으로 무시해 버리고 싶다는 마음과는 반대로 지환은 상철에게 호기심이 생겼다.

"중장비 운전수였지. 리비아에서 이 오른쪽 팔 하나를 잃어버리기 전까지는……."

상철은 왼손으로 오른쪽 어깨를 가리켰다. 잠깐 생각하는 얼굴이 됐다. 그러나 금방 설레설레 고개를 흔들며 침대 위의 통닭 봉지를 들어 쓰레기 통으로 집어 던졌다.

"그 후로 자해공갈배로 나섰나?"

"개새끼야, 말 조심해!"

지환의 질문이 채 끝나기도 전에 상철은 벌컥 소리를 질렀다. 얼굴은 시뻘겋게 상기된 채 목에서는 핏줄이 퍼렇게 일어서고 있었다.

"뭐, 개새끼?"

표범처럼 돌변해 버린 상철 앞에서 지환은 당황했다.

"에미, 애비 잘 만나서 서들믹거리는 놈들 보면 난 이가 갈리는 놈이야. 용건 끝났으면 가봐!"

상철의 말투는 사뭇 명령조였다. 붉으락 푸르락하는 지환의 얼굴을 눈썹 하나 까딱 않고 올려다보며 상철이 내뱉듯 말했다.

"좋아, 한 번은 널 더 만나주지…… 그 대신 차후에 성남 근처에서 얼씬거리다간 제명대로 못살 줄 알아!"

침대 위에 던져져 있는 상철이 쓴 영수증을 집어들고 지환이 휙 돌아섰다.

"그런 걱정은 말게. 성남 땅은 나한테 미련이 없는 땅이니까……."

지환의 등 뒤에서 상철의 느릿느릿한 말투가 들려왔다.

쾅 소리가 나도록 입원실 문을 닫고 지환은 밖으로 나왔다. 마음이 편할 리 없었다. 오늘 새벽부터 지금까지 자신이 상철에게 조롱을 당하고 있다는 느낌을 떨쳐 버릴 수 없었다. 병원 건물을 빠져나오며 담배를 피워물었다. 주차장을 향해 걸으면서 두어 모금 빨고난 담배를 손가락으로 허공에 튕겨버렸다.

"짜아식…… 이 김상철이를 호락호락하게 봤다간 큰 코 다치지……."

지환이 빠져나간 출입문 쪽을 바라보면 상철은 입속으로 중얼거렸다.

오늘 하루 종일 침대에 누워 상철은 자신에게 닥친 행운에 감사하고 있었다. 지환의 차에 부딪쳤다는 사실을 상철은 행운이라고 생각했다. 마땅히 갈 곳도 없는 처지였다. 어젯밤 청평으로 찾아든 것은 H건설에 함께 일하던 친구가 그쪽에서 젖소 목장을 하고 있다는 걸 알고 있었기 때문이었다. 상미에게서 받은 3백만원과 상미의 핸드백을 뒤져 가지고 온 3백만원. 그 6백만원으로 새로운 인생을 시작해야 하는 상철이었다.

젖소 한 마리쯤 사서 친구에게 맡겨놓고 빌붙어 보자는 생각으로 청평을 찾아갔던 터였다. 설마 상미 자신이 경찰에 신고하는 따위의 어리석은 짓은 하지 않으리라는 자신은 있었다. 그러나 만에 하나라도 상미가 경찰에 신고를 하는 날이면 자신은 영락없이 강도, 강간범으로 몰리는 수밖에 없었다. 경찰의 눈을 피해 적당히 몸을 숨기고 지내기에도 청평은 안성맞춤이라는 생각이 들었다. 그러나 찾아갔던 친구는 마침 서울로 올라가고 없었다. 젖소를 돌보는 목부와 함께 하룻밤을 지내고 해장 생각이 나서 시내로 내려오던 길이었다. 시내 쪽에서 화살처럼 달려오는 지환의 자동차를 분명히 의식을 하고 있었다. 그러나 자신이 횡단보도를 건너기에는 충분한 거리라고 생각했었다. 그러나 상철이 걸어나오던 길은 자갈이 많이 섞인 울퉁불퉁한 비포장 길이었다. 생각보다 시간이 많이 걸린 것이었다.

횡단보도 부근에 섰을 때 이미 지환의 차는 눈앞으로 닥치고 있었다. 뒤로 물러서려는 순간 지환이 급브레이크를 밟은 것이었다. 이마가 깨진 건 차에 부딪쳐서가 아니라 넘어질 때 아스팔트에 부딪친 것 때문이라는 걸 상철은 알고 있었다. 그러나 차에서 뛰어내린 지환의 입에서 술 냄새가 왈칵 풍기는 순간 상철은 지환에게서 돈을 뜯어 낼 수 있다는 재빠른 계산을 한 것이었다. 그리고 예상대로 지환은 자신이 준비해둔 술수에 착착 말려들고 있는 게 아닌가.

상철은 이불 속에서 지환이 던져 주고 간 돈 봉투를 꺼냈다. 은행에서 방금 나온 듯한 새 돈이었다. 돈 봉투에 코를 박고 상철은 킁킁거리며 냄새를 맡아보았다. 봉투 속에서는 행운의 냄새가 났다.

노크 소리도 없이 간호원이 들어왔다. 간호원은 말없이 다가서서 체온계를 내밀었다.

"간호원 아가씨, 부탁 하나 합시다."

입을 벌려 체온계를 받아물 자세를 취하며 상철이 말했다.

"뭔데요?"

간호원은 극히 사무적인 말투로 물었다.

"보시다시피 나는 보호자도 연락할 곳도 없는 사람입니다. 이 돈을 내일 아침 아무 은행에나 입금 좀 시켜 주십시오."

상철이 돈 봉투를 들어보였다.

"나 쪼깬 봅시다."

달수가 감방 안에서 철창을 잡고 서서 간수를 불렀다. 마침 근무 경찰관은 평소에 안면이 많은 김 경장이었다. 달수 나이 또래의 김 경장은 계급 정년이 얼마 남지 않은 것을 달수는 알고 있었다. 모란시장 달수의 가게를 여름철이면 서너 차례씩은 찾아와 그을린 개를 통째로 한 마리씩 사가던 김 경장이었다. 평소에도 늘 술기가 있는 듯 얼굴에 붉으레하게 화색이 도는 김 경장은 전형적인 호인 타입이었다.

"천 형이 불렀어?"

김 경장이 느릿느릿한 걸음걸이로 다가왔다. 입가에 사람 좋은 미소를 띠우며 김 경장은 달수를 올려다보았다.

"김 형, 나 부탁 좀 해야 쓰겠는디……."

달수는 미안한 얼굴을 하며 고개를 꾸벅 숙여보였다.

"점심 먹었으니까 한 대씩 빨게 해달라 그거여?"

좌우를 살피며 김 경장은 또 피시시 웃었다. 영창 안에선 일체 담배를 피울 수 없는 게 규정이었지만 하루 세 번의 식사가 끝나고 나면 담당 경찰관들은 10여명씩 있는 한 감방에 불을 댕긴 담배 두 세 가치씩을 넣어주곤 했다. 그 두 개비의 담배를 고참순으로 돌려가며 두어 모금씩 빨아보는 재미란 기가 막힌 것이었다. 평소 담배를 피우지 않는 달수였지만 감방 안에 식구들이 손톱이 타들어가도록 꽁초를 빨아대는 걸 보면 우습기도 하고 측은하기도 했다. 달수가 들어있는 방의 피의자들은 김 경장과 달수가 잘 아는 사이라는 점을 최대한으로 이용, 달수로 하여금 김 경장에게 담배를 피우게 해달라고 부추기곤 했다.

"그것도 그것이지만……."

라이타로 불을 당긴 담배 한 개비와 불이 붙지 않은 담배 한 개비를 김 경장이 내밀었다. 달수는 담배를 받아 뒤에 앉아 있는 피의자들에게 넘겨주었다.

"뭔데 그래?"

김 경장이 철창을 잡으며 달수 앞으로 바싹 다가섰다.

"저 옆 감방에 이경민이라는 놈이 들어있는디 그 놈을 이 방으로 쪼깨 넣어줄 수 없을랑가 모르겠네……."

곁눈질로 옆 감방을 가리키며 달수가 조심스레 운을 뗐다.

"이경민이?…… 아 집시법 위반으로 들어온 친구? 왜?"

김 경장은 잠시 생각하는 얼굴을 하다가 생각난 듯 되물었다.

"그럴 일이 좀 있당께……. 저 머시매가 우리 딸년을 성가시게 쫓아다니는 놈인디, 여기서 만났응께 내가 혼을 좀 내줘야 쓰겄소……."

"그렇다면 사윗감 아닌가배? 사위는 백년 손님이란 말도 있는데 사위를 혼을 내다니?"

김 경장은 실실 웃었다. 달수의 심각한 표정이 재미있다는 듯한 표정이었다.

"사위는 먼놈의 사위 썩을 놈헌티 우리 딸 머리털 하나도 못건드리도록 손을 좀 봐줘야 쓰겄구만……."

달수로서는 사실 심각한 일이었다. 며칠 전 느닷없이 가게를 찾아왔을 때 짓궂을 정도로 경민의 아랫도리까지 벗겨본 달수였지만 얘기 도중 경민이가 상미의 무슨 써클 선배라고 했을 때부터 떨떠름하던 달수였다. 상미가 하라는 공부는 안 하고 소위 그 운동권의 주동자급으로 지목되어 3학년 중도 퇴학을 당한 것은 순전히 고놈의 써클활동인가 뭔가 때문이라는 생각이 좀처럼 지워지지 않고 있는 달수였다. 그 경민이 달수의 우려대로 노동운동인가 뭔가를 하다가 유치장에 끌려왔다고 아는 순간 달수는 무슨 일이 있어도 이번 기회에 상미와의 손을 끊도록 해야 한다고 마음을 다져 먹은 것이다.

"천 형, 부탁인께 뭐 못들어 줄 것도 없지……. 그대신 나가거든 만년필이나 두어 자루 실팍한 놈으로 구해줄 테지……."

보신탕이라면 사죽을 못 쓰는 김 경장이었다. 개신을 구해달라는 농담을 던지며 김 경장이 돌아서 어슬렁 어슬렁 옆 감방 쪽으로 걸어갔다. 이어 절그럭거리며 열쇠로 감방 문 여는 소리가 들려왔다.

"이경민이 나와!"

계속해서 김 경장의 목소리도 들려왔다. 1분도 채 안 되어 김 경장이 경민을 데리고 달수네 감방 앞에 나타났다. 문을 열고 김 경장은 경민의 등을 밀었다.

"아니, 아버님……?"

감방 안으로 성큼 들어서서야 경민은 비로소 달수를 발견했다.

"이게 웬일이십니까, 아버님?"

경민은 풀썩 무릎을 꿇고 앉으며 달수의 손을 잡았다.

"그 아버님 소리 쪼깬 하들 말아야, 내가 어째서 니 아버님이냐?"

달수는 경민의 손길을 뿌리쳤다. 마음을 단단히 사려먹고, 경민이 상미에게서 손을 떼도록 해야 한다고 결심한 달수가 아닌가. 첫마디부터가 뻐딱하게 나왔다. 머쓱해진 경민이 의미없이 머리를 조아렸다.

"내가 단도직입적으로 말하겠는디, 자네 여기서 나가더라도 우리 상미한테서 손을 떼게."

금방 뺨이라도 한 대 올려 칠 듯한 표정으로 달수가 경민을 노려보았다. 경민은 비로소 조금 전 면회를 끝내고 돌아서면서 상미가 하던 말이 생각났다. 상미는 분명 '아버지가 무슨 말씀을 하시드라도 이해해요, 오빠'라고 말했었다. 면회가 끝나고 돌아서는 순간에 한 말이라서 그 말의 뜻은 물어볼 시간이 없었다. 그러나 상미의 느닷없는 그 말은 상미 아버지와의 이런 만남을 계산에 넣고 한 말이었구나 싶었다.

"어째 대답이 없냐, 우리 상미헌티서 손을 떼랑께!"

달수가 다구치듯 말했다.

주위의 다른 피의자들이 마치 재미있는 구경거리가 생겼다는 듯 흥미진진한 얼굴로 두 사람을 바라보고 있었다.

"아버님!"

경민이 여전히 아버님이라는 호칭으로 달수를 불렀다.

"우선 이런 자리에서 어르신을 뵙게 된 것을 용서하십시오, 하지만 우선 제가 어떤 파렴치한 죄를 저지르고 이곳엘 들어온 건 아닙니다. 그 점만은 오해 없으시기 바라겠습니다."

달수의 얼굴을 똑바로 응시하며 경민은 말을 꺼냈다.

"니 놈이 뭔 죄를 저지르고 들어왔는지는 말 안 해도 알고 있어. 보나 안 보나 뻔헐 것 아니냐, 일하기 싫응게 작당들 해가꼬 회사에다 돌멩이 던지고 화염병 던져감서 물러가라! 보상하라! 뭐 어쩌구 허는 일에 앞장선 것 아니겠어?"

그러나 경민의 말은 서두부터 잘려나갔다. 달수가 무 자르듯 경민의 말을 자르고 나섰기 때문이었다.

"어르신, 잠깐만 제말 좀 들어 주십시오. 노동운동이란 그런 게 아닙니다……."

일단 이렇게 말을 꺼냈지만 경민은 속으로 무척 난감했다. 달수에게 노동조합운동을 이해시키는 일은 극히 어려운 일이라는 생각이 들었기 때문이다.

"야, 이놈아 운동이 뭔 운동이여? 회사가 일자리 주고, 월급 주고, 뽀나스꺼정 준께 배때지 따땃하면 고마운 줄 알아야재. 배은망덕도 유분수지 공장에 불지르고 회사 때려 부시는 게 뭔 운동이여 인마……."

달수의 우직하고 단순한 논리 앞에서 경민은 입을 다물 수밖에 없었다. 그러나 그대로 꿀먹은 벙어리가 되어 물러 앉을 수도 없었다.

"우리나라에서는 노동자의 사람다운 생활을 보장해 주기 위해서 헌법에 노동기본권이라는 게 보장되어 있습니다. 이 노동기본법이란 인간의 생존권을 뜻하는 말입니다……."

"듣기 싫어 이놈아! 내가 시방 너한테 그따위 설교 들을려고 네 놈을 이 방으로 부른 줄 아냐?"

도대체 얘기를 꺼낼 수가 없었다. 경민이 아무리 알아듣기 쉽게 자신의 처지를 설명해 보려 해도 달수는 막무가내였다. 경민의 얘기를 들으려고 조차 하지 않았다.

경민은 면회실에서 상미가 들려준 '아버지가 무슨 말씀을 하시더라도 이해해요'라던 말을 다시 떠올렸다. 현재의 입장에선 달수의 우격다짐을 고스란히 받아들이는 것 밖에는 뾰족한 수가 없을 것 같았다. 시간의 해결을 기다리는 수밖에 없다고 생각하며 경민은 입을 다물었다.

"내가 허는 말에나 똑똑히 대답혀, 우리 상미헌티서 손 떼겄냐 못떼겄냐?"

그러나 경민에게 다짐을 받기로 작심한 달수는 조금도 기세를 누그러뜨리지 않았다.

"대답허랑께 갑자기 벙어리가 됐냐?"

달수는 도저히 참을 수 없다는 듯 주먹으로 마루바닥을 두들겼다.

"상미씨와의 문제는 제가 나간 후 둘이서 의논하겠습니다."

지금의 입장에선 가장 최선의 대답이라고 생각하며 경민이 말했다.

"뭐시여? 이 애비 말은 말같지도 안응께 느그끼리 알아서 하겠다 그 말이여?"

달수의 음성이 한결 더 높아졌다. 여차직하면 금방 뺨이라도 한 대 올려부칠 듯한 기세였다.

"그런 뜻이 아닙니다. 아버님, 서희들은 이미 오래 선부터 서로 싶이 사랑하는 사이입니다."

"그렁께?"

달수의 추궁이 숨가쁘다.

"가능하면 아버님의 이해와 축복 속에서 저희들은 결합하고 싶습니다. 그러나 경우에 따라서는 저희들 임의로도 결혼을 할 수 있는 나이라고 저는 생각합니다……."

"에라, 이 후레자식!"

경민의 말이 채 끝나기도 전에 달수의 무쇠 솥뚜껑 같은 손바닥이 경민의 얼굴로 날아왔다.

"뭣이여 이놈아, 느그 마음대로 결혼을 허겄다고? 그래 남의 귀한 딸자식 데려다 놓고 니놈은 형무소나 들락거리며 그 잘난 운동이나 허것다 이 말이지? 그 잘난 노조위원장도 벼슬이라고 여편네는 굶든 죽든 네 놈은 돌팔매질이나 허겄다. 이런 배짱으로 우리 상미와 결혼을 혀?"

얼굴을 정통으로 얻어맞았는지 경민의 코에서 피가 흘러내렸다. 그러나 달수는 길길이 날뛰며 손찌검을 멈추지 않았다. 경민은 피할 생각도 하지 않고 고스란히 매를 맞았다.

"천 형! 그러면 안 돼!"

그때까지 복도를 어슬렁거리던 김 경장이 황급히 열쇠를 열고 유치장 안으로 뛰어들어 달수의 손을 잡았다.

"예끼, 이 후레 아들놈아, 내 눈깔에 흙들어가기 전에는 우리 상미 머리카락 하나도 못 건드릴 줄 알어. 너같은 놈헌티 우리 상미는 개발에 짚신이여 이놈아!"

김 경장에게 팔을 잡혀 물러서면서도 달수는 길길이 뛰었다.

"이경민 자넨 밖으로 나가!"

달수의 팔을 뒤로 돌려잡고 김 경장이 말했다. 아직 스무살도 채 안 돼 보이는 피의자 한 사람이 내미는 휴지조각으로 코를 틀어막으며 경민은 일어섰다. 달수를 향해 정중히 고개를 숙였다. 그리고 경민은 감방 복도로 내려섰다.

"천 형! 내 입장도 좀 생각해 줘야지 이러면 돼요?"

경민이 감방을 빠져나가자 달수의 팔을 놓아주며 사람 좋은 김 경장도 볼멘소리를 했다.

"미안해요, 김 형 내가 너무 흥분을 해가꼬 고만……."

어깨로 숨을 쉬며 달수의 시선은 경민의 모습을 쫓고 있었다.

"천 형이 백날 그래봤자 젊은 아이들한테 지는 수밖에 없어……."

달수의 어깨를 토닥거려 주고 김 경장도 복도로 내려섰다.

"짚신도 짝이 있는 법인데 부모가 말린다고 다 되는가……."

철창문에 열쇠를 잠그며 김 경장이 혼잣말처럼 중얼거렸다.

달수는 무너지듯 털썩 주저앉았다.

개 눈에는 똥만 보인다

　법원 구내에는 햇빛을 피할 만한 니무 그늘도 없었다. 검찰청사와 법원
청사 사이에 그 건물이 만들어 내는 작은 그늘 밑에서 상미는 손수건으
로 이마의 땀을 찍어내며 서성거렸다. 30분쯤 전에 수갑이 채워진 위에
또 포승줄로 꽁꽁 묶인 달수가 형사와 함께 택시에서 내려 법원 건물 안
으로 들어가는 것을 상미는 먼 발치서 바라보기만 했다.

　수염이 많이 자란 아버지는 고작 1주일도 안 되는 사이에 훨씬 더 늙
고 초췌해 보였다. 달수는 상미와 눈이 마주치자 억지로 웃어보였다. 왈칵
울음이 쏟아지려는 걸 상미는 가까스로 참았다. 오전중 집으로 전화를 걸
어준 변호사 사무장의 얘기를 믿었기에 참을 수 있었는지도 몰랐다. 변호
사 사무장은 오후 2시에 구속적부 심사가 시작된다면서 심사가 끝나면
곧바로 석방이 될 것이라고 자신있는 목소리로 말했었다.

　한 시가 채 되기도 전에 법원으로 달려온 상미는 근 한 시간을 뙤약볕
아래서 기다려서야 아버지의 얼굴을 먼 발치서나마 볼 수 있었다. 상미는
손목시계를 들여다보았다. 3시가 가까워 오고 있었다. 상미는 그늘 아래서
다시 햇빛 속으로 걸어나왔다. 법원 정문이 잘 보이는 지점에서 상미는
서성거렸다. 손으로 햇살을 가리며 상미는 출입구 쪽에서 시선을 떼지 못
했다.

달수가 출입구 쪽에 모습을 드러낸 것은 상미가 뙤약볕 아래서 30분쯤이나 더 기다린 후였다. 들어갈 때와는 달리 달수는 손에 수갑도 차지 않은 채 형사와 나란히 출입구를 나서고 있었다.

"아버지!"

상미가 울먹거리며 다가섰을 때 달수는 햇살에 눈이 부신 듯 이맛살을 찡그리며 조금 웃어보였다.

"네가 수고가 많았다……."

상미의 어깨를 토닥거려 주는 달수의 목소리에서 물기가 묻어 나왔다. 기를 쓰며 참으려 했지만 상미는 기어이 눈물 한 방울을 찍어냈다.

"너 먼저 집에 가거라. 난 경찰서엘 잠깐 들러서 갈 테니……."

달수는 눈물을 감추려는 듯 하늘을 바라보았다.

"저두 같이 가면 안 돼요?"

말은 아버지에게 하면서 상미는 서너걸음 뒤에 서 있는 형사를 바라보았다.

"상관 없어요. 아버지 신원보증서에 도장도 받아야 하니까 같이 가지……."

형사가 상미와 달수를 번갈아보며 선선히 대답했다.

"상미 아부지!"

귀에 익은 목소리가 들려왔다. 함평댁이었다. 방금 택시에서 내린 함평댁이 종종걸음으로 다가서고 있었다. 손에는 작은 플라스틱 도시락 비슷한 걸 들고 있었다.

"아야, 상미야, 너는 뭔 가이내가 그렇크롬 쌀쌀맞냐, 아버지 2시에 풀려나면 난다고 진작에 가르쳐 줬음사 내가 이 고상 안 했을 것인데 속도 모르고 나는 경찰서로 면회를 갔다가 거기서 애기를 듣고사 요로콤 헐레벌떡 안 쫓아 왔겄냐……."

함평댁은 손등으로 연방 이마에 땀을 닦아내며 상미에게 눈을 흘겼다.

"미안해요, 아줌마……."

말을 하고 나서야 비로소 상미는 함평댁에게 약간 미안한 마음이 들었다.

"고상 많이 했지라우?"

함평댁은 그러나 상미의 대답에는 신경도 쓰지 않고 달수 앞으로 다가섰다.

"이거 한 입 베 묵으시오."

함평댁이 달수의 코 앞으로 플라스틱 도시락의 뚜껑을 열어 디밀었다. 두부였다.

"뭣헐라고 왔당가……."

말은 그렇게 하면서도 달수는 싫지 않은 기색이었다. 손가락으로 두부 한 귀퉁이를 떼어 입어 넣었다.

"천 형, 빨리 갑시다."

마침 구내를 들어오는 택시를 손짓하며 형사가 말했다.

"어디로 또 간다요?"

영문을 모르는 함평댁이 두 눈을 크게 떴다.

"일단 경찰서엘 들렀다 가셔야 해요."

상미가 대답했다. 말하고 나서 상미는 어떻게 하셨느냐는 표정으로 함평댁을 바라보았다. 형사는 이미 택시의 조수석에 올라앉는 중이었다.

"그라면 나는 모란서 내리면 쓰겄지……."

함평댁이 당연하다는 투로 얘기하며 달수를 바라보았다.

"저, 먼저 탈게요."

상미가 먼저 택시에 올라탔다. 가운데 달수가 타고 맨 나중에 함평댁이 탔다.

"얼굴이 많이 상했소 잉……."

함평댁은 스스럼없이 달수의 턱을 쓰다듬었다. 상미는 못본 체 시선을 창밖으로 돌렸다. 함평댁은 한 손을 달수의 무릎 위에 올려 놓은 채 블라우스 팔소매에 눈물을 찍어 내고 있었다.

상미는 문득 외로운 생각이 들었다. 어제 오후 성동구치소로 송치된 경민의 얼굴이 떠올랐다. 보고 싶다는 느낌이 경련처럼 전신을 흔들고 지나갔다. 아버지가 경민에게 코피를 터뜨리며 손찌검을 했다는 사실은 이미 아버지에게 들어 알고 있었다. 그러면서도 상미는 아버지의 그런 행동마저 자신에 대한 극진한 사랑 때문이라는 생각으로 이해하려고 했다.

그러나 상미는 지금 아버지가 자신과는 아무런 관계도 없는 타인 같았다. 상미는 법원 마당에서 아버지 품에 뛰어 들어 어린애처럼 울고 싶었다. 그러나 상미는 그렇게 하지 못했다. 그 이유를 상미는 체면 때문이라고 생각하고 있었다. 그러나 지금 생각하면 그것은 체면 때문이 아닌 것이 분명한 것 같았다. 어느 틈엔가 아버지와 상미 사이에 생겨난 거리감 때문이었다.

'아버지와 나 사이에 거리를 느끼기 시작한 건 언제부터였을까?'

상미는 그것을 곰곰이 생각하기 시작했다.

"나, 여기서 세워 주시오."

모란시장 입구였다.

"목욕하고 집에 가서 푹 쉬시오. 내 이따 들릴랑께…."

모란시장 입구에서 택시를 내리며 함평댁이 말했다.

"뭣헐러고 와……."

달수는 그렇게 대꾸했지만 강한 거부의 뜻을 담고 있는 것 같지는 않았다.

"돈 가진 거 있으면 한 10만원만 날 주라……."

택시에서 내려 경찰서로 들어서면서 달수가 말했다. 상미는 말없이 10만원권 자기앞 수표 한 장을 아버지에게 건넸다.

"봉투도 한 장 있어야 쓰겄는디……."

수표를 받아들며 달수가 혼잣말처럼 중얼거렸다.

"이리 주세요. 제가 봉투에 넣어 가지고 올게요."

상미는 달수에게서 다시 수표를 받아들고 뒤로 처졌다. 달수는 말없이 고개만 끄덕이면서 경찰서 안으로 사라졌다. 상미는 부근 문방구에서 흰 봉투 한 장을 구해 수표를 집어넣었다.

"따님이 보통 효녀가 아니야 천 형……."

상미가 수사과 안으로 들어서자 김 형사가 아는 체를 했다. 달수는 무덤덤한 표정으로 의미없이 고개만 끄덕였다.

상미가 달수 옆으로 다가서서 봉투를 내밀었다.

"김 형, 이거 월매 안 되는디 식사나 한 끼 허시오."

달수가 주위를 살피며 봉투를 김 형사 앞으로 밀어 놓았다.

"뭘 이런 걸……."

말은 그렇게 했지만 이미 봉투는 김 형사의 책상 서랍 속으로 사라지고 있었다.

상미는 김 형사가 내미는 신원보증서에 서명 날인을 했다. 대충 읽어본 내용은 경찰이나 검찰에서 아버지에게 출두명령이 있을 때에는 책임을 지겠다는 그런 내용이었다.

"자 천 형! 이제 그만 가봐요. 그동안 고생 많았소."

김 형사가 달수에게 손을 내밀었다. 달수는 엉거주춤 일어서며 김 형사의 손을 마주 잡았다.

"수고했습니다……."

달수가 그렇게 말한 것 같았다. 김 형사에게 목례를 보내고 상미가 먼저 걸어나왔다.

"목욕부터 하셔야죠?"

경찰서 현관에서 상미가 달수를 돌아보았다.

"그래야 쓰겄다. 넌 회사로 가야지야?"

"회사엔 내일부터 나가도 돼요."

상미는 자신도 모르게 달수의 시선을 피하며 수사과 쪽을 바라보았다.

"경민이란 놈은 빨리 잊어버리도록 혀라… 그놈은 널 평생 고생시킬 놈이여."

달수는 손바닥을 보듯 상미의 마음을 읽고 있었다. 목소리는 작았지만 거역하기 힘든 고집이 담겨 있음을 상미는 안다. 달수가 먼저 경찰서 건물 계단을 내려섰다. 비탈진 정문 입구를 상미는 달수보다 너댓 걸음 떨어져 빠져 나왔다.

"너는 니 볼 일 봐라, 나도 일찍 들어갈 것잉게……."

뒤를 돌아보며 달수가 말했다. 그리고 달수는 걸음을 빨리 했다. 상미는 마치 탈진상태와도 같은 심한 허탈감을 느끼며 걸음을 멈췄다. 이제부터 어디로 가야 할지가 생각나지 않았다. 마침 공단 쪽으로 가는 버스가 와서 멈췄다. 상미는 꼭 어디를 간다는 계산도 없이 무의식적으로 버스에 올라탔다. 마침 빈 자리가 눈에 띄었다. 자리에 앉아 눈을 감았다. 깊은 수렁 속으로 빠져드는 듯한 강한 피로가 몰려왔다.

"종점 다 왔어요."

운전기사가 경적을 울리는 바람에 상미는 화들짝 놀라며 눈을 떴다. 무안한 생각이 들었다. 상미는 서둘러 차를 내렸다. 마치 자신이 회사로 출근하기 위해 버스를 탄 듯한 착각이 들었다.

상미는 회사 정문을 향해 부지런히 걷기 시작했다. 안면있는 수위가 두 눈을 크게 뜨며 어떻게 된 거냐는 시늉을 해 보였다. 상미는 웃으며 목례만 보내고 수위실을 지나쳤다.

"천상미씨 아직 휴가 안 끝났잖아?"

생산과로 들어서자 과장은 마치 처음 보는 사람이라도 대하듯 상미의 표정을 살폈다.

"오늘까진데, 마침 요 앞을 지나는 길이었어요."

작업대 위에서 동료 직원들이 눈짓과 표정으로 아는 체를 했다. 그러나 모두의 표정이 어쩐지 전 같지가 않다고 상미는 재빠르게 느꼈다.

"미스 천, 앞으로 높은 자리 있게 됐으니 잘 부탁해."

과장이 입 귀퉁이를 일그러뜨리며 묘하게 웃었다.

"무슨 말씀이세요?"

자신도 모르는 사이에 뭔가 자신의 신상에 변화가 있음을 상미는 감지했다.

"비서실로 발령난 거 몰라? 방 상무님 방으로 말이야?"

과장은 완전히 빈정거리는 듯한 말투였다.

"제가 비서실로요?"

상미로서는 꿈에도 생각지 않았던 일이었다. 동료들의 서먹한 눈길도 그 일 때문인 것을 상미는 비로소 깨달았다.

"못 믿겠으면 게시판에 가보지 그래……."

과장은 상미가 모르고 있었다는데 대해 믿지 못하겠다는 얼굴이었다.

상미는 획 돌아서 생산과를 뛰쳐나왔다. 단숨에 본관 건물 앞에 세워져 있는 게시판 앞까지 뛰어왔다.

인사발령.

생산2과 천상미

비서실 근무를 명함.

게시판에는 분명히 자신의 인사발령이 나붙어 있었다.

'이럴 수가……'

상미는 아래 입술을 꼬옥 깨물었다. 방 상무의 얼굴이 떠올랐다.

방 상무를 만나 따져봐야겠다는 생각으로 상미는 본관 현관으로 발걸음을 옮겼다. 계단 한 개 한 개를 속으로 헤아리며 상미는 3층으로 올라갔다. 3층 복도에서 상미는 잠시 어리둥절했다. 분명히 있어야 할 방 상무의 방이 없었다. 방 상무의 방이라고 기억되는 방문 앞에는 부사장실이라는 아크릴 간판이 붙어 있었다.

상미는 잠시 망설이다가 노크를 했다. 대답이 없었다. 두 번, 세 번 계속해서 노크를 했지만 안에서는 아무런 응답이 없었다. 상미는 손잡이를 살며시 돌려 보았다. 방문이 열렸다. 안에는 비어 있었다. 상미가 안으로 들어가야 할지 어쩔지를 생각하고 있을 때 방 안쪽의 또 다른 문이 열리며 방지환의 모습이 나타났다.

"어서 와요. 천상미씨."

지환은 상미가 나타날 것을 예상하고 있었던 사람 같았다. 스스럼 없이 다가서며 상미가 방 안으로 들어오기를 기다렸다. 상미는 지환에게 인사하는 것마저 잊어버리고 방안으로 들어섰다.

"여기가 미스 천 방이요."

어리둥절해 있는 상미를 팔장을 낀 채 바라보며 지환이 말했다.

"아무리 인사발령이라지만 모든 게 너무나 일방적이군요."

상미는 이제사 모든 걸 환히 알 수 있을 것 같았다. 지환은 그 사이에 상무에서 부사장으로 승진을 했고 자신은 부사장 비서실 근무로 발령이 난 게 틀림없었다. 그러나 아무리 그렇다고 하더라도 모든 것을 그대로 받아들일 수는 없었다. 방지환을 똑바로 바라보며 상미가 야무진 항의를 했다.

"아버지께선 오늘 풀려나셨지요?"

방지환은 동문서답을 하고 있었다. 상미의 항의에 대한 답변이 아니었다. 그러나 상미 주위에서 일어나고 있는 모든 일들을 너무나도 잘 알고 있다는 그런 얼굴이었다.

"저는 지금 제 인사발령에 대해서 묻고 있습니다."

방지환의 일방적인 페이스에 말려 들 수는 없다는 계산을 분명히 하며 상미가 다시 물었다.

"원래 인사란 사용권자의 고유권한 아닙니까?"

지환이 정색을 했다.

"제가 노조에서 손을 떼게 하는 계산이시라면 오산이실 텐데요."

상미의 어조가 당돌할 정도로 점점 단호해지고 있었다.

"거기까진 아직 생각해 보지 않았소. 업무상 천상미씨가 필요하다고 생각했을 뿐이요."

"제가 비서실 근무를 거절한다면 어떻게 하실 건가요?"

"사표를 제출한다면 그땐 나도 어쩔 수 없지요."

"결국 이 인사발령은 제게 사표를 종용하기 위한 조치인가요?"

얘기가 올 때까지 온 것 같았다. 방지환을 응시하며 상미는 아랫입술을 깨물었다.

"내 대답은 이미 끝났다고 생각하오."

팔짱을 풀며 지환이 방안을 서성거리기 시작했다.

상미는 결코 사표를 낼 수는 없다고 생각했다. 그렇다면 비서실 근무를 감수하는 수밖에 없을 것 같았다. 언제인가는 방 상무가, 아니 이제부터는 방 부사장이 자신이 노조에서 손을 떼기를 강요해 올 것은 분명하지만 절대로 그럴 수는 없는 일이라고 상미는 다짐한다. 차라리 비서실 근무를 노조가 활성화 될 수 있는 전화위복의 계기로 삼을 수 있을지도 모른다는 계산이 머리에 왔다. 실질적인 회사의 경영주로 자리를 잡아가는 방 부사장과 직접 부딪쳐가며 근로자의 권리를 주장할 수도 있을 것 같았다.

"오늘은 일단 돌아가겠습니다."

상미는 우선은 이 자리를 피하기로 마음먹었다.

"내일 아침 출근하리라고 믿겠소."

지환은 다짐을 받는 듯한 눈길로 상미를 바라보았다. 상미는 그 순간 방지환이 자신을 비서실로 끌어올리려는 것은 단순히 노조 때문만은 아닌지도 모른다는 생각이 퍼뜩 뇌리를 스쳐갔다.

"오늘 밤 생각해 보겠습니다."

냉정을 되찾은 상미가 지환에게 목례를 보이고 돌아섰다.

본관 건물을 빠져나온 상미는 발길을 다시 생산과 쪽으로 돌렸다. 혼란한 머리 속을 정리해 보기 위해서는 조용한 곳을 찾고 싶었지만 생산과 동료들의 오해는 풀어야 할 것 같았다. 그리고 노조의 김시철 위원장과도 앞으로의 거취 문제에 대해 의논을 해야 할 것 같았다. 퇴근시간이 거의 다 되어 오고 있었다.

상미는 생산과로 들어섰다. 과장이 아까처럼 이상한 눈빛으로 상미의 전신을 훑어 보았다.

"그래 직접 눈으로 확인을 했나요?"

"했습니다."

상미는 의식적으로 딱딱한 표정을 지으며 짧게 대꾸했다.

일과 끝을 알리는 벨 소리가 들려오고 있었다.

"언니……."

작업대에서 내려온 동료 사원들이 우루루 몰려와 상미를 둘러쌌다.

"언니 어떻게 된 거예요?"

모두가 같은 목소리로 합창이라도 하듯 물었다.

"아직은 나도 영문을 몰라. 그러나 내가 너희들에게 할 수 있는 얘기는 내가 어떤 부서에 근무하든 간에 난 항상 여러분들 편에 서서 회사와 싸우겠다는 거야. 비서실 근무가 오히려 여러분들의 주장을 보다 빠르게 경영주 쪽에 전달하는 데에는 더 나을지도 모른다는 생각뿐이야. 사표를 낼까도 생각해 봤지만 절대로 그럴 순 없다고 결심했어."

상미는 두서없이 자신의 생각을 이야기했다.

"나, 김시철 위원장하고 얘기 좀 해야 해……."

상미의 얼굴에 새로운 결의가 나타났다.

목욕을 끝낸 달수는 큰 길로 나서자 바로 택시를 잡았다. 여간해선 택시를 타지 않는 달수였다. 하지만 공연히 마음이 급했다. 일주일 만의 귀가인 셈이었다. 물론 집에 가봐야 아무도 없을 것은 뻔한 노릇이었다. 그런데도 마치 서둘러 가야 할 이유가 있는 것 같았다. 가게의 명식이에게는 내일 아침에나 나가겠노라고 목욕탕에서 전화를 해주었다.

여수동 일대에는 이미 여기 저기서 철거가 시작되고 있었다. 분명히 눈에 익은 집들이 서있던 자리에는 부서진 시멘트 덩어리가 흙더미와 뒤섞여 커다란 고분처럼 내려앉아 있었다. 분당동 부근은 살벌하기까지 했다. 택시 안에서 내다보면 마치 땅 밑으로 절반쯤 파묻힌 것처럼 보이는 길 가의 집들은 담벼락마다 붉은 스프레이로 철거를 반대하는 구호들이 엉켜붙어 있었다.

택시가 동사무소 입구를 지나칠 무렵 달수는 낯익은 얼굴 하나를 발견했다. 분당 지역에서는 어울리지 않는 말쑥한 신사복 차림의 40대 사내는 붉은 글씨들과 우중충하고 음산한 낡은 건물들 사이에서 마치 이방인처럼 느껴졌다. 그 사내가 청량리 정신병원의 원무과장이라고 생각난 것은 이미 차가 지나칠 무렵이었다.

"여기서 내려주슈."

달수는 택시를 세웠다. 급 브레이크를 밟으며 차가 서는 기척에 과장이 뒤를 돌아보았다. 달수는 서둘러 차에서 내렸다.

"천 선생!"

비로소 달수를 알아본 원무과장이 반색을 하며 다가왔다.

"과장님이 웬일이십니까?"

그렇게 물어보면서 달수는 일주일 전 전입신고를 하러 오겠다던 과장의 말을 기억해냈다.

"댁에 들렀더니 문이 잠겨 있길래 통·반장 댁을 물어서 막 전입신고를 하고 나오는 길입니다……."

과장은 달수의 손을 두 손으로 감싸쥐며 여간 반가워하지 않았다.

"그새 며칠 일이 좀 있어서 집을 비웠구만이라우……."

원무과장이 아파트 입주권을 노려 자신의 집으로 전입신고를 하겠다던 의중은 이미 달수와 약속처럼 되어 있었다. 새삼스레 나몰라라 할 수도 없는 입장이었다.

"어디 가서 시원한 거라도 한 잔씩 합시다."

주위를 두리번거리며 과장이 말했다.

"저 위에 다방이 한 군데 있기는 헌디……."

내키지 않는 노릇이었지만 연실을 생각하면 박절하게 따돌릴 수도 없었다.

"그 사이에 이연실씨 병세가 눈에 뜨이게 좋아졌어요. 어쩌면 천 선생을 알아볼 수 있을지도 모릅니다······."

길가의 나무 꼭대기에서 매미가 청승맞게 울고 있었다. 어깨를 나란히 하고 걸으며 과장이 연실의 얘기를 들려 주었다.

"사람을 알아본다 이겁니까?"

다방 건물의 벽에도 예의 붉은 글씨는 어지럽게 쓰여 있었다. 콜라 두 잔을 주문해 놓고 달수가 정색을 하며 물었다.

"담당의사 얘기로는 의식이 회복되면서 심한 우울증 증세를 보인다고 합니다. 기억이 되살아 나면서 심한 자책감을 느끼는 과정이라는 거지요. 간호원들에게 이것 저것 묻기도 하고 그러는 모양입니다······."

"분명히 나를 알아 볼랑가요?"

달수로서는 가장 궁금한 일이었다.

"틀림없이 알아 볼 겁니다. 내일이라도 직접 한 번 와보세요."

과장이 자신있는 어조로 대답했다. 달수는 더 이상 물어볼 말이 없었다. 갑자기 자신의 생활이 뒤죽박죽이 될 것 같은 느낌이 들었다. 연실이 정상적인 상태로 돌아올 경우를 한 번도 생각해 본 적이 없었기 때문이었다. 연실의 아들이라고 자처하는 박정수가 모란시장으로 처음 찾아왔던 때의 기억이 떠올랐다. 비록 달수 자신은 20년 이상 연실의 소식을 수소문해 오며 살아왔을지언정 막상 연실의 소식을 그 아들이라는 젊은 사내를 통해 듣게 되었을 때의 기분은 착잡하기 그지없었다.

정수가 눈물을 글썽이며 제 에미를 돌봐 달라는 부탁을 받았을 때에는 난감하기까지 했었다. 그리고 연실을 찾아갔을 때의 심정은 이미 애정이나 증오로 표현하기에는 색깔이 너무나 바랜 연민뿐이었다. 그러나 그 연민은 상미를 계산에 넣지 않았을 때의 감정이었다. 연실의 얼굴 모습을 판에 찍어낸 듯 빼닮은 상미가 정상인이 된 제 에미를 어떻게 받아들일 것인가에 따라서 달수 자신의 감정도 달라질 게 틀림없었다. 그리고 상미는 분명히 제 에미를 에미로서 받아들일 수밖에 없을 것 같았다. 착잡한 머리 속에 불현듯 두어 시간쯤 전에 헤어진 함평댁의 얼굴이 떠올랐다.

달수는 설레설레 고개를 흔들었다. 연실을 계산에 넣든 안 넣든 간에 함평댁과의 관계는 이제 분명히 해야 할 때가 온 것 같았다.

"내일이라도 병원엘 들르시겠습니까?"

갑자기 침묵을 지키는 달수의 표정을 살피며 과장이 물었다.

"아 예……. 그래야 쓰겠지라우……."

달수는 건성으로 대답했다.

"세입자 대책본부라는 게 생긴 모양인디, 토지개발공사 측에선 아직 이렇다 할 보상책이 마련되지 않은 모양이지요?"

원무과장의 관심은 역시 딴 데 있었다. 갑자기 침묵을 지키는 달수의 태도가 불안한 듯 과장은 계속 달수의 표정을 살폈다.

"좌우지간 과장님 신세는 잊지 않겠습니다. 뭔 일이 있으면 지가 병원으로 연락을 해 드리지라우……."

달수가 먼저 자리에서 일어설 의사를 내비쳤다.

"아 그야 천 선생이 으레 알아서 해주시겠지요. 허허……."

과장이 아쉽다는 얼굴로 자리에서 몸을 일으켰다.

다방 앞에서 과장을 배웅하고 달수는 천천히 걸어서 집으로 돌아왔다.

마당으로 들어서자 집 안 쪽에서 기름냄새가 풍겨왔다. 상미가 먼저 돌아와 저녁준비를 하는 모양이라고 생각하며 대청으로 올라섰다.

"뭔 목간을 그렇코럼 오래 한다요, 며칠동안 제대로 묵지도 못헌 양반이……."

주방 쪽에서 나서는 것은 함평댁이었다. 함평댁은 상미가 입던 행주치마를 입고 있었다.

"상미는 아직 안 왔는가?"

마치 안주인처럼 상미의 행주치마까지 입고 주방에서 설쳐대는 함평댁이 공연히 못마땅했다. 지나는 말처럼 상미 얘기를 던지며 달수는 안방으로 들어섰다.

"속옷이랑 싹 벗어번지시오. 빨랑께……."

함평댁은 스스럼없이 안방까지 따라 들어왔다.

"어딜 들어와, 상미 보면 이상허니 생각하겠구먼……."

달수가 기어이 볼멘 소리를 터뜨렸다.

"뭣이라고라우?"

함평댁의 눈꼬리가 샐쭉 치켜올랐다. 달수는 내심 너무했는가 싶었다. 아무말 없이 남방셔츠를 벗었다.

"시상에 고것이 뭔 말이다요? 내가 안방에 쪼깬 들어온 것이 그렇코럼 못마땅하다요?"

함평댁은 분해 죽겠다는 얼굴로 입술을 앙다물었다.

"어허, 옷 갈아 입을랑께 쪼깬 나가주랑께 그라네……."

달수는 눙치며 한 걸음 물러서는 수밖에 없었다. 사실 생각해 보면 그렇게 박절하게 대할 수만은 없는 함평댁이었다. 지난 봄 정수라는 연실의 아들이 나타나 20년이나 소식이 없던 연실의 소식을 전해 주기 전까지만 해도, 상미나 치워버리고 나면 고만 들여 앉힐까 생각해 온 함평댁이었다. 이미 서로 살을 섞고 지내는 지도 삼년째였다.

시장 구석에서 보신탕집을 하기는 하지만 이제 고작 40을 갓넘긴 함평댁은 남에게 빠지는 인물이 아니었다. 청상으로 딸 하나를 키우며 10년 이상을 홀몸으로 지나온 함평댁에게 안달이 난 홀아비들이 적지 않다는 걸 알고 있는 달수였다. 성격도 그만하면 무던한 편이라서 3년 가까이 몸을 섞으면서노 이렇나 할 요구를 해 본 직이 없었다. 그러나 달수기 언실을 찾아 정신병원엘 드나드는 걸 알면서부터는 이따금 언제까지 이렇게 지낼 거냐고 종주먹을 대기도 했었다. 그런 함평댁 입장에서 볼 때 일주일 넘게 유치장 신세를 지고 나온 달수에게 살뜰한 저녁 준비라도 하고 싶어졌을 건 너무도 당연한 일이었는지 몰랐다.

"말이 안방이제, 상미 엄니가 살다 나간 방도 아닌디 어째서 사람한티 그렇코롬 무안을 준다요? 인자 한 3년 떡주무르듯 허고낭께 냄새가 난다 그 말이요 뭣이요?"

함평댁은 이런 날이 올 것을 예상하고 벼른 것 같았다. 핑글 눈물이 고인 눈으로 달수를 노려보며 따지듯 대들었다.

"이 사람이 어째 이려? 참말로 상미가 들어오다 보면 남사스럽겠구만."

달수는 함평댁 앞으로 다가서며 어깨를 감싸 안았다. 코에 익은 살냄새와 화장품 냄새가 달수의 건강한 욕정에 불을 질렀다.

"나도 인자 호락호락 안 넘어 갈라요."

달수의 우람한 품 속에서 함평댁이 무의미한 저항을 했다.

"안 넘어가면 어쩔 것이여?"

방금 상미가 들어설 것만 같아 신경이 쓰였지만 이미 달수의 거시기는 함평댁의 아랫배 부근에서 용트림을 하고 있었다.

"대문 잠갔다요?"

달수의 무쇠 같은 팔뚝이 전신을 죄어들자 숨이 컥컥 막히는 것 같았다. 달수의 허리를 끌어 안으며 함평댁은 숨을 몰아 쉬었다.

"안 잠겄응께 얼른 끝내자고……."

함평댁을 쓰러뜨리며 달수는 그대로 타고 눌렀다.

"아이고매… 아이고매……."

함평댁은 이미 불덩어리였다. 달수의 아랫도리가 불두덩을 찍어 누르기 시작하자 용암이 솟듯 뜨거움이 뭉클뭉클 쏟아졌다.

"워매 나죽네……."

어금니가 부서져 나가는 소리를 지르며 함평댁은 달수의 허리를 찰거머리처럼 안고 늘어졌다.

달수의 풀무질에 속력이 붙기 시작했다. 달수가 쫓기는 듯한 심정에서 풀무질을 서두를수록 함평댁의 비명 소리도 높아졌다.

"아이고매 나 죽네…… 아이고매 나 죽네……."

방사를 치룰 때마다 계속 소리를 지르며 '나 죽네'를 되풀이하는 것은 함평댁의 오랜 버릇이었다. 평소 여관방에서 일을 치룰 때라면 함평댁의 그 '아이고매' 소리는 한결 성감을 돋구는 역할을 했었지만 오늘은 달랐다. 이런 관계가 3년이나 계속되어 오는 사이였지만 안방에서 그것도 아직 해가 중천인 환한 대낮이나 다름없는 시간에 일을 치루기는 처음이었다. 거기다가 대문도 잠그지 않은 상태에서 상미가 언제 들어닥칠지 모르는 상황이었다.

함평댁의 불두덩이 으스러져라 내리 찍으며 마지막 용을 썼다. 시원하게 내뿜고 나자 시각을 지체하지 않고 몸을 일으켰다. 그러자 깍지낀 손가락으로 허리를 잡고 늘어진 함평댁은 그때사 고비를 넘기고 있었다.

"차라리 나를 죽여주랑께라우……."

전율 같은 몸부림이 앙다문 이빨 사이로 부서져 나왔다.

"고만 일어서자고……."

엉덩이를 들어 거시기부터 뽑아 올리며 바깥 기척을 살폈다. 마지 못한 듯 함평댁이 깍지 손을 풀었다.

달수는 바지를 챙겨 입으며 벌떡 일어나 창밖을 바라 보았다. 대문 앞 10여 미터쯤 밖에서 상미가 걸어오고 있었다.

"퍼뜩 일어나랑께 뭣허는가 상미 들어오는구먼……."

허리춤을 추스리며 달수가 다급한 목소리로 말했다. 아직 그 자지러들 듯한 여운이 가셔지지 않은 함평댁이었지만 상미가 온다는 말엔 겨를도 없이 벌떡 일어나 화장실로 뛰어 들었다.

"인제 오나?"

함평댁이 화장실로 뛰어든 것과 상미가 대청으로 올라선 것은 거의 동시였다. 화장실쪽과 상미를 번갈아 보며 달수는 당황한 표정을 감추지 못했다.

"아줌마 오셨나 보죠?"

화장실 쪽을 힐끗 바라보며 상미가 물었다.

"오지 말라고 했는디, 먼저 와가꼬 저녁 준비를 했는갑드라."

상미는 아버지의 대답을 등 뒤로 들었다. 자기 방으로 들어가 옷부터 갈아 입었다. 마당으로 들어서면서 상미는 안방에서 일어서는 여자가 함평댁이라는 걸 금방 알아차렸었다. 그냥 대수롭지 않게 넘길 일이었다. 그러나 함평댁이 자신을 피하듯 화장실로 사라지는 순간 상미는 까닭 모를 배신감 같은 느낌을 받았다. 함평댁보다는 아버지에 대한 감정이었다. 마루에서 자신을 내려다보던 아버지의 당황한 표정이 무엇을 의미하는지를 상미는 재빨리 감지했다.

인제 오냐고 묻는 달수의 말에 대답 대신 '아줌마 오셨나 보죠?'라고 물어본 것은 그 배신감 같은 느낌에 대한 상미의 작은 분노였다. 아버지와 함평댁 사이를 대충 눈치챈 지는 오래였지만, 안방에서 아버지와 함평댁이 함께 있었다는 사실을 상미의 바늘 끝 같은 심정은 용납하기가 어려웠다. 옷을 갈아입고도 상미는 한참동안을 방에서 오독하니 서 있었다.

"상미야 뭣 허냐 저녁 먹자."

노크도 없이 함평댁이 상미의 방문을 열었다.

"아줌만 노크도 할 줄 모르세요?"

상미의 모난 심사가 그예 반발심 같은 어조로 터져 나왔다.

"아따 성미도 원……. 반가운 생각에 문 쪼깬 연 것이 그렇고럼 잘못됐다냐?"

무색해진 함평댁이 돌아서며 혼잣말처럼 중얼거렸다.

식탁 위에는 함평댁 나름대로 신경을 쓴 듯 싶은 푸짐한 저녁 식사가 준비되어 있었다. 달수와 함평댁, 상미, 세 사람이 식탁에 둘러 앉았다. 함평댁이 상미의 눈치를 보는 듯한 어조로 이것저것 먹어보라고 설레발을 쳤지만 상미는 식사가 끝날 때까지 한 마디도 하지 않았다. 말이 없기는 달수도 마찬가지였다. 머쓱해진 함평댁도 말 없이 수저만 놀렸다.

"설거지는 제가 할 테니까 아줌마는 일찍 올라가세요."

수저를 놓으며 상미가 한 말이 마침내 함평댁의 비위를 크게 건드린 모양이었다.

"야 상미야!"

소리나게 수저를 내려 놓으며 함평댁이 파랗게 독이 오른 모습으로 상미를 노려보았다.

"대학 물꺼정 먹은 가이내가 워째 고러콤 싸가지가 없냐, 한 두 살 먹은 철부지도 아닝께 느그 아부지허고 사이를 모른다고 허든 못헐 것인디. 내가 못올 집엘 오기라도 했다는 것이냐 뭣이냐?"

핏기가 가신 함평댁의 입술이 파르르 떨리고 있었다. 함평댁의 목소리가 한 옥타브 높아졌다.

"사람이 배웠으면 배운 값을 혀야 하는 벱이여, 느그 아부지 낯을 봐서라도 대놓고 나헌티 그럴 수는 없제. 그것이 워찌 배운 사람 행동거지여?"

상미에게 삿대질까지 하려는 함평댁의 격한 노여움을 달수가 가로막고 나섰다.

"시끄러워, 그만 두지 못혀!"

달수가 눈을 부릅뜨며 함평댁에게 꽥 소리를 질렀다.

"시방 날보고 야단치는 것이요?"

함평댁의 화살이 이번에는 달수를 겨냥했다.

"기왕지사 말이 났응께 오늘 아주 결판을 냅시다. 상미 엄니 소식 듣고 부터 나헌티 안면을 싹 바꿀 모양인디, 쓴맛 단맛 다 빨아 묵고낭께 인자 나를 헌 신짝처럼 차번지것다 그 말인갑는데, 울고 불고 매달릴 나도 아닝께 아주 결단을 내자 이 말이요……."

상미는 물론 달수도 처음 보는 함평댁의 모습이었다. 눈을 허옇게 치켜 뜬 채 입에 거품을 물며 함평댁이 퍼부어댔다. 누구보다 난처해진 것은 상미였다. 공연한 평지풍파를 일으켰다는 후회가 들었다.

"아줌마, 제가 잘못했어요."

상미는 우선 난처한 자리에서 피하는 게 상책이다 싶었다. 벌레라도 씹은 듯한 얼굴로 눈을 감고 있는 아버지의 모습과 자신을 노려보는 함평댁을 번갈아보며 상미가 일어섰다. 자기 방으로 돌아와 방문을 안으로 잠그고 책상 앞에 엎드렸다.

"어째서 안 허든 짓을 허고 이런당가?"

상미를 의식한 듯한 조심스런 달수의 목소리가 들려왔다. 상미는 팔꿈치를 세워 두 손으로 귀를 막았다. 아버지는 어쩌면 함평댁의 어깨라도 다독거리고 있는지도 모른다는 생각이 들었다. 까닭 모를 외로움이 어디선가 강물처럼 밀려왔다. 두 눈을 질끈 감았다. 어두운 망막 속으로 경민의 모습이 떠올랐다. 경민의 영상과 겹쳐지는 또 하나의 얼굴이 있었다. 생소한 얼굴이었다. 그러면서도 무척 낯익은 얼굴처럼 느껴지기도 했다.

알 듯도 하고 모를 듯도 한 그 얼굴에서 어머니의 이미지를 발견해 내는 데는 한참동안의 시간이 흘러야 했다. 상미는 귀를 막고 있던 두 손을 떼어 냈다. 거실 쪽에선 아무런 인기척도 들리지 않았다. 눈을 떴다. 창가에서 노을이 부서져 내리고 있었다.

'엄마……'

잊혀진 지 오랜 엄마라는 단어를 입에 올려 보았다. 전혀 생소한 느낌에 상미는 조용히 몸을 떨었다.

"이보게 함평댁!"

상미의 방 쪽으로 신경을 쓰며 달수가 함평댁을 불렀다. 착 가라앉은 목소리였다. 목소리의 분위기나 억양만으로도 함평댁은 달수가 무슨 얘기를 하려는지 짐작이 갔다.

"말씀하시쇼……."

훌쩍 콧물을 들이마시며 함평댁이 정색을 했다.

"여러모로 내가 자네헌티 헐 말이 없게 되어버렸네……."

달수는 우선 이렇게 서두를 꺼냈다. 그러나 오랫동안 생각해 온 심중의 말을 털어내 놓기가 쉽지 않았다. 함평댁의 시선을 피하듯 얼굴은 천정으로 향한 채 지그시 눈을 감고 말을 계속했다.

"……자네허고 객지에서 만나 서로 의지하며 지낸 지가 그럭저럭 한 3년 됐네. 자네 심성이 워낙 착혀갖고 참말이재 서로 구순허니 안 지나왔는가……."

달수의 말은 자꾸만 토막이 난다. 자신의 얼굴에 집중되어 있을 함평댁의 시선을 피하듯 고개를 꺾었다. 여전히 눈을 감은 채 달수는 한참 뜸을 들였다.

"기왕지사 올 데꺼정 왔응께 속에 있는 말 다 해번지시오. 어차피 뭔 말인가를 안 들어도 알겄소마는……."

함평댁은 이미 달수가 무슨 이야기를 하려는지 알고 있다는 투였다. 오히려 달수의 말을 재촉했다.

"이심전심이란 말도 있응께 어찌 자네가 내 맴 모르고 내가 자네 맴 모르겄능가……. 이럭저럭 상미년이나 치우고나면 자네를 고만 들여앉혀야 쓰겄다고 생각헌 지는 오래 되었네……."

달수의 말은 거기서 또 끊어졌다.

"그란디, 상미 엄니가 나타남서 그 생각이 바뀌어 번졌다. 그것 아닝거라우?"

달수가 입밖에 내지 못하는 결론을 함평댁이 앞질러 꺼냈다. 그 뒷말을 마른 침을 한 번 삼키고난 달수가 빠르게 이어가기 시작했다.

"자네도 대충 짐작은 허고 있었을 것이네마는 상미 에미가 시방 지 정신이 돌아온 모양이네. 그러나 내 맴 같아서는 이미 다 끝나번진 일잉께 내 몰라라 허고 싶지만 상미 저년헌티는 즈그 에미가 눈이 시퍼렇게 살아있는디 천륜을 끊게 헐 수는 없고 헝게 어쩔 것인가?"

마치 함평댁의 동의를 구하듯 달수는 비로소 눈을 떴다.

"상미 엄니가 완전히 성한 사람이 됐다 그 말이요 시방?"

함평댁의 얼굴에서 불안한 조짐이 엿보이기 시작했다. 달수의 입에서 상미 엄마가 제 정신을 찾았다는 얘기는 처음 듣는 말이었다. 지난 봄. 느닷없이 상미 엄마 소식이 들려왔을 때 함평댁은 별다른 불안감이 없었다.

폐인이나 다름없는 정신질환자라는 달수의 설명이 붙어 있었기 때문이었다. 그 후 달수가 정신병원으로 상미 엄마를 만나러 다니는 걸 알면서도 별 다른 내색 없이 두 사람의 관계를 유지해 온 것은 달수가 상미 엄마에 대한 연민 정도로 치부했었기 때문이었다. 그러나 상미 엄마가 정상인으로 돌아올 정도로 완치가 됐다면 그것은 보통 문제가 아니었다.

지난 3년간 두 사람의 사이를 백지상태로 되돌려야 할지도 모르는 일이었기 때문이다. 달수가 가라앉은 목소리로 처음 얘기를 시작했을 때에 함평댁은 달수가 늘상 하던 대로 상미 결혼 때까지는 두 사람의 관계를 드러내 놓고 집에까지 드나드는 일은 삼가자는 정도의 얘기려니 생각했었다. 그러나 함평댁의 이런 예상은 이미 빗나가고 있었다. 달수가 결론을 내리지 못하고 얘기를 빙빙 돌릴 만큼 결과는 '끝장' 쪽으로 기울어지고 있는 것이 아닌가.

"지난번 면회 갔을 때에도 그냥 좋아지고 있다고 허길래 듣기 좋게 허는 소리려니 했는디 오늘 그 병원 원무과장이 왔다 짰는디 기의 제정신을 찾아서 인자 사람을 알아볼 것이라고 안 헝가?"

"워매, 시상에, 미친 사람이 어째 그렇고 거짓말처럼 싹 낳어 번진다요……."

달수의 말이 채 끝나기도 전에 숨가쁘게 물고 넘어지지만 이미 함평댁의 기세는 한 풀 꺾여들고 있었다.

"아직은 나도 못봤응께 모르겠네. 내일이라도 상미 자 대꼬 병원엘 갔다 와야 쓰겠네. 허지만 참말로 멀쩡한 사람이 됐다면 어쩌겠능가 자네가 양보를 해 줘야제……."

마침내 달수의 입에서 결론이 튀어나왔다. '어쩌겠능가 자네가 양보를 해 줘야제……' 라는 달수의 마지막 말은 마치 확성기를 갑자기 귓가에 들이댄 것처럼 왕왕 울리는 소리가 되어 귓바퀴를 맴돌았다.

"그동안 정의를 생각해서 내가 자네헌티 서운케는 안 할 것이네. 멀잖아 보상금도 나올 것이고 나헌티도 저축이 다소 있응께……."

달수는 내친 김에 결론을 지으려는 게 분명했다. 결국 함평댁에겐 순순히 물러서 주는 조건으로 돈을 내놓겠다는 의사를 비추고 있는 것이었다.

"내가 원제 임자허고 돈 보고 사귀었다요?"

돈 얘기가 함평댁으로서는 호재였다. 갑자기 눈에 쌍심지를 켜며 목소리를 높였다.

"누가 자네보고 돈 땀시 날 사귀었다고 했능가. 내가 미안헝께 자네헌티 서운허게 할 수는 없다 그 말이제……."

함평댁이 목소리를 높이자 달수는 또 손을 내저으며 질겁하는 시늉을 했다. 상미쪽에 신경이 쓰인다는 태도였다.

"조강지처 다시 받아들인다는디 나도 더 이상 안달할 생각은 없어라우. 돈을 주던 집을 주던 고것은 이녁 생각이고 나도 그냥 물러설 수는 없응께 상미 엄니를 한 번 봐야 쓰겠소"

함평댁이 돌연 의외의 제안을 했다.

"자네가 상미 엄니를?"

달수가 영문을 모르겠다는 듯 두 눈을 크게 떴다.

"상미 엄니가 월매나 미인인가 내 눈으로 봐야 쓰겄다 이 말이요."

달수를 바라보는 함평댁의 눈동자에 파란 불꽃이 타오르고 있었다.

"쓰잘데 없는 소리 허고 있네……. 폐인이나 다름없는 사람이 미인은 뭣놈에 미인이여……."

달수가 일단 그런 식으로 넘기려 했지만 함평댁은 고집을 꺾지 않았다.

"아니어라우, 내 눈으로 똑똑허니 보기 전에는 한 발짝도 못 물러날랑께 알아서 하시쇼"

지난 3년 동안 자신과의 관계를 생각한다면 함평댁으로서는 한 번쯤 부려볼 수 있는 오기 같은 것인지도 모른다는 생각을 달수는 했다.

"자네가 기어이 상미 에미를 한 번 봐야 쓰겄다면 못헐 것도 없네. 하지만 피차에 못헐 짓인디 뭣할라고 그런 짓을 한당가……."

뒷맛은 개운치 않았지만 달수는 일단 반승낙을 하는 수밖에 없었다.

어둠이 내려 깔린 뜨락에서 풀벌레 울음소리가 들려오고 있었다. 함평댁은 더 이상 말이 없었다. 달수도 할 말이 없기는 마찬가지였다. 그러나 무슨 말이건 해야 한다는 강박관념 같은 게 달수를 짓누르고 있었다.

"보상금이 나오면 아예 성남을 떠버릴까 싶네. 인자 그 놈의 장사도 넌더리가 나고…… 차라리 모란 가게는 자네가 맡아서 혀볼 생각은 없는가……."

생각지도 않았던 말이 달수의 입에서 불쑥 튀어나왔다.

"누구는 아파트에서 조강지처 데려다 호의호식허는디 나는 평생을 개장국 장사나 허라 그 말이요?"

생각지도 않았던 달수의 말이 오히려 함평댁의 불편한 심사를 들쑤셔 놓는 결과가 된 것 같았다. 함평댁이 눈에 쌍심지를 세우며 달수를 노려보았다.

"뺑덕에미 맨크로 워째 남의 말을 그러콤 고깝게만 생각허는가. 뭣으로건 자네헌티 도움을 줘야 쓰것다는 생각에서 해본 소린디……."

"내가 원재 그런 것 돌라캤소?"

함평댁은 무슨 말인가를 더 계속 하려다가 꿀꺽 삼키는 모양이었다.

"밖에 나가서 술이나 한 잔 허세!"

달수가 함평댁의 눈치를 살피며 식탁의자에서 슬그머니 궁둥이를 들었다. 함평댁은 별다른 반응이 없었다.

"상미야 아줌씨 가신다……."

쥐죽은 듯 인기척이 없는 상미의 방을 향해 달수가 말했다. 상미의 방문이 열릴 때 쯤에사 함평댁은 부시시 일어섰다.

"아버지도 나가시게요?"

뜰로 내려서는 달수에게 상미가 물었다.

"아줌씨 바래다 줄 겸 좀 나갔다 오마."

상미를 등진 자세에서 달수가 대답했다.

"아주머니 아까는 제가 잘못했어요."

함평댁을 향해 상미가 살포시 고개를 숙였다.

"니 심정 나도 쪼깨는 알 것 같다……."

함평댁의 목소리는 차분했다.

"안녕히 가세요……."

대문 앞까지 따라나와 상미가 함평댁을 배웅했다.

"술 한 잔 할랑게 먼저 자거라……."

함평댁보다 너댓 걸음 앞서 걷던 달수가 뒤를 돌아보며 말했다.

대문을 닫고 돌아서던 상미는 생각난 듯 뜰 아래채를 바라보았다. 이미 열흘 가까이 비어 있는 아래채는 마치 폐가처럼 엎드려 있었다. 미루나무 그림자가 흔들리는 어두운 방문이 왈칵 열리며 금방 외팔이 김상철이 뛰어나올 것 같은 착각에 상미는 얼른 시선을 돌렸다.

전신의 솜털이 일시에 일어서는 것 같은 전율이 지나갔다. 걸음을 빨리하여 대청으로 올라서는데 대문 쪽에서 인기척이 들려왔다.

"아가씨!"

누군가 분명 자기를 부르고 있는 것 같았다.

"누구세요?"

자신도 모르게 기어들어 가는 듯한 목소리가 되어 있었다.

"아가씨 나예요, 아랫방……."

여자의 목소리가 김상철의 아내라는 것을 상미는 비로소 알아차렸다.

"기다리세요. 열어드릴게……."

상미는 신발을 찾아 신으며 다시 뜰 아래로 내려섰다.

"어떻게 된 거야 아줌마?"

대문을 열어준 상미는 여자가 들어선 바깥을 휘둘러보았다. 행여라도 김상철이 함께 나타났을지도 모른다는 불안한 생각 때문이었다.

"아가씨, 여러 가지로 미안해요……."

여자의 입에선 술냄새가 났다. 여자는 핸드백을 열어 방문 열쇠를 찾아냈다.

"우리 그 이 안 왔었지요. 한 번도?"

여자가 방문을 열자 방에서 퀴퀴한 곰팡이 냄새가 풍겨나왔다.

"네, 한 번도……."

상미의 대답을 등 뒤로 흘리며 여자가 방안의 전등 스위치를 올렸다.

"실은 아가씨한테 부탁할 일이 있어서 왔어요……."

핸드백을 방 한가운데 던져놓고 여자가 돌아섰다.

"무슨 부탁인데요?"

여자에게만은 평소에도 연민 같은 감정을 느끼고 있던 상미였지만 상철이가 연관지어지는 때문인지 말소리가 자신도 모르게 딱딱해지고 있었다.

"저, 내일 새벽에 이사할 거예요, 행여나 우리 그 이가 나타나더라도 어디로 갔는지 모른다고 해 주세요. 아버님이 잘 아시겠지만 이 방 계약서는 제 이름으로 되어 있거든요 내가 아가씨에게 영수증을 써 드리고 갈 테니 보증금은 제 온라인 통장으로 좀 넣어주세요."

여자는 빠른 소리로 얘기하고 나서 스커트를 들춰 스타킹 사이에서 담배갑을 찾아내 한 개비 뽑아 물었다.

상미는 여자의 심정을 충분히 이해하고도 남을 것 같았다.

"그동안 부천에 있었어요⋯⋯."

'호' 하고 담배 연기를 내 뿜으며 여자는 묻지도 않은 말에 대답을 했다.

"새벽에 이사를 하신다구요?"

상미는 갑자기 여자가 측은하다는 생각이 들었다.

"네 다섯시까지 타이탄을 오라구 해놨어요⋯⋯."

반도 안 피운 담배를 여자는 발로 비벼껐다.

"아저씨하고는 아주 헤어질건가요?"

상미는 생각지도 않았던 말을 여자에게 불쑥 물었다.

"그 인간하고는 이제 영영 남이에요. 벌써 헤어졌어야 하는 건데 인간이 불쌍해서 하루 이틀 미뤄 왔었지만⋯⋯."

여자가 송충이라도 떨어내는 듯한 표정을 하며 두 손을 내저었다.

"아버님한테 말씀드려서 보증금은 내일중에 제가 책임지고 송금시켜 드릴게요."

여자의 입에서 상철이의 얘기가 더 계속될지도 모른다는 생각에 상미는 서둘러 얘기의 결론을 냈다.

"이사갈 땐 내다 보실 것도 없어요. 그냥 조용히 떠나갈 테니까⋯⋯."

2년 남짓 됐는가 싶었다. 상철이네가 이사를 온 것이 언제쯤인가를 상미는 생각해봤다. 여자도 2년쯤 정 붙이고 살던 집에서 떠나간다는 게 약간은 아쉬운 듯한 기색으로 달빛이 쏟아지는 뜨락 한 쪽의 화단을 바라보았다. 이사를 간다는 사실보다는 10여년 간 살을 섞으며 살아온 부부관계를 무 자르듯 딱 잘라버리고 도망치듯 떠난다는 게 조금쯤 마음에 걸리는 것 같았다.

"그 인간도 팔 하나를 잃어버리기 전까지는 제법 살려고 노력도 했는데⋯⋯."

여자가 하늘을 쳐다보며 혼잣말처럼 중얼거렸다.

"영수증은 지금 써 주시겠어요?"

여자로 인해 상철의 기억을 떠올려야 하는 것은 참을 수 없는 일이었다. 상미는 여자와의 대화를 빨리 끝내고 싶었다.

"네 그러지요. 제가 영수증 쓰는 동안 인주 있으시면 좀 빌려주세요."

여자가 금방 표정을 바꿨다. 상철이와의 추억 따위를 씹고 있기엔 지금부터 할 일이 많다는 그런 얼굴이었다.

상미는 말없이 방으로 돌아와 인주통을 찾아들고 나왔다. 문지방에 걸터앉아 수첩을 찢어낸 종이조각에 여자는 영수증을 쓰고 있었다.

"글씨를 참 예쁘게 쓰시네요……."

여자가 인주를 찍어 내미는 영수증을 들여다보며 상미가 말했다. 진심이었다.

"고등학교 졸업때 우리 반에서 2등이었다우……."

여자의 얼굴에 다시 자조 섞인 미소가 떠올랐다.

"그럼 수고하세요."

여자의 얘기에 자꾸 말려들다 보면 끝이 없을 것 같았다.

"그동안 신세 많이 졌어요……. 아버님께는 인사도 못드리고 떠났다고 말씀 좀 잘 드려주세요."

여자가 깍듯한 인사말을 남겼다.

"그럼 안녕히 가세요."

상미는 여자에게 목례를 보내고 돌아섰다.

쉽게 잠이 올 것 같지 않았다. 책상 앞에 마주앉으며 전축을 틀었다. 오래된 전축은 칙칙거리고 잡음이 났지만 테이프를 듣기엔 그런대로 쓸만했다. 즐겨 듣는 차이코프스키의 교향곡 제6번 〈비창〉이 흘러나왔다. 여느때와 달리 음악 속에 깊이 빨려들 수 없었다. 책장을 뒤적거려 보기도 하고 방안을 서성대기도 하며 상미는 마음을 가라앉히려 애썼다.

비창이 거의 끝나갈 무렵 여자는 부엌 살림을 정리하는 것 같았다. 뜰 아랫방과 붙어있는 부엌 쪽에서 그릇 부딪치는 소리들이 들려왔다. 전축과 전기를 모두 끄고 상미는 이부자리를 폈다. 억지로 잠을 청했다.

설핏 잠이 들었던 상미는 대청 미닫이가 열리는 기척에 풀쩍 잠이 깼다. 머리맡에 놓여있는 자명종시계를 들여다보았다. 12시 30분을 가리키고 있었다. 잠옷 위에 쉐터를 걸치며 상미가 대청으로 나섰다.

"왜 여태 안 잤나?"

식탁 위에 주전자에서 물을 딸아 들이키던 달수가 돌아보았다.

"꿀물 타 드려요?"

상미는 기왕 잠이 깬 김에 아랫방 여자의 얘기를 해야겠다고 생각했다.

"생각없다……."

달수는 상미의 시선을 피하듯 안방으로 들어가려고 했다.

"아랫방 여자 새벽에 이사간대요."

아래채 쪽에는 아직 불이 켜져 있었다.

"그래?"

달수가 뜰 아래채를 돌아보았다.

"보증금은 아랫방 아줌마 통장에 입금시켜 달래요. 영수증은 제가 받아 뒀어요."

"마침 잘 됐구나……."

달수는 상미가 선뜻 알아듣기 어려운 대답을 했다.

"어차피 아래채엔 딴 사람이 오기루 돼 있다……."

달수가 쇼파에 걸터앉으며 비로소 상미를 바라보았다.

"딴 사람이라니 누구요?"

상미도 식탁 앞 의자에 걸터앉았다.

"병원 원무과장인데 오늘 낮에 벌써 주민등록을 우리 집으로 옮겨놓은 모양이더라……."

상미로서는 종잡을 수 없는 얘기였다. 상미는 달수의 다음 말을 기다렸다.

"너, 느그 엄니한테 한 번 안 가보겠냐?"

상미의 시선을 외면한 채 달수는 느닷없이 어머니 얘기를 꺼냈다.

"……."

상미는 대답 대신 달수의 옆 모습을 빤히 바라보았다.

"느그 엄니 입원해 있는 병원 과장인디 아직 집 한 칸도 없는 갑드라……. 이 집 철거때 아파트 입주권이라도 한 장 얻게 해달라고 하도 부탁해 쌌기에, 내가 그라라고 혔다.”

비로소 달수의 말에 이해가 갔다. 그러나 상미는 계속 입을 다물고 있었다.

“과장 말로는 느그 엄니가 제 정신으로 돌아왔다고 허드라…….”

상미에게 생각할 시간이라도 주려는 듯 달수가 먼저 쇼파에서 일어섰다.

“아랫방 보증금은 니가 알아서 입금시켜 줘라. 5백만원이다”

아래채 쪽으로 시선을 한 번 던지고 달수는 방으로 들어섰다.

“엄마를 집으로 모셔올 건가요?”

방으로 들어서던 달수가 상미의 물음에 마치 감전이라도 된 사람처럼 우뚝 섰다.

“그래야 안 쓰것냐…….”

상미에게 등을 보인 자세에서 달수가 느릿느릿한 목소리로 대답했다.

“함평댁 아줌마는 어떻게 하실 거죠?”

상미가 의자에서 발딱 일어섰다. 아버지로서가 아닌 한 남자의 무책임 앞에서 상미의 감정은 야무진 항의를 하고 있는 것이다.

“그 일은 네가 신경 쓸 것 없다. 어차피 정리해야 할 사인께, 서운치 않게 해주마고 아까 얘기를 혔다.”

달수가 천천히 돌아섰다.

“나가 이미 맴 속으로 느그 엄니를 용서했웅께 너도 느그 엄니를 받아 들여야 안 쓰겠냐… 천륜이란 워쩔 수가 없는 법잉께…….”

달수의 어눌한 말소리는 자꾸만 토막토막 끊어지고 있었다.

“비록 너나 나헌티는 못쓸 짓을 혔지만 느그 엄니도 20년간 속이 편하든 안 혔을 것이다…… 인자사 얘기다마는 지난번 면회갔을 땐 봉께, 나를 알아보는 것 같지도 않드라만 마루 바닥에 꿇어 앉아가꼬 두 손으로 싹싹 안 빌드냐…….”

달수의 얘기는 또 끊어졌다. 그러나 상미는 더 이상 함평댁의 일로 아버지에게 추궁하는 것은 무의미하다는 것을 깨달았다. 함평댁과 비교 되기엔 아버지에게 있어 어머니의 비중이 너무 큰 것 같았다. 아버지가 엄마에게 가지고 있는 감정이 연민이든 사랑이든 그런 것은 문제도 될 수 없었다. 다만 아버지에게 있어서 엄마라는 존재는 아버지의 지난 20년 세월과 맞 바꿔도 아깝지 않은 절대적인 존재인 것만은 부인할 수 없는 것 같았다.

"내일 병원에 같이 가요, 아버지……."

상미의 가슴 속이 갑자기 따뜻해지고 있었다. 그 따스함은 어디서부터인가 소리없이 밀려왔다.

"그래 주것냐?"

달수의 무표정한 얼굴에 기쁨의 조각 하나가 후딱 떠오르는 것을 상미는 보았다. 그러나 그 기쁨의 조각과 엇갈려 당혹감이 떠돌았다.

"실은 함평댁허고 같이 가기로 했었다만서도……."

달수는 당혹감을 감추려 하지 않았다. 잠시 생각하는 얼굴이었지만, 아버지는 상미에게 모든 일을 다 얘기 해주기로 결심한 것 같았다.

"함평댁은 좋은 여자다……."

상미의 시선을 정면으로 받으면서도 달수는 남남하게 말을 시작했다.

"느그 엄니 소식을 듣기 전까지만 혀도, 니 새 엄니로 맞아들일 생각을 하고 있었지. 허지만 늬 엄니가 제정신을 찾았다는 마당에 사리 분별 없이 들어앉겠다고 떼를 쓸 여자는 아니제……. 그대신 자기가 물러나는 조건으로 느그 엄니를 한 번 꼭 지 눈으로 봐야 쓰것다고 안 허드냐. 이유인즉 느그 엄니가 월매나 이쁘길래 내가 20년씩 찾아헤맸는가 지 눈으로 확인해야 쓰것단다……."

달수는 이미 마음의 여유를 찾고 있었다. 말끝에 달수는 희미하게나마 웃음을 떠올렸다.

"그렇다면 잘 됐네요 뭐, 셋이 같이 가지요, 아버지."

상미도 배시시 웃음을 떠올렸다.

"그래도 쓰겄냐?"

달수는 이제 완전히 한시름 놓았다는 말투였다.

"엄마가 그렇게 예뻐요 아버지?"

가슴이 자꾸 더워오는 때문일까. 상미는 밝게 웃었다. 자신이 생각하기에도 무척 오랜만에 웃어보는 것 같았다.

"처녀때 느그 엄니는 너하고는 비교도 안 될 만큼 이뻤어야……."

달수는 고개까지 끄덕이며 아주 진지한 얼굴로 말했다.

가슴 속에서 뜨거운 응어리가 울컥 치솟았다. 그것은 상미가 철이 든 후 아버지에게서 처음 느끼는 진한 감동의 응어리였다. 비로소 아버지가 엄마를 얼마나 사랑했는가를 알 수 있을 것 같았다.

"일찍 주무세요 아버지……."

울음이 묻어날 것 같아 상미가 먼저 돌아섰다.

"그래 너도 잘 자거라……."

오래간만에 들어보는 것 같은 아버지의 정겨운 목소리였다.

예정대로라면 출근을 서둘러야할 시간에 상미는 이불 속에서 눈을 떴다. 새벽까지 잠을 못 이루면서 상미는 오늘 하루 더 회사를 쉬기로 마음을 굳혔기 때문이었다. 엄마를 그것도 20년동안 죽은 것으로 되어 있던 엄마를 만난다는 설레임과 방지환에 대한 작은 저항의 표시로 회사에 나가는 일을 하루쯤 연기하는 것이 당연한 결론처럼 마음에 부담을 주지 않았다.

오래간만에 늦은 아침을 먹고 상미는 외출 준비를 시작했다.

"어머 멋져요 아빠!"

안방에서 나오는 달수는 상미가 생전 처음 보는 정장 차림이었다. 상미가 일어나기도 전에 아버지가 이발소에 다녀온 것은 알고 있었지만 아버지가 언제 준비했었는지 모를 정장차림으로 나서는 데는 상미는 한 번 더 코허리가 찡 해오는 진한 감동을 느꼈다.

"어째 어색한 것 같지 않으냐……."

넥타이를 매만지며 달수가 약간은 쑥스럽게 웃었다.

"너무 근사해요 아버지……."

달수 앞으로 다가서며 상미는 약간 삐뚤어진 넥타이를 바로 잡아 주었다.

"뭣을 그러코 바라보냐, 사람 무안허게스리……."

달수가 서둘러 마당으로 내려섰다.

아득한 옛날, 아버지를 따라 초등학교 입학식을 하러 가던 때의 기억이 떠올랐다. 그때 그런 기분으로 상미는 아버지에게 붙어서며 팔장을 꼈다.

"택시를 타야겠다……."

달수가 지나가는 택시에게 손을 들었다.

달수가 집에서 출발하기 전에 함평댁에게 전화로 연락을 취해둔 모양이었다. 모란시장 입구에서 함평댁이 기다리고 서 있었다. 파라솔까지 받쳐든 함평댁은 있는 대로 멋을 부린 것 같았다.

"장가 드는 새 신랑도 아닌디 이 더운 날 먼 멋을 그러콤 부렸다요?"

택시에서 내려 서는 달수를 훑어내리며 함평댁이 하얗게 눈을 흘겼다.

"나야, 그렇다치고 임자야말로 웬 멋을 그리 부렸는가……."

함평댁의 정장 차림을 힐끗 쳐다보고 나서 달수는 헛기침을 했다.

"아줌마, 아주 딴 사람 같네요……."

상미가 의식적으로 명랑한 목소리로 함평댁에게 말을 걸었다.

"상미, 너도 가냐?"

말은 상미에게 하면서 함평댁은 달수를 바라보았다.

"어차피 지 에미 얼굴을 익혀둬야 쓸 것 아닌가베……."

지나가는 서울 택시에 손을 들어보이며 날수가 상미의 내답을 가로 막았다.

"제가 앞에 탈게요."

택시가 멎자 조수석에 타려는 함평댁을 만류하고 상미가 앞좌석에 올라앉았다. 뒷좌석에는 함평댁이 먼저 오르고 뒤를 이어 달수가 자리를 잡았다.

상미는 애써 뒷좌석에 신경을 쓰지 않기로 마음먹었다. 등받이에 깊숙이 몸을 묻으며 눈을 감아버렸다. 달수나 함평댁은 모두 말이 없었다. 냉방장치가 없는 택시 안은 찜통처럼 무더웠다. 활짝 열린 차창에서도 무덥고 끈끈한 바람만 밀려들었다. 이래 저래 차 안에는 무겁고 후덥지근한 공기가 맴돌았다. 공연히 고집을 부려 아버지와 함평댁 사이에 끼어들었다 싶은 가벼운 후회가 일어났다.

"임자가 자 에미를 직접 만나볼 필요는 없을 것 아닌가베……. 그냥 먼발치서 보기나 허지 그런가?"

달수는 함평댁을 만나면서부터 쭈욱 그 생각을 하고 있었던 것 같았다. 차가 청량리 쪽으로 접어들자 그렇게 말하는 소리가 들렸다.

"식구끼리 만나는디 훼방은 안 놓을 것잉게 염려 붙들어 매시쇼."

함평댁의 가시 돋힌 음성을 들으며 상미는 차라리 귀를 막고 싶었다. 차가 병원 구내로 들어서고 있었다.

"어디 시원한 그늘 밑에서 기다리고 있으소……."

달수가 함평댁의 확답이라도 받아 내야겠다는 듯 차에서 내리며 한번 더 못을 박았다. 함평댁은 대답대신 주위를 두리번거렸다. 자신이 기다려야 할 마땅한 장소를 찾는 모양이었다.

"어서 오시오. 천 선생…… 하하 축하합니다……."

원무과로 들어서자 과장이 반색을 하며 다가왔다.

"수고허십니다……."

달수가 손등으로 땀을 닦으며 허리를 굽신했다.

"따님도 같이 오셨군요. 자 어서……."

안내를 하며 과장은 수선스러울 만큼 친절했다.

"미스 김, 병동에 연락해서 이연실씨 면회실로 모셔오도록 연락해요."

플라스틱 쟁반에 콜라 두 잔을 받쳐들고 온 원무과 여직원에게 과장이 말했다. 상미는 콜라를 단숨에 마셔 버렸다. 갈증 때문만은 아닌 답답함이 조금쯤 트이는 것 같았다.

"따님이 어머니를 고대로 빼 닮으셨군요……."

환자의 건강이 눈에 뜨이게 좋아졌으며 지난 번 때와는 영 다른 사람이 되어 있으리라는 둥 계속 지껄이던 과장이 상미를 바라보며 말했다. 제3자의 입을 통해 자신이 엄마를 닮았다는 얘기는 처음 들어보는 상미였다.

"과장님 이연실씨 면회실에 도착하셨답니다."

10여분쯤 지났을 때 콜라를 날라왔던 여직원이 다가와서 말했다.

"자, 면회실로 가시지요."

과장이 먼저 일어섰다. 달수와 상미는 과장의 뒤를 따랐다.

면회실은 구내식당과 비슷한 분위기였다. 음료수와 빵, 과자 등의 식품과 비누 칫솔 따위를 파는 간이매점이 한 쪽 구석에 마련되어 있고 홀 안은 식탁 너댓개와 의자가 여기저기 널려 있었다. 환자복 차림의 두 남자와 칠팔 명의 가족인 듯한 면회객들이 두 개의 테이블과 의자를 차지하고 있었다. 세 사람이 안으로 들어서자 오른쪽 구석의 빈 테이블 앞에 앉아있던 여자가 발딱 일어섰다.

'엄마구나……'

상미는 직감적으로 느낄 수 있었다. 심장의 고동이 일시에 얼어붙는 듯한 강한 충격에 상미는 숨을 멈췄다.

천천히 다가서는 상미의 시선이 연실의 시선과 소리내며 부딪혔다. 분명히 연실은 자신을 알아보는 것 같았다. 연실의 시선과 표정이 크게 흔들리고 있었다. 입가에 경련이 일어나고 있었다.

"이연실씨, 따님과 천 선생을 알아보시겠습니까?"

원무과장이 웃는 얼굴로 연실에게 말을 걸었다. 그러나 과장의 말이 채 끝나기도 전에 연실은 허물어졌다. 두 손으로 얼굴을 감싸 안으며 고목처럼 털썩 주저앉은 연실은 탁자 위에 얼굴을 박았다. 상미와 달수가 탁자 앞으로 다가섰을 때에는 어깨에 격렬한 파문이 일고 있었다. 탁자 위에서 머리를 좌우로 흔들며 연실은 몸부림치듯 울었다. 지루한 느낌을 주는 긴 울음이었다.

"실컷 울도록 놔두십시오, 한찬 울고 나면 진정이 될 겁니다……"

과장이 달수에게 귓속말을 했다. 달수는 천천히 고개를 끄덕이며 격렬하게 흔들리는 연실의 어깨를 말없이 내려다보고 있었다.

"내가 죽일 년이여라우……"

긴 울음의 꼬리에 연실의 자책이 넋두리처럼 딸려나오기 시작했다.

"당신허고 상미헌티 지은 죄는 죽어 송장이 되어도 용서받을 수 없는 일인디 이런 못된 년을 뭣헐라고 성한 사람으로 맨들어놨다요…… 상미 아부지 이 년을 죽도록 두들겨 패시쇼……. 이 년이사 상미 아버지헌티 맞아 죽으면 원도 없겠소……. 내가 환장을 했어라우, 부처님 겉은 당신허고 동서남북도 모르는 상미를 내번져두고 집을 나간 이 년은 환장한 년이어라우……."

연실의 목소리는 울음과 뒤범벅이 되어 띄엄띄엄 끊어졌다. 말소리가 끊어지면 연실은 이마로 탁자를 쿵쿵 소리가 나게 내려 찧기도 했고 머리털을 쥐어 뜯기도 했다.

몸부림치는 연실과 그런 연실을 묵묵히 내려다보는 달수 사이에서 상미는 가슴이 답답해 왔다.

"천 선생, 이제 그만 진정을 시켜 보세요, 너무 흥분하면 아직 건강에 해롭습니다."

과장이 달수의 등을 다독거리며 슬그머니 자리에서 물러났다.

"지 잘못을 알 정도로 정신이 돌아왔응께 다행이네……."

달수가 연실을 향해 내뱉은 첫마디였다. 눈을 감은 채였다.

연실 어깨의 격렬한 흔들림이 감전이라도 된 듯 딱 멈춰지는 걸 상미는 보고 있었다. 그 순간 달수의 한 마디는 연실에게는 엄숙한 선고였으리라. 상미는 착잡한 감정으로 달수의 다음 말을 기다렸다.

"용서는 상미한티 빌어야제……. 미물이나 짐승도 지 새끼는 안 버린다는디……."

달수가 안간힘을 쓰며 삭이고 있는 것은 분노일까 연민일까. 자꾸만 격해지려는 자신을 추스르듯 달수는 어금니에 힘을 주며 말을 뱉었다. 이빨 사이로 새어 나오는 달수의 울음을 상미는 분명히 의식했다. 연실이 천천히 고개를 들었다. 아직은 핏기라고는 없는 새하얀 얼굴이었다. 쉬임 없이 흘러내리는 눈물을 닦을 생각도 하지 않고 연실은 상미를 바라보았다.

"상미야……. 니가 상미냐……."

핏줄이 파랗게 드러나는 두 주먹을 움켜 쥐고 연실의 상체가 문풍지처럼 떨리고 있었다. 상미는 화석처럼 앉아있었다. 무슨 말이건 해야 한다고 의식은 아우성을 치고 있었지만 말이 되어 나오지 않았다. '그래요 엄마, 내가 상미애요'라고 말해 주고 싶었다. 그러나 쉽게 입이 떨어지지 않았다. 입 속에 침이 바삭바삭 소리를 내며 말라드는 것 같았다. 가까스로 상미는 고개만 끄덕거렸다.

"상미야!"

부르짖듯 외치며 연실이 의자에서 바닥으로 굴러떨어지듯 내려앉았다. 시멘트 바닥에 무릎을 꿇으며 연실의 상체가 상미의 무릎 위로 쓰러져 왔다.

"상미야, 이 에미를 용서해라……."

상미의 허벅지 사이에 얼굴을 파묻고 연실의 두 손은 허공을 한 주먹씩 움켜잡았다. 상미는 자신도 모르는 사이에 파르르 흔들리는 연실의 두 주먹을 양 손으로 부여잡았다. 연실의 손길에선 상상할 수 없을 정도의 강한 힘이 전해져 왔다. 상미의 손아귀가 얼얼하도록 연실의 손길은 강했다. 연실의 손가락과 상미의 손가락들이 깍지를 끼며 맞물렸다. 네 개의 손은 전율처럼 흔들렸다. 상미의 가슴 속이 뜨거워지고 있었다. 이글거리는 불덩이를 삼켜 버린 듯 뜨거워진 가슴에서 불끈 치솟는 응어리가 있었다.

"엄마!"

상미도 마침내 무너졌다. 엄마라고 외치는 순간 번쩍 고개를 드는 연실의 얼굴을 얼싸 안으며 상미도 구르듯 의자에서 떨어져 내렸다.

"상미야!"

"엄마!"

연실의 가슴 속에서 상미도 결국은 울음을 터뜨렸다. 이유를 분명히 설명할 수 없는 울음이었다. 다만 뜨거운 눈물이 한없이 뺨을 적셨다. 참으로 생소한 느낌이었다. 연실의 가슴에 얼굴을 묻고 이번에는 상미가 무섭게 흐느꼈다.

"고만들 허고 일어나여……."

달수의 목소리가 꿈결처럼 멀게 느껴졌다.

"일어나랑께……."

달수가 상미와 연실의 어깨를 잡아 일으켰다. 세 사람은 한 덩어리가 되어 일어섰다.

"그만 울어요, 엄마……."

상미가 핸드백에서 손수건을 찾아내어 연실의 얼굴에서 눈물자욱을 닦아내기 시작했다. 그러면서 상미는 비로소 연실의 얼굴을 찬찬히 살펴보았다. 상미의 눈에서도 아직 눈물은 흐르고 있었다. 연실의 손가락이 상미의 눈물을 닦아내고 있었다. 그러면서 연실은 상미의 얼굴을 눈 속으로 빨아들일 듯 하나하나 뜯어보고 있었다.

상미는 연실의 얼굴을 바라보면서 마치 화장을 지운 자신의 얼굴을 뿌옇게 흐린 거울 속에 비쳐보고 있는 듯한 착각에 사로잡힐 정도였다. 자신이 너무나도 엄마의 모습을 빼어 닮았다는 사실에 전율보다 강한 충격을 받고 있었다.

"상미야, 어쩜 요로콤 예쁘게 자랐냐……."

연실에게도 그런 충격은 마찬가지인 모양이었다. 상미의 얼굴을 수없이 쓰다듬으며 연실은 보고 또 들여다 보았다.

달수가 탁자 위에 굴러다니던 신문지를 찢어 핑 소리가 나도록 코를 풀었다.

"엄마…… 엄마를 용서할게요……"

손수건으로 눈물을 닦아내며 상미는 어렵던 한 마디를 그에 토해냈다.

"고맙다 상미야……"

밀랍인형처럼 핏기가 없던 연실의 얼굴에 진달래빛 환희가 스쳐가는 걸 상미는 의식했다.

상미의 오른손을 두 손으로 감싸쥐고 있는 연실의 손길에서 힘이 전해져 왔다. 연실의 손바닥에선 땀이 번지고 있었다. 그 끈끈한 손바닥이 그러나 조금도 불쾌하거나 스멀스멀한 기분이 느껴지지 않는 게 상미는 신기했다. 이런 것인가. 핏줄이 땡긴다는 건 이런 걸 두고 하는 말인가. 상미의 손에도 땀이 나기 시작했다.

함평댁이 슬그머니 면회실 안으로 들어선 건 그때였다.

찔끔 놀란 달수가 함평댁 앞으로 다가서려다 말고 연실을 돌아보았다. 정도의 차이는 있었지만 당황하기는 상미도 마찬가지였다. 자신도 모르는 사이에 엄마 앞에서 아버지와 묘한 공범의식을 느끼고 있었던 것 같았다. 연실과 함평댁을 번갈아보며 상미의 표정이 굳어졌다.

"아는 분이냐?"

함평댁을 돌아보고 난 연실이 상미에게 물었다.

"동네 아줌마예요……"

고개를 까닥거리며 상미가 얼버무렸다.

"같이 온 거냐?"

연실의 얼굴에 불안한 그림자 하나가 후딱 떠올랐다.

"네."

더 이상의 대답을 상미는 할 수가 없었다. 도움을 청하듯 달수의 얼굴을 쳐다보았다. 달수의 얼굴에 이미 당혹감은 사라져 있었다. 모든 것을 연실에게 털어놓을 것 같은 그런 얼굴이었다. 함평댁은 상미네와는 너댓 걸음 떨어진 구석 자리에 앉아 손으로 활랑활랑 부채질을 하고 있었다.

"기왕 들어왔응께 이리 오소!"

달수가 지어낸 듯한 큰 소리로 함평댁을 불렀다.

파들파들 떨리는 연실의 불안한 시선이 정점을 찾으려고 안간힘을 쓰고 있는 것을 상미는 보았다. 함평댁을 이쪽 테이블로 부르는 달수가 잔인하다는 생각마저 들었다. 함평댁이 상미네 앞으로 걸어왔다.

"인사허시게, 이 쪽은 상미 에미……."

시선 둘 곳을 찾지 못한 달수가 잠시 말을 끊었다.

"여기는 함평댁이라고 모란시장에서 장사하는 아줌씬디, 지난 수년동안 상미나 나헌티 많은 맴을 써준 분이여……."

연실이 듣기에 따라서는 여러 각도로 생각해 볼 수 있는 표현이었다. 그러나 달수는 비교적 솔직하게 함평댁을 소개하고 있는 것이라고 상미는 생각했다.

"안녕하세요."

연실이 먼저 자리에서 일어서며 고개를 숙여보았다.

"성한 몸이 되셨당께 참말로 잘된 일이네요……."

연실의 얼굴을 빤히 바라보며 함평댁도 약간 고개를 숙여보였다.

"그동안 우리 상미와 상미 아부지를 보살펴 주셨다는데 아마 혼자 사시는가 보죠?"

연실로서는 가장 궁금한 문제일 수밖에 없는 일이라고 상미는 생각한다. 억지로 지어내던 입가의 미소마저 사라진 연실이 단도직입적으로 묻고 있었다.

"과부 된 지 10년 째라우……."

함평댁의 입가에 자조 섞인 웃음이 떠올랐다.

"네……. 그러셨군요……."

연실의 얼굴은 이미 절망적으로 이그러지고 있었다.

"아직 몸도 덜 성헌 사람헌티 뭔 쓰잘 데 없는 소리를 헐라고 그렁가……."

달수가 두 사람 사이를 가로막고 나섰다.

"모녀지간에 얘기나 좀 더 나누도록 우린 저리 나가세……."

달수가 함평댁의 팔을 잡아 끌었다.

"이 팔 노시쇼, 내 발로 걸어나갈랑께."

달수의 손길을 홱 뿌리치며 함평댁이 돌아섰다.

"몸 조리 잘 혀가꼬 윔늠 퇴원하시쇼"

출입문 쪽으로 발자욱을 떼어놓던 함평댁이 뒤를 돌아보며 연실에게 말했다.

"안녕히……."

'가세요' 라고 말을 맺지 못하고 연실은 의자에 털석 주저앉았다.

"내 잠깐 나갔다 오마."

달수가 함평댁의 뒤를 따라 출입문을 빠져나갔다.

"신경 쓰지 마, 엄마."

상미는 넋이 나간 사람처럼 멍하니 앉아 있는 연실에게 그런 말밖에 할 수가 없었다.

"느 아부지가 이 못된 에미를 생각허고 20년 세월을 혼자 살았으리라고는 생각 안 혔다……."

연실의 말꼬리에 긴 한숨이 딸려 나왔다.

"엄마가 생각하는 것처럼 심각한 사이는 아니예요, 물론 엄마 소식을 몰랐을 땐 서로 의지하고 지내시는 눈치였지만……."

이제 연실에게 설명할 책임은 상미에게로 미루어진 셈이었다. 상미는 비교적 담담하게 함평댁과 아버지의 사이를 설명했다.

"……하지만 이제 엄마가 퇴원해서 집으로 돌아오면 모든 건 다 정상으로 되돌아 올 거예요……."

연실에게 들려주면서도 상미는 과연 그렇게 될까 라고 속으로 자문했다.

"어머님은 오늘 당장이라도 퇴원하실 수 있습니다……."

어느 곁엔가 원무과장이 다가서 있었다.

"과장님, 전 당분간 더 병원에 있을 거구만요……."

연실이 과장을 향해 중얼거리듯 말했다. 불과 몇분 전과는 달리 연실의 눈동자엔 초점이 없었다. 상미는 와락 겁이 났다. 생각지도 않았던 함평댁의 출현으로 인해 엄마가 쇼크를 받아 이상해질지도 모른다는 생각이 들었기 때문이었다.

"엄마가 걱정할 그런 정도가 아니라고 했잖아 엄마!"

상미는 연실의 팔을 가만가만 흔들었다.

"자네, 참말로 어째 이러는가?"

달수가 홀쩍 돌아서며 함평댁에게 삿대질을 했다. 병원 현관 앞에서였다. 함평댁은 달수를 힐끗 쳐다보고 나서 고개를 외로 꼬았다. 무슨 말이건 하고 싶은 눈치였으나 달수의 등등한 기세에 주춤하는 듯한 얼굴이었다.

"성치도 않은 사람헌티 나가 그동안 당신 서방허고 살을 섞고 지냈소오 라고 광고를 하고 싶은 것이여 뭣이여?"

달수의 말소리가 자꾸만 격해지고 있었다. 목덜미까지 벌겋게 달아 오른 달수는 함평댁을 후려치기라도 할 듯 노려보았다.

"나는 갈랑께 잘 먹고 잘 사시오."

먼 하늘을 바라보며 우둑허니 서 있던 함평댁이 중얼거리듯 말했다. 그리고 함평댁은 정문 쪽을 향해 걸어가기 시작했다.

"이거봐!"

달수가 두어 걸음 뒤쫓아가며 함평댁을 불렀다. 그러나 뒤돌아 보는 일도 없이 함평댁은 걸음을 빨리 했다. 병원운동장 한복판에서 달수는 우두커니 서 있었다. 그렇게 서 있는 동안 함평댁의 모습은 달수의 시야에서 사라졌다. 함평댁이 돌아나간 정문 옆 포플러 나무 위에서 매미가 울고 있었다.

"미안허시……."

매미가 달려 있음 직한 포플러나무 꼭대기를 응시하며 달수가 뇌까렸다. 나뭇잎 사이에서 햇살이 부서지고 있었다.

"천 선생, 퇴원 수속하시겠습니까?"

병원 현관으로 들어서는 달수를 기다리고 있었던 듯 과장이 마중나오며 물었다.

"그래야 쓰겄지라우……."

달수는 약간 멍한 기분이 되어 있었다.

"환자 본인은 퇴원을 안 하겠다고 하는 거 같던데요……."

과장이 달수의 표정을 살피며 말끝을 흐렸다.

"지가 얘기해 보지라우."

과장에게 의미없이 허리를 굽신해 보이고 달수는 면회실 쪽을 향해 걸었다.

"상미야, 느그 엄니 옷 갈아 입혀가꼬 퇴원준비 허자!"

면회실에 들어선 달수는 연실과 상미의 분위기를 의식적으로 무시한 채 두 사람을 번갈아 보았다.

"상미 아부지, 나 집으로는 안 갈라요."

달수에게 비스듬히 등을 돌린 자세에서 연실이 착 가라앉은 목소리를 냈다.

"뭔 소리여 시방?"

연실의 기분을 몰라서 묻는 소리가 아니었다.

"상미 아부지를 원망헐 생각은 손톱만큼도 없어라우. 그리고 나가 그럴 자격도 없지라우…… 그렇께 내 부탁이나 하나 들어주시오……"

감정의 색깔이 전혀 느껴지지 않는 목소리였다. 연실은 말을 계속했다.

"아까참에 봉께로 그 홀엄씨허고 서로 의지허고 지낸 성 싶던디. 나 생각일랑 쪼깬도 허지 말고 그냥 그대로 지내시쇼, 그대신 행편이 괜찮으시 담 나한티 쪼맨한 방이나 하나 얻어주시오. 그작저작 혼자 지내다가 우리 정수가 돌아오거든 둘이서 살라요……"

연실이 갑자기 고개를 툭 떨어뜨렸다. 상미는 마치 불에 데이기라도 한 듯 흠칫 놀라며 달수를 바라보았다. '우리 정수가 돌아오거든 둘이서 살라요……'라는 연실의 마지막 말은 상미 뿐만 아니라 달수에게도 충격을 준 것 같았다.

"뭣이라고?"

달수는 그렇게 반문했을 뿐, 다음 말을 잇지 못했다.

상미의 머릿속이 갑자기 혼란해졌다. 정수라는 낯선 이름이 엄마의 입에서 튀쳐나오는 순간 상미는 자신과 엄마 사이에 얼마나 깊은 골이 패어 있는가를 실감할 수밖에 없었다. 엄마에게 아들이 있었다는 사실은 분명 아버지를 통해 듣고 있었다. 그러나 의식적으로 노력해 온 것도 아닌데도 상미는 까맣게 잊고 있었다. 그러나 엄마의 입에서 '정수하고 같이 살라요……'라는 말이 나오는 순간 '엄마를 용서할게요'라고 말했던 자신의 뜨거웠던 가슴에 화산재 같은 까만 앙금이 내려 덮이는 것을 의식했다.

"정수란 놈 돌아올려면 아직 2년이나 남았어……."

달수의 목소리가 마치 깊은 동굴 속에서 들려나오는 것처럼 우렁우렁한 울림이 되어 귓바퀴를 맴돌았다.

상미는 자리에서 가만히 일어섰다. 더 이상 자신이 엄마의 손을 붙잡고 있는 것은 무의미한 일인 것만 같았다. 이제부터 감정의 대차대조표를 정리하는 일은 아버지와 엄마의 몫이라는 생각도 들었다.

"저 바람 좀 쏘이고 올게요……."

엄마, 아빠 그 어느 쪽도 아닌 채 어정쩡한 말을 남기고 상미는 면회실에서 걸어나왔다.

병원 앞 마당을 서성대다가 상미는 나무그늘 밑 벤치를 찾아 앉았다. 머리와 가슴이 온통 텅 비어버린 것 같았다. 엄마의 품에 안겨 자신이 왜 그토록 서럽게 울어야 했는지를 상미는 곰곰이 생각해 봤다. 손바닥을 들여다 보았다. 끈끈하게 땀이 밴 앙상한 엄마의 손길은 아무데도 남아있지 않았다. 상미는 핸드백을 열어 거울을 찾아냈다. 눈물 자욱이 남아있는 얼굴에 새로 화장을 시작했다. 화장을 고치고 나서도 상미는 자리에 앉아 있었다. 자신이 할 수 있는 일이라곤 아무것도 남아있지 않은 것 같았다. 문득 경민의 얼굴이 떠올랐다. 외로움이 전신을 엄습해 왔다. 나뭇가지를 우수수 흔들며 한 줄기 바람이 지나가고 있었다.

"상미야 가자!"

언제 다가왔는지 달수의 목소리가 등 뒤에서 들려왔다.

"엄마는요?"

천천히 일어서며 상미가 물었다.

"며칠 있다 다리러 오기로 했다……."

달수가 먼저 걷기 시작했다.

달수와 대 여섯 걸음쯤 떨어져 상미도 병원을 빠져나왔다. 버스 정류장까지 오는 동안 두 사람의 거리는 그대로 유지됐다.

"아파트로 이사를 해야 쓰겠다."

정류장에서 버스를 기다리는 동안 달수는 그 말 한 마디만 했다.

"아버지 좋으실대로 하세요."

상미의 말도 그게 전부였다.

버스에서도 두 사람은 말이 없었다.

"집으로 갈라나?"

종로5가에서 성남행 버스로 옮겨 타면서 달수는 지나가는 말투로 물었다.

"회사로 갈 거예요"

그렇게 생각한 것도 아니면서 상미도 건성으로 대답했다. 달수의 자리와 두칸 뒷자리에 상미는 자리를 잡고 앉았다. 그런 상미를 힐끔 뒤돌아보고 달수는 앞을 향했다. 상미는 눈을 감아버렸다. 달수와의 사이마저 이처럼 서먹해질 필요가 없는 거라고 상미는 생각한다. 그러나 왠지 아버지와도 얘기를 나누고 싶은 기분은 아니었다. 성남 시내로 차가 들어설 때까지 달수가 두어번 쯤 뒤를 돌아다보았다. 아버지와 눈길이 마주칠 때마다 상미는 아버지를 향해 웃어보려고 노력했다. 그러나 잘 되지 않았다.

"나 내릴란다."

모란시장 입구에서 달수가 몸을 일으키며 뒤를 돌아보았을 때에야 비로소 상미는 고개를 까닥했을 뿐이었다.

"상미 언니!"

회사는 마침 점심시간이었다. 나무 그늘 밑 잔디밭에 모여 앉아 있던 서너명의 생산과 여직원들이 벌떡 일어나 상미 앞으로 뛰어왔다.

"점심들 먹었어?"

상미는 웃는 얼굴로 자신을 둘러싸는 동료들을 둘러보았다.

"총무과하고 생산과에서 난리가 났어 언니 안 나오느냐구?"

"집에 전화를 했는데두 안 받드래……."

생산과 여직원들은 마치 빅뉴스라도 전하듯 저마다 한 마디씩했다.

"서울엘 좀 다녀오는 길이야."

방지환의 얼굴이 떠올랐다.

"부사장님이 과장님한테 당장, 집으로 찾아가 보라고 난리를 친 모양이야."

"이 주임이 어쩌면 언니 집으로 찾아갔는지도 몰라……."

"언니, 회사 그만 두는 거 아니지?"

오전 중의 회사 분위기를 전해 주며 여직원들은 상미의 눈치를 살폈다.

"그만 두긴…… 이렇게 나왔잖니……."

동료들에게 에워싸인 채 상미는 본관 건물을 향해 걸음을 옮기기 시작했다.

"언니, 비서실 근무 한다구 우릴 잊어버리면 안 돼."

누군가는 상미에게 그런 말도 했다.

"무슨 소리를 하는 거니? 난 항상 너네들 편이야."

자신에게 다짐하듯 상미는 단호한 어조로 말했다.

"일단, 나 비서실에 올라가 봐야겠다."

본관 건물 앞에서 상미는 동료들을 둘러보았다. 마치 상미가 먼 길이라도 떠나는 듯 서운해 하는 얼굴들을 남겨 놓고 상미는 2층으로 향하는 계단을 오르기 시작했다.

3층 부사장실이라는 아크릴 간판 밑에서 상미는 잠시 호흡을 가다듬었다. 노크를 하려다 말고 상미는 쓴웃음을 깨물었다. 문을 열고 안으로 들어섰다.

책상과 의자를 비롯한 모든 집기가 새것으로 준비돼 있었다. 책상 위에는 각각 색깔이 다른 3대의 전화기가 놓여 있었다. 무척 생소한 분위기였다. 선뜻 의자에 앉지를 못하고 방안을 서성거리는데 복도와 반대쪽으로 나 있는 부사장실 문이 벌컥 열렸다.

"아, 미스 천 나왔군!"

방지환은 마치 오래 헤어졌던 연인이라도 반기듯 커다랗게 반색을 했다.

"죄송합니다."

상미는 깍듯이 허리를 굽혔다.

"됐어요. 미스 천이 마음의 결심을 굳힌 것만으로 됐다구……."

등이라도 두드릴 것처럼 지환이 다가섰다. 반사적으로 상미는 뒷걸음질을 쳤다. 책상 위에 놓여 있는 3개의 전화기 중 어느 것인지 모를 전화기에서 벨이 울리고 있었다.

"가운데 빨간 색을 받아봐요……. 구내전화니까……."

지환이 턱짓으로 수화기를 가리켰다.

"네 생산과……."

순간적으로 잘못 말했음을 감지한 상미는 손바닥으로 수화기를 막았다. 방지환은 그런 상미의 모습이 재미있다는 듯 빙글거리고 있었다.

"부사장님실입니다……."

지환에게 등을 보이며 상미가 수화기를 막았던 손을 떼었다.

"여기 수위실인데요. 부사장님한테 김상철이란 분이 찾아오셨습니다."

귀에 익은 수위장의 목소리였다. 그러나 김상철이란 이름에 상미는 화들짝 놀라며 지환을 돌아보았다.

"김상철이란 분이 찾아오셨다는데요?"

상미는 지환의 얼굴에 떠오르는 불쾌한 기색을 발견했다.

"들여보내라구 그래요."

어금니를 지근지근 깨물며 지환이 자기 방으로 돌아갔다.

"올라오시도록 하시랍니다."

수위장에게 지환의 의사를 전해 놓고 상미는 수화기를 내려놓았다.

'……설마 그 김상철이야 아니겠지…….'

상미의 가슴 속이 콩닥콩닥 뛰기 시작했다. 생각같아서는 아래로 달려 내려가 확인하고 싶은 심정이었다. 분당 집에 세들어 살던 그 김상철이 아니기를 간절히 바랬다. 상미는 쳇바퀴를 돌리는 다람쥐처럼 방안을 뱅글뱅글 돌았다.

노크 소리가 들려왔다.

"들어오세요……."

침착하려고 애를 쓰지만 목소리가 무섭게 흔들리고 있었다.

도어가 열리고 김상철의 모습이 나타났다. 말끔한 신사복 차림이었다.

"악!"

상미는 손으로 자신의 입을 틀어막았다.

"오래간만입니다."

김상철은 물어 뜯고 싶을 정도로 태연했다. 유들유들했다. 낯색 하나 변하는 법 없이 상미에게 인사를 했다. 전신의 피가 머리 위로 솟구쳐 오르는 것 같았다. 눈에서는 파란 불똥이 튀는 듯했다. 전신이 걷잡을 수 없이 흔들렸다. 움켜쥔 두 주먹에서 정맥이 터질 듯 꿈틀거렸다.

"방지환 부사장을 뵈오러 왔습니다."

김상철은 한 술 더 떠서 상미에게 목례까지 보냈다. 그리고 돌아선 상철은 부사장실 방문을 노크도 없이 열고 쑥 들어갔다.

아랫도리에 뜨거운 물을 뒤집어쓴 눈사람처럼 상미는 털썩 무너져 내렸다. 의자에 주저앉아 상미는 안간힘을 썼다. 머릿속에서 두서없는 생각이 소용돌이를 쳤다. 그 생각들을 냉철하게 정리하려는 안간힘이었다. 혼란한 머리 속에서 두 가지 결론이 아우성을 치고 있었다. 그러나 김상철을 경찰에 고발해야 한다는 뚜렷한 의식의 그 밑바탕에서는 자신의 더럽혀진 순결을 만천하에 공개해야 하는 치명적인 아픔을 감내해야 한다는 어려움이 바늘끗처럼 도사리고 있었다.

제일 먼저 눈앞에 떠오르는 얼굴은 경민의 얼굴이었다. 아버지의 얼굴도 떠올랐다. 그러나 아우성치는 갈등의 소용돌이 속에서 상미는 분명한 결론을 건져올렸다. 수화기를 들었다. 112의 다이얼을 돌리는 상미의 핏기 없는 손가락이 하늘하늘 떨리고 있었다.

"……극동전기 부사장실입니다……. 폭력범을 신고합니다……. 저는 천상미라고 합니다……."

한 마디 한 마디에 피가 묻어 나오는 목소리였다. 수화기를 내려놓고 상미는 깊은 수렁 속으로 빠져들어 가는 듯한 전율을 느꼈다. 언제부터 울고 있었는지 모를 뜨거운 눈물 줄기를 상미는 꿈결처럼 의식하고 있었다.

"천상미씨가 원래 방 형의 비서였나요?"

소파에 앉아 응접용 담배를 집어 물며 김상철이 물었다. 그때까지 의식적으로 상철을 무시하려던 지환은 비로소 상철을 돌아보았다.

"당신, 미스 천을 어떻게 알아?"

미리 준비해 두었던 돈 봉투를 소파로 집어던지며 지환은 예민한 반응을 나타냈다.

"우린 그러고 보면 여러 모로 인연이 많은 셈이군……. 흐흐."

돈 봉투를 집어 그 속을 들여다보며 상철은 기분 나쁜 웃음소리를 흘렸다.

"무슨 소리야?"

지환이 의자에서 벌떡 일어섰다.

"방 형은 모르는 게 약이요……. 허허……."

백만원 묶음 다섯 다발을 양쪽 안주머니에 갈라 넣으며 상철은 소리내어 낄낄거렸다.

"미스 천을 어떻게 아느냐고 물었어?"

지환이 상철의 앞으로 한 발자욱을 다가섰다.

"얼마 전까진 우리 주인집 아가씨였지……. 자 그만하고 영수증을 전해 드려야지……."

상철은 계속 의미있는 웃음을 흘리며 미리 준비해 가지고 왔던 영수증을 지환에게 내밀었다.

"단지 그것뿐인가?"

영수증은 펴 보지도 않고 책상 위로 집어던지며 지환은 상철을 노려보았다. 상철이 천천히 일어섰다. 지환과 얼굴이 맞닿을 듯한 거리에서 마주섰다.

"아주 총명한 아가씨지……. 끝내 주는 아가씨라구……. 흐흐흐."

알 듯 모를 듯한 말을 지껄이며 상철은 돌아섰다. 노크 소리와 동시에 문이 벌컥 열린 건 그때였다. 정복 차림의 경찰관과 형사인 듯 싶은 남방 셔츠 차림의 40대 사나이가 들어섰다.

"김상철씨가 어떤 분입니까?"

정복 경찰관이 거수경례를 붙이며 두 사람을 바라보았다.

"무슨 일입니까. 난 이 회사 부사장입니다만……."

지환이 김상철과 경찰을 번갈아 보며 대답했다.

"김상철씨 맞지요?"

사복차림의 형사가 수갑을 꺼내들며 상철 앞으로 다가섰다.

상철은 하나 뿐인 팔로 어깨를 풀썩 들었다 놓으며 고개를 끄덕였다.

"당신을 강도 강간법으로 체포하겠소……."

형사는 말은 그렇게 했지만 어이가 없다는 얼굴이었다. 하나뿐인 팔목에 수갑을 채우나 마나라는 사실에 자기도 모르게 웃음이 터져나온 것이다.

"강도 강간?"

지환이 두 눈을 크게 떴다.

"피해자 천상미씨가 직접 신고를 했습니다."

형사의 설명을 어깨넘어로 들으며 지환은 열려진 문으로 상미의 자리를 내다보았다. 상미는 두 눈을 감은 채 화석처럼 앉아있었다.

"방 형! 우리가 동서 사이라면 분명한 건 내가 형님이란 사실일세……."

돌연 김상철이 미친 듯이 웃기 시작했다.

"뭐야 이 새끼!"

지환은 자신도 모르게 주먹을 불끈 치켜들었다.

"부사장님 이러시면 안 됩니다……."

정복 경찰관이 지환을 가로막았다.

"내가 뭐라고 합디까. 아주 총명한 아가씨라구 그랬지. 하하……."

사복 형사에게 등을 밀려 방을 나서며 김상철은 계속 웃었다. 상미의 책상 앞을 지나던 상철이 우뚝 섰다.

"상미 아가씨! 당신이 처녀였다는 사실은 평생 잊지 못할 거야……. 당신 같은 숫처녀는 내 평생 처음이었으니까……."

상철이가 지껄이는 동안 상미는 두 손으로 귀를 막았다. 귀를 막은 채 팔랑개비처럼 고개를 흔들었다.

"악마!…… 악마!……."

절규였다. 목구멍에서 피가 쏟아져 나올 것 같았다. 벌떡 일어서다 말고 상미는 눈앞이 아뜩해 오는 강한 현기증을 느꼈다.

"미스 천!"

지환이 달려들어 부축하려고 했으나 이미 상미는 정신을 잃으며 카페트 바닥에 나무토막처럼 나뒹굴었다.

지환은 수화기를 두드려 총무과장을 올라오라고 지시했다.

"미스 천!"

지환은 무릎을 꿇고 앉아 상미의 상체를 흔들었다. 상미의 가슴이 크게 출렁거렸다.

순간적으로 지환은 좌우를 둘러보았다. 당연히 방안에는 상미와 자신뿐이었다. 복도 쪽에서도 아직은 누군가 다가오는 기척이 없었다.

"미스 천!"

지환은 상미의 가슴에 손을 얹었다. 하얀 블라우스 밑에서 팽팽한 볼륨이 손안에 가득히 쥐어졌다. 손에 지그시 힘을 주며 흔들었다. 물이 가득찬 고무풍선처럼 남은 한쪽이 일렁거렸다. 지환은 시선을 상미의 아랫도리 쪽으로 옮겼다. 무방비 상태로 드러난 상미의 하체는 스타킹의 맨 위 부분까지 보일 정도로 치마가 올라가 있었다. 우유 빛 두 개의 허벅지 사이에서 새하얀 팬티가 엿보였다. 지환은 꿀꺽 마른침을 삼키며 상미의 얼굴을 살펴보았다.

납 인형처럼 핏기가 없는 얼굴에선 차가운 냉기마저 감돌았다. 시선은 상미의 얼굴 위에 고정시킨 채 지환은 상미의 허벅다리 안쪽을 손바닥으로 가만히 쓸어보았다. 지퍼가 터질 듯 아랫도리가 땡겨 왔다.

지환의 손은 마침내 상미의 가장 은밀한 구릉 위에 머물렀다. 숙달된 손가락은 어느새 팬티 사이를 파고 들고 있었다. 그대로 상미를 덮쳐 누르고 싶은 충동을 억제하며 지환은 몸을 주르르 떨었다. 상미의 가슴 위에 귀를 얹었다.

미약하긴 했지만 분명히 심장은 뛰고 있었다. 복도를 황급히 달려오는 발자국 소리가 들려왔다. 그 순간 벌떡 일어서려던 지환은 다시 한 쪽 무릎을 꿇으며 주저앉았다. 노크 소리가 들려왔다.

"들어와요!"

노크 소리에 대답하며 지환은 상미의 허벅지와 목 밑으로 팔을 넣어 상미를 번쩍 안아 올렸다. 지환이 일어서는 순간 총무과장이 뛰어들어왔다.

"빨리, 차 대기시켜요!"

가장 근엄한 표정으로 지환은 총무과장에게 명령했다.

"알겠습니다."

총무과장이 돌아서 복도를 뛰어가기 시작했다. 그 뒤를 지환은 천천히 걸었다. 걸으면서 지환은 숨을 크게 들이마셨다. 상미의 건강한 살 냄새가 후각을 못 견디게 자극시키고 있었다. 오른쪽 손으로는 터질 듯 팽팽한 상미의 히프를 음미하면서 지환은 천천히 계단을 걸어 내려왔다.

'……당신 같은 숫처녀는 평생 처음이었으니까……'

상미가 쓰러지기 전 상철이 지껄이던 마지막 말이 이 떠올랐다. 소중한 보물을 돼지에게 빼앗긴 듯한 아쉬움을 금할 수 없었다.

'한발 늦긴 했지만 버리긴 아까워……'

지환은 속으로 그런 생각을 하며 현관에 다다랐다.

현관에는 자신의 그렌저 승용차가 대기하고 있었다.

"과장이 동행해서 병원으로 가봐요. 빨리……."

과장의 도움으로 상미를 승용차 뒷자리에 내려놓고 지환이 말했다. 생각 같았으면 상미를 그대로 안은 채 병원까지 가고 싶었지만 직원들의 이목이 껄끄러웠다.

"알겠습니다. 갑시다. 이 기사!"

뒷좌석에 같이 올라앉아 상미를 부축하며 과장이 기사를 재촉했다.

차가 정문을 빠져나가는 것을 보고서야 지환은 놀아서 자기 방으로 놀아왔다. 의자에 털썩 주저앉으며 담배를 피워 물었다. 우유 빛 허벅지와 그 사이에서 수줍은 듯 내다보던 순백색 팬티가 눈앞에 어른거렸다.

지환은 담배 연기를 길게 내뱉으며 고개를 설레설레 흔들어 보았다. 팽팽한 젖가슴의 기억과 동그란 히프의 탄력이 되살아나 전신에 벌레가 기어다니는 듯한 스멀거림을 참을 수 없었다.

'……개 눈엔 똥만 보인다고 했던가?……'

그런 말이 생각나자 풀썩 조소를 지어냈다.

지환은 생각난 듯 수화기를 집어들고 다이얼을 돌리기 시작했다. 마침 재명은 집에 있었다.

"나다. 지환이……."

재명은 낮잠을 자다가 방금 일어난 모양이었다.

"웬일이냐?"

찢어지게 하품을 하는 소리가 수화기에서 들려왔다.

"야, 나 지금 좀 급한데, 계집애 대기시켜 주라!"

"야, 임마 대낮에 무슨 잠꼬대 같은 소리야?"

재명의 졸리운 듯한 목소리가 시큰둥한 반응을 보이고 있었다.

"야, 농담 아니야, 그때 그 문상미라는 애 있지, 그 애 지금 당장 호텔로 좀 불러 달라구……."

지환은 재명이 전화를 끊어버리기라도 할까봐 안절부절하기 시작했다.

"야, 도대체 왜 그러는 거야 너?"

재명이 비로소 반응을 보였다.

"좀 그럴 일이 있어서 내가 지금 열을 바짝 받고 있단 말이야, 곧 남서울로 갈 테니까 상미 좀 불러달라구……."

"얀마, 내가 뚜쟁이냐? 그리고 명색이 텔런트인데 콜걸처럼 전화 한 통화에 오고 가는 줄 아니?"

재명이는 사뭇 기가 막힌다는 투였다.

"야 임마, 내가 이따 밤에 한 잔 살 테니 제발 좀 봐 주라……."

지환은 자신이 왜 이처럼 서두르는지 자신도 알 수 없었다.

"연락은 해 보겠지만 책임은 못진다……."

재명이가 먼저 전화를 끊었다.

지환은 시계를 들여다 보았다.

4시가 조금 지난 시간이었다.

지환은 마치 우리 속에 갇힌 맹수처럼 방안을 서성거렸다. 천상미 대신 문상미라도 안고 딩굴기 전에는 일이 손에 잡힐 것 같지 않았다.

10분쯤 서성거리자 재명에게서 전화가 걸려왔다.

"야 미친 놈아, 멀쩡한 사람 졸지에 뚜쟁이 맨들어 놓기냐?"

재명의 말투로 보아 문상미와 연락이 된 것 같았다.

"야 8시쯤 호텔로 와라…… 내가 한 잔 살게."

전화를 끊고 지환은 사무실을 나섰다.

올가미 없는 개장수

 상미가 의식을 되찾은 건 승용차 안에서였다. 자신이 차에 실려 어디론 기 기고 있다고 느낀 상미가 황급히 시트에서 몸을 일으켰다.
 "천상미씨 이제 정신이 납니까?"
 지금까지 자신은 총무과장의 팔에 안겨 의식을 잃고 있었던 것이라고 깨닫는 순간 형용하기 어려운 수치심이 밀려왔다.
 "지금 어디로 가는 거죠?"
 본능적으로 치맛자락을 끌어내리며 상미는 얼굴을 붉혔다.
 "양친회 병원으로 가는 중이예요…… 사무실에서 기절해서 쓰러졌던 거 생각나요?"
 총무과장은 한 시름 놓은 듯한 얼굴이었다. 상미의 모습을 머리 위에서 부터 훑어 내리며 묘한 미소를 지어내고 있었다.
 다시 또 강한 현기증이 느껴졌다. 상미는 양미간을 모으며 눈을 감았다. 감은 망막 속으로 상철의 모습이 떠올랐다.
 '……당신이 처녀였다는 사실은 평생 잊지 못 할거야…… 당신 같은 숫처녀는 내 평생 처음이었으니까……'
 누런 이빨을 드러내고 악귀처럼 낄낄대던 상철의 목소리도 귀에 생생했다. '악마!' 그래 분명 악마라고 상철을 향해 소리지른 것 같았다. 그러나 그 다음부터는 아무런 기억도 떠오르지 않았다.

"부사장님께서 상미씨를 친히 안고 내려 오셨어요. 나한테 직접 병원까지 다녀오라고 명령하신 것도 부사장님이고……."

눈을 감고 있으면서도 과장의 시선이 자신의 표정을 더듬고 있는 것을 알 것 같았다. 그런 과장에게 감정의 움직임을 나타내지 않으려고 상미는 안간힘을 썼다. 그러나 지환의 팔에 안겨 3층에서 현관까지 내려왔다는 과장의 설명을 들으며 강렬한 모멸감에 몸을 떨었다. 방지환의 손길이 자신의 허벅지를 떠받치고, 다른 한 팔로는 겨드랑이를 추슬러 안아 올렸단 말인가? 그 음흉한 눈초리가 무방비 상태의 사타구니와 출렁거리는 가슴을 마음껏 희롱했단 말인가.

"차 세워주세요."

상미는 돌연 운전기사를 향해 부르짖었다. 지금 당장 자신이 가야 할 곳은 병원이 아니라 목욕탕이라는 생각이 들었다. 이태리 타월로 전신을 피가 나도록 닦아내야 할 것 같았다.

"왜 그래요, 상미씨?"

차가 갑자기 속력을 떨어뜨렸다. 총무과장이 오히려 당황하며 상미를 바라보았다.

"병원엔 안 가도 상관없어요……."

당장 문을 열고 내리기라도 할 것처럼 상미가 서둘렀다.

"안 됩니다……. 병원에 가서 좀더 진정을 해야 해요……. 만일 그대로 상미씨를 돌려보내면 부사장님께 내가 책임추궁을 당해요……. 이 기사 어서 갑시다."

그러나 총무과장도 단호했다. 어림도 없는 얘기라는 듯 운전기사를 재촉했다. 더 이상 고집을 부리는 건 무의미한 일이라고 상미는 쉽게 생각을 바꿨다. 총무과장에게 내려진 부사장 방지환의 명령은 절대적인 것이나 다름없는 것이 아닌가. 상미는 다시 눈을 감아버렸다.

병원 응급실에서 상미는 간단한 진찰을 받았다. 별 다른 이상이 없다면서도 의사는 상미의 팔에 링겔을 꽂았다. 주사를 맞는 동안 상미는 이제부터 자신에게 벌어진 일들을 차분히 정리해 보려고 애썼다. 김상철이 구속되면 자신의 사건은 당연히 신문지상에 오르내리게 될 것은 불을 보듯 뻔한 노릇이었다.

어떤 경로를 통하든 교도소에 있는 경민에게 전해질 것도 분명했다. 경민의 얼굴이 떠올랐다. 학교시절부터 친오빠처럼 의지해온 경민과의 관계도 이것으로 끝이라고 생각하자 걷잡을 수 없는 눈물이 흘렀다. 끝없는 눈물의 뒤로 유장한 강물처럼 무거운 슬픔이 밀려왔다.

'경민씨 미안해요 ……'

상미는 울음을 깨물며 똑 같은 말을 속으로 수 없이 되풀이했다. 경민의 모습 다음으로 머리에 떠오른 것은 아버지의 얼굴이었다. 진흙 빛으로 무참하게 일그러진 아버지의 얼굴은 절 문 앞에 서있는 금강신장보다 더 무섭게 느껴졌다. 아버지가 상미 자신에게 바라는 평범한 행복이 무엇인가를 상미는 알고 있었다. 그 상식적인 행복의 개념이 물거품처럼 사라졌다고 판단하는 순간 아버지는 어쩌면 상철이를 죽이려고 생각할지도 모르는 일이었다.

마지막으로 엄마의 얼굴이 떠올랐다. 내일쯤이면 집으로 돌아와 제 자리를 찾기에 서두른 연습을 해야 할 엄마의 눈에 어쩌면 상미 자신은 공범자의 모습으로 비춰질지도 모르는 일이 아닌가.

방지환의 얼굴도 떠올랐다. 이미 자신의 비밀스러운 구석들을 알고 있는 방지환 앞에 당당한 자세로 설 수 있을 것인가. 회사의 2천여 직원들의 입방아 속에서도 의연한 모습으로 자신을 지탱할 수 있을 것인가. 그러나 자신이 헤쳐나가야 할 무수한 시련을 연상하면서도 상미는 자신의 가슴 한 구석에서 까닭 모를 적개심과 강렬한 도전의식이 싹트고 있는 것을 조금씩 의식하고 있었다.

"일어나서 돌아가셔도 돼요……"

간호원이 상미의 팔에서 주사바늘을 뽑아내며 말했다.

침대에서 일어난 상미는 매무새를 가다듬으며 병원을 나섰다.

"부사장님께서 댁까지 모셔다 드리고 오랬는데……"

병원 정문을 나서자 지환의 운전기사가 어디선가 보고 있다가 다가섰다.

"버스 타고 가겠어요."

상미는 기사의 제의에 목례를 보내며 거절했다.

"기왕에 기다리고 있었는데 타지 그래요?"

기사가 한 번 더 상미의 의사를 물었다.

"좋아요, 태워 주세요."

상미는 지환의 승용차 앞으로 걸음을 옮겼다.

집에서는 아버지가 저녁 준비를 하고 있었다. 전에도 이따금씩 있던 일이었다. 생각 같아서는 저녁도 먹지 않고 그대로 쓰러져 눕고 싶었지만 아버지 혼자서 식사를 하도록 할 수는 없는 일이었다. 옷을 갈아입고 나와 상을 차렸다.

"워디 아프냐?"

평소와는 다른 상미의 태도를 달수는 민감하게 눈치 챈 것 같았다.

"아니예요."

아버지의 시선을 피해 고개를 떨어뜨리며 수저를 들었다.

"어째, 기운이 하나도 없어 보이는디 그래야?"

달수는 아무래도 상미의 태도가 마음에 걸리는 것 같았다.

"그냥, 조금 피곤해서 그래요."

자꾸만 얘기를 계속하면 울음이 터져 나올 것 같다. 울음을 틀어막듯 상미는 밥을 크게 떠서 입으로 밀어 넣었다. 달수도 잠잠히 수저를 놀리기 시작했다.

"내일 느그 어매 대꼬 올란다."

식사가 끝날 때쯤 달수가 지나치는 말처럼 한마디했다. 상미는 말없이 수저를 놓았다.

"어째 고로코 먹냐?"

달수가 반도 채 못 비운 밥그릇과 상미의 얼굴을 번갈아 보았다.

"많이 먹었어요."

상미는 억지로 조금 웃어 보였다.

"너 혹시 그 경민인가 허는 놈 땀시 맴 상해가꼬 그러는 것 아니냐?"

빈 그릇을 들고 일어서려는 상미를 달수가 붙잡아 앉혔다.

"저한테 신경 쓰시지 마시고 엄마한테나 잘 해 드리세요……."

아버지 입에서 경민의 얘기가 튀어나오자 금방 또 가슴이 얼얼해 왔다.

"나가 유치장 안에서 만나가꼬, 놈헌티 손찌검꺼정 했다만, 나도 쪽이 아프기는 너나 마찬가지여야……."

서두를 꺼내는 폼이 얘기가 길어질 것 같았다.

"너도 알다시피 내가 너를 워찌키 키웠냐, 20년이 넘는 세월을 내가 재혼을 안 하고 살아온 것은 느그 엄니헌티 대한 원한과 미련도 있었지만 계모가 들어와가꼬 너헌티 못헐 짓을 헐 것이 겁나가꼬 혼자 살아온 것이다. 그야말로 너는 내가 눈에 넣어도 안 아플 것이여, 그런 니가 대학교에서 퇴학당했을 때 내 맴이 워땠겄냐, 니가 하고잡다고만 혔다면 이 애비가 미국 유학인들 못 보냈겄냐? 너 하나를 훌륭허니 키워가꼬 좋은 사람헌티 여우고 나면 그때 가서나 내가 느그 엄니를 찾을라고 맘 묵고 살았던 것이여, 헌디 그 경민인가 그 놈이 대학때부텀 너를 잘못된 길로 들어서게 헌 놈이라고 생각헌께 워째 부애가 안 나겄냐? 그런 디다가 붕알두 쪽 뿐이 없는 놈이 허고헌날 헹무소나 들락거린다면 앞으로 니 팔자가 워찌키 되겄냐? 이런 저런 것을 따져 생각헌께 욱하는 성질에 참을 수가 있었겄냐?"

상미는 아버지의 말 한 마디 한 마디가 고대로 아버지의 진실임을 안다. 그러나 김상철과의 그 악몽 같은 기억만 아니라면 상미는 어떻게든 아버지를 설득하려고 노력했을 게 틀림없지 않은가. 아버지가 거의 맹목적인 정도로 열중해온 상미 자신에 대한 애정이 엄마의 출현으로 인해 얼마쯤은 그 폭과 깊이가 줄어들었다고 생각할 수도 있는 지금, 어쩌면 간곡한 상미의 호소나 설득은 아버지의 마음을 어느 정도 움직일 수도 있는 일이 아닌가.

하지만 경민과의 관계는 이미 끝난 것이나 다름없다고 뼈아픈 아픔을 씹고 있는 상미에게 아버지의 얘기는 공허하기만 하다. 어차피 아버지가 상철이의 일을 알게 될 것은 틀림없는 일 아닌가. 상미는 차라리 자신의 입으로 모든 것을 털어놓을까 싶은 충동을 느꼈다.

"경민씨와의 일은 다 끝난 거나 다름없어요……."

상미는 우선 그렇게 말끝을 뽑아냈다.

"고것이 참말이라면 나가 정말로 두 다리 쭉 뻗고 자겠다. 시상에 어느 부모가 자식 잘못되기를 바라는 부모가 있겄냐? 너도 속이 있을 것잉께 한 번 생각혀 봐라, 즈그 아버지는 중풍으로 쓰러져 있고 엄니가 식모살이 당긴다는디 동생은 줄줄이 있다제, 거기다 본인은 밤낮없이 데모질이나 허는디. 워느 직장에서 그런 놈을 곱다고 허겠냐? 니가 그런 놈헌티 시집을 간다는 건 아예 고생바가지를 지고 나서는 것이나 다름없어 야…… 다행히 니가 결심을 굳혔당께 백 번 천 번 다행이다……. 암 다행 헌 일이고 말고……."

달수는 마치 경민이가 상미 자신의 일생을 망쳐 버릴 흉악한 인신매매 범이라도 되는 듯 열을 올리며 경민의 약점들을 들춰내고 있었다. 아버지 가 그처럼 경민을 매도하는데 대해 상미는 걷잡을 수 없는 분노를 느꼈 다.

"가난은 죄가 아니예요, 아버지!"

상미는 의자에서 발딱 몸을 일으켰다.

"그리고 경민씨가 하는 노동운동이란 게 뭇 사람들에게 손가락질 받거 나 규탄 받을 그런 일이 아니예요……."

상미는 목이 메어 더 이상 말을 계속할 수 없었다. 아까부터 참고 있던 울음이 걷잡을 새 없이 복받쳐 왔다. 두 손으로 얼굴을 감싸쥐며 상미는 홱 돌아서 자기 방으로 뛰어 들어왔다. 방에 들어선 상미는 안으로 방문 을 잠그고 방바닥에 엎으러졌다. 이를 악물며 참으려 해도 이빨 사이로 울음이 새어나왔다. 두 팔 사이에 얼굴을 묻고 상미는 미친 듯 몸부림쳤 다.

"상미야……. 애 상미야……."

달수가 두 번쯤 노크를 하며 상미를 부르는 소리가 들려왔다. 그러나 더 이상 상미를 부르지 않고 아버지가 돌아서는 기척을 상미는 느꼈다.

'경민씨 미안해요…….'

상미는 울면서 똑 같은 말을 수십 수백 번 가슴 속으로 되풀이했다. 경 민의 정갈하게 웃는 얼굴이 천천히 고개를 끄덕이는 것 같았다.

"일찍 들어오니라!"

서둘러 집을 나서는 상미의 뒤로 달수의 목소리가 날아왔다. 새벽이 가 까워서야 잠이 들었던 상미는 깜박 늦잠이 들었다. 아버지는 오늘 오후쯤 에는 집에 와 있을 엄마를 계산에 넣고 있는 모양이었다.

"네."

상미는 달수에게 고개를 까닥해 보이고 종종걸음으로 대문을 나섰다. 어제 김상철을 체포해 가면서 형사는 오늘 아침 10시까지 상미에게 경찰서로 들어오라고 말했었다. 피해자 진술조서를 받아야 하니까 라던 형사의 말도 떠올랐다.

10시까지라면 아직 시간은 충분했다. 그러나 상미는 자신도 모르게 서두르고 있었다. 경찰서 앞에서 버스를 내리면서 시계를 들여다보았다. 10시까지는 아직 30분이나 여유가 있었다. 상미는 자동판매기에서 커피 한 잔을 뽑아들고 경찰서 마당에서 서성거리다가 10시 정각에 형사과로 찾아 들어갔다. 어제의 그 형사는 자리에서 담배를 피우고 있었다.

"안녕하세요."

형사들의 시선이 모두 자신에게 쏠리고 있는 것 같아 상미는 금방 주눅이 들었다. 기어 들어가는 듯한 목소리로 인사를 하며 형사 앞에 가 섰다.

"아, 어서 와요!"

형사는 금방 상미를 알아봤다. 피우던 담배를 비벼 끄며 턱으로 의자를 권했다.

다행히도 아버지를 담당했던 김 형사와는 뚝 떨어져 있었다, 형사가 앉아있는 옆자리에 형사 5반이라는 팻말이 놓여 있었다.

"주소가 어디죠?"

상미가 마음을 가다듬으려고 애쓰는 사이에 형사는 타자기를 끌어당기며 입을 열었다.

성명, 나이, 직업, 주민등록번호 등을 묻고 나서 형사가 본격적인 심문을 시작했다.

"그날 밤 상황을 좀더 자세히 설명해 봐요."

상미를 바라보며 형사는 새로 담배를 물어 붙였다.

"소파에 기대어 깜박 잠이 들었었는데 인기척이 느껴져서 눈을 뜨니까 그 사람이 눈앞에 서 있었어요……."

악몽 같은 기억을 되살려내며 그러나 상미는 비교적 침착하게 당시의 상황을 설명해 나갔다.

"……반항하면 죽여 버릴 거야 하고 분명히 말했습니다……. 소리를 치려고 했지만 손으로 목을 조르고 있었기 때문에 소리가 나오지 않았습니다……. 내가 두 손으로 그 사람 모가지를 할퀴며 반항하자 쌍년, 죽여 버리겠어 라고 으르렁대며 주먹으로 여기를 내려쳤습니다……."

그 날의 악몽이 새록새록 되살아나고 있었다. 상미는 몸을 부르르 떨며 눈을 감았다 떴다.

"그러니까, 주먹으로 관자놀이를 세게 얻어맞는 순간 정신을 잃어버렸다. 이거지요?"

입으로는 질문을 계속하면서 형사는 계속 타자기를 두드려댔다.

"그렇다면 자신이 김상철에게 성폭행을 당했다는 사실은 어떻게 알게 됐습니까?"

상미는 형사의 질문이 대충 그 정도에서 끝나 주기를 간절히 바랬다. 그러나 형사는 시시콜콜한 대목까지 꼬치꼬치 캐묻고 있었다.

"의식을 차리고 보니까……."

상미는 얼굴이 달아올라 더 이상의 설명을 하기 힘들었다.

"팬티가 찢어져 있었다는 사실만으로는 완전 성폭행을 당했다는 증거가 안 되는데……."

형사가 또 타자기에서 손을 떼고 담배갑을 집어들었다.

상미는 형사가 밉살스런 생각마저 들었다. 아랫입술을 깨물며 형사를 노려보았다. 담배 연기를 길게 내뿜으며 형사는 이글거리는 눈빛이었다. 상미의 격해진 감정을 희롱하고 있는 것 같았다.

"출혈이 있었습니다. 전 분명히 처녀였습니다……."

악을 쓰는 심정으로 상미는 형사를 노려보며 대답했다. 형사가 움찔하는 기색을 보이며 다시 타자기를 두들겼다.

"핸드백 속에 돈이 6백만 원이나 들어있었다고 했는데 평소에도 그런 많은 돈을 가지고 다니나요?"

질문의 핵심이 이제는 폭행 경위에서 강도 쪽으로 옮겨가고 있었다.

"김상철에게 줄 합의금으로 아버님 통장에서 인출해 낸 돈이었습니다……."

상미는 아버지와 김상철의 폭행사건관계를 간단하게 설명했다.

"정신을 차린 후 왜 바로 경찰에 신고하지 않았나요?"

심문은 대충 마무리가 되어 가는 것 같았다.

"행방도 알 수 없었지만 가장 큰 이유는 처녀로서의 수치심 때문에 세상에 알려지는 게 두려웠기 때문입니다."

상미는 당시의 심정을 솔직히 얘기했다.

"김상철이 부사장을 만나러 왔다고 했는데 부사장과 김상철과는 어떤 관계인가요?"

"그 점에 대해선 저도 아직 궁금한 사실입니다……."

사실 그랬다. 김상철이가 어제 오후 방지환을 찾아온 이유에 대해 상미나름대로 곰곰이 생각해 봤지만 김상철이 그렇게 당당히 방지환을 찾아온 이유가 좀처럼 납득이 가지 않았다.

"좋아요, 그 점은 부사장을 참고인으로 소환했으니까 부사장에게 직접물어보기로 하고…… 피의자의 처벌을 원하지요?"

형사의 마지막 질문에 상미는 단호히 고개를 끄덕였다.

"엄중한 처벌을 바랍니다……. 가능하다면 사회에서 영원히 격리되기를 바라는 심정입니다."

말을 끝내는 순간 누군가가 옆으로 다가서는 기척에 상미는 고개를 돌려보았다. 방지환이 형사와 눈짓으로 인사를 나누며 서있었다.

상미와 시선이 부딪치자 지환은 가볍게 고개를 끄덕였다. 모든 것을 다알고 그래서 너를 이해할 수 있다는 그런 끄덕임으로 상미에게는 느껴졌다. 극심한 모멸감과 더불어 어제 오후 그의 팔에 안겨 아랫도리를 무방비 사태로 내맡기고 있었다는 사실에 대한 걷잡을 수 없는 수치심이 느껴졌다.

상미는 인사하는 것마저 잊은 채 어금니를 힘주어 깨물었다.

"어젠 많이 걱정했어요……."

방지환은 아주 깍듯하고 정중한 태도로 상미를 대하고 있었다. 그런 태도마저 상미는 마음에 들지 않았다.

"가도 되지요?"

형사를 향해 물어보면서 상미가 발딱 일어났다.

"아 가도 좋아요."

상미에게 볼 일이 끝난 형사는 지환에게 자리를 권했다.

"회사로 갈 건가요?"

상미가 일어선 의자에 앉으며 지환이 물었다.

"네."

대답은 자신도 모르게 그렇게 했지만 사실 상미는 마음을 정하지 못하고 있었다.

"밖에 차가 있으니까 내 차를 타고 가요. 어차피 세워둘 데도 마땅치 않으니까."

그 순간 상미는 지환의 자신에 대한 배려가 어쩌면 하나같이 자로 잰 듯 계산된 행동일지도 모른다는 생각을 했다.

"버스로 가겠습니다."

상미는 지환과 형사에게 동시에 목례를 보내고 돌아섰다.

"성깔 깨나 있고 깔끔한 아가씨 같은데 어쩌다 그런 봉변을 당했는지 모르겠네요……."

상미의 뒷모습을 바라보며 형사가 지환에게 말했다. 그러나 지환은 형사의 말에는 대꾸를 하지 않았다.

"어제 오후에 저희 과장님한테서 부사장님 말씀 잘 들었습니다."

형사가 타자기에 새로 종이를 끼워 넣으며 공손한 태도를 취하기 시작했다.

"방금 서장님을 만나고 내려오는 길입니다."

지환의 어깨와 목에는 의식적인 힘이 들어가 있었다. 다리를 꼬고 비스듬히 돌아 앉으며 한 쪽 팔꿈치를 책상에 올려놓았다.

누군가가 '최 형사 전화!'라고 소리치고 있었다. 상미를 담당했던 형사가 소리나는 쪽을 돌아보았다. 소리친 형사가 최 형사에게 엄지손가락을 세워 보였다.

"잠깐 실례하겠습니다."

최 형사는 지환에게 허리까지 굽혀 보이고 전화기 앞으로 다가갔다. 최 형사가 계속 예예 소리를 연발하며 전화를 받고 있는 동안 지환은 담배를 피워 물었다. 두어 모금쯤 담배를 빨았을 때 최 형사가 자리로 돌아왔다.

"죄송합니다."

자리에 앉기 전에 최 형사가 한 번 더 허리를 굽신해 보였다.

"부사장님 그냥 가셔도 되겠습니다……."

최 형사는 타자기에 새로 끼워 넣었던 용지를 드르륵 소리가 나게 뽑아냈다.

"김상철이가 천상미씨에게 그런 몹쓸 짓을 저질러놓고 무엇 때문에 부사장님을 찾아갔었는지 그 점에 대해 참고인 진술을 들으려고 오시라고 했습니다만, 부사장님 차에 그 자가 뛰어 들었다면서요? 그런 친구에게 보상금까지 주시다니 부사장님은 인심도 후하십니다……."

최 형사는 약간 비굴할 정도로 느껴지는 웃음마저 흘리며 방지환에게 저자세를 보였다.

"담배나 한 대 태우시오."

지환이 담뱃갑을 최 형사에게 내밀었다. 양담배 켄트였다.

"고맙습니다."

최 형사가 두 손으로 공손하게 담배를 뽑아 들었다.

지환은 담뱃갑을 천천히 와이셔츠 주머니에 집어넣으며 주위를 둘러보았다.

"이거 교통비나 하시오."

담뱃갑이 들려 있던 손에서 하얀 편지봉투 하나가 잡혀 나왔다.

"아이구 뭐 이런 걸……."

말이 끝나기도 전에 봉투는 재빨리 최 형사의 서랍 속으로 사라졌다.

"아 예, 돌아가십시오."

최 형사도 자리에서 일어섰다.

어깨를 한 번 으쓱 하고 나서 저고리 단추를 채우며 지환은 돌아섰다.

"감사합니다."

문 앞까지 따라나와 허리를 굽히는 최 형사에게 손을 한 번 들어 보이고 지환은 마당으로 내려섰다.

"천상미씨 나가는 거 봤나?"

차에 오르며 지환이 기사에게 물었다.

"예. 방금 나가는 거 봤습니다……. 회사까지 타고 가라는데도 막무가

내로 고집하는 바람에 그만……."

운전기사는 마치 자신이 무슨 잘못이라도 저지른 것처럼 뒤통수를 긁적거렸다.

"회사로 가지."

지환은 시트에 깊숙이 몸을 묻었다. 회사에 돌아와 본즉 상미는 아직 돌아와 있지 않았다. 비어 있는 상미의 책상을 돌아보며 지환은 자신의 방으로 들어왔다.

늦어도 10분이나 20분 정도면 회사로 돌아오려니 싶었던 상미는 한 시간이 지나도 나타나지 않았다. 열두 시가 가까워오고 있었다.

지환은 어젯밤 남서울 호텔에서 비명을 지르며 문상미가 하던 얘기가 떠올랐다.

"아무리 꿩 대신 닭이라지만 너무 하는 거 아니에요?"

자신이 생각하기에도 너무 난폭할 정도로 문상미의 배 위에서 횡포를 부리자 문상미가 지환을 왈칵 밀어내며 파랗게 독이 오른 표정으로 쏘아부쳤었다.

결국 문상미에게선 배설의 쾌감마저 느끼지 못하고 돌아온 지환이었다. 방지환은 방안을 서성거리기 시작했다.

달수는 은행에서 1백 만원을 현금으로 찾았다. 연실을 퇴원시키는 데는 따로 큰 돈이 필요 없었지만 과장이나 간호원들에게도 인사를 차려야 할 것 같아서였다. 또 퇴원하는 연실에게 새 옷이라도 한 벌 사 입히고 싶어서였다.

은행에서 단대쇼핑센타까지 걸어오면서 달수는 연실에게 어떤 옷이 어울릴까를 머리 속에 그려보았다. 좀처럼 마땅한 생각이 떠오르지 않았다. 달수는 길을 걷고 있는 여자들의 옷차림을 유심히 살펴보았다.

그러나 40대 중반쯤의 여자들은 별로 눈에 뜨이지 않았다. 허벅지까지 허옇게 드러낸 짧은 치마 아니면 청바지 차림의 젊은 여자들 뿐이었다. 달수는 함평댁의 옷차림을 생각해 내려고 기억을 더듬어 보기도 했다. 그러나 좀처럼 연실에게 어울릴 만한 옷차림은 떠오르지 않았다.

"뭘 찾으시는데요?"

매장을 먼 발치에 두고 빙빙 돌기만 하는 달수에게 여자 점원 하나가 다가서며 친절하게 물었다.

"집 식구 옷을 한 벌 사려는데……."

달수가 겨우 의사표시를 하자 점원은 반색을 하며 달수의 팔을 잡아끌었다.

"이리 오셔서 골라보세요……. 사모님 연세가 어떻게 되시는데요?"

"마흔 여섯이제 아매……."

달수는 고개를 기웃거리며 옷걸이에 걸려있는 형형색색의 옷들을 건성으로 둘러보았다.

"어머, 사장님 굉장히 애처가이신다 보다……. 제가 몇 가지 골라 드릴게요. 사모님 체격이 어떤 편이세요?"

점원이 옷걸이에서 몇 가지를 추려내기 시작했다.

"날씬하신 편이면 이런 원피스가 어울리실 거구요. 뚱뚱하시면 이런 블라우스에 이 스커트를 받쳐 입으시면 아주 세련돼 보이실 거예요……."

무려 30분쯤 이것 저것 뒤적거려 보았으나 좀처럼 고르기가 힘들었다. 결국은 점원이 권하는 대로 원피스를 한 벌을 골라잡았다. 좀 쑥스럽긴 했지만 내친 김에 속치마, 브래지어, 기타 속옷까지 두 벌씩을 샀다. 점원이 부르는 대로 값을 지불하고 쇼핑센터를 나왔다. 이미 열한 시가 지나고 있었다. 달수는 큰맘 먹고 택시를 탔다. 열두 시가 넘어서야 청량리 병원에 도착했다.

"그렇지 않아도 천 선생이 오실 것 같아서 식사를 하러 나가려다 기다리고 있었습니다."

어제처럼 과장은 반색을 하며 달수를 맞았다.

"지가 은행엘 좀 들러 오니라고 늦었구만이라우……."

과장의 생색을 모르는 체할 수 없어 달수는 변명 아닌 변명을 했다.

"퇴원수속 하셔야지……."

과장이 원무과 직원을 불러 퇴원수속을 서두르라고 지시했다.

"요것은 월매 안 되지만 그 동안 수고헌 간호원헌티 인사나 닦았으면 해서요……. 그리고 이건 과장님이 넣어두시오."

달수가 미리 준비했던 봉투 두 개를 내밀었다.

"원 별말씀을 다 하십니다. 간호원들한테 인사 닦으시는 거야 또 모르겠지만 오히려 제가 신세를 질 판인데……."

과장은 펄쩍 뛰는 시늉을 하며 손을 내저었다

"내 성인께 그런 줄 알고 직원들하고 식사라도 한 끼 허십시오"

달수가 자리에서 일어섰다.

"하, 이거 이러시면 안 되는데……."

과장은 못 이기는 체하며 원무과 여직원을 불렀다.

"인터폰으로 김 간호원 좀 불러줘요"

과장에게 인사를 보내고 입원실로 올라가려는 달수를 과장이 불러 세웠다.

"잠깐 기다리세요. 천 선생……."

달수가 다시 돌아섰다.

"아주머니 갈아입을 옷이면 간호원한테 맡기세요……."

쇼핑백을 향해 과장이 손을 내밀었다.

달수는 말없이 쇼핑백을 건네주었다.

"본인이 퇴원을 안 할란다고 헐랑가 모르는디……."

혼잣말처럼 중얼거리는데 간호원 한 사람이 들어왔다.

"김 간호원, 이연실씨 이 옷 갈아입혀가지고 데리고 오세요. 그리고 이건 천 사장님께서 주시는 거니까 인사하시고……."

과장이 간호원에게 쇼핑백을 내밀었다.

"고맙습니다."

쇼핑백을 먼저 받고 봉투를 받아들던 간호원이 달수에게 꾸벅 허리를 굽히고 돌아섰다.

"그나저나 지가 아파트로 이사를 해야 쓰겠는디요……."

무료하게 앉아있기도 멋쩍은 생각이 들어 달수가 불쑥 말을 꺼냈다.

"그럼 집은 비워 두시게요?"

과장이 비상한 관심을 나타냈다.

"어차피 헐릴 집이긴 허지만 그냥 비워둘 수도 없고 또 기왕에 과장님이 주민등록을 옮겨놨응께 시방부터라도 와서 사시는 게 워쩔랑가 모르겠는디……."

말을 하면서도 달수는 내심 찜찜한 생각이 들었다.

"그렇다면 당장 옮겨야지요……. 철거 전에 세입자 대책본분가 하는데도 참석을 해야 안 되겠습니까?"

과장의 말을 들으면서 달수는 공연한 일에 말려들었구나 싶은 후회가 생겼다. 그러나 연실이가 퇴원하는 마당이라도 나 몰라라 하는 수도 없었다. 달수는 잠자코 과장의 얼굴만 바라보았다.

"아파트로는 언제 이사를 하실 겁니까?"

과장이 달수 앞으로 바짝 몸을 내밀며 헛기침을 했다.

"늦어도 한 달 안에는 이사를 헐 생각이구먼요……."

달수가 마지못한 듯 대답했다.

"그럼 이번 주말에 우선 제 안식구하고 짐만이라도 분당으로 옮기도록 하겠습니다."

과장이 서둘러 결론을 내렸다.

"생각대로 하십시오……."

달수가 팔목시계를 들여다보았다.

"아무래도 지가 올라가 봐야 할랑가비네요……."

간호원이 갈아입을 연실이의 옷을 받아들고 입원실로 올라간 지 한참인데도 연실은 나타나지 않았다. 달수가 과장을 바라보며 엉덩이를 들먹거렸다.

"걱정 마세요, 천 선생, 아마 김 간호원이 아주머니 화장까지 예쁘게 시켜서 모시고 내려올 겁니다. 헛허……."

조바심을 내는 달수를 느긋한 표정으로 바라보며 과장은 너털웃음을 터뜨렸다.

"퇴원을 안 헐란다고 억지나 쓰지 않는가 모르겠는디……."

그래도 미덥지 않다는 듯 달수가 중얼거렸다.

"아 저기 내려오시는군……."

과장이 엉거주춤 몸을 일으켰다. 그와 동시에 달수가 뒤를 돌아보았다. 연실이 약간 쭈빗거리는 듯한 걸음걸이로 원무과로 들어서고 있었다. 달수가 벌떡 일어섰다. 서너 걸음 앞에서 연실은 고개를 푹 떨어뜨린 채 걸음을 멈췄다. 과장의 예언대로 연실은 가벼운 화장까지 하고 있었다. 달수가 눈대중으로 산 원피스는 썩 잘 맞는 것 같았다.

"아주머니, 이리 와서 앉으세요."

원무과장이 연실에게 자리를 권했다. 연실은 고개만 약간 들어 과장과 달수 쪽을 바라보았을 뿐 움직이지 않았다.

"이건 이연실씨 쓰던 소지품인데요……."

연실을 안내해 온 김 간호원이 손에 들고 있던 쇼핑백을 달수에게 내밀었다.

"그럼 이만 가볼랍니다."

쇼핑백을 받아들며 달수가 과장에게 말했다.

"환자가 아직 마음의 안정을 찾지 못한 것 같으니 일찍 댁에 가서 쉬시는 게 좋을 것 같군요……."

과장도 더 이상 연실이나 달수를 잡아둘 생각은 없는 것 같았다.

"택시를 한 대 불렀으면 쓰겄는디……."

연실의 앞으로 다가서며 달수는 또 혼잣말처럼 중얼거렸다.

"청량리역까지는 앰블런스로 나가시지요."

과장이 눈치 있게 달수의 의중을 읽었다. 원무과 직원을 시켜 앰블런스를 대기시키도록 했다.

연실은 달수의 예상과는 달리 순순히 차에 올랐다.

"여러모로 신세를 지게 되어서 미안해서 어쩔게라우……."

차에 오르기 전 달수는 과장에게 허리를 꺾었다.

"우리 사이에 신세랄 게 뭐 있습니까? 헛허……."

과장은 계속 여유있는 웃음을 터뜨리며 어서 차에 오르라고 손짓까지 해 보였다. 달수가 올라타자 차는 곧 출발했다. 큰길까지 나오는 동안 차가 크게 흔들렸다.

"어지러울 틴디 나헌티 기대지 그려……."

연실의 어깨 뒤로 팔을 감으며 달수가 말했다.

"괜찮어라우……."

연실이 비로소 말문을 열었다.

"암디나 택시 잡기 좋은 디서 내려주시오……."

앰블런스가 청량리 부근에 이르렀을 때 달수는 만원 짜리 한 장을 운전기사에게 내밀었다.

"아이고 괜찮습니다."

말은 그렇게 하면서도 운전기사는 만원 짜리를 냉큼 받아 포켓 속에 쑤셔 넣었다.

앰블런스가 청량리 로터리를 한 바퀴 돌아 역전 광장에서 멈췄다.

"여기가 차 잡기는 젤 좋을 겁니다."

앰블런스 기사의 말을 들으며 달수가 먼저 내렸다.

"손 잡아……."

달수가 연실에게 손을 내밀었다. 연실이 자연스럽게 달수의 손을 잡으며 앰블런스에서 내려섰다.

"많이 야볐네……."

차에서 내린 연실의 손을 달수는 한참동안 쥐고 서 있었다. 그러다가 연실의 어깨를 부축이며 택시 정류장 쪽으로 걷기 시작했다.

"집에 기야, 친물 뿐인디 목욕을 하고 갈랑가?"

맘모스 호텔 건물에 매달려 있는 많은 간판들 중에서 유독 가족탕, 사우나라는 간판이 달수의 시선 속으로 빨려 들어왔다. 그 순간 달수는 자신도 모르게 연실에게 목욕 얘기를 꺼낸 것이었다.

연실이 대답 대신 눈을 들어 달수의 표정을 살폈다. 연실의 핏기 없는 얼굴에 가벼운 홍조가 떠올랐다.

"상미도 집에 없고 혼자서는 힘이 들 텐께 목욕이나 하고 가자고……."

말을 하고 있는 사이에 숨결이 가빠오는 것을 달수는 의식했다. 연실을 부축한 어깨에 지그시 힘을 가했다. 연실의 어깨에서는 가벼운 거부감이 느껴졌다.

"마침, 저기 목욕탕이 있응께……."

달수가 어깨를 밀자 연실은 주춤주춤 걷기 시작했다. 화살표시를 따라 계단을 오르자 목욕탕이 나타났다. 가족탕이라는 아크릴 간판이 매달린 출입구를 밀고 안으로 들어섰다.

종업원의 안내를 받아 호텔 객실처럼 생긴 방안으로 안내되었을 때쯤 달수는 걸음을 걷기가 거북할 정도로 아랫도리가 땡겨 오는 걸 의식했다. 연실은 반투명 유리가 달린 신문지 만한 창문 앞에서 달수에게 등을 보인 채 오뚝하니 서 있었다. 달수가 탕 안으로 들어가 더운 물과 찬 물을 알맞게 틀어놓고 나왔다.

"옷 벗고 먼저 하소"

연실의 등 뒤로 다가서며 달수가 말했다.

연실의 어깨가 크게 흔들리고 있었다.

"목욕허랑께……."

달수가 어깨에 손을 얹는 순간 연실이 훌쩍 돌아섰다.

"썩을 년……."

그러나 달수의 말은 목구멍 안에서 사그러 들었다. 달수가 연실을 왈칵 끌어안았다.

겨울나무처럼 앙상한 연실의 어깨가 무섭게 흔들리고 있었다. 마치 그 흔들림을 진정시키려는 것처럼 달수는 연실의 어깨를 감싸안은 두 팔에 힘을 모았다.

연실의 눈에서 흘러내린 눈물이 달수의 볼을 적시고 있었다.

"참말로…… 당신 참말로 나를 용서해 줄라요……."

울음이 절반쯤 섞인 음성으로 연실이 띄엄띄엄 중얼거렸다.

"인자부터락도 맴 잡고 살겠다면 용서 못헐 것도 읎제……."

약간 들뜬 듯한 목소리로 연실의 말에 대꾸하면서 달수는 20년간 잃어버렸던 연실의 냄새를 찾아내려는 듯 가쁜 숨을 몰아쉬었다. 욕실 쪽에서 물이 넘쳐 흐르는 소리가 들려왔다. 더 이상의 대화는 필요 없었다. 목마른 짐승처럼 달수는 연실의 혀를 빨았다.

"목욕부텀 헐라요……."

달수의 손길이 연실의 깊은 곳으로 파고들자 비로소 연실이 달수를 가볍게 밀어냈다. 비로소 꿈에서 깨어난 듯 달수는 연실을 칭칭 감았던 팔을 풀었다. 한 걸음 물러선 연실이 머리카락을 쓸어 올리며 곁눈질로 달수를 바라보았다.

그 눈꼬리에 부끄러움 같은 홍조가 매달려 있었다. 연실이 벽 쪽으로 돌아서며 원피스를 벗었다. 브레지어까지 벗고 난 연실이 양팔로 앞가슴을 가린 채 달수를 돌아보았다.

"눈 쪼깬 감으시요……."

발그레하게 핏기를 되찾은 연실의 얼굴에서 달수는 20년 전 연실의 모습을 발견해냈다. 비시시 웃음을 흘리며 달수가 돌아섰다. 그 사이에 팬티까지 벗어 던진 연실은 냉큼 탕으로 뛰어들었다.

　달수도 서둘러 옷을 벗기 시작했다.

　러닝 셔츠와 팬티까지 벗어 던지고 나서 달수는 자신의 아랫도리를 내려다보았다. 유난히 귀두가 크고 둘레가 굵은 대신 짧게 보이는 실팍한 심벌은 무서운 기세로 독이 올라 있었다. 욕실 앞으로 다가선 달수는 잠시 탕 안의 기척을 살폈다. 물을 뒤집어쓰는 소리가 들려왔다. 벌컥 문을 열고 달수는 탕 안으로 성큼 들어섰다.

　"워매매……."

　연실이 뛸 듯이 놀라며 몸을 웅크리고 돌아앉았다.

　"같이 허자고……."

　성큼 다가선 달수가 연실의 알몸을 번쩍 안아 올렸다. 연실을 안은 채 달수는 욕조 안으로 들어섰다.

　"이게 뭔 짓거리다요……."

　하얗게 눈을 흘기며 연실이 주먹으로 달수의 가슴을 두들겼다. 바보처럼 히죽거리며 달수가 물 속에 몸을 잠갔다. 촤르르르 소리를 내며 욕조 속의 물이 절반쯤 흘러 넘쳤다. 두 사람이 함께 들어앉기엔 비좁은 욕조였다. 달수가 다리를 뻗고 앉자 연실이 잽싸게 등을 돌렸다.

　"수건 이리 내봐, 등 밀어 줄텅게……."

　연실이가 가슴께를 가리고 있는 수건을 빼앗아 달수는 듬뿍 비누질을 했다. 연실의 육체는 달수가 생각했던 것보다는 아직 팽팽한 탄력이 남아 있었다. 비누 수건으로 목덜미 부근에서부터 어깨, 등, 겨드랑이 순서로 달수는 연실의 몸을 밀었다.

　"앞에는 내가 한단 말이요……."

　달수가 연실을 돌려 앉히려 하자 연실은 한사코 몸을 사렸다.

　"자."

　달수가 수건을 다시 연실에게 건네주었다. 연실이 앞가슴에 비누칠을 하고 있는 동안 달수는 맨손으로 대충 몸을 문질렀다. 아직은 탄력이 남아있는 연실의 히프에 눌린 채 달수의 심벌은 가쁜 숨을 몰아쉬고 있었다. 연실이 앞가슴에 물을 끼얹기 시작한 것과 달수가 다시 연실을 번쩍 안고 일어선 것은 거의 동시였다.

탕을 뛰쳐나오듯 서둘러 나선 달수는 연실을 방바닥에 내려놓기가 무섭게 그대로 덮쳐 눌렀다. 달수는 마치 쫓기는 사람처럼 서둘렀다. 연실의 감정이나 느낌을 살필 여유도 없었다. 연실이 신음소리를 내며 달수의 목을 조여올 때쯤 달수는 이미 끝나 있었다. 조금씩 졸아드는 심벌을 의식하며 달수는 한동안 널브러져 있었다.

연실의 문이 갑자기 넓게 느껴졌다. 공허한 것 같기도 하고 외로운 것 같기도 한 형용하기 어려운 지랄 같은 심정이었다. 연실의 경련 같은 절정이 끝나기를 기다려 달수는 몸을 일으켰다.

달수가 탕 안에서 아랫도리에 물 한 바가지를 끼얹고 나오자 연실은 벽 쪽으로 돌아앉아 브래지어를 하는 중이었다.

"힘들면 좀 쉬었다 가고……."

말은 그렇게 하면서도 달수는 주섬주섬 옷을 챙겨 입었다.

그 사이에 욕실에 들어갔다 나온 연실도 말없이 옷을 챙겨 입었다. 방안에 묘한 침묵이 감돌았다.

"갈랑가?"

먼지가 묻어날 것 같은 메마른 목소리로 달수가 물었다.

"가지요"

연실의 음성에도 윤기가 없었다. 싸움이라도 하고 난 사람들처럼 앞서거니 뒤서거니 탕을 나왔다. 택시를 타고 분당까지 오면서도 두 사람 모두 말이 없었다. 수진리 고개를 넘어설 때쯤 연실은 '상미가 날 용서할랑가 모르것네요' 하고 한 마디했다. 달수는 잠자코 있었다.

분당에 도착해서 대청으로 올라서는데 전화벨이 울리고 있었다. 달수가 수화기를 집어들었다.

"신문 봤소?"

댓바람에 그렇게 물어온 건 함평댁이었다.

"뭔 신문?"

함평댁이라고 알아차린 달수가 자신도 모르게 연실을 돌아보며 목소리를 낮췄다.

"상미가 당했다는 기사가 신문에 났는디 못 봤단 말이요?"

함평댁의 목소리엔 빈정거림이 배어 있었다.

"뭣이어? 우리 상미가 어쨌다고?"

달수가 벌컥 소리를 질렀다. 감히 상상조차 할 수 없는 얘기를 함평댁이 하고 있는 게 아닌가.

"상미가 강간을 당했는디 그 김상철인가 하는 놈이 회사꺼정 찾아온 것을 경찰에 신고해가꼬 시방 그놈이 경찰에 구속됐다고 신문에 났당게요……."

달수의 반응이 워낙 거칠게 나오자 함평댁은 제법 소상하게 신문기사 내용을 달수에게 들려주었다.

"뭐, 뭣이라고? …… 김상철이 그 박살을 낼 놈이 우리 상미를 어쨌다고?……."

그야말로 하늘이 무너졌다는 얘기보다 더 충격적인 일이 아닌가. 달수는 전신이 부들부들 떨려 제대로 말이 나오지를 않았다. 이빨이 딱딱 소리를 낼 정도로 턱방아를 찧다가 수화기마저 떨어뜨렸다.

"상미 아부지 뭔 일이요?"

중풍환자처럼 전신을 부들부들 떨고 섰는 달수 곁으로 연실이 조심스레 다가섰다.

"죽일 놈이…… 이런 죽일 놈이……."

연실이 등 뒤로 다가서는 기척조차 채지 못하고 달수는 헛소리처럼 죽일 놈 소리만 되풀이하고 있었다.

"상미 아부지!"

연실이 목소리를 높이며 달수의 한 쪽 팔을 가만가만 흔들었다.

"워매, 이 일을 워쩌거나!"

주먹으로 가슴을 쾅쾅 두드리던 달수가 무너지듯 그 자리에서 주저앉았다.

"상미 아부지 말 쪼깨 해 보시오…… 도대체 뭔 일이다요?"

영문을 알 수 없는 연실도 그 자리에 쪼그리고 앉으며 달수를 바라보았다.

"상철이…… 김상철이 이놈이 우리 상미를 겁탈했다니……."

달수는 제 정신이 아닌 것 같았다. 이빨이 단숨에 서너 개쯤 부서져 나갈 정도로 부드득 이를 가는 달수의 충혈된 두 눈에선 시퍼런 불길이 솟아오르고 있었다.

"상미가 겁탈을?……."

연실에게도 비로소 사태의 심각성이 피부로 느껴지는 것 같았다. 달수의 말을 되뇌던 연실이 벌린 입을 다물지 못했다.

"내 이놈을 당장!"

퉁기듯 일어선 달수가 단숨에 마당으로 내달았다. 고꾸라질 듯 토방으로 내려서며 신발을 찾아 신은 달수가 질풍처럼 대문을 뛰쳐나갔다.

"상미 아부지!…… 이봐요, 상미 아부지……."

연실의 부르짖는 소리쯤 바람소리에 불과했다.

귓바퀴에서 씨잉씨잉 바람 소리가 나도록 달수는 주먹을 불끈 쥐고 총알처럼 달렸다. 금방 숨이 턱밑에까지 차 올랐다. 힘이 풀린 두 다리는 전신을 지탱하고 서 있기에도 힘이 들 정도였다. 그러나 달수는 이를 악물고 내달렸다. 5백 미터쯤 달리고 나자 가슴이 빠개질 것 같았다. 헉헉 숨을 몰아쉬며 달리기를 멈췄다.

마침 뒤쪽에서 택시 한 대가 달려오고 있었다. 사람이 타고 있었다. 그러나 달수는 길 복판으로 나서며 두 팔을 벌려 택시를 가로막았다. 끼이익 하는 브레이크 소리를 내며 택시가 달수의 전면 1미터쯤 앞에서 가까스로 정차했다.

"씨발놈의 영감 죽고 싶어?"

차창 밖으로 머리통을 내밀며 운전기사가 댓바람에 육두문자를 내뱉었다.

"씨발놈도 좋은 게 나 좀 태워주소!"

달수는 기사의 대답을 들을 필요도 없이 조수석 문을 열고 냉큼 올라탔다.

"당신 지금 제정신이요?"

운전기사는 어이가 없다는 얼굴이었다.

"돈은 달라는 대로 낼팅께 나를 얼른 경찰서까지 실어다 주소……."

달수가 만원 짜리 한 장을 꺼내어 핸들 앞에 올려놓았다.

"나 참 이 아저씨가……."

운전기사의 반응이 한결 부드러워졌다. 기사는 뒷좌석의 승객에게 고개를 꾸벅하는 것으로 양해를 구하고 나서 가속페달을 밟기 시작했다.

"아저씨, 도대체 무슨 일인데 그러세요?"

운전기사가 곁눈질로 달수의 표정을 살피며 물었다. 그러나 달수는 대답하지 않았다.

"아이구 가슴이야……."

달수는 대답대신 주먹으로 가슴을 쾅쾅 두드렸다. 기사도 더 이상은 묻지 않았다.

차가 경찰서 정문 건너편에서 정차하자 달수는 구르듯 뛰어내렸다. 횡단보도고 신호등이고 가릴 게재가 아니었다.

단숨에 도로를 가로질러 경찰서 안으로 뛰어 들어갔다. 입초 경찰관이 질겁을 해서 뒤에서 고함을 질렀다. 들은 척도 하지 않고 달수는 눈에 익은 수사과 사무실로 뛰어들었다.

"아저씨! 당신 뭐요?"

가쁜 숨을 몰아쉬며 안면이 있는 얼굴이 없는가 두리번거리는데 정문에서 쫓아 들어온 전경이 달수의 팔을 끌어냈다.

"왜 그래?"

형사 한 사람이 전경과 달수를 쳐다보았다. 그 바람에 수사과 형사들도 소란스러운 출입구 쪽을 돌아보았다.

"천달수씨 무슨 일이요?"

지난번 고소사건을 취급했던 형사가 아는 체를 했다.

"이거 놔!"

전경의 손길을 왈칵 뿌리치고 달수는 이 형사 앞으로 다가섰다.

"김상철이 그 놈 지금 어디 있소?"

달수가 거품을 한 입 물고 다가서자 이 형사는 어리둥절한 얼굴을 했다.

"김상철이 누구지……."

그러다가 이 형사는 생각이 난 모양이었다.

"아, 그 천 사장 딸이 고발한 놈 얘기군……."

이 형사의 입가에 묘한 미소가 떠올랐다.

"그래 그 놈 지금 어디 있소?"

마른침을 삼키며 달수가 이 형사의 턱 앞으로 다가섰다.

"…… 489번 제3접견실, 490번 제4접견실, 90번 제5접견실……."

구내 마이크에서는 3분 간격으로 면회 온 사람들의 접수번호를 불러대고 있었다. 상미의 접수번호는 523번이었다. 자동판매기에서 뽑아낸 커피한 잔을 들고 상미는 대기실 한 구석 나무의자에 걸터앉아서 차례를 기다리고 있었다.

한 모금 밖에 마시지 않은 커피가 종이컵 속에서 밍밍하게 식어 있었다. 성남경찰서에서 곧바로 이곳 구치소로 와버린 상미였다. 경민 앞으로 얼마간의 돈을 영치시켜 놓고 면회 접수를 한 지 이미 두 시간이 가까워오고 있었다. 구치소 앞마당과 면회자 대기실에서 줄잡아 2백 명쯤의 사람들이 서성거리고 있었다. 남자보는 여자들이 더 많았다. 한결같이 어두운 표정들이었다. 그러나 더러는 희희낙락하게 웃고 떠들며 음료수 따위를 마셔대는 일행들도 있었다.

시간은 이미 오후 세 시가 지나고 있었다. 아침도 뜨는 둥 마는 둥 집을 나선 상미는 아직 점심도 먹지 않고 있었다. 그러나 배가 고프다는 의식은 없었다. 헛바늘이 돋아난 입안이 모래를 한 입 문 것처럼 깔깔해 커피 한 잔을 뽑아냈지만 한 모금 마시고 나자 가벼운 구토가 넘어왔다.

"…… 502번 제6접견실…… 507번 제7접견실……."

몸 전체의 신경을 귀로 집중시킨 채 상미는 화석처럼 앉아있었다. 접수번호가 점점 상미의 번호와 가까워지고 있었다. 510번대의 번호가 불려지기 시작하자 상미는 발딱 일어섰다.

갑자기 경민을 만난다는 사실이 무거운 중압감으로 다가왔다. 속이 울렁거리고 가슴도 답답해 왔다. 과연 무슨 말을 할 수 있을 것인가. 경민에게 지금 내가 무슨 말을 할 수 있단 말인가. 상미는 순간 면회를 포기하고 그대로 돌아갈까 하는 생각을 했다. 그러나 접견실에 나왔다가 3분을 우두커니 혼자 서있다 돌아설 경민의 얼굴이 떠올랐다. 상미는 크게 고개를 흔들었다. 그럴 수는 없는 일이었다. 경민에게 슬픈 얼굴을 보여서는 안 된다고 다짐하면서 밝은 표정을 만들기 위해 안간힘을 썼다.

"522번 제4접견실······ 523번 제5접견실······."

마이크에서는 분명 자신의 접수번호가 불리어지고 있었다. 상미는 크게 심호흡까지 하며 접견실 안으로 들어섰다. 상미와 거의 동시에 두꺼운 유리벽의 반대쪽에서 경민의 모습이 나타났다.

"경민 오빠!"

상미는 웃었다. 웃으려고 노력했다. 그러면서 상미는 의식적으로 경민의 이름 뒤에 오빠라는 대명사를 달았다.

"상미가 웬일이야. 지금 근무시간일 텐데······."

언제나 상미에게 편안함을 느끼게 해주던 경민의 목소리였다. 구렛나루와 턱밑에 수염만 자라 있을 뿐 경민의 건강은 눈에 뜨이게 달라진 것은 없어 보였다. 깊고 맑은 경민의 눈빛이 잔잔한 웃음을 흘리며 상미를 바라보고 있었다. 그러나 상미는 경민의 그 깊은 눈빛을 옛날처럼 마주 바라볼 수가 없다.

"식사는 잘 해요······?"

상미는 기를 쓰며 말을 아낀다. 말을 길게 늘어놓으려면 그 꼬리에 왈칵 울음이 딸려 나올 것만 같기 때문이다.

"나야 오히려 이 안이 편하지, 하루 세 끼 더운 밥 먹고 할 일 없이 앉아서 노니까······."

예의 그 희고 정갈한 이를 드러내며 경민이 싱긋 웃어 보이기까지 했다.

"10만원 영치금 넣어놨으니까 먹고 싶은 것 좀 사 먹고 그래요······. 오빠······."

오빠 소리에 힘을 주며 상미는 어금니를 깨물었다.

"이 안에서 돈 쓸 일이 뭐 있다구······ 근데 참 회사 어떻게 하고 왔어?"

어딘가 평소와는 다른 상미의 석연찮은 태도가 아무래도 경민은 마음에 걸리는 것 같았다.

"오빠 나 아무래도 회사 고만둘까 봐······."

시야가 자꾸만 뿌옇게 흐려온다. 상미는 폭삭 고개를 꺾었다.

"무슨 일이 있었군……."

경민의 뜨거운 눈빛이 상미의 전신에 쏟아져 왔다. 그러나 목소리만은 조금도 흔들림이 없었다.

상미는 크게 고개를 흔들었다. 최근 한 달 사이에 일어난 그 악몽 같은 일들을 상미는 그렇게 부정하고 싶은 것이다. 아니야. 아무 일도 없었다. 정말 아무 일도 없었다구…… 그렇게 소리치고 싶었다. 그렇게 소리치면서 경민과의 사이를 가로막고 있는 유리벽을 와장창 부셔버리고 경민의 가슴으로 뛰어들고 싶었다.

"변호사 얘기가 다음주부터 재판이 시작되면 월말쯤엔 나가게 될 거라든데, 그렇게 되면 약속대로 결혼하는 거야 올 가을엔……."

경민의 한없이 부드러운 목소리는 오히려 상미의 전신을 옥죄는 사슬이었다.

목소리처럼 부드러운 경민의 눈빛도 상미에게는 가슴을 저미는 예리한 칼날이었다. 경민의 음성과 눈빛은 상미가 지금 그 어떤 엄청난 사실을 털어놓더라도 모든 것을 용서해줄 것 같았다. 그러나 상미는 경민의 눈빛을 똑바로 바라볼 수가 없는 것이다.

'안 돼요 오빠.'

상미는 입 속으로 그렇게 부르짖었다.

"시간 다 됐어요……."

경민의 옆 의자에 앉아있던 교도관이 무표정한 얼굴로 시간이 다 됐음을 알려주었다.

"상미야, 네 현명함을 믿는다……."

돌아서기 직전 경민이 남긴 마지막 말이었다. 이를 악물며 참았던 울음이 봇물처럼 왈칵 밀려왔다. 두 손으로 얼굴을 감싸며 상미는 접견실을 뛰쳐나왔다. 마당을 가로질러 출입문을 빠져 나온 상미는 구치소 담에 기대어 어깨를 들먹이며 울었다.

"……네 말처럼 난 용기가 없는지도 몰라. 하지만 널 안아보고 싶다는 욕망보다는 아끼고 싶다는 생각이 항상 먼저였어……."

아버지를 처음 만나던 날 경민이 하던 얘기가 되살아나 송곳처럼 가슴을 저미고 있었다.

구치소 담을 끼고 있는 길은 비교적 사람의 통행이 뜸한 편이었다. 그러나 이따금 지나치는 사람들은 상미를 옆눈질로 힐금거리며 지나쳤다. 벽에 기대어 한참을 울고 나자 마음 속이 한결 후련해지는 것 같았다. 손수건으로 대충 눈언저리를 닦아내고 상미는 큰길로 걸어 내려왔다.

'……경민 오빠 미안해……'

길을 걸으며 상미는 속으로 수십 번이나 같은 말을 중얼거렸다. 버스를 타고 성남으로 돌아오면서도 마치 기도하듯 경민씨 미안해요를 되풀이했다.

"상미야!"

대문을 들어서자 예상했던 것처럼 연실이 뛰어나왔다. 마당으로 내려선 연실이 상미를 왈칵 끌어안았다. 끌어안고 연실은 상미의 등을 다독거렸다.

"미안해요 엄마, 오늘 병원에 못 가서……."

엄마의 품에서 한 걸음 물러나며 상미가 억지로 웃어 보였다.

"상미야, 어쩌면 좋으냐 그래?"

이번에는 연실이 상미의 손 하나를 끌어당겨 자신의 두 손으로 감싸쥐며 울먹거리는 얼굴을 했다.

"아버지 어디 가셨어요?"

상미는 비로소 불안한 느낌이 들었다. 어쩌면 자신과 김상철의 일을 아버지가, 그리고 엄마까지 이미 알고 있는지도 모른다는 생각이 들었기 때문이었다.

"네 얘기를 전화로 듣고 나자마자 미친 사람처럼 뛰쳐나가셨지 뭐냐 글쎄……."

엄마의 양손아귀 속에 감싸인 상미의 주먹에 경련이 일었다.

"누가 전화를 했는지 아세요?"

어차피 각오했던 일이었다. 김상철을 경찰에 고발해야 한다고 결심하는 순간 자신에게 돌아올 온갖 수모와 아픔을 견디어내야 한다고 결심한 상미였다. 마루로 올라서며 상미는 담담한 목소리로 물었다.

"아마 자세히는 몰라도 그 함평댁인가 하는 여잔갑드라……. 신문에 네 얘기가 났다고 허는갑든데……."

상미의 태도가 너무나 담담하자 연실은 오히려 어리둥절한 모양이었다. 상미의 방으로 따라 들어오며 상미를 바라보았다.

"엄마, 나 지금 좀 혼자 있고 싶어요, 이따 아버지 들어오시면 다 말씀 드릴게요."

상미는 자신이 생각하기에도 신기로울 만큼 냉정해지는 자신을 의식한다. 엄마의 얼굴을 똑바로 쳐다보며 상미가 말했다.

"그래, 알았다. 좀 누워서 쉬거라……."

석연치 않은 얼굴인 채 연실은 뒷걸음질로 방을 나갔다. 연실이 나간 방문을 상미는 안에서 잠갔다. 옷을 갈아입고 책상 앞에 마주 앉았다. 마음은 물론 머릿속까지 차가울 정도로 냉정해지고 있었다. 책상 위에 팔을 올려 턱을 고인 채 상미는 백지처럼 아무런 기록도 남겨지지 않은 마음 상태를 유지하려고 노력했다. 그것은 힘든 일이었다. 그러나 조금씩 시간이 흐르면서 그것은 가능해지기 시작했다.

지금 자신에게 일어나고 있는 모든 일들은 엄연한 현실이었다. 결코 부인할 수 없는 현실이라면 이제부터라도 자신은 당당함을 배워야 한다고 상미는 다짐했다. 그 당당함을 행동으로 실천하기 위해서 과거는 한 시라도 빨리 잃어버리는 게 현명하다는 생각을 열심히 되풀이했다. 그러는 동안 마음 한 귀퉁이로부터 조금씩 여백이 생겨났다. 그 하얀 여백이 마음 전체를 가득 채워질 때쯤 지난 아픔은 지우개로 말끔히 지워질 수 있을 것 같았다.

상미는 핸드백에서 열쇠를 찾아내어 책상서랍을 열었다. 책상 속 가장 깊숙한 곳에는 지난 5년여 동안 경민과 더불어 만들어온 아름다운 추억들이 소복이 담겨 있었다. 경민과 주고 받은 편지들, 학교 써클 활동 때부터 함께 찍어둔 사진과 바쁜 시간들을 쪼개 교외로 나가 함께 찍었던 사진 등을 한 장 한 장 꺼내어 보았다.

지난 5년의 세월이 추억이란 이름으로 가슴을 찌르며 다가왔다. 그러나 상미는 지금 자신이 가장 먼저 해야 할 일이 무엇인가를 분명히 알고 있었다. 그것은 바로 추억으로부터의 탈출이었다. 경민과의 일들은 하나도 남김없이 깡그리 잊어야 하는 것이다. 지금.

아버지가 돌아오는 기척을 분명히 느끼면서도 상미는 책상 앞에 앉은

채 움직일 줄 몰았다. 엄마가 집에 돌아왔다는 게 상미는 얼마나 다행인
지 몰았다. 지금쯤 엄마가 열심히 아버지를 가라앉히기 위해 설득하고 있
는 거라고 상미는 생각했다. 아버지가 돌아 온 지 한 시간쯤 지났는데도
상미를 부르는 소리는 들리지 않았다.

경민과의 추억은 이제 재로 만드는 일만 남아 있었다. 그 재마저 허공
으로 훨훨 날려 버리고 나면 그때쯤 마음엔 슬픔보다 해맑은 하얀 여백
만이 남게 될 거라고 상미는 안간힘을 썼다. 그 안간힘에 의해 편지와 사
진들은 손톱 크기보다도 작은 조각들로 갈가리 부서져 나갔다.

마루에서 낡고 오래된 괘종시계가 느릿느릿 여덟 번을 울렸다. 조심스
런 노크 소리가 들려온 건 그때였다.

"상미 자니……."

엄마의 목소리였다. 아주 오랫동안 귀에 익숙한 목소리 같기도 하고 생
전 처음 듣는 생소한 목소리 같기도 했다.

추억의 파편들을 누런 사각봉투 속에 쓸어 담으며 상미는 조용히 일어
섰다. 문 앞으로 다가가 잠갔던 손잡이를 풀었다.

"저녁 먹어야지…… 아버지도 오셨는데……."

반쯤 문을 열고 연실이 얼굴을 들이밀었다.

"알았어요. 엄마."

모든 사람 앞에서 당당해지기 위한 연습을 우선 아버지 앞에서부터 해
야 할 시점 같았다. 상미는 거울 앞에서 자신의 얼굴을 살펴보았다. 눈 등
이 약간 부석부석할 뿐 조금도 달라진 데는 없었다.

'……그래 난 건강해…… 아주 건강하다구…….'

마음을 다져먹으며 상미는 방에서 나왔다.

달수는 식탁에서 소주잔을 든 채 눈을 감고 앉았다. 달수의 맞은편 자
리에 상미가 자리를 잡고 앉았다.

"술은 고만 드시고 식사를 좀 허시오."

상미와 달수 사이에 자리를 잡고 앉으며 연실이 조심스레 입을 뗐다.
달수가 들고 있던 잔을 단숨에 비워냈다. 탁 소리가 나게 잔을 내려놓고
빈 잔에 다시 병을 기울였다.

"고만 드시랑께요……."

연실이 달수의 손에서 술병을 낚아챘다. 그러나 달수는 연실을 힐끗 바라보았을 뿐 별다른 반응을 보이지 않았다.

"상미야!"

달수의 목소리는 차분히 가라앉아 있었다.

"말씀하세요, 아버지."

상미도 어느 정도 마음의 평온을 찾고 있었다.

"신문에 난 것이 전부 사실이냐?"

자신의 얼굴을 응시하는 아버지의 충혈된 눈빛은 물기가 가득했다.

"네."

대답하면서 상미는 무참하게 일그러지는 아버지의 표정을 의식한다.

"네 목숨을 걸 만한 각오로 저항을 했는디도 당했단 말이냐?"

달수의 목소리는 이미 울음에 가까웠다.

"난 기절을 했었어요……. 주먹으로 때리고 목을 졸랐어요. 그러면서 죽여버리겠다고 한 것까지 밖에는 기억할 수 없었어요……."

"저런 처 죽일 놈이……."

상미가 그 날의 악몽을 되살려 설명하는 동안 으스러지게 주먹을 움켜쥔 달수는 전신을 부들부들 떨었다.

"세상에…… 어쩜 그런 짐승 같은 놈하고 한 집에서 살았대요……."

연실도 치를 떨기는 마찬가지였다.

"이 놈이 징역을 살고 나오더라도 반드시 내 손으로 목을 비틀어 죽일 것이여!"

이빨이 부서져 나갈 정도로 달수는 이를 갈았다. 충혈된 두 눈이 상처 입은 산짐승처럼 번들거렸다. 달수의 불같은 성격을 누구보다 잘 아는 상미였다. 만약 김상철이 눈앞에 있다면 능히 죽여버리고도 남을 성질이었다.

"내가 너를 어찌키 키웠냐…… 그런 개만도 못헌 놈헌티 당하다니…… 어이구 가슴이야……."

달수는 돌멩이 같은 주먹으로 쾅쾅 소리가 나게 가슴을 두드렸다.

"그란디 그 죽일 놈이 뭐땀시 회사로 또 너를 찾아왔더냐? 참말로 간도 큰놈이데……."

상미의 불행이 절반 이상은 자신에게 책임이 있다고 생각할 수밖에 없는 연실도 자꾸만 말꼬리에 울음이 달려나온다.

"절 찾아온 게 아니라 부사장을 찾아왔었어요. 저도 나중에 알게 된 일이지만 부사장의 차에 다쳤었나 봐요……."

"그때 차라지 뒈질 것이지!"

상미의 말이 채 끝나기도 전에 달수가 부르짖었다. 그것은 달수의 절규였다.

"너를 찾아온 것이 아님사, 당한 너야 분허고 원통허겄지만 그냥 쉬쉬하는 것이 나섰을란가 모르겠는디……."

연실의 생각으로는 상미가 경찰에 신고를 함으로써 상미의 약점이 사방 팔방으로 알려지게 된 게 더 마음에 쓰이는 눈치였다.

"그래서 하는 말인디 상미 너 몇 년쯤 외국에 가서 공부나 계속하는 것이 워쩌겄냐?"

달수가 허공을 바라보며 혼잣말처럼 중얼거렸다.

"참말로 그랬으면 쓰겄네……."

대뜸 연실이 반색을 하고 나섰다.

"당신, 상미 여월 돈 갖고 차라리 유학을 보내 번집시다……."

달수와 상미를 번갈아 보며 연실이 상미의 동의를 구했다.

"니 생각은 어떤겨?"

달수도 그것이 가장 최선의 수습책이라고 생각하는 것 같았다. 상미로서는 감히 생각지도 못했던 일이었다.

"아버지 어머니 생각이 그러시다면 한 번 생각해 보겠습니다."

상미는 일단 그렇게 대답했다. 대답하고 나자 갑자기 눈앞에 새로운 탈출구가 생겨난 듯한 느낌이었다. 경민과의 문제를 정리하는 방법으로도 그것은 가장 최상의 방법일 것 같았다.

"일찍 건너가 자거라……."

달수가 다시 술병을 끌어당기며 길게 한숨을 내쉬었다. 결국 세 식구 모두가 저녁은 거른 셈이 되고 말았다. 다시 자기 방으로 돌아온 상미는 비로소 유학문제를 현실적으로 곰곰이 검토해보기 시작했다.

경찰에 김상철을 고발하는 순간부터 자신에게 쏟아질 따가운 눈초리는 각오하고 있었다. 그러나 당장 내일부터 회사의 동료는 물론 방지환의 끈끈한 눈길을 감내해야 하는 일은 쉬울 것 같지 않았다. 그러는 동안 자신에 대한 소문은 눈덩어리처럼 불어나 경민에게도 알려질 건 불을 보듯 분명한 일이었다. 아빠 엄마의 연민 어린 눈빛이나 방지환의 끈끈한 눈길은 참을 수 있어도 고뇌에 가득 찬 경민의 눈길만은 참을 수 없을 것 같았다.

밤이 깊도록 상미는 잠을 이룰 수 없었다. 잠을 못 이루기는 아버지도 마찬가지인 듯 싶었다. 두 시가 가깝도록 안방에선 아버지의 기침소리가 들려왔다. 아버지의 기침소리를 들으며 상미는 새로운 결론 하나를 도출해냈다. 자신이 4~5년쯤 외국에 나가 있는 것이 어쩌면 아버지의 시름을 한결 덜어 드릴 수도 있다는 결론이었다. 20년만에 아버지와 엄마의 시간을 만들어 드려야 한다는 계산도 머리에 왔다.

날이 밝는 대로 상미는 오래간만에 모교의 교수님을 찾아 뵙기로 마음을 굳혔다. 방바닥에 엎드려 상미는 사표를 썼다. 어느새 창문이 우유 빛으로 트여오고 있었다.

'……여자 앞에서 성기가 제대로 발기되어 본 것이 언제쯤이었던가……'

오후 내내 사무실 안에서 서성거리며 지환은 상미가 나타나기를 기다렸다. 그러나 퇴근시간이 지나도록 상미에게선 전화 한 통 걸려오지 않았다. 7시가 다 되도록 지환은 사무실에서 안절부절했다. 지환은 오른손 손바닥을 들여다 보았다. 상미의 하얀 블라우스 밑에서 느껴지던 팽팽한 볼륨이 되살아났다. 무방비 상태로 드러난 상미의 하체 사이에서 수줍은 듯 들여다보이던 순백색 팬티가 눈에 어른거렸다.

오른쪽 팔 안에 가득한 느낌을 주던 상미의 팽팽한 히프의 기억도 되살아났다. 향수 냄새도 그렇다고 땀 냄새도 아닌 잘 익은 과일냄새 같은 풋풋하고 향기롭던 상미의 체취도 아직 코끝에 남아있었다. 그때 자신의 성기는 땡길 듯 얼얼하게 고개를 들며 자신이 남성임을 증명하고 있었다.

그러나 문상미와의 교섭에서 지환은 끝내 배설의 쾌감을 체험하지 못했다. 문상미가 자신이 알고 있는 온갖 기교를 부렸지만 지환의 심벌은 되살아나지 않았다. 한 시간이 넘도록 문상미를 타고 앉아 깔아뭉개 봤지만 결국 실패였다. 참다 못해 자신을 왈칵 밀어내며 파랗게 독이 올라 쏘아 부치던 문상미의 모습이 생각나자 입가에 쓸쓸한 미소가 떠올랐다.

지환의 발기불능 현상은 미국에 있을 때부터 나타나기 시작했었다. 2년 전이었다. 미국에서 첫 조짐은 그룹섹스 비슷한 친구들과의 모임 때 나타났다. 처음에는 그냥 술이 엉망으로 취했던 때문이려니 생각하고 대수롭지 않게 생각했었다. 그러나 두 번째 그런 자각 증상을 느끼면서 는 여간 당황한 것이 아니었다.

같은 학교에 다니는 미국인 여자 애와의 관계 때였다. 술이 그다지 취한 것도 아닌데도 발기가 되지 않았다. 샤워까지 끝내고 침대 속에서 기다리던 여자애는 눈을 허옇게 뒤집어쓰며 있는 대로 욕을 해대고 방을 나갔다. 미국 계집애에 대한 황색인간의 콤플렉스 정도이려니 애써 대범하게 생각하려고 애를 썼다. 자신의 몸이 정상이 아니라는 걸 실감 있게 체험한 건 오세히에게서였다.

세히는 미국에 유학을 와있던 K상사 오 회장의 딸이었다. 집안끼리도 잘 아는 사이였고 양가에선 혼인말이 오가던 사이였다. 지환이 세히를 호텔로 유혹한 것은 순전히 계산된 행동이었다. 그런데도 결과는 마찬가지였다. 나이트클럽에서 적당히 마시고 춤을 출 때까지만 해도 충분히 가능할 것 같은 기분이었다. 그러나 적당히 무드도 잡혀졌다고 생각하고 호텔 방으로 돌아왔는데 역시 결과는 마찬가지였다. 세히가 먼저 샤워를 끝내고 뒤이어 지환도 샤워를 하고 나왔다.

시원한 맥주를 한 잔씩 한 후 서로 몸을 밀착시킨 채 애무를 주고 받기 시작했다. 그러나 막상 알몸이 되어 침대에 쓰러졌을 때, 그리고 세히의 매끄러운 손가락이 지환의 다리 사이를 다듬었을 때에도 심벌은 좀처럼 고개를 들지 않았다. 두 사람이 뒤엉켜 한 시간 이상 시도해 봤지만 실패였다.

"자기 어떻게 된 거야? 몸이 왜 그래?"

마침내 포기하고 벌떡 일어선 지환이 담배를 피워 물었을 때 세히는 무척 심각한 표정으로 물었다.

"나도 모르겠어, 어떻게 된 건지……."

지환이 신경질적인 반응을 보이자 냉큼 침대에서 일어난 세히는 옷을 줏어입고 호텔 방을 뛰쳐나갔다. 그 후에도 자신을 확인하기 위해 지환은 이런 저런 여자들과 여러 차례 시도해 봤지만 성공은 열 여자에 한 두 여자 정도였다.

귀국 후 지환이 재명이들과 어울린 것은 그런 이유 때문이었다. 그룹으로 어울리거나 돈으로 손쉽게 살 수 있는 여자들과는 그런 대로 가능했다. 그러나 정상적인 여자와는 불가능했다. 세히와의 관계가 흐지부지 된 것도 원인은 지환이 때문이었다. 부모님은 물론 세히 엄마 쪽에서 길길이 뛰면서 지환의 무책임에 공격을 해 왔지만 지환이나 세히 모두 그 이유를 설명하지 못했다. 최근에는 세히 쪽에서 그 엄마에게 어렴풋이 설명을 한 눈치이긴 했다.

그런 지환이 천상미를 처음 보던 날 강렬한 충동을 느낀 것이다. 그 충동은 자신에 찬 충동이었다. 그리고 며칠 전 상미가 기절해 쓰러졌을 때 지환은 그 자신감이 사실로 확인되는 경이로움을 체험했다. 블라우스 위로 겨우 손만 가져다 댔는데도 아랫도리는 바지가 터져 나갈 듯 팽창해졌었다.

그것은 실로 몇 년만에 체험하는 지환으로서는 하나의 경이였다. 상미를 총무과장에게 병원으로 데려 가도록 지시해 놓고 마음 같아서는 당장 병원으로 달려가고 싶었다. 그러나 직원들의 이목 때문에 재명이에게 전화를 걸어 문상미를 대기시켜 달라고 부탁했던 지환이었다. 문상미의 배위에서 지환은 열심히 천상미를 생각했다. 처음에는 가능할 것 같던 행위는 그러나 중도에서 실패하고 말았다.

지환은 이제 자신을 마지막으로 시험해 볼 수 있는 상대는 천상미 뿐이라는 강박관념 같은 초조함을 느끼기 시작했다. 어떤 수단과 방법을 다해서라도 상미를 손에 넣어야 하는 것이다. 그러나 지환은 문득 상미가 어쩌면 회사에 사표를 낼지도 모른다는 생각을 했다. 만일 그렇게 되면 자신은 결국 닭 쫓던 개꼴이 되는 수밖에 없었다.

7시가 지나서 점점 초조해진 지환은 재명이들과 어울려 술이라도 퍼마실 생각으로 다이얼을 돌리기 시작했다. 그러나 재명이마저 연락이 닿지 않았다.

'이 새끼들이 다 어다루 기어 들어간 거야……'

공연히 화가 머리끝까지 치솟아 올랐다. 이대로 그냥은 못 넘길 것 같았다. 지환은 인터폰으로 차를 대기시키도록 명령했다.

"영동으로 가자."

술이라도 왕창 취해야 잠을 청할 수 있을 것 같았다. 뒷좌석에 앉아 눈을 감았다. 금방 또 상미의 모습이 떠올랐다.

세 식구가 모두 늦잠이 들었던 모양이었다. 상미도 8시가 넘어서야 눈을 떴다. 삽상한 초가을 햇살이 방안 가득히 들어앉아 있었다. 아침 식사를 준비해야 한다는 생각에 상미는 벌떡 일어나 옷을 갈아입고 방을 나왔다. 상미가 거실로 나서는 것과 거의 동시에 안방 문이 열리며 연실이 나왔다.

"내가 늦잠이 들었구나 그만……."

연실이 약간 히둥대는 듯한 지세로 상미에게 웃어 보였다.

"나도 방금 일어났어요."

'아 참, 엄마가 집에 와 있었지……'

상미는 비로소 엄마가 돌아와 있다는 실감이 느껴진다.

"들어가서 더 자지 그러냐, 아버지도 아직 주무시는디……."

말은 그렇게 하면서도 엄마는 아직 어떻게 아침 준비를 해야 할지 엄두가 안 나는 얼굴이었다.

"오늘은 제가 할게요. 엄만 내일부터 하세요……."

상미는 우선 쌀통에서 쌀을 받아냈다. 습관적으로 2인분 누르려던 상미는 쌀통의 3인분용 키를 눌렀다.

"이리 내라, 내가 씻으마……."

연실이 상미의 손에서 쌀바가지를 빼앗았다.

"내가 한다니까 엄마는……."

그러나 상미는 순순히 쌀바가지를 엄마에게 넘겨주었다.

"상 차려놓고 부를랑께 더 자거라 어서……."

상미의 등을 밀듯이 하여 연실은 상미를 방으로 돌아가게 만들었다. 갑자기 할 일이 없어진 상미는 방안에서 얼마동안 망연하게 서있었다. 그러다가 상미는 어젯밤 누런 대봉투 속에 쓸어 담았던 경민의 편지와 사진들을 생각해냈다.

책상을 열어 봉투를 꺼내들고 다시 마루로 나왔다. 엄마와 시선이 마주치자 가볍게 웃어 보이고 마당으로 내려섰다. 성냥이 필요하다고 생각된 것은 뒷마당으로 돌아서면서였다. 상미는 걸음을 멈췄다. 그러나 다음 순간 태워버리는 것보다는 차라리 땅 속에 묻어버리고 싶다는 생각을 했다. 낡은 식탁과 쌀뒤주 소쿠리 따위의 허드레 살림살이를 넣어두는 헛간에서 삽을 찾아들고 상미는 뒤뜰로 나왔다.

땅 위에 봉투를 내려놓고 감나무 밑을 파기 시작했다. 생각보다 쉽게 커다란 구덩이가 생겨났다. 봉투를 구덩이 속에 내려놓고 상미는 한참동안 물끄러미 내려다보았다. 이제 흙을 덮으면 경민과의 5년여의 영롱한 추억은 영영 땅에 묻히고 마는 것인가.

톡 소리를 내며 눈물방울 하나가 봉투 위로 떨어져 내렸다. 눈물방울 위로 상미는 흙을 덮기 시작했다. 흙을 긁어 덮고 나서 상미는 발로 밟았다. 눈시울이 화끈거리고 목구멍도 뜨거워 왔다.

'경민 오빠 미안해요……'

가슴 속으로 수없이 되뇌며 추억의 무덤 위에서 맴돌았다.

"상미야!"

연실의 목소리가 뒤뜰 쪽으로 가까워지고 있었다.

손등으로 후딱 눈물 자국을 닦아내며 상미는 추억의 무덤 위에서 내려섰다.

"거기서 뭐허냐 시방……."

"아무 것도 아니예요……."

감나무 잎사귀 사이로 하늘을 올려다보았다. 어디선가 매미가 울기 시작했다.

아침식사를 하는 동안 아무도 입을 여는 사람이 없었다. 엄마가 혼잣말처럼 찌개가 좀 짤런가 모르겠네…… 라고 했을 뿐이었다.

"회사엘 나갈 참이여?"

식사 후 상미가 옷을 갈아입고 나서자 달수가 비로소 입을 열었다.

"사표를 내려고요……."

"그깐 놈의 회사 안 나가면 그만이지 사표는 무슨……."

굳이 만류할 생각도 아니면서 달수는 그렇게 말했다.

"일찍 오너라……."

연실이 대문 앞까지 따라 나왔다.

걷기에는 알맞은 날씨였다. 어깻죽지에 내려꽂히는 햇살은 아직 따가웠지만 목덜미에 감겨드는 바람이 상쾌했다. 버스 정류장 두 개를 지나칠 때쯤 이마에 땀이 맺히기 시작했다. 세 번째 정류장에서 버스를 탔다.

"천상미씨, 어떻게 된 거야?"

회사 정문을 들어서는데 수위가 반색을 하며 뛰쳐나왔다. 그러나 그 반색의 의미 속에서 번쩍이는 호기심과 연민과 동정 따위가 뒤범벅이 된 그런 시선을 상미는 의식한다. 말없이 목례만 보내고 상미는 뒤돌아봄이 없이 본관 건물로 들어섰다.

"아, 천상미씨 나와줬군!"

부사장실 안으로 들어서자 지환이 뛸 듯이 반기며 미주 나왔다.

"죄송합니다."

지환 앞으로 다가서며 상미는 핸드백을 열었다.

"뭐지요 이게?"

상미가 흰 봉투를 내밀자 지환의 표정은 금방 휴지처럼 일그러졌다.

"당분간 좀 집에서 쉴까 하구요……."

"안 돼요."

지환의 손아귀 속에서 상미의 사표가 봉투째 찢겨나갔다. 어느 정도 예상은 하고 있던 일이었긴 했지만 방지환의 반응은 너무나 놀라웠다.

"난 상미씨 사표를 수리할 수 없어요."

지환이 으르렁대는 맹수처럼 상미 앞으로 다가섰다. 상미는 몸을 도사리며 반사적으로 뒤로 물러섰다.

"……"

상미는 지환과 눈빛이 마주치는 순간 자신도 모르게 부르르 몸을 떨었다.

"저 자신보다 부모님께서 더 이상 회사에 나가는 걸 반대하고 계시기 때문에……."

상미는 말끝을 맺지 못했다.

방지환의 타는 듯한 눈빛이 상미의 시선을 옭아죄고 있었다.

"우리 이렇게 합시다."

상미가 지환의 시선을 피해 고개를 떨어뜨리자 지환은 팔짱을 끼며 사무실 안을 서성거리기 시작했다.

"미스 천이 지금 무슨 생각을 하고 있는지, 또 최근 심정이 어떠리라는 정도는 충분히 알고도 남을 것 같아요. 내가 상미씨라고 하더라도 일단은 사표를 내고 여론이나 눈총에서 벗어나고 싶은 건 당연한 일일 겁니다……."

상미는 자신이 회사를 그만둔다는 사실에 대해 지환이 집요하다고 느껴질 정도로 집착을 하는 이유에 납득이 가지 않았다. 고작해야 부사장과 비서 사이가 아닌가. 그나마도 며칠 전까지는 생산직 여사원에 불과했던 자신이었다. 뿐만 아니라 회사 경영자 입장에서는 눈에 가시 같은 노조 부위원장이 아닌가. 사표를 찢어 던지며 화를 낼 만한 이유는 아무리 생각해도 떠오르지 않았다. 마치 상미의 의중을 손바닥처럼 들여다보고 있던 것처럼 지환은 말을 계속했다.

"……나 자신도 미스 천의 거취문제에 대해 이렇게 집착하는 이유를 모르겠소. 굳이 그 이유를 대라면, 부사장과 비서 사이가 아닌, 한 사람의 남성으로서 인간 천상미씨에 대한 순수한 집착일 게요."

상미에게 등을 보인 채 서성대던 지환이 획 돌아섰다. 지환의 시선을 피하며 상미는 벽을 향했다.

"내 말에 대해 부담을 느낄 필요는 없소. 이것은 어디까지나 일방적인 내 감정이니까……."

지환은 다시 걸음을 옮기기 시작했다. 그러나 몇 발자국도 채 안 되는 좁은 공간이었다. 벽을 끼고 서성대며 지환은 얘기를 계속했다.

"……당분간만 시간을 주시오. 후임자도 결정을 해야 하고 또, 내 감정을 정리할 필요가 있을 것 같으니까…… 넉넉잡고 이 달 말까지는 그대로 근무를 하는 걸로 합시다."

자신의 대답을 구하는 지환의 시선이 뒤통수에 쏠리고 있음을 상미는 의식한다. 상미는 재빨리 오늘이 며칠인가를 계산해 봤다. 월말까지면 꼭 열흘이 남아있었다. 어느새 3년이 넘도록 근무해 온 직장이 아닌가. 그 동안 자신을 친언니처럼 따르던 생산직 동료사원들이나 노조 관계자들과의 정리를 위해서도 그 정도의 시간은 자신에게도 필요할 것 같았다. 한 사람의 남성으로서 자신에게 집착하고 있다는 지환의 말이 약간 부담스럽게 느껴지기는 했지만 앞으로 열흘 정도면 모든 게 정리될 거라고 상미는 나름대로 편하게 마음먹기로 했다.

"이 달 말까지 근무를 해달라는 건 절대로 명령이 아니고 부탁이요."

지환의 목소리가 상미의 대답을 재촉하고 있었다.

"알겠습니다. 저 자신에게도 그 정도의 시간은 필요할 것 같으니까 부사장님 말씀대로 월말까지는 근무하도록 하겠습니다."

비로소 지환의 시선을 정면으로 마주 대하며 상미가 분명한 대답을 했다.

"고맙소."

방시환이 정색을 하며 밀했다.

"그럼 전……."

상미는 자신의 자리로 돌아가겠다는 의사표시로 지환에게 목례를 보내고 비서실로 나왔다. 오전 일과동안 상미는 별로 하는 일없이 비서실을 지켰다. 지환에게 걸려온 두 통의 전화를 연결해 준 것이 전부였다.

점심시간 5분쯤 전에 생산과에서 전화가 걸려 왔다. 상미의 거취를 누구보다 궁금해 하고 따르는 후배들이었다. 점심을 함께 하기로 약속하고 전화를 끊었다. 그러나 점심시간이 시작된 지 10분쯤 지났는데도 지환이 외출하려는 기색이 보이지 않았다. 상미는 노크를 하고 지환의 방으로 들어섰다. 지환은 회전의자에 깊숙이 몸을 파묻고 앉아 창 밖을 바라보고 있었다.

"생산과 직원들하고 점심 약속이 있는데요……."

상미가 용건을 이야기하자 지환은 말없이 고개만 끄덕였다.

"식사 안 하십니까?"

그대로 물러서기가 어쩐지 부담스러웠다.

"난 이따 할 테니까 식사하고 와요."

그대로 돌아앉은 채였다. 상미는 뒷걸음질로 지환의 방을 나왔다.

구내식당에는 생산과의 전 직원이 거의 몰려 있었다. 직원들은 우르르 일어서서 더러는 상미의 손길을 잡기도 하며 상미를 에워쌌다. 대뜸 눈물부터 글썽거리는 여직원들도 있었다. 한결같이 상미를 걱정해 주는 그런 눈빛들이었다. 그런 모두의 눈빛에 상미는 조용한 미소와 고개를 끄덕거리는 것으로 답했다.

"아무래도 회사를 그만둬야 될 것 같다."

식사가 끝나고 휴게실에 모였을 때 자판기에서 뽑아낸 커피를 홀짝거리며 상미가 말했다.

동료 사원들은 갑자기 물을 끼얹은 듯 조용해졌다. 상미의 의중을 이미 예상하고 있던 것 같았다. 가장 친하게 지내던 미숙이라는 여직원만이 왈칵 달려들어 상미의 두 손을 잡았다.

"하지만 난 너희들을 잊어버리지 않아. 절대로……"

절대로란 말에 상미는 힘을 주었다.

"우리들 언니 집에 자주 놀러가도 되지, 언니?"

미숙이 그예 눈물을 찍어냈다.

"그럼 되구 말구…… 하지만……"

미숙의 등을 다독거리며 상미는 잠시 말을 끊었다.

"하지만 뭐야 언니?"

미숙이 눈물이 그렁한 눈으로 상미를 올려다 보았다.

"나 어쩜 한국에 없는지도 몰라…… 한 3년쯤 공부를 할 생각이거든……"

상미가 모두를 둘러보았다.

"그렇다면 잘 된 거지 뭐……"

그러면서 미숙이 상미의 송별회를 제의했다. 모두가 이구동성으로 찬성했다.

"내일 7시로 정했다. 그럼……"

미숙이 모두를 둘러보며 말했다.

상미가 구내식당으로 내려간 후 지환은 인터폰으로 운전시가를 불러 올렸다.

"그리 좀 앉게."

지환은 기사를 소파에 앉게 한 후 파격적으로 담배까지 권했다. 몇 번이나 사양을 하다가 운전기사 김대식은 담배 한 개비를 빼어들었다.

지환이 이번에는 라이터까지 켜서 내밀었다. '아닙니다. 부사장님!' 이라고 몇 번씩 반복하며 몸둘 바를 몰라하는 김대식에게 지환은 기어코 담배 불을 붙여주었다. 전에 없던 일이었다.

"나, 김 기사한테 부탁이 하나 있는데……."

모로 돌아앉아 조심스레 담배 한 모금을 들이마시는 김대식에게 지환이 입을 열었다.

"무슨 말씀이신데요?"

김대식이 부동자세에 가까운 몸짓을 취하며 긴장된 얼굴로 지환을 바라보았다.

"우선 이거 넣어두게."

지환은 백만 원짜리 자기앞수표 한 장을 김대식 앞으로 밀어놓았다.

"이게 뭡니까?"

김대식이 수표와 지환의 얼굴을 번갈아 보았다.

"먼저 집어넣게, 내가 얘기를 할 테니."

지환은 대식을 재촉했다. 영문을 모르는 채 대식이 수표를 집어 반으로 접었다. 그러나 덥석 챙겨 넣지는 못했다.

"어서 주머니에 넣으라니까."

지환이 명령하듯 말했다. 엉거주춤한 자세로 대식은 수표를 주머니에 집어넣었다.

"부탁이란 다른 게 아니고……."

그러나 지환은 또 뜸을 들였다. 탁자 위에서 담배를 뽑아 물었다. 이번에는 김대식이 날쌔게 라이터를 집어 지환에게 불을 내밀었다.

"자네 우리 별장 알지?"

반쯤 눈을 내려감은 채 지환이 물었다.

"팔당 말입니까?"

대식이 반문했다.

"맞아 팔당."

"거기라면 전에 부사장님 외국 계실 때 사장님 모시고 한 두 번쯤 가본 기억이 있습니다."

"분당 쪽에서 별장까지 가려면 어떻게 가야 하나?"

"분당 쪽에서 가려면 천생 오포로 해서 광주, 천진암 쪽으로 들어가야지요."

김대식은 아직도 지환이 무슨 말을 하려는지 알 수가 없었다. 다만 묻는 말에 대답만 했다.

"시간은 얼마나 걸릴까?"

지환이 다시 물었다.

"차가 막히지만 않으면 한 40분이면 충분할 겁니다."

"40분이라……."

대식의 말을 되뇌던 지환이 벌떡 일어났다. 일어선 지환은 뒷짐을 지고 방안을 서성거렸다.

그런 지환의 모습을 바라보면서 대식의 머리에는 퍼뜩 떠오르는 생각 하나가 있었다. 별장이 있는 팔당과 분당사이에 갑자기 천상미가 떠오른 것이다. 그래 부사장은 지금 천상미를 노리고 있는 게 틀림없어. 대식은 속으로 그렇게 결론을 내렸다. 그러나 겉으로는 태연한 얼굴을 하고 지환의 다음 말을 기다렸다.

"천상미씨 집이 분당이라고 그랬지?"

대식의 예상은 적중하고 있었다. 마침내 지환의 입에서 천상미의 이름 석자가 튀어나온 것이다.

"비서실 미스 천 말입니까?"

대식의 머리가 재빠르게 회전을 시작했다. 방지환의 부탁이란 더 이상 들으나 마나였다. 천상미를 별장까지 유인해올 수 있겠는가 라고 물어올게 틀림없었다. 그런 계산을 하면서도 김대식은 전혀 감이 안 잡힌다는 듯 의문스런 표정을 지어 보였다.

"그래 미스 천이야."

홱 돌아선 지환이 다시 소파로 돌아와 대식과 마주 앉았다. 대식의 입가에 알 듯 모를 듯한 웃음이 번져 나왔다.

"내 부탁은 자네 수단껏 미스 천을 별장까지 데려올 수 있겠느냐 하는 걸세."

지환이 비로소 속셈을 털어놓았다. 속으로 회심의 미소를 지으면서도 김대식은 대답을 하지 않았다. 뜸을 들이는 만큼 주머니가 두둑해지리라는 계산을 대식은 열심히 하고 있는 것이다.

"자네가 어떤 방법을 써서든 천상미를 별장까지만 데려오면 내 그땐 단단히 자네에게 사례를 하지."

대식의 예상은 하나도 빗나가는 게 없이 착착 맞아떨어지고 있었다. 대식의 손이라도 잡을 듯 상체를 대식에게로 가까이 내밀며 지환이 말했다. 약간 충혈된 듯한 지환의 눈빛이 대식의 표정을 뚫어지게 응시하고 있었다.

"별장까지 데리고 가기만 하면 되는 겁니까?"

입술 한 귀퉁이가 묘하게 일그러지는 그런 미소를 떠올리며 대식이 물었다.

"물론이지, 별장까지 데려오기만 하면 자네 일은 그 걸로 끝나는 거야……."

"하지만 이런 일이란 게 잘못되면 저부터 쇠고랑 차는 거 아닙니까?"

김대식으로선 본격적인 흥정을 시작한 셈이었다.

"그런 염려는 할 필요 없어. 모든 뒷 책임은 내가 질 테니까."

지환은 제법 단호하게 말했다.

"하지만 저도 처자식이 있는 몸인데……."

이제 대식은 아무 거리낌없이 지환의 담뱃갑에서 켄트 한 대를 뽑아 물었다.

"그러니까 사례를 톡톡히 한다고 하지 않았나…… 자 우선 2백 더 주지."

지환이가 안주머니에서 지갑을 꺼냈다.

"부사장님이 그 정도로 몸이 달으신 모양이니 제가 한 번 해보지요."

김대식의 말투는 부사장에 대한 운전기사의 말투가 아니었다. 그러나 지환은 지금 그런 것을 탓할 게재가 아니었다.

"그 대신 절대 폭력을 써서는 안 되네."

백만 원권 수표 두 장을 뽑아 대식에게 내밀며 지환이 다짐을 두었다.

"염려 마십시오."

대식이 벌떡 일어서며 지환에게 손을 내밀었다. 지환이 마지못해 손을 마주잡자 대식은 손이 아플 정도로 힘을 주었다.

"내일이나, 모래 이틀 사이에 기회를 만들어 보겠습니다."

지환의 방을 나가며 김대식은 한 쪽 눈을 감았다 떴다. 그 윙크 속에는 이미 너와 나는 공범이야 라는 묘한 유대감 같은 게 담겨 있음을 지환은 알고 있었다. 지환은 지금이라도 김대식에게 그만둬! 라고 소리치고 싶은 충동을 느꼈다. 그러나 그 충동보다는 어떤 방법으로든 상미를 손에 넣어야 한다는 집요한 감정이 한 발 먼저였다. 김대식이 물러간 후 지환은 회전의자 깊숙이 몸을 묻고 눈을 감았다. 그리고 천천히 지환은 상미의 옷을 벗기기 시작했다.

스커트와 블라우스를 벗기는 것만으로도 지환은 형용하기 어려운 쾌감을 느꼈다.

팬티와 브레지어마저 벗겨낸 상미의 나신은 완벽한 예술작품이었다. 티끌 하나도 묻지 않은 상미의 나신을 머리 속에서 상상해 보는 것만으로도 호흡이 가빠왔다. 바지 속에서 자신의 심벌이 힘차게 일어서는 것을 의식할 수 있었다.

다른 여자에게서는 한 번도 느껴보지 못한, 지환으로서는 경이에 가까운 일이었다.

상미를 강제로 손아귀에 넣는다는 것이 간단한 일은 아닐 것 같았다. 비록 김대식이 어떤 방법으로든 별장까지 유인해 오는 것은 가능할지도 모르는 일이었다.

그러나 문제는 그 다음부터 아닌가. 상미가 죽기를 한하고 저항해 올지도 모르는 일이었다. 설사 목숨까지 걸지는 않는다고 하더라도, 폭력으로 상미를 정복하고 난 후 그 후유증도 계산에 넣어야 할 것 같았다. 상미가 호락호락 당하고 가만히 있을 리는 만무하다는 생각도 들었다.

이미 김상철을 고소한 상미의 결단력 있는 행동이 자신이라고 예외일 리는 없었다, 후유증을 없애는 방법으로 지환은 세 가지를 계산해 보았다.

첫째는 상미를 정식 아내로 맞아들이는 방법이었다. 이 방법은 상미를 정복하기 이전에 말로써 약속하는 절차와 약속을 이행한다는 확실한 믿음만 상미에게 심어줄 수 있다면 가장 합법적인 방법이 될 수 있을 것 같았다.

두 번째 방법은 돈으로 해결하는 방법이었다. 상미가 상상할 수 없을 만큼의 액수를 제공하여 상미의 입을 틀어막는 방법이었다.

세 번째 방법은 상미의 인생에 치명타를 가하는 일이었다. 2, 3일, 아니면 일주일쯤 별장에 감금을 한 상태에서 재명이들에게 연락하여 상미를 돌아가면서 범하는 일이었다. 제아무리 상미의 자존심이 대단하다고 하더라도 만신창이가 되어버린 자신의 치부를 만천하에 드러내어 여러 사람을 고소하는 행위는 할 수 없을지도 모른다는 계산에서였다.

세가지 방법 외에 상미를 이 세상에서 아주 없애버리는 방법도 있었다. 김대식을 시켜 별장 부근 야산에 상미를 암매장하는 일은 간단한 일일지도 몰랐다. 그러나 그 후 자신은 김대식에게 보다 엄청난 대가를 치러야 할지 모르는 일이 아닌가.

지환은 두 번째 방법을 우선 최상책으로 작정했다. 돈으로 해결하는 일이 어려우면 첫 번째 방법을 써야 할 것 같았다. 상미를 정식 아내로 맞아들인 후 1년쯤 살다가 적당한 구실을 만들어 이혼 절차를 밟는 것도 그럴 듯한 방법이란 생각이 들었다. 세 번째 방법은 역시 가장 마지막으로 생각해 볼 일이었다.

노크 소리가 들려왔다. 화들짝 놀라며 지환은 뒤를 돌아보았다.

"부사장님 식사 안 하세요?"

상미였다.

"아 지금 나갈 거요."

지환은 자리에서 일어섰다.

"부사장님, 내일 저녁이 기회가 좋을 것 같습니다……."

차에 오르자 김대식이 야비해 보이는 미소를 흘리며 뒤를 돌아보았다. 지환은 묵묵히 대식의 다음 말을 기다렸다.

"내일 오후 생산과 여직원들이 천상미씨 송별회를 열기로 한 모양입니다……."

백 미러로 지환의 표정을 살피며 김대식은 얘기를 계속했다.

"……일차 송별회가 끝나고 나면 가까운 친구들 몇이 어울려 디스코 클럽을 가기로 되어 있습니다…… 술도 적당히 몇 잔하고 밤11시쯤 헤어질 때 제가 접근할 생각입니다……."

"어떻게 그렇게 금방 자세히 알아냈나?"

지환은 문득 이상한 느낌이 들었다.

자신으로부터 그런 밀명을 받은 지 한 시간 밖에 지나지 않아서 김대식이 그런 정보를 입수했다는 게 이상했기 때문이었다.

"헷헤…… 다 아는 수가 있습니다……."

김대식은 어깨를 들썩거리며 너털웃음을 웃었다.

지환은 더 이상 묻지 않았다. 우선 당장 내일 밤의 일을 상상하는 것만으로도 갑자기 머릿속이 혼란해지는 것 같았다.

"사실은 생산과에 제 애인이 있습니다……."

지환이 아무 말도 없자 김대식은 자청해서 얘기를 털어놓았다.

"그래? …… 누군데……."

지환이 건성으로 물었다.

"부사장님은 모르실 겁니다…… 또 아실 필요도 없고요……."

김대식은 룸미러로 계속 지환의 표정을 살피며 말을 이어나갔다.

"사실 천상미씨 같은 여자는 부사장님 사모님이 된다고 해서 조금도 손색이 없는 여자 아닙니까? 미스 리를 통해서, 참 제 애인이 미스 립니다. 늘 얘기를 듣고 있습니다만 지난번 고소 사건은 참 안 됐다는 생각이 듭니다…… 미스 리 얘기로는 애인도 있었다는데 아직 아다라시였다니 그게 보통 여잡니까? 요즘 여자들 어저께 만나면 오늘밤 옷 벗는 것쯤 예사로 생각하는 세상 아닙니까……."

김대식은 몹시 기분이 좋은 모양이었다. 연방 어깨를 들썩이며 킬킬거렸다.

지환은 더 이상 대꾸를 하지 않았다.

"얘들아 그만 일어서자."

상미가 팔목시계를 들여다 보면서 조바심을 냈다. 벌써 두 번째였다. 시간은 이미 열 한시가 넘어서고 있었다. 회사부근 식당에서 삼겹살을 구우며 사이다 콜라를 홀짝거린 1차 송별회가 끝나고 미숙이 경옥이 등 다섯 명이 어울려 나이트클럽엘 찾아온 건 9시쯤이었다.

식당에서부터 맥주 몇 컵을 마신 미숙이 경옥이 등은 적당히 좋은 기분이 되어 있었다. 평소에도 친형제처럼 가깝게 지낸 미숙이 등의 청을 뿌리칠 수가 없어 여기까지 따라온 상미였지만 썩 내키는 일은 아니었다.

자리를 잡고 앉기가 무섭게 경옥이 등은 홀로 나가 신나게 흔들어대기 시작했다. 억지로 끌려나가다시피 하여 상미도 그들과 어울리기는 했지만 디스코 따위엔 아예 소질이 없는 상미였다. 적당히 분위기를 맞추기 위해 어울렸다가 곧바로 자리로 돌아와 미숙이들을 바라보며 앉아있었다.

"언니 우리 건배 한 번 해요."

음악이 끝나자 좌석으로 우르르 돌아온 경옥이 등이 글라스 가득 맥주를 채웠다.

"얘들아, 나 정말 취하면 집에 못 가……."

상미가 사양했지만 이미 적당히들 술과 분위기에 취한 미숙이늘은 막무가내였다. 마지못해 마셔댄 술도 상미의 주량을 넘고 있었다.

"이거만 마시고 꼭 일어서는 거지?"

시계를 들여다보며 상미가 다짐을 받았다.

"그래요 언니, 그 대신 단숨에 마시는 거야!"

경옥이가 상미의 잔에 자기 잔을 부딪쳤다.

상미는 경옥이들과의 약속을 지킨다는 의미에서 단숨에 잔을 비워냈다. 그런 상미를 바라보면서 미옥이들이 짝짝 박수를 쳤다.

"자, 이만하면 됐지? 이제들 가는 거야."

가벼운 구토증세가 나타났다. 그러나 상미는 손등으로 입 언저리의 맥주거품을 닦아내며 일어섰다.

미옥이 등도 아쉬움이 남은 표정이었지만 주섬주섬 소지품들을 챙기며 일어섰다.

"어머나!"

복도가 어두웠다. 출입구로 올라가는 계단에서 상미는 발을 헛 딛으며 앞으로 쓰러질 뻔했다. 눈앞이 아찔해지는 강한 현기증이 밀려왔다.

"언니, 기다려봐 내가 술 깨는 약 사다 줄게."

클럽 입구에서 미옥이가 택시를 잡으려고 지나가는 차들을 향해 손을 내두르고 있을 때 경옥이가 잽싸게 횡단보도를 건너갔다.

"경옥아, 나 괜찮아……."

상미가 큰소리로 불렀을 때쯤 경옥이는 길 건너 약방 안으로 들어서고 있었다.

"여수동! 분당!"

미옥이는 지나치는 택시들을 향해 소리 높여 외치고 있었다. 서너 대쯤 빈 택시가 그냥 지나쳤을 때 경옥이가 다시 횡단보도를 건너왔다.

"언니, 이 약 먹어!"

경옥이는 드링크제로 보이는 병 한 개와 알약 두 알을 내밀었다.

"고맙다 경옥아."

상미는 알약을 먼저 입에 털어 넣고 드링크제를 마셨다.

"어머, 미스터 김!"

미옥이가 반색을 하며 소리를 지른 것과 상미의 눈앞으로 헤드라이트가 확 달려든 것은 거의 동시였다. 상미가 불빛에 눈살을 찡그리며 앞을 바라보자 승용차의 문이 열렸다. 방지환의 전속 운전기사인 김대식의 빙글거리는 얼굴이 차창 위에 매달려 있었다.

"모두들 기분 좋으시구만……."

김대식이 허연 이빨을 드러내며 웃었다.

"미스터 김! 우리 상미 언니 분당까지 좀 모셔다 줘요!"

상미와 김대식을 번갈아 보며 미옥이가 말했다.

"좋을 대로 합시다!"

김대식은 계속 빙글거리며 말했다.

"이왕이면 뒷좌석으로 타요, 언니!"

상미가 사양할 여유도 없이 미옥이는 뒷좌석 문을 열고 상미를 밀어 넣었다.

"미안해요, 김 기사님……."

상미는 서 있기가 자꾸만 어지러웠다. 사양해야 한다고 생각하면서도 말은 그렇게 나와주지 않았다. 어차피 두 번쯤 신세를 진 적이 있는 김 기사 아닌가. 주저앉고만 싶은 상미는 그대로 뒷좌석에 올라타고 말았다.

"나도 타도 되죠?"

미옥이가 김 기사에게 이렇게 말하는 순간 경옥이가 팔을 낚아챘다.

"야, 언니만 보내고 우린 더 놀다가는 거야!"

"그럴까?"

미옥이가 경옥이와 숙자 연히 등을 돌아보았다.

"그래, 우린 한 시간쯤 더 흔들다 가자."

대답한 것은 경옥이였지만 숙자나 연히도 싫지 않은 얼굴이었다.

"그럼 미스터 김 부탁해요!"

경옥이가 조수석의 문을 쾅 소리가 나게 닫았다.

"얘들아⋯⋯."

너희들도 들어가 빨리 라고 상미는 말하려고 애썼다. 그러나 마음대로 말이 나와주지 않았다. 차는 이미 미끄러지고 있었다. 눈꺼풀이 천근처럼 무거웠다. 자꾸 하품이 나왔다. 상미는 스르르 눈을 감았다. 걷잡을 새 없이 잠이 밀려 왔다.

"미스 천!"

김대식은 룸미러를 주시하며 상미를 불러 보았다. 상미는 가볍게 코고는 소리를 내고 있었다.

'⋯⋯경옥이란 년 연기가 아주 그만인데 그래⋯⋯.'

상미가 완전히 잠 속으로 빠져든 것을 확인한 김대식은 입 속으로 중얼거렸다. 어젯밤 대식은 미리 준비해 두었던 잠자는 약 두 알을 경옥에게 내밀며 이렇게 말했다.

"⋯⋯그러니까 네가 좋아하는 그 상미 언니가 부사장 사모님이 될 수도 있단 말이야. 알아들었거든 내가 시키는 대로 해⋯⋯."

물론 경옥이는 처음에는 반신반의하는 기색이었다.

"자기 말대로 그렇게만 된다면야 좋은 일이지. 하지만 부사장이 상미언니를 노리개로 취급할 거라면 난 절대로 그런 부탁 들어줄 수 없어."

경옥이가 사뭇 단호하게 나오자 대식은 내심 켕기는 게 없지는 않았다. 여자들의 의리라는 게 뭐 그렇고 그러려니 싶어 경옥이가 순순히 들어줄 것을 생각했었기 때문이었다. 그런 경옥이를 대식이는 어젯밤 여관에서 같이 뒹굴며 가까스로 설득하는 데 성공한 것이었다. 그 대신 자신이 보기에 부사장이 상미씨를 진심으로 사랑하는 게 확실해 보인다는 자신 없는 다짐을 몇 번씩 해 보이기까지 한 것이다.

아침에 여관에서 헤어질 때 대식은 한 번 더 경옥의 다짐을 받아냈다. 그리고 지금 경옥이는 상미를 잠재우는 데 성공한 것이다.

성남 시내를 빠져 나와 오포 쪽으로 방향을 잡고 대식은 액셀레이터를 힘차게 밟았다. 룸미러로 상미를 살펴보았다. 이제 상미는 완전히 깊은 잠 속에 빠져 있었다. 대식은 카폰으로 방지환에게 전화를 걸었다. 대식의 전화를 학수고대하고 있던 게 틀림없었다. 신호가 한번도 채 가기 전에 수화기를 드는 기척이 들려왔다.

"저 김 기삽니다."

대식은 지금 그리로 가고 있는 중이라고 한 번에 말하지 않았다. 뜸을 들이며 지환을 초조하게 하는 만큼 거기에 따른 두둑한 보너스가 있을 것을 계산하고 있는 것이다.

"어떻게 됐나?"

예상했던 대로 지환은 숨가쁘게 물었다.

"잘 되긴 됐습니다만……."

룸 밀러에 자신의 얼굴을 비춰보며 대식은 빙그레 웃었다.

"그런데? 그리고 지금 어딘가?"

서두르는 방지환의 모습이 눈에 선하다.

"지금 오포 부근인데요…… 가까스로 상미씨를 잠들게 해 놨는데 깨어날 것 같아서 불안해 죽겠습니다."

"알았어. 자네 수고한 건 내가 알구 있다구……."

지환의 말에 대식은 이번에는 대꾸를 하지 않았다. 이런 때일수록 침묵이 얼마나 효과적인가를 대식은 알고 있었다.

"김 기사! ……이봐 미스터 김, 내 말 듣고 있나?"

침묵의 효과는 금방 나타났다. 지환의 음성이 한결 높아지고 짙었다.

"듣고 있습니다."

겁먹은 시늉을 하며 대식이 대답했다.

"자네한테 내가 단단히 한 몫 마련해 줄 테니 나만 믿게……."

대식이 바라는 대로 지환은 말하고 있었다.

"전 모든 걸 부사장님만 믿습니다……."

어눌한 목소리로 이렇게 말하면서 대식은 허연 이빨을 드러내고 웃었다.

"알았으니까 빨리 오기나 하게……."

"알겠습니다……. 한 30분이면 충분할 것 같습니다."

대식은 수화기를 내려놓고 기어를 5단으로 변속했다.

방금 소나기라도 한바탕 쏟아져 내릴 것 같았다. 별장 앞 논에서 개구리가 시끄럽게 울고 있었다. 수화기를 내려놓고 지환은 또 빈 글라스에 양주병을 기울였다. 한 모금을 마시고 나서 글라스를 든 채 일어서서 방 안을 서성거리기 시작했다. 창가로 다가섰다. 먹장구름을 가득 안고 하늘은 야산 등성이까지 내려앉아 있었다.

먼 곳에서 개 짖는 소리가 들려왔다. 글라스를 들고 있는 손안 가득히 땀이 배어 나왔다. 그러나 반대로 입안은 바삭바삭 소리가 날 정도로 침이 말랐다. 갈증을 날래려는 듯 지환은 반 이상 남아있는 글라스 속의 양주를 꿀꺽꿀꺽 소리가 나게 들이켰다. 이 날 이 때까지 이렇게 초조해 본 적은 없었다.

지환이 택시를 타고 이곳 별장으로 찾아 든 것은 열 시도 채 안 되어서였다. 별장에 들어선 지환은 보일러에 스위치를 넣어 목욕물부터 데웠다. 점심 무렵 대식은 오늘 밤 열한 시 전후해서 상미를 데리고 오겠다고 자신하는 표정으로 말하지 않았던가.

이제 느긋하게 목욕을 하고 기다리고 있으면 될 시간이었다. 그러나 욕조 속에 들어앉으면서부터 지환은 초조해지기 시작한 것이다. 욕조 속에서 지환은 오늘 밤 알몸이 되어 자신의 팔에 안길 상미의 나신을 느긋한 기분으로 연상해 보려고 생각했다. 지환은 알맞게 따뜻한 욕조 속에서 지그시 눈을 감은 채 상미의 몸에서 팬티와 브래지어까지 벗겨내는 데는 성공했다. 그러나 이상한 일이었다. 사무실에서는 스커트로 가려진 상미의 팽팽한 히프만 바라보아도 불끈 머리를 치켜들곤 하던 심벌이 전혀 반응을 보이지 않는 것이 아닌가.

지환은 자신이 지금 너무 초조하고 긴장돼 있기 때문인가 싶어 욕조를 나와 양주를 몇 잔 마셔가며 초조로움에서 벗어나려고 시도해 보았다 그러나 결과는 마찬가지였다. 실신한 상미를 처음 만져 보았을 때의 감촉을 되살리며 아무리 발기가 되기를 기다려도 심벌은 죽은 듯 대가리를 처박은 채 꿈쩍도 하지 않았다. 물이 가득 찬 고무풍선처럼 출렁이던 유방의 기억과 우유 빛 허벅지 사이에서 수줍은 듯 내다보던 순백색 팬티의 기억도 허사였다.

'······만약 만약에 상미를 침대에 올려 놓고도 가질 수가 없다면 어떻게 될 것인가······.'

지환은 창가로 다가서서 어둠의 저쪽을 바라보았다. 천진암 방향으로 뚫린 국도에서 별장 쪽으로 방향을 꺾는 자동차의 헤드라이트가 보였다. 그 불빛이 자신의 승용차 불빛이라는 걸 지환은 대뜸 알아차렸다. 국도에서 별장까지는 차로 5분 남짓 밖에 안 걸리는 거리였다. 지금 다가오고 있는 저 차에서 상미가 잠든 채 실려오고 있는 것이다.

지환은 자동차 뒷시트에 흐트러진 자세로 쓰러져 있을 상미의 모습을 연상해냈다. 허벅지까지 치켜 올라간 스커트, 비포장 길에서 차가 흔들릴 때마다 물결처럼 출렁거리는 상미의 가슴, 방심한 채 벌려져 있을 희고 매끈한 두 개의 다리, 그런 것들을 연상하며 지환은 심벌에 반응이 오기를 기다렸다. 그러나 역시 허사였다. 짤막한 클랙슨 소리가 들려왔다. 그리고 이어서 별장 마당 자갈 위에서 승용차가 멎는 기척이 났다. 지환은 들고 있던 글라스를 탁자 위에 올려 놓고 별장 밖을 뛰쳐나왔다.

"그냥 둬, 내가 할 테니······."

김대식은 방금 승용차의 뒷문을 열고 상미를 안아 올리려는 순간이었다. 지환의 상상대로 상미는 45도쯤 다리를 벌린 채 뒷시트에 쓰러져 있었다. 지환이 다급한 소리를 내지르며 자신의 등 뒤로 다가서자, 김대식은 예의 그 묘한 미소를 흘리며 뒤로 물러섰다. 지환은 허리를 굽힌 채 한쪽 발을 차 속으로 들여놓고 상미를 안아 올렸다.

"저 문이나 좀 열어주게······!"

지환은 자신을 향해 묘한 미소를 흘리고 서 있는 김대식을 의식하지 못한 채 대식에게 말했다.

지환은 상미를 침실까지 안고 들어와 조심스럽게 침대 위에 내려놓았다. 상미는 가볍게 미간을 찡그리는 듯했으나 금방 고개를 왼쪽으로 떨어뜨리며 다시 잠 속으로 빠져드는 것 같았다.

"수고했네."

지환은 미리 준비해 두었던 봉투를 대식에게 내밀었다.

"그럼 재미 많이 보십시오."

봉투를 받아든 대식이 고개를 빳빳이 세운 채 허리만은 굽혀 보였다. 입가에는 여전히 음흉한 미소가 일렁거리고 있었다.

"내가 연락할 때까지는 이곳으로 오지 말게, 무엇보다 중요한 건 입조심이야."

대식의 음흉한 미소가 마음에 걸려 지환은 차가운 표정으로 못을 박았다.

"염려 마십시오, 그럼 전 이만 물러가겠습니다……."

대식이 한 번 더 허리를 굽신해 보이고 방을 나갔다. 곧 이어 마당에서 차의 시동을 거는 소리가 들려왔다. 차가 턴을 하여 자갈마당을 빠져나가는 소리를 늘으며 지환은 창가로 다가섰다. 국노 쪽을 향해 헤드라이트가 출렁거리고 있었다. 지환이 보고 있는 사이에 큰길에서 좌회전을 한 자동차의 불빛은 금방 사라졌다.

자동차의 불빛이 완전히 사라진 후에야 지환은 창문의 커튼을 닫고 돌아섰다. 출입문을 안으로 잠그는 것도 잊지 않았다. 침실로 돌아온 지환은 침대 옆에서 상미의 잠든 모습을 내려다보았다.

"미스 천!"

지환은 소리내어 상미를 불러보았다. 상미의 얼굴에는 아무런 반응도 나타나지 않았다. 지환은 조금 더 목소리를 높여 다시 한 번 불러보았다. 반응이 없기는 마찬가지였다. 지환은 침대 위에 걸터앉았다. 땀에 젖어 이마에 달라 붙어있는 상미의 머리카락을 조심스레 쓸어 올려보았다.

그러다가 지환은 상미의 입술에 자신의 입술을 가만히 포개 보았다. 상미의 건강한 체취가 코끝에 가득했다. 터질 듯 팽팽한 상미의 가슴 위에 손을 올려놓았다. 술 기운과 약 기운이 전신에 퍼진 때문일까. 상미의 호흡은 약간 빠르고 거칠었다. 상미의 호흡을 따라 두 개의 젖무덤은 리드미컬하게 움직이고 있었다. 마치 그 리드미컬한 움직임을 음미하듯 지환은 눈을 감았다.

상미의 가뿐 듯한 숨결이 목덜미를 간지럽혔다. 그 오묘한 쾌감을 즐기며 지환은 이번에는 손을 상미의 허벅지 쪽으로 옮겨갔다. 유리알처럼 매끄러우면서도 탄탄한 젊음을 느끼게 하는 상미의 허벅지의 그 따뜻한 감촉을 탐닉했다. 지환은 오랫동안 눈을 감고 있었다.

그러는 동안 지환은 이상한 사실 하나를 깨달았다. 상미가 별장에 도착하기 전에 느끼던 초조로움과 불안함은 물론 상미에 대한 욕정마저 가을 물결처럼 차갑게 가라앉고 있다는 사실이었다. 이대로 상미 옆에서 조용히 잠들 수 있을 것 같았다. 마음이 그렇게 편안할 수가 없었다. 긴 항해를 끝내고 항구로 돌아온 항해사가 벽난로 앞 흔들의자에 앉아 뜨거운 커피를 마시며 자신의 긴 항로를 되돌아보는 그런 편안함이었다.

상미가 잠에서 깰세라 지환은 조용히 침대에서 몸을 일으켰다. 팔짱을 끼고 장승처럼 서서 상미의 잠든 모습을 내려다보았다. 상미의 숨소리가 점점 평온을 찾고 있었다. 숨소리처럼 얼굴도 평화롭게 보였다. 길게 드리워진 커튼자락이 일렁거렸다. 지환은 소리 안 나게 침실 창문을 닫았다. 상미의 발 쪽에 개어져 있던 이불을 펴서 상미의 가슴까지 가려지도록 덮어주고 발소리를 죽이며 침실에서 나왔다.

갑자기 진한 커피가 마시고 싶었다. 가스 렌지 위에 커피포트를 올려놓고 흔들의자로 와서 앉았다. 실내 가득히 커피 냄새가 넘치기 시작했다.

'……그래, 상미가 깨어나면 무릎을 꿇고 모든 사실을 고백하는 거야…….'

지환은 열심히 그런 생각을 되풀이했다. 상미를 상대로 섹스가 가능할지의 여부는 이미 관심 밖이었다.

'……난 너를 가질 수 있었어, 분명 자신 있었다구…….'

지환은 점점 기도하는 기분이 되고 있었다.

개똥밭에 굴러도 이승이 좋다

상미가 심한 갈증을 느끼며 잠에서 깨어난 것은 새벽 두 시 쯤이었다. 관자놀이가 욱신거리고 정신이 몽롱했다. 의식은 깨어났지만 눈꺼풀이 천 근이나 되는 듯 무거웠다. 그러나 상미는 지금 자신이 누워 있는 곳이 분당의 자기방이 아니라는 섬뜩한 느낌에 화들짝 일어나 앉았다. 전혀 생소한 방이었다. 자신은 푹신한 더블베드 위에 일어나 앉아있었다. 그러나 여관이나 호텔 같은 느낌은 아니었다.

상미는 본능적으로 자신의 옷매무새를 살펴보았다. 비록 블라우스 자락이 스커트 속에서 빠져나와 있기는 했지만 입었던 그대로였다. 스타킹도, 팬티도 그대로였다. 튕기듯 일어나 침대 밑으로 내려섰다. 방안 구조로 보아 어딘가의 별장 같다는 생각이 들었다. 출입문 앞으로 다가서서 조심스레 문의 손잡이를 돌려보았다. 아무런 저항도 없이 문이 열렸다. 숨을 죽이며 상미는 열린 문 틈으로 고개를 내밀었다. 거실 벽난로 앞에는 누군가가 등을 보인 채 흔들의자에 앉아있었다. 일렁거리는 벽난로의 불빛만으로 뒷모습을 보이고 있는 사람이 누구인지를 알아보기는 어려웠다.

그러나 불현듯 상미는 그 뒷모습에서 방지환을 연상해냈다. 설마? 하는 생각으로 숨을 죽였다. 다시 한 번 거실 내부를 둘러보았다. 누군가의 별장이 틀림없었다. ……그렇다면 역시 방지환이란 말인가. 경옥이들과 헤어진 디스코클럽 앞에서 방지환의 전용 운전기사인 미스터 김이 운전하는 차에 오르던 기억이 비로소 되살아났다.

그 순간 상미는 자신이 그 어떤 잘 짜여진 음모에 의해 이곳 방지환의 별장까지 실려왔다는 것을 깨달았다. 걷잡을 수 없는 분노가 정수리로 치솟았다. 어쩌면 자신은 이미 방지환에게 짓밟혀 버린 것이 아닐까? 상미는 자신의 몸에서 일어났을지도 모를 그 어떤 변화라도 발견하려는 듯 파들파들 떨리는 두 팔로 가슴을 끌어안았다. 인기척을 느낀 듯 등을 보이고 있던 사내가 후딱 고개를 돌렸다. 틀림없는 방지환이었다.

"깨어났군요. 미스 천……."

방지환이 천천히 몸을 일으켰다.

"도대체 어떻게 된 거죠? 나한테 무슨 짓을 했나요?"

분노와 더불어 공포감이 밀려왔다. 그 공포를 밀어내듯 상미가 악을 썼다.

"분명히 맹서하겠소. 딱 한 번 상미씨의 입술을 훔쳤을 뿐이요……."

방지환은 냉장고를 열어 노리끼리한 액체가 담겨 있는 글라스를 들어올렸다.

상미는 반사적으로 손등으로 입술을 닦아냈다.

"마셔요. 상미씨가 깨어나면 주려고 준비해 뒀던 꿀물이요."

상미 앞으로 성큼 다가서며 지환이 컵을 내밀었다.

상미는 왈칵 달려들어 지환의 얼굴을 할퀴기라도 할 듯 분노에 가득찬 시선으로 노려보았다. 상미의 그런 눈빛을 정면으로 받으면서 지환은 가만히 서있었다.

"의심하지 말고 마셔요, 그리고나서 상미씨가 묻는 말에 조금도 숨김없이 대답하겠소……."

꿀물이 든 컵을 탁자 위에 내려놓고 지환은 한 걸음 뒤로 물러섰다. 지환의 태도는 진지하기까지 했다. 상미는 다시 또 목이 타는 듯한 갈증을 느낀다. 꿀물이 담긴 컵과 지환의 얼굴을 번갈아 보았다. 지환은 벽난로에서 일렁거리는 불꽃을 바라보며 팔장을 끼고 서있었다. 카페트 바닥에 길게 누운 지환의 그림자마저 움직이지 않았다. 상미는 지환의 옆 모습에서 진하게 배어나오는 외로움 같은 것을 발견했다.

처음으로 느끼는 모습이었다. 순간 상미는 지환에게로 향하던 분노가 모닥불처럼 사그러드는 것을 의식했다. 상미는 컵을 들어올렸다. 알맞게 차갑고 달콤했다. 상미는 꿀떡꿀떡 소리를 내며 단숨에 글라스를 비워버렸다. 살 것 같았다.

"상미씨!"

비스듬히 돌아선 그대로의 자세에서 지환이 입을 열었다. 전신의 신경이 귀로 집중하는 것을 의식하며 상미는 다시 숨을 죽였다. 경계어린 눈빛으로 지환의 옆모습을 주시했다.

"상미씨를 이곳까지 오도록 한 것은 내가 꾸며낸 일입니다. 그러나 지금이라도 돌아가겠다면 김 기사를 오도록 하겠습니다. 하지만……"

"보내줘요 당장!"

지환의 말꼬리를 물며 상미가 단호하게 외쳤다.

"알았어요."

지환은 흔들의자 옆 작은 탁자 위에서 무신전화기를 집어들었다. 안데나를 뽑고 나서 어디론가 전화기의 버튼을 눌렀다. 지환의 행동이 적당한 제스츄어 같지는 않았다. 전화기를 제 자리에 내려놓고 지환은 천천히 돌아섰다.

"10분 이내로 김 기사와 연락이 될 거요. 그동안 잠깐 앉읍시다……"

지환은 상미에게 손까지 내밀며 의자를 가리켰다. 그리고 지환은 양주병을 들어 글라스 절반쯤 술을 따랐다.

"상미씨가 짐작한 대로 난 오늘밤 상미씨를 내 여자로 만들어버릴 생각이었소……"

양주 한 모금을 마시고 나서 지환은 다시 상미에게 등을 보였다.

"그리고 나는 충분히 그럴 수 있는 기회가 있었소. 하지만 아까 얘기한 것처럼 난 딱 한 번 상미씨의 입술을 훔쳤을 뿐 더 이상의 행위는 하지 못했소. 내가 왜 그러지 못했는지를 난 지금 곰곰이 생각중이오……"

지환은 또 말을 끊고 양주 한 모금을 마셨다. 전화벨이 울렸다. 글라스를 내려놓고 지환은 전화기를 집어들었다.

"김 기사, 미안하지만 지금 좀 와줘야겠네…… 상미씨를 댁까지 모셔다 드리게."

일방적으로 이야기하고 지환은 수화기를 내려놓았다.

"30분 쯤이면 김 기사가 올 거요. 그동안 거기 좀 앉읍시다."

지환은 다시 글라스를 집어들었다.

상미는 지환의 일거일동에 경계의 눈초리를 멈추지 않았다. 비록 잠들어 있는 사이에 자신을 범하지는 않았다는 확증은 가지만 여기까지 자신을 납치해 온(상미는 분명 납치라고 생각했다) 그가 언제 어느 때 돌변할지 모르는 일이었기 때문이었다.

지환은 상미에게 비스듬히 등을 보인 자세로 한참동안 서 있었다. 그런 침묵이 상미는 못 견디게 싫었다. 그러나 이쪽에서 섣불리 먼저 말을 꺼낼 수도 없었다. 상미는 빠르게 움직이고 있는 자신의 심장 소리를 들었다.

"상미씨!"

돌아선 자세로 지환이 입을 열었다.

전신의 신경을 귀로 집중시키며 상미는 숨을 죽였다.

"지금부터 내가 하는 얘기는 내가 이 세상에 태어나서 철이 들었다고 생각한 이후 한 여자에게 털어놓는 최초의 진실이라는 점을 믿어주었으면 합니다……."

과연 지금 이런 상황에서 어떤 진실이 진실로 받아들여질 수 있다는 말인가. 그러나 상미는 지환의 태도와 목소리가 적당한 제스츄어가 아닌지도 모른다는 생각을 하며 지환의 말을 듣고 있었다.

"내가 상미씨에게 관심을 갖기 시작한 것은 상미씨를 처음 보는 순간부터였소. 그리고 나는 상미씨에 대한 내 관심이 단순한 관심으로 끝나지만은 않을 것이라는 예감을 느끼고 있었소. 상미씨가 내 대학 후배인 이경민군과 연인 사이라는 것을 알면서도 말이요……. 그러던 중에 김상철이란 사내가 우리 사무실에 나타나던 날 나는 새로운 사실을 알게 되었소. 상미씨의 입장에선 다시 생각조차 하기 싫은 일이겠지만 김상철에게 욕을 당하던 그 순간까지 상미씨가 순결한 처녀였다는 사실이오. 난 내 일생에서 그 순간처럼 사람을 저주해 본 적이 없었소. 김상철이를 내 손으로 목이라도 비틀어 죽이고 싶을 정도로 놈을 저주했소. 물론 상미씨가 병원으로 옮겨간 후 난 내 자신이 왜 그런 심정이 됐는지를 곰곰이 생각해 봤소. 그건 분명한 질투심이오소. 그 질투심 또한 내가 이 세상에 태어나서 처음 느끼는 감정이었소. 그 끓어오르는 질투심 속에서 나는 또 하나의 새로운 사실을 발견했소. 내 삶에 대한 환희, 바로 그것이었소. 상미씨의 입장에선 이해 안 가는 말일 것이오. 상미씨의 이해를 돕기 위해서 난 지금 이 세상 아무도 모르는 내 아픔을 털어놓겠소……."

지환의 느릿느릿한 목소리에는 끈끈한 그 나름대로의 진실이 묻어 있었다. 말을 멈추고 지환이 상미를 향해 돌아섰다.

"나는 임포텐스요……."

지환의 창백한 이마에 짙은 고뇌의 그림자가 얼룩져 있었다. 타는 듯한 시선으로 지환은 상미를 응시했다. 지환의 시선을 정면으로 받는 순간 상미는 오싹하는 전율을 느꼈다. 지환이가 이야기 서두에 최초의 진실이라는 전제를 달고 말을 시작한 이유를 조금쯤 알 것 같았다. 지환의 시선을 피하며 상미는 자신의 도전적 몸짓이 허물어지고 있음을 의식했다. 머무를 곳을 발견하지 못한 상미의 시선이 허공에서 하늘하늘 흔들렸다.

"서른 셋이라는 나이까지 결혼을 미뤄온 것도 그런 이유 때문이었소. 그런데……."

지환은 다시 이야기를 시작했다.

"상미씨를 처음 안던 날…… 표현이 좀 이상했다면 용서하십시오…… 그 날 사무실에서 상미씨가 쓰러졌을 때 차까지 안고 내려간 게 나였소. 상미씨의 체중을 피부로 느끼는 순간 난 내 남성이 살아 숨쉬는, 내가 남자라는 현기증나는 환희를 맛보았던 거요. 상미씨는 믿지 않을지 모르지만 나에게는 엄청난 기적이었소. 상미씨를 병원으로 실려보내고 난 곧장 내 여자 친구에게로 달려갔소. 그러나 결과는 역시 허사였소……."

단숨에 거기까지 말을 끝내고 지환은 갈증난 사람처럼 위스키를 벌컥벌컥 소리내며 들이마셨다.

"그리고 오늘……."

지환은 빈 글라스를 카페트 위에 집어던지고 상미 앞으로 성큼 다가섰다. 반사적으로 상미는 한 걸음 뒤로 물러섰다.

"나는 당신 천상미씨 앞에서만 내가 남성일 수 있다는 사실을 확인했을 뿐이오. 내 진실을 이해해 준다면 난 지금 당신 발 밑에 꿇어앉아 당신 발등에 키스라도 하고 싶은 심정이요⋯⋯."

"더 이상 다가오지 말아요!"

상미는 더 이상 물러설 수도 없었다.

충혈된 눈빛을 번들거리며 다가서는 지환을 두 손으로 가로막으며 소리를 질렀다.

"정식으로 구혼을 하겠소. 나하고 결혼해 주시오."

지환은 한 발자국 더 다가섰다. 지환의 폭풍우 같은 숨소리가 더욱 입김이 되어 상미의 얼굴로 쏟아져 왔다.

"더 이상 다가오면 소리를 지르겠어요!"

그러나 상미는 소리를 지를 겨를이 없었다. 지환의 두 손이 자신의 어깨를 나꿔채는 순간 그 완강한 힘에 의해 상미는 지환의 품속으로 감겨들고 말았다. 그와 동시에 지환의 입술이 해일처럼 상미의 입술을 덮쳐눌렀다.

더 이상의 저항이 얼마나 무의미한가를 상미는 금방 깨달았다. 이런 경우 물리적인 저항보다는 차라리 서릿발처럼 싸늘한 냉정함으로 위기를 모면하는 게 더욱 현명한 일일 것 같았다. 어금니가 으스러지도록 이를 깨물며 입을 다문 채 일체의 저항을 포기했다.

"상미, 결혼해 줘⋯⋯ 부모님을 통해서 정식으로 청혼을 할 테니 내 아내가 돼 줘요⋯⋯."

지환은 뜨거운 입김을 내쏟으며 열병환자처럼 중얼거렸다. 상미의 이마, 코, 뺨, 목덜미에 자신의 얼굴을 비벼대며 지환은 몸부림을 쳤다.

상미의 무저항을 지환은 자신을 수용하려는 허용의 몸짓으로 받아들인 것일까, 몸부림 같은 격렬함으로 지환은 숨가쁘게 상미를 조여왔다. 지환의 뜨거운 포옹 속에서 상미는 자칫하면 자신이 무너져 버릴지도 모른다는 위기감을 의식했다. 그 순간 상미는 자신의 몸이 공중으로 부웅 떠오르는 것을 느꼈다. 지환은 상미를 안아 올려 침대 앞으로 다가갔다. 침대에 상미를 내려놓는 것과 동시에 지환은 태풍처럼 상미를 덮쳤다.

'안 돼!'

상미는 분명 그렇게 소리를 질렀다.

그러나 말이 되어 입 밖으로 나오지는 못했다. 상미는 그 순간 자신의 몸 속의 모든 피가 뜨겁게 소용돌이치면서 어느 한 곳으로 분출되려는 듯한 전율보다 강한 충격을 맛보았다. 그 충격은 자신도 이해할 수 없는 분명한 희열이었다. 생전 처음 느끼는 짜릿한 쾌감이었다.

침대 머리 쪽 창문으로 갑자기 섬광 같은 불빛이 스쳐갔다. 뒤이어 마당의 자갈 위로 자동차가 미끄러져 들어오는 기척이 들려왔다.

"도와줘요!"

상미의 이성이 안간힘을 썼다. 출입문 쪽을 향해 고개를 치켜들며 악을 썼다.

"부사장님 접니다……."

조심스러운 노크 소리와 함께 김 기사의 목소리가 들려왔다.

"돌아가! 그대로 돌아가라구!"

상미가 한 번 더 소리를 지르려고 상체를 일으켰다. 그러나 지환이 한 발 빨랐다. 한 손으로 상미의 입을 틀어막으며 벽력처럼 고함을 질렀다.

출입문 밖에서는 아무런 반응도 없었다. 그러나 1분도 채 안 되어 소용히 자갈 위로 굴러가는 자동차의 엔진 소리가 들려왔다.

"사랑해……. 결혼해 줘 상미……."

열병환자처럼 중얼거리는 지환의 목소리가 꿈결처럼 멀다. 체내의 혈관속에서 혈구 하나 하나가 폭죽처럼 파열하는 듯한 뜨거움이 전신을 송곳처럼 쑤셔댔다.

'대마초나, 히로뽕 따위를 마신 기분이 이런 것일까?'

상미는 스스로 냉정해지려고 안간힘을 썼다. 그러나 의식과는 정 반대로 자신의 온 몸은 불덩어리처럼 뜨거워지고 있었다.

이미 알몸이 되어버린 지환의 손길에 의해 상미의 스커트도 벗겨진 지 오래였다.

과연 이 사람이 '임포'란 말인가? 손바닥만한 팬티를 찢을 듯 육박해오는 지환의 남성을 상미는 의식한다. 그러나 거부하기엔 상미는 이미 너무나 무력해져 있는 상태였다. 무릎까지 밀려 내려간 팬티가 지환의 발가락에 걸려 마침내 발목을 빠져나갔다.

"사랑해, 상미……."

지환의 몸 전체가 감전이라도 된 듯 격한 경련을 일으켰다.

"아아!"

상미가 어금니를 깨물며 지환의 목을 하얀 두 팔로 휘어 감았다.

지환의 전신은 끓어오르는 용광로였다. 쇳물이 끓어오르는 그 형용하기 어려운 뜨거움 속에서 상미는 조금씩 용해되고 있었다. 방금 숨이 끊어질 듯 가쁜 숨을 몰아쉬는 지환의 전신에서 빗물처럼 땀이 흘러내리고 있었다. 젖어있기는 상미도 마찬가지였다.

절정을 향해 산짐승처럼 포효하던 지환의 팔에서 조금씩 힘이 빠져나갔다. 천 길 만 길 낭떠러지 밑에로 한없이 가라앉는 듯한 착각 속에서 상미는 전신의 힘이 바람 빠진 풍선처럼 하나도 남김없이 빠져나가는 것을 느꼈다. 손끝 하나도 까딱할 기력이 없었다. 폭풍 뒤의 정적 같은 숨막히는 고요가 엄습해 왔다.

"상미씨!"

먼저 입을 연 것을 지환이었다.

"날이 밝는 대로 함께 우리 집엘 가요……. 부모님께 말씀 드리고 우리 결혼합시다……."

지환의 목소리는 아직도 떨리고 있었다. 그 떨림의 파장으로 하여 한 마디 한 마디는 지환의 진실이 되어 울려 나왔다.

"상미씨, 오늘은 내가 이 세상에 새롭게 태어난 날이오…… 33년이라는 길고 암울한 세월 속에서 비로소 남성의 의미와 생명의 환희를 함께 찾은 날이오…… 이 감격, 이 희열을 상미씨는 내 생명 그 자체를 의미할 만큼 내 인생에 중대한 비중을 차지하게 되었어요……."

상미는 눈을 감은 채 지환의 목소리를 들었다. 지환의 목소리는 아득히 먼 곳에서 들려오는 것도 같고 꿈결 속에서 들려오는 것 같기도 했다.

'두 번째 남자다……'

이미 자신이 두 사람의 남자를 경험했다는 사실만이 양심의 가시가 되어 폐부를 아프게 찔러대고 있었다. 감은 망막 속에 경민의 웃는 얼굴이 떠올랐다.

비록 푸른 수의에 싸인 창백한 얼굴이었지만 경민은 언제나처럼 상미를 편안하게 해주는 그런 웃는 얼굴이었다. 정갈하고 고른 하얀 이빨을 드러내면서 빙그레 웃는 경민의 얼굴이 떠오르는 순간 눈시울에 모닥불을 덮어쓴 듯한 화끈함이 밀려왔다. 뜨거운 눈물 줄기가 관자놀이를 지나 턱 밑으로 흘려 내렸다. 불덩어리를 삼켜버린 것 같은 뜨거운 회한이 목구멍을 울컥 넘어왔다. 목구멍에서 끼룩 끼루룩 소리가 났다. 두 손으로 입을 틀어막으며 상미는 강물처럼 울었다.

"상미씨, 오늘 이럴 수밖에 없었던 나를 용서해줘요……. 당신의 용서를 구할 수만 있다면 난 지금 내가 할 수 있는 어떤 일도 사양하지 않겠소. 그리고 오늘 이후 이 방지환은 오직 상미 당신을 위해서만 살겠소. 당신은 내게 삶의 의미를 찾아준 생명의 은인이요……."

마치 무릎이라도 꿇을 듯한 자세로 지환은 자신의 진실을 이해시키려는 노력을 계속했다. 긴 울음에서 상미가 깨어날 때쯤 이미 하늘은 우유빛으로 트여오고 있었다.

"1435번 접견"

감방 문이 열리고 교도관이 허리를 굽혀 감방 안으로 얼굴을 들이밀었다.

"예."

10여명의 죄수들과 함께 가부좌를 한 자세로 뒷줄에 앉아있던 경민이 벌떡 일어섰다. 일어서면서 경민은 상미의 얼굴을 떠올렸다. 교도관의 뒤를 따라 길고 어두운 복도를 걸어나오면서도 경민은 상미가 면회를 온 것이 틀림없다고 생각했다. 노조 쪽에선 어제 면회를 다녀갔기 때문이었다. 상미와도 안면이 있는 노조의 부위원장에게 경민은 슬쩍 상미의 안부를 물어보았었다.

그러나 부위원장의 반응이 어딘가 모르게 석연찮은 기색이 있었다. 뭔가 얘기를 할 듯 싶은 얼굴이던 부위원장은 면회가 끝나갈 무렵에야 '천상미씨, 아마 안 올 겁니다'라는 요령부득한 말을 던지고 돌아섰던 기억이 떠올랐다.

그리고 어제 오후 경민은 상미가 면회를 왔던 게 언제였던 가를 생각해봤다. 그리고 면회를 왔던 상미에게도 어딘가 전과는 다른 느낌을 받았던 기억도 떠올랐다. 아무래도 회사를 그만둬야 할까 보다고 울먹거리던 상미에게 무슨 일이 있었느냐고 물었을 때 자신의 시선을 피하던 상미의 얼굴이 온종일 마음에 걸렸다. 상미의 신상에 중대한 변화가 일어나고 있는지도 모른다는 불길한 예감이 머리에서 떠나지를 않았다.

그러나 교도관이 자신의 번호를 부르며 '접견'이라고 말하는 순간 경민은 자신의 걱정이 전혀 쓸데없는 기우였음을 확인해 주는 것 같았다. 상미가 지금 접견실에 와 있는 게 아닌가. 경민은 그렇게 확신하면서 접견실로 들어섰다.

"어머니……."

경민은 당황했다. 접견실에서 기다리고 있는 것은 어머니였다.

"경민아."

어머니의 목소리에는 첫마디부터 진한 울음기가 묻어 나왔다.

"내일이면 재판 받고 나갈 텐데 뭘 하러 오셨어요……."

손등으로 눈물을 찍어내는 어머니를 대하는 순간 경민은 자책스러운 마음을 금할 수 없었다. 상미만을 생각하면서 어머니를 잊고 있었던 시간들이 아픈 채찍이 되어 가슴을 쳤다.

"몸은 어디 아픈 데나 없냐? ……밥은 잘 묵고?……."

어머니의 말소리가 자꾸만 끊어진다.

"보시다시피 이렇게 건강하지 않아요. 먹고 앉아서 놀기만 하니까 오히려 살이 찐 거 같습니다."

경민은 두 주먹을 불끈 쥐어 어깨에 힘을 넣으며 웃어 보이기까지 했다.

"내일 정말 내보내 준다고 허드냐?"

경민의 웃는 얼굴에 어머니는 다소 마음이 놓이는 기색이었다. 콧물을 들이마시며 경민의 얼굴을 바라보았다.

"변호사 얘기가 2년간 집행유예 정도 될 거라고 했으니까 내일 저녁엔 나갈 수 있을 겁니다."

경민은 자신있는 목소리로 대답했다.

"너 내일 나오더라도 그 상미가 하는 처녀하고는 다시는 만날 생각하지 말거라."

경민은 가슴 속에서 쿵 소리가 나는 것을 느꼈다. 어머니의 입에서 상미의 얘기가 튀어나오는 순간 막연하게 상미에게 품고 있던 불안한 느낌이 현실로 확대되어 눈앞에 다가서는 듯한 예감을 느꼈기 때문이었다.

"상미가 뭘 어쨌길래요?"

경민은 억지로 태연한 태도를 유지하며 어머니의 다음 말을 기다렸다.

어머니도 불쑥 말을 꺼내긴 했으나 뒷말은 한참 뜸을 들였다.

"상미 그 처녀가 신문에 났다……."

들을수록 이해가 가지 않는 말이었다. 상미가 신문에 나다니…… 경민은 비로소 상미의 신상에 자신이 생각하고 있는 것보다 훨씬 큰 그 어떤 위기가 닥치고 있음을 깨달았다.

"무슨 말씀이세요 어머니, 좀 더 자세히 말씀해 주세요……."

아무리 태연하려고 애써도 목소리가 자신도 모르게 높아지고 있었다.

"어떤 몹쓸 놈이 그 처녀한테 강제로 욕을 보였는 모양이더라……. 그래서 그 처녀가 그 놈을 경찰에 고발했다는 기사가 신문에 났어……."

어머니는 경민의 얼굴을 바라보기가 안쓰럽다. 핏기가 가신 경민의 얼굴에서 일렁거리는 격렬한 충격을 어머니는 보고 있는 것이나.

"고생하는 너한테 맘 고생까지 시킬 필요가 없다고 생각해서 얘기를 안 하려고 했다만 어차피 내일 모레면 너도 알게 될 일이고 해서……."

이미 어머니의 목소리는 꿈결처럼 아득하게 느껴졌다. 털썩 주저앉고 싶은 허탈감을 경민은 가까스로 버팅기고 있었다.

'……그랬었구나…… 상미한테 그런 일이 있었구나……'

"내가 보기에도 나무랄 데 없는 처녀 같았는데 참 안됐다……."

천천히 고개를 끄덕이며 어머니는 혼잣말처럼 중얼거렸다.

"하지만 어머니 그건 상미의 잘못이 아니지 않습니까?"

상미를 완전히 버린 여자로 취급하려는 어머니의 체념 앞에서 경민은 분명한 그러면서도 조용한 저항의 목소리를 냈다.

"그야 물론 그 처녀 잘못은 아니겠지만 난 그런 색시를 며느리로 맞아들일 순 없다."

경민의 목소리보다 어머니의 말소리는 더욱 단호했다.

"어머니!"

경민은 자신도 모르게 목소리를 높였다.

"시간이 다 됐어요."

경민은 다급한 심정으로 어머니에게 무슨 이야긴가를 해야 한다고 서두르고 있었다. 그러나 담당 교도관이 일어서며 경민의 어깨를 두드렸다.

"상미는 절대로 나쁜 여자가 아니에요, 어머니."

접견실을 나서며 경민은 부르짖었다.

'……어머니, 상미는 절대로 그런 여자가 아닙니다……'

교도관의 뒤를 따라 다시 어두운 복도를 걸어오며 경민은 속으로 몇 번인가 같은 말을 되풀이했다. 상미의 불행을, 경민은 어머니가 들려준 상미의 일을 불행이라고 생각했다. 불가항력이었으리라고 무조건 믿고 싶었다. 감방 안으로 돌아와서도 경민은 온종일 상미의 일만을 생각했다. 상미가 얼마나 괴로워했을까는 짐작이 가고도 남았다. 상미는 어쩌면 지금쯤 죽음을 생각하고 있는지도 모르는 일이었다. 그러나 마음 한 구석으로는 상미가 강인한 의지와 차가운 이성으로 그런 어리석은 일을 저지르지는 않으리라는 확신도 있었다.

상미에 대한 경민의 믿음은 거의 신앙과도 같은 것이었다. 상미는 스스로 아픔을 딛고 일어설 수 있는 여자였다. 비록 자신의 순결이 불가항력의 상태에서 무너졌다고 하더라도 그 아픔과 충격 속에서 헤어나지 못할 만큼 약한 여자가 아닌 것을 경민은 믿고 있었다. 그러나 상미의 충격이 상미 자신의 것만으로 끝나는 일은 아니지 않는가. 상미는 지금쯤 자기 자신의 아픔보다 경민이 자신을 생각하며 더욱 괴로워하고 있을 게 분명했다.

상미가 하던 말들이 되살아났다.

'오빤, 겁쟁이야, 날 어쩌볼 용기도 없는 비겁한 겁쟁이라고……'

경민이 상미 아버지를 처음 만나고 나오던 날 1천CC 생맥주 한 컵을 단숨에 비워내며 상미가 하던 말이었다.

—용기라고 했지 지금?

경민이 그렇게 물었을 때 상미는 사뭇 도전하는 눈빛으로 경민에게 쏘아 부쳤다.

—그래요, 용기라고 했어요, 용기가 있으면 날 호텔이건 여관이건 끌고 가봐요, 당장…….

거푸 맥주 컵을 들어올리려는 상미의 손을 잡으며 난 그때 뭐라고 말했었는가.

—네 말처럼 난 용기가 없는지도 몰라. 하지만 너에게 무책임을 나눠줄 수는 없었다. 물론 널 안아보고 싶다거나 갖고 싶다는 생각은 늘 하고 있었지, 하지만 그런 욕망보다는 너를 아끼고 싶다는 생각이 먼저였어, 항상…….

그러면서 나는 상미에게 결혼을 약속했었지……. 상미야 올 가을엔 결혼하자 우리…… 그러면서 상미의 작은 손을 힘주어 잡았을 때 그 따스움이 영롱한 기억으로 되살아났다.

'상미야 난 괜찮아…… 그리고 넌 아직 순결해…… 넌 언제까지 순결한 나의 신부야.'

상미가 마치 옆에 있기라도 한 것처럼 경민은 소리내어 중얼거렸다.

상미는 내일 법정에 나올 게 틀림없어. 상미를 만나면 눈빛만으로도 우리는 모든 것을 용서하고 이해할 수 있을 거야……. 경민은 자신에게 다짐했다. 내일 석방이 돼 나가면 결혼식을 서둘러야 하겠다고 생각했다. 상미의 상처를 달래주기 위해서 얼마나 헌신적인 애정과 노력이 있어야 하는가에 대해서도 곰곰이 생각해봤다. 가장 큰 장애는 어머니가 될 것이 틀림없다. 하지만 어머니를 설득하는 일은 그렇게 어려울 것 같지 않았다. 밤이 늦도록 경민은 잠을 이루지 못했다.

다음날 아침 경민은 일반 재소자들과 함께 굴비 두름처럼 묶여 후송차에 올랐다.

차가 법원 구내로 들어서면서부터 경민은 창 밖으로 상미의 모습을 찾았다. 법정 안으로 들어서면서도 열심히 상미의 얼굴을 찾아내려고 두리번거렸다. 낯익은 회사 동료들과 노조 간부들의 모습이 보였다. 맨 앞줄에 앉아 손수건으로 눈물을 찍어내는 어머니의 모습도 있었다. 그러나 상미의 모습은 눈에 뜨이지 않았다.

재판이 진행되는 동안에도 경민은 자꾸 뒤를 돌아보았다. 상미는 끝내 모습을 나타내지 않았다.

예상했던 대로 경민은 1년 징역에 2년간 집행유예의 판결을 받았다. 선고가 끝난 후 경민은 또 뒤를 돌아보았다. 연방 손수건을 눈으로 가져가던 어머니가 경민과 눈길이 마주치자 크게 안도하는 표정으로 고개를 끄덕거렸다. 어머니를 향해 경민은 조금 웃어 보였다. 노조의 간부들과도 눈빛으로 인사를 나누었다.

다시 수갑이 채워지고 굴비 두름처럼 묶여 법정을 나갔다. 호송버스에 오르면서 경민은 열심히 상미의 모습을 찾았다.

그리고 경민은 마침내 상미의 얼굴을 찾아냈다.

법원 건물의 한 쪽 모퉁이에 몸을 숨기듯 하고 서서 조심스레 호송차 쪽으로 눈길을 보내고 있는 상미의 약간 초췌해 보이는 모습을 발견한 것이다.

"상미!"

의자에서 벌떡 일어서며 경민은 수갑이 채워진 손으로 차창을 두드렸다. 그 순간 경민은 분명 상미와 시선이 마주쳤다고 느꼈다.

"앉아!"

교도관의 불호령이 날아왔다. 버스가 움직이기 시작했다.

바바리 코트의 깃으로 얼굴을 반쯤 가리고 서있던 상미가 고개를 번쩍 치켜드는 걸 경민은 분명히 보았다.

'……역시 와줬구나 상미…….'

목구멍으로 자꾸만 뜨거운 것이 넘어왔다.

목이 빠지도록 고개를 돌려 경민은 상미를 바라보았다. 상미를 향해 묶인 두 손을 한꺼번에 흔들었다. 그러나 상미의 모습은 금방 경민의 시야에서 사라지고 말았다.

하루해가 그렇게 긴 줄은 예전엔 미처 몰랐던 일이었다. 한 시간을 하루처럼 경민은 해가 지기를 기다렸다. 저녁 식사는 손도 댈 생각도 하지 않고 다른 재소자에게 주어버렸다. 높다란 쇠창살 사이로 비껴들던 노을도 금방 사라지고 어둠이 내리기 시작했다.

"상미씨만 허락하신다면 난 지금 당장이라도 상미씨 부모님을 찾아 뵙겠어요, 상미씨 아버님 앞에 무릎을 꿇고 앉아 모든 진실을 말씀드리고 우리의 결혼을 승낙 받고 싶어요……."

우유 빛 하늘이 구리 빛으로 물들고 있었다. 상미는 지환에게 등을 보인 채 주황색으로 트여오는 하늘을 바라보며 지환의 말을 듣고 있었다.

지환의 한 마디 한 마디에 담겨 있는 진실의 무게가 조금씩 상미에게도 전달되어 왔다. 그러나 두 눈에서는 말간 눈물이 계속 흘러나왔다.

상미는 자신의 울음 속에서 그 어떤 의미를 발견하려고 골똘히 생각해 보았다. 전혀 예기치 못했던 지환의 진실이 현실적인 무게로 다가오면서 어느새 자신은 경민과 지환의 비중에 저울질을 하고 있는 것은 아닌가. 김상철이란 사내로 인해 경민을 잊어야 하는 감당 못할 아픔을 겪어야 했던 자신은 지금, 김상철로 인해 또 다른 진실과 만나고 잇는 것인가. 그렇다면 지금 쉴새 없이 볼을 타고 흘러내리는 이 말간 눈물에는 어떤 의미가 있는 것일까.

경민을 단념해야 한다고 이미 어제 아침 추억으로부터의 탈출을 준비하고 있었다. 자신에게 일어나고 있는 모든 일들이 부인할 수 없는 엄연한 현실이라면 이제부터 스스로 당당함을 배워야 한다고 다짐했었다. 그 당당함을 행동으로 실현하기 위해서 과거는 한 시라도 빨리 잊어버리는 게 현명하다는 생각을 열심히 하고 있었다.

경민과 함께 했던 5년여의 추억들이 아픈 송곳처럼 가슴을 저며오더라도 그 아픈 기억들을 깡그리 잊어야 한다고 생각하고 있었다. 그러나…… 그러나 경민을 만나 보지도 않고 혼자서 내려버린 결론은 과연 최선의 결론이었을까? 여기까지 생각하던 상미는 오늘이 경민의 재판일이라는데 생각이 미쳤다.

'……그래, 경민 오빠를 마지막으로 한 번은 만나야 해…… 먼 발치에 서라고 경민 오빠에게 난 용서를 빌어야 해…….'

상미는 용수철이라도 튕겨나듯 벌떡 침대에서 몸을 일으켰다.

"눈 좀 감아주세요."

지환에게 쏘아 부치듯 그 말 한 마디를 내던지고 냉큼 일어선 상미는 욕실 안으로 뛰어들었다. 갑자기 마음이 그렇게 바쁠 수가 없었다. 머리를 감고, 수건에 대충 비누질을 해서 전신을 닦아낸 후 샤워를 뒤집어썼다.

"일어났으면 옷 좀 집어 주세요."

욕실 문을 반쯤 열고 상미가 소리를 질렀다. 그러다가 상미 자신이 어느새 이처럼 뻔뻔스러워졌는가에 흠칫 놀랐다.

"여기 있어요."

상미의 약간 들뜬 듯한 목소리를 지환은 상미가 생기를 되찾고 있는 거라고 판단한 것 같았다. 덩달아 들뜬 듯한 목소리로 지환이 다가왔다. 손만 내밀어 지환이 집어주는 옷을 받아 챙겨 입고 상미가 욕실에서 나왔다. 거실로 나서자 진한 커피 향기가 풍겨 왔다.

지환이 가운 차림으로 커피를 끓이고 있었다.

"커피 마실래요?"

지환이 상미의 표정을 곁눈질로 살피며 조심스레 물었다.

"주세요."

대답하면서도 상미는 자신에게 문득문득 놀라고 있었다.

'난 지금 뭘 하고 있는 거지? 방지환이라는 저 남자에게 왜 이렇게 고분고분해지는 거지? ……'

이런 의문이 불쑥불쑥 고개를 들었다.

"마셔요."

이미 태양은 상미의 머리 높이에서 떠오르고 있었다. 해를 바라보며 젖은 머리를 말리고 서 있는 상미에게 지환이 커피 잔을 내밀었다. 가까운 곳에서 뻐꾸기 울음소리가 들려왔다.

상미는 음미하듯 천천히 커피를 마셨다. 이 커피를 다 마시기 전에 무슨 말이건 한 마디쯤은 지환에게 얘기를 해야 할 것 같았다.

"상미씨!"

지환이 등 뒤로 다가서고 있었다.

상미는 한 모금 남은 커피를 마저 마시고 왼손에 들고 있던 접시 위에 커피 잔을 내려놓았다. 냉정하려고 안간힘을 썼지만 달그락 소리가 나도록 손 끝이 떨렸다.

"결혼해 줘요."

지환의 손길이 어깨로 왔다. 새삼스레 감전이라도 된 듯 어깨가 파르르 떨렸다.

"어젯밤의 내 행동은 물론 계획된 행동이었습니다……. 하지만 내 진실을 전달할 수 있는 시간과 방법이 그것밖에 없었어요……."

지환은 마치 여 선생님 앞에서 꾸중듣는 순진한 초등학생 같았다.

"믿지 않을지 모르지만, 상미씨는 내게 있어서 첫 여인입니다. 완벽한……."

완벽한이란 수식어가 무엇을 뜻하는 말인지는 어렴풋이 알 수 있을 것 같았다.

"……물론 지금 당장은 심리적 갈등이 심할 거라는 걸 모르지 않습니다……. 내가 과연 얼마만큼이나 진실을 얘기하고 있는가를 상미씨가 알아들을 때까지 시간이 필요하다면 기다리겠어요……. 하지만 양가 부모님에게만은 모든 사실을 숨김없이 털어놓고 이해와 용서를 구하겠습니다.

어깨에 얹힌 지환의 손길에서 지그시 힘이 느껴졌다.

"지금은 아무 말도 하지 마세요, 난 지금 경민 오빠의 재판을 보러 가야 해요."

지환의 손길에서 어깨를 빼며 상미가 돌아섰다.

'경민 군에게는 내가 매를 맞는대도 할 말이 없지요……. 그 대신 난 경민 군 앞에서 상미씨를 결코 불행하게 만들지 않겠다고 자신 있게 대답할 수 있을 것 같습니다……'

지환은 마치 자기 자신과의 다짐을 하듯 고개를 크게 끄덕였다.

"우선은 나를 보내주세요."

상미가 비로소 지환의 시선을 장면으로 바라보았다.

'지금 바로 김 기사를 오라고 하겠소. 넉넉잡아 30분이면 차가 도착할 거요……'

지환은 마치 상미에게 사육 당하는 순한 짐승 같았다. 계속 고개를 끄덕이며 돌아서 수화기를 집어들었다.

지환이 전화를 거는 동안 상미는 지환의 어깨를 바라보았다. 사무실에서 그처럼 완강하고 다부져 보이던 지환의 어깨가 흐느적거리도록 초라하게 느껴졌다.

"상미씨가 원한다면 한 2년쯤 해외엘 나가 있어도 좋습니다. 처음 예정대로 유학을 하는 것도 좋구…… 어쨌든 상미씨가 마음을 정리할 시간이 필요하다면 난 전적으로 상미씨 의사를 따를 생각입니다."

차가 오기를 기다리는 동안 지환은 두서없이 많은 이야기를 지껄였다, 그러나 그 두서없는 대사가 상미 자신에게 그 어떤 진실을 표현하려는 지환의 노력이라고 상미는 받아들였다.

"시내엘 들어가도 아침 식사를 하기가 마땅치 않을 텐데……. 샌드위치 있는데……."

자신이 너무 많은 말을 지껄이고 있는데 반해 단 한 마디도 반응을 보이지 않는 상미에 대해 시간이 흐를수록 지환은 초조한 반응을 보이기 시작했다.

"생각 없어요……."

말하는 순간 상미는 가벼운 구토증을 느꼈다. 올칵 넘어오는 욕지기를 상미는 가까스로 참았다. 몸에 미열이 있는 것 같았다.

지환이 말대로 정확하게 30분쯤 지나자 마당 쪽에서 클랙슨 소리가 울려왔다.

"상미씨, 오늘 오후에 상미씨 부모님을 찾아 뵙겠습니다……."

핸드백을 집어들고 방을 나서려는 상미의 어깨를 지환이 붙잡았다.

"제 의사와는 상관없는 일이에요."

상미는 분명 무어라고 한 마디 쏘아 부치고 싶었다. 그러나 입 밖으로는 그 정도의 말 밖에 나와주지 않았다.

현관으로 나서자 김 기사가 알 듯 모를 듯한 미소를 흘리며 상미에게 눈짓으로 인사를 보냈다. 김 기사가 차 옆으로 돌아와 뒷좌석의 문을 열었다. 이미 망설이거나 머뭇거릴 필요는 없었다. 상미는 새침한 표정으로 당당하게 차에 올랐다. 뒤 이어 지환이 차에 올랐다. 룸미러를 통해 이따금 뒷좌석을 힐금거리며 김 기사는 아무 말 없이 차를 몰았다.

"난 여기서 내려주게."

차가 성남 시내로 접어들자 지환이 차를 세웠다.

"상미씨 가는 데까지 모셔드리고 회사로 오게. 난 여기서 택시를 이용할 테니까."

지환이 차에서 내리며 상미에게 목례를 보냈다. 상미는 자신도 모르는 사이에 그런 지환에게 고개를 까닥해 보였다.

자신이 내린 뒷좌석의 문을 닫고 지환이 가볍게 손을 흔들었다.

"분당으로 갈 거예요."

김 기사가 물었다.

"법원으로 가 주세요."

룸미러로 김 기사와 눈이 마주치는 것을 피하기 위해 상미는 시트 깊숙이 몸을 파묻으며 눈을 감아버렸다. 휘발유 냄새 때문일까, 또 갑자기 욕지기가 밀려왔다. 핸드백에서 손수건을 꺼내 입을 틀어막으려 가까스로 참아냈다.

김 기사가 법원 구내까지 차를 몰고 들어가려고 하는 걸 만류하고 상미는 입구에서 차를 내렸다.

"앞으로 잘 부탁해요, 상미씨……."

차에서 내리는 상미를 향해 김 기사가 의미 심장한 말을 던졌다. 못 들은 척하고 상미는 돌아서 걸었다.

법원 정문을 들어서며 시계를 들여다보았다. 9시가 조금 지나고 있었다. 경민의 재판은 10시부터였다. 법정 입구에는 이미 사람들이 하나 둘씩 몰려들고 있었다.

상미는 아는 얼굴들과 마주칠까 두려워 고개를 푹 숙이고 법정 입구에서 떨어진 한적한 곳에서 서성거리며 시간을 보냈다.

호송 버스가 들어올 때 상미는 재빨리 담 옆으로 몸을 숨겼다. 그 순간 진한 울음이 목 줄기를 넘어왔다, 자신은 왜 경민 앞에서 당당히 나설 수 없는 것일까? 낯익은 경민의 회사 동료들이나 노조의 간부들이 호송차 주위로 몰려드는 것을 보았다. 왜 저 사람들처럼 경민에게 힘내요 경민 오빠! 라고 다가서며 외칠 수 없는 것일까. 어금니를 깨물어도 울음은 이빨 사이로 삐쳐 나왔다. 상미가 울음을 삼키며 법정 입구를 향해 얼굴을 내밀었을 때쯤 경민 일행은 이미 법정 안으로 사라진 후였다. 그러나 상미는 법정 안으로 들어설 용기가 나지 않았다. 재판이 끝나기를 기다리며 상미는 두 시간 가까이 법원 마당에서 서성거렸다.

재판이 끝나고 방청객들이 하나씩 둘씩 밖으로 나오기 시작할 때쯤 상미는 맞은편 건물 벽에 몸을 붙이고 법정 입구를 바라보았다. 분명히 경민이라고 생각되는 얼굴이 계속 주위를 두리번거리며 호송차에 오르는 것을 상미는 보았다. 경민이 지금 애타게 찾고 있는 것은 자기 자신이라는 걸 상미는 알았다. 호송차에 오른 경민은 차창 가까이 얼굴을 대고 계속 바깥을 살피고 있었다. 그리고 마침내 경민이 수갑 찬 두 손으로 차창을 두드리는 모습을 상미는 보았다.

경민은 분명 자신의 이름을 소리쳐 외치고 있었다. 상미는 수십 개의 비수가 한꺼번에 자신의 심장을 도려내는 듯한 아픔을 느끼며 그러나 고개를 돌려버리고 말았다. 울먹이는 호송차 안에서 계속 고개를 뒤로 돌리며 손을 흔들어대던 경민의 모습이 망막이 따갑도록 되살아났다.

'경민 오빠……'

상미는 건물 벽에 머리를 딩굴리며 몸부림쳤다. 차가운 돌 벽에 그대로 머리를 부딪쳐 죽고 싶은 심정이었다. 걷잡을 수 없이 눈물이 쏟아져 내렸다.

경민 등을 태운 호송 버스가 법원 구내를 완전히 빠져나간 한참 후에야 상미는 가까스로 울음을 멈췄다. 푸석푸석한 얼굴을 손등으로 대충 부벼대고 걷기 시작했다. 법정 주위에도 사람들은 없었다. 고개를 푹 숙인 채 상미는 법원 입구의 비탈길을 걸어 내려왔다.

"천상미씨 아니세요?"

누군가가 갑자기 앞을 가로막았다. 마치 나쁜 짓이라도 하다가 들켜버린 어린아이처럼 상미가 화들짝 놀라며 얼굴을 들었다.

"역시 상미씨이었군요…… 택시를 잡으려고 기다리다가 법원 쪽에서 내려오는 모습이 꼭 상미씨 같아서……"

경민 회사의 노조 부위원장이었다.

상미의 표정이 지나치게 경직된 탓인지 부위원장은 말 꼬리를 흐렸다.

"안녕하세요."

안간힘을 써서 평정을 찾으며 상미가 인사를 했다.

"위원장은 저녁에 나올 겁니다. 1년 징역에 2년간 집행유예 선고를 받았어요……"

며칠 전 면회를 갔을 때 경민이 예상하고 있던 대로였다.

"법정에서 위원장이 상미씨를 무척 찾는 눈치던데요……"

상미의 눈치를 살피며 부위원장은 혼잣말처럼 중얼거렸다. 무슨 말이건 해야 할 것만 같았으나 상미는 좀처럼 말이 나오지 않았다. 마침 빈 택시한 대가 다가와 멎었다.

"먼저 타시겠습니까?"

부위원장이 물었다.

"아니에요. 전 요 근처 볼 일이 있어서……."

부위원장은 상미에게 목례를 보내고 택시에 올랐다. 그 순간 상미는 부위원장이 자신을 향해 연민의 눈초리를 보내고 있음을 의식했다. 피가 나도록 아랫입술을 깨물며 시선을 돌렸다. 상미는 걸음을 빨리 했다.

버스 정류장 두 개쯤 지나쳤을 무렵 상미는 등에 식은땀이 흐르고 있는 것을 의식했다. 갑작스레 피로가 밀려 왔다. 그대로 길거리에 덥석 주저앉고 싶었다.

적당한 쉴 곳을 찾아 상미는 주위를 둘러보았다. 다방 간판이 쉽게 눈에 뜨이지 않았다. 치킨 센터 간판이 눈에 들어왔다. 그 순간 상미는 심한 구토증을 느꼈다. 참기가 어려웠다. 가로수를 의지하며 왈칵 치솟는 구역질을 내쏟았다. 노르끄레한 액체만 한 모금 넘어왔다. 상미는 두 번, 세 번 구역질을 했다. 지나가는 사람들이 이맛살을 찡그리며 상미를 피해 갔다. 그러나 그런 것을 의식할 경황이 없었다.

"젊은 년이 대낮부터……."

상미가 몸을 추슬렀을 때 옆을 지나가며 노골적으로 혀를 차는 소리가 들려왔다. 마치 상미가 술에라도 취한 것으로 보는 것 같았다. 전신을 엄습하는 수치감에 고개를 들 수가 없었다. 뛰듯이 가로수 밑을 떠났다.

'……혹시…….'

발끝을 내려다보며 걸음을 재촉하는 상미의 뇌리 속에 불길한 예감 하나가 떠올랐다.

오늘 아침, 지환의 별장에서 첫 구토증세를 느꼈을 때에는 단순히 어젯밤 늦게까지 마신 술 때문이려니 했었다. 처음 있는 일이었다. 그러나 별장에서 두 번, 그리고 지금 치킨 센터를 발견하는 순간 또 다시 헛구역질을 했다고 행각하자 불길한 예감은 좀 더 강하게 상미의 의식을 사로잡았다.

상미는 자신의 생리일을 더듬어 생각해 보았다. 아직까지 단 하루도 늦거나 빠른 적이 없던 자신이 아닌가…… 그런데 이미 20일 이상 늦어지고 있었다. 상미는 갑자기 눈앞이 아뜩해 왔다. 현기증은 아니었다.

'……아니야…… 절대로 아니야…….'

자신이 김상철의 아이를 임신했는지도 모른다는 불길한 생각을 떨쳐버리기 위해 상미는 몸부림치듯 고개를 흔들었다. 그러나 부정하려고 하면 할수록 불길한 예감은 점점 더 현실감 있게 증폭되어 갔다.

'……속이 비어서 그래…… 어젯밤, 경숙이들 때문에 너무 마셔 버렸거든…….'

억지로라도 그렇게 생각하고 싶었다.

우선 요기부터 해야겠다고 생각한다.

얼큰한 김치찌개가 생각났다. 두리번거리던 상미는 김치찌개, 된장찌개 등이 유리창에 쓰여 있는 식당 한 곳을 발견했다.

자리를 잡고 앉아 김치찌개를 주문했다. 음식냄새에 행여 또 구역질이라도 할까 싶어 지그시 어금니를 깨물며 기다렸다.

가스 불 위에서 냄비가 달각달각 소리를 내며 김치찌개가 끓기 시작했다.

냄비 뚜껑을 열어놓고 수저를 들었다.

국물 한 숟갈을 떠 입으로 가져갔다.

그러나 수저를 입에 넣기도 전에 왈칵 또 구토가 치솟았다. 수저를 탁자에 내려놓으며 손으로 입을 틀어막았다. 이를 악물며 참으려고 하자 눈물이 삐져나왔다.

"아가씨 입덧 하나 보구랴……."

40대 중반쯤의 주인 아낙네가 다가서며 곱지 않은 시선으로 상미를 훑어 내렸다.

모닥불을 뒤집어 쓴 듯 얼굴이 뜨거웠다. 상미는 고개도 못 든 채 백에서 5천 원을 꺼내 탁자 위에 놓고 발딱 일어섰다.

"이봐 아가씨 잔돈 받아 가야지……."

식당 주인의 목소리가 뒷덜미를 잡기라도 하듯 뒤도 돌아보지 않고 상미는 식당을 뛰쳐나왔다.

'……이럴 순 없어…… 절대로 이럴 수는 없다구…….'

상미는 열병 환자처럼 헛소리로 중얼거렸다. 항상 셔츠의 오른팔을 핀으로 접어 매고 다니던 김상철의 모습이 눈앞에 어른거렸다.

'……죽어버릴 거야…… 정말이라면 난 아주 죽어버릴 거야…….'

상미는 헛소리처럼 중얼거리며 인파 속을 걸었다. 걷고 있는 동안 의식

세계는 텅 비어 있었다.

어디를 어떻게 걸어다녔는지 모를 정도로 상미는 거리를 쏘다녔다. 무수한 인파와 어깨를 부딪치면서 무턱대고 걸었다. 9월말이라곤 하지만 아직 한낮의 햇살은 따가웠다. 등줄기를 타고 땀이 흐르기 시작했다. 얼굴과 목덜미에서도 땀은 흐르고 있었다. 아침부터 아무 것도 먹은 게 없었지만 배가 고프다는 생각도 들지 않았다.

의식 세계에 커다란 동공이 생겨 그 구멍으로 바람이 지나가는 듯한 텅 빈 무의식의 상태로 휘청대며 오직 앞만 보며 걸었다. 빨간 신호를 만나면 훈련된 로봇처럼 우뚝 섰다가 파란 신호가 켜지면 흐느적거리며 다시 걸었다.

상미가 자의식을 되찾은 것은 시청 부근의 어느 건물 앞에서였다.

산부인과 간판이 건물 옥상 위에서 상미를 위협하듯 내려다보고 있었다. 상미는 본능적으로 좌우를 살펴보았다.

병원 건물 안으로 들어서자 강한 소독약 냄새가 풍겨왔다. 월칵 이빈에는 마른 구역질이 밀려 올라왔다.

"어떻게 오셨지요?"

간호사가 상미의 위아래를 훑어보았다.

"진찰을 좀……."

획 돌아서서 뛰쳐나가고 싶은 충동을 상미는 가까스로 억누르고 있었다. 더 이상 물어볼 것도 없다는 듯 간호사가 직업적으로 접수카드를 작성했다.

"잠깐 기다리세요."

간호사가 접수카드를 들고 진찰실이란 아크릴 간판이 붙어 있는 방으로 사라졌다. 그 순간 상미는 발딱 일어섰다. 방금 들어온 출입문을 돌아보았다. 그대로 뛰쳐나갈 자세로 핸드백을 집어들었다.

"천상미씨!"

그때 진찰실 문이 열리며 간호사가 상미의 이름을 불렀다.

"네."

도둑질이라도 하다가 들킨 사람처럼 상미가 화달짝 놀라며 돌아섰다.

"들어오세요……."

상미의 당황한 행동에 간호사는 다시 비웃는 듯한 표정으로 상미를 훑어 내렸다.

상미는 마치 강한 흡인력에 흡입되듯 휘청거리는 발걸음으로 진찰실 안으로 들어섰다.

"저리 드러누우세요."

50대쯤으로 보이는 여의사가 청진기를 귀에 걸며 턱으로 까만 비닐 커버가 씌워진 베드를 가리켰다.

베드 위에 누워 눈을 감았다. 그 순간 상미는 자신의 생애에 가장 간절한 기도 하나를 생각해 냈다.

'……제발 임신이 아니라는 진단이 내려졌으면…….'

"마지막 멘스 날짜가 언제지요……?"

청진기로 복부 여기 저기를 눌러보며 의사가 메마른 목소리로 물었다.

상미의 목소리는 숫제 울음에 가까웠다. 여의사가 마치 자신의 운명을 결정할 저승사자보다 더 무섭게 느껴졌다. 이제 저 입에서 터져 나올 선고가 자신에 대한 사형선고일 것만 같았다.

"일어나도 좋아요……."

여의사의 목소리가 깊은 땅 속에서 들려오는 것 같았다. 스커트를 챙겨 입으며 침대에서 몸을 일으켰다.

"아직 미혼이지요?"

소독수에 손을 씻으며 여의사가 상미를 돌아보았다.

겁먹은 얼굴로 상미는 대답대신 고개를 끄덕였다.

"수술을 받을 건가요?"

타월로 손을 말리며 여의사는 여전히 메마른 목소리로 물었다.

"임…… 임신인가요?"

여의사의 얼굴을 공포에 질린 시선으로 바라보며 상미는 안간힘 쓰듯 물었다.

"3개월이예요."

"안 돼요!"

상미는 순간 두 손으로 자신이 귀를 틀어막으며 악을 쓰듯 외쳤다.

"무슨 뜻이지요?"

타월을 제자리에 걸어놓고 여의사는 의학박사 임정희라는 자기 명패가 놓여있는 자신의 책상 앞으로 걸어가 의자에 앉았다.

"안 돼요…… 그럴 순 없어요……."

상미는 이제 떼를 쓰는 어린아이처럼 고개를 좌우로 흔들어대며 몸부림을 쳤다. 천길 낭떠러지 밑으로 떨어지는 듯한 절망감이 전신을 엄습해 왔다. 겉잡을 수 없이 또 눈물이 쏟아져 나왔다. 입술을 깨물며 참으려 해도 울음은 어깨로 치솟았다.

두 손으로 얼굴을 가리고 상미는 어깨를 들먹이며 한참 동안을 그렇게 울었다. 상미의 긴 울음을 여의사는 물끄러미 바라보고 있었다. 그러다가 여의사는 문득 생각난 듯 간호원을 불러들였다.

"미스 김, 지난달 경기일보 철해 놓은 것 좀 가져와요."

여의사는 간호원에게 일러놓고 상미의 진찰카드를 집어들었다.

"천상미라……."

뭔가 생각하는 얼굴이 되어 상미의 이름을 되뇌던 여의사는 간호원이 신문철을 가져오자 책상 위에 펴놓고 무언가 열심히 찾기 시작했다. 한참 동안 신문을 뒤적거리던 여의사는 마침내 상미의 기사를 발견해 냈다.

"쯧쯧…… 바로 그 아가씨였군……."

혀를 차며 신문기사와 상미를 번갈아 보던 여의사가 천천히 일어서서 상미 앞으로 다가왔다.

"천 양의 불행에는 진심으로 동정을 표해요…… 나 성남경찰서 청소년 선도위원이라서 지난번 천 양 사건을 기억하고 있었어요……."

상미 앞으로 다가선 여의사가 가만가만 상미의 등을 두드려 주었다. 카랑카랑 하고 메마르던 여의사의 목소리에 비로소 윤기가 돌고 있었다.

"선생님!"

여의사의 가슴에 얼굴을 묻으며 상미는 또 다시 몸부림을 쳤다.

"새벽부터 어디를 가실라고 그라요?"

밤을 꼬박 새우다시피 하며 상미를 기다리던 달수는 다섯 시가 조금 지나자 옷을 갈아입기 시작했다. 덩달아 뜬눈으로 밤을 새운 연실이 달수의 옷을 챙겨주며 물었다.

"야 다니던 회사로 가 봐야제."

달수는 뒤도 돌아보지 않고 휑하니 집을 나섰다. 단 한 번도 외박이라곤 모르던 상미였다. 어쩌다 퇴근시간이 좀 늦을 경우라도 생기면 반드시 전화로 연락을 하던 상미였다. 대학시절에는 그놈의 써클활동인가 뭔가를 한답시고 툭하면 늦는 일이 있기는 했었다. 그러나 직장생활을 시작한 후 3년 동안은 시계처럼 정확하던 아이였다.

아직 길에는 택시도 지나다니지 않는 시간이었다. 제법 희끄므레 하게 동이 터 올 시간이었지만 안개 탓인지 주위는 아직 어두웠다. 큰길까지 걸어나오는 동안 아랫도리가 후줄근하게 젖어들고 있었다. 20년을 다닌 길이었지만 오늘 따라 발길은 자꾸만 돌부리를 찼다. 이슬과 안개에 젖으며 달수는 터벅터벅 걸었다. 새마을 연수원 부근에서 겨우 빈 택시 한대를 잡아탔다.

"3공단꺼정 갑시다……."

안개를 헤치며 택시가 달리기 시작했다.

공단 입구에서 택시를 내린 달수는 비로소 자신이 너무 서둘렀다 싶은 생각이 들었다. 겨우 주위를 알아 볼 만큼 희부옇게 트여오는 새벽 거리는 아직 잠들어 있었다. 공단 쪽에서 나오는 첫차인 듯 싶은 시내버스가 느릿느릿하게 굴러오고 있었다. 버스 안에는 두 사람밖에 타고 있지 않았다. 아직 행인들도 눈에 보이지 않았다.

달수는 주위를 둘러보았다. 얼큰한 해장국이라도 한 그릇 하고 싶었다. 그러나 그럴 만한 곳이 눈에 뜨이지 않았다. 달수는 상미 회사가 있는 방향으로 천천히 걸음을 옮기기 시작했다.

수위실에서 꾸벅꾸벅 졸고 있던 수위가 인기척에 눈을 뜨며 다가서는 달수를 바라보았다.

"실례 좀 합시다."

수위에게 허리를 굽신해 보이며 달수가 입을 열었다.

"무슨 일이오."

찢어지게 하품을 하며 수위가 곱지 않은 눈으로 달수를 훑어보았다.

"여기 생산과에 천상미라고…… 내가 애비되는 사람인데요……."

회사까지 찾아오긴 했지만 공연히 상미 위신만 깎아 내리는, 그래서 굶어 부스럼을 만드는 일이 아닐까 싶어 달수의 목소리가 어눌해진다.

"천상미씨 부친 되신다고요?"

수위이 목소리가 다소 부드러워졌다고 달수는 의식한다.

"예, 내가 천달수라고 하는 사람인데……."

수위가 상미를 알고 있다는 사실만으로도 달수는 반갑다. 한 번 더 허리를 굽신해 보였다.

"이리 좀 들어오시우."

수위가 일어서서 문을 열어주었다.

"허, 이거 죄송합니다."

달수는 수위실 안으로 들어섰다.

"그래 무슨 일이슈?…… 천상미씨가 어제 사표를 낸 걸로 알고 있는데……."

"지가 사표를 내라고 했지유……."

상미가 외박을 해서 예까지 찾아 나섰다는 얘기를 해야 할지를 달수는 생각하며 말 꼬리를 흐렸다.

"상미씨가 집엘 안 들어왔는 모양이지요?"

수위가 먼저 말을 꺼냈다.

"아, 예…… 그 동안 통 그런 일이 없던 아인데…… 요즘 시상이 워낙 험한 시상이라서……."

달수는 공연한 짓을 했구나 싶은 후회가 들기 시작했다.

"어제 아마 송별회가 있었을 겁니다…… 생산과 아가씨들이 상미씨를 친언니처럼 따랐거든요…… 모처럼 만에 한 잔씩 하고 친구 집에서라도 잔 모양이지요……."

수위가 달수에게 담배를 권했다.

"아, 전 안 태우구만이라우……."

달수는 손을 저어 사양하며 자리에서 일어섰다.

"형씨 말을 듣고 본께 그랬는갑소……. 내가 공연히 걱정이 되아가꼬……."

"그냥 가실랍니까?"

수위가 라이터로 담배에 불을 붙여물며 달수를 올려다보았다.

"예 갈랍니다……."

달수는 수위에게 목례를 보내고 수위실을 나왔다.

"상미씨하고 친한 아가씨들이 조금 있으면 출근을 할 테니 정 궁금하시면 만나보고 가시지요."

앉은 채로 수위가 그런 말을 했다.

"혹시 지금쯤 집에 왔는가도 모른께 전화라도 해봐야 쓰겄습니다……."

달수는 정문 입구에 있던 공중전화 박스를 기억해내며 정문을 빠져 나왔다.

집에 전화를 해 봤으나 아직 소식이 없다는 연실의 대답이었다.

달수는 또 공연히 불길한 생각이 들기 시작했다. 수위의 말처럼 어젯저녁 송별회가 있었다면 술 몇 잔쯤을 했을지도 모르는 일이었다. 워낙 술을 못하는 상미가(달수는 그렇게 믿고 있었다) 정신없이 취해 버리자 친구들이 자기 집에라도 데리고 갔을지도 모르는 일이었다. 그렇게 생각하면 아침 나절쯤에 약간 겁먹은 듯한 표정으로 상미가 집에 들어설지도 모르는 일이 아닌가. 그런데도 달수는 뭔가 모르게 자꾸만 불길한 생각이 들었다. 결국 모든 게 김상철이란 놈 때문이라고 생각되자 속이 부글부글 끓어올랐다.

'……이 죽일 놈이 형무소에서 나오기만 하면 내 손으로 목을 비틀어야 하는디…….'

상철이의 얼굴은 상상만 해도 주먹이 불끈 쥐어지고 전신이 부들부들 떨렸다.

'……그래도 설마 별 일이야 없을 것이지만 ……워낙 영악한 년인께 뭔 실수야 있을라고…….'

달수는 억지로 마음을 지어 먹으며 천천히 걷기 시작했다.

'……저런 니미럴!'

대원천변을 따라 걸어 내려오며 주위를 두리번거리던 달수의 눈에 스피츠 종류의 잡견 두 마리가 서로 엉덩이를 마주 붙이고 낑낑대는 모습이 들어왔다. 아직 행인은 뜸한 편이었지만 주위는 하얗게 밝아 있었다. 엉겨붙어 있는 개새끼들을 보자 달수는 공연히 부화가 끓어올랐다.

"이놈의 개!"

손을 올리며 발을 굴러 보았지만 그런 달수를 멀뚱히 바라다만 볼 뿐 개들은 미동도 하지 않았다.

"에라, 이놈의 개새끼들!"

달수는 후다닥 몸을 날려 개 옆으로 다가서며 붙어있는 두 마리 개의 엉덩이께를 발로 냅다 차 던졌다.

"깨갱……."

외마디 비명을 지르며 한 마리가 털썩 주저앉은 것과 동시에 다른 한 마리는 다리 사이로 꽁지를 사리며 총알처럼 달아나기 시작했다.

주저앉은 개가 암컷이었다. 달수는 다시 다가서며 암컷에게 발길을 치켜들었다. 뛸 듯이 일어선 암캐도 깨갱깨갱 비명을 지르며 달아나기 시작했다. 묵었던 체증이 내려앉듯 가슴이 시원했다. 마침 설렁탕 전문이라고 쓰인 간판이 눈에 들어왔다. 간판 아래 놓여있는 연탄 난로 위에 커다란 솔에서 뽀얀 김이 피어오르고 있었다. 달수는 유리문을 밀치고 식당 안으로 들어섰다.

소주 한 병과 설렁탕 한 그릇을 주문해서 우선 소주를 빈 물 컵에 가득 채워 벌컥벌컥 들이켰다.

"아줌씨, 전화 한 통 씁시다."

수저를 들려다 말고 벌떡 일어서서 카운터 앞으로 다가섰다. 그 사이에 상미가 집에 돌아와 있을지도 모른다는 생각에서 다이얼을 돌렸다. 연실의 대답은 아직 전화도 없었다는 얘기였다. 다시 자리로 돌아와 뚝배기를 손으로 받쳐들고 국물부터 한 모금 마셨다.

'……이 썩을 년이 참말로 뭔 일이 생긴 것 아니여…….'

울컥 또 울화가 치솟았다. 울화를 삼키듯 수저 가득히 설렁탕을 떠서 목이 메이게 밀어 넣었다.

아무래도 다시 상미 회사로 가봐야 할 것 같았다. 수위 얘기대로 어젯밤 상미와 함께 술을 마셨을 상미 친구들이라도 만나봐야만 직성이 풀릴 것 같았다.

식당을 나온 달수는 다시 왔던 길을 거슬러 올라갔다. 공단 입구에는 이미 상미 또래의 많은 여사원들이 삼삼오오 무질서한 행렬을 이루고 있었다.

"깝깝해서 또 왔구만이라우……."

새벽의 그 수위에게 허리를 굽신해 보이고 당수는 뒤통수를 긁적거렸다.

"방금 경옥이라고 상미하고 친한 아가씨가 출근했는데요……."

수위는 별 말없이 구내 인터폰을 들어 어디론가 연락을 했다.

"여기 수위실인데 김경옥이 좀 바꿔주시오……."

수위가 달수에게 잠시 기다려 보라는 눈짓을 했다.

"……아 미스 김이여?…… 여기 수위실인데 잠깐 나왔다 가야겠구 먼…… 천상미씨 아버님이 오셨는데 말이야…… 응…… 그래 알았네 ……."

수화기를 내려놓고 수위는 달수에게 자리를 권했다.

"경옥이란 아가씨가 곧 나올 테니 만나서 물어 보시우."

"아 이거 번거롭게 해서 죄송하구만이라우……."

달수는 엉거주춤한 자세로 손을 비비며 수위실 밖을 내다보았다. 꾸역 꾸역 밀려 들어가는 여직원들 사이를 헤치며 수위실로 다가오는 여자가 보였다.

"저기 나오는군요."

수위가 턱으로 앞을 가리켰다.

"안녕하세요?"

경옥이라는 처녀인 성 싶은 여자가 수위실로 들어서며 수위에게 인사를 던졌다.

"인사드려요, 천상미씨 아버님이셔……."

수위가 경옥이를 달수에게 소개시켰다.

"안녕하세요?"

경옥이가 달수를 향해 고개를 까딱해 보였다.

"나 상미 애비 되는 사람인디, 어제 저녁 혹시 우리 상미랑 같이들 있 었는가 싶어서……."

달수가 본론부터 끄집어냈다.

"네 상미언니랑 같이 있었어요…… 근데."

"언니가 집엘 안 들어왔나요?"

경옥이는 고개를 갸웃거리며 달수를 정면으로 바라보았다.

"실은 그래서 찾아나섰는디…… 어젯밤 몇 시쯤에나 헤어졌는고……."

"열 두시 10분전쯤 됐을 거예요……. 언니는 분명히 부사장님 차로 집엘 갔는데……."

"부사장님이라니?"

경옥이의 말에 의문을 나타낸 것은 수위였다.

"부사장님이 아니고요, 부사장님 차의 김 기사 아저씨가 지나가는 걸 마침 만나서 그 차로 집엘 갔거든요……. 언니가 좀 취해서……."

달수의 표정을 곁눈질로 살피며 경옥이는 계속 고개를 갸웃거렸다.

"그 차엔 우리 상미만 탔는가?"

"네 마침 김 기사 아저씨가 분당 쪽으로 간다고 해서요……."

"그렇다면 더 이상한 일일세 그려……."

수위는 경옥이와 달수의 표정을 번갈아 살피며 무슨 말인가를 더 하려다 잠는 눈치였다.

"김 기사는 아직 출근 안 했나요?"

달수가 조바심을 내며 물었다.

"부사장님 출근하실 때나 출근허니께 아직 한 시간은 있어야 되겠구먼……."

수위실 벽에 걸려있는 벽시계를 올려다보며 수위가 말했다.

"그 김 기사가 우리 집을 안다고 하든가?"

달수는 머리 속에 검은 구름이 몰려드는 걸 의식했다.

"아마 알 걸요, ……전에도 한 번 김 기사가 태워다 준 일이 있었을 거예요……."

달수의 질문이 점점 추궁하는 어조가 되자 경옥이는 슬금슬금 꽁무니를 빼고 있었다.

"전에도 우리 상미가 김 기사 차를 타고 집에 간 적이 있다고?"

"잘은 모르지만 그랬을 거예요……. 그때 사무실에서 기절했을 때……."

"상미가 기절을 했다고."

달수로서는 모든 얘기가 처음 듣는 일이었다.

"나도 기억이 나누만요……. 천 양이 경찰에 신고하든 날 분명 부사장

개똥밭에 굴러도 이승이 좋다 · 267

님 차로 병원까지 실려 갔지요……."

수위도 비로소 생각난다는 듯 경옥이와 달수의 대화 속으로 끼여들었다.

"허면 우리 상미가 중간에서 사라져 버렸는가?"

아무래도 상미 신변에 또 다른 불상사가 생긴 것만은 틀림없는 것 같았다. 달수의 말 꼬리가 자신도 모르게 떨려 나왔다.

"하여간 전 근무시간이라서 이만 가보겠습니다."

켕기는 구석이 있는 경옥이였다. 달수에게 인사도 하는 둥 마는 둥 수위실을 나와 본관 쪽으로 걸음을 빨리 했다.

"마침 부사장님 일찍 나오시네!"

수위가 별안간 금테 모자를 집어쓰며 황급히 수위실을 뛰쳐나갔다. 달수도 덩달아 수위를 따라 나섰다. 그러나 승용차에는 김 기사 혼자만이 타고 있었다.

"부사장님은?"

운전석 차창 앞으로 다가서며 수위가 물었다.

"다른 데 들렀다 택시로 오신다고 했어요……."

김대식은 수위보다는 오히려 뒤쪽에 서있는 달수를 올려다보았다.

"김 기사, 어젯밤에 천상미씨 태우고 갔다며?"

수위가 대식과 달수를 번갈아 보며 말했다.

"……어젯밤 천상미씨가 집엘 안 들어 왔다고 아버님이 찾아오셨네."

수위가 한 걸음 물러선 것과 달수가 한 걸음 다가선 것은 거의 동시였다.

"상미씨, 어제 분당 근처에서 내려 줬는데……."

승용차를 스름스름 앞으로 전진시키며 대식은 혼잣말처럼 중얼거렸다.

"김 기사님인가 본데, ……나가 실례를 하것구만이라우……."

달수가 움직이는 차 옆에 바싹 붙어 따라오며 입을 열었다.

"거기 계셔요. 차 세워놓고 나올 테니……."

대답과 동시에 대식은 액셀레이터를 힘껏 밟았다. 몇 걸음 따라가던 달수는 본관 건물 뒤로 사라지는 승용차를 바라보며 멍청하니 서 있다가 다시 돌아서서 수위실 쪽으로 걸어왔다. 정문 입구에서 택시 한 대가 몇고 있었다. 수위가 택시에서 내린 30대 초반이 사내에게 거수경례를 올려붙이고 있었다. 택시에서 내린 사내가 다가서는 달수를 힐끗 바라보고 나서 다시 수위를 올려다보았다. 달수가 누구인가를 묻고 있는 것 같았다.

"어제 사표낸 천상미씨 아버님 되신다누만요……."

수위가 달수와 사내를 번갈아 보며 그렇게 말하는 것을 달수가 들었다.

"그래요?"

짧게 반문하며 사내가 달수에게로 시선을 돌렸다.

"부사장님이십니다……."

어정쩡한 자세로 수위가 달수에게 지환을 소개했다.

"아이고 이거 처음 뵙겠습니다…… 천달수라고 합니다. 상미 애비되는 사람입니다만……."

달수는 90도 각도로 허리를 굽혔다. 지환의 얼굴에 당혹스런 표정이 떠올랐다. 그러나 지환은 금방 냉정을 되찾았다.

"방시환이라고 합니다……."

방지환도 정중히 달수에게 허리를 굽혔다.

"잠깐, 제 방으로 올라가시지요, 드릴 말씀도 있고 하니……."

"아니고만이러라우, 지가 워쩌키 부사장님을……."

달수가 황급히 손을 내저으며 사양했다.

"아닙니다. 이렇게 찾아오시지 않았더라도 제가 직접 찾아뵐 생각이었습니다."

지환이 정중히 손을 내밀어 달수를 재촉했다. 달수는 엉거주춤한 걸음걸이로 지환의 뒤를 따랐다.

지환과 달수가 본관 건물로 사라지는 것과 때를 같이하여 김대식이 빙글거리는 얼굴로 수위실 앞으로 다가왔다.

"장인영감으로 깍듯이 모시는구먼……."

대식이 혼잣말처럼 중얼거렸다.

"김 기사 시방 그게 무슨 소리여?"

수위가 펄쩍 뛸 듯이 놀라며 두 눈을 치켜 떴다.

"누구 한 사람 팔자 고치게 됐다. 그 말이지 무슨 소리겠우……."

여전히 빙글거리며 대식은 담배를 꺼내 물었다.

"천상미 얘기 허는 거여 시방?"

수위가 대식의 팔을 흔들었다.

"우린 굿이나 보다 떡이나 먹읍시다……."

대식은 여전히 알쏭달쏭한 말을 남기고 다시 차고가 있는 본관 뒤쪽으로 어슬렁어슬렁 걸어가기 시작했다.

"저 친구가 뭔 소리를 하는지 모르겠네……."

김대식의 뒷모습을 바라보며 수위가 고개를 갸웃거렸다.

"우선 절부터 받으십시오……."

방안으로 들어서자 경민은 두 손을 마주 잡으며 달수를 정면으로 바라보았다.

"아이고, 부사장님 뭔 말씀이당가요……. 지가 어찌케 부사장님헌티서 절을 받는다요……."

달수가 황급히 손을 내 저었다. 그러나 이미 지환은 카페트 바닥에 무릎을 꿇으며 달수에게 큰절을 올리고 있었다.

"워매 요것이 뭔 일이당가요……."

달수도 엉겁결에 무릎을 꿇었다. 그리고 보다 더 깊이 머리를 조아렸다.

"일어나셔서 이리 편안히 앉으십시오."

지환이 달수를 부축해 일으켰다.

"아 예예……. 전 통 영문을 알 수가 없응께 몸둘 바를 모르겠네요."

지환이 권하는 대로 소파에 주저앉으면서도 달수는 두 손을 마주 비비며 어쩔 줄을 몰랐다.

"어디서부터 말씀을 드려야 좋을지 모르겠습니다……."

어쩔 줄 모르기는 지환도 마찬가지였다. 두 손을 마주 쥔 채 달수 앞에서 고개를 들지 못했다. 그 순간 달수의 머리에 전광처럼 떠오르는 생각이 있었다.

'……이 부사장이라고 허는 준수헌 젊은이가 설마 우리 상미년을 좋아하는 건 아닌감?'

달수는 비로소 지환의 모습을 찬찬히 뜯어보았다. 외양으로만 봐서는 조금도 나무랄 데가 없었다. 그러나 달수는 금방 고개를 설레설레 흔들었다. 감히 언감생심이라는 생각이 들었다.

"아버님!"

지환의 목소리를 들으며 달수는 흠칫 놀랐다. 상미 아버님이라고 불렀다면 모를 일이었다. 그러나 지금 이 부사장이라는 사내가 자기를 아버님이라고 불렀단 말인가? 달수는 숨을 멈추고 지환의 다음 말을 기다렸다.

"어젯밤, 상미씨는 저하고 같이 있었습니다……?"

지환은 또 말을 끊었다. 그러나 그 한 마디만으로도 달수의 표정은 무섭게 긴장되기 시작했다.

"뭣이라고?"

달수가 꿀꺽 소리를 내며 침을 삼켰다.

"물론 방법이나 절차가 예의에 어긋난 줄은 알고 있습니다만 저로서는 그럴 만한 사정이 있었습니다. 누구보다도 저는 상미씨를 사랑하고 있습니다. 저희들의 결혼을 승낙해 주십시오."

약간 들뜬 듯한 음성으로 시환은 난숨에 얘기했다. 그러나 달수는 지환의 말이 조금도 실감 있게 들리지 않았다. 마치 둔한 물체로 뒤통수를 세차게 얻어맞은 듯한 기분이었다.

"우리 상미허고 결혼을 하겠다고……."

반문이라기보다는 자문 같았다. 혼자서 중얼거리듯 달수는 지환의 말을 되새겨 보았다.

"예, 아버님만 승낙해 주신다면 곧 제 부모님께 말씀드려서 택일을 하도록 하겠습니다."

지환은 지금 스스로에게 다짐하고 있는 것일까? 달수 앞에 머리를 조아리며 분명히 대답했다.

"우리 상미가 흠집이 있는 아이라는 걸 알 것인디?"

달수의 왕방울 같은 두 눈이 지환의 얼굴을 꿰뚫을 듯 바라보았다. 지환이가 추호라도 허튼 수작을 부리고 있는 거라면 한 대 후려치기라도 할 자세였다.

"물론 알고 있습니다. 하지만 그 일이 상미씨에겐 아무런 죄도 없다는 것도 알고 있습니다."

"허기사 그렇제!"

달수는 고개까지 끄덕이며 지환의 말에 공감을 표시했다.

"허지만 부모님들께선 이해를 안 허실 턴디?"

달수의 목소리에는 어느새 힘이 빠져 있었다.

"물론 부모님께선 놀라실 겁니다……. 하지만 결국은 이해해 주실 겁니다……. 그럴 수밖에 없는 이유가 있습니다……. 아니 틀림없이 이해해 주시리라고 믿습니다……."

지환의 말소리가 약간 허둥대는 것 같았다. 그러나 그 표정만은 사뭇 진지해 보였다.

"그나저나 시방 우리 상미는 어디 있는고?"

달수는 처음보다 무척 당당해져 있었다. 어느새 부사장님이라는 호칭도 떼어버리고 반말투가 되어 있었다.

"아마 지금쯤 집에 돌아가 있을 겁니다……. 한 시간쯤 전에 헤어졌으니까요."

지환은 벽시계를 올려다보며 달수의 시선을 피했다.

달수도 잠시 말을 잊었다. 더 이상 지환에게 뭐라고 말할 수 있단 말인가. 김상철이란 놈만 아니면 그래서 상미가 조금도 허물이 될 게 없는 입장이라면 자신은 좀더 당당해질 수 있을 것 같았다. 뿐만 아니라 지난 20여 년 동안의 고생이 하루 아침에 물거품처럼 사라질 수도 있을 것 같았다. 이만한 혼처가 어디 있단 말인가. 딸 기른 보람이라는 게 바로 이런 것 아니겠는가. 그러나…… 그러나…….

달수의 머릿속이 조금씩 혼란해지고 있었다.

"우리 상미하고는 언제부터 그런 사이가 됐는고?"

"어젯밤이 처음입니다."

달수는 또 말을 잊었다. 문득 지난 여름 모란시장의 가게로 찾아왔던 경민의 모습이 떠올랐다.

'상미 고년이 경민인가 허는 그놈허고는 아무 일도 없었던 것이 분명한디 이 부사장헌티는 워째서 그렇게 호락호락 넘어 갔을꼬…….'

이런 의문이 떠올랐다. 그러나 달수는 곧 편할 대로 생각을 굳혔다.

'……김상철이 그놈 때문이여…… 그놈헌티 순결을 뺏겨 번졌응께 이년이 자포자기가 된 것이여…….'

그렇게 생각하려고 했지만 의문은 남았다. 경민이란 녀석을 어째서 그렇게 간단히 단념할 수 있었겠는가?

달수의 계속되는 의문을 노크소리가 흔들었다.

여직원이 차 두 잔을 받쳐들고 들어와 탁자 위에 내려놓았다.

"차 드시지요"

지환이 말했다.

"우리 상미가 내게는 목숨보다 더 소중한 아이여……."

달수가 차 한 모금을 마시고 어눌한 목소리로 말을 시작했다.

"물론 그러시겠지요……."

지환은 무릎 위에 손을 모은 공손한 자세로 달수의 말에 대답했다.

"요 얼마 전에, 지 에미가 병원에서 돌아왔지만 20년 세월을 내 손으로 뒷바라지를 험시롱 오직 그년 하나 잘 되는 게 내 소망이었네, 홀애비 손으로 딸자식 20년 수발을 허는 게 월매나 가슴 아프고 힘든 일인가는 안 딩해 본 사람은 모르제……."

달수는 지그시 눈을 감았다. 그리고 혼잣말처럼 중얼거렸다. 그러나 연실이 왜 집을 나갔었는가에 대해서는 말하지 않았다. 상미 자신도 이 부사장이라는 사내에게 지어미가 자기를 버리고 다른 사내와 눈이 맞아 도망을 쳤다는 얘기를 했을 것 같지 않았다. 그 일은 상미와 달수 자신의 아픔으로만 간직되어야 할 비밀이었다.

"모친께서 그렇게 오랫동안 병원생활을 하셨던가요?"

지환이 조심스럽게 달수에게 물었다.

"정신이 좀 부실해서……."

달수는 연실의 얘기를 하지 않은 것은 잘한 일이라고 생각하며 대답을 얼버무렸다.

"아 예……."

지환도 더 이상은 묻지 않았다.

"좌우지간 장본인의 결심이 확고한 것 같응께. 일단은 맴을 놓겠지마는 부모님이 워찌케 생각하실랑가 그것이 걱정이구만……. 내가 먼저 어르신네를 찾아 뵙는 것이 당연한 인사이긴 헐 턴다……."

달수는 한 번 더 지환의 의지를 확인하려는 것처럼 말 꼬리를 흐리며 지환을 건너다보았다.

"그 점에 대해서는 너무 걱정하지 마십시오……. 제가 수일 내로 저희 부모님과 아버님이 만나실 수 있도록 자리를 마련하겠습니다."

지환의 대답은 자신에 차 있었다.

'상미란 년이 워낙 영악헌께 머스마는 제대로 골라잡기는 했는가 본 다…….'

지환의 분명한 대답을 듣고 나자, 지환이 그처럼 탐탁하고 대견하게 느껴질 수가 없었다.

"허면, 난 고만 가봐야 쓰겠네……."

마치 사위자식에게 하는 것처럼 달수는 웃음마저 띄운 얼굴로 고개를 끄덕거렸다.

"잠깐 기다리십시오. 차를 대기시키도록 하겠습니다."

지환이 벌떡 일어나 인터폰을 눌렀다.

"차는 뭔 차랑가……."

달수는 황급히 만류했지만 이미 지환은 인터폰에다 차를 대기하도록 지시하고 있었다.

"나가시지요, 제가 현관까지 모시겠습니다."

지환은 자신도 이해할 수 없을 만큼 달수를 융숭하게 대접하고 있었다.

아래층으로 내려가자 현관 입구에서 지환의 승용차가 대기하고 있었다.

"김 기사, 이리 와서 인사 드리게!"

지환이 김 기사에게 근엄한 표정으로 명령했다.

대식이 달수 앞으로 다가와 고개를 꾸벅했다.

"천상미씨 어르신네를 댁까지 모셔다 드리고 오게."

지환의 두 번째 명령이 떨어졌다. 대식은 재빨리 차의 뒤편을 돌아 뒷좌석의 문을 열었다. 김대식의 입가에 알 듯 모를 듯한 묘한 미소가 번지고 있었다.

"부모님께 말씀드리고 근간 댁으로 찾아 뵙겠습니다."

뒷좌석으로 올라앉는 달수를 향해 지환은 또 한 번 정중히 허리를 굽혔다.

지환과 달수의 그런 모습을 마치 신기한 구경거리라도 되는 듯 수위들이 바라보고 있었다. 차가 미끄러지듯 수위실 앞으로 굴러갔다.

금테 모자를 쓴 수위가 달수를 향해 거수경례를 붙이고 있었다. 새벽의 그 수위였다. 달수는 자신도 모르게 고개를 끄덕이며 손을 흔들었다.

난생 처음 타보는 고급 승용차의 뒷좌석은 쾌적했다. 달수는 자신도 모르게 약간 들뜬 듯한 기분이 되어 있었다.

"어제 우리 상미를 태워 가지고 갔다고 했는가?"

달수는 김 기사에게 똑 떨어지게 해라를 했다.

"아 예……. 부사장님의 명령이라서요……."

룸미러로 달수를 힐끔거리며 김 기사가 대답했다.

"부사장 명령이니까 기사가 거절할 수는 없었겠구먼……."

달수는 대식의 입장을 충분히 이해한다는 듯 고개를 끄덕거렸다.

"어르신네는 호박이 넝쿨째 굴러들었습니다. 부사장님 장인어른이 되시면 제 공로도 생각해 주셔야 할 겁니다……."

계속해서 달수의 표정을 살피며 대식은 이죽거리듯 말했다.

"성이 김씨라고 했는가?"

"예 김대식이라고 합니다."

"그래 부사장은 월매나 오래 모셨는고?"

"한 1년 남짓 됐습니다."

"허면 평소 부사장 성품이나 행실에 대해서도 잘 알겠구먼……."

달수는 돌연 김 기사에게 흥미를 갖기 시작했다. 김 기사에게 물어보면 부사장의 사생활을 소상히 알 수 있으리라는 생각에서였다.

"부사장님 좋은 분이시지요."

대식의 대답은 그것으로 끝이었다. 그 이상은 더 말하려 들지 않았다.

"그만한 위치에 있는 사람이 어째 결혼이 그리 늦었을꼬?"

달수가 이번에는 혼잣말처럼 중얼거렸다.

"외국에서 공부하느라고 늦어졌겠지요……."

김 기사도 심드렁하게 대꾸했다.

달수는 지그시 눈을 감으며 시트에 깊숙이 몸을 묻었다.

차는 어느새 여수동 입구로 접어들고 있었다.

"잠깐 차 좀 세우시게!"

달수가 등받이에서 몸을 일으키며 대식에게 말했다. 분당에서 바로 이웃하고 지내는 낯익은 얼굴이 택시를 잡으려는 듯 차도로 내려서 손을 흔드는 게 보였기 때문이었다. 대식은 말없이 차를 세웠다.

"이혀엉!"

뒷좌석의 문을 열고 상체를 절반쯤 밖으로 내민 채 달수가 불렀다. 이형이라고 불리운 사내가 달수를 알아보고 반색을 하며 다가왔다.

"집이꺼정 가는 길이면 이리 타소."

안쪽으로 엉덩이를 들어 옮기며 달수가 자리를 내주었다.

"천씨가 웬일이여…… 그나저나 이차가 젤루 좋다는 그랜저 아닌가비네?"

이씨는 대원천변에서 염소며 뱀 따위를 고아 파는 건강원 간판을 걸고 있는 사람이었다. 우선 차에 오르며 달수를 약간은 경의 어린 눈빛으로 바라보았다.

"좋은 차제……."

달수는 자신도 모르게 목에 힘을 주며 어깨를 으쓱했다.

"천씨가 산 거여?"

"뭐 못살 것도 없지만, 우리 상미년이……"

달수는 그러나 말 꼬리를 삼켰다. 상미 얘기라면 온 동네가 다 아는 일이 아닌가.

"상미가 차를 샀다고?"

이씨가 한 번 더 눈을 크게 떴다.

"상미가 차를 산 것이 아니고 우리 상미 신랑 될 친구 차여."

대식의 뒷모습에 힐끗 시선을 던지며 달수가 말했다.

"상미 신랑 될 친구라고?"

이씨가 떨떠름한 표정을 지으며 달수를 바라보았다.

"이씨도 공연한 소문 듣고 그러는 모양인데 그건 다 사실이 아니여…… 우리 상미가 그렇게 호락호락 당할 애가 아니라고……."

이씨를 노려보며 달수는 오금을 박았다.

"그렇다면사 백 번 천 번 다행한 일이제……."

이씨는 쉽게 달수의 말에 동의를 표시해 왔다.

"허면 곧 상미를 여월랑가?"

"조만간 나가 신랑 부모님을 만나보고 날을 잡아야제."

"신랑이 부잔가 비네?"

헛기침을 하며 달수는 또 대식의 뒷모습을 곁눈질했다.

"상미 가가 워낙 똑똑헌께 신랑감 하나는 제대로 골라잡았네 그랴
……."

"일테면 그런 심이지……."

달수는 계속 헛기침을 했다. 차는 어느새 집 근처에 가까워지고 있었
다. 달수보다 한 걸음 먼저 차에서 내린 이씨는 고개를 갸웃거리며 멀어
져 가는 자동차를 바라보았다.

"수고했구먼……."

차가 집 앞에서 멎었다. 달수는 주머니에서 만원권 한 장을 뽑아냈다.

"담배나 사서 피우시게."

딜수가 대식에게 만원 권을 내밀었다.

"고맙습니다."

운전석에 앉은 채로 고개만 끄덕해 보이며 대식이 돈을 받았다.

달수가 잰걸음으로 집 앞으로 다가가는데 대문 앞에서 서성거리는 낯
익은 얼굴이 있었다.

'저놈이 여긴 또 왜 왔누?……'

서성거리는 사내가 몇 달 전 모란시장으로 찾아왔던 경민이라는 것을
확인하는 순간 가슴이 덜컹 내려앉았다.

경민이 쪽에서도 달수를 알아본 모양이었다. 황급히 다가서며 허리를
굽혔다.

"아버님, 안녕하셨습니까?"

"내가 어째서 자네헌티 아버님인가?"

처음부터 그리 탐탁하게 보지 않았던 경민이었다. 더구나 방금 부사장
이라는 사내와 상미의 사이를 확인하고 돌아오는 길이 아닌가. 자연히 말
이 곱게 나올 리 없었다.

"상미를 좀 만나러 왔습니다……."

댓바람에 내 쏘는 달수의 기세에 주춤했던 경민은 그러나 분명한 목소

개똥밭에 굴러도 이승이 좋다 · 277

리로 자신의 의사를 밝혔다.

"상미는 내일 모래 시집갈 아인디 뭣허러 만나러 왔는가?"

"상미씨가 결혼을 한다고 하셨습니까?"

경민은 마치 자신의 귀를 의심하는 듯 달수를 정면으로 응시하며 되물었다.

"그려, 내가 시방 가 신랑 될 사람을 만나보고 오는 길이네."

내친 김에 달수는 밀고 나가기로 작정을 했다.

"……."

경민으로서는 엄청난 충격인 듯 싶었다. 잠시 말을 잊은 채 믿어지지 않는다는 얼굴로 달수를 멍하니 바라보기만 했다.

"이미 다 결정난 일인께 더 이상 우리 상미를 만나려들지 말게……. 인연이란 다 따로 있는 법인께 모든 일은 없던 일로 하고 잊어버리는 것이 피차간 좋을 것이구만……."

말을 마치고 달수는 경민을 비껴서 걷기 시작했다.

"상미씨가 지금 집에 있으면 한 번만 만나게 해 주십시오……."

등 뒤에서 들려오는 경민의 목소리는 거의 울음에 가까웠다.

"상미는 시방 집에 없어!"

대문 앞에서 달수는 경민을 돌아보았다. 그러나 경민의 시선을 피하듯 성큼 집안으로 들어서며 소리나게 대문을 닫았다.

"상미는요?"

대문 소리에 연실이 달려나오며 상미의 소식부터 물었다.

"뭐 별 일 없을 것이네……."

마루로 올라서며 달수는 제법 여유를 부렸다.

"소식을 알기는 알고 오셨소?"

연실은 그러나 마음이 놓이지 않는 모양이었다.

"저녁때쯤 들어올 것인께 너무 속끓이지 마소……."

대문 밖에서는 경민이 아직 서성거리고 있었다.

—돈도 한 푼 없는 놈이 남의 귀한 딸을 꼬셔냈냐, 너 이놈, 우리 상미 배려놨지야? 하시는 거 있지…….

경민은 호호호 소리내어 웃고 있었다.

─절대로 그런 일 없었습니다…… 우린 아직 순결한 사이입니다. 하고 정색을 하고 말씀드렸더니 그때사 표정이 좀 누그러지시더군. 그런데 지금 생각해 보니까 아무래도 잘못 말씀드린 것 같아…….

상미는 눈을 감은 채 경민의 빙글거리는 음성을 듣고 있었다.

'무슨 소리야 그건?'

상미는 경민이 눈앞에 있기라도 한 것처럼 소리내어 반문해 본다.

─차라리 예 그렇습니다. 우린 아미 갈 데까지 다 간 깊은 사이입니다. 그럴걸…….

─어머, 순 엉터리!"

팔을 둘러메며 하얗게 눈을 흘기던 자신의 모습이 되살아났다.

"사실 상미를 그 동안 고스란히 보고만 있었다는 게 약간은 억울한 생각이 들 때도 있다니까.

경민의 일굴에서 후떡 웃음이 사라졌다. 깊고 맑은 경민의 눈빛이 상미의 얼굴로 뜨겁게 쏟아져 왔다.

'그래요 오빠!…… 오빠의 생각이 맞았는지도 몰라요…….'

상미는 눈을 떴다. 눈앞에 놓여있는 생맥주 컵을 두 손으로 집어 올렸다. 1천CC 컵이었다. 상미는 단숨에 절반쯤을 벌컥 벌컥 들이켰다. 컵을 내려놓고 맞은편 의자를 바라보았다. 의지는 비어 있었다. 그러나 상미는 지난 여름처럼 거기 맞은편 자리에 경민이 앉아있다고 생각한다.

'……바른 대로 말해 봐요. 나 안아줄 용기 있어요?'

─용기라고 했니 지금?

'그래요 용기 있으면 날 여관이건 호텔이건 끌고 가봐요. 당장!'

─벌써 취한 거니 고거 마시구?

상미가 도전적일수록 경민의 목소리는 점점 더 차분해지고 있었다.

'얼버무리는 거 싫어 나 술 안 취했단 말이야!'

자신도 모르게 소리를 지르며 상미는 자리에서 발딱 일어섰다.

"왜 그래요 아가씨?"

카운터 쪽에서 닭을 튀겨내던 주인 남자가 놀란 표정으로 뒤를 돌아보았다.

"아니에요…… 미안합니다……."

상미는 주인에게 당황한 표정을 감추지 못하고 그대로 털썩 다시 주저앉았다.

'……그래 이미 내 인생의 여름은 지났어…….'

거리에는 이미 가을이 깊어가고 있었다. 치킨 센터에서 내다보는 창밖에는 어둠이 깔리기 시작했다. 상미는 컵에 남아있는 생맥주를 꿀꺽꿀꺽 소리나게 단숨에 들이마셨다.

"여기 천 CC 하나 더 주세요."

아무리 마셔도 전처럼 취하지 않았다. 생맥주가 오기를 기다리며 상미는 옆에 놓아두었던 핸드백을 집어들었다. 백 속에는 약봉지가 수두룩하게 들어있을 게 틀림없었다. 열 한 집인가 열 두 집인가의 약방을 돌며 수면제를 사 모으던 기억이 되살아났다.

'수면제 좀 강한 것 없나요?…… 신경과민으로 통 잠을 못 자거든요…….'

약방을 의식적으로 당당하게 들어서며 앵무새처럼 같은 말을 되풀이했었지…… 그래 지금쯤 이 백 속엔 열 두 봉지의 수면제가 들어있을 거야…… 상미는 마치 소중한 보물이라도 다루듯 핸드백을 가슴 속에 껴안았다. 주인 남자가 약간은 곱지 않은 시선으로 상미를 곁눈질하며 맥주 컵을 내려놓고 돌아갔다. 벌써 세 컵째였다.

산부인과 병원을 나설 때 여의사가 하던 말이 되살아났다.

"물론 합법적인 방법은 아니지만 천 양과 같은 경우라면 중절수술을 해줄 수 있어요…… 아무 때고 결심이 서면 찾아와요…… 하지만 너무 늦으면 곤란해요…….."

사뭇 동정적인 얼굴로 상미의 등을 다독거리면서 여의사는 이렇게 덧붙였다.

"수술은 아주 간단해. 그리고 그런 불행한 기억은 하루빨리 태아와 함께 떼어내는 게 좋아…… 수술만 하면 아가씨는 처녀나 다름없어요. 아니 내가 보기에 아가씨는 정신적으로는 아직 분명한 버진이야……."

'알았습니다'라고 했던가. '생각해 보겠습니다'라고 했던가…… 병원을 나와서 온 종일 어디가 어딘지 기억할 수 없을 정도로 쏘다녔다. 약방 간판만 눈에 뜨이면 무턱대고 들어가서 수면제를 달라고 했었지, 그래 난 죽고 싶은 거야.

말간 눈물이 흘러내렸다. 슬픈 것 같지는 않았다. 그냥 무색 투명한 액체일 뿐이었다. 새로 날라져온 생맥주 컵을 들어 3분의 1쯤 마셨다. 그리고 벌떡 일어섰다.

"전화 좀 쓰겠습니다."

갑자기 왜 그런 생각을 했을까. 상미는 집으로 다이얼을 돌렸다. 신호가 한 번도 채 끝나기 전에 수화기를 드는 기적이 들려왔다. 엄마였다.

"여보세요."

다급하게 거푸 불러대는 연실의 목소리를 들으며 상미는 가만히 있었다.

"여보세요…… 상미냐?…… 너 상미지?"

이쪽에서 전화를 끊기라도 할까 보아서인지 연실은 몹시 초조하고 당황한 목소리였다.

"나예요 엄마."

감정을 숨기며 상미는 나직이 대답했다.

"애 상미야. 너 지금 어디 있니?…… 아무 걱정 말고 집으로 곧장 오너라. 아버지가 그 부사장이란 사람 만나 보고 오셨다…… 수일 내로 양가 부모가 만나서 날을 잡아 결혼하기로 하셨어……."

연실은 단숨에 거기까지 얘기했다.

상미는 잠자코 연실의 말을 듣고 있었다.

"상미야, 내 말 듣고 있는 거니?…… 상미야!"

연실이 다그치듯 상미의 이름을 거푸 불렀다.

"듣고 있어요."

상미는 메마른 목소리로 나직이 대답했다.

"……아버지는 오히려 잘 됐다고 하시드라. 그 부사장이란 사람이 썩 마음에 드신 눈치더라고 그러니 아무 걱정 말고 당장 들어오너라……. 내 말 알겠지 상미야! 네가 정 못 들어오겠다면 엄마가 데리러 가마. 거기 어디냐……. 너 지금 있는 데가 어디냐구?"

연실의 얘기는 좀처럼 끝이 나지 않을 것 같았다.

"엄마 미안해……."

상미가 엄마의 말을 가로막았다.

"지금 당장 오는 거지?"

"알았어요, 엄마."

다시 또 똑같은 얘기를 되풀이하려는 연실의 기색을 눈치 채고 상미는 가만히 수화기를 내려놓았다.

다시 자리로 돌아와 앉은 상미는 한참동안 멍청한 기분이었다. 일이 그처럼 급진전 되리라고는 생각지도 못했던 일이었다. 아버지의 불같은 성격으로 보아 새벽 일찍이 상미 자신을 찾아 나섰으리라는 짐작은 쉽게 할 수 있었다. 그리고 회사까지 찾아온 아버지가 방지환을 만난 것까지는 연상할 수 있는 일이었다. 하지만 지환의 입에서 그처럼 간단히 양가 부모님이 만나서 날을 잡아 결혼식을 올리자는 얘기가 서슴없이 나왔단 말인가. 상미의 머리 속이 조금씩 혼란해지고 있었다.

오늘 새벽 팔당 별장에서 지환이 들려준 얘기는 모두 사실이었을까. 자신이 임포텐스였다는 고백은 과연 진실이었을까.

상미는 커다랗게 머리를 흔들었다. 그러나 좀처럼 생각은 정돈되지 않았다.

'……상미씨가 원한다면 한 2년쯤 해외엘 나가 있어도 좋습니다. 처음 예정대로 유학을 하는 것도 좋고…… 어쨌든 상미씨가 마음을 정리할 시간이 필요하다면 난 전적으로 상미씨의 의사를 따르겠습니다……'

별장에서 차를 기다리던 시간에 지환이 두서없이 말하던 많은 이야기가 되살아났다. 자신에게 그 어떤 진실을 표현하려는 노력이라고 받아들였던 지환의 마음이 강물처럼 다가오는 것 같다.

'오늘 오후에 상미씨 부모님을 찾아 뵙겠습니다……'

지환이 차에 오르며 그렇게 말했을 때 나는 뭐라고 대답했던가.

'내 의사와는 상관없는 일이에요'라고 쏘아 붙이고 싶었지만, 그런데 난 왜 아무 말도 안한 걸까.

그러나 상미는 또 도리도리를 한다. 지환의 진실이 진실이라고 느껴지는 것에 정비례하여 경민의 얼굴이 뇌리 속에서 자꾸만 눈덩이처럼 커지고 있었다.

'그래, 경민 오빠를 만나야 해…….'

무슨 일이 있어도 그리고, 그 만남이 자신의 생애의 마지막이 되더라도 경민을 한 번은 꼭 만나야 할 것 같았다.

"여기 얼마죠?"

카운터로 다가선 상미는 허둥대기 시작했다. 온 종일 거리를 헤맨 이유가 마치 경민을 만나기 위해서인 것처럼 느껴졌다. 그런데 난 왜 거리에서 오빠를 만날 수 없었지? 상미는 무턱대고 거리를 쏘다닌 자신 앞에 마치 막다른 골목이 나타나듯 그렇게 경민이 자신 앞에 나타나주지 않은 게 야속한 생각마저 들었다.

"은행동이요……."

켄터키치킨 집 앞에서 손쉽게 택시를 잡을 수 있었다. 경민은 지금쯤 집에서 자신을 기다리고 있을지도 모른다는 생각이 들자 마음은 한결 더 조급해졌다.

"아저씨 좀 빨리 가 주세요……."

택시 기사에게 상미는 마치 애원하듯 말했다.

거리는 이미 어두워지고 있었다. 가로등이 하나 둘씩 켜지고 있었다. 어두워진 거리를 내다보고 있는 동안 차창에는 경민의 웃는 얼굴이 몇 번씩이나 되풀이해서 떠올랐다.

'오빠! 나 용서해 줘요.'

상미는 속으로 종알거렸다. 경민은 그런 상미의 애원 같은 목소리를 들으면서도 차창에 매달려 웃고 있었다. 늘 좋아 보이던 그 희고 정갈한 미소를 흘리며 경민은 크게 고개를 끄덕이는 것 같았다. 또 걷잡을 수 없이 눈물이 흐르기 시작했다.

"은행동 다 왔어요."

어느새 택시가 멎어 있었다. 운전기사가 약간 퉁명스러운 목소리로 뒤를 돌아보았다.

"아 예……."

상미는 서둘러 차에서 내렸다. 그 순간 아침나절처럼 또 강한 현기증이 느껴졌다. 가까스로 몸을 추스르자 눈앞에서 번쩍 네온사인이 켜졌다.

산부인과.

분명 붉은 불이 켜진 글씨는 병원 간판이었다. 상미는 화들짝 놀라며 그 자리에 화석처럼 섰다.

'나 성남경찰서 청소년 선도위원이에요…… 천 양의 불행에는 진심으로 동정을 표해요……'

산부인과 여의사가 하던 얘기가 송곳처럼 뇌리 속을 누비며 되살아났다.

'……무슨 낯으로 ……이런 꼴로 어떻게 오빠의 용서를 받겠다는 거야……?'

상미는 천천히 돌아섰다. 방금 택시가 올라왔던 그 언덕길을 걸어 내려가기 시작했다. 오싹 한기가 느껴졌다. 바람이 언덕을 향해 달려 올라왔다. 양 볼에 갑자기 더운 물줄기가 흐르기 시작했다.

아래쪽에서 누군가 걸어 올라오고 있었다. 상미는 경민인가 싶어 호흡이 멎는 것 같았다. 그러나 전혀 생소한 사람이었다.

"상미가 돌아오거든 제발 아무 말도 하지 마시요 잉!"

수화기를 내려놓으며 연실은 달수를 향해 애원하듯 말했다.

"언제 들어온다는 것이여?"

달수는 헛기침을 하며 연실을 올려다보았다.

"시방 당장 오라고 함께 알았다고는 합디다만은……."

연실은 자신 없는 대답을 했다. '알았어 엄마'라고 간단하게 대답하고 먼저 수화기를 내려놓은 상미의 태도가 자꾸만 마음에 걸리는 것이다.

"들어오거든 내가 알아서 야그 할 것잉께 이녁일랑 제발 아는 체도 하지 마시오. 시방 야가 당신이 무서워가꼬 못 들어오는 것이 분명헌디 그런 아를 데리고 뭔 이야기를 할 것이요……. 오늘 내일 한 이틀은 당신일랑 절대 나서지 마시오……."

연실은 달수에게 한 번 더 오금을 박았다.

"그나저나 시방 몇 시여?"

"방금 8시 쳤구만이라우……."

"쐬주나 한 병 사와!"

어두운 뜰을 내다보며 서성대는 연실이에게 퉁명스럽게 한 마디 내던

지고 달수는 목침을 찾아 베고 벌렁 누워버렸다.

"야가 올 때가 됐는데……."

혼잣말로 중얼거리며 연실은 마당으로 내려섰다. 방에서 애를 태우느니 차라리 잘됐다 싶었다. 소주도 살 겸 큰길까지 상미를 마중 나갈 생각이었다. 집에서 구멍가게까지는 천천히 걸으면 10분쯤 걸리는 거리였다. 자동차의 불빛이 달려오면 행여 상미가 탔는가 싶어 걸음을 멈추고 차가 지나치기를 기다렸다가 다시 걷곤 했다.

가게에서 소주 두 병을 사들고도 한참을 서성거렸다. 달려오는 자동차 불빛마저 없었다. 차 소리가 나면 연방 뒤를 돌아다보며 천천히 걸었다. 집에 돌아오기까지는 30분 쯤 걸린 것 같았다.

마루로 올라서자 달수는 코를 골며 잠이 들어있었다.

"참말로 속도 편한 양반이네……."

달수를 내려다보며 혀를 차는데 달수가 부시시 눈을 떴다.

"상미 들어 온기여?"

달수가 하품을 하며 일어나 앉았다. 연실은 말없이 주방에서 김치랑 멸치볶음 접시, 컵 하나를 쟁반에 받쳐들고 돌아섰다.

"얼른 요놈 자시고 푹 주무시오."

쟁반을 방바닥에 내려놓아 주자 달수는 소주병 뚜껑을 이빨로 땄다.

소주 한 병이 금세 바닥이 났다. 거실 쪽에서 낡은 괘종시계가 느릿느릿하게 아홉 번을 울렸다.

"아까 전화로 뭐이라고 한기여?"

쟁반을 연실이 앞으로 밀어내며 달수가 연실을 올려다보았다.

"당신도 옆에서 안 들었습디여…… 나가 기다릴랑께 당신은 어서 주무시시오."

쟁반을 들고 연실은 다시 거실로 나왔다. 싱크대 위에 쟁반을 내려놓고 다시 뜰로 내려섰다. 마당 한구석에서 시끄럽게 울어대던 귀뚜라미 소리가 뚝 그쳤다. 연실은 다시 천천히 큰길 쪽으로 걸어나왔다. 듬성듬성 들어서 있던 주위의 집들이 그나마 폭삭 내려앉아 버린 동네는 마치 폐허 같았다. 이미 20여 채의 집 중에서 열 채 이상이 철거가 된 상태였다.

"상미냐?"

차도에서 집 쪽으로 접어드는 지금은 그냥 빈 터가 되어버린 예전의 골목 입구에서 천천히 다가오는 그림자가 있었다. 연실은 다시 한 번 소리를 높여 어둠의 저쪽을 향해 불러보았다.

"상미냐?"

걸음을 재촉했다. 큰길 쪽에서 총알 같은 속도로 택시 한 대가 지나갔다. 그 불빛을 통해 다가오는 그림자가 상미라는 걸 연실은 확인했다.

"어째 요로콤 늦었냐."

앞으로 뛰듯이 다가서며 와락 상미의 손길을 마주 잡았다.

"미안해 엄마……."

상미의 손에서 싸늘한 냉기가 느껴졌다.

"어째 손이 이렇게 차냐…… 어서 들어가자 아버지는 술 한 병 드시고 주무신다……."

상미의 어깨를 감싸 안으며 연실은 한 손으로는 상미의 두 손을 감싸 쥐었다.

"엄마, 앞으로 아버지한테 잘해 드리세요…… 아빤 참 불쌍한 분이에요……."

대문 앞에서였다. 갑자기 걸음을 멈추며 상미가 엄마를 올려다보았다.

"그래, 염려 마라. 이 엄마가 너하고 아부지한테 평생을 두고도 못다 씻을 죄를 저질렀다는 걸 알고 있단다……."

연실의 목에서 가래 끓는 소리가 났다. 질펀하게 젖어 있는 목소리였다.

"아버진 평생을 나 하나를 위해서 사셨을 거예요……."

상미의 목소리도 함초롬히 젖어 있었다.

"어째 안 그랬겠냐…… 이 몹쓸 에미가……."

연실이가 손등으로 콧물을 닦아냈다.

"됐어요 엄마."

가만히 웃어 보이고 상미가 먼저 대문 안으로 들어섰다.

"엄마, 오늘밤엔 나 좀 혼자 있게 해줘요."

마당 한 가운데서 상미가 애원하는 듯한 얼굴로 연실을 바라보았다.

"그래 어서 씻고 오늘일랑 아무 생각 말고 푹 자거라."

상미의 등을 다독거리며 연실은 상미와 동시에 마루로 올라섰다.

"주무세요 엄마."

안방에선 대청이 흔들리도록 코고는 소리가 들려왔다.

"그래 어서 자거라."

상미를 향해 연실은 거푸 고개를 끄덕였다.

방으로 들어온 상미는 벽에 붙어 있는 전기 스위치를 올려 불을 켤 생각도 하지 않고 방 한가운데 우두커니 서 있었다. 전신이 물먹은 솜처럼 무거웠다. 풀썩 허물어질 것만 같았다. 마치 스스로 무너지기를 기다리는 기분이었다. 얼마동안이나 자신을 버텨갈 수 있는가를 시험하듯 상미는 한참 동안을 그렇게 서 있었다.

'툭' 하는 둔탁한 소리를 내며 손에 들려 있던 핸드백이 떨어졌다. '정신을 차려야 해……' 라고 상미는 속으로 중얼거렸다. '난 지금부터 할 일이 많거든……' 이런 생각이 들자 상미는 서둘러야 한다고 생각했다.

벽을 더듬어 불을 켰다. 우선 세수부터 해야겠다고 마음먹고 상미는 다시 방문을 열고 밖으로 나왔다. 발소리를 죽이며 화장실로 들어선 상미는 정성 들여 세수를 했다.

세수를 끝내고 방으로 돌아온 상미는 화장을 시작했다. 평소에 화장이라고 해야 영양크림이나 로션 정도 밖에 발라본 적이 없는 상미였다. 그러나 오늘만은 호사스러운 신부처럼 정성껏 화장을 하고 싶었다. 눈썹도 그려보고 빨간, 아주 빨간 루즈도 칠해 보고 싶었다.

작은 화장대 앞에 마주앉아 상미는 화장을 했다. 평소 친구나 동료들로부터 얻어두었던 화장품들이 꽤나 많았다.

'……이 루즈는 미경이가 선물했던 거야…… 그리고 이 마스카라는 아마 경숙이었지…….'

화장품 하나 하나가 모여지게 된 사연들을 되살리며 상미는 마스카라를 하고 매니큐어도 발라보았다. 새빨간 진홍의 루즈를 칠하고 나자 거울 속에선 자신의 얼굴이라고는 생각되지 않을 만큼 전혀 생소한 얼굴 하나가 떠올랐다.

자신이 보기에도 너무 아름다웠다. 상미는 마치 홀린 듯 거울 속의 자신의 모습을 들여다보았다. 오랫동안 거울을 들여다보고 있는 동안 자신의 얼굴 위로 오버랩되는 얼굴이 있었다. 경민의 얼굴이었다.

'그래 상미야 넌 아름다워…… 넌 마치 천사처럼 아름답다구…….'

경민이 그렇게 속삭이는 것 같았다. 걷잡을 수 없이 또 눈물이 흘러내렸다. 마스카라가 젖어 내리는 검은 눈물이었다. 금세 얼굴이 엉망으로 변했다. 방금 전과는 달리 거울 속에서 흉하게 변모하는 자신의 모습을 바라보며 상미는 속이 후련해질 때까지 울었다. 그러나 아무리 울어도 눈물이 끝날 것 같지 않았다.

"상미야 그만 불 끄고 자거라……."

인기척도 없이 방문 앞에 다가선 엄마가 나직한 음성으로 말하고 있었다.

"네 엄마."

상미는 화달짝 놀라며 화장 수건에 콜드크림을 듬뿍 찍어 얼굴을 닦아냈다. 그리고 다시 마른 수건으로 얼굴에 기름기마저 닦아내자 거울 속에는 시리도록 하얀 본래의 얼굴이 떠올랐다. 밀랍 인형처럼 핏기가 없는 하얀 얼굴은 서럽도록 아름다웠다.

또 울컥 눈물이 났다. 상미는 서둘러 핸드백을 열었다. 온 종일 약방을 돌며 사 모았던 십여 개의 알약봉지들을 찾아냈다. 봉지 속에는 꼭 두 알씩의 수면제가 들어 있을 거였다. 상미는 봉지를 열어 알약들을 한 곳에 쏟아 모았다. 희고 노리끼리한 알약들과 캡슐형 약들은 손바닥 안에 가득 찬 분량이었다.

알약들을 경대 위에 모아놓고 일어서서 상미는 옷장을 열었다. 속옷을 새것으로 찾아내어 갈아입었다. 그리고 이부자리를 내려 깔았다. 잠옷은 지난 크리스마스 때 경민이가 선물했던 새것을 포장을 뜯어 갈아입었다.

컵 가득히 물을 딸아 들고 상미는 다시 경대 앞으로 다가앉았다. 약들은 한꺼번에 먹기에는 너무 많은 것 같았다. 세 번에 나누어 먹기로 하고 손가락을 모아 일곱 여덟 개쯤의 약을 집어 입 속에 털어 넣고 물 한 모금을 마셨다.

잘 넘어가지 않았다. 가까스로 삼키고 나자 두 번 째는 약간 수월했다. 마지막 남은 다섯 개의 약을 입에 털어 넣고 컵에 남은 물을 모두 마셨다. 일어서서 전기 스위치를 내리고 이부자리에 편한 자세로 들어 누웠다.

커튼을 닫지 않은 탓일까. 창문으로 달빛이 가득히 밀려들었다.

상미는 가만히 눈을 감았다. 아직은 아무 느낌도 없었다. 슬픈 이유를 분명히 알 수 없는 말간 눈물이 관자놀이를 타고 귀밑으로 흘러내렸다.

'아버지 죄송합니다.'

상미는 입 밖으로 소리내어 중얼거려 보았다. 그 순간 강렬한 현기증 같은 느낌이 왔다. 어금니를 가만히 깨물며 의식을 한 곳을 집중시키려고 애썼다. 그러나 상미의 의식은 바람 앞에 가물거리는 촛불처럼 파르르 떨다가 깊은 심연 속으로 잦아들고 말았다. 달빛이 방안으로 더욱 꽉 차게 밀려들고 있었다.

"상미 들어왔어?"

심한 갈증을 느끼며 잠에서 깨어난 달수가 연실을 흔들었다.

"예 들어왔어요……."

연실은 잠결에 건성으로 대답하며 돌아누웠다.

"물 줘!"

달수는 방금 꾼 꿈이 아무래도 불길한 생각이 들었다.

주전자 주둥이에 입을 대고 벌컥벌컥 물을 들이키고 나자 정신이 들었다.

"잠들었는가?"

달수가 연실을 흔들었다.

"왜 그런다요?"

연실이 부시시 일어나 앉았다.

"상미 잠들었을꼬?"

달수가 입맛을 다시며 혼잣말처럼 물었다.

"오늘밤엘랑, 제발 아무소리도 하지 마시시오……."

연실이가 황급히 달수의 입을 막았다.

"꿈자리가 뒤숭숭혀서 그랴……."

달수는 석연찮은 기분으로 고개를 설레설레 흔들었다.

"시방 몇 시나 됐어?"

"거진 열한 시나 됐을 것이오……."

연실의 대답을 들으며 달수는 커다랗게 하품을 한다. 이미 잠은 천리 밖으로 까맣게 달아나고 있었다.

달수는 방금 전에 꾼 꿈을 다시 떠올렸다.

꿈속에서 달수는 마치 생시처럼 개를 잡고 있었다. 철제 앵글을 땅에 박아 만들어놓은 쇠 말뚝에 바짝 끌어다 매 놓은 개 대가리에 새파란 불꽃이 솟는 산소용접기를 들이댔다. 기껏해야 10초나 20초나 정도면 캥 소리를 지르며 죽어 자빠지는 게 상례였는데 이번에는 경우가 달랐다.

무려 30초가 넘도록 불꽃으로 지져대도 끄떡도 하지 않았다. 암캐였다. 죽기는커녕 두 눈에서는 산소용접기의 불빛보다 더 새파란 인광이 쏟아져 나왔다. 그 독살스런 새파란 눈길로 암캐는 달수를 노려보고 있었다. 오싹하는 공포가 전신을 누비며 지나갔다. 달수는 불길을 최대한으로 강하게 하며 암캐의 정수리를 지져댔다. 팍팍, 피빅 소리를 내며 불길이 뿜어지는데도 개는 끄떡도 하지 않았다. 등줄기에서 땀이 흐르기 시작했다. 달수는 이번에는 두 눈을 질끈 감으며 자신을 쏘아보는 개 눈깔에다 불꽃을 들이댔다.

그러나 역시 막무가내였다. 달수는 점점 당황하기 시작했다. 산소용접기로는 안 되겠다 싶어 시퍼렇게 날이 선 칼을 찾아들었다. 그 칼로 여전히 자신을 노려보는 개의 아랫배를 푹 찔러 마구 휘저어댔다. 그러자 그 암캐의 배속에서는 강아지가 한 마리 튀어나왔다. 그 강아지는 달수가 보고 있는 사이에 움찔움찔거리며 덩치가 커지기 시작했다. 팔뚝만한 강아지가 금세 중개만큼 커지는가 싶더니 곧이어 송아지만해졌다.

송아지에서 다시 코끼리 정도로 커진 괴물 같은 개가 허연 이빨을 들이대고 단숨에 달수의 먹살을 물어뜯을 듯 으르렁거리며 달려들었다. 도망을 치려고 했지만 좀처럼 발걸음이 떨어지지 않았다. 공포에 질려 두 눈을 허옇게 뒤집어쓰고 소리를 질렀으나 목구멍이 콱 막힌 듯했다.

그 순간 코끼리만한 그 개가 먹살을 물어 단숨에 달수를 패대기쳤다. 기를 쓰듯 비명을 토해내며 벌떡 일어나 앉았다. 그런데 자신이 패대기쳐지는 순간 그 괴물 같은 개의 모습은 간데 없고 상미가 자신을 내려다보고 서있는 게 아닌가. 아무리 생각해도 예사로 넘길 꿈은 아닌 성 싶었다.

"뭔 꿈을 꿨는디 그라요?"

연실이도 선 하품을 했다.

"임자가 상미 방에 쪼개 가보고 오소…… 암만해도 야가 뭔 일을 저지를 것 같은 생각이 드누먼……."

씁쓰레하게 입맛을 다시며 달수가 연실을 턱으로 재촉했다.

"맥없이 잠든 애를 깨울라고 그라는 거 아니요?"

말을 그렇게 하면서도 연실은 부시시 일어섰다.

"잠을 자는가 보고 안작 잠 안 들었으면 임자가 갸하고 한방에서 같이 자도록 혀!"

여전히 찜찜한 기분을 떨쳐버릴 수 없는 달수가 연실의 등에 대고 덧붙였다. 연실은 대답 없이 방문을 열고 나갔다.

"상미 자냐?"

발소리를 죽이며 상미 방 앞에 다가선 연실이 나직이 상미를 불러보았다. 아무런 반응도 없었다.

"상미 잠들었냐?"

연실은 이번에는 가볍게 방문을 노크하며 목소리를 약간 높여보았다. 잠시 기다려 보았으나 반응이 없기는 마찬가지였다. 연실은 방문에 귀를 가져다 대고 방안의 동정을 살펴보았다. 가볍게 코를 고는 소리가 들려왔다.

연실은 발소리를 죽이며 다시 안방으로 돌아왔다.

"코를 골며 잠이 들었습디다."

"뭣이여?"

연실이가 이부자리 위에 주저앉기 전에 달수가 펄쩍 뛰며 일어섰다.

"아무리 고단혀도 코를 고는 아가 아니여!"

달수는 바람처럼 방을 뛰쳐나와 상미의 방 앞으로 왔다.

"상미야!"

다급히 부르며 방문을 열어 젖혔다. 달수는 우선 벽을 더듬어 불부터 켰다.

불이 밝혀지는 순간 달수는 한 눈에 상미의 상태를 알 수 있었다. 어지럽게 널려진 약봉지들을 발견한 것이다.

"상미야!"

달수는 엎으러지듯 꿇어앉으며 상미의 상체를 안아 일으켰다.

"상미가 약을 먹었다요."

비로소 다급함을 의식한 연실이가 말끝에 울음부터 매달며 상미의 팔을 흔들었다.

"얼른 병원에 전화해서 구급차 오라구 혀…… 아니지 내게 업혀……."

달수는 마치 상처받은 맹수처럼 길길이 뛰며 연실에게 고함을 질러댔다. 연실이 전화통에 매달려 있는 동안 달수는 어느새 상미를 들쳐업고 마당으로 내려서고 있었다.

"썩을 년아! 개똥밭에 굴르며 살아도 저승보다는 이승이 좋다는데 이 애비를 두고 니가 죽어야 ……."

신발도 제대로 신는 둥 마는 둥 하고 대문을 박차고 나서며 달수는 헛소리처럼 중얼거렸다.

"상미 아부지…… 구급차 온다는디 어디로 가시오?"

연실이가 맨발로 뒤따라오며 목청껏 외치고 있었지만 못 들은 채 달수는 허벅지에서 바람소리가 나도록 내달렸다.

'……이년아 내가 너를 어떻게 길렀는디 니가 죽어야……'

계속해서 헛소리처럼 중얼거리며 달수는 바람을 가르며 내달렸다.

"상미 아부지!…… 상미야!……."

연실도 천방지축으로 어둠 속을 내달리며 소리를 질렀다. 개들이 합창이라도 하듯 여기 저기서 시끄럽게 짖어대기 시작했다.

개 같은 인생

"선생님, 어떻게 되었습니까?"

병원 복도에서 주먹으로 가슴을 쾅쾅 치며 '이 썩을 녀아 애비를 두고 니가 먼저 죽어야?' 하고 헛소리처럼 중얼대며 서성거리던 달수가 응급실에서 나오는 젊은 의사 앞으로 다가서며 숨가쁘게 물었다.

"천상미씨 보호자 되십니까?"

젊은 의사가 가운 주머니에서 담배를 꺼내 물며 표정 없는 얼굴로 물었다.

"예. 내가 애비되는 사람이구만이라우……."

달수는 의사의 팔이라도 잡아 흔들 듯 한 발 더 다가섰다.

"다행히 일찍 발견을 해서 위험한 고비는 넘겼습니다만……."

의사가 잠시 말을 끊고 달수의 표정을 살폈다.

"목심에는 지장이 없다 그 말씀이지라우?"

달수는 의사의 말에서 확인을 받아야 직성이 풀릴 듯한 기분이었다.

"예. 하지만 알고 계시는지 모르겠습니다만 환자가 임신중이라서……."

의사는 달수의 시선을 피하며 말 꼬리를 흐렸다.

"뭣이라고요."

순간 달수는 자신의 귀를 의심했다. 의사가 상미와는 전혀 상관이 없는 딴 얘기를 하고 있는 것처럼 생각되었다.

"환자가 임신 2개월입니다."

극히 사무적인 어조로 얘기하고 의사가 돌아섰다.

"선상님. 시방 뭣이라고 했습니까……?"

의사의 뒤를 몇 걸음 따라가다가 달수는 주춤거리며 섰다. 육중한 둔기로 뒤통수를 세차게 얻어맞은 듯 강한 현기증이 일었다.

"상미 아부지!"

복도 의자에 앉아 그때까지 기도하는 자세로 두 손을 맞잡은 채 눈을 감고 있던 연실이 비로소 눈을 뜨며 발딱 일어섰다. 쓰러지려는 자신을 가까스로 버팅기며 달수는 손으로 복도 벽을 짚고 안간힘을 썼다.

"상미 년이 애를 가졌다누만…… 두달째래여……."

머리를 설레설레 흔들며 달수가 천천히 중심을 찾았다.

"목숨에는 지장이 없고라우?"

연실의 연달은 질문에 달수는 고개를 끄덕거렸다.

"목숨만 건졌으면 되얐지 그깐 일이 뭐 그리 대수라요…… 내일 모레면 어차피 결혼할 몸인디……."

한시름 놓은 연실의 목소리는 태평스럽기까지 했다.

'워떤 놈 새낀지 어찌 알어?'

목구멍을 불끈 치솟는 그 한 마디를 달수는 그러나 하지 못했다.

"나가 좀 들어가 보고 올라요……."

연실이가 달수에게 중얼거리고 응급실 앞으로 걸어갔다.

'이 일을 어째야 쓸랑고…….'

달수는 자신도 모르게 긴 한숨이 새어나왔다.

달수가 짐작하기에 상미의 뱃속에 있는 아이는 틀림없이 김상철의 씨가 틀림없을 것 같았다. 먼저 떠오른 얼굴이 경민이었지만 상미나 경민의 태도로 보아 둘이가 그런 깊은 사이까지 간 것 같지는 않았다. 그리고 마음 한 구석으로는 상미가 그렇게 호락호락 몸을 내돌렸을 것 같지도 않았다.

다음에 집히는 이름이라면 어제 아침에 만나고 온 방지환이었다. 하지만 지환이는 분명 어젯밤 처음으로 같이 있었노라고 대답했었다. 또 상미의 외박도 어제가 처음이었다. 결국 상미의 순결을 빼앗아간 상철이란 놈 때문인 것이 틀림이 없었다. 그리고 자신의 임신사실을 알게 된 상미가 자포자기하는 심정으로 방지환에게 몸을 허락했으리라는 추측도 가능할 것 같았다. 그렇다면……. 달수는 앞으로의 수습방안에 대해 골똘히 머리를 굴려보았다.

방법이 있을 것도 같았다. 결국 지환에게 떠넘기는 수밖에 없지 않은가……

"아직 깨어나진 못했어도 숨소리도 고르고 얼굴도 제 색깔이 돌아옵디다……."

응급실에서 나온 연실이 다가서며 조심스레 입을 열었다.

"나가 지키고 있을랑께 집에 가서 한숨 주무시시오."

연실이 말했다.

"임자가 들어가 쉬도록 혀…… 내가 지키고 있을랑께……."

달수는 턱짓으로 연실에게 집으로 가도록 일렀다.

한동안 실랑이를 한 끝에 달수기 집으로 돌아가기로 했다.

집으로 돌아와서도 달수는 잠을 이룰 수 없었다. 뿌옇게 날이 밝기를 기다려 지환의 회사로 전화를 걸었다. 신호만 갈 뿐 전화를 받는 기척이 없었다.

지환과의 통화는 9시가 넘어서야 이루어졌다.

"나 상미 애비여……."

어눌한 목소리로 달수는 그러나 반말을 했다.

"웬일이십니까 아버님?"

지환은 깍듯이 아버님 소리를 입에 올렸다.

"상미 가가 어젯밤 약을 먹었네…… 다행히 목숨은 건졌네만……."

"뭐라고요? 상미씨가 약을 먹었단 말입니까?"

지환이 진심으로 놀라고 있다고 달수는 생각한다. 자세한 경위를 설명해 주고 전화를 끊었다.

지환은 수화기를 내려놓기가 무섭게 사무실을 뛰쳐나왔다.

"상미씨!"

30분도 채 안 되어 지환은 양친회병원 응급실 앞에 나타났다.

상미는 비로소 조금씩 의식을 되찾고 있었다.

"상미!"

지환은 상미의 병상 옆으로 다가서며 상미의 손을 두 손으로 감싸쥐었다.

"누구신가 잘 모르겠네……."

지환이 병실로 들어서는 순간부터 그가 누구이리라는 것쯤 짐작하고 있는 연실이었다. 달수에게서 듣고 있었던 상미 회사의 부사장이라는 그 젊은이 아니겠는가. 참 잘 생긴 준수한 젊은이였다.

그 경황에도 연실은 마음 한 구석이 뿌듯했다. 상미의 병상 앞으로 바싹 다가서며 상미의 두 손을 감싸쥐는 것을 보며 연실이 천천히 의자에서 일어섰다.

"아, 실례했습니다."

지환이 등 뒤에 인기척을 느끼며 당황히 돌아섰다.

"나가 상미 에미 되는 사람이그만이라우……."

연실은 자신도 모르게 지환에게 친근감을 나타내며 웃는 얼굴을 했다.

"몰라 뵈어서 죄송합니다……. 전 상미씨와 한 회사에 있는 방지환이라고 합니다."

지환은 정색을 하며 연실에게 정중히 허리를 굽혀 보였다.

"상미 아부지헌티 말씸은 잘 듣고 있었어라우……."

지환의 정중함 앞에서 연실도 덩달아 허리를 굽혔다.

"말씀 낮추십시오 어머님……."

지환은 스스럼없이 연실을 어머니라고 불렀다.

"그리 좀 앉으시오, 뭐 좀 마실 것이라도……."

부사장이라는 선입감 때문일까. 연실은 지환의 어머니 호칭에 그렇게 당황할 수가 없었다.

"아닙니다. 괜찮습니다…… 그렇지 않아도 2, 3일 안에 어머님을 찾아 뵈올 생각이었는데 이렇게 뵙게 돼 죄송합니다."

돈 많은 부잣집 아들이 어쩌면 이토록 겸손하고 예의 바르단 말인가. 연실은 오히려 황송한 느낌마저 들었다.

"이렇게 봤으면 되는 거지 뭐……."

연실의 자존심이 반말도 존댓말도 아닌 말꼬리로 가까스로 안간힘을 쓴다.

"어제 댁에서 무슨 일이 있었습니까?"

상미의 침상과 연실의 표정을 번갈아 보며 지환이 조심스레 물었다. 상미가 무슨 일로 음독을 했는가를 묻고 있는 것 같았다.

"워낙 즈 아버지 성질이 불같은께…… 야가 지레짐작으로 겁을 먹었는가…… 집에서는 별 일 없었는디……."

지환의 시선을 정면으로 대하기가 연실은 어쩐지 간지럽다. 방금 전 의사로부터 들은 임신 2개월이라는 얘기가 되살아났기 때문이었다.

"아버님께는 제가 어제 모든 책임을 지겠노라고 말씀드렸습니다만……."

지환은 달수가 약간 원망스럽다는 듯한 어조였다.

"즈 아부지도 암말 안 하기로 나하고 약조를 했는데…… 그리고 어제 상미가 들어오기 전에 잠이 드셨응께 뭣이라고 말할 시간도 없었고……."

연실은 자신이나 달수가 행여 지환과의 결혼을 달가워하지 않고 있다는 인상을 줄까 두렵다. 황급히 달수를 두둔하고 나섰다.

지환은 더 이상 말이 없었다. 상미 쪽을 향해 돌아서서 상미의 얼굴을 조용히 내려다보고 있었다.

"나 잠깐 나갔다 올랑께 좀 앉으시지……."

더 이상 지환과의 대화를 이어가는 것은 연실에게는 무리였다. 말 꼬리를 흐리며 연실은 병실을 빠져 나왔다.

병실 도어가 닫히는 소리를 들으며 지환은 천천히 상미의 병상 앞으로 다가섰다. 아직 의식이 회복되지 않은 상미가 가볍게 양미간을 찡그리며 가쁜 숨을 쉬고 있었다.

상미의 숨소리를 들으며 지환은 아까처럼 상미의 희고 작은 손을 자신의 두 손으로 감싸 쥐었다.

"상미!"

허리를 굽혀 상미의 귀 가까이 얼굴을 들이대고 나직이 불러보았다.

상미의 입술이 움직이는 것 같았다. 양미간에도 안간힘 같은 움직임이 일어나고 있었다.

"상미씨, 나 방 지환이요……."

두 손으로 감싸쥔 상미의 손을 가볍게 흔들며 지환은 거푸 상미의 이름을 불렀다.

도어 쪽에서 노크 소리가 들려왔다.

지환은 허리를 펴고 뒤를 돌아보았다. 지환이 미처 대답도 하기 전에 문이 열리고 있었다.

"아니? 방 선배님?"

병실 안으로 들어선 것은 경민이었다.

지환과 상미를 번갈아 보며 경민의 표정이 순식간에 굳어졌다.

"오래간만이군!"

지환의 손을 마주잡으며 그러나 경민은 굳은 표정을 풀지 못했다.

"보다시피 상미씨는 아직 깨어나지 못하고 있네…… 그렇지 않아도 자네하고 한 번 만나고 싶었는데 우리 나가서 차라도 한 잔하지."

비교적 여유를 보이는 것은 지환이었다. 경민은 대답 대신 상미의 침대 옆으로 다가섰다. 지환은 말없이 상미의 발 쪽으로 비켜섰다.

경민은 상미의 얼굴을 여전히 굳은 표정으로 말없이 내려다보았다. 경민은 지금 커다랗게 소리라도 치고 싶은 심정을 지그시 억누르고 있는 것 같았다. 어금니를 지근지근 깨물며 뚫어지도록 상미의 얼굴을 주시했다.

"어떤가? 나하고 차 한 잔 안 할 텐가?"

지환이 다시 물었다.

"좋습니다."

돌아선 채로 경민이 대답했다. 경민은 허리를 굽혀 담요를 상미의 턱밑까지 끌어올려 다독거려주고 돌아섰다.

지환이 먼저 병실을 나섰다.

그 뒤를 경민이 따라나섰다. 긴 병원 복도를 걸으면서 두 사람은 말이 없었다.

병원 현관에서 연실이 서성거리고 있었다.

"어머님, 잠깐 나갔다 다시 오겠습니다."

지환이 연실에게 목례를 보냈다.

경민이 지환과 연실을 번갈아 바라보았다. 연실과 시선이 마주치는 순간 경민은 자신도 모르게 정중히 허리를 굽혔다.

"난 누구인가 잘 모르겠는디……."

엉겁결에 답례를 하며 연실은 당황함을 감추지 못했다.

"어머님은 아마 저를 잘 모르실 겁니다만 상미에게 말은 잘 듣고 있었습니다."

지환이 분명 '어머님, 잠깐 나갔다 다시 오겠습니다'라고 말한 데 비해 자신은 상미 어머니가 기억조차 하지 못하는 일을 설명해 가며 스스로를 소개해야 한다는 데서 경민은 당혹스러웠다.

"미안스러워서 워쩌까…… 내가 몰라봐서……."

당황하기는 연실도 마찬가지였다.

"그럼……."

경민은 다시 연실에게 목례를 보내고 돌아섰다. 지환은 이미 병원 입구를 빠져나가고 있었다.

양친회병원 앞 도로는 콘크리트가 여기저기 깨지고 패어져 나간 채 울퉁불퉁했다. 경민은 서둘러 지환의 뒤를 따라 가다가 발을 헛디딜 뻔했다. 큰길에서 남한산성 쪽으로 얼마쯤 걷던 지환이 다방 간판을 확인하고 걸음을 멈췄다.

"상미씨 병실에서 나를 만나리라고는 생각도 못했던 일이겠지?"

다방에서 차를 주문해 놓고 지환이 먼저 입을 열었다.

"솔직히 말하면 난 아직도 방 선배가 왜 그 곳에 있었는지, 그리고 지금 이런 자리에서 나와 마주 앉아 있는지 이유를 모르겠소."

자꾸만 거칠어지려는 호흡을 추스르기에 경민은 안간힘을 쓴다.

"자네 심정 충분히 이해할 것 같네……."

커피 잔에 설탕을 한 스푼 떠 넣어 천천히 저으며 지환은 말 끝을 흐렸다. 경민은 커피는 거들떠볼 생각도 하지 않고 굳은 표정으로 지환의 얼굴을 주시했다.

"자네가 궁금해 하는 사실에 대해 지금부터 설명하겠네……."

지환은 억지로라도 여유를 찾으려는 듯 커피를 한 모금 마셨다.

"김상철이라는 외팔이 사나이가 어느 날 날 찾아왔네, 그때가 아마 상미씨가 내 비서실 근무를 시작한 첫날이었을 거야……."

지환은 경민의 시선을 피하듯 허공으로 시선을 둔 채 천천히 얘기를 계속했다.

"그 김상철이라는 사내와 나의 악연은 그보다 한 열흘 쯤 전에 시작되었지, 상미씨가 자네와 애인 사이라는 걸 알고 내 나름대로 마음의 갈등을 겪고 있을 때였어, 청평에서 친구들과 밤새도록 폭음을 하고 돌아오던 새벽에 내 차에 뛰어든 게 바로 김상철이었지……. 나중에 알게 된 사실이지만 놈은 그때 상미씨를 범해 놓고 도망을 다닐 때였어……."

지환은 이미 식어버린 커피를 다시 한 모금 마시고 말을 계속했다.

"놈은 그 날 나한테 돈을 뜯으러 찾아오기로 되어 있었어. 내가 음주운전을 했다는 약점을 최대한으로 이용한 거지……. 거기서 상미씨를 다시 만난 놈은 상미씨에게 또 수작을 걸었던 거야……. 분함을 이기기 어려운 상미씨는 놈을 경찰에 신고했고 그 법석 통에 상미씨가 기절을 했네. 병원에 입원을 시키기 위해 상미씨를 안고 내려오면서 난 놀라운 사실을 발견했지."

그리고 지환은 경민의 얼굴을 정면으로 바라보았다. 경민의 이글거리는 눈빛 앞에서 그러나 지환의 시선은 조금도 흔들림이 없었다.

지환은 담배를 피워 물었다.

"자네가 믿지 않을지 모르지만…… 사실 난 임포였었는데……."

길게 내뿜는 담배 연기에 지환의 자조적인 목소리가 달려나왔다.

"그런 내가 상미씨의 체취를 맡는 순간 남성으로서의 가능성을 확인했다면 자네는 과연 내 말을 믿겠는가?"

지환은 눈빛과 몸 전체로 경민에게 묻고 있었다. 지환의 물음 속에 나름대로의 진지함과 절규가 담겨 있다고 경민은 믿기 시작했다. 경민은 무겁게 눈을 감았다. 우직, 우지직 소리가 나도록 어금니를 깨물었다.

"지금 이 자리에서 자네가 나에게 어떤 폭력을 행사한다고 하더라도 나는 고스란히 받아들일 마음의 준비가 되어 있네, 하지만 내 이야기를 끝까지 들어주게……."

경민의 심중을 읽기라도 한 듯 지환은 고개를 떨어뜨렸다.

"그 날 이후 난 상미씨를 어떤 수단과 방법을 다해서라도 내 사람으로 만들어야겠다고 결심했네. 그 순간 떠오른 얼굴은 솔직히 얘기하자면 자네가 아니라 김상철이라는 그 짐승 같은 놈의 얼굴이었네. 물론 그것은 분명한 질투심이었지. 상미씨의 순결을 짓밟아버린 놈에 대한 저주였어. 그 질투와 저주의 심정은 내가 세상에 태어나서 처음 느끼는 심정이었지. 그 끓어오르는 질투심 속에서 나는 또 하나의 새로운 사실을 발견했지. 내 삶에 대한 의욕이 강한 불꽃처럼 타오르는 생에 대한 환희 바로 그것이었어. 마치 꺼져 가는 불꽃에 갑자기 기름을 쏟아 부었을 때와 같은 현상이라고나 할까…… . 하여튼 내가 건강한 남자로 다시 태어나고 있다는 착각 같은 것이기도 했지…… . 난 그만 물 불 가릴 여유도 없이 상미씨에게 빠져들었네…… . 그리고 어제 아침, 난 회사로 찾아온 상미씨 아버님에게 상미씨와의 결혼을 맹세했네. 오늘 밤 집에 돌아가서 내 부모님께도 모든 사실을 털어놓고 승낙을 받아낼 생각이네…… . 이렇게 자네에게 모든 사실을 다 털어놓은 이상 난 자네가 어떤 행동을 취해도 모든 것을 감수하겠네…… ."

지환이 다시 고개를 번쩍 들었다.

방지환의 시선이 정면으로 자신에게로 날아오고 있다고 느끼는 순간 경민은 형용하기 어려운 강한 충격을 느꼈다. 그 충격은 감동 같은 것이기도 했고 분노 같은 느낌이기도 했다. 그러나 그 충격 속에 실려 있는 진한 진실의 무게가 경민의 전신을 누르고 있었다.

'상미는 내일 모레 시집갈 아인디 뭐하러 만나러 왔는가?' 하던 느닷없는 상미 아버지의 말도 비로소 수긍이 가는 것 같았다.

"모든 걸 솔직히 얘기해 줘서 고맙소"

경민이 먼저 시선을 떨어뜨렸다. 팽팽하게 바람이 가득 찼던 고무풍선이 눈 깜짝하는 사이에 소리내며 터져 나가는 듯한 허탈감이 전신을 엄습했다. 경민은 팔짱을 끼며 지그시 눈을 감았다.

"자네가 나의 진실을 이해하고 날 용서해 준다면 난 상미씨를 이 세상 어느 누구보다도 행복하게 해줄 자신이 있네…… ."

경민의 체념 어린 표정 앞에서 지환은 어떤 가능성을 엿본 것일까. 목소리에 자신감이 배어 나오고 있었다.

"방 선배가 말하는 행복이란 그 기준을 어디다 두고 말하는 거요?"

지환이 체념이라고 판단한 것은 착각이었다. 경민의 얼굴에는 또 다른 표정 하나가 꿈틀거리고 있었다. 사뭇 도전적인.

"물론 세속적이고 관념적인 의미의 행복이겠지……."

"바로 방 선배의 그 돈의 위력으로 말입니까?"

"돈으로 행복의 전부를 살 수는 없겠지, 하지만 조건의 일부는 될 수도 있다는 게 우리 사회의 통념 아닌가?"

"난 지금 방 선배가 상미가 입고 있는 몸과 마음의 상채기를 어떻게 치유할 수 있는가를 묻고 있는 겁니다."

"그 점에 대해서 난 지금 자네에게 감사하고 있네, 자네가 듣기엔 좀 어떨지 모르겠지만 상미씨가 김상철이란 그 짐승 같은 놈에게 당하기 전까지 상미씨가 순결을 지니고 있었다는 점에 대해서지……. 따라서 물리적인 상처는 쉽게 가라앉을 수 있다고 믿네. 내 입장에선 그런 것이 조금도 문제가 될 수 없기 때문이지. 거듭 말하지만 상미씨는 이미 내 삶, 그 자체를 의미하고 있기 때문이야."

"방 선배는 지금 무언가 착각을 하고 있는 것 같은데…… 나와 상미 사이에는 이미 6년이라는 교제기간이 있었어요. 비록 여건이 허락치 않아 결혼을 미뤄오긴 했지만 우리는 서로를 자기 자신 이상으로 아끼고 사랑해온 사이였소……."

경민은 더 이상 말을 계속할 수가 없다. 가슴 속 깊은 곳에서 뜨거운 응어리가 자꾸만 치솟아 오르는 것이다.

"상미씨나 자네 몫으로 돌아가야 할 가슴 아픈 사연들에 대해서는 내가 책임질 수 있는 데까지는 피하려 들지 않겠네."

"방 선배의 뜻은 충분히 알았소. 하지만 아직 그렇게 자신만만하지는 마시오, 결국 선택은 상미가 하는 거니까요."

경민의 인내력은 한계점을 향해 치닫고 있었다.

"물론 선택은 상미씨가 하겠지. 하지만 이미……."

"이미 선택은 끝났다는 건가요?"

"끝났다고는 이야기하지 않겠네. 그러나 경민이 자네가 상미씨로 하여금 더 고통을 강요하지는 말게……."

지환도 일어섰다.

"난 지금 상미의 입원실로 돌아가겠소. 가능한 한 나는 방 선배가 그 자리에 동석하는 걸 원하지 않습니다. 그리고 방 선배가 걱정하는 것처럼 상미에게 고통을 강요할 생각도 전혀 없습니다.”

경민은 다방을 나와 단숨에 병원까지 달려왔다. 상미가 입원해 있는 입원실은 3층이었다. 미로 같은 병원 복도를 굽이굽이 돌며 3층에 이르렀을 때 그러나 경민은 발길을 멈췄다.

‘…… 과연 지금 상미를 만나 무슨 이야기를 할 수 있단 말인가…….’

이런 반문이 머리에 왔다. 좀처럼 해답이 얻어질 것 같지 않았다. 경민은 상미의 병실 앞 복도를 서성거리듯 왔다갔다 했다.

방지환과 상미의 사이가 이미 갈 데까지 간 것은 의심할 여지가 없었다. 지환의 얘기대로 정신없이 상미에게 빠져들었다면 그것은 상미를 육체적으로 정복했다는 얘기나 다름없지 않은가. 상미가 그처럼 지환에게 호락호락 허락한 것은 김상철로 인해 얻어진 상처에 대한 자포자기일 것은 틀림없었다. 그러나 상미가 자포자기 상태에서 지환에게 자신을 허락했다고는 하지만 이미 두 사람의 사이가 갈 데까지 간 바에야 엎질러진 물이기는 마찬가지였다.

지금 다시 상미를 만나 상미가 자신에게로 돌아온다고 하더라도 둘 사이에 이미 깊게 패어 버린 골을 무엇으로 메울 수 있단 말인가. 지환의 말처럼 그것이 비록 세속적인 행복이라고 하더라도 상미가 선택할 수 있는 길은 방지환이 마지막일지도 모른다는 생각이 머리 속에서 굳어져 갔다.

‘……돌아서는 거야…… 그래, 이대로 돌아서 가는거라구…….’

경민은 자신에게 울먹이듯 중얼거렸다. 경민은 상미의 병실 앞에서 발걸음을 멈췄다. 노크 대신 숨을 죽이며 도어의 손잡이를 돌렸다.

상미는 아직 깨어나지 못하고 있는 것일까……. 문틈으로 상미의 얼굴이 한 눈에 들어왔다. 죽은 듯이 눈을 감고 있었다. 그러나 상미의 숨소리를 경민은 듣고 있는 것 같다.

‘상미야, 행복을 빈다…… 상미 안녕…….’

울컥 울음이 복받쳐 왔다. 경민은 후딱 돌아서 병원 복도를 뛰어가기 시작했다.

‘……경민아, 미안하다…….’

병원 주차장에 세워 두었던 승용차 뒷좌석에 올라앉으며 지환은 소리 내어 중얼거렸다.

뛰는 듯한 걸음걸이로 병원 건물을 빠져 나와 차들이 주차해 있는 주차장 앞 보도를 걸어나가는 경민의 뒷모습이 차창밖에 있었다. 경민의 축 처진 뒷모습을 바라보며 지환은 순간, 진심으로 미안하다는 생각이 떠올랐다.

"회사로 가시겠습니까?"

김대식이 뒤를 돌아보며 물었다.

"아니, 분당으로 가세."

"천상미씨 집 말입니까?"

"그래."

시트 깊숙이 몸을 묻으며 지환은 눈을 감았다. 방금 전 다방에서 떠올린 생각들을 정리해 보기 위해서였다.

지환은 이제 상미와의 결혼을 기정사실화 하는 수밖에 없다고 생각하고 있었다. 자신의 부모님을 설득해야 한다는 어려운 과정이 남아 있었다. 아버지나 어머니의 반대는 지환이 생각하고 있는 것 이상으로 완강할 것은 불문가지였다. 당연히 시간이 필요했다.

그러나 지환이 부모님을 설득시키는 데 필요한 시간은 상미에게는 갈등과 부담의 시간이 될 것도 틀림없었다. 김상철로 인해 상미가 안고 있는 육체적 정신적 부담에 경민과의 심리적 갈등까지 감안한다면 상미는 언제 또 어떤 자포자기적 심정이 될지도 모르는 일이 아닌가. 당연히 상미와의 결혼을 서두르는 수밖에 없었다. 그러나 부모님의 완강한 반대에 부딪힐 것도 틀림없었다. 결국 지환의 계산대로 밀고 나아가기 위해서 지환은 우선 상미와의 혼인신고부터 먼저 해야겠다는 결심을 굳힌 것이다.

"아버님 긴히 상의 드릴 말씀이 있어서 왔습니다."

달수는 잠을 제대로 못 잔 것 같았다. 푸석푸석한 얼굴로 지환을 맞아들였다.

"지금, 병원에서 오는 길입니다…… 어머님도 뵈었습니다."

"그래, 상미가 정신은 들었던가?"

"아직 잠이 들어 있는 상태였습니다만 호흡도 정상이고…… 곧 깨어날 거라고 담당 의사가 말했습니다."

두 사람의 대화는 거기서 다시 끊어졌다.

"그려……?"

어눌한 대답으로 달수는 지환의 시선을 피했다. 임신 2개월이라던 의사의 말이 손톱 밑에서 곪고 있는 가시처럼 자꾸만 훌떡거리며 신경을 쓰게 하기 때문이다.

"아버님만 허락을 해 주신다면 우선 상미씨와 혼인신고부터 먼저 했으면 합니다만……."

지환이 본론을 꺼냈다.

"혼인식이 아니라, 신고부텀 헌다 그 말인가?"

달수는 혹시 자신이 잘못 들었는가 싶어 정색을 하며 지환을 바라보았다

"예, 아버님, 상미씨가 지금 정신적으로 크게 방황을 하고 있는 것 같습니다. 아직도 지난 날의 충격에서 벗어나지 못하고 있는 데다가 아버님께서도 알고 계시는지 모르겠습니다만 전에 사귀던 이경민군과의 문제도 있고 해서 말입니다……."

"부사장이 경민이를 어찌 아는고……."

달수가 자신도 모르게 찔끔하는 얼굴이 되어 물었다.

"경민군이 제 고등학교 후배입니다…… 두 사람이 교제하는 건 오래 전부터 알고 있었습니다.

"그랬었구먼……."

달수는 또 말문이 막혔다.

"그래서 상미씨의 마음을 안정시키기 위해서는 결혼식을 서둘러야 하는데, 사실 제 부모님들께선 상당히 완고하신 편이시라서……."

이번에는 지환이 말꼬리를 흐렸다.

"그렁께 우선 혼인신고부터 혀 놓고 밀고 나가겠다 그 말인감?"

"그렇습니다."

지환의 분명한 의중을 알고 나자 달수의 머리가 갑자기 바쁘게 움직이기 시작했다.

상미 뱃속에 핏덩이가 반드시 김상철이란 놈의 것이라고 단정할 수만

도 없는 일 아닌가. 이 지환이란 녀석과는 언제부터 깊은 사이가 됐는지는 모르지만 상미만 입을 다문다면 이게 네놈의 핏줄이다라고 우겨댈 수도 있을 것 같았다. 다행히 지환이 아직은 상미의 임신 사실을 모르고 있는 것 아닌가. 혼인신고부터 먼저 하겠다는 지환의 생각을 마다할 이유가 없다는 계산이었다.

"자네 결심이 그렇게 확고하다면 나는 반대할 의사가 없구먼……."

마치 심각한 결심이라도 한 듯 달수는 고개를 천천히 끄덕거렸다.

"허락해 주시니 고맙습니다. 기왕에 결심을 하셨으면 지금이라도 상미 씨 호적등본을 한 통 떼어 주시면 오늘 오후에 바로 신고를 마치겠습니다."

"그렇게 허지!"

달수가 자리에서 벌떡 일어섰다.

집 앞에서 지환은 달수를 차 뒷자리에 앉게 하고 자신은 조수석으로 앉았다.

"중원구청으로 가야 쓰겠구먼……."

뒷좌석에서 달수가 혼잣말처럼 중얼거렸다.

구청에서 상미의 호적등본을 건네 받은 지환은 달수를 양친회병원 앞에 내려놓고 곧 바로 서울로 나왔다.

강남구청 앞 대서소에서 혼인신고서를 작성해 들고 지환은 그 길로 상미와의 혼인신고를 끝내 버렸다. 무거운 짐을 내려놓은 듯 홀가분한 것도 같고 오히려 반대로 무거운 짐을 짊어진 것도 같았다.

그 날 오후 지환은 일찍 집으로 돌아왔다.

"아버님, 어머님, 긴히 말씀 드릴 게 있습니다."

저녁 식사를 끝내고 지환은 부모님 앞에 꿇어앉았다.

"제가 부모님 승낙도 없이 일을 저질렀습니다.

고개를 떨어뜨린 채 지환이 입을 열었다.

"일을 저지르다니? …… 밑도 끝도 없이 무슨 소리냐?"

지환이 전에 없는 심각한 표정으로 꿇어앉을 때부터 두 눈을 크게 뜨고 놀란 표정을 짓던 어머니가 지환이와 아버지를 번갈아 보며 물었다.

지환은 잠시 호흡을 가다듬었다. 자신이 지금부터 하려는 얘기에 대해 부모님이 얼마나 놀랄 것인가를 지환은 안다. 아랫입술을 지그시 깨물며 잠시 눈을 감았다.

"무슨 일이냐?"

아버지 방도현이 침묵을 깨뜨렸다. 외아들일 뿐 아니라 2대 독자인 지환의 일에 대해서는 어지간한 일이면 눈감아 주는 관대한 방도현이었다.

"제 임의대로 어떤 여자와 혼인신고를 했습니다."

지환은 우선 결론부터 꺼내 놓았다.

"뭐라구?"

방도현은 얼굴에 순식간에 노여움과 놀라움이 뒤섞인 착잡한 표정이 떠올랐다.

"아니 애야! 혼인신고를 하다니 그게 무슨 소리냐? 그래 규수는 어떤 집 아가씨인데?"

방도현에 비해 거의 맹목적인 애정을 지환에게 쏟아 부어 온 어머니였다. 놀라기는 마찬가지였지만 며느리를 얻게 된다는 소리에 한 편으로는 귀가 번쩍 뜨이는 어머니 아닌가. 지환의 무릎을 흔들며 다가앉았다.

"제가 어떻게 감히 부모님께 의논 한 마디 없이 그런 일을 저질렀느냐고 꾸짖으시면 입이 열 개라도 할 말이 없습니다. 하지만 저로서는 그런 결정을 내리지 않을 수 없는 사정이 있었습니다. 그 이유를 말씀드리겠습니다……."

지환은 잠시 말을 끊었다. 방도현의 얼굴이 극도의 노여움으로 인해 무섭게 일그러지고 있었다.

"아버님께서 지금 무슨 생각을 하고 계시는지 압니다. 행여 제가 여자 관계로 인해 책임을 져야 할 행동을 했다던가 하는 식으로 생각하고 계시리라고 믿습니다. 하지만 사실 저는 여자를 가까이 할 수 없는 몸입니다……."

"그건 또 무슨 소리냐?"

지환의 한 마디 한 마디에 부모님의 표정이 바뀌고 있었다. 어머니는 숨 가쁘게 반문했고 아버지는 양미간을 모으며 지환을 쏘아보았다.

"의학용어로는 임포텐츠라고 하는 모양입니다…… 말하자면 발기가 안 되는……."

개 같은 인생 · 307

아무리 다져 먹은 마음이었지만 그 이상은 지환도 설명하기가 난처했다.

"뭐야? 네가 그럼 그게 불능자란 말이냐?"

팽팽하게 긴장했던 아버지의 신경줄이 픽픽 소리를 내며 끊어져 나가는 것 같다. 방도현이 기를 쓰듯 지환에게 확인을 하고 있었다.

"무슨 소리유 이게?…… 우리 지환이가 불구자란 말이에요? 얘, 지환아 그게 정말이냐?"

2대 독자 외아들이 두꺼비 같은 손자 안겨줄 날만을 학수고대하던 어머니 아닌가, 어머니의 목소리는 어느새 울음이 반쯤 섞여 나왔다.

"언제부터냐, 그게?"

방도현이 자신을 가까스로 지탱하며 물었다.

"미국 유학 시절부텁니다."

"의사의 확인은 받았겠지?"

"네."

"그래 완전 불가능이란 말이냐?"

"저 자신도 포기하고 있었습니다……."

"그런데?"

부자간의 대화가 숨이 가쁘다 기를 쓰듯 어떤 가능성을 찾아내려고 방도현이 허겁지겁 말꼬리를 물었다.

"한 여자에게서 그 가능성을 찾았습니다."

"그 여자하고는 되더란 말이지?"

이미 방도현은 아버지로서의 체통마저 잊고 있었다. 듣고 있던 지환이 얼굴을 붉힐 정도로 집요하게 파고들었다.

"네."

지환이 고개를 꺾었다.

"그래서 우선 혼인신고부터 서둘러 했다 그런 말이냐?"

방도현이 조금씩 여유를 되찾아 가고 있었다.

"그야 순서가 좀 바뀌었으면 어땠우? 우리 지환이가 남자 구실만 할 수 있다면 그만이지……."

부자간의 대화를 마른침을 삼키며 듣고 있던 어머니가 황급히 끼어들었다.

"그래 색시는 어떤 색시냐?"

어머니는 오직 그것만이 궁금해 죽을 지경이다. 궁금하기는 방도현도 마찬가지다.

"우리 회사에 근무하는 아가씨입니다."

지환은 슬며시 고개를 들어 아버지의 표정을 살피고 다시 고개를 떨어뜨렸다.

"관리직 사원이면 나도 아는 여자애일 터인데……."

"천상미라고, 생산과에 있던 아가씨입니다."

"뭐라구?"

방도현이 돌연 방안이 쩌렁 울리도록 고함을 질렀다.

"여보! 공장에 있던 아가씨면 어때요. 본인만 참하면 되지……."

어머니의 맹목적인 보호본능이 방도현과 지환의 사이를 가로막고 나섰다.

"당신은 모르면 가만 있어요, 그 여자애는 신문에까지 오르내리면서 회사 망신시킨 애예요!"

방도현이 이번에는 어머니를 향해 고함을 질렀다.

"애야, 무슨 소리냐 그 색시가 신문에 나다니?"

고개를 떨어뜨린 채 화석처럼 앉아 있는 지환의 한 쪽 팔을 어머니가 활랑활랑 흔들어댔다.

"어머니!"

지환은 이제부터 맹목에 가까운 모정에 호소하는 수밖에 없다고 생각한다. 표정을 가다듬으며 어머니의 손길을 마주 잡았다.

"오냐 그래……."

2대 독자 외아들의 며느리를 어서 보고 싶기만한 어머니다. 아들의 말이라면 무조건 들어주겠다는 그런 얼굴로 크게 고개를 끄덕였다.

"상미라고 합니다. 그 아가씨 이름이 성은 천씨고요, 우리 회사 여사원 3백여 명중 아주 똑똑하고 참한 아가씨였습니다……."

지환은 어느새 엄마에게 응석부리던 초등학생 시절로 돌아가고 있었다. 지환은 힐끔 시선을 돌려 방도현을 바라보았다. 지그시 눈을 내리 감고 있었다.

"그렇게 참한 아가씨가 신문엔 왜 났으며 회사 망신을 시켰다는 건 또 무슨 소리냐?"

이번에는 어머니가 아버지의 표정을 살폈다.

"그 아가씨 집이 분당입니다. 요즈음 한창 신도시가 들어선다고 신문에 오르내리는 곳이지요. 헌데 그 집에 세 들어 사는 남자가 아주 질이 나쁜 사람이었습니다…… 어느 날 그 아가씨 혼자 집을 보고 있는 날 밤에 그 사내가 아가씨에게 못된 짓을 했어요……."

지환은 잠시 말을 멈추고 어머니의 반응을 살펴보았다,

"당했단 말이냐 그래?"

어머니의 표정이 갑작스레 굳어지는 것을 지환은 느낀다.

"워낙 외딴집이라 소리를 쳐도 들리지 않는 곳이니 불가항력이었습니다……."

"안 된다."

나지막하지만 단호한 목소리였다. 어머니가 눈을 내리깔았다.

"어머님, 제 얘기를 끝까지 들어주십시오."

지환이 무릎걸음으로 어머니에게 다가앉았다.

"그 아가씨가 당한 일은 본인만 입을 다물고 있었다면 얼마든지 숨길 수 있는 일이었습니다……. 하지만 그 아가씨는 자신이 당해야 할 모든 윤리적 멍에를 쓸 각오를 하고 그 남자를 경찰에 고발했습니다."

"바로 그런 점이 마음에 들지 않는다는 게야!"

방도현은 감고 있던 눈을 크게 뜨며 지환의 말에 반응을 보였다.

"당찬 아가씨로구나!"

어머니는 고개를 천천히 가로 저으며 혼잣말처럼 했다.

"아버님의 심정을 충분히 헤아리고도 남음이 있습니다. 하지만 아버지, 상미가 자신의 치부를 스스로 드러내면서까지 그처럼 당당할 수 있었던 것은 상미 자신이 정신적으로 순결하고 결백하다는 증거라고 저는 믿습니다. 그리고 어머니 말씀처럼 상미는 당찬 아가씨도 아닙니다. 상미는 지금 마음의 갈등을 견디다 못해 약을 먹었습니다. 죽음으로써 자신의 순결을 항의하려고 한 것입니다."

지환은 부모님의 표정에서 작은 변화가 일어나고 있음을 감지했다. 한층 더 간곡한 목소리로 말을 이어갔다.

"그리고 무엇보다 중요한 것은 상미 앞에서만 저 자신이 남성이 될 수 있다는 사실입니다. 상미가 내 사무실에서 그 남자와 마주치던 날 경찰에 신고를 한 후 기절해서 쓰러졌었습니다. 그때 제가 안고 현관으로 내려오면서 처음으로 느꼈습니다……."

"여보, 내가 우선 그 아가씨를 한 번 만나 보는 게 어떨까요?"

역시 마음이 움직이는 것은 어머니였다. 단호했던 어머니의 표정이 안쓰러움 같은 것으로 바뀌면서 방도현을 바라보았다.

방도현이 다시 눈을 감았다. 양미간에 깊은 주름이 패어 있었다. 무엇인가 골똘히 생각할 때의 버릇이었다.

"상미라는 그 아가씨가 지금 그럼 병원에 있느냐?"

아버지의 침묵을 어머니는 승낙으로 이해하고 있었다.

"예 성남에 있는 양진회병원에 입원해 있습니다."

"내일 아침에 내가 가 보마, 결론은 그 아가씨를 만나보고 나서 얘기하도록 하자."

어머니가 서둘러 결론을 내렸다.

지환의 어머니가 다음날 아침 집을 나선 것은 9시가 조금 지나서였다. 지환이 아버지와 함께 출근을 하면서 자신의 차를 어머니가 사용하도록 배려를 해 두고 있었다. 지환의 운전기사인 김대식은 성남으로 접어들면서 일이 점입가경이라는 생각에 혼자서 묘한 웃음을 떠올렸다.

"참 김 기사도 알겠군, 그 천상미라는 아가씨 말일세."

지환의 어머니가 대식을 향해 생각났다는 듯이 물었다.

"물론이지요, 사모님."

대식이 룸 밀러를 통해 눈길을 던지며 대답했다.

"자네가 보기엔 어떻던가 그 아가씨가?"

대식은 잠시 뜸을 들였다.

"한 마디로 무척 똑똑한 아가씨지요……. 인물도 그만하면 미인에 속하구요……."

뒷좌석의 사모님이 상미에 대해 어디까지 알고 있는지가 대식은 우선 궁금하다. 우선은 그렇게 대답하는 수밖에 없었다. 그러나 지환의 어머니는 더 이상의 질문을 하지 않았다.

'……결국 상미는 호박이 넝쿨째 굴러 들어오는 셈인가……'

경숙이들과 어울려 디스코 클럽에서 나오던 천상미를 차에 태우고 별장으로 달려가던 일이 생각났다.

'……이 김대식이가 천상미에겐 그렇다면 일등공신이 되는 셈인가……'

김대식은 공연히 마음이 즐겁다. 룸미러를 힐끔거리며 혼자서 자꾸만 웃음을 깨물었다.

"누구신지요?"

병실에 들어서며 지환의 어머니는 40대 후반쯤의 여자가 상미의 어머니라고 생각한다,

"나, 부사장 어머니 되는 사람이에요."

목례를 보내며 침대 옆으로 다가선다

"시상에 ……사모님이 이런 델 다 오시다니……."

연실은 갑자기 몸둘 바를 모르고 쩔쩔매기 시작했다.

'……시상에 사모님이 이런 델 다 오시다니……'

어머니의 당황한 목소리를 듣는 순간 상미는 지금 자신의 침상 옆으로 다가서고 있는 사람이 지환의 어머니라는 걸 직감적으로 느꼈다. 갑자기 자신의 표정이 굳어지는 걸 상미는 의식한다. 그러나 상미는 눈을 뜨지 않았다.

"어서 이리 좀 앉으시지요……."

비굴할 정도로 어쩔 줄 몰라 하는 어머니의 모습이 보이는 것 같다.

"아직 의식을 못 찾았나요?"

강한 향수 냄새가 풍겨 왔다. 머리맡으로 다가선 지환의 어머니가 자신의 얼굴을 내려다보고 있었다.

"잠이 들었는 모양이어라우……."

가볍게 어깨를 흔드는 건 어머니의 손이 분명했다. 상미는 가볍게 양미간을 찡그리며 눈을 떴다.

"상미야, 부사장님댁 사모님이 오셨다."

상미가 어지럽다는 듯 다시 눈을 감은 사이에 연실은 이미 위로 흐트러진 상미의 머리카락을 쓸어 넘기며 귓가에서 속삭였다. 다시 눈을 떴다. 전혀 생소한 느낌을 주는 50대 초반쯤의 무표정한 여인의 얼굴이 눈에 들어왔다. 상미는 누운 채 목례를 보내며 일어나려는 몸짓을 취했다.

"그냥 누워 있어요"

지환의 어머니가 그렇게 말하며 상미 머리맡으로 의자를 끌어당겨 앉았다

"그래도 엔간하면 일어나 보렴……."

연실이 지환 어머니의 반대편으로 돌아와 상미의 상체를 안아 일으켰다.

"엄마, 침대 좀……."

상미가 침대를 세워 달라는 뜻으로 뒤를 돌아보았다.

"죄송합니다만, 아가씨하고 둘이서만 좀 얘기를 했으면 싶은데……."

지환의 어머니가 상미와 연실을 번갈아 보며 말 끝을 흐렸다.

연실의 얼굴에 불안한 표정이 스쳐 갔다. 어머니와 눈길이 마주치는 순간 상미가 가볍게 고개를 끄덕였다.

"그럼……."

연실이 지환의 어머니에게 공손히 허리를 숙여 보이고 뒷걸음질로 방을 나갔다.

"우리 지환이한테 모든 얘기를 잘 들었다……."

지환의 어머니가 입을 열었다. 똑 떨어지는 해라 였다. 조용히 눈을 내리 깐 채 상미는 다음 말을 기다렸다.

"우리 지환이하고는 언제부터 가까워졌는가?"

상미는 대답을 망설였다. 언제부터 지환이와 가까워졌느냐는 질문이 전혀 생경한 느낌으로 전해져 왔다. 과연 내가 방지환과 가까워졌는가. 상미는 속으로 반문해 보았다. 지환의 어머니는 지금 극히 관념적이고 상식적인 관계로서의 가까운 사이가 언제부터인가 묻고 있는 것이 아닌가. 지환은 상미가 받아들인 두 번째 남자였다. 그러나 상미 자신이 육체적으로 지환을 수용했다는 사실과 가까워졌다는 관념적 의미에는 거리감이 느껴졌다.

팔당 별장에서 그 날 밤 지환의 몸부림을 커다란 저항 없이 받아들인 것은 어쩌면 거의 자포자기의 심정이었다. 비록 지환의 인간적 고뇌와 진솔한 고백 앞에서 마음 한 구석이 흔들리기는 했지만⋯⋯.

"두 달쯤 전부터였습니다."

상미는 상식적인 질문 앞에서 그러나 상식적인 대답을 할 수밖에 없었다

"우리 지환이와 결혼을 할 수 있는 처지라고 생각하고 있나?"

지환의 어머니가 당돌하다고 생각할 정도로 상미는 고개를 들어 정면으로 응시했다.

"하면, 우리 지환이가 일방적으로 결혼을 간청하고 있다는 얘기냐?"

지환 어머니의 음성이 한 옥타브쯤 높아지고 있었다.

"정확히 말씀드리면 그렇습니다."

분명한 대답을 상미는 했다.

"그렇다면 본인은 우리 지환이와 결혼할 생각이 전혀 없다는 얘기로 들리는데⋯⋯."

냉기마저 풍기듯 싸늘하고 무표정한 상미의 태도가 지환의 어머니는 괘씸하다.

"어떤 의미에서 저는 부사장님에 의한 피해자입니다. 제가 별장까지 가게 된 것은 부사장님의 치밀한 계획에 의해서이었으니까요."

"뭐라고?"

지환의 어머니의 한 쪽 눈꼬리에 가벼운 경련이 일어났다.

"부사장님을 인간적으로 이해하려고 노력을 하고 있습니다. 그러나 아직 사랑한다고 말씀 드릴 수 없습니다. 따라서 이직은 결혼 이야기가 오고갈 때가 아니라고 생각합니다."

상미는 자신의 생각을 솔직히 털어놓았다. 그러나 상미의 심정이 지환 어머니에게 액면 그대로 받아들여지는 것 같지는 않았다.

"아주 당돌하고 건방지기 짝이 없는 아이로구나!"

지환의 어머니가 입술을 떨며 발딱 일어섰다.

"제 말씀이 불쾌하게 들리셨다면 용서하십시오. 하지만 저는 제 심정을 솔직히 말씀드렸을 뿐입니다."

상미는 담담한 느낌인 채 눈을 내리깔았다.

"너는 지금 무언가 착각을 하고 있는 거야, 처녀도 아닌 처지에……."

내뱉듯 쏘아붙이고 지환의 어머니는 획 돌아서서 병실 문을 열었다.

"벌써 가시려구요?"

복도에서 서성거리던 연실이 두 손을 모아 비비며 다가섰다.

"아주 똑똑한 따님을 두셔서 기쁘시겠습니다."

인사 대신 지환의 어머니가 연실에게 쏘아붙이듯 말했다.

"뭔 말씀이시당가요……."

치맛바람을 일으키며 획 돌아서는 지환 어머니의 등 뒤에서 연실은 마치 자신이 죄라도 진 사람처럼 참담한 얼굴이 됐다. 연실의 말은 들은 척도 하지 않고 지환의 어머니는 복도를 잰걸음으로 걸어나갔다.

"아야 상미야……."

틀림없이 복도에서 서성거렸을 엄마에게 지환의 어머니가 어떻게 대했을까는 보지 않아도 알 것 같았다. 상미는 창 밖을 응시하던 표정 없는 얼굴을 돌려 연실을 바라보았다.

"이것아! 사모님헌티 뭣이라고 말씀드렸기에 저러콤 언짢은 모습으로 나가시냐……."

상미의 손 하나를 두 손으로 감싸 잡으며 연실은 울상을 했다.

"별다른 얘기 한 것 없어요. 엄마는 그냥 아무 것도 모르는 걸로 해주세요……."

오히려 엄마를 다독거리며 위로하듯 상미가 담담한 목소리로 말했다.

노크도 없이 문이 열리며 달수가 병실 안으로 들어섰다.

"상미야 이 썩을 년아……."

말투는 무지막지했지만 달수의 얼굴에는 울음이 번지고 있었다.

"아버지, 죄송합니다."

상미는 비로소 고개를 떨어뜨렸다. 콧날이 찌잉 울리며 가슴이 알끈해왔다.

"죄송헌중 아는 지지배가 애비 앞에서 목숨줄을 놓을 작정을 헌기여?"

달수의 입 언저리가 경련처럼 비죽비죽 움직였다.

아버지이기 전에 사나이로서 인간 천달수가 얼마나 강인한 사람인 것을 상미는 안다. 상미 스스로가 철이 들었다고 생각한 이후 단 한 번도 아버지의 눈물을 본 기억이 없는 상미다. 목구멍으로 뜨거운 덩어리 하나가 울컥 치솟았다. 상미는 가만히 고개를 떨어뜨렸다.

아버지에 대한 속죄의 자세였다.

"헌디, 뭔 일이 있었는감?"

달수가 비로소 연실과 상미가 만들고 있는 심상찮은 분위기를 눈치챈 것 같았다.

"방금 부사장댁 사모님이 댕겨가셨구만이라우……."

연실이 상미의 눈치를 힐끔거리며 대답했다.

"그려? 방 부사장 자당께서 댕겨가셨구만 그려……."

달수의 표정이 한껏 밝아졌다.

"그런디 야가……."

치맛바람을 일으키며 돌아서던 지환 어머니의 모습이 눈에 선하다. 연실이 계속 쭈빗거리며 상미를 훔쳐보았다.

"상미가 워째간디?"

"뭔 말을 실수를 혔는가 사모님 표정이 영 안 좋아 보이드랑께라우."

"임자는 워디 가고 없었는감?"

"사모님이 상미허고 둘이서만 얘기를 허고잡다고 혀서……."

"상미야, 너 사모님헌티 실수라도 헌 것 아니냐? 어제 부사장이 이미 너하고 혼인신고꺼정 다 해뿐진 판인디?"

달수가 상미 앞으로 성큼 다가섰다.

"아버지 지금 뭐라고 그러셨어요?"

상미가 화달짝 놀란 얼굴을 쳐들었다.

"방 부사장 그 사람 내가 본께 상당허니 진실헌 사람이드라. 즈그 부모님이 너하고 결혼을 반대헐지도 모른께 우선 혼인신고부텀 해야겠다고 허기에 내가 어제 니 호적 파 갔고 함께 가서 니 혼인신고 끝내부렀다."

'……그랬었구나. 그리고 그는 어젯밤 자신의 부모님 앞에 꿇어앉아 모든 사실을 털어놓았구나……. 그래서 그 어머니가 찾아왔었구나…….'

"상미야, 시방 이런 저런 니 심정 내 모르는 바 아니다. 허지만 옛말에 여자 팔자는 뒤웅박 팔자라고 안 혔냐?…… 아무 소리 말고 방서방 허자는 대로 혀라. 시부모 될 양반들도 시방은 못마땅허시겠지만 기왕지사 혼인신고까정 혀 뿌렸는디 어쩌겄냐, 니만 맴 잡고 잘 허면 원젠가는 이해헐 날이 있겄제. 그리고……."

달수가 갑자기 말을 끊고 연실을 바라보았다.

상미는 고개를 떨어뜨린 자세로 그림처럼 앉아 있었다. 그러나 연실은 달수가 무슨 얘기를 하려는가를 단박 알아차렸다.

'……너 뱃속에서 핏덩이는 쥐고 새도 모르게 없애 버리자…….'

달수는 상미에게 그 얘기가 하고 싶은 게 틀림없었다. 그러나 목에 걸린 가시처럼 쉽게 목구멍 밖으로 튀어나오지는 않는 게 분명했다. 연실이 자신이 거들고 나서는 수밖에 없다고 생각했다.

"니가 목숨꺼정 끊을라고 헌 사연을 아버지나 내는 다 안다……. 니가 심적으로 얼매나 고통스러웠으면 그런 끔찍한 생각을 다 혔겄냐. 기왕지사 아버지나 내도 다 아는 일인께 이번 참에 핏덩이는 지워 번지자……."

연실이 말하고 있는 사이에 상미의 고개는 가슴팍에 파묻힐 만큼 꺾여져 있었다. 상미의 어깨가 잔물결처럼 흔들리는가 싶었다. 곧 이어 상미는 헉 하고 울음을 들이키며 두 손으로 얼굴을 감싸 안았다.

"나가 달래감서 야기 할랑께 당신은 나가 보시오……."

상미의 상반신을 감싸 안으며 연실이 달수에게 턱짓을 했다.

헛기침을 하며 달수는 병실 문을 밀고 나섰다.

'……그려, 그까진 핏덩이쯤 싹 지워 번지는 거여……. 그리고 니는 월매든지 새 출발을 할 수 있는겨. 암 허고 말고…….'

달수는 마치 상미가 눈앞에 있기라고 하듯 소리내어 중얼거렸다.

"회사로 가게."

차에 오르며 지환 어머니는 대식에게 쏘아 붙였다. 상미에 대한 불쾌감이 아직 채 가시지 않고 있었다. 생각할수록 괘씸하고 방자하기 짝이 없는 계집애가 아닌가. 지환이가 퇴근할 때까지 집에서 느긋하게 기다리고 있을 기분이 아니었다.

대식은 차를 움직이며 사모님의 표정을 룸 밀러를 통해 훔쳐보았다.

'……뭔가 잘 안 풀리는 모양이군…… 천상미한테 호박이 넝쿨째 떨어

지는 줄 알았더니……'

대식은 그런 생각을 하면서 사모님으로부터 무슨 말인가 떨어지기를 기다렸다.

"자네가 그 천상미란 아이를 팔당 별장까지 데려간 일이 있었는가, 부사장 명령으로?"

대식이 기다리는 질문은 뒤통수에서 곧장 날아왔다. 그러나 너무나 상상 밖의 질문이었다. 대식은 일단 뜸을 들이며 기다렸다.

"부사장 부탁으로 술에 취한 그 애를 별장까지 태워 간 적이 있느냐고 물었네."

사모님의 음성이 한결 높아져 있었다.

"예…… 있었습니다."

대식은 이실직고하는 수밖에 없었다.

"못난 녀석 같으니……."

사모님은 더 이상 추궁하지는 않았다. 혼잣말처럼 중얼거리며 시트 깊숙이 몸을 묻었다. 병원에서 공단까지는 차로 십 분이 채 안 걸리는 거리였다. 상미가 어디까지 무슨 얘기를 털어놓았는지 김 기사는 궁금하기 그지없다. 그러나 사모님은 차가 회사 정문을 들어설 때까지 눈을 뜨지 않았다.

"어머니가 회사엔 웬일이세요?"

수위실에서 인터폰으로 연락을 받은 듯 지환은 복도에 나와 어머니를 맞아들였다.

"상미 만나고 오시는 길이세요?"

곱지 않은 눈으로 위 아래를 훑어 내리며 들어서는 어머니의 품새가 마음에 걸린다. 자리를 권하며 지환이 물었다.

"긴 말하지 않겠다. 한 마디로 상민가 하는 그 애는 단념해라."

속에서 열기가 치미는 모양이었다. 에어컨디셔너가 쾌적한 실내 온도를 유지하고 있는데도 어머니는 두 손으로 활랑활랑 바람을 일으켰다.

"뭐 시원한 것 좀 드릴까요, 어머니?"

우선은 눙치고 드는 수밖에 없을 것 같다. 지환은 비서실로 나와 손수 오랜지쥬스 한 잔을 따라 들고 들어왔다.

"그래 상미를 만나 보시긴 하셨습니까?"

지환은 빙글거리며 어머니의 옆자리에 앉았다.

"당돌하고 건방지기가 짝이 없는 아이드구나……."

쥬스 한 모금을 마시고 나서 어머니는 지환을 노려보았다..

"그게 바로 그 아가씨의 매력입니다."

어머니가 화를 내는 이유를 대충은 짐작할 수 있었다. 지환은 계속 느물거리는 작전으로 나가는 수밖에 없다고 생각한다. 어차피 아버지보다는 만만한 어머니 아닌가. 어머니를 설득시키지 못하고 아버지의 이해를 얻어내기란 어려운 일이었다.

"이 쓸개 빠진 녀석아, 넌 그래 너를 사랑하지도 않는다는 도도한 계집애한테 제발 나하고 결혼해 주십시오 하고 빌붙었단 말이냐?"

"상미가 그러던가요? 저를 사랑하지 않는다고?"

어머니와 상미 사이에 오고 갔을 대화가 점점 감이 잡히는 것 같다.

"본인의 말로는 자신은 네 치밀한 계획에 의한 피해자라고 하드구나?"

어머니의 말투는 여전히 날이 서 있는 듯하다.

"그건 사실입니다."

지환이 정색을 했다.

"그런데도 너는 그 계집애한테 결혼을 해 달라고 애걸복걸했단 말이냐?"

"어머니, 그 상미라는 아가씨의 좋은 점이 바로 그런 점입니다. 비굴하지 않고 솔직하게 자신의 의사를 분명히 밝힐 줄 아는 점 말입니다. 저는 상미에게 애정을 구걸한 게 아닙니다. 제 인간적인 고민과 진실을 있는 그대로 털어놓았을 뿐입니다. 인간적으로 저를 이해해 주기를 바랬습니다. 그러나 아직 마음의 결정을 내리지 못했을 겁니다. 그런 상황에서 느닷없이 찾아가셨으니 아마 자신의 현재 심정을 솔직하게 털어놓은 모양입니다. 상식적으로 생각하기에는 저와 너무나 격차가 심한 그런 상대일지도 모릅니다, 그러나 누구 앞에서나 조금도 비굴하지 않게 자신의 의사를 밝힐 수 있는 그 아가씨의 총명함과 자존심을 전 오히려 사랑합니다. 어머니!"

지환은 갑자기 의자에서 내려앉으며 어머님 앞에 꿇어앉았다.

"어머님께서 저를 얼마만큼 사랑하시는지 알고 있습니다. 또 아버님이나 어머님께서 얼마나 손자를 안아 보고 싶어하시는지도 알고 있습니다. 그런 부모님의 심정을 알면서도 부모님을 기쁘게 해 드리지 못한 제가 마음 속으로 얼마나 괴로워 했는지는 모르실 겁니다. 사실 한 때 저는 결혼뿐만 아니라 제 인생의 의미까지를 포기할 정도로 자포자기하는 심정에 빠진 적도 있었습니다. 하지만 상미는 제게 삶의 의욕을 되살려 준 여잡니다. 그리고 아버님 어머님에게 손자를 안겨 드릴 수 있는 이 세상에 단 하나뿐인 여자입니다. 어머니, 저를 사랑하시는 그 자애로움으로 상미를 받아들여 주세요……."

지환의 뺨 위로 눈물이 흘러내리기 시작했다. 울먹이는 지환의 목소리가 뜨거운 화젓가락이 되어 어머니의 가슴을 저미는 것 같았다.

"어머니……."

지환은 어머니의 무릎 위에 얼굴을 묻으며 어깨를 흔들기 시작했다,

"불쌍한 놈……."

어머니가 훌쩍 콧물을 들이마셨다.

"잘혔어, 암 잘혔구 말구, 백 번 천 번 잘 생각한 일이제……."

연실로부터 상미가 핏덩어리를 지워 버리는 데 동의했다는 얘기를 들으면서 달수는 한 시름 놓았다는 생각이 들었다.

"내일 퇴원하는 길로 내가 대꼬 병원엘 들러서 올라요……."

연실의 입장에서도 상미가 순순히 동의해 준 것이 고맙다. 아무런 표정도 없는 얼굴에서 말간 눈물 줄기를 흘리며 고개를 끄덕여 주던 상미의 모습이 떠올랐다.

"기왕에 수술을 할라면 입원한 병원에서 해분지제?"

불쑥 말을 뱉어 놓고도 달수는 아차 싶었다.

"상미 아부지. 시방 먼 소리를 한다요. 그 병원은 과장인가 원장인가가 부사장 친구라든디, 상미가 거기서 수술을 한다면 소문이 안 나겠소?"

달수는 입을 다물고 말았다. 말이야 바른 말이지 그런 일이라는 게 쉬쉬해 가며 남몰래 해야 할 일이지 백일천하에 드러내 놓고 처녀가 애를 따러 병원 가요 하고 광고하고 다닐 일은 아니지 않은가. 상미를 위해 그

런 잔 신경을 쓰는 걸 보면 역시 애비보다는 에미가 났구나 싶기도 했다.

"저녁 참에 또 병원에 갈랑가?"

달수가 지나가는 말처럼 물었다.

"예. 당신 저녁상 차려 드리고 상미 죽 쪼개 쒀 갖고 가서 자고 올라 요."

대청마루에 낡은 괘종시계를 쳐다보며 연실이 훌쩍 일어섰다.

연실이 달수의 저녁상을 챙겨 디밀고 병원에 도착했을 때 마침 병실에 는 지환이 와 있었다.

"어머님이 수고가 많으십니다……."

지환이 벌떡 일어서며 연실을 맞았다.

"수고는 내가 뭔 수고……."

지환에게 똑 떨어지게 반말을 할 용기가 연실은 없다.

"오늘 낮에 저의 어머님과 인사를 나누셨다면서요."

상미와 연실을 빈갈아 보며 지환이 물었다.

"사부인께서 심기가 언짢으신 것 같든디……."

치맛바람을 일으키며 홱 돌아서던 지환 어머니의 모습이 자꾸만 마음 에 걸리는 연실이었다. 죽 사발을 쟁반에 바쳐 상미에게로 다가서며, 그러 나 질문은 지환에게 던졌다.

"크게 걱정 안 하셔도 괜찮습니다. 병원에서 나오셔서 곧바로 사무실로 오셨기에 제가 잘 말씀드렸습니다……."

그럴싸하게 생각해서인지 지환의 표정이 밝아 보였다.

"글씨…… 참말로 맴이 풀리셨담사 천만 다행스런 일인디……."

여전히 지환을 등진 자세로 연실은 중얼거렸다.

"상미씨, 내일 퇴원 시간에 맞춰서 다시 올게……."

상미가 죽 한 그릇을 다 비우는 것을 보고 나서 지환은 돌아갈 뜻을 비쳤다,

"아니에요. 어머니하고 택시로 그냥 퇴원할게요……."

"그럴 필요 없어요. 이제부터 상미씨에 관한 모든 일은 내가 알아서 할 테니까, 상미씨는 그저 편안히 시키는 대로만 해 줘요."

상미의 거절을 사양쯤으로 생각하는 지환이다. 연실에게 허리를 굽히며

돌아설 자세를 취했다.

"절대적인 호의가 때로는 상대방의 자존심을 상하게 한다는 것 생각해 보신 적이 있나요?"

침대에서 발딱 상체를 일으키며 상미가 지환을 노려보았다.

"바쁘실 텐데 그렇게까지 신경 쓰실 것 없네요. 내일 아침 내가 택시에 태워가꼬 집에 갈랑께 오지 마시시오"

상미를 거들고 나서지 않을 수 없는 연실의 입장 아닌가. 지환은 더 이상 별다른 말이 없었다.

"그럼 편할 대로 해요"

지환이 상미를 향해 가볍게 목례를 보내고 돌아섰다.

"살펴 가시시오⋯⋯."

복도까지 따라나서며 연실이 지환을 배웅하고 돌아왔다.

"십년 감수는 했는갑다⋯⋯."

연실이 상미를 향해 멋쩍게 웃었다.

다음 날 아침 상미와 연실은 퇴원을 서둘렀다. 지환이 혹시 차라도 보내 줄지 모른다는 생각에서였다.

"그래 그 병원으로 갈 것이냐?"

택시에 오르며 연실이 물었다. 새벽녘까지 잠을 못 이루고 뒤척거리면서 상미가 처음 자신의 임신 사실을 진찰해 준 산부인과 병원을 입에 올렸었기 때문이었다.

'⋯⋯나 성남경찰서 청소년선도위원이라서 천 양 사건을 기억하고 있었어요⋯⋯.'

그러면서 상미의 등을 가만가만 두들겨 주던 여의사의 얼굴이 떠올랐다.

"시청 앞으로 가 주세요⋯⋯."

연실의 질문을 상미는 기사에게 대답했다.

산부인과의 그 여의사는 상미를 기억하고 있었다.

"잘 생각했어요, 수술은 아주 간단해요, 전에도 말했지만 그런 불행한 기억은 하루 빨리 지워 버리는 게 좋아요⋯⋯."

첫날처럼 여의사는 상미에게 무척 호의적이었다.

"선상님, 죄송허구만유……."

여의사 앞에서 오히려 죄인처럼 머리를 조아린 것은 연실이었다.

"어머님이시군요……. 하지만 오늘 당장은 수술이 곤란한데, 일단 약을 넣고 돌아갔다가 내일 아침에 하는 게 정상이거든요."

진찰실 침대 위에서 상미는 이를 악물며 두 눈을 감았다. 비록 같은 여자의 입장이긴 했지만 자신의 치부를 송두리째 드러내고 누워 있어야 하는 자신이 저주스럽게 느껴졌다.

"내일 아침 식사하지 말고 와야 해요……."

상미가 팬티를 끌어올리며 침대에서 일어나자 의사가 말했다. 상미의 얼굴이 강한 치욕감 같은 것으로 인해 주황색으로 달아오르고 있었다.

"이렇게 순진한 아가씨가 그런 불행한 일을 당하다니……."

여의사가 소독수에 손을 씻으며 혼잣말처럼 중얼거렸다.

"그럼 내일 뵙겠습니다……."

연실이 여의사를 향해 허리를 굽혔다.

연실이 앞장을 서고 그 등뒤에 숨듯이 고개를 떨어뜨린 채 상미는 병원을 나섰다.

"택시가 쉽게 잡힐랑가 모르겠다……."

연실이 병원 앞에서 두리번거리며 중얼거렸다.

"워매 요게 누구여…… 상미 아닌가비네……."

호들갑스런 목소리가 뒤통수를 긁어 쥐는 바람에 상미는 화달짝 놀라 뒤를 돌아보았다. 함평댁이 두 눈을 동그랗게 뜨고 연실과 상미를 번갈아 보고 있었다.

"아줌마……."

상미의 목소리가 자신도 모르게 목구멍 속으로 빨려 들어가고 있었다. 그건 분명히 나쁜 짓을 하다 들켜 버린 심정이었다.

"큰애기가 뭔 일로 산부인과 출입을 헌디야?"

함평댁은 이죽거리며 연실을 바라보았다. 영문을 모르는 연실도 멀뚱하게 상미와 함평댁을 바라보았다.

"너 혹시 그때 외팔이헌티 당한 것이 애가 들어선 것 아니냐?"

함평댁이 그예 상미의 상처를 쑤셔대기 시작했다. 비록 목소리는 낮추고 있었지만 함평댁의 눈빛은 연실과 상미를 향해 파랗게 타오르고 있었다. 그건 분명히 적의를 품고 있는 눈빛이었다.

그 때쯤 연실도 함평댁이 누구라는 것을 기억해 내고 있었다.

"안녕하세요……."

연실이 쭈빗쭈빗 다가서며 함평댁에게 인사를 했다.

"엄마, 가요 그만!"

상미가 연실과 함평댁 사이를 가로막으며 돌아섰다.

"상미야!"

함평댁의 눈꼬리가 상큼하게 치솟았다.

"너는 어째 예나 지금이나 고러콤 싸가지가 없냐. 내가 느그 엄니랑 나 몰라라 헐 사이도 아닌디 요로콤 야멸치게 해서 쓰겄냐, 시방 내 뱃속에는 니 동생이 들어 있어야!"

함평댁은 일부러 힘을 주어 아랫배를 내밀어 보였다. 상미는 갑자기 다리에 힘이 싹 빠져나가는 것 같다. 그대로 펄썩 주저앉고 싶은 느낌을 가까스로 참아 내고 있었다.

"아주머니……."

연실은 비로소 모든 사실을 환하게 알 수 있었다. 어쨌든 현재의 상황을 수습할 사람은 자신밖에 없을 것 같았다. 함평댁 앞으로 한 걸음 다가섰다.

"어디 다방에라도 잠시 가서 말씀하시지요."

"뭐, 그럴 것까지는 없고……. 좌우지간 요러콤 만났응게 상미 아부지 헌티 가서 말씀이나 전하시오. 기왕지사 다 지난 일잉게 나도 핏덩이 지워 번지고 다 잊어버리려고 생각했었는디 맴이 변해 부렀소. 야 상미 허는 짓도 괘씸하고 세 식구 깨가 쏟아지는 게 배가 아파서, 애새끼 낳아가꼬 당신들 집 앞에 갖다 둘란다고 말이요……."

함평댁이 입에 거품을 물며 휑하니 돌아섰다.

"상미 니년도 맴을 좋게 써야 복을 받을 것이다……."

병원 정문 앞에서 뒤를 돌아보며 함평댁은 삿대질을 했다.

상미는 휘청거리는 발걸음으로 걷기 시작했다. 한시라도 빨리 병원 부근에서 벗어나고 싶었다.

마침 빈 택시 한 대가 달려오고 있었다. 차를 세워 상미는 무조건 올라 탔다. 연실도 허둥거리며 뛰어와 차에 올랐다.

"아자씨 분당꺼정 갑시다."

연실이 운전기사에게 말했다.

상미는 연실의 음성을 꿈결처럼 들으며 눈을 감았다. 전신이 택시 시트 속으로 한없이 가라앉는 것 같다. 손가락 하나 까딱할 기력이 없었다.

"상미야 따지고 보면 모든 것이 다 이 에미 잘못 때문이다. 죄를 받아 죽어야 헐 년은 바로 이 에미여……."

상미는 연실이 병원에서 집으로 돌아오기 전 아버지의 방을 자기 방처럼 드나들던 함평댁의 모습을 떠올렸다.

연실이 퇴원하기 하루 전이었다. 상미가 집안으로 들어서는 순간 자신을 피하듯 황급하게 화장실로 뛰어들어가던 함평댁의 뒷모습이 눈앞에 어른거렸다. 그때 마루에서 자신을 내려다보던 아버지의 당황해 하던 모습 그 모습에서 까닭 모를 깅한 배신감 같은 깃을 느끼던 기억도 되실아났다.

"상미야, 괜찮냐, 어쩌냐?"

엄마가 옆에서 상미의 어깨를 흔들었다.

"나한테 신경 쓰지 마세요."

눈을 감은 채 상미가 쏘아 부쳤다.

"느그 아버지헌티 얘기를 해야 쓸런가 안 해야 쓸런가 모르겠다……."

엄마가 길게 한숨을 내 쉬었다.

분당 집 앞에서 차를 내릴 때쯤에서 상미는 눈을 떴다.

"상미야, 그 아즈매 만난 일은 당분간 느그 아부지헌티 말하지 말아야 안 쓰겄냐?"

차에서 내린 상미를 부축해 주며 연실이 조심스럽게 물었다.

"엄마가 알아서 하세요."

상미는 극히 사무적인 어조로 대답했다. 엄마에게 그처럼 냉담해질 수 있는 자신이 미웠다. 하지만 함평댁과의 일은 아버지와 엄마의 몫이었다. 아버지의 입장을 아무리 이해한다고 하더라도 그것은 어디까지나 이해일 뿐 상미가 관여할 몫은 아닌 것 같았다.

차에서 내리는 걸 봤는지 아버지는 대문 쪽을 피해 눈을 내리 깔았다.

"상미 방에 불 넣고 이불 깔아놨구먼……."

달수가 상미에게도 연실에게도 아닌 후줄근한 목소리로 말했다.

방으로 들어와 상미는 쓰러지듯 자리에 누웠다.

"방서방헌티서 전화 왔었다……."

대청 쪽에서 아버지가 계속 어눌한 목소리를 내고 있었다.

"점심 챙겨드릴께라우?"

대청에서 서성거리는 달수에게 연실이 물었다.

"생각 없구만……."

달수가 연실을 돌아보았다. 상미가 예정대로 수술을 받고 왔는가를 묻는 얼굴이었다.

"수술은 내일 아침에나 해야 쓴답디다…… 약만 넣고 왔소……."

병원 앞에서 상미에게 삿대질을 하며 입에 거품을 물던 함평댁의 모습이 되살아났다.

안방 문갑 위에서 전화벨이 울리기 시작했다.

"이래 내놔!"

연실이 수화기를 들어 올리려 하자 달수가 수화기를 낚아채듯 집어들었다.

"여보시오!"

그러나 수화기를 집어든 달수의 안색이 굳어지고 있었다.

"뭣 땜이, 또 전화당가?"

연실은 순간적으로 전화의 주인공이 함평댁이라고 직감했다. 차라리 잘됐다 싶은 생각이 먼저 들었다.

"뭣이 어쩌고 어쩐다고?"

달수의 얼굴이 금세 시뻘겋게 달아오르기 시작했다.

"시방 말 다헌 것이여?"

눈 앞에 있으면 한 대 후려치기라도 할 듯 달수는 주먹을 부르쥐며 핏대를 올렸다.

"내 당장 달려가서 그 놈의 아가리를 확 찢어놓을랑께 거기 있어 봐!"

달수가 탕 소리가 나게 소화기를 내려놓고 후딱 돌아섰다. 달수의 기세에 눌려 연실은 아무 말도 못하고 옆으로 비켜섰다.

"어째서 그 여편네를 만났다는 말을 안 혔어?"

마당으로 내려서며 달수는 눈을 부라렸다.

"어디를 이렇게 급하게 가십니까?"

대문을 뛰쳐나가던 달수가 아래채에 이사를 와 있는 정신병원의 원무과장과 마주쳤다. 근 한 달이 다 됐지만 좀처럼 마주치는 기회가 없던 과장이었다.

"어이구, ……한 집에 살면서도 얼굴 뵙기가 어려우니 원……."

달수는 스스로 마음을 달래며 과장에게 인사치례를 했다

"지금, 세입자 대책본부에서 오는 길입니다. 이주 대책비 4백 만원에 분당상가 입주권을 받기로 대충 결정이 났습니다……."

과장은 무척 기분이 좋은 모양이었다. 손수건으로 대머리에 맺힌 땀을 닦아내며 싱글벙글 웃었다.

"잘 되셨구먼요."

일단 과장에 대한 부담감이 없어지는 것 같아 달수도 홀가분한 느낌으로 대답했다.

"다 천 사장님 덕분입니다. 나이 오십에 겨우 장사 터라도 하나 얻게 생겼으니…… 헛허."

과장은 너털웃음마저 웃고 있었다.

과장은 이사오던 날부터 세입자 대책본부에 열심히 쫓아다닌 걸 달수는 어렴풋이 알고 있었다. 분당의 세입자들이 성남 시내까지 진출하여 수진리 고갯길을 점령하고 농성을 벌일 때에도 제일 앞줄에 앉아 주먹을 불끈불끈 쥐어흔들던 과장의 모습을 본 기억이 있었다. 옛말에 굴러온 돌이 박힌 돌을 빼낸다고 했던가. 하여간 신도시 발표가 있은 후에도 한참만에 세를 들어온 과장네가 상가 입주권을 얻어냈다는 건 대단한 솜씨다 싶었다.

"그럼 전 좀 볼 일이 있어서……."

달수가 더 이상 무슨 얘기건 하고 싶어하는 눈치를 보이는 과장에게 목례를 보였다.

"아, 어서 다녀 오십시오, 일간 대포나 한 잔 하입시다……."

과장의 목소리를 어깨 너머로 흘리며 달수는 걸음을 재촉했다.

'이놈의 여편네 아가리를 어떻게 틀어막는다?'

큰길에서 택시를 기다리며 달수는 골똘하게 함평댁의 일을 생각했다.

함평댁하고 어우러질 때마다 은근히 걱정을 하던 일이 현실로 나타난 것 아닌가? 사실 달수는 함평댁에게 임신을 시키지 않기 위해서 날짜 선택을 꽤나 신경을 써온 터였다.

이미 수년간 살을 섞으며 지낸 함평댁이기에 그녀가 다달이 겪는 일이 며칠쯤인가를 달수는 기억하고 있었다. 그래서 그 날을 전후하여 관계를 가져왔던 달수였다. 이런 달수의 계획된 행동을 함평댁이 모를 리 없었다. 작년 여름이었다. 달수가 일을 시작하기 전 무심히 '월경 헌지 며칠 됐어?'라고 물었다. 그러나 묻고 나서도 달수는 속으로 아차 싶었다.

아니나 다를까. 속치마 바람으로 발랑 누워있던 함평댁이 발딱 몸을 일으켰다.

"그라고 본께 당신 나헌티 임신 안 시킬라고 계획적으로 날짜를 잡아왔구먼 그려?"

댓바람에 눈초리가 샐쭉해진 함평댁이 밤새도록 종주먹을 들이댄 적이 있었다.

"……어차피 이 년은 적당히 대꼬 놀다가 버릴 년이다 고런 생각을 하고 있응께 나가 아를 못 갖도록 하는 것 아니고 뭣이요……. 아이고 더러운 이년의 팔자, 늘그막에 아들 새끼라도 하나 있으면 덜 허전하고 살 맛이 날틴디, 속에는 고런 도둑놈 복장이 들어앉아 있는 줄 워찌 알았으까잉……."

그 날 밤새도록 눈물 콧물을 쥐어짜며 앙탈을 하던 함평댁이 아닌가. 성호시장 입구에서 택시를 내릴 때쯤 달수는 착잡한 심정이 되어 있었다.

달수는 집을 나설 때의 기분과는 달리 천천히 걸어 함평옥 안으로 들어섰다. 점심시간이 방금 끝난 식당 안은 어수선했다.

식탁 위에는 가스 버너, 밥을 비벼먹은 냄비며 접시들이 멋대로 널려 있었고, 개뼈다구 풋고추 된장접시, 마늘에 허연 물수건들도 뒤엉켜 있었다.

홀을 지나, 저녁에는 함평댁이 잠자리로 쓰고, 낮에는 식탁 세 개를 늘어놓을 수 있어 손님도 받고 하는 방 앞으로 다가섰다.

"워따매, 점잖으신 사장님이 요것이 뭔 짓이다요……."

암내가 물씬 물씬 묻어나는 함평댁의 노리끼리한 목소리가 새어나왔다.

"아줌마 보신탕을 많이 먹어서 그런지 참 살결 곱네……."

적당히 취해 있는 30대쯤의 사내 목소리도 들려왔다.

달수는 인기척을 할까 생각했으나 자신도 모르게 미닫이를 드륵 열어제쳤다.

"아이 고매 놀래라…… 애떨어지겠네!"

호들갑스런 목소리와 함께 함평댁이 사내의 가슴에서 떨어져 물러앉으며 머리칼을 쓸어 올렸다. 그러나 그 순간 달수는, 훤히 드러난 함평댁의 허연 허벅지 위에서 아직도 엉거주춤해 있는 사내의 손길을 보았다. 길바닥에 쏟아 부은 기름 위에 성냥불을 켜 댔을 때처럼 퍽 소리를 내며 가슴 한 구석에서 불길하게 지솟는 걸 달수는 지그시 참는다.

"나 쪼갠 보드라고!"

감정을 억제하며 가까스로 목소리를 냈다.

"손님이 기신디, 뭔 짓이다요. 예의도 없이……."

함평댁이 허벅지 위로 밀려 올라간 치맛자락을 슬며시 끌어내리며 하얗게 눈을 흘겼다.

"당신 뭐야?"

틀림없이 함평댁의 속살을 주무르고 있었을 30대 초반쯤의 사내도 댓바람에 반말을 했다.

"야, 이 쓰벌놈아 너는 에미 애비도 읎냐, 어디다 대고 반말이여 반말이?"

달수의 인내는 거기까지가 한계였다. 욱하는 성질에 대번 육두문자가 튕겨 나왔다.

"이 영감이 미쳤나. 누구보고 쓰발놈이래?"

사내가 식탁을 주먹으로 탕 치며 자리에서 벌떡 일어섰다.

"자껏, 염병하네, 니가 일어서면 워쩔티여 이놈아!"

달수가 신발을 신은 채 방안으로 성큼 들어서며 댓바람에 사내의 멱살을 틀어쥐었다. 달수의 우악스런 완력에 대번에 목이 졸린 사내의 얼굴이 벌겋게 달아올랐다. 달수가 한 손으로 흔들어도 전신이 후들거리는 사내는 약골이었다.

"이거…… 이거 못 놔……."

참새도 줄을 땐 '쩩' 소리를 낸다던가, 숨이 막혀 말이 제대로 안 나오는데도 사내는 안간힘 같은 저항을 했다.

"야, 이 쓰벌놈아, 쾌기에 술에 실컨 처묵었으면 돈이나 내고 나갈 것이제, 누님도 한참 누나 같은 너무 여편네한티 뭔 수작이여 수작이……."

그야말로 개 끌어내듯 사내를 끌어내 홀쪽으로 밀어 던지자 사내는 엉덩방아를 찧으며 시멘트 바닥에 벌렁 주저앉았다.

"좆대강이를 확 분질러 버리기 전에 얼른 안 꺼지고 뭘 보냐?"

달수가 다시 주먹을 불끈 쥐어 보이자 사내는 벌떡 일어나 뒷걸음질을 치다 홱 돌아서 홀을 빠져나갔다.

"당신이 뭔디 남의 일에 간섭이여?…… 남의 영업을 방해허냐고?"

달수가 불끈 쥐었던 주먹을 펴 손바닥을 탁탁 털며 돌아서자 이번엔 함평댁이 약이 오른 목소리로 쏘아부쳤다.

"애 뱄다는 게 사실이여?"

달수가 곱지 않은 눈으로 함평댁을 내려다보았다. 지금까지 함평댁은 그 사내와 어울려 소주 몇 잔쯤 홀짝거린 게 틀림없었다.

얼굴은 물론 목덜미까지 잘 익은 복숭아 빛으로 물들어 있었다. 발그레한 얼굴에 눈 꼬리만 살짝 올라간 함평댁의 모습을 보는 순간 달수의 거시기가 아랫도리에서 갑자기 대가리를 치켜들기 시작했다. 방금 뛰쳐나간 사내의 손길이 더듬고 있던 희멀건 함평댁의 속살이 눈에 어른거렸다.

"뱄소 그러니 워쩔라요?"

갑자기 차일을 치며 일어서는 달수의 아랫도리를 함평댁은 눈치챘다. 그러나 겉으로는 모르는 체 턱을 치켜올리며 달수에게 대들었다.

"워쩌긴 뭘 어쩌!"

털썩 무릎을 꿇고 앉는가 싶은 순간 달수는 잡담 제쳐놓고 함평댁을 밀어뜨리며 말 타듯 올라탔다.

"워매, 뭔 짓거리여…… 미치려면 좋게 미치시오……."

함평댁의 저항은 완강했다. 그러나 이 저항이 미처 1분도 못 간다는 사실을 달수는 알고 있었다. 도리도리를 하며 용을 쓰는 함평댁이 뒷 머리카락을 목 밑으로 돌려 한 손으로 움켜잡고 왼쪽 귓구멍에 입술을 틀어박았다. 고압전류에서 감전이라도 되듯 저항이 탁 풀리며 함평댁은 '헉' 소리가 나게 숨을 들이켰다. 바로 거기 왼쪽 귓구멍이 함평댁 성감대의 급소였다.

10분쯤 침을 바르며 왼쪽 귓구멍을 후벼대자 함평댁은 깍지 손을 끼며 달수의 허리를 끌어안았다.

"워매 잡놈······."

눈을 허옇게 까뒤집으며 함평댁이 푸념처럼 내뱉었다.

달수는 서두르기 시작했다. 열려 있는 식당 문이 마음에 쓰였다. 바지를 벗고, 함평댁의 팬티를 끌어내리고 할 여유가 없었다. 바지의 지퍼만 열고, 뜨끈뜨끈해진 거시기를 흉기처럼 뽑아내 함평댁의 팬티 가랑이 사이로 무작정 쑤셔 박았다.

"워매 잡놈이 사람 죽이네······."

바드득 소리가 나게 이를 갈며 함평댁이 진저리를 쳤다. 왼쪽 다리가 나와 있는 팬티 사이를 비집고 들어간 거시기가 출입을 하기엔 약간 거북살스러웠다. 그러나 함평댁이 뜨뜻미지근한 애액을 벌컥벌컥 쏟아내자 금세 통로가 질척해졌다. 달수는 픽픽 소리가 나도록 풀무질을 해대기 시작했다.

"워매 나 죽네······."

함평댁의 앙다문 이빨 사이로 신음소리가 새어나오기 시작했다. 달수의 예상대로 1분도 못간 앙탈이었다. 이미 불덩어리처럼 달아오른 함평댁의 불두덩을 달수는 모질게 내리 찍었다. 그 찍는 속도가 빨라지는 것과 비례하여 함평댁은 어금니가 부서져나가는 신음소리를 토했다. 달수의 우람한 허리통에 찰거머리처럼 휘어 감긴 함평댁의 팔뚝에 파랗게 핏줄이 일어서고 있었다.

"아이 고매, 나 죽네······."

대낮에, 그것도 언제 손님이 들이닥칠지 모르는 식당 안방에서의 불완전한 방사가 아닌가. 달수도 숨이 턱에 닿아 서둘렀지만 신경이 쓰이는 탓인지 오히려 결정의 순간이 늦어지고 있었다. 그럴수록 함평댁의 '아이 이고 매, 나 죽네……' 소리는 높아만 갔다.

달수는 갈수기에 논물을 대는 양수기 발동 걸리는 소리가 나도록 함평댁의 불두덩을 으스러지게 내리찍으며 마지막 용을 썼다.

가까스로 그러나 시원하게 내뿜고 나자 비로소 전신이 물에 빠진 것처럼 후줄근하게 젖어 있음을 의식한다. 그러나 깍짓손으로 달수의 허리를 잡고 늘어진 함평댁은 그때사 고비를 넘기고 있었다.

"쪼갠 더 …… 쪼깨 더 해주랑께……."

입을 있는 대로 딱딱 벌리며 방금 숨이라도 넘어갈 듯 함평댁은 몸을 틀었다.

이미 시들해진 달수가 마지못한 듯 아랫도리를 두어 번 흔들다가 슬며시 멈춰 버렸다.

함평댁의 깍지손에서도 비로소 느슨하게 힘을 빠져나가고 있었다.

"애 새끼는 지워버려!"

함평댁의 계곡 속에서 거시기를 뽑아 올리며 달수가 생각난 듯 말했다.

"그러코는 못허겄소!"

함평댁이 달수의 가슴팍을 왈칵 밀어내며 냉큼 일어나 앉았다.

"뭣이여?"

달수가 벌컥 소리를 질렀다.

"머시마 건 가이나 건 낳아가꼬 내 손으로 기를라요."

함평댁의 기세도 만만치가 않다.

"누구 마음대로 새끼를 내질러?"

"내 마음이제 누구 마음이라요?"

"안 된다면 안 되는 줄 알아!"

"식탁 위에 냅킨으로 거시기를 대충 닦아 바지 속으로 쑤셔 넣으며 달수는 사뭇 단호한 어조로 말했다. 그 사이에 함평댁도 달수에게 등을 보이며 사타구니를 닦아내고 있었다.

"그 나이에 애새끼를 낳아가꼬 뭣을 어쩌겠다는 것이여? 그런다고 내가 두 집 살림이라도 할 걸로 생각한다면 오산이제……."

윽박지르는 것만이 능사는 아니라고 달수는 생각한다. 약간 어조를 누그러뜨리며 달수는 함평댁을 설득할 자세가 되고 있었다.

"나나 상미 아부지나 모두 딸년 하나씩뿐이 옶는디. 늘그막에 아들이라도 하나 생기면 외롭지 않고 좋지 어쩨라우?"

함평댁이 정색을 하며 돌아앉았다.

"다 큰 가이나들 보기에 부끄러운 생각은 안 허고?"

반문하면서도 달수는 '늘그막에 아들'이라는 함평댁의 얘기에 귀가 솔깃해지는 자신을 의식한다.

"가이나야, 시집가불면 고만이지만 꿩도 매도 다 놓치고 나는 뭔 낙으로 산다요?"

듣고 보니 그럴싸하기도 했다. 달수는 함평댁의 전신을 눈으로 훑어 내렸다.

"보시오, 상미 아부지!"

한결 누그러진 달수의 기세를 눈치챈 함평댁이 무릎걸음으로 다가앉았다.

"나가 아를 낳더라도 상미 아부지헌티는 쪼개도 신경 안 쓰게 헐 팅께 내비두시오 잉. 나도 평생 나 하나 묵고 살 만큼은 벌어놨고, 어차피 상미 아부지는 상미 엄니하고 죽을 때꺼정 살아야 할 팔잔디. 내가 뭣을 바라고 뭔 낙으로 시상을 살 것이오. 다행히 머스마가 나오면 상미 아부지헌티도 아들겸, 손자겸 재롱도 볼 수 있을 것이고 그렇다고 내가 상미 아부지헌티 생활비를 돌라 카겠소. 작은마누라로 들어앉길 하겠소…… 피차에 늙어 감시로 머시마 크는 것 보며 친구 맹키로 지내면 그게 다 좋은 일 아니겠소?…… 그랑께 암말 마시고 나가 애를 낳도록 내버려두시오 잉. 예, 상미 아부지……."

함평댁은 이제 간절한 표정으로 달수의 무릎을 흔들며 사뭇 애원하다시피 했다.

"꼭 머시매를 놓을 자신이라도 있는갑네……."

달수는 어느새 함평댁의 말에 동의하고 있었다.

"아따 만일 딸이면 또 어쩐다요. 이게 내 핏줄이거니 허면 상미 아부지한티도 해될 것도 없을 거구만……."

함평댁으로서도 전혀 준비가 없던 얘기였다. 어제 오후만 하더라도 달수와의 관계를 깨끗이 지워버리기 위해서 산부인과 병원을 찾아갔던 함평댁 아닌가. 연실과 상미를 만나는 순간 오기 비슷한 심정에서 억지를 부리고 돌아왔지만 오늘 낮 달수가 찾아올 때까지 만해도 애를 낳겠다는 생각은 해보지 않은 함평댁이었다. 그러나 한 번 말을 꺼내고 나자 이미 그 일은 기정사실화 되어 있었던 것처럼 함평댁은 아이에 대해 강한 집착을 보이고 있는 것이다. 자신도 모를 일이었다.

"늘그막에 자네나 내나 마음 고생이 심할 것을 생각 안 혀봤능가?"

달수는 고작 그런 정도의 말밖에 할 수가 없었다.

"물론 그런 각오야 하고 하는 말이지라우. 내 나이 인자 마흔 셋이니까 아직도 팔자 고칠 생각만 하면 어째 못허겄소. 하지만 더러운 게 정이라고 내가 상미 아부지헌티 이미 3년을 서방처럼 대혔는디 이제사 워쩌키 팔자를 고친다요⋯⋯."

함평댁이 돌연 치맛자락을 들어올려 팽소리가 나게 코를 풀었다.

이쯤 나오면 으레 달수 쪽에서 마음이 약해지기 마련이었다. 주춤주춤 뒤로 물러서는 수밖에 없었다.

"좌우지간 그 문제는 며칠 더 두고 생각해 보기로 하드라고⋯⋯."

달수가 자리에서 벌떡 일어섰다.

"생각허나 마나 이미 내 마음은 정해졌응께 나한테 애 지워버리라는 소리는 다시는 입밖에 내지 마시오⋯⋯."

함평댁이 눈물이 번진 시선으로 달수를 올려다 보았다.

"자네 기분도 알 것 같기는 허시, 하지만 자식이 뭔 애완동물도 아닌디, 가이나건, 머시매건 그것이 다 자라려면 우리 나이는 이미 칠십 줄에 들게 될 것이고, 행여라도 우리가 지명대로 못 산다고 치면 그 애 새끼 인생도 별 수 없이 개 같은 인생 아니겠는가. 이 참에 상미년 다치는 거 본께, 그것이 다 내 죄다 싶은 생각이 들데, 줄잡아 한 4~5만 마리 개새끼가 내 손에 죽어 나갔는디 그러콤 살상을 하고도 내가 잘 되기를 바랄 수 있겠는가 싶은 생각도 들고⋯⋯ 그럴까 싶어 그런가, 요새는 어째 건강도 전만 못하고⋯⋯."

함평댁의 눈물이 번지는 시선을 외면한 채 달수는 혼잣말처럼 느릿느릿하게 중얼거렸다.

"건강이 어쩐다고 갑자기 죽는 소리를 허요? 아직도 젊은 가이나 서너 명은 데불고 살겄구만……."

함평댁이 입술을 비죽거리며 눈을 흘겼다.

"그것하고 건강하고는 다르제……."

달수가 비시시 웃음을 흘렸다.

"다르긴 뭣이 다르다요?"

"아 옛날에 본께 폐병이 들어 피를 한 요강씩 토하는 사람도 색은 되게 밝히더구먼."

"그렇게 상미 아부지가 폐병이라 그것이요 시방? 참말로 죽은 개가 웃겄소."

"이를테면 그렇다 그 말이제……."

"허기사 말이 났응께 말인디 나도 인자 요놈의 장사가 어쩐지 허기 싫당께라우……."

"늙기 전에 슬슬 절에라도 다님서 불공이라도 드릴까 싶은 생각도 늘고 그래라우……."

함평댁도 갑자기 뜨악한 표정을 하며 천장으로 시선을 던졌다.

"자네에게도 그런 생각이 들던가? 나도 오래 전부터 가게를 명식이 놈 헌티 물려주고 고만 손을 씻어야 쓰겄다고 생각허고 있었네."

함평댁의 말에 공감을 표시하며 달수가 천천히 고개를 끄덕거렸다.

"상미 아부지!"

함평댁이 갑자기 눈빛을 반짝이며 달수를 불렀다.

"말혀봐!"

"우리 운제 날 받아가꼬 같이 절에라도 한 번 안 갈라요? 서울 마장동 도살장에서는 한 달에 한 번씩 소, 돼지 위령제도 지낸다고 허든디 10년 동안 죽인 개새끼들 좋은 데로 가서, 다음에 환생할 때는 개새끼로 태어나지 말라고 빌어나 줍시다."

"그것도 괜찮은 생각이구먼……."

"그라문, 생각난 김에 요번 셋째 공일날로 아주 날을 정합시다."

함평댁이 다가앉으며 달수의 무릎을 흔들었다.

"요번 공일이 셋째 공일인가?"

"맞어라우."

"허면 절은 워떤 절로 갈 건디?"

"반공일날 떠나서 하룻밤 자고 오려면 맘에 정해둔 디가 한 군데 있는디…… 아무래도 당일로 다녀와야 쓰겄지라우?"

함평댁은 말꼬리를 사리며 달수의 눈치를 살폈다.

"기왕지사 맴 묵고 떠나는 일인디 하루를 자고 오면 워쩔라고……."

"워매, 고것이 참말이요? 그라문 속리산으로 갑시다."

함평댁은 손뼉을 철썩 치며 어린 아이처럼 즐거운 표정을 감추지 못했다.

"법주사 절로 가자 그 말인가?"

함평댁과 사람들의 눈을 피해가며 살을 섞어 온 지는 3년이 넘는 사이였다. 하지만 2~3년 동안 한 번도 성남을 떠나 본 적이 없는 두 사람이었다. 함평댁과 단 둘이 비록 하룻밤이나마 인적 드문 산사에서 보낼 생각을 하자 달수도 싫지 않은 기분이 됐다.

"법주사는 사람의 이목도 많고 워낙 큰 절이니까 안 좋아라우, 거기서 한 이 십리 떨어진 곳에 쪼깐한 절이 하나 있는디, 내 고향 성님 뻘되는 비구스님이 있는 절이 있당게라우……."

"첨 듣는 야그네?"

"그 성님이 초년 과분디, 고향 어른들이 재혼허라고 혔는디도 안 듣고 꼭 3년을 수절하고 나서 절로 들어갔어라우. 근 20년 됐응께 인자 부처님 다 됐겄구만요, 사실은 나도 늘그막에 가이나 시집 보내고 나서 그 성님 헌티 가서 몸을 의탁할까 생각하고 있었지라우……."

"그런 생각허고 있던 사람이 다 늦게 아는 무슨 아여?"

달수가 일어설 기미를 보이며 지나가는 말처럼 다시 또 애 얘기를 꺼냈다.

"그 얘기는 이미 끝난 얘긴디 뭣할라고 또 꺼내요?"

함평댁은 금방 샐쭉한 표정을 지었다.

"개 백정 애비에, 보신탕 장사허는 에미 피 받고 태어난 놈이 개 같은 인생뿐이 더 살겄는가 싶어 걱정돼서 허는 소리시."

달수는 부시시 일어섰다.

"반공일날 세시쯤 떠날 수 있겄소?"

함평댁도 뒤따라 일어서며 물었다.

"시간이야 아무럼 워띠여?"

"그라문 준비는 제가 싹 혀갖고 갈랑께 세 시꺼정 시간 맞춰서 터미널로 나오시쇼 잉?"

홀로 내려서는 달수의 등 뒤에서 함평댁이 다짐을 두둣 말했다.

"그러지 뭐……."

턱짓으로 나오지 말라는 시늉을 해 보이고 달수는 함평옥을 나섰다. 오후 3시가 약간 지난 성호시장 골목은 한산했다. 가게 앞에서 난전을 벌이고 퍼질러 앉아 있는 여편네들이 뙤약볕을 맞으며 꾸벅꾸벅 졸고 있었다.

시장 골목을 빠져 나온 달수는 모란쪽으로 향해서 휘적휘적 걷기 시작한다. 뒤통수에서부터 땀이 흐르기 시작했다. 땀이 금방 등줄기를 타고 허리께로 흘러내리고 있었다. 축축한 아랫도리에서도 불쾌한 끈끈함이 묻어 흘러내렸다.

'워디로 간다?'

걸으면서도 달수는 방향을 정하지 못하고 있었다. 문득 연실의 핏기 없는 얼굴이 떠올랐다. 기세 등등하게 분당 집에서 뛰쳐나오던 일을 생각하자 피식하고 쓴웃음이 떠올랐다.

"참말로 더럽게 덥네."

중얼거리며 무턱대고 걸었다.

'워째서 삭신이 요로콤 폭폭하다냐……?'

달수는 걸으면서 소리내어 중얼거렸다. 팔다리가 천근처럼 무겁게 느껴졌다. 허리도 뻐근한 것 같고 어깨도 쑤셨다.

'아무래도 목욕이라도 좀 해야 쓰겄네.'

달수는 목욕탕 굴뚝이 눈에 뜨이는가 싶어 걸음을 멈추고 사방을 둘러보았다. 길 건너편으로 목욕탕 굴뚝이 눈에 들어왔다.

잰걸음으로 횡단보도를 건너 목욕탕으로 찾아 들었다. 훌훌 옷을 벗어던지고 탕안으로 들어서서 샤워 아래서 우선 찬물을 뒤집어썼다. 한결 몸이 가뿐해지는 것 같았다. 달수는 한참동안 찬물을 뒤집어쓰며 끈끈한 사타구니도 말끔히 닦아냈다. 땀을 흠뻑 좀 빼야겠다고 생각하며 사우나실이란 아크릴 간판이 붙어있는 문을 열었다. 카펫 바닥에 가부좌를 틀고 앉아 고개를 숙이고 있는 젊은 사내가 한 사람 있었다.

달수는 젖은 수건을 머리에 얹고 평상처럼 생긴 나무의자에 걸터앉았다.

"아버님 아니십니까?"

눈을 감으려던 달수는 귀에 익은 듯한 목소리에 사내쪽을 돌아보았다.

"이 사람이 웬일이여?"

달수는 대뜸 떨떠름한 얼굴이 됐다. 경민이었다. 엉거주춤하게 일어선 상태로 경민이가 허리를 굽혔다.

"헛… 허음."

대답대신 달수는 헛기침을 했다. 경찰서 유치장에서 경민을 후려 패던 생각이 떠올랐다. 개운하던 기분이 금방 지랄 같은 기분으로 변하고 있었다.

"그 동안 별 일 없으셨습니까?"

달수와는 달리 경민이 깍듯이 인사를 차렸다.

"형무소에서는 원제 나왔는고?"

아무 말이고 하지 않을 수 없었다. 불쑥 내뱉는다는 소리가 고작 그거였다.

"며칠 됐습니다. 상미도 잘 있겠지요?"

경민은 타월로 아랫도리를 가린 채 이제는 똑바로 서 있었다. 달수는 문득 경민이가 모란시장 가게로 처음 찾아오던 날의 기억이 되살아났다. 다짜고짜로 골방으로 밀고 들어가 바지를 벗어보라고 했을 때 난처해서 어쩔 줄 몰라하던 경민의 모습이 떠오르자 방금 웃음이 터져 나올 것 같았다. 솟구치는 웃음을 달수는 어금니를 물며 참아 넘겼다.

"내일 모레 시집갈 건디, 안부는 알아서 뭣할 것이여?"

의식적으로 퉁명한 소리를 내뱉었다.

"그럼 전……"

경민이 다시 정중하게 목례를 보내고 사우나실 문을 밀고 나갔다.

이미 전신에서 땀이 비오듯 흐르고 있었다. 달수는 지그시 눈을 감으며 몸을 좌우로 흔들기 시작했다.

'……가능하면 아버님의 축복 속에서 저희들은 결합하고 싶습니다. 그러나 경우에 따라서는 저희들 임의로도 결혼을 할 수 있는 나이라고 생각합니다……'

경찰서 유치장 안에서 경민을 달수의 방으로 불러놓고 닦달을 했을 때 또렷한 목소리로 자신의 의사를 밝히던 경민의 모습이 감은 망막 속에 선명히 떠올랐다.

'예끼, 이 후레자식!' 이라고 했던 것 같았다. 자신도 모르게 경민의 면상을 후려치던 기억도 떠올랐다. 코에서 피를 흘리면서도 달수의 매를 피할 생각도 하지 않고 고스란히 맞고 있던 경민의 모습이 자꾸만 눈앞에 어른거렸다.

'안 돼! …… 암 절대로 안 되고 말고……'

달수는 마치 누가 옆에 있기라도 한 것처럼 고개를 설레설레 내두르며 중얼거렸다. 경민과 지환을 비교한다거나 저울질해 보는 일 따위는 전혀 무의미한 일이라는 생각이 온통 머리 속을 지배하고 있었다. 달수는 벌떡 일어나 탕으로 나왔다. 경민은 샤워 아래서 온 몸에 비누칠을 하고 있었다. 사타구니 사이에서 이리저리 흔들리는 실팍한 경민의 거시기가 눈에 들어왔다. 그 순간 달수는 지환이 저런 실팍한 밑천을 갖고 있었으면 얼마나 안성맞춤이겠나 싶은 생각이 떠올랐다.

'……좆만 크다고 사내노릇 허는 건 아니니까……'

떠오른 생각을 애써 부인하며 달수는 냉탕 속으로 텀벙 뛰어들었다.

"저 먼저 나가보겠습니다."

냉탕 속에서 한참이나 몸을 담그고 있던 달수가 다시 사우나 실로 옮겨 앉아 눈을 감고 있는데 다시 경민의 목소리가 들려왔다.

"상미 생각일랑 아예 잊도록 허게!"

사우나실 문을 반쯤 열고 서 있는 경민의 아랫도리가 전면으로 눈에 들어왔다.

경민은 말없이 사우나실 문을 닫고 돌아섰다.

'사람에게는 다 인연이라는 게 따로 있는 뱁이여……'

탕을 빠져나가는 경민의 뒷모습을 유리창 너머로 바라보며 달수가 중얼거렸다.

탈의실에서 옷을 챙겨 입으며 경민은 벽시계를 올려다보았다. 상미와의 약속 시간은 아직 한 시간이나 남아 있었다. 두 시간쯤 전에 경민은 다방에서 종업원을 시켜 상미에게 전화를 걸었다. 행여 상미 아버지가 전화를 받으면 바꿔주지 않을지도 모른다는 생각 때문이었다.

"나야 상미!……"

종업원에게서 수화기를 넘겨받은 경민이 이렇게 말했을 때 상미가 숨을 들이쉬는 것을 경민은 느꼈다.

"우리, 지금 좀 만나자. 며칠동안 생각해 보았지만 우리가 이렇게 헤어질 수는 없을 것 같다. 시청 앞 나이트에서 기다리고 있을게. 네 시쯤부터……."

상미가 금방 아무 말도 없이 수화기를 내려놓을 것 같다. 경민은 쫓기는 듯한 심정으로 빠르게 말을 이어갔다.

"정말, 마지막이 되는 한이 있어도 우린 만나야 하는 거 아니니? 그렇지, 상미야 우리 꼭 만나야 해……."

"알았어요."

경민은 무슨 말이건 자꾸 계속해야 한다는 초조감에서 말을 더하려고 했다. 상미가 나직이 대답했다. '알았어요'라고 그리고 상미는 경민이 무어라고 더 이야기하기 전에 조용히 수화기를 내려놓았다. 상미의 '알았어요'라는 대답은 자신이 만나야 한다는 제안에 동의를 해 준 것으로 경민은 받아들였다. 수화기를 내려놓고 경민은 서두르기 시작했다. 옷을 갈아입으며 거울 앞에 서보았다.

수염이 길게 자란 얼굴은 자신이 보기에도 안쓰러울 정도로 황폐해 있었다. 광대뼈가 두드러진 야윈 얼굴, 덥수룩하게 자라난 머리, 충혈된 눈빛…… 그대로 상미와 만난다는 건 예의가 아닌 것 같았다. 집을 나와 곧장 목욕탕을 찾아 나선 경민이었다.

상미 아버지가 사우나실 안에서 유리창을 통해 자신의 뒷모습을 바라보고 있는 것을 느끼면서 경민은 옷을 다 챙겨 입고 거울을 비춰보았다. 한 시간쯤 전 목욕탕에 들어설 때보다는 한결 말끔해 보였다.

핏기 없는 얼굴에서 움푹 꺼져 들어간 듯한 두 눈만이 형형하게 빛나고 있었다.

목욕탕을 나와 경민은 시청쪽으로 향해 천천히 걷기 시작했다. 약속 장소에 미리 가서 상미를 기다리면서 어디서부터 무슨 말을 해야 할 것인지를 정리해 보고 싶었다.

"오빠!"

침침한 조명 아래서 마땅한 자리를 찾으려고 두리번거리는데 어디선가 상미의 목소리가 날아왔다. 소리나는 곳으로 시선을 돌리자 상미가 가볍게 손을 흔드는 모습이 눈에 잡혔다.

"아직 30분이나 남았잖아……."

상미의 테이블 앞으로 다가서며 경민은 웃으려고 노력했다. 그러나 가슴 속에서 울컥 치솟는 뜨거움으로 인해 시야가 뿌옇게 흐려 왔다. 고개를 떨어뜨리며 자리에 앉는 경민을 바라보며 상미가 조그맣게 웃었다.

"한참 됐니?"

경민이 감정을 추스르며 나직이 물었다.

"한 10분쯤……."

"차 시켜야지……."

경민은 손을 들어 종업원을 찾았다. 커피 두 잔을 주문하고 나자 두 사람은 동시에 말을 잊었다.

"건강은 어때요?"

상미가 물었다. '건강은 어때?' 라고 반말로 물은 게 아니라 '어때요?' 라고 깍듯이 경어를 쓰고 있었다. 그 한 마디의 대화에서 경민은 상미와의 아득한 거리를 의식한다.

"괜찮아."

경민은 어깨를 들었다 놓으며 억지로 미소 하나를 만들어냈다.

"나 오늘 산부인과 병원에 다녀왔어요…… 의사가 그러는 데 임신 2개월이래요."

상미가 돌연 빠른 어조로 지껄이기 시작했다.

"내일 오전에 수술할 거예요. 그리고 두 달쯤 후에 방지환씨와 결혼할 거예요. 오빠 나도 이쯤이면 훌륭하죠?"

찻잔을 들어올리던 경민의 손길에 경련 같은 흔들림이 왔다. 달그락 소리를 내며 찻잔이 흔들렸다. 커피가 접시 위로 흘러내렸다. 손끝에서 시작된 경련은 어깨를 지나 몸 전체로 전율처럼 흘러내리고 있었다.

"내 뱃속에서 외팔이의 정충이 꼬물꼬물 기어다니고 있다고 생각해봐……. 그 정충이 오빠의 것일 수도 있었는데 말이야……."

"상미야!"

인내의 한계가 부서져 나가는 걸 경민은 의식한다. 주위에 다른 사람들이 있다는 것마저 잊어버린 채 경민이 꿰엑 소리를 질렀다. 주위의 모든 시선이 일시에 상미와 경민에게로 집중되고 있었다.

상미의 어깨가 흔들리기 시작했다. 피가 맺히게 아랫입술을 깨물며 상미는 오열을 삼키고 있었다. 경민의 가슴이 비수로 도려내고 소금을 비벼대듯 아려왔다.

경민의 입 속에서 어금니가 모두 부서져 나가는 듯한 소리가 울려나왔다. 상미가 마침내 탁자 위에 얼굴을 묻으며 흐느끼기 시작했다. 벌떡 일어나 미친 짐승처럼 소리라도 지르고 싶은 충동을 참기 위해 경민은 안간힘을 다했다. 흐느끼는 상미의 모습을 내려다보고 있는 동안 경민의 두 눈에서도 눈물이 흐르고 있었다. 툭 소리를 내며 굵은 눈물방울 하나가 탁자 위로 떨어졌다.

긴 침묵이 흘렀다.

"상미야……."

먼저 입을 연 것은 경민이었다.

"우린 지금 꿈을 꾸고 있는 거야……. 아주 못된 악몽을 꾸고 있는 거라고……."

진한 슬픔이 묻어 나오는 경민의 목소리를 꿈결처럼 들으며 상미가 조용히 고개를 가로 저었다.

"오빠가 무슨 말을 하는 건지 알아요. 또 말하지 않아도 오빠의 고마운 마음 알고 있어요. 악몽이라고…… 꿈이라고 부정하고 싶은 오빠의 심정도 전 이해해요. 하지만 오빠! 이건 엄연한 현실이에요."

젖은 눈을 들어 상미가 경민을 그윽히 바라보았다.

"상미야, 내가 아는 한 상미 너는 그렇게 나약한 여자가 아니었어. 하물며 불가항력의 상태에서 너에게 닥친 불행을 그렇게 쉽게 체념하는 것은 너답지 않아. 지금 네가 느끼는 그 아픔은 너 하나만의 것이 아니야.

그 아픔은 너와 나 공동의 몫이어야 한다는 얘기야."

경민의 목소리가 정상을 되찾고 있었다. 늘 상미를 편안하게 해 주던 둥글고 나직한 톤으로 경민은 말을 계속했다.

"그러나 너는 지금 우리가 함께 아파해야 할 공동의 몫을 너 혼자서 지려고 하고 있어. 그건 나에 대한 철저한 배신이라고 생각하지 않니? 네가 방지환을 선택하려는 것은 지독한 자기학대라는 걸 난 알고 있어. 네스스로 아픔을 치유하려는 노력을 선택하기보다 아픔을 상흔처럼 간직하고 꽁꽁 숨어 사는 도피의 방법을 선택하려고 하는 거, 아무 일도 없었다거나, 천상미는 아무렇지도 않다고 왜 자신 있게 소리치지 못하는 거지 왜 그렇게 약해졌는가를 묻고 있는 거다. 지금……."

경민은 상미의 가슴 속을 유리알처럼 들여다보고 있었다. 비록 목소리는 조용조용했지만 한 마디 한 마디에는 각혈보다 진한 절규가 담겨 있음을 상미 또한 안다.

'그래요 오빠! 아무 일도 없었어. 정말 아무 일도 없었다고…….'

상미는 외치고 싶다. 길거리로 뛰쳐나가 하늘을 우러러 목청껏 외치고 싶다. 그러나 감정과는 정반대의 말을 상미는 내뱉기 시작했다.

"오빠, 방지환씨는 이미 내가 겪은 두 번째 남자예요. 어쩌면 오빠의 우유부단함 때문인지도 몰라요. 하지만 이제 와서 오빠를 세 번째 남자로 선택할 수는 없어요. 첫 번째 사내는 나의 의사와는 전혀 관계가 없는 사내였지만 방지환씨는 내가 스스로의 의사로 받아들인 남자예요. 이미 만신창이가 되어버린 몸뚱이를 뒹굴리기에는 달동네의 판잣집보다는 넓은 더블 베드가 편할 거라는, 내 생각이 틀린 것이라고는 오빠도 말 못하실 거예요. 나 전화 좀 하고 올게요."

상미가 발딱 일어섰다. 일어서면서 상미는 경민의 얼굴이 데드마스크처럼 핏기를 잃으며 무참하게 일그러지는 것을 보았다. 그러나 상미는 이를 악물며 돌아섰다. 전화기가 있는 카운터 앞까지 상미는 흔들림 없는 정확한 걸음걸이로 다가갔다. 수화기를 들고 지환의 사무실 전화번호를 눌렀다.

지환의 방에는 아직 여비서가 없는 것 같았다. 두 번쯤 신호가 가자 방지환의 목소리가 수화기에서 울려 왔다.

"저예요."

상미의 음성을 지환은 대번에 알아들었다.

"웬일이에요? 상미씨?"

상미가 직접 전화를 하기는 처음이었다. 지환은 의외라는 듯 반색을 한다.

"저 지금 시청 앞에 있는데요. 바쁘시지 않으면 차 좀 보내 주세요. 집에까지만 타고 가게요."

상미는 빠른 어조로 용건만 이야기했다.

"그래요. 시청 앞 어디쯤이요?"

지환은 쾌히 승낙했다. 상미는 자신이 있는 위치를 정확히 얘기해 주고 전화를 끊었다. 다시 자리로 돌아오자 경민은 그때까지 입을 한 일자로 꽉 다문 채 두 눈을 질끈 감고 있었다.

"경민 오빠!"

상미의 목소리가 떨리고 있었다. 울음이 터져 나올 것 같다. 상미는 마음을 다져먹으며 말을 계속했다.

"제가 이 땅에 살아 숨쉬는 날까지 고맙고 좋은 오빠로 기억하며 살게 해 주세요⋯⋯. 전 지금 지환씨에게 전화를 걸어서 차를 보내달라고 했어요."

경민이 두 눈을 번쩍 떴다. 물기가 가득한 그 눈에서 섬광처럼 날아와 상미의 가슴을 후비고 지나가는 뜨거움이 있었다. 분노였을까. 그러나 경민은 평온을 되찾으려고 안간힘을 쓰고 있었다. 분노와 고통과 절망으로 뒤범벅이 된 경민의 얼굴에서 수천 수만 개의 모공이 열리며 솜털이 풀잎처럼 일어서는 것 같다.

흰 이마 위에서 파랗게 솟아나는 핏줄 속에서 아우성치며 오뇌하는 피의 아우성이 들리는 것 같았다. 그러나 경민은 마침내 웃음을 되찾고 있었다. 그 웃음은 번뜩이는 비수가 되어서 상미의 심장을 갈기갈기 도려내고 있었다.

"그래⋯⋯."

경민의 입에서 해녀의 휘파람 같은 긴 신음소리가 우러나왔다.

"좋은 오빠라고 했니?"

아랫입술을 지그시 깨물며 경민은 다시 눈을 감았다. 육중한 철문이 내려지듯 무겁게 감겨진 경민의 두 눈이 다시는 떠지지 않을 것 같다.

상미가 숨을 죽이며 일어섰다.

"갈게요 오빠……"

더 이상 경민 앞에서 머뭇거리는 것은 경민에게 보다 혹독한 형벌을 가하는 것과 다름 아니라는 생각을 상미는 한다. 발소리를 죽이며 상미가 돌아섰다. 기를 쓰며 참던 울음이 구토처럼 터져 올랐다. 한 손으로 입을 틀어막으며 상미는 다방을 뛰쳐나왔다.

"상미야!"

경민이 용수철처럼 튕겨 일어섰다. 이미 상미는 출입구를 다람쥐처럼 잽싸게 빠져나가고 있었다.

개 발바닥은 왜 새까만가

상미는 8시가 넘어서야 자리에서 눈을 떴다. 지환은 이미 출근을 한 후였다. 전신에 실오라기 하나도 걸치지 않은 알몸인 채 상미는 천천히 일어나 앉았다. 알몸으로 침대 속에 들어갔다가 알몸으로 일어나는 일에 이미 상미는 익숙해져 있었다. 결혼 이후 지환은 집요할 정도로 상미가 알몸으로 잠자리에 들기를 요구해 왔고 그렇게 2년 가까운 시간이 흐르는 동안 상미 자신도 발가벗고 자는 일이 자연스럽게 몸에 배어버린 것이다.

어젯밤 늦도록 지환에게 시달린 탓인지 몸에는 미열이 있는 것 같았다. 65평 짜리 드넓은 아파트에서 오직 혼자라는 의식으로 눈을 뜨는 일에도 상미는 이미 잘 길들여져 있었다. 잠옷이나 속옷 따위를 걸칠 필요도 없이 자리에서 일어나 상미는 침대에 붙어있는 화장실 문을 열고 들어섰다. 변기 위에 걸터앉아 눈을 감았다. 지그시 아랫배에 힘을 주던 상미는 갑자기 항문 부근에서 심한 통증을 느끼며 양미간을 찡그렸다.

주먹을 꼭 쥐고 어금니에 힘을 주며 가까스로 볼 일을 봤다. 휴지에 피가 묻어 나왔다. 변기에서 일어선 상미는 샤워를 틀어놓고 그 아래로 들어섰다. 알맞게 따뜻한 물줄기를 맞으며 상미는 다시 눈을 감았다. 어젯밤 무려 두 시간이 넘도록 상미와의 섹스를 시도하며 땀 투성이가 되어 허덕이던 지환의 모습이 떠올랐다. 상미를 상대로 완전한 섹스를 성공시켜

보겠다는 지환의 집념은 대단했다. 부모의 완강한 결혼 반대를 오직 자신의 남성이 상미에게서만 가능하다는 일관된 주장으로 성사시킨 지환이었다.

그러나 어쩐 이유에선지 그 시도는 신혼 첫날부터 빗나가기 시작했다. 김상철이란 외팔이 사내가 회사에 출현하던 날 의식을 잃고 쓰러진 상미를 안고 계단을 내려올 때 지환은 실로 몇년만에 자신의 남성이 되살아나는 것을 의식했었다.

그 후 김대식을 이용해서 상미를 팔당 별장까지 유인해다 놓았을 때 그 가능성은 현실로 증명되기도 했었다. 그런 이유 하나만으로 부모님의 반대와 주위의 의혹 어린 시선들을 무릅쓰고 상미와의 결혼을 강행한 지환이었다.

그러나 결혼 첫날 밤부터 지환의 기대는 빗나가고 있었다. 아무리 노력해도 발기가 되지 않았다. 결혼 첫날은 여러모로 피로한 때문이라고 자위하며 새벽이 가까워서는 포기했었다. 그러나 지환의 집요한 집념은 신혼여행 기간동안 또 연 사흘을 밤낮 가리지 않고 오직 그 일만에 매달렸다.

제주시내 관광은커녕 식사마저 배달해다 먹으며 그 한 가지에만 몰두했다. 자연히 신혼 사흘동안 지환은 물론 상미까지 파김치가 될 정도로 지쳐버리고 말았다. 그러나 끝내 신혼여행지에서의 섹스는 성공할 수 없었다.

신혼여행에서 돌아와 분당에 마련한 65평 최고급 아파트에서의 소위 신혼살림은 초저녁부터 새벽까지 온통 섹스에의 시도, 그리고 좌절로 얼룩진 시간의 연속이었다. 밤마다의 시도가 번번이 좌절로 끝나면서도 지환은 포기하지 않았다. 그 대신 지환은 무척 다양한 방법을 고안해 가며 상미를 괴롭혔다.

결혼 초기의 신부로서는 감당하기 어려울 정도의 치욕적인 포즈를 요구하기도 했고 상미의 입장에서는 구토를 일으킬 정도의 유별난 서비스도 요구했다. 각종의 희한한 비디오 테이프는 물론 야릇한 분위기를 연출하는 오디오 심지어는 외국의 변태 성욕자나 독신자들이 사용하는 듣도 보도 못한 섹스 포르노용품까지 사들이며 매일 밤 색다른 시도를 해보는 끈질긴 노력을 멈추지 않았다.

거진 2년 가까운 세월을 매일같이 정확히 저녁 8시경부터 새벽 1시 또는 2시까지 무려 6시간 정도를 지환은 오직 섹스만을 위해 고군분투했다. 그러나 결과는 언제나 마찬가지였다. 그렇게 세월이 흐르는 동안 변화가 생기기 시작했다. 상미 자신도 놀라울 정도의 변화였다. 상미 스스로가 수동적인 자세에서 능동적인 자세로 바뀌기 시작한 것이다.

처음 지환이 무례할 정도로 요구하던 행위를 상미 스스로가 자발적으로 먼저 취하기 시작한 것이다. 달라진 것은 그것뿐만이 아니었다. 결정적인 행위에는 도달하지 못하면서도 밤마다 몇 시간씩 알몸으로 뒤엉켜 엎치락뒤치락 하는 그 행위 자체만으로도 난생 처음 경험하는 묘한 전율 같은 쾌감을 체험하기 시작한 것이다. 지환의 안간힘 같은 몸부림을 일종의 쾌락으로 수용할 만큼 상미의 육체가 섹스에 민감한 반응을 보이기 시작했다. 그럴수록 상미는 적극적이 되어갔다. 지환이 자신의 알몸을 짓이기는 그 긴 시간에 스스로 만족하는 방법도 터득했다.

그러나 어젯밤의 경우는 예외였다. 지환의 심벌이 힘차게 발기가 된 것이다. 그러나 그때 지환은 상미에게 지극히 비정상적인 행위를 요구하고 있을 때였다. 마치 짐승처럼 손바닥과 무릎으로 기는 자세를 취하게 하고, 뒤에서 입, 손, 심벌, 기구 등을 총동원하여 시도하던 지환이 갑자기 기성을 지르며 마치 기적을 보는 듯한 경이로운 시선으로 팽팽하게 일어선 자신의 심벌을 발견한 것이었다. 상미로서도 새로운 전율을 느끼는 순간이었다. 비로소 완벽함을 경험할 수 있다는 기대에 전신의 모공이 아우성을 치며 활짝 열리는 순간이었다.

그러나 그 순간 지환의 심벌은 상미의 너무나도 엉뚱한 위치에서 공격을 시도하고 있었다. 처음 상미는 기적 같은 현실 앞에서 지환이 너무도 당황한 나머지 진로를 잘못 찾아 오는 것으로 알고 스스로 진로를 수정하기를 기다렸다. 그러나 지환의 그게 이미 파고 들고 있다고 느끼며 상미가 거부의 몸짓을 취하려 하는 순간 항문에서 찢어질 듯한 아픔이 전달되었다. 그러나 지환은 상미의 고통을 알은 체도 하지 않고 새로운 희열에 경련하고 있었다.

상미는 심한 치욕 감에 몸을 떨었다. 결혼 후 2년만에 처음으로 이루어지는 성 관계가 이처럼 변칙적으로 되리라고는 상상도 할 수 없던 일이었다. 고통쯤은 얼마든지 참을 수 있었다. 자신이 뒤돌아 볼 수 없는 치부를 고스란히 내맡긴 채 지환 자신만이 희열에 경련하고 있다는 사실에 상미는 극심한 모멸감을 느끼고 있었다. 그러나 상미의 강한 거부의 몸짓도 소용이 없었다. 두 팔로 상미의 히프를 끌어안은 채 깍지 손을 끼고 지환은 마치 열병환자처럼 알아듣기 어려운 비명을 내지르며 행위를 탐닉하고 있었다. 지환의 격렬한 행위가 약 5분쯤 지속되는 동안 상미에게는 또 다른 변화가 왔다.

지난 2년간의 불완전한 행위에서 느끼던 쾌감과는 또 다른 형용하기 어려운 쾌감이 전율처럼 전신을 지나가고 있음을 감지하고 있었다. 상미는 자신도 모르게 신음소리를 토했다. 비명과는 전혀 색깔이 다른 신음이었다. 어금니를 깨물며 전신을 부르르 떨었다. 지환의 몸부림도 절정을 향해 치닫고 있었다. 이미 통증이나 고통은 없었다. 물론 순간적이긴 했지만 모멸감이나 치욕감도 말끔히 사라지고 없었다.

그러는 동안 상미를 거대한 축처럼 떠받치고 있던 지환의 심벌은 스르르 무너져 내렸다. 상처받고 쓰러진 산짐승처럼 상미와 지환은 한참동안 널브러져 있었다. 두 사람의 숨소리가 평온을 찾은 것은 한참 시간이 지나서였다.

"당신은 어땠어?"

그대로 잠이 든 줄 알았던 지환이 공허한 목소리를 토해냈지만 상미는 아무런 대꾸도 하기 싫었다. 지환은 머리맡을 더듬어 엎드린 자세로 담배를 찾아 물었다.

"물론, 당신 기분 이해할 수 있을 것 같아…… 하지만 난 나대로 새로운 가능성을 발견한 것 같아…… 점차적으로 정상화되겠지……."

담배연기를 길게 내뿜으며 지환이 혼잣말처럼 중얼거렸다.

상미는 갑자기 눈물이 났다. 이유를 꼭 집어내기 어려운 눈물이었다. 숨을 죽인 채 눈물을 흘리고 있었다. 금방 침대 시트가 축축이 젖어왔다. 그러나 지환은 더 이상 상미의 기분에는 개의치 않았다. 반도 안 탄 담배를 아무렇게나 비벼 끄고는 그대로 코를 골기 시작했다.

날이 히붐하게 밝아올 때쯤 돼서야 상미는 가까스로 잠이 들었다. 눈을 떴을 때 지환은 이미 출근을 한 후였다.

'……혹시 이러다가 에이즈라는 병에 감염되는 건 아닐까?'

샤워를 끝내고 화장실을 나오던 상미의 머리에 문득 이런 불길한 생각이 떠올랐다. 그와 동시에 신문이나 잡지에서 단편적으로 읽었던 후천성 면역결핍증이 변태적 성관계나 동성연애자들에게서 많이 발생한다는 기사들이 되살아났다.

상미는 타월로 대충 물기를 닦아내고 침대 위에 털썩 주저앉았다. 머릿속이 갑자기 혼란해지는 것 같았다. 상미는 거울을 돌아보았다. 2년 사이에 10년쯤은 늙어버린 것 같았다.

아스팔트 위에 내던져도 공처럼 튀어 오를 듯하던 탄력과 발랄함은 어느 구석에서도 찾아볼 수 없었다. 초점이 없는 눈동자, 윤기 없는 피부, 야윈 얼굴엔 희미하게 기미마저 생기는 것 같았다. 거울 속에 나타난 얼굴은 마치 괴기영화에서 본 듯 싶은 유령의 모습 같았다.

지난 2년간 익숙해져 있던 65평 짜리 호화 아파트는 마치 무덤 속처럼 느껴졌다. 괴기스러울 정도의 숨막히는 적막 속에서 상미는 자신의 숨소리만을 듣고 있었다. 현관 쪽에서 차임벨 소리가 들려왔다. 상미는 퉁기듯 일어나 가운을 챙겨 입고 현관 앞으로 다가섰다. 그 사이에 차임벨 소리는 다시 들려왔다.

"누구세요?"

까닭 모를 불안한 예감으로 목소리가 떨려 나왔다.

"천상미씨 계십니까?"

도어 밖에서 들려온 남자의 목소리는 무척 귀에 익은 듯하면서도 얼른 생각이 나지 않았다. 상미는 현관문에 붙어 있는 오목 렌즈를 통해 밖을 내다보다가 흑하고 숨을 들이켰다.

껌을 질경질경 씹으며 현관문 앞에 장승처럼 서있는 외팔이 사내. 그는 분명 3년 전 상미의 고발로 구속되었던 김상철이 분명했다. 마치 강렬한 고압전류에 감전이라도 된 듯, 상미는 숨마저 쉴 수 없었다.

김상철의 목소리가 들려왔다.

"이미, 내가 누구라는 것쯤 충분히 아셨을 텐데…… 문을 열어주고 안 열어주고는 물론 상미씨 자유겠지……."

도어 안쪽의 상미가 얼마만큼 놀라고 긴장해 있는지를 김상철은 손바닥처럼 보고 있는 것 같았다. 김상철은 한 번 더 차임벨을 울렸다.

"가세요! 가지 않으면 경찰을 부르겠어요!"

순간적으로 상미는 악을 쓰듯 외쳤다. 그러나 김상철의 목소리는 여유 만만했다.

"3년만에 만나는 첫 사내를 문전박대하다니…… 그렇다면 결국 방지환 사장 밖에는 찾아갈 사람이 없군."

김상철은 그대로 돌아설 기색이었다. 그러나 느릿느릿한 김상철의 뒷말이 상미의 전 신경을 할퀴어대고 있었다.

"천상미씨가 애비 허락도 없이 뱃속의 핏덩이를 긁어냈다는 사실을 방지환 사장님께서도 알고 계시는가? 모르겠군……."

"이 악마!"

상미는 악을 쓰듯 소리 지르며 충동적으로 현관문을 벌컥 열었다.

"오래간만이군!"

그러나 상미가 나서기 전에 김상철이 먼저 바람처럼 현관 안으로 들어섰다.

번들거리는 충혈된 눈으로 김상철은 상미의 위아래를 훑어내렸다. 질경거리던 껌을 퉤, 소리가 나게 현관바닥에 내뱉었다.

"가까이 오지 말아요!"

상미는 본능적인 방어태세를 취하며 한 걸음 뒤로 물러섰다. 그러나 상철은 한 걸음 다가섰다.

"기왕에 열어 준 문인데 좀 들어가서 얘기합시다."

상철은 한 술 더 떴다. 아무렇게나 구두를 벗어 팽개치고 거실 안으로 성큼 올라섰다.

"나가! 안 나가면 정말 경찰을 부를 거야!"

뒷걸음치던 상미가 무선전화를 집어들었다. 그러나 채 발신음이 떨어지기도 전에 수화기를 들고 있는 상미의 팔목은 김상철의 손아귀 속에 들어있었다. 오싹 소름이 돋았다. 손목을 빼내려 했으나 역부족이었다.

"사람 살려요……."

상미의 비명은 그러나 절반도 입 밖으로 튀어나오지 못했다. 김상철이 우왁스럽게 상미의 팔목을 비틀며, 다리를 걸어 카페트 바닥으로 쓰러뜨리면서 덮쳐 누르기 시작한 것이다. 마늘 냄새와 시궁창 냄새가 뒤섞인 역겨운 냄새가 상미의 얼굴 위로 덮쳐왔다. 거실 바닥에 쓰러지는 순간 이미 상미의 나신은 거의 그대로 드러나 있었다. 알몸 위에 걸쳤던 가운 자락이 무방비 상태로 벌어졌기 때문이었다. 김상철은 한쪽 어깨로 상미의 한쪽 팔을 깔아뭉개며 하나 뿐인 손은 상미의 목 뒤로 다른 한 팔을 비틀어 잡은 채 입으로는 상미가 소리를 지르지 못하도록 입을 틀어막고 거친 숨소리를 내고 있었다. 상철의 바지 속에서 찌를 듯 꿈틀거리며 일어서는 상철의 남성을 상미는 의식한다.

상철의 입술은 상미의 다문 입술을 열기 위해 입술이 터질 정도로 압박해 오고 있었다. 상미는 순간 앙 다물었던 입술을 약간 열었다. 김상철의 혓바닥이 틈새를 주지 않고 입 속으로 들어왔다고 느끼는 순간 상미는 두 눈을 질끈 감으며 이빨이 부서지도록 상철의 혓바닥을 깨물었다. 자신의 이빨이 상철의 혀를 두 토막으로 자르는 듯한 '으석' 소리를 들은 것 같았다.

상철이 손을 입으로 가져가며 상미의 배 위에서 카페트 바닥 위로 굴러 떨어졌다. 상미는 발딱 일어서서 주방 쪽으로 달려가 식도를 뽑아 쥐었다.

"쥐…… 길 년……."

상철이 꿈틀대며 일어서고 있었다. 혀가 반쯤 잘려나간 김상철의 목소리는 깊은 통로 속에서 들리는 소리처럼 웅얼거림에 불과했다. 입 속에서 흘러나온 검붉은 선혈이 턱밑으로 흘러내리고 있었다. 상미를 노려보는 눈빛에서 시퍼런 불길 같은 인광이 타오르고 있었다. 상철은 마치 흡혈귀처럼 우뚝 서서 천천히 바지를 벗어 내렸다.

상미가 두 손으로 식칼을 움켜쥐고 몸서리를 치고 있는 그 앞에서 상철은 바지를 벗고 팬티마저 벗어 던졌다. 짐승의 심벌 같은 굵고 탄탄한 심벌이 하늘로 치솟은 채 상미 앞으로 다가서기 시작했다.

"죽여버릴 거야."

상미가 악에 받쳐 소리를 질렀다. 소리를 지르면서 그러나 상미는 뒤로 물러섰다.

"주 거봐……."

'죽여봐!'라고 말하는 것 같았다. 상철의 거대한 심벌이 가운 사락에 닿을 정도로 가까워왔다. 상철이 팔을 뻗쳐 상미의 어깨를 움켜잡으려 했다. 이미 뒤로는 더 이상 피할 수도 없었다.

"살려 줘요!"

상미는 두 눈을 질끈 감으며 분명 그렇게 소리친 것 같았다. 그리고 다음 순간 악몽에서 깨어나듯 화달짝 눈을 떴다. 손에서 식도가 떨어져 나가는 것과 김상철이 배꼽 부근에서 피를 분수처럼 내뿜으며 쿵 소리를 내고 쓰러진 것은 거의 동시였다. 현관쪽에서 차임벨 소리가 꿈결처럼 들려오고 있었다.

"아 악."

외마디 비명을 지르며 현관쪽으로 달려나가던 상미는 바람처럼 뛰어들어오는 사람이 아버지라고 의식하는 순간 가물가물 의식을 잃었다.

얼굴에 선뜻한 냉기를 느끼며 상미가 의식을 되찾았을 때 아버지는 물을 한 모금씩 입에 물어 상미의 얼굴에 뿜어대고 있었다.

"상미야, 정신이 드냐?"

아버지의 음성이 꿈결처럼 멀다.

"걱정 마라…… 뒷일은 이 애비가 모두 책임을 지마…… 잘했다. 암 잘하고 말구…… 넌 짐승을 죽인 거야, 사람을 죽인 게 절대 아니라구……."

달수가 상미의 어깨를 조심스레 흔들어대고 있었다.

'마침내 죽였구나…….'

배꼽 근처에서 피를 분수처럼 뿜어내며 쓰러지던 김상철의 모습이 가물가물 되살아 나는 것 같다.

"네가 아니었어도 내 손에 죽었을 놈이다……. 널랑 아무 걱정도 하지 마라. 저 짐승을 죽인 건 네가 아니고 나다……. 개새끼를…… 아니 개만도 못한 짐승 한 마리를 내가 죽인 게야……."

이제 달수의 목소리는 또렷이 들려 왔다. 뺨 위로 뜨거운 눈물이 흘러내리고 있었다. 실컷 울고 나면 마음이 한결 홀가분해질 것 같았다. 머릿속이 조금씩 맑아지고 있었다.

달수가 상미를 두 팔로 안아 올렸다.

"아버지……."

상미가 양팔로 달수의 목을 감싸안았다.

"많이 야위었구나……."

혼잣말처럼 천천히 중얼거리며 달수는 상미를 안방으로 안고 들어와 조심스럽게 침대 위에 눕혀 주었다.

"커다란 여행용 가방이 집에 있느냐…… 비닐도 좀 있었으면 쓰겠다만……."

달수가 안방 여기저기를 둘러보며 낮고 빠른 소리로 물었다.

"가방은 왜요?"

아무리 침착하려고 애를 쓰지만 목소리가 자꾸만 떨려나왔다.

"상미야 이제부터 내 말을 잘 들어야 한다."

달수의 목소리에는 거역하기 힘든 위엄이 깃들여 있었다. 강인한 눈빛으로 상미를 위협하듯 내려다보며 그러나 빠른 말소리로 얘기했다.

"저 짐승 같은 놈은 틀림없이 내가 죽였다는 사실을 기억하고 있어야 한다. 저놈이 감옥에서 나온 며칠 전부터 네 소식을 수소문하고 다니고 있다는 걸 알고 있었다. 행여라도 너한테 또 해꼬지를 할지 모른다는 생각에 이 칼을 지니고 놈의 행방을 찾고 있었다."

달수는 품 속에서 새파랗게 날이 선 식도 하나를 뽑아 들었다.

"기왕지사 내 손에 죽었을 놈이니까 모든 책임도 내가 지마……. 이 순간부터 너는 오늘 일어난 일에 대해서는 아무 것도 몰라야 한다. 앞으로 한 시간쯤은 절대로 이 방에서 한 발자국도 나오지 마라. 내가 저놈을 어떻게 처리하든 너는 알아서는 안 된다. 물론 네 집에서 이런 일이 일어났다는 사실을 앞으로 경찰은 물론 장서방도 감쪽같이 몰라야 한다. 지금부터 한 30분쯤 나갔다 오마. 안으로 문을 잠그고 방에서 절대로 나오지 마라. 내 말 한 마디도 소홀히 들어서는 안 된다. 알겠느냐?"

상미는 아무 말도 할 수가 없었다. 로버트처럼 고개만 끄덕였다. 그만큼 아버지의 말은 육중한 무게로 상미를 내려 누르는 듯했다. 눈을 감았다. 감은 눈 사이로 눈물이 흘러나왔다. 상미는 아버지가 조심스레 안방문을 열고 나가는 기척을 듣고 있었다. 계속해서 현관문이 열리고 다시 닫히는 소리도 들렸다. 바늘 끝 같은 전신의 신경이 한 군데로 집중되고 있었다. '찰칵'하고 밖에서 현관문을 잠그는 소리가 팽팽하게 당겨진 현악

기의 줄이 끊어져 나가는 듯한 충격으로 온몸에 전달되어 왔다.

아파트를 빠져 나온 달수가 30분쯤 지나서 다시 아파트 앞에 모습을 드러냈다. 바퀴가 달린 대형 가방을 들고 있었다.

"상미야 나와서는 안 된다."

현관을 열고 안으로 들어온 달수는 안방 도어 앞에서 상미에게 오금을 박았다. 방안에서는 아무런 기척도 없었다.

달수는 빠른 동작으로 움직이기 시작했다. 우선 가방을 열었다. 김장때나 쓸 법한 비닐뭉치를 꺼내놓고 다시 가방 속에서 여자들이 쓰는 고무장갑 한 켤레를 꺼내어 두 손에 꼈다. 그리고 허리춤에서 식도를 꺼내 들었다. 달수의 눈이 번들거리기 시작했다.

'……한 백 근짜리 되겠군…….'

김상철의 시체를 내려다보며 달수가 뇌까렸다. 시체를 뚫어져라 바라보는 달수의 눈이 충혈되고 있었다. 광기마저 번득이는 것 같았다.

'퉤' 소리를 내며 칼을 든 손바다에 침을 내뱉었다. 그리고 시체 앞에 무릎을 꿇으며 앉았다. 달수의 손길이 비호처럼 움직이기 시작했다. 하나뿐인 김상철의 팔이 어깻죽지에서 뭉텅 잘려나갔다. 두 개의 다리마저 허벅지 부근에서 분리해 내는 데에는 30분도 채 걸리지 않았다. 이마에서 투툭투툭 소리를 내며 굵은 땀방울이 떨어져 내렸다.

팔과 다리를 몸통에서 분리해 낸 달수는 상철의 모가지에 칼을 들이대다 말고 잠시 호흡을 멈췄다. 두 눈을 반쯤 뜨고 있는 상철의 머리는 상미에게 칼을 맞던 순간의 고통이 그대로 굳어 있었다.

"개 같은 놈!"

내뱉듯 중얼거리며 달수는 칼을 던져버렸다.

"목 없는 귀신을 만들어 버릴까 했다마는 내가 참으마……."

마치 산 사람에게 얘기하듯 중얼거리며 비닐 뭉치를 펼쳐 적당한 크기로 잘랐다.

머리만 달린 몸통을 비닐로 둘둘 말아서 가방 속에 쑤셔 넣었다. 팔 한 개와 두 개의 다리도 같은 식으로 싸서 가방 속에 집어넣고 나자, 김상철의 시신은 온 데 간 데 없이 사라졌다.

달수의 준비는 치밀했다. 한 뭉치의 약솜과 알콜까지 준비되어 있었다.

솜으로 핏자국을 말끔히 씻어내고 그 자리를 다시 알콜에 적신 솜으로 닦아냈다. 구석구석까지 핏자국이 튀었을 만한 곳은 모두 알콜에 적신 솜으로 닦아냈다. 솜뭉치마저 말끔히 가방 속에 처넣었다. 그때까지 상미의 방에서는 아무런 기척도 들리지 않았다.

거실 가득히 비릿한 냄새가 배어 있는 것 같았다. 달수는 거실에서 열 수 있는 창문이란 창문은 모조리 열어놓았다. 가방을 들어 현관까지 옮겨 놓고 나서 달수는 다시 한 번 주의 깊게 주위를 살펴보았다.

달수는 안방 문 앞으로 다가서서 방안 동정에 귀를 기울여보았다. 아무런 기척도 들리지 않았다.

"상미야……."

방문을 가볍게 노크하며 상미를 불러보았다.

"네, 아버지!"

상미의 화달짝 놀라는 듯한 목소리가 들려왔다. 달수는 방문을 열고 안으로 들어섰다.

상미는 침대 위에서 양팔로 무릎을 감싸 안은 채 아직도 오돌오돌 떨고 있었다.

"걱정 말거라. 이미 상철이란 놈은 이 집에서 없어졌다. 아니 이 세상에서 완전히 자취를 감춰버렸지."

침대 옆으로 다가서며 달수가 상미의 어깨에 손을 얹었다.

상미가 달수의 허리를 왈칵 끌어안으며 몸부림치며 울기 시작했다. 몸전체로 격렬하게 울고 있는 상미의 어깨를 가만가만 쓰다듬으며 달수는 잠시 말을 잊었다. 상미의 격렬한 아픔은 금방 달수에게로 옮겨왔다. 콧날이 시큰거리며 가슴이 자꾸만 얼얼해 온다. 꿀꺽 마른침을 삼키며 두 눈을 부릅떴다. 눈시울이 화끈거렸다.

"상미야!"

울음을 씹으며 달수가 입을 열었다.

"지금은 울고만 있을 때가 아니다."

그 한 마디에 상미는 감전이라도 된 듯 호흡을 딱 멈췄다.

"다시 한 번 말하겠다만 이제 이 세상 어느 곳에도 너를 괴롭히던 김상철이란 짐승은 없다. 지금부터 네가 해야 할 일은 한시라도 빨리 오늘 일을 잊어버리는 일이다. 이 시간 이후 네가 얼마만큼 태연하게 일상생활로 돌아가느냐 못 하느냐에 따라서 너의 인생이 좌우된다는 걸 한 시라도 잊어선 안 된다. 넌 원래 영악하고 냉철한 아이니까 이 고비를 슬기롭게 넘길 수 있으리라고 애비는 믿는다. 거듭 말하지만 이 시간 이후에 모든 책임은 이 애비가 진다. 넌 무조건 아무 것도 모르는 걸로 해야 한다. 이 말만은 절대 소홀하게 들어서는 안 된다. 설사 네 에미가 알게 된다고 하더라도 에미한테도 비밀을 털어놓아선 안 된다. 이 일은 오직 너와 나만이 죽을 때까지 간직해야 할 비밀이다. 알겠느냐?"

상미는 숨을 죽인 채 달수의 말을 듣고 있었다.

"나는 지금부터 할 일이 있어 그만 가봐야겠다. 될 수 있는 대로 거실 창문은 늦게 닫도록 해라. 저녁때 방서방이 돌아오더라도 절대로 이상한 눈치를 보여선 안 된다. 혼자 두고 가기엔 나도 마음이 놓이지 않는다만 그렇다고 네 에미를 오라고 할 수도 없는 형편이니 남은 일은 네가 침착하게 대처해 나가도록 해라……."

상미의 어깨를 크게 두어 번 토닥거려 주고 달수가 한 걸음 뒤로 물러섰다.

"냉정하고 침착해야 한다!"

뒷걸음치며 달수가 다시 한 번 다짐을 두었다.

상미는 눈물이 그렁한 눈으로 고개를 끄덕거렸다. 그런 상미를 향해 달수도 고개를 끄덕여 보이고 홀쩍 돌아섰다.

거실을 지나 현관에서 신발을 찾아 신은 달수는 현관문을 열었다. 아파트 통로에는 마침 아무도 지나가는 사람이 없었다.

달수는 가방을 한 손으로 들어 올렸다. 엘리베이터 앞까지 한 손으로 들고 가기에는 버거운 무게였다. 가방 밑에 달려 있는 바퀴 구르는 소리가 텅 빈 아파트 통로에 음울하게 울려 퍼졌다.

엘리베이터 안에는 40대 초반쯤의 약간 뚱뚱한 여인 한 명이 타고 있었다. 달수는 태연히 가방을 굴려 엘리베이터를 탔다.

1층 출입구를 빠져 나올 때까지 마주 친 사람은 없었다. 다행히 수위실도 비어 있었다.

달수는 가방을 번쩍 들어 어깨에 메고 빠른 걸음으로 아파트 입구를 빠져 나왔다.

"모란시장까지 갑시다."

아파트 입구에서 손쉽게 빈 택시를 잡을 수 있었다.

달수의 머리 속에는 이미 김상철의 시체를 흔적도 없이 처치해 버릴 수 있는 계획이 서 있었다.

'……진작에 죽었어야 할 놈이여……'

달수의 눈빛이 먹이를 발견한 굶주린 맹수의 눈빛처럼 번들거리기 시작했다.

입 속으로 중얼거리며 달수는 지그시 눈을 감았다.

모란시장 입구에서 차를 내린 달수는 가방을 다시 어깨에 들러 메고 가게 안으로 들어섰다.

"웬 가방이에요?"

명식이 두 눈을 크게 뜨며 물었다.

달수는 대답을 피한 채 골방 안에다 대수롭지 않은 물건이라는 듯 가방을 밀어 넣었다.

"좀 팔았나?"

실질적인 가게 운영은 명식에게 넘겨준 셈이지만 아직 가게명의는 달수 앞으로 되어 있었다.

"서너 마리 했나?"

명식은 이미 가방에 대한 관심은 잃어버린 것 같았다. 심드렁한 목소리로 대답했다.

달수는 천천히 가게 안을 둘러보았다.

철제 앵글 위에 나란히 드러누워 있는 크고 작은 개들. 새까맣게 기름때가 절은 앉은뱅이 저울, 산소용접기, 칼, 작두…… 물통, 찌그러진 주전자…… 이미 20여 년 가까이 손때가 묻은 물건들이지만 마음이 산란한 탓인지 유난히 을씨년스러웠다.

"어디 편찮으세요?"

여늬 때와 다른 달수의 기색을 의식한 듯 명식이 물었다.

"그냥 좀 심란허다……."

달수는 뒷짐을 지고 서성거리기 시작했다.

"너 올 해 몇이냐?"

달수가 문득 생각난 듯 물었다.

"스물 일곱이지요."

명식은 갑작스러운 질문에 멀뚱한 표정을 지으며 대답했다.

"장가가야 안 쓰겠냐…… 조만간 가게 명의도 넘겨주마……."

혼잣말처럼 중얼거리며 달수는 다시 서성거리기 시작했다.

서성거리면서 달수는 열심히 원당의 비닐 하우스를 연상하고 있었다. 원당 하우스엔 식용의 산 개들을 사육하고 있는 곳이 있다. 비닐 하우스 안에는 짧은 쇠 기둥에 바짝 당겨 목이 매여 있는 식용개가 1백 마리쯤 남아있을 거였다.

그리고 그 곳엔 개들에게 먹일 사료분쇄기가 있었다. 생선대가리, 내장, 닭대가리, 돼지 뼈다귀 등을 갈아서 배합사료에 섞어 먹이면 복중 성수기에 때맞춰 개들은 부쩍부쩍 근 수가 불어나곤 했다. 모란시장의 다른 가게들이 여름철이면 개를 못 구해서 물건이 딸릴 때 달수가 여유 있게 자급자족할 수 있었던 것은 이미 4~5년 전부터 사육장을 가지고 있었기 때문이었다.

명식과 건성으로 얘기를 주고 받으며 달수는 가방 속의 김상철이를 분쇄기로 갈아서 개들에게 먹이는 구상을 하고 있었다.

'……개한테 먹혀도 싼 놈이지…… 암 싸구 말구…….'

자신의 계획을 어떤 이유로든 합법화시키기 위해 달수는 고개를 주억거리며 중얼거렸다.

"명식아 원당에 전화 좀 해봐라……."

원당 현장에서 직접 사육을 맡고 있는 김씨가 아무래도 마음에 걸렸다.

"김씨 아저씨 바꿔드려요?"

수화기를 집어들며 명식이 물었다.

"그래, 날 좀 바꿔다우!"

명식이 내미는 수화기를 받아들었다.

"김씬가? 바쁜 일 없으면 오후에 성남으로 좀 나오지…… 뭐 별다른 일은 아니고 명식이랑 술이나 한 잔 할까 하고 말이여…… 이럭저럭 나야 이제 그만 물러서야 할 때도 됐고…… 좌우지간 뭐 별다른 일이 있는 건 아니지만 엔간하면 나오시게나……."

미리부터 계산했던 전화가 아니었기에 달수의 말은 두서가 없었다.

"너도 수금 다닐 일 있으면 일찌감치 다녀와서 가게 일찍 닫아 번지 자……."

명식이 가게에서 두어 시간쯤은 비어 있어야 작업을 하기가 좋을 것 같았다.

"아저씨도 늙으셨나봐요?"

흰 머리가 절반쯤 섞인 달수의 짧게 깎은 머리를 올려다 보며 명식이 말했다.

"내일 모레면 60이다"

달수는 공허한 미소를 떠올렸다.

"저 그럼 한 바퀴 돌고 올 테니 가게에 계실래요?"

명식이 팔목시계를 들여다보며 물었다.

"그래라."

달수가 천천히 고개를 끄덕였다.

명식이 오토바이를 몰고 큰길 쪽으로 사라지는 것을 확인하고 나서 달수는 천천히 골방 안으로 들어와 가방을 끌어 당겼다.

가방 속에서 제일 먼저 들어낸 비닐 뭉치는 김상철의 다리였다. 비닐을 벗겨낸 후 개 내장을 가를 때 사용하는 통나무 도마 위에 올려 놓고 작두로 토막을 냈다. 두 개의 다리와 한 개의 팔을 시뻘건 고깃덩으로 토막쳐 내는 데는 30분밖에 걸리지 않았다. 문제는 몸통이었다. 머리와 몸통을 분리시키는 작업은 언제 손님이 들이닥칠지 모르는 벌건 대낮에 할 수 없는 일이었다.

달수는 토막낸 다리와 팔의 살점들을 비닐로 다시 싼 다음 일어서서 가게 앞을 내다보았다. 장날인 4일이나 9일이 아닌 평소의 모란장터는 그다지 사람의 왕래가 많지 않았다. 행길 쪽을 살피다가 달수는 가게 빗장을 닫기 시작했다. 쪽 문이 달린 마지막 빗장까지 닫고 쪽문도 안으로 잠가 버렸다. 그리고 나서야 다시 골방으로 돌아와 가방 밑바닥에서 상철의 동체를 들어냈다. 반쯤 눈을 뜬 상철의 대가리가 자신을 노려보는 것 같았다.

지난 20년간 수천 마리의 개 배를 가르고 가죽을 그슬려 온 달수였지만 상철의 모습에 한기가 지나갔다. 달수는 두 눈을 질끈 감고 칼을 집어들었다. 워낙 세차게 내리치자 통나무 도마 아래로 대가리가 굴러 내렸다.

명식이 돌아왔을 때 이미 달수의 모든 작업은 끝난 후였다.

원당의 개 사육장 입구로 들어서자 비릿한 개 내음이 풍겨 왔다. 어둠 속에서 개들이 짖고 있었다. 사육장 입구까지 와서 달수는 택시를 내렸다.

"뭔데 이렇게 냄새가 고약해요?"

택시 트렁크에서 예의 여행용 가방을 끌어내는 데 운전기사가 코를 킁킁거리며 물었다.

"개밥이유, 닭 내장, 생선대가리 뭐 그런 거지……."

명식이, 김씨들과 어울려 어지간히 퍼 마셔댄 술이 이제야 오르는 것 같다. 가방을 들어내는데 땀이 나며 다리가 휘청거렸다. 허연 이빨을 드러내며 달수는 의미 없이 웃었다.

택시가 헤드라이트 불빛을 길게 끌며 산 아래로 달려 내려간 후에도 한참 서 있던 달수는 천천히 가방을 분쇄기가 설치되어 있는 창고 안으로 옮겨 놓았다. 스위치를 올리고 모터가 돌기 시작하자 개들이 더욱 시끄럽게 짖기 시작했다.

"이놈들…… 오늘밤에 포식 좀 해 봐라……."

형광등이 환히 켜져 있는 비닐 하우스 안을 들여다보며 달수는 마치 사람에게 말하듯 중얼거렸다.

달수가 창고 벽에 달려 있는 낡은 전자 벽시계를 올려다보았다. 9시가 방금 지나고 있었다. 늦어도 12시까지는 분당으로 돌아가 있어야 한다는 생각에 달수는 바삐 움직였다.

분쇄기로 으깨진 고깃덩어리에 배합사료를 섞어 개들의 먹이통에 던져 주었다. 10분도 채 안 되어 1백여 마리의 도사견들은 김상철을 깨끗이 처치해 주었다. 혓바닥을 길게 내밀어 콧구멍까지 핥으며 개들은 달수를 올려다보고 있었다. 달수와 눈이 마주치면 꼬리를 흔드는 놈들도 있었다.

달수는 두 손을 털털 털며 산을 내려오기 시작했다. 지금쯤 김씨가 막차에 실려 꾸벅꾸벅 졸면서 이곳으로 오고 있을 시간이었다.

모처럼 여자 애들까지 불러 앉힌 거나한 술자리에서 먼저 일어서면서 달수는 늦어도 열두 시까지는 김씨가 이곳에 돌아와 있도록 일러둔 터였다. 먼저 술자리에서 빠져 나와 모란 가게에 들러 트렁크를 꺼내 들고 택시로 이곳까지 달려온 것이다. 그리고 이제 김상철이란 한 인간은 이 세상에서 영원히 자취를 감춰버린 것이 아닌가.

갑자기 전신의 맥이 빠져나간 것 같다.

두려움이나 공포감 따위도 없었다.

산을 내려오는 동안 달수의 팔과 다리는 달수의 의사와는 전연 상관없이 멋대로 흔들렸다.

큰길에서 아무 차건 지나가는 차를 향해 손을 흔들었다. 비로소 상미의 일이 다시 떠올랐다. 지금쯤 방서방이 돌아와 있을 시간이었다. 그만큼 알아듣게 일러두었으니까 잘 알아서 처신하리라 믿으면서도 마음 한 구석에서 불안한 느낌을 거두기 어려웠다. 전화라도 해서 한 번 더 상미에게 다짐을 받아내고 싶었지만 전화벨 소리에도 상미가 화들짝 화들짝 놀랄 것 같았다.

마침 광화문까지 간다는 택시 시트에 깊숙이 기대앉아 눈을 감았다. 비로소 오늘 이 시간까지 자신이 무슨 일을 했었는가에 대한 기억들이 되살아나기 시작했다.

상미의 집을 오늘 낮에 예고도 없이 방문했던 건 어제 오후 여수동에서 이웃에 살던 이씨에게 상철의 얘기를 들었기 때문이었다.

우연히 만난 소주나 한 잔 나누자고 들어간 주점에서 얘기 끝에 이씨가 상철의 얘기를 들려준 것이다.

전에 살던 집 부근에서 외팔이 사내가 천달수씨가 어디로 이사를 했는지를 묻고 다니는 걸 봤다는 거였다.

달수는 즉각적으로 상미의 일을 연상해냈고, 김상철이 출옥했다면 자신의 손으로 죽여버려야 되겠다고 그 순간 마음을 다져먹었던 것이다. 마침 모란장날이었기에 이씨와 헤어진 달수는 손쉽게 칼 한 자루를 구했다. 김상철이 찾고 있을 것은 당연히 자신보다 상미일 것이 틀림없을 것이고, 상미의 집 근처에서 놈이 나타나기만 기다리면 되는 것이다.

그리고……

광화문에서 택시를 내린 달수는 계속 택시를 이용해서 성남으로 돌아왔다. 평소 같으면 좀처럼 택시를 타는 일이 없는 달수였다.
　"상미헌티서 전화 없었나?"
　집에 들어서기가 무섭게 달수는 연실에게 상미의 소식을 물었다.
　"없었는디라우…… 왜 상미헌티 뭔 일 있다요?"
　연실이 잠이 들었던 듯 부시시한 얼굴로 달수를 올려다 보았다.
　"일은 무신 일, 기냥 궁금헌께 하는 소리지……."
　달수는 화난 사람처럼 거칠게 옷을 벗어 던졌다.
　"저녁 차릴께라우?"
　연실이 비로소 달수의 심상찮은 기색을 눈치 챈 것 같다.
　"필요 없어."
　대답을 등 뒤로 흘리며 달수는 욕실 안으로 들어섰다.
　"쒜주 남은 것 없는가?"
　욕실에서 개운하게 샤워를 하고 나오자 명식이 등과 어울려 마신 술은 이미 말짱하게 깨어 있었다. 좀처럼 잠이 올 것 같지 않았다.
　"밤 열두 시가 넘었는디 뭔 술이다요?"
　연실이 계속 하품을 해대며 눈을 흘겼다.
　"슈퍼에 내려가서 뒤병 사와!"
　달수가 사뭇 명령조로 연실에게 말했다.
　"지금 안 가요……."
　연실이 지갑을 찾아들고 서둘러 현관으로 내려섰다.
　연실이 나가자 달수는 전화기 앞으로 다가서서 수화기를 집어들었다. 상미의 목소리라도 들어보아야 잠이 올 것 같았다. 그러나 버튼을 누르던 달수는 마지막 한 자리 숫자를 누르지 못했다. 이미 열두 시가 지난 시간이었다. 가까스로 잠이 들었을지도 모르는 상미가 벨 소리에 놀라 깼다가 다시는 쉽게 잠이 들지 못할 거라는 생각이 머리에 왔다. 수화기를 내려놓고 달수는 뒷짐을 진 채 거실을 서성거렸다.
　연실이 소주 두 병을 들고 돌아왔다. 달수는 연실의 손에서 빼앗듯 소주병을 받아 이빨로 병 뚜껑을 땄다. 갈증난 짐승처럼 달수는 병나발을 불었다. 한 번을 쉬었다가 빈 병을 만들었다.

"뭔 술을 그렇고 마신다요. 인자 몸 생각도 좀 해야 쓰겄구만……."

연실이 어이없는 얼굴로 혼잣말처럼 중얼거렸다.

식탁 위에서 김치 한 쪽을 손가락으로 집어 입에 떨어뜨리고 달수는 두 번째 병을 집어들었다.

"당신 미쳤소?"

연실이 와락 달려들어 달수의 손에서 소주병을 빼앗았다.

"자리 깔어!"

연실을 노려보던 달수가 소파에 털썩 주저앉았다

지환은 다른 날보다 30분쯤 빠른 저녁 7시에 정확히 집으로 돌아왔다.

상미는 하루 종일 자폐증을 앓는 환자처럼 침실 안에서 고슴도치 모양으로 몸을 웅크리고 앉아 있었다. 몸 전체가 마치 예민한 말초신경으로 둔갑을 해버린 듯 창문을 흔드는 바람소리에도 상미는 깜짝 깜짝 놀라곤 했다. 온 종일 물 한 모금도 먹지 못했다.

눈을 감으면 그 장대한 심벌을 흉기처럼 뻗쳐들고 다가서던 김상철의 모습이 되살아났다. 상미는 두 손을 특히 오른손을 겨드랑 사이에 깊이 파묻으며 더욱 몸을 웅크렸다. 식도를 잡았던 오른손에 처음은 약간 둔탁한 느낌이었으나 다음 순간 스르르 미끄러지듯 상철의 복부로 밀려들어가던 식도…… 그리고 분수처럼 내뿜던 핏줄기가 선연하게 되살아났다.

혓바닥이 반쯤 잘려진 김상철이 검붉은 피를 턱 밑으로 흘리며 흡혈귀처럼 노려보던 모습도 눈에 선했다. 현관문과 침실 문을 꼭꼭 잠그고, 상미는 창문마저 안으로 잠갔다. 자신의 숨소리마저 죽인 채 상미는 미라처럼 움직이지 않았다. 점심때가 조금 지났을 무렵 상미는 거실 쪽에서 울려대는 전화벨 소리를 꿈결처럼 들었다.

지환의 전화가 분명했다. 그러나 전화를 받으러 일어설 기력마저 없는 것 같았다. 길게 열 번쯤 벨이 울리다 전화는 끊어졌다.

그러나 오후 다섯 시경부터 상미는 움직이기 시작했다. 지환의 귀가를 계산하자 이대로 앉아 있을 수만은 없었다.

'……다시 한 번 말하겠다만 이제 이 세상 어느 곳에도 너를 괴롭히던 김상철이란 짐승은 없다. 지금부터 네가 해야 할 일은 한시라도 빨리 오늘 일을 잊어버리는 거다……. 그리고 너는 한시라도 빨리 태연하게 네 일상생활로 돌아가야 한다……. 네가 그 일을 해 내느냐 못하느냐에 따라 너의 인생이 좌우된다…….'

아버지의 간곡한 당부가 되살아났다.

'그래 난 아무 일도 없었어……. 난 내 일상의 생활로 돌아 가야 해…….'

안간힘처럼 입 속으로 다짐하며 상미는 일어섰다. 주방으로 나와 저녁 준비를 시작했다.

"여보, 나 배고파아……. 오늘 점심때부터 왜 그렇게 식욕이 생기는지 몰라……."

지환의 표정은 여느 때와 다르게 들뜬 듯한 밝은 색깔이었다. 어젯밤의 성공적인 섹스가 지환에게 새로운 의욕을 불러일으키게 하는 것 같았다.

"어서 샤워부터 하세요."

상미는 차라리 밤이 기다려졌다. 지환과 더불어 섹스에 탐닉하는 순간 만은 오늘 오전의 일을 까맣게 잊을 수도 있을지 모른다는 생각이 왔기 때문이다.

지환은 욕실 안에서 콧노래를 부르며 샤워를 하고 있었다.

'……그래 잊어버리는 거야 모든 걸…….'

상미는 서둘러 식탁 준비를 끝냈다.

"당신 오늘 기분 어땠어?"

식탁에 앉으며 지환이 의미있는 질문을 던졌다.

상미는 웃어 보이려고 노력했다. 처음엔 잘 되지 않았다. 그러나 상미 는 지환을 향해 조그맣게 웃어 보이는 데 성공했다.

"오늘은 자신 있어."

지환은 오늘 하루 종일 상미와의 섹스만을 생각하고 있었던 것 같았다. 수저를 움직이는 사이사이에도 상미의 모습을 머리끝에서 발끝까지 훑어 내리며 눈빛을 번들거렸다.

"차 한 잔 마셔요. 우리……."

식사가 끝나기 무섭게 침실로 상미를 유인하는 지환에게 상미가 말했 다.

"차? ······ 나 오늘 회사서 많이 마셨는데······."

지환은 상미가 조금 못마땅하다.

"홍차에 위스키 좀 넣어서 한 잔씩 해요······."

"당신 저녁때 집안에 나하고 둘이만 있을 땐 아무 것도 입지 않고 있었으면 좋겠다······."

하는 수 없다는 듯 소파에 주저앉으며 지환은 음흉한 미소를 지어 올렸다.

"어떻게 된 거 아니에요 당신?"

상미가 렌지 앞에서 뒤를 돌아보며 하얗게 눈을 흘겼다.

"농담이 아니야, 누가 보는 사람도 없는데 우리 둘이 원시인처럼 지내는 것도 근사할 것 같은데······."

상미는 아예 대답을 하지 않았다. 이미 지난 2년 동안 집요할 정도로 극히 비정상적인 행위를 요구해 온 지환이었다. 그리고 그런 요구를 할 때마다 처음에는 펄쩍 뛰며 눈을 흘긴 상미였지만 결과는 언제나 지환의 요구대로 따르는 수밖에 없었던 상미였다.

지환이 오늘 또 갑작스레 상미와 자기 자신이 모두 알몸으로 생활하기를 제의해 온 이상 상미는 지환의 고집을 거역할 수 없는 것이다. 체념이라기보다 상미 자신이 이미 지환의 그런 변태적 요구에 길들여지고 있기 때문인 것 같았다.

홍차에다 상미는 위스키를 절반쯤 탔다. 지난 2년 사이 상미는 주량이 꽤 늘어 있었다. 지환이 각종의 야릇한 요구를 해오는 동안, 그리고 처음 반년쯤 지환에게 시달리고도 불면의 밤을 맞는 동안, 상미는 조금씩 술을 마셔 왔기 때문이었다.

상미는 천천히, 아주 천천히 음미하듯 차를 마셨다. 차를 마시면서 상미는 이제부터 시작될 지환과의 육체적 향연에 몰두할 마음의 준비를 갖추려고 노력했다. 지환이 자신의 육체 어디를 어떻게 학대하고, 애무할 때 자신이 전율했는가를 열심히 생각했다. 그러나 생각은 좀처럼 한 곳으로 집중되지 않았다. 그 대신 입에서 피를 흘리며 장대한 심벌을 앞세우고 다가서던 김상철의 모습이 자꾸만 눈앞에 떠올랐다.

"여보, 빨리 마셔!"

지환은 어느새 가운과 런닝셔츠를 벗어 던진 팬티 바람이었다.

상미가 찻잔을 탁자 위에 내려놓고 천천히 일어섰다. 아주 천천히 일어섰는데도 가벼운 현기증이 일었다. 온 종일 물 한 모금도 먹지 않았던 상태에서 지환이 눈치라도 챌까 두려워 억지로 몇 숟갈 뜨는 척했던 상미였다. 찻잔으로 반쯤 섞어 마신 위스키 기운 때문인가 싶었다.

일어서서 상미는 지환에게 몸을 돌렸다. 기다리고 있었던 지환이 상미의 홈드레스 지퍼를 내렸다. 상미의 조각처럼 미끄러운 알몸이 금세 드러났다.

"멋져, 당신."

탄성을 지르며 지환이 상미를 두 팔로 들어 올렸다. 침실로 들어선 지환은 상미를 침대 위에 내려놓는 것과 동시에 서둘러 덮쳐왔다.

"서둘지 말아요……."

버릇처럼 상미가 속삭였다.

"그래, 알았어……."

늘 그랬듯이 말은 그렇게 하면서도 지환은 서둘렀다. 상미도 지환의 페이스에 조금씩 말려들었다. 몸이 약간씩 더워지는 것 같다. 상미가 지환을 애무하기 시작했다.

"오늘은 정상적으로 해봐요……."

상미가 더운 입김을 내뿜었다. 지환에게는 어제와 비슷한 기적 같은 현상이 일어나고 있었다.

'이제 정말 정상으로 되돌아오는 걸까?'

상미의 갈증을 채워주듯 제법 생기를 찾은 지환의 남성이 정상적인 코스로 진입해 왔다.

"훌륭해요 당신!"

상미가 자신도 모르는 사이에 환호 같은 부르짖음을 토해냈다. 결혼 후 만 2년만에 정상적인 행위가 이루어지고 있는 것이 아닌가. 상미도 이미 낮에 있었던 일등에 대해서는 까맣게 잊은 채 정성을 다해 지환을 받아들이는 노력에 열중했다.

의기양양해진 지환의 거친 공격이 이루어지고 있었다.

"오— 우—."

합창이라도 하듯 지환과 상미는 동시에 신음소리를 터뜨렸다.

정상의 행위가 성공적으로 끝나자 지환은 벌떡 일어서서 두 팔을 치켜들었다.

"만세!"

지환은 그렇게 소리치고 있는 것 같았다.

만세를 부르고 싶기는 상미도 마찬가지였다. 결혼 후 2년만에 비로소 완벽하게 이루어진 성적 결합이 이토록 큰 비중으로 자신에게 새로운 의미를 부여하리라고는 생각지도 못했던 상미였다. 상미는 지환이 만들어준 경이로운 환희에서 아직 깨어나지 못하고 있었다. 마음대로라면 영영 깨어나고 싶지 않았다. 이 순간만은 아무 것도 생각하거나 느끼고 싶지 않았다. 무서운 기세로 전신을 내려찍던 생전 처음 경험하는 지환의 그 거친 호흡만이 필요했다. 그 순간 지환은 상미에게 있어 하나의 절대자 같았다.

"나 어땠어? …… 완벽했지?"

지환이 하늘로 치켜들었던 두 손을 내리며 상미 옆으로 다가섰다.

상미는 대답대신 고개를 조그맣게 끄덕거렸다.

"난 이제부터 자신 있어……. 얼마든지 자신 있다구……. 자 봐!……."

지환은 눈빛을 빛내며 자신의 아랫도리를 손으로 가리켰다. 상미가 보기에 그것은 하나의 기적이었다. 방금 행위를 끝낸 지환의 심벌이 다시금 힘차게 고개를 들고 있는 게 아닌가.

"처음부터 다시 한 번 시작하는 거야……."

지환이 다시 침대 속으로 파고 들으며 상미에게 팔베개를 해주었다.

"당신 너무 무리하는 거 아니에요?"

기대와 불안감이 갈리는 음성으로 상미가 지환의 가슴팍을 향해 돌아누웠다.

"당신 늘 불만이 서두르는 것이었지…… 이번에야말로 걱정하지 말라구……. 천천히 아주 천천히 완벽하게 할 테니까……."

지환은 확실히 그 어떤 여유 같은 것을 찾고 있었다. 단도직입적으로 공격을 시도하던 때와는 아주 다르게 천천히 상미의 구석구석을 애무하기 시작했다. 뜨거운 손길과 달콤한 키스로 지환은 상미가 완벽하게 열리기를 기다렸다.

상미는 수 없이 신음소리를 토해냈다. 자신의 육체 어느 구석엔가 숨어 있던 뜨거운 마성이 아우성을 치며 솜털처럼 일어서고 있었다. 모공 하나 하나가 모두 예민한 성감대로 돌변한 것 같았다. 지환의 입김과 손길이 스칠 때마다 상미는 전율하며 신음을 토해냈다. 그리고 자정이 가까운 시간까지 둘은 완벽한 하나임을 세 번이나 확인했다.

"이봐! 자네 잠들었는가?"

달수가 벌떡 일어나 앉으며 연실에게 말했다.

"왜 이렇게 잠을 못 주무신대유……."

소주 한 병을 병나발 불고도 이리 뒤척 저리 뒤척 잠을 못 이루는 달수에게 신경을 쓰느라 아직 잠이 들지 못했던 연실이 부시시 일어나 앉았다.

"자네 아들 말이시, 그 뭐시라고 혔드라……."

달수가 느닷없이 연실의 아들 얘기를 들고 나왔다. 연실로서는 늘 가슴 한 구석이 얼얼하게 멍으로 남아있는 정수였다.

"정수 말이어라우?"

연실이 달수의 눈치를 살피며 조심스레 정수의 이름을 입에 올렸다.

"참 정수라고 했지……. 그 녀석이 리비안가 어디서 돌아올 때가 됐지, 아마?"

달수가 정색을 하며 연실을 바라보았다.

"올 가을에 오기는 올 것이요 마는 뭣땀시 정수 이야기를 꺼내고 그라요?"

달수의 심상치 않은 기색에 신경이 쓰이긴 하지만 묻는 말에 대답을 하지 않을 수 없는 연실이다.

"정수가 성이 박가라고 했는가?"

"예."

연실의 대답이 자꾸만 작아진다.

거기까지 불쑥 물어놓고 달수는 잠시 뜸을 들였다.

"오늘 밖에서 먼 일 있었다요?"

연실이 먼저 입을 열었다.

"정수 그 머스메 내가 본께로 싸가지가 있게 생겼드구만……."

달수가 또 영문 모를 소리를 했다. 연실은 대답 대신 달수의 다음 말을 기다렸다.

"내 생각에는 그 놈이 돌아오면 아주 내 새끼로 호적에다 올렸으면 쓰겠는데 자네 생각은 워쩐가?"

달수가 결론부터 끌어냈다.

"당신 호적에다 올린다고라우?"

연실은 화달짝 놀란다. 미처 생각지도 못했던 일이었다.

"인자 내 나이도 내일 모래면 60이 아닌가배…… 상미년 치워뿐지고 난께 공연히 허전한 생각도 들고, 또 자네가 말을 안 하지만 씨야 누구 씨든 간에 자네 배아파 낳은 새낀디 워째 마음이 안 아프겠는가……. 이 참에 자네만 좋다면 아주 내 양자로 입적을 시킬 라고 생각하네……."

연실이 콧물을 훌쩍 들이마셨다. 갑자기 목구멍이 얼얼해 왔다.

"당신이 그런 생각을 다 하고 계시다니……."

말끝에 울음이 묻어 나온다.

"어차피 나보다 자네가 더 오래 살아야 안 쓰겠는가……. 나도 죽기 전에 아들 놈 하나 생기면 좋은 일이고……."

"여보……."

연실은 자꾸 목이 메인다. 달수의 마음 씀씀이가 가슴 얼얼한 감동이 되어 명치끝을 치받는 것 같다.

"어차피 이 아파트는 살 때부텀 당신 몫으로 해놨응께 나 없더라도 살기엔 별 어려움이 없을 것이고……."

달수의 말꼬리도 눅눅히 젖어 있었다.

"워째서 자꾸 고런 소리를 하시오. 시방…… 혹시 당신 뭔 일 있는 거 아니요?"

연실이 비로소 정색을 하며 달수의 표정을 살폈다.

"일은 먼 일…… 다 늙어 가는 징존갑네……."

등을 보이며 돌아눕는 달수를 향해 연실이 다짐을 두듯 물었다.

"용서고 뭣이고 할 게 있는가…… 어차피 자네는 상미 에민디…… 고만 잠이나 자세……."

달수의 느릿느릿한 말소리가 연실에게는 깊은 체념 섞인 한숨처럼 느껴졌다.

"나가…… 내가 천벌을 받고도 남을 년인디……."

연실이 손바닥으로 얼굴을 감싸며 흐느끼기 시작했다.

"한 번 실수란 누구나 있는 법이여……."

달수가 혼잣말처럼 중얼거렸다.

달수의 등쪽에서 쭈빗거리며 이불을 들치고 드러누운 연실은 얼마 가지 않아 가볍게 코를 골았다. 연실이 행여 깰세라 조심스레 뒤척이며 달수는 하얗게 뜬눈으로 아침을 맞이했다.

일어나는 길로 상미에게 전화를 걸어 볼 생각을 했으나 연실이 눈치를 챌 것 같아서 밖에 나와 공중전화를 이용하기로 마음을 작정했다. 방서방이 출근했을 충분한 시간을 계산해서 상미에게 전화를 걸었다. 길게 네 빈이나 신호가 가는 소리가 들리고 나서야 상미기 수화기에 나왔다.

"애비다…… 밤새 별 일은 없었겠지?"

자신도 모르게 목소리가 목구멍 속으로 빨려 들어가는 것 같다.

"네 아버지……."

상미의 목소리에 약간 생기가 도는 것 같다.

"오냐, 잘했다. 어쨌든 맴 단단히 묵고 방서방이 눈치채지 못하도록 행동해야 헌다……."

"잘해 볼게요 아버지. 하지만……."

"하지만 이란 걱정은 할 필요 없다……. 이제 그 일을 아는 사람은 이 세상에 오직 너하고 나 단 둘 뿐잉께……."

얘기를 하면서도 자꾸만 주위를 둘러보는 자신을 달수는 의식한다.

"밥은 묵었냐?"

"아직요 아버지……."

"먹어야 한다. 안 넘어 가드라도 억지로라도 묵고 기운을 차려야 헌단 밀이다……."

명령하듯 다짐을 두듯 달수의 목소리가 갑자기 높아진다.

"알았어요. 아버지."

상미의 목소리가 그러나 가늘게 떨리는 것 같다.

"또 전화하마."

달수가 일방적으로 수화기를 내려놓았다.

'······니만 잘 살면 나는 더 이상 바랄 게 없다······.'

마치 상미가 앞에 있기라도 하듯 소리내어 중얼거리며 달수는 공중전화 박스를 빠져 나왔다.

모란 가게에 들러 달수는 건물 주인을 전화로 불러냈다. 이미 어제 오후 보증금을 5백 만원 더 올려주기로 하고 그 대신 가게 명의를 명식이 앞으로 다시 계약해 주기로 전화로 약속한 바 있었다. 가게 주인은 이렇다 저렇다 말없이 계약서에 도장을 꾹꾹 찍어주고 돌아갔다.

"옛다! 이젠 완전히 이 가게는 모두 네꺼다."

계약서를 내밀자 명식은 뒤통수를 긁적이며 받아들었다.

"아저씨 고맙습니다."

명식은 허리를 90도로 굽혀 달수에게 고마움을 표시했다.

"인자 장가 갈 준비나 해라······."

명식의 어깨를 두어 번 다독거려 주고 가게를 나섰다.

"어디로 가실 건데요?"

명식이 뒤따라 나서며 물었다.

"들어가서 일이나 봐라! 난 변호사를 좀 만나볼 일이 있다······."

정수의 양자입적에 따른 문제를 변호사와 상의해 볼 생각이었다.

"자주 들르실 거지요?"

명식이 반가움보다는 서운함이 더 앞서는 얼굴로 큰길까지 따라나왔다.

"하모, 자주 들리고 말고······."

달수가 빈 택시를 세워 차에 오를 때까지 명식은 고개를 조아리며 서 있었다.

"법원 근처로 갑시다."

변호사보다는 법원 부근의 사법서사가 더 만만할 것 같았다. 법무사라는 간판 옆에 호적상담이라는 팻말이 붙어 있었던 기억이 떠올랐다.

눈 여겨 보아두었던 법무사 사무실로 찾아 들어간 달수는 사무장이라는 사내에게 용건을 이야기했다. 정수의 양자입적 문제는 의외로 간단했다. 문제는 장본인인 정수의 허락을 받아내는 일이었다. 정수가 귀국만 하면 연실이나 정수의 입장에서는 마다할 이유가 없을 것 같았다.

이제 남은 마지막 일은 자신의 나머지 재산을 각자 앞으로 몫을 지어 주는 일이었다.

양자 입적에 필요한 서류를 챙겨 넣고 나서 달수가 상속에 관한 얘기를 물어 보았다. 그 전에 달수는 주머니 속에서 세 개의 저금통장을 꺼내어 계산부터 해보았다. 1억이 조금 넘는 현금이 남아 있었다.

"아파트는 첨부터 집사람 이름으로 샀응께 별 문제가 없을 것이고요 잉……. 이매동 근처에 한 3백평짜리 땅이 쪼깬 있는디라우. 최근 시세대로 팔면 한 5억 나갈 것인디요. 땅을 시집간 딸자식헌티 넘겨주려면 세금이 얼마나 나오것소?"

달수의 진지한 물음에 대해 사무장은 자기 소관이 아니라면서 심드렁하게 대답했다.

"상속세, 증여세 합해서 많이 내아 할 거요……. 자세한 건 세무사헌티 가서 물어보시우……."

"여러 가지로 고맙습니다……."

달수는 사무장에게 고개를 숙여 보이고 엉덩이를 들었다.

거리로 나서자 갑자기 아무런 할 일도 없는 늙은이가 되어 버렸다는 생각이 들었다. 달수는 천천히 걷기 시작했다. 걸으면서 자신이 어디로 가야 할 것인가를 곰곰이 생각했다. 문득 까마득하게 잊을 뻔했던 얼굴 하나가 떠올랐다. 성남시장의 함평댁 얼굴이었다.

'……그려 함평댁헌티도 서운하게 헐 수는 읎제……. 그래도 3, 4년 간 살을 섞으며 지나온 사이가 아닌가베…….'

생각이 여기에 마치자 달수는 걸음을 서둘렀다. 가까운 은행을 찾아 들어가 세 개의 통장중 한 개에서 2천만 원을 수표로 찾아냈다.

"웜매, 별 일이 다 있네……. 아주 인연 끊은 줄 알았더니 웬 변덕이라요?"

점심시간이 약간 지난 홀 안은 비어있었다. 살림방 겸 손님방으로 쓰는 주방에 딸린 방안에 퍼질러 앉아있던 함평댁이 입술을 비죽거리며 부시시 일어나 앉았다.

"그 새 별 일 없었는가?"

의도적으로 몇 달간 발길을 끊었던 달수의 입장에서도 함평댁을 대하기가 전 같지 않다.

"뭔 별 일이 있었을 것이요……."

탁자 앞으로 걸어와 마주 앉으면서도 함평댁은 고개를 외로 꼬았다.

"그 동안 서운한 생각 많이 했을 것이네만 나라고 속이 편했겠는가 다 이모저모 깊이 생각해서 헌 일잉께 너무 서운하게 생각 마소……."

얘기를 하면서 달수가 함평댁 앞으로 봉투를 하나 밀어놓았다.

"이게 뭐이다요?"

비로소 달수의 얼굴을 정면으로 바라보며 연실이 두 눈을 크게 떴다.

"얼마 안 되는 거지만 내 맴이 서운해서 그러는 것잉께 받아두소…… 오늘 아침에 모란 가게는 명식이 앞으로 아주 넘겨줬고, 그 뭣이냐 상미 에미 앞으로도 몫을 지어주고 낭께 자네가 영 맘에 걸려서……."

달수는 말끝을 흐리며 함평댁의 시선을 피했다.

"내가 언제 상미 아부지보고 돈 돌라캤소?"

목소리는 금세 울음이 묻어 나올 듯 가라앉으면서도 함평댁의 눈꼬리가 상큼하게 치켜졌다.

"내 맴이 서운해서 그렇다고 안 하던가……."

달수가 일어설 기미를 보였다.

"긍께, 인자 완전히 인연을 끊는 마당에 나한테 돈이나 몇 푼 집어준다 그 말이 아뇨?"

함평댁이 먼저 일어서며 달수를 노려보았다.

"워째 사람 맴을 그렇게 받아들이는가? 지난 세월 생각헌께 자네 고마웠던 일도 새록새록 생각나고…… 나도 험한 세상 살아온 일이 이모저모 다 마음이 걸리네. 자네가 나한테 쏟은 정이사 어디 그것을 물질로 계산이 되겠는가. 상미년 치우고 가게도 명식이한테 넘겨주고 난께 갑자기 할 일없이 영감이 되어 번진 것 같아…… 이 참 저 참 자네한테 뭔 기념이라도 될 걸 해줄까 혔는디 그도 마땅찮고 해서 현금으로 두어장 가져왔네. 이런 저런 쓸데없는 오핼랑 허들 말고 그냥 받아주소."

달수가 그만 가보겠다는 몸짓으로 자리에서 일어섰다.

"상미 아부지!"

돌아서려는 달수를 함평댁이 불러 세웠다.

달수가 천천히 고개를 들어 함평댁을 올려다보았다. 눈물이 그렁한 눈으로 함평댁은 입술을 깨물고 있었다.

'술이라도 한 잔 하고 가시쇼……'

함평댁의 목소리에는 거역할 수 없는 끈끈함이 배어 있었다.

'술은 뭔 술…… 대낮인데……'

말은 그렇게 하면서도 달수는 다시 의자 위에 엉덩이를 내려놓았다.

주방쪽으로 사라졌던 함평댁이 술상을 준비해서 방안으로 들이밀었다.

'여기서 그냥 한 잔하지 방안엔 뭐……'

방으로 들어앉으면 자연히 얘기가 길어질 것 같다. 함평댁의 주정 반 푸념 반이 시작될 것은 뻔한 일 아닌가, 달수가 뜨악한 얼굴로 말했다.

"안 잡아 묵을랑께 방으로 들어가시오. 어서!"

방문 앞에서 달수를 항해 함평댁이 입을 비죽거렸다.

"허 참 사람도……."

기왕지사 오늘이 마지막 아닌가. 야멸치게 거절할 일도 아닌 것 같아 달수가 방안으로 들어가 자리를 잡고 앉았다. 뒤따라 들어온 함평댁이 소주병을 따서 달수의 잔에 가득 채웠다.

"나도 한 잔 주시쇼"

함평댁이 잔을 내밀었다. 달수는 말없이 함평댁의 잔을 채워주었다. 잔이 차기가 무섭게 함평댁은 홀짝 잔을 비워냈다. 달수는 반 잔쯤 마시고 잔을 내려놓았다.

안주를 집으려고 젓가락을 들던 달수가 입가에 비시시 웃음을 흘렸다. 보신탕 애용가들에게는 소위 만년필이라고 불리는 수캐의 심벌이었다. 그것도 두 마리쯤 되는 양의 만년필을 큼직큼직하게 썰어서 양념에 무쳐낸 것이었다.

"어째 웃소?"

소주병을 들어 자기 잔에 기울이며 함평댁이 노려보았다.

"인자, 이런 것 묵어도 쓰잘 데가 없다 생각헌께 웃음이 나네……."

달수는 한 토막을 집어 입에 넣었다.

"상미 엄니헌티 아주 진물을 다 뺐겼는갑네……."

쏘아 부치듯 지껄이며 함평댁은 소주잔을 또 입 속에 털어 넣었다.

"뭔 낮술을 그렇게 마셔대는가?"

벌써 석잔 째 잔을 채우는 함평댁에게 달수가 한 마디했다.

"술도 안 묵고 뭔 정신으로 산다요?"

평소 주량이라야 고작 소주 한두 잔 정도의 함평댁인 것을 달수는 안다. 눈언저리가 발갛게 달아오르기 시작한 함평댁이 세잔 째를 또 입 속에 털어 넣었다.

"오늘은 정말이지 자네 주정 받을 마음이 아니네…… 그만하시고 우리 조용허니 헤어지세."

달수가 사뭇 정색을 했다. 갑자기 상미의 아파트로 가 봐야 한다는 생각이 머리에 왔다.

"상미 엄니가 나보다 그렇콤 좋습디여? 십 년이나 딴 사내하고 놀아난 여편네가 그렇게도 중합디여?"

이미 함평댁의 혀가 꼬부라지기 시작하고 있었다. 함평댁은 팔 소매를 걷어올리며 앉은뱅이 걸음으로 다가앉았다.

"이보게 함평댁! 아까도 나가 얘기했지만 오늘 내가 찾아온 것은 별다른 뜻이 있어서가 아닐세……. 그 동안 험하게 살아온 내 평생을 정리한다는 의미에서 그냥 얼굴이라도 한 번 바라볼 생각이었어……. 나 이만 가야 쓰겠네."

잔에 남은 한 모금을 홀짝 들이키고 달수가 벌떡 일어섰다.

"아까부텀 말하는 게 꼭 어디 죽으러라도 가는 사람 같네……."

달수의 기세로 보아 이미 잡기는 틀렸다고 판단한 함평댁이 입을 비쭉 거렸다.

"사람이란 다 한 번 왔다가 가는 거 아니겠는가…… 죽으러 가는 사람이 따로 있는 것이 아니제……."

달수는 홀로 내려서서 구두를 찾아 신었다.

"인자라도 늦지 않았응께 좋은 사람 만나서 팔자를 고치도록 허게……."

함평댁을 향해 달수가 천천히 고개를 끄덕여 보였다.

"고양이 쥐 생각 많이 하시오!"

이미 벌겋게 상기된 얼굴로 함평댁이 악을 썼다.

달수가 후딱 돌아서서 식당을 빠져 나왔다. 갑자기 마음이 바빠지고 있었다. 몇 시간 동안 상미의 일을 잊고 있었던 게 큰 잘못처럼 느껴졌다. 공중전화라도 쉽게 눈에 뜨이면 전화라도 해 보고 싶었다. 허둥지둥 큰길로 나와 택시를 잡아탔다.

"아니 저게 누구여!"

상미네 아파트 앞에서 택시를 내리던 달수가 두 눈을 찢어질 듯 커다랗게 치켜 떴다. 평소 안면이 많은 성남경찰서의 이 형사였다. 이 형사는 분명 상미가 살고 있는 바로 그 동의 출입구를 들어서고 있는 중이었다.

가슴 속에서 철렁하는 소리가 들렸다. 눈앞이 어찔어찔해지면서 호흡마저 가빠지고 있었다.

"이 형…… 이 형사님……."

달수가 허겁지겁 달려가며 이 형사를 불렀다.

엘리벨이터 앞에서 달수는 이 형사의 팔을 덥썩 붙잡았다.

"천 사장이 웬일이요?"

흠칫 놀라며 뒤를 돌아보던 이 형사가 아는 체를 했다.

"나야, 여기 볼 일이 있어 왔지만 이 형사야말로 어쩐 일이요?"

아무리 태연하려고 노력했지만 목소리가 떨려나온다.

"아참 천 형 딸네 집이지……."

달수가 묻는 말에는 대답을 하지 않은 채 이 형사가 달수의 표정을 훑어 내렸다.

달수의 가슴 속에서 쿵 소리가 들리는 것 같다. 이 형사가 이 아파트에 상미가 살고 있다는 것을, 그리고 상미는 천달수 딸이라는 것을 환히 알고 있다는 얘기가 아닌가. 그렇다면 이 형사는 보나마나 지금 상미를 찾아가고 있는 게 틀림없는 일이었다.

"이 형 나하고 차나 한 잔 헙시다!"

달수가 다짜고짜로 이 형사의 팔을 잡아끌었다.

"나 지금 근무중인데……."

처음 완강한 거절의 뜻을 나타냈던 이 형사가 마음을 고쳐먹은 듯 달수가 끄는 대로 발길을 옮겼다.

아파트단지 건너편 다방으로 찾아 들어서면서 달수는 차라리 잘 됐다 싶었다. 이 형사에게 모든 일은 내가 저지른 일이라고 김상철이 그놈은 열번 죽어도 싼 놈이라고 다 털어놓아야겠다고 생각하니 차라리 마음이 한결 가벼워지는 것 같다.

"우선 차나 한 잔씩 합시다. 뭐로 할라요? 우리 쌍화탕으로 시키지 ……."

평소 절친한 사이는 아니었지만 모란시장에서 장사를 하는 동안 두어 달에 한 번 꼴로 달수가 봉투를 내밀던 사이였다. 다른 때와 달리 뭔가 당황해 하는 달수의 모습을 건너다보며 이 형사는 말이 없었다.

"시방, 우리 딸 만나러 가는 길이였소?"

쌍화차를 한 모금 마시고 나서 달수가 먼저 운을 뗐다.

"내가 천 사장 딸을 뭐하러 만나요?……. 딸한테 무슨 일이라도 있소?"

이 형사가 갑자기 눈빛을 빛내며 달수를 응시했다.

달수는 순간 속으로 아차 싶었다. 내가 너무 서두른 것 아닐까. 후회스러운 느낌이 전광처럼 머릿속을 지나갔다. 도둑이 제발 저리다는 말이 맞지……. 빠른 순간에 달수는 다음 말을 준비해 내느라 애썼다.

"일은 무슨 일 …… 농담도 못하오. 원……."

참으로 농담이라는 듯 크게 웃어 보이려고 했으나 얼른 웃음이 만들어지지 않았다.

"천 사장도 농담할 줄 아슈?"

이 형사가 비로소 피식 웃음을 터뜨렸다. 그 웃음이 마치 신호이기라도 한 것처럼 달수도 비로소 크게 웃었다.

"혹시 천 사장도 한 판 붙을라고 여기 온 거 아니요?"

이 형사가 차 한 모금을 마시고 나서 다시 웃음을 거두며 달수를 바라보았다.

"한 판이라니?"

"실은 이 아파트에서 노름판이 크게 벌어졌다는 신고가 들어왔거든……."

달수는 비로소 길게 안도의 숨을 내쉰다.

"이 형도 알 것이구먼, 내 평생 화투짝이라곤 만져본 기억도 없는 사람
이란 걸……."

달수가 사뭇 정색을 했다

"그야 내가 알지……."

이 형사가 찻잔에 남은 차를 훌쩍 들이마셨다.

"참, 딸내미는 잘 살지요?"

이제 고만 일어서야겠다는 표정으로 이 형사가 지나가는 말처럼 물었
다.

"암 잘살지라우……."

달수는 저고리 안주머니에서 잡히는 대로 지폐를 집어냈다. 함평댁에게
주기 위해 돈을 찾을 때 백만 원을 더 찾아내어 따로 보관해 두었던 것
이다.

"이거 갑자기 봉투도 없고 어쩐다요……."

대충 이 삼십만원쯤 되어 보이는 돈을 꺼내서 탁자 밑으로 이 형사에
서 건네주었다.

"번번이 미안하요……."

이 형사는 달수가 내미는 돈을 덥썩 받아 바지 주머니에 꾸겨 넣었다.

"그 동안 여러 가지로 신세 많았소…… 사실은 모란가게를 우리 종업
원 명식이 녀석헌티 아주 넘겨주고 나는 손 떼어 부렀소. 인자 자주 만날
일도 없을 것이고 헌께 내가 서운해서……."

달수가 손짓으로 다방 아가씨를 불렀다.

"그래요…… 난 전혀 모르고 있었네."

이 형사가 일어서려다 말고 달수를 다시 올려다보았다.

"인자, 나이도 묵고 했응께 좀 편히 살라요…… 또 사위된 사람 체면도
있고 해서……."

달수가 은근히 방서방을 내세웠다. 이 형사가 상미 결혼식에도 참석했
었기 때문에 상미가 얼마나 시집을 잘 갔는지쯤 알고 있을 터였다.

"허긴 천 사장도 돈 좀 버셨지?"

이 형사가 먼저 엉덩이를 들었다.

"나도 우리 딸이나 좀 보고 갈라요……."

달수는 이 형사와 어깨를 나란히 하고 다방을 나왔다.

"몇 층이요?"

엘리베이터 안에서 달수는 제법 마음의 여유를 찾고 있었다.

"그럼, 일 보시죠"

6층에서 엘리베이터가 열리자 달수에게 목례를 보내는 이 형사의 등을 향해 달수는 약간 들뜬 듯한 소리로 말했다.

달수는 상미가 살고 있는 8층에서 엘리베이터를 내렸다. 상미의 아파트는 806호였다. 문 앞에서 벨을 누르기 전에 달수는 귀를 문쪽 가까이 대고 안의 동정을 살폈다. 별다른 기척은 느껴지지 않았다. 천천히 손을 들어 차임벨을 눌렀다.

행여 상미가 화달짝 화달짝 놀라기라도 할까 싶어 한 번 딩동 소리가 나게 벨을 눌렀다. 10초쯤의 여유를 두고 기다렸으나 안에서는 아무런 반응이 없었다. 순간 상미가 잠이 들어 있는지도 모른다고 생각했다.

'아직 신혼인께…… 고단하기도 헐 테지……'

이런 생각을 하며 달수는 가만히 웃었다. 다시 한 번 손을 들어 벨을 울려봤다. 딩동, 딩동…… 딩동, 딩동 하는 벨소리가 꿈결처럼 들려왔다. 다시 10초쯤 기다렸으나 아무런 반응이 없었다.

'외출이라도 했는가?……'

이런 생각과 동시에 불안한 느낌 하나가 다시금 뇌리 속으로 파고들었다.

달수는 세 번째 벨을 눌렀다. 그리고 30초쯤을 기다렸으나 역시 반응이 없었다. 마음 같아서는 도어를 때려 부수고라도 안으로 들어가 보고 싶었다. 달수는 황급히 돌아서서 엘리베이터 앞으로 걸어왔다.

"8백 6호 새댁 어디 나갔습니까?"

1층 수위실로 달려가 달수가 물어 보았다.

"8백 6호요……"

수위는 열쇠를 꽂아두는 번호판을 살펴보았다.

"방금 교대를 해서 나가는 건 못 봤지만 열쇠가 여기 있는 거 보니까 외출하신 모양이네요……"

수위의 심드렁한 대꾸를 들으면서 달수는 한 번 더 안도의 숨을 내쉬었다.

수위실 앞을 떠나 아파트 입구를 빠져나왔으나 마땅히 갈 데가 생각나지 않았다. 달수는 천천히 어린이 놀이터가 있는 쪽으로 걸음을 옮겼다. 마땅한 벤치가 하나 눈에 띄었다 무겁게 엉덩이를 내려놓고 놀이터 쪽을 무료하게 바라보기 시작했다.

'얘가 어디를 나갔을꼬……'

목을 뒤로 돌려 방금 자신이 빠져 나온 상미의 아파트 8층쯤이라고 생각되는 곳을 돌아보기도 했다.

갑자기 어디선가 으르렁거리는 개소리가 들려왔다. 고개를 돌려 소리나는 곳을 바라보았다. 땅딸막하고 얼굴이 주름 투성이인 중국산 퍼그 한 마리가 달수를 노려보면서 으르렁거리고 있었다.

도끼 머리에 짧은 주둥이, 겁먹은 듯한 큰 눈으로 컹컹 두 번을 짖었다. 그러나 적의가 있어 보이지는 않았다. 요즈음 애완용으로 많이들 기르고 있는 개였다. 아파트 어린이를 따라 나온 모양이었다.

달수가 손을 내밀어 흔들며 개를 불러보았다. 짜리몽땅한 몸매에 그 둔한 궁둥이를 살레살레 흔들었다.

'이리 와 봐 이놈아!'

달수가 이번에는 두 손을 내밀고 고개까지 끄덕이며 개를 불러보았다.

약간은 경계심을 보이면서 그 커다란 눈으로 달수의 표정을 살피면서 개가 너댓 걸음 달수 앞으로 다가왔다.

'어이 착하다, 이놈……. 더 가까이 와보라……'

무료하던 달수에겐 좋은 벗이 생긴 셈이었다. 본격적으로 개를 구슬리자 퍼그는 스스럼없이 다가 왔다.

달수는 개를 번쩍 들어안아 벤치 위로 올려놓았다. 주름살 투성이의 콧등을 슬슬 긁어주자 궁둥이를 깔고 앉으며 개는 꼬리를 치기 시작했다. 사타구니를 바라보며 함평댁이 뚝뚝 잘라 접시에 담아 내놓던 생각이 되살아나자 피식 웃음이 터져나왔다.

달수는 순간 장난스런 기분이 들었다. 손을 개의 사타구니로 옮겨 놈의 심벌을 슬슬 만져주기 시작했다. 퍼그는 아주 기분이 좋다는 듯 이제 스르르 두 눈을 내리깔았다.

'……너 이놈 오늘 기분 한 번 내봐라…….'

입으로 비실비실 웃으며 달수는 퍼그에게 자신이 옛날 하던 습관대로 자위행위를 해주기 시작했다. 달수의 동작이 빨라지자 퍼그는 이제 입을 벌리고 침을 흘리기 시작했다. 달수는 주위를 살펴보았다. 보는 사람은 아무도 없었다. 그러나 순간적으로 계면쩍은 생각이 들었다.

60을 눈앞에 둔 중늙은이가 아파트 광장 벤치에서 개에게 자위행위(개의 입장에선 자위가 아니겠지만)를 시키고 있는 꼴을 남이 보기라도 한다면 완전히 미친놈 취급을 당할 게 틀림없었다.

달수가 갑자기 동작을 멈추자 퍼그는 앞발을 달수의 무릎 위로 올려놓으며, 끙끙 소리를 내며 다가앉았다. 마치 더 계속해 달라는 듯이…….

달수는 그러나 이번에는 손을 내밀어 퍼그의 앞발 하나를 만져보았다. 지난 수년간 수천 수만 개의 발목을 통나무 위에 내려놓고 도끼로 툭툭 잘라내던 일상의 일들이 떠올랐다.

퍼그의 발바닥은 유난히 새까맣고 반들거렸다. 발뒷꿈치의 나머지 발가락의 바닥 부분은 마치 크고 작은 밤톨들을 불규칙하게 배열해 놓은 것 같았다. 매끄럽고 말랑거리는 발바닥을 쓰다듬고 있는 동안 그 발바닥에서도 분명 개의 체온이 느껴졌다.

순간 달수는 사뭇 경이로운 사실을 접하듯 조용히 몸을 떨었다. 새까맣고 반들거리는 이 조약돌 같은 발바닥에서 체온이 느껴지다니……. 달수는 조용히 몸서리를 쳤다. 지난 세월동안 마치 나무토막을 잘라내듯 아무런 생각도 없이 툭툭 잘라 내던진 수만 수천 개의 발바닥에도 체온이 있었단 말인가, 처음으로 경험하는 생명에 대한 경이로움에 달수는 전신의 피가 갑자기 식어버리는 듯한 전율마저 느꼈다.

"아저씨, 우리 개야!"

갑자기 등 뒤에서 약간은 적의를 품은 듯한 어린 아이의 목소리가 날아왔다.

달수가 화달짝 놀라며 뒤를 돌아보았다.

여섯 살쯤 되어 보이는 사내 아이가 두 눈에 약간의 두려움과 경계심을 담은 표정으로 달수를 올려다보고 있었다.

"이게 느이 개나?"

달수가 의식적으로 표정을 부드럽게 지으며 약간 웃어 보였다.

"그래요, 우리 샌디란 말야…… 잉."

사내 아이는 필요하면 금방 울음이라도 터뜨려 구원을 요청하겠다는 그런 어조로 달수를 쏘아보았다.

"샌디?……이놈 이름이 샌디냐?"

사내 아이의 순간 순간 변하는 표정이 재미있었다.

"그래 우리 샌디야!"

사내 아이가 겁먹은 얼굴로 주위를 돌아보았다. 사내의 시선을 따라 달수도 고개를 돌려보았다. 광장 건너편 아파트 건물 쪽에서 30대 초반쯤의 젊은 여인 하나가 걸어오고 있었다.

"너의 개면 어서 가져가렴!"

달수가 사내 아이에게 개를 번쩍 들어보았다. 그러나 사내 아이는 갑자기 악을 쓰듯 울기 시작했다. 뒷걸음질을 치며 엄마를 찾았다. 그와 동시에 광장 저쪽에서 젊은 여인이 총알처럼 뛰어오기 시작했다. 사내 아이도 돌아서서 여인을 향해 뛰어가기 시작했다.

달수가 앉아 있는 벤치에서 20여미터쯤 떨어진 위치에서 어린 아이와 그 엄마가 서로 끌어안는 모습이 눈에 띄었다. 그리고 잠시 후 여인은 어린 아이를 안은 채 달수 쪽으로 달려왔다.

"왜 남의 개를 가지고 그래요?"

숨을 헐떡이며 다가선 여인은 달수가 마치 개 도둑질을 하려다 들킨 현행범이기라도 한 듯 억양을 높이며 달수를 노려보았다.

"개가 제발로 여기까지 왔기에 잠시 데리고 있었소…… 자 어서 가져가시오……."

마치 자신을 개 도둑 취급하려는 여자에게 뭐라고 한 마디하고 싶었지만 달수는 참고 만다. 달수가 벤치에서 일어섰다. 그때까지 엎드려 있던 퍼그가 달수와 사내 아이 쪽을 번갈아 쳐다보며 꼬리를 쳤다. 여인이 사내 아이를 내려놓고 벤치로 다가서서 퍼그를 냉큼 안아 올렸다.

"그러길래 내가 뭐랬어. 샌디 데리고 밖에 나가지 말랬잖아!"

곱지 안은 눈으로 사내 아이와 달수를 번갈아 보며 여인이 걸음을 옮겼다.

"집에 가서 닦고 옷 갈아입어야겠다…… 샌디도 목욕시키고……."

사내 아이와 손을 잡고 아파트 광장을 빠른 걸음으로 걸어가는 여자의 뒤를 따라 달수도 천천히 걷기 시작했다.

'그 놈의 발바닥은 아무리 닦아줘도 새까말 거야……'

문득 또 그 새까맣고 반들거리던 발바닥의 감촉과 함께 발바닥의 체온이 손바닥 안에서 되살아났다.

아파트 광장을 빠져나오며 상미가 살고 있는 8층쯤으로 짐작 가는 곳을 올려다 보았다. 노을이 부서져 내리는 아파트 건물의 크고 작은 유리창틀이 번들거리며 웃고 있었다. 달수는 다시 광장쪽을 돌아보았다. 빈 광장 저쪽에서 바람이 불어오고 있었다.

밤에만 짖는 개

무닥불이 활활 타오르고 있었다. 그 모닥불 주위로 사람들이 모여들었다. 분당의 아파트공사 현장에서 일하는 잡역부들로 보이는 40~50대의 후줄그레한 사내들 대여섯명이 모닥불을 중심으로 빙 둘러섰다. 아직 불을 가까이 하기엔 좀 이른 듯 싶은 10월 중순이었지만 사내들은 버릇처럼 팔을 벌려 불길을 감싸안 듯한 자세로 둘러섰다.

"저놈의 목을 누가 달끼여?"

모닥불을 가운데 두고 둘러서 있던 사내 하나가 혼잣말처럼 중얼거리며 공사장 한 쪽 빈 터에 임시로 박아놓은 말뚝에 매여있는 한 마리의 개를 돌아보았다.

"천 사장이 올 시간이 됐는디……."

또 다른 사내 하나가 불타는 나무토막 하나를 집어 담배에 불을 당기며 말했다. 이미 10층쯤 되는 아파트 골조공사가 끝난 시멘트 벽 뒤로 해가 넘어가고 있었다.

"천 사장이 워쩐 일로 개파티를 해 주겠다는 게여?"

50대 후반쯤으로 보이는 또 다른 사내가 거들고 나섰다.

"천 사장이사 이젠 재벌 아닌감, 그동안 험하게 번 돈을 좀 쓰겠다 이거지."

담배를 피우던 사내가 심드렁하게 받아 넘겼다.

"호랑이도 제 말 하면 온다더니 천 사장 저기 오누만."

큰 길쪽을 향해 팔을 벌리고 섰던 사내가 턱으로 저만큼을 가리켰다.

"같이 온 여편네는 누구여?"

꽁초를 모닥불 속에 던져 넣으며 사내가 물었다.

"성호시장 함평댁이구만 그래, 아주 요리사꺼정 데불고 온 것이구만……."

사내들이 제멋대로 한마디씩 떠들고 있는 사이에 달수와 함평댁은 들통을 마주 들고, 가까워지고 있었다.

"그동안 잘들 지냈는가?"

천달수가 다가서며 한 쪽 손을 들어올렸다.

"오래간만이요, 천 형!"

담배를 피우던 사내가 먼저 아는 체를 하며 손을 내밀었다.

"참말로 본 지들 오래 됐네 그려……."

달수는 일일이 손을 내밀어 모닥불을 둘러싸고 있는 사내들과 악수를 나눴다.

"여기 함평댁 얼굴은 대충덜 알 것이고, 내가 오늘 좀 도와달라고 모셔 왔네……. 자 출출헐 시간인께 우선 서둘러야 허겄네…… 아따, 그놈의 모닥불 잘 탄다……."

달수가 설레발을 치며 주위를 둘러보았다.

"천 형, 혹시 이참에 시의원인가 뭣인가에 출마하려고 인심쓰려는 거 아닌가?"

달수의 설레발을 지켜보던 사내 하나가 불쑥 물었다.

"시의원? 아 그거 좋지…… 이 천달수라고 자네들이 밀어만 준담사 한 번 못해 볼 것도 웂지…… 헛허……."

달수는 헛웃음까지 치며 말뚝에 매여 있는 개 앞으로 다가섰다. 어느새 달수는 익숙한 솜씨로 올가미를 만들고 있었다.

"저 창틀이 든든허겄는가?"

개 목에 올가미를 걸며 달수가 주위를 돌아보았다.

"시멘트가 굳은지 오랜께 끄떡없을 걸……."

누군가 달수의 말에 대꾸를 했다.

"아따 이놈 토종 황구라서 고기 맛은 일품이겠다……."

혼잣말로 중얼거리며 달수는 개를 끌고 골조만 서있는 아파트 건물 안으로 들어섰다.

잠시 후 2층 창문 사이로 모습을 나타낸 달수는 올가미를 한 쪽 창틀에 단단히 걸어 맨 다음 발길로 황구를 냅다 차 던졌다.

"캐— 갱."

외마디 비명을 지르며 황구가 아파트 벽에 매달려 버둥거리기 시작했다. 아파트 벽에 황구의 발톱자리가 확연하게 드러나고 있었다. 그러나 네 발로 벽을 긁어내며 허우적거리던 황구는 채 일분도 못 가서 축 늘어졌다. 끼룩, 끼루룩하는 신음소리와 함께 입에서 피가 배어 나왔다.

달수는 개가 완전히 숨이 지기를 내려다보고 서 있다가 창틀에 묵은 올가미 한 쪽을 풀어냈다. '픽'소리를 내며 개가 시멘트 바닥으로 떨어져 내렸다.

이층에서 내려오면서 적당한 각목 하나를 찾아든 달수는 개 앞으로 다가서서 각목으로 개의 정수리를 두어 번 내리쳤다.

이미 숨이 끊어진 개의 등줄기 쪽에서 가벼운 경련이 일어났다. 달수는 올가미를 잡고 개를 모닥불 옆으로 끌고 왔다. 그 다음부터의 동작은 일사불란하다고 표현해야 할 정도로 잽싸게 진행되었다. 모닥불에 끄슬린 개의 배를 가르고 내장을 끌어냈다. 네 개의 발목을 자르면서 달수는 며칠전의 기억을 떠올렸다. 그 황구도 발바닥은 새까맸다.

내장을 물에 헹궈 먼저 삶도록 함평댁에게 건네주었다. 미리 준비한 예리한 칼로 사타구니 부분에 몇 오라기씩 남아있는 잔털까지 깨끗이 정리하고 나서야 달수는 허리를 폈다. 이마에 송글송글 땀이 배어나 있었다.

"내장이 대충 익었으면 쐬주부터 한 잔씩 허지……."

이미 솥에서는 내장이 익어가는 약간 비릿하면서도 구수한 냄새가 풍겨나오고 있었다. 허기를 느끼기 시작한 사내들이 모닥불에서 물러나 주섬주섬 자리를 잡고 앉았다.

"아줌씨!"

삶은 개 내장을 안주로 우선 서너 순배가 돌자 모두는 이미 얼큰해지기 시작했다.

큰직한 함지박에다 개를 통째로 드러내 놓고 찬물에 손을 적셔가며 각을 뜨려는 함평댁을 향해 누군가 걸쭉한 음성으로 불렀다.

"나 말이요?"

고개를 들어 소리난 쪽을 돌아보며 함평댁이 손등으로 이마의 땀을 닦았다.

"그 놈의 개가 분명 수컷 맞지라우?"

함평댁을 부른 사내가 이렇게 뒤를 잇자 우선 와자지껄한 웃음소리가 터져 나왔다.

"보면 모르요. 달릴 것 달렸응께……."

함평댁으로서야 이 장사 시작한 후 10년도 넘게 들어오는 소리 아닌가. 배시시 웃음을 흘리며 맞장구를 쳤다.

"허면 그 사타구니에 달린 것을 어떻게 나눠 줄라요? 그리고 내 진작 한 번 물어본다고 했는디 잘라먹을 경우 불알 쪽이 더 좋소? 대가리 쪽이 더 좋소?"

다시 또 와자한 웃음소리가 터져 올랐다. 둘러앉은 사내들은 모두가 한결같이 재미있어 죽겠다는 것처럼 허리를 틀며 낄낄거렸다.

엔간한 함평댁도 이번엔 대꾸를 하지 않았다. 하얗게 눈을 한 번 흘기고나서 부지런히 칼을 놀렸다.

"옛 말에 과붓집 숫캐 드나들 듯 한다는 말이 있든디…… 아줌씨 헌티 한 가지만 더 물어봅시다……."

둘러앉은 사내들이 낄낄대는 분위기에 사내의 입심은 자꾸만 걸쭉해지고 있었다.

"이 사람 창구, 그만해 두게나……."

좀 지나치다 싶어 달수가 사내를 가로막고 나섰다.

"친 형보고 헌 말 아닝께 참견 마소!"

창구라고 불리운 사내가 써늘한 얼굴로 달수를 돌아보았다.

"이 사람, 벌써 취했는가. 자꾸 쓸데없는 소리를 하게……."

달수가 정색을 하고 나섰으나 창구의 입에서 이미 함평댁을 향한 짓궂은 농담이 튀어나오고 있었다.

"개 거시기는 날 것이 더 빳빳합디여, 아니면 삶은 것이 더 힘이 좋습디여?"

마침내 데굴데굴 구르며 허리를 잡는 축들도 생겨났다.

창구라는 사내는 함평댁이 마치 개 거시기로 자위행위라도 했지 않겠느냐는 식으로 심한 농담을 걸고 있는 것이 아닌가.

함평댁이 발딱 일어선 것은 창구의 말이 채 끝나기도 전이었다. 오른손에는 날이 선 식칼을 쥔 채였다.

"개만도 못헌 인간이……."

일렁거리는 모닥불 빛에 반사된 함평댁의 얼굴에 하얗게 핏기가 가셔져 있었다.

"예끼! 이 짐승 같은 놈!"

달수가 벌떡 일어난 것은 그 순간이었다. 일어서는가 싶은 순간, 달수는 아직 웃음 끼를 거두지 못한 채 입을 헤벌리고 앉아있는 창구의 어깻죽지 발로 냅다 치던졌다.

"어라 이 놈이 돈 좀 벌더니 사람 친다!"

벌렁 뒤로 나뒹굴었던 창구가 뭉그적거리며 일어섰다.

"그래! 이놈아 너 겉은 짐승만도 못헌 놈 몸보신 시킬라고 내가 돈벌었다. 이놈아!"

달수의 기세가 사뭇 시퍼랬다. 일어서는 창구의 먹살을 움켜쥐며 머리로는 창구의 얼굴을 들이받았다.

"어이구 이놈이 사람 죽이네……."

기세에 눌린 창구가 응원을 청하듯 주위를 둘러보며 소리를 질렀다.

비로소 사내들이 우하니 일어나 가까스로 두 사람을 떼어놨다.

그러나 이번에는 창구가 불타는 나무토막을 집어들며 길길이 날뛰기 시작했다.

"씨팔놈아 네간 놈이 돈 몇 푼 벌어봤자 개 백정이지 별 수 있냐. 오늘 죽기 살기로 나하고 한 판 붙자 이놈아!"

"오냐, 말 잘했다. 내가 개박장인께 너 같은 개새끼는 오늘이 제삿날인 줄 알거라……."

가까스로 주저앉혔던 달수가 다시 벌떡 일어섰다. 그러나 창구 쪽으로 달려가기 전에 사내들이 달수의 팔과 허리를 잡고 늘어졌다.

나머지 사내들은 창구 쪽으로 몰려가 언성을 높이며 창구를 나무라기도 했다.

"상미 아버지가 참으시오. 미친개헌티 물린 줄 알고……."

몽둥이에 빗맞은 도사견처럼 사내들을 뿌리치려고 길길이 뛰는 달수 앞을 함평댁이 막아섰다. 함평댁의 싸늘한 얼굴에서 눈물자국이 번쩍였다.

"그려, 천 사장이 참으소…… 창구가 오늘 낮에서버텀 심정이 안 좋드만, 여편네가 몇 달씩 골골하더니 오늘 자궁암이라는 진단이 났다두만……."

일행 중 제일 나이가 들어 보이는 사내가 달수의 손목을 마주 잡으며 천천히 얘기했다.

"창구 아내가 암이라고?"

달수가 반문했다. 진작 말해주지 그랬느냐는 얼굴이었다.

"오늘 낮에버텀 깡소주에 취해 있었네, 이 자리엔 안 나오도록 집엘 들여보내려고 했는데 막무가내드라고……."

달수가 말없이 고개를 끄덕거렸다.

그 사이에 창구를 뜯어말리던 축들이 다시 모닥불 옆으로 모여들고 있었다.

"창구, 자네 심정은 알겠네만은 좀 너무 했네. 그나저나 미안허시……."

창구 앞으로 다가서며 달수가 먼저 손을 내밀었다.

"미안해 천 형!"

창구도 씁쓰레한 얼굴로 달수의 손을 마주 잡았다.

"아줌씨, 미안해요…… 내가 쪼깨 심정 상하는 일이 었어가꼬……."

달수의 손을 마주 잡은 채 창구가 이번에는 함평댁을 돌아보았다.

그러나 함평댁의 기색은 쉽게 누그러지지 않았다.

"아주머니가 한 번 이해를 하시쇼……."

"창구 저 사람 원래 그런 친구는 아닌디……."

달수에게 창구 아내가 암이라고 알려주던 나이든 사내가 함평댁 옆에 쭈그리고 앉으며 어깨를 토닥거렸다.

"자, 그만 술들이나 한 잔씩 허세……."

누군가가 아직 웅성거리는 일행들을 향해 큰 소리로 말했다.

"함평댁이 참으소, 저 친구 평소 주사가 있던 친구도 아닌데 어쩔 것인가……."

달수까지 그렇게 나오는 데야 함평댁도 더 이상 고집을 부릴 수 없는 것 같았다.

지금까지 발라놓은 개고기를 쟁반에 수북히 담아 뒤로 밀어놓았다.

"자, 어서 한 잔씩 하세나……."

달수가 자리를 잡자 일행들은 다시 개고기 쟁반을 가운데 두고 빙 둘러앉았다.

소주 한 상자가 한 시간도 채 못되어 바닥이 났다. 종이컵에 가득 가득 담아 들이키는 주당들 아닌가. 엔간히 먹고 마신 사내들이 허리띠를 느슨히 열어놓고 하나씩 둘씩 뒤로 물러앉을 무렵 큰 길 쪽에서 다가오는 자동차 불빛이 쏟아졌다.

"이 밤에 웬 치여?"

누군가 끄윽, 트림을 내뱉으며 무심히 한 마디 했다.

일행들이 보고 있는 동안 차는 모닥불 앞으로 다가와 멎었다.

차의 뒷좌석 문이 열리고 성큼 내려서는 사람이 있었다. 그 순간 달수의 가슴이 철렁 내려앉았다. 며칠 전 상미의 아파트 앞에서 만났던 성남 경찰서의 이 형사였다.

"천 장 나 좀 봅시다!"

곧장 달수 앞으로 다가서며 형사가 입을 여는 순간 달수는 마침내 올 것이 왔구나 싶었다. 달수가 천천히 일어섰다.

"그럼 나 먼저 갈 팅께 음식 남은 것 다 치우고들 가소……."

일행을 둘러보며 달수가 이 형사 앞으로 다가섰다.

"웬일로다 이 시간에 날 찾소?"

억지로 태연한 자세를 유지하며 달수가 이 형사에게 손을 내밀었다.

"나하고 경찰서까지 좀 갑시다."

예전처럼 빙글거리는 얼굴이 아니었다. 달수의 위아래를 날카로운 눈매로 훑어 내리며 사무적으로 말했다.

"그러지 뭐……."

일행을 한 번 더 돌아보며 달수가 이 형사를 따라나섰다.

"뭔 일이여?"

창구의 아내 얘기를 해주던 사내가 일어서며 두 눈을 크게 떴다. 그러나 달수는 별 일 아니라는 듯 억지로 웃어 보였다.

"함평댁 수고 많이 혔어……."

놀란 얼굴로 바라보는 함평댁과 눈이 마주치자 달수는 가볍게 목례를 보냈다.

"뭔 일이다요?"

차에 오르며 달수가 이 형사에게 물었다.

"천 형, 지금 살인혐의를 받고 있어."

이 형사가 담배를 꺼내 물었다.

"내가 사람을 죽였다 그 소린갑네, 시방?"

억지로 태연을 가장하며 한 번 튕겨보았다.

달수의 말에는 대꾸도 하지 않은 채 이 형사는 담배를 깊이 들이빨았다.

달수도 입을 다물었다. 팔짱을 끼며 자동차 시트 깊숙이 몸을 기댔다.

달수는 이 형사가 자신의 범죄사실을 어디까지 알고 있는지가 궁금했다. 물론 처음부터 계획된 범죄가 아니었다. 상미의 본능이 저지른 우발적 살인이었다. 그러나 상철의 시체를 원당까지 실어다 개에게 던져주면서 달수 나름대로는 완전범죄가 가능할지도 모른다는 막연한 기대를 했던 것도 사실이었다.

원당에서 사료 분쇄기에 상철을 갈아 버리던 순간까지는 이 작업이 끝나면 스스로 경찰서를 찾아가 자수를 하려고도 생각했던 달수였다. 그러기 위해 연실이나 상미가 눈치채지 못하도록 주변 정리를 하고 있던 자신이 아닌가.

그러나 지금 이 형사는 분명 자신에게 살인혐의라고 말하고 있었다. 어디서 단서가 잡힌 것일까. 이 세상에서 아예 흔적도 없이 사라져도 눈곱만큼도 아까울 게 없는 그 놈은 짐승이었다. 이렇다 할 연고가 있을 것 같지도 않은 놈이었다. 그렇다면 누군가가 상철의 실종신고를 했을 리도 없을 것 같았다.

그런데 지금 이 형사는 분명 지신에게 살인혐의라고 말하고 있는 게 아닌가. 그렇다면 상미와 자신의 행적 어딘가에서 단서가 발견됐단 말인가. 달수의 머리 속이 극도로 혼란되고 있었다.

'……증거 ……그래 증거가 없지 않은가?'

스스로 경찰에 자수하리라 마음먹었던 사건 당시와는 달리 갑자기 삶에 대한 강렬한 애착이 생겨나기 시작했다.

'……버틸 수 있는 때까지 버텨봐?…… 증거를 대라고 오리발을 내봐?'

우선 이 형사가 어디까지를 알고 있는지가 궁금했다. 달수가 입을 열었다.

"이 형, 농담 고만하고 ……도대체 무슨 일인지 알기나 합시다……."

큰 맘 먹고 오리발을 내봐 봤다.

달수의 질문에 이 형사는 대답을 하지 않았다. 약간은 비웃는 듯한 냉소 어린 표정으로 고개를 돌려 달수를 훑어보았다. 어느새 차는 모란고개를 넘고 있었다.

계속해서 질문을 던지려다 달수는 입을 다물었다. 오히려 이쪽에서 먼저 초조한 태도를 드러낼 필요는 없다는 생각이 들었다. 그런 달수의 심정을 읽고 있는 듯 이 형사가 불쑥 말을 던졌다.

"김상철이 어디다 파묻었소?"

"김상철이 누구다요……?"

불시에 기습을 당한 달수의 말이 자연히 허둥거렸다.

"천 형, 피차 잘 아는 사이에 이런 식으론 곤란해. 정상참작이라는 게 있는 법이니까 쉽게 얘기하도록 하지?"

이 형사의 날카로운 시선이 자신의 표정 하나도 놓치지 않으려는 듯 파고들고 있음을 느낀다.

이번에는 달수가 침묵을 지켰다. 그 사이에 차는 경찰서 정문을 들어서고 있었다.

"천 사장 웬일이야?"

달수와 이 형사가 형사과 안으로 들어서는데 안면이 있는 형사 하나가 아는 체를 했다.

"앉아요, 저기."

이 형사가 턱으로 자기 책상 맞은편 의자를 가리켰다. 달수는 길고 딱딱한 나무 의자에 천천히 엉덩이를 내려놓았다.

"천 형!"

이 형사가 타자기를 끌어당겨 놓고 또 담배를 피워 물었다.

"방금도 얘기했지만 정상참작이라는 게 있어! 법에도 눈물이 있다는 얘기지…… 김상철이란 놈 짐승만도 못한 놈이야, 전과도 4범이나 되구, 천사장 딸에겐 일생을 망쳐 논 흉악범이지. 그리고 천 형이나 나나 하루 이틀 알고 지내는 사이도 아니고, 사실 나도 마음이 아파, 그러니 모든 걸 얘기만 해 준다면 최대한 법의 관용을 받을 수 있도록 조서를 꾸며줄게……"

이 형사는 담배연기가 눈으로 들어갔는지 한 쪽 눈을 찡그려 인상을 쓰며 천천히 말을 이어갔다.

달수의 마음이 크게 흔들렸다. 차라리 모든 걸 다 털어놓는 게 홀가분할 것 같았다. 상미의 얼굴이 눈앞에 어른거렸다.

'……그래, 상미만 보호할 수 있다면, 그래서 상미가 행복할 수만 있다면 차라리 나 혼자서 다 짊어지는 거야……'

꼴깍소리가 나게 달수가 마른침을 삼켰다.

이 형사가 왼손 오른손의 검지 손가락 하나씩만으로 타자기를 두드리기 시작했다.

성명, 나이, 주소, 가족관계 등을 묻는 동안 달수는 별 주저없이 대답했다.

"김상철이를 언제부터 알게 되었소?"

이제 본격적인 취조가 시작되고 있었다.

"우리 집에 세를 들어올 때부터였으니까 한 4년 넘었지……"

대답을 하면서도 달수는 이 형사가 이 사건을 어떻게 수사하기 시작했는지 그 동기가 궁금해 견딜 수 없었다.

"이 형, 나 한가지만 물어봅시다. 이 형이 그 대답만 해준다면 나도 모든 걸 순순히 털어놓겠소"

이미 사태는 글러버린 것 같다. 그러나 달수는 궁금했다. 김상철이는 그야말로 개만도 못한 놈이 아닌가. 죽었다고 해서 눈물 한 방울 흘려줄 사람도 없는 인간이었다. 마누라라는 여자도 이미 2년 전 야밤에 봇짐을 꾸려 도망간 것을 상미에게 들어서 알고 있었다. 하면 경찰이 김상철이 죽었다는 사실을 어떻게 그처럼 빨리 알고 수사를 착수했단 말인가.

달수가 이 형사를 바라보았다.

"무슨 얘긴데?"

이 형사가 타자기에서 손을 내려 담뱃갑을 집어들었다.

"김상철이 사건 수사를 시작하게 된 동기가 뭔지 그게 궁금해서 하는 말이요. 누가 신고를 했을 리도 없고……."

달수는 이 형사의 얼굴 표정 하나도 놓치지 않으려는 듯 이 형사의 대답을 기다렸다.

"신고한 사람이 있지!"

이 형사가 담배연기를 길게 내뿜으며 중얼거리듯 말했다.

"신고를 했다고?"

달수가 반문했다. 그럴 리가 없지 않은가. 상철에게 이렇다 할 연고자가 없지 않은가(?)

반문하는 달수의 얼굴을 지그시 마주보는 이 형사의 얼굴에 일말의 동정이나 참 안 됐다는 그런 표정이 떠올랐다.

"그게 누구여?"

달수가 다그치듯 물었다.

"당신 사위."

뱉듯이 중얼거리고 이 형사가 외면을 했다.

달수의 얼굴을 차마 정면으로 바라볼 수가 없다는 그런 표정이기도 했다.

"뭣이라고?…… 이 형사가 시방 뭣이라고 했어!"

달수는 자신의 귀를 의심했다. 분명 자신이 잘못 들었다고 생각했다. 이 형사에게 대들 듯 반문하면서도 자신이 잘못 들었기를 간절히 바랐다.

"이 형 사위, 방지환이란 사람이 신고를 했다고."

여전히 달수를 외면한 자리에서 이 형사가 말했다.

"방서방이?"

달수는 순간 자신이 천길 낭떠러지로 떨어져 내리는 듯한 강한 현기증을 의식한다. 달수가 자신도 모르게 눈을 감았다.

"허면……."

입을 열었으나 말이 제대로 이어지지를 않는다. 혓바닥으로 입술을 적셔가며 가까스로 말을 계속했다.

"방지환이 그래, 내 사위가 뭣이라고 신고를 헌 거여? 내가 김상철이를 죽였다고 신고를 한 거란 말여?"

"꼭 그런 식으로 찍어서 말한 건 아니고……."

이 형사는 달수를 마주보기가 안쓰러운 모양이었다. 허공을 바라보며 중얼거리듯 말했다.

"……방지환씨 얘기는 자기 아파트 내에서 살인사건이 일어난 것 같다는 얘기였지……. 퇴근 후 돌아와보니까 집안에 피비린내가 진동하드라는 거야……. 자기 아내나 천 사장의 행동도 뭔가 석연치가 않은 것 같고……."

달수는 이제 더 이상의 거짓말이나 부인은 통하지 않을 것이라는 생각이 들었다. 이 형사의 입에서 상미의 얘기가 튀어나오기 전에 서둘러 모든 걸 털어놓는 게 훨씬 유리할 것 같았다. 어쩌면 지금 이 형사는 속으로 상미를 의심하고 있는지도 모르는 일이 아닌가.

"이 형 내 다 얘기허지……."

달수가 서둘러 입을 열었다.

이 형사가 다시 타자기 위에 손을 얹었다.

"김상철이 그놈이 어떻게 해서 그렇게 빨리 나왔는지는 모르지만 형무소에서 나온 뒤 다시 우리 상미를 찾아 헤맨다는 소리를 들었지. 그때부터 난 아예 그놈을 죽여버려야 하겠다고 결심했어. 모란시장에서 칼 한 자루를 사 갖고 딸애 집 주위를 감시했지……. 그런데 어느 날 놈이 우리 딸애 아파트로 들어서드라구, 당장 등 뒤에서 찔러버리고 싶었지만 사람들의 눈이 많아서 실패헐 것도 같고…… 그래서 놈의 뒤를 따랐지. 엘리베이터를 놈이 먼저 탔는데 8층에 서드라구. 그래 틀림없다 싶어 뒤따라 올라갔더니……."

달수는 단숨에 거기까지 얘기했다.

얘기를 하는 동안 이마와 등줄기에 빗물처럼 땀이 흘러내렸다.

이 형사가 일어섰다. 그리고 옆 책상에서 노란 물주전자와 컵을 들고
와서 달수 앞에 물 한 컵을 따라주었다.

"고맙소."

달수는 갈증 들린 사람처럼 물을 단숨에 들이켰다.

"그래서?"

이 형사가 낮은 목소리로 물었다.

"아파트 현관을 벌컥 열어제치니까 아 글쎄 그 짐승 같은 놈이 우리
딸애를 막 덮쳐 누르고 있드라구…… 눈에 보이는 게 있겠나? 그냥 품속
에 있던 칼로 놈의 옆구리를 콱 쑤셔버렸지……."

달수는 마치 그때 일이 연상되기라도 하는 듯 손등으로 이마의 땀을
닦았다.

"우선 편할 대로 쭉 얘기를 해봐요, 적는 건 내가 알아서 적을 테니
까……."

이 형사가 달수를 재촉했다.

"그 다음 일이사 이 형도 짐작이 갈 것 아니겠남……."

이쯤에서 달수는 뜸을 들였다. 뭔가를 더 이상 숨기려는 의도에서가 아
니었다. 상미의 얼굴이 자꾸만 눈앞에 어른거렸다.

"그때 이 형 딸은 보고만 있었다 이건가?"

달수의 심정을 읽고 있었던 것처럼 이 형사가 상미의 일을 물었다.

"그야, 물론이지. 딸애야 이미 반 이상 정신이 나간 상태였는디 여자애
가 그런 경황에서 무얼 어쩌고 할 생각이 날 턱이 있는감……."

달수는 다시 서둘러 얘기를 시작했다. 어떻게 해서든지 이 형사가 상미
를 의심하는 일은 없도록 해야 한다는 계산이 머리에 왔다.

"……정신없이 놈을 찔러놓고 나도 한참 만에야 정신을 차렸지. 그때사
딸애도 제정신이 약간 돌아오는 모양이여…… 얼굴을 두 손으로 가리고
막 울기만 허데…… 그 순간 나도 겁이 덜컥 나두만. 그래도 이미 엎어진
물인디 어쩔 것이여, 딸애보고 꼼짝 말고 제방에 들어가 있으라고 이르고
밖으로 나왔지……."

실내가 덥지도 않은데 계속 땀이 흘러내렸다. 달수는 양손으로 번갈아
가며 이마에 땀을 닦았다.

"그래서?"

이 형사는 지그시 눈을 감고 있었다.

"밖으로 나와서 비닐 한 뭉텅이하고 커다란 가방, 또 방에서 냄새라도 날까봐서 소독약 뭐 그런 걸 사 가지고 돌아와서 뒷처리를 했지……"

모든 걸 숨김없이 다 털어놓기로 생각은 했지만 김상철을 토막낸 얘기만은 쉽게 나오지 않았다. 이 형사는 달수를 재촉하듯 눈을 한 번 떴다가 다시 지그시 감았을 뿐 말은 없었다.

"……놈을 트렁크에 넣어 가지고 아파트를 나와서 택시를 탔어요……. 원당, 내가 개기르는 곳이 원당이유, 원당까지 가서 놈을 기계로 갈아 개한테 던져줬우."

달수가 단숨에 얘기했다.

"갈아서 개를 줬다고?"

그 대목에선 이 형사도 충격을 받은 모양이었다. 비로소 두 눈을 번쩍 떴다.

달수는 천천히 고개를 떨어뜨렸다.

"원당 어디쯤이야?"

이 형사가 벌떡 일어서며 물었다.

"원당 가서 개 기르는 하우스 물어보면 다 알 거구만……"

고개를 떨어뜨린 채 달수가 기어 들어가는 소리를 냈다.

"천씨 일어서 봐요."

달수를 유치장에 넣어놓고 현장검증이라도 나갈 모양이었다.

"이 형, 나 집에 전화 한 통화만 헙시다."

달수가 일어서며 이 형사에게 부탁했다.

"저기 공중전화 써요."

이 형사가 유치장 출입문 옆에 붙어있는 장거리 자동전화기를 가리켰다.

동전을 넣고 버튼을 누르자 신호가 두 번쯤 가고 연실의 목소리가 들려왔다.

"나 집에 못 들어가네…… 여기 경찰서라고……"

내친 김에 다 말해야겠다고 생각한 달수가 서두를 그렇게 뗐다.

"경찰서는 외라우?"

연실이 놀라는 표정이 손에 잡히는 것 같다.

"……김상철이…… 그 상미헌티 못헐 짓한 그 놈을 내가 죽였네. 이런 날이 올 줄 알고 아파트는 이미 자네 앞으로 명의를 돌려놨고 자네 앞으로 통장도 마련해 뒀네. 행여 상미가 충격받았을랑가 모릉께 내일 날이 밝거든 한 번 들여다보소……."

달수가 빠르게 지껄이듯 말했다.

"상미 아부지, 시방 뭣이라고 했소?……"

은실이는 너무도 놀라운 달수의 말이 아직 실감이 되지 않는 듯 반문을 하며 다급한 음성으로 달수를 불렀다.

"너무 걱정하지 말고 자네 건강이나 신경 쓰소……. 상미년 가끔 들여다보고……. 이만 전화끊을랑께……."

연실이 다급히 상미 아부지를 외쳤지만 달수는 못들은 척 수화기를 내려놓고 말았다. 달수는 전화를 거는 동안 이 형사를 돌아보았다. 혹 우리 상미도 불러다 조사를 할것이요? 라고 묻고 싶을 걸 달수는 억지로 눌러 참았다.

달수가 안으로 들어서자 이 형사가 손수 철창을 잠그는 소리가 들렸다.

달수는 빈 자리를 찾아 마루바닥에 털썩 주저앉았다.

'……방서방 이놈이 혹시 우리 상미를 버리려는 속셈은 아닐까?'

비로소 방지환이 경찰에 신고를 했다던 이 형사의 말이 되살아났다. 정말이지 달수로서는 상상도 할 수 없었던 일이 아닌가. 애초부터 김상철을 없애버릴 계획을 세웠을 때 그 어떤 완전범죄를 계획한 적은 없었다. 김상철을 처리하고 나면 곧바로 경찰서를 찾아가 자수를 하려던 달수였다. 하지만 일을 저지르고 난 후 시간이 지나면서 달수는 자신의 범죄행위를 합리화하는데 스스로 말려들고 있었다.

김상철은 사람이 아니다. 따라서 자신은 지난 수십 년 동안 해 온 것처럼 짐승을 도살한 것이다. 그리고…… 그리고…… 김상철에겐 아무런 연고마저 없을 것이라는 사실을 마치 기정사실처럼 믿으며 자신의 범죄가 어쩌면 완전범죄가 될지도 모른다는 자기합리화에 조금씩 젖어들고 있었던 것이다.

그러나 단서는 전혀 예상치 못했던 지환에게서 터져 나왔다. 결혼 초부터 어떤 신분의 차이 같은 것을 느껴오기는 했지만 어쨌든 장인과 사위 사이가 아닌가. 아니 그보다 자신의 아내의 일이 아닌가. 어쩌면 방지환은 상미를 의심하고 있을지도 모르는 일이었다.

고작 2년 남짓한 결혼생활에서 염증을 느끼기 시작한 지환이 상미를 자연스럽게 떼어버릴 구실을 찾고 있는 게 아닌가. 이런 생각이 종잡을 수 없이 계속되기 시작했다. 머리 속이 실타래를 헝클어 놓은 듯 뒤죽박죽이 되어가고 있었다. 달수는 엉망이 되어 버린 머릿속을 정리하느라 안간힘을 다했다.

'……만약에 ……만약에 방지환이 그 놈이 우리 상미를 버리려는 수작이라면……'

결론은 자꾸만 한 곳으로 집중되고 있었다.

'…… 죽여버릴 테다! …… 암 내 손으로 목을 비틀어 버릴 테야!'

달수는 자신도 모르게 버럭 소리를 질렀다.

"왜 그래?"

유치장 담당형사가 곱지 않는 눈으로 달수를 노려보았다. 두 주먹을 불끈 쥐며 달수는 으드득 소리가 나도록 이를 갈았다.

상미가 전화를 받은 건 열 시가 조금 넘어서였다. 지환은 아직 들어오지 않고 있었다. 결혼 직후 퇴근시간이 되기가 무섭게 집으로 달려오던 지환이 조금씩 귀가시간을 늦추기 시작한 것은 약 열흘 전부터였다.

"엄마가 웬 일이에요, 이 시간에……."

방문하는 상미의 가슴 속에서 쿵 하는 소리가 들리는 것 같다.

"아부지가 경찰서에 계시다는디 이게 뭔 일이다냐?"

엄마의 목소리보다 울음이 앞서 나왔다. 심장의 박동이 갑작스레 뚝 그치는 듯한 충격에 얼른 말이 나오지 않는다.

"아버지가 경찰서에요……?"

가까스로 정신을 지탱하며 무의미한 반문을 했다.

"그래, 방금 아부지헌티서 전화가 왔는디 아부지가 김 누구냐 뭔 사람을 죽였다는디 그게 사실이것냐……."

연실은 이미 제정신이 아닌 듯 말이 갈피를 잡을 수가 없을 정도로 당황해 하고 있었다.

"상미 너헌티 못헐 짓을 했다는 그놈인가 빈디 이 일을 워쩐다냐……느그 아부지는 오히려 니 걱정만 하고 계시드라만은……."

후반부터는 말이 되지를 않았다. 거의 목소리가 울음으로 변해 있었다.

"내일 아침, 제가 경찰서에 들러서 자세하게 알아보고 엄마한테로 갈게요……."

우선은 그 정도로 전화를 끊는 수밖에 없었다. 현관쪽에서 차임벨 소리가 들리고 있었다.

상미가 현관문을 열었다. 지환은 몸을 가누기 어려울 정도로 취해 있었다.

"웬 술을 이렇게……."

상미가 부축하려하자 지환은 마치 몸에 달라붙은 벌레를 떼어내듯 상미의 손길을 뿌리쳤다.

"우리 집에만 들어오면 피비린내가 나!"

옷도 벗지 않은 채 소파에 털썩 주저앉으며 지환이 쏘아 부쳤다.

"뭐라고요?"

상미의 심장이 다시 한 번 얼어붙는다.

"우리 집에선 그 어떤 엄청난 범죄의 냄새가 난다고 했소. 마치 살인사건이라도 일어난 듯한 피비린내가 난다는 말이요……."

지환이 마침내 정면으로 바라보았다. 얇게 핏발이 선 두 눈에서 광기 같은 섬뜩함이 풍겨나고 있었다.

"무…… 무슨 그런……."

방금 허물어져 폭삭 주저앉을 것 같다. 핏기가 가셔진 상미의 얼굴에서 파리한 두 개의 입술만이 빈사의 날짐승 날개짓처럼 파닥거리고 있었다. 그러나 상미는 허물어지지 않았다.

이를 악물며 냉정을 유지하기에 안간힘 썼다. 상미는 방금 전 엄마의 전화와 지환이의 느닷없이 '피비린내가 난다'는 얘기에서 그 어떤 연관성을 찾아내기 위해 천천히 시선을 들어 지환의 얼굴을 정면으로 바라보았다.

"당신……."

석고상처럼 핏기가 없는 상미의 얼굴에선 냉기마저 풍겼다. 입 속에서 먼지라도 일어날 듯 입안이 메말라오고 있었다.

"아버지를…… 당신이 고발했나요?"

물어서는 안 된다고 생각하면서도 상미는 마침내 묻고 말았다.

"……."

지환은 팔짱을 끼며 눈을 감았다. 그러나 지환의 미간 위를 스쳐 가는 조금은 곤혹스러워 보이는 표정 하나를 상미는 놓치지 않았다. 상미는 미동도 하지 않은 채 숨을 죽이고 지환의 대답을 기다렸다. 두 사람의 숨소리조차 들리지 않았다. 침묵을 깨뜨린 것은 지환이었다.

"김상철인가 하는 그 외팔이 사내의 망령이 되살아난 건 약 보름 전쯤이었지……."

지환은 천천히 입을 열기 시작했다. 여전히 눈은 감은 채였다. 지환의 입에서 김상철의 이름이 튀어나오는 순간 상미는 심장의 박동이 일순간에 멎어버리는 듯한 충격을 받았다. 그러나 내색을 하지는 않았다.

"퇴근 무렵이었어. 아파트 광장에 차를 주차시키다가 우리 아파트 입구에서 황급히 뛰쳐나오는 외팔이 사내의 뒷모습을 봤지……. 순간 나는 당신을 의심했어. 놈이 형무소에서 나와서 다시 당신을 유혹하거나 아니면 협박하고 있는 것으로 알았지. 그 날 이후 사람을 시켜서 우리 아파트 주위를 감시하도록 했소, 내 귀가가 늦어지기 시작한 약 열흘쯤 전부터였소……. 난 이미 그때쯤 당신이 놈과 어떤 이유로든 다시 불륜의 관계를 계속했다고 믿고 있었던 거요……. 우리 아파트 주위를 맴돌던 놈이 마침내 당신을 찾아 올라오던 날 그 날 공교롭게도 당신 아버지가 엘리베이터로 뒤따라 올라간다는 보고를 들었지……."

심한 갈증을 느낀 듯 지환은 눈을 뜨며 벌떡 일어서서 냉장고 앞으로 다가가 시원한 보리차를 연거푸 두 컵이나 들이켰다.

비로소 모든 일을 확연히 알 수 있을 것 같았다. 아파트 안에서 일어난 일들을 손바닥 보듯 훤히 들여다보고 있던 지환이 김상철의 살해, 그리고 그 뒤치다꺼리를 맡았던 아버지의 일들을 경찰에 신고한 게 틀림없었다.

"그래서……. 그래서 아버지를 경찰에 신고했나요?"

지환의 입으로 마지막 한 마디만은 아니라는 대답을 듣고 싶었다.

"마음 한 편으로 이해하려는 노력을 해보지 않은 건 아니요. 지난 며칠 간 나름대로 괴로움이 많았소……."

"아……."

상미의 안간힘이 마지막 순간을 맞았다. 이를 악물며 자신을 지탱하려 는 피나는 노력도 결국은 수포로 돌아갔다. 허리가 부러진 마네킹처럼 중 심이 꺾인 상미가 핑그르 돌며 카펫 바닥에 쓰러졌다.

"여보!"

지환이 외친 것 같았다. 얼마나 시간이 지났을까? 상미가 의식을 되찾 았을 때 상미의 팔에는 링겔 주사가 꽂혀 있었다. 짙은 안개 속 같은 몽 롱한 시야가 정돈되면서 사뭇 진지한 얼굴로 자신의 얼굴을 내려다보고 있는 지환의 모습이 떠올랐다.

"이제 정신이 드는군……."

지환이 혼잣말처럼 중얼거리며 상미의 이마에 손을 얹었다. 그 순간 마 치 고입전류에 감전이라도 된 사람처럼 상미가 발딱 일어났다.

"손대지 말아요!"

오뚝이처럼 일어선 상미는 팔뚝에 꽂혀 있던 주사바늘을 빼어 내동댕 이치며 현관으로 달려나갔다.

"여보! 어딜 가?"

지환의 다급한 목소리가 덜미를 잡듯 쫓아왔으나 상미는 총알처럼 현 관을 뛰쳐나왔다. 마침 엘리베이터가 멎어 있었다. 지환이 뒤따라 나왔을 때 상미는 이미 엘리베이터 안으로 빨려 들어간 후였다.

아파트 현관을 총알처럼 달려나온 상미는 두 주먹을 움켜쥐고 어둠 속 을 달리기 시작했다. 자정이 가까운 시간이었다. 불꺼진 고층 아파트만이 유령처럼 우뚝우뚝 서 있는 아파트 숲을 상미는 무작정 달렸다. 숨이 턱 에 차왔다. 방향을 가늠할 생각도 없이 상미는 계속 달렸다. 아파트 숲을 빠져 나오자 갑자기 어디선가 개들이 짖기 시작했다.

"아버지……!"

외치는 소리 끝에 목구멍에서 피가 묻어 나왔다. 개들은 이제 합창이라 도 하듯 어둠의 저쪽 어딘가에서 한결 더 시끄럽게 짖어대고 있었다.

(끝)

문홍도 장편소설
밤에만 짖는 개

지은이/문홍도
펴낸이/김재엽
펴낸곳/한누리미디어

100-192, 서울 중구 을지로 2가 148-73
신화빌딩 401호
전화/(02) 2268-4514, 2278-4513
팩스/(02) 2268-4524

초판발행일/2000년 8월 15일

ⓒ 2000년 문홍도 Printed in KOREA

값 9,000원

※ 잘못된 책은 바꿔 드립니다
※저자와의 협약으로 인지는 생략합니다

ISBN 89-7969-159-9 03810